LA TRILOGIE DE L'EMPIRE

1. FILLE DE L'EMPIRE

Illustration de couverture : © Don Maitz
Texte original : © Raymond E. Feist et Janny Wurts

ISBN : 2-913729-05-3

http://www.seishin.fr/reinenoire

Mister Fantasy
9, passage Dagorno 75020 Paris

Éditions de la Reine Noire
1, rue Méhul 75002 Paris

La Trilogie de l'Empire

1. Fille de l'Empire

Raymond E. Feist

Janny Wurts

Traduit de l'américain
par Anne Vétillard

Mister Fantasy/Éditions de la Reine Noire

DÉJÀ PARU DANS LA MÊME COLLECTION :

RAYMOND E. FEIST :

Les Chroniques de Krondor

Vol. 1 : Pug, l'Apprenti

Vol. 2 : Le Mage

Vol. 3 : Silverthorn

Vol. 4 : Ténèbres sur Sethanon

MELANIE RAWN

La Trilogie du prince Dragon

Vol. 1 : Prince Dragon

À PARAÎTRE DANS LA MÊME COLLECTION :

RAYMOND E. FEIST ET JANNY WURTS

La Trilogie de l'Empire

Vol. 1 : Fille de l'Empire

Vol. 2 : Pair de l'Empire

Vol. 3 : Maîtresse de l'Empire

MELANIE RAWN

La Trilogie du prince Dragon

Vol. 2 : Le Secret des Étoiles

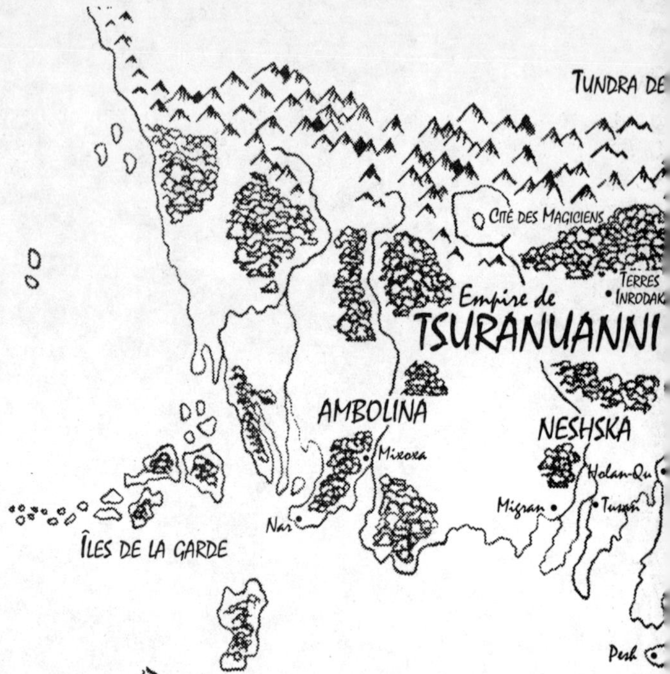

TUNDRA DE
CITÉ DES MAGICIENS
TERRES
INRODAK
Empire de
TSURANUANNI
AMBOLINA
NESHSKA
Mixoxa
Holan-Qu
Migran
Tusan
Nar
ÎLES DE LA GARDE
Pesh
N
O
E
S
Mer de Sang
Banganok
(ruines)
DUSTARI
TSUBAR
(la terre oubliée)
GRAND DÉSERT DE SABLE

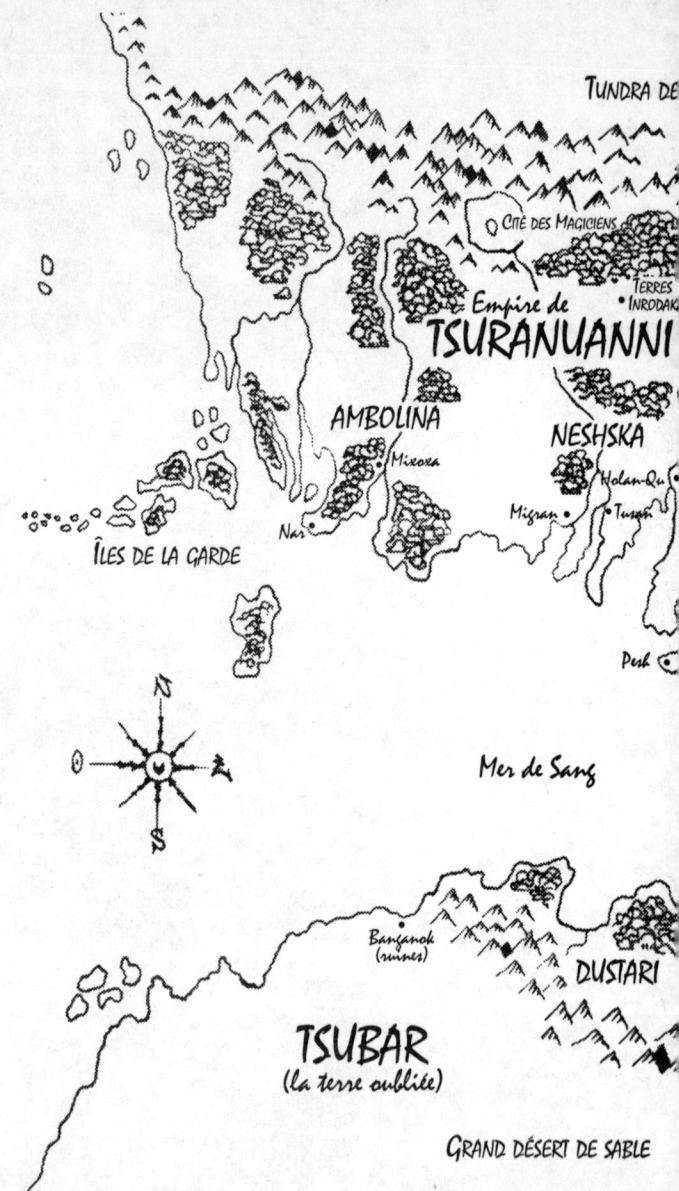

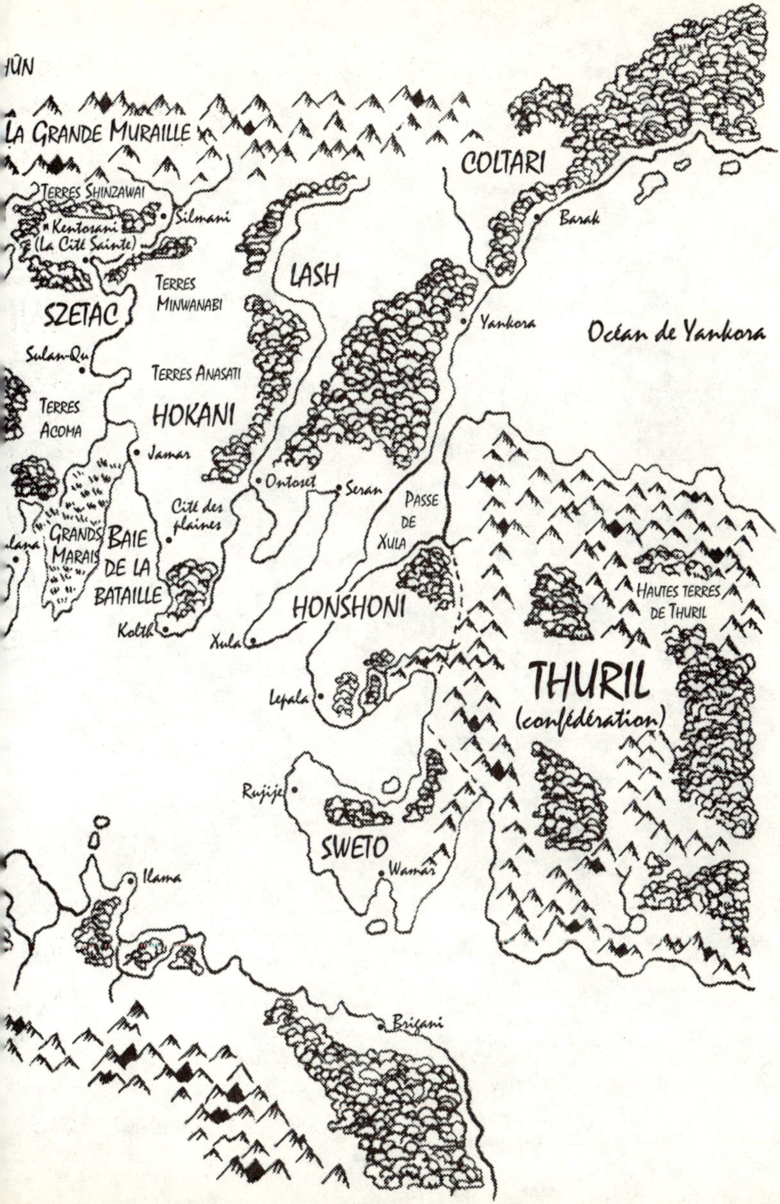

LA GRANDE MURAILLE
TERRES SHINZAWAI
Kentosani
(La Cité Sainte)
Silmani
SZETAC
TERRES MINWANABI
Sulan-Qu
TERRES ANASATI
TERRES ACOMA
HOKANI
Jamar
GRANDS MARAIS
BAIE DE LA BATAILLE
Cité des plaines
Kolth
LASH
Ontoset
Seran
Xula
COLTARI
Barak
Yankora
Océan de Yankora
PASSE DE XULA
HONSHONI
Lepala
HAUTES TERRES DE THURIL
THURIL
(confédération)
Rujije
SWETO
Wamar
Ilama
Brigani

Chapitre premier

La Dame

Le prêtre frappa le gong de son maillet de bronze.

Le son se réverbéra sous les dômes cintrés du temple, ornés de splendides bas-reliefs aux couleurs vives. La note solitaire résonna entre les murs, s'affaiblissant jusqu'à n'être plus que le souvenir d'une tonalité, le fantôme d'un son.

Mara s'agenouilla sur les dalles froides du temple, qui lui volèrent immédiatement sa chaleur. Elle frissonna, mais sans que le froid en fût la cause. Elle lança un coup d'œil rapide sur sa gauche, là où une autre initiée s'était agenouillée dans une posture identique à la sienne. Celle-ci imitait les gestes de Mara tandis qu'elle soulevait la coiffe blanche des novices de l'ordre de Lashima, la déesse de la Lumière Intérieure. Immobile dans cette attitude inconfortable, le voile de lin drapé comme une tente au-dessus de sa tête, Mara attendait impatiemment le moment où la coiffe pourrait être abaissée et nouée. À peine avait-elle soulevé le tissu que celui-ci avait pesé sur ses bras comme une tonne de pierre ! Le gong résonna une nouvelle fois. Reprenant conscience de la présence éternelle de la déesse, Mara grimaça intérieurement en songeant à l'irrévérence de ses pensées. C'était l'instant, entre tous, où son attention ne devait pas vagabonder. Silencieusement, elle pria la déesse de lui pardonner, invoquant la nervosité – la fatigue et la surexcitation combinées à l'appréhension. Mara supplia la Dame de la guider vers la paix intérieure qu'elle désirait si ardemment.

Le gong sonna à nouveau, le troisième coup sur vingt-deux, vingt pour les dieux, un pour la Lumière du Ciel, et un pour les enfants imparfaits qui allaient bientôt entrer au service de la déesse de la Sagesse du Ciel Suprême. Âgée de dix-sept ans seulement, Mara se préparait à renoncer au monde temporel, tout comme la jeune fille agenouillée à ses côtés qui – dans dix-neuf autres coups de gong – deviendrait sa sœur, même si elles ne s'étaient rencontrées que deux semaines auparavant.

Mara étudia sa future sœur : Ura était une jeune fille revêche d'une famille de la province de Lash, sans clan mais richissime, alors qu'elle-même appartenait à une ancienne et puissante famille, les Acoma. L'entrée d'Ura au temple était une démonstration publique de la piété familiale, ordonnée par son oncle, le prétendu chef de famille qui cherchait à s'introduire dans le premier clan qui accepterait sa maisonnée. Mara, elle, avait presque dû se rebeller contre son père pour entrer dans l'ordre. Quand les deux jeunes filles s'étaient raconté leur histoire lors de leur première rencontre, Ura avait été incrédule, puis presque irritée de voir que la fille d'un puissant seigneur voulait se cloîtrer pour l'éternité derrière les murs de l'ordre. L'héritage de Mara lui assurait une position dans son clan, de puissants alliés, un vaste choix de soupirants d'un rang élevé, et la certitude d'un bon mariage avec le fils d'une famille importante. Ura se sacrifiait, comme elle disait, pour s'assurer que les prochaines générations de filles de sa famille auraient les choses auxquelles Mara renonçait. Mara se demanda à nouveau si Ura ferait une bonne sœur pour l'ordre de Lashima. Puis, une fois encore, elle s'interrogea sur sa propre valeur, espérant être digne d'entrer dans la congrégation.

Le gong résonna, d'un timbre profond et riche. Mara ferma les yeux un moment, priant pour trouver aide et réconfort. Pourquoi était-elle encore dévorée par le doute ? Dans dix-huit coups, elle perdrait à jamais sa famille, ses amis et tout ce qui lui était familier. Elle laisserait derrière elle sa vie passée, depuis ses premiers jeux d'enfant jusqu'à ses préoccupations de jeune fille de la noblesse sur le rôle que jouait sa famille dans le Jeu du Conseil, cette lutte sans fin pour le pouvoir qui conditionnait la vie de tous les Tsurani. Ura deviendrait sa sœur, quelles que soient leurs différences sociales, car dans l'ordre de Lashima nul ne tenait compte de l'honneur personnel ou du renom familial. Il ne lui resterait que le service de la déesse, par la chasteté et l'obéissance.

Le gong sonna une nouvelle fois… Le cinquième coup. Mara jeta un regard furtif vers l'autel placé sur l'estrade d'honneur. Encadrés par les arches ciselées, six prêtres et prêtresses s'agenouillaient devant la statue de Lashima, dont le visage restait voilé pendant l'initiation. Les fenêtres en ogive percées au sommet des dômes laissaient passer les premiers feux de l'aube, dont la lueur pâle progressait dans le temple obscur tels des doigts hésitants. Les rayons du soleil levant semblaient caresser la déesse, adoucissant la lumière des cierges qui l'entouraient comme des joyaux étincelants. Comme la Dame semblait amicale dans la clarté du matin ! songeait Mara. La Dame de la Sagesse regardait vers le sol, un demi-sourire dessiné sur ses lèvres ciselées, comme si elle aimait et protégeait tous ceux qui lui étaient confiés, et leur offrait la paix intérieure. Mara pria pour ce que fût vrai. Le seul prêtre qui n'était pas à genoux fit à nouveau retentir le gong. Un rayon de soleil étincela soudain sur le métal, et une merveilleuse explosion de reflets d'or joua sur les tentures sombres qui voilaient l'entrée du sanctuaire. Puis, alors que la lumière éblouissante disparaissait, le gong résonna une nouvelle fois.

Quinze coups devaient encore être frappés. Mara se mordit les lèvres, certaine que la déesse miséricordieuse lui pardonnerait son inattention momentanée. Ses pensées étaient comme des éclats de lumière se reflétant sur des cristaux brisés, dansant çà et là et ne restant jamais longtemps en place. Je ne ferai pas une très bonne moniale, s'avoua Mara en contemplant la statue. Je vous en supplie, soyez patiente envers moi, Dame de la Lumière Intérieure. Une nouvelle fois, elle regarda subrepticement sa compagne : Ura restait immobile et paisible, les yeux fermés. Mara se résolut à imiter sa conduite, tout du moins en apparence, car elle ne parvenait pas à trouver le calme intérieur. Le gong résonna une nouvelle fois.

Mara chercha le centre caché de son être, son wal, et s'efforça de mettre son esprit au repos. Elle y parvint pendant quelques minutes. Puis le son du gong la ramena brutalement à la réalité. Mara changea légèrement de position, chassant tout sentiment d'irritation alors qu'elle tentait de soulager ses bras douloureux. Elle combattit une envie irrésistible de soupirer. Le calme intérieur que lui avaient appris les sœurs qui l'avaient enseignée durant son noviciat lui échappa à nouveau, bien qu'elle eût travaillé dur au monastère pendant six mois avant d'être jugée digne d'être éprouvée dans la Cité Sainte, par les prêtres du grand temple.

Le prêtre frappa une nouvelle fois le gong, un son aussi audacieux que l'appel de la trompe qui avait rassemblé en formation les guerriers Acoma. Comme ils semblaient braves dans leur armure émaillée de vert, surtout les officiers avec leur superbe plumet, le jour où ils étaient partis combattre dans les forces du Seigneur de Guerre ! Mara s'inquiétait toujours du déroulement de la guerre dans le monde barbare, où combattaient son père et son frère. Un trop grand nombre de troupes familiales avaient été envoyées là-bas. Le clan était divisé dans sa loyauté envers le Grand Conseil, et comme aucune famille ne dominait clairement, une politique sanglante pesait lourdement sur les Acoma. Les familles du clan Hadama n'étaient unies qu'en apparence, et une trahison des Acoma par des cousins éloignés courtisant la faveur des Minwanabi restait dans le domaine du possible. Si Mara avait pu s'exprimer au conseil de son père, elle aurait insisté pour que le clan se séparât du Parti de la Guerre. Elle aurait peut-être même proposé une alliance avec le Parti de la Roue Bleue, qui feignait de ne s'intéresser qu'au commerce, alors qu'il œuvrait tranquillement pour contrarier les plans du Seigneur de Guerre…

Mara fronça les sourcils. Son esprit était à nouveau attiré par les affaires temporelles. Elle s'excusa auprès de la déesse, puis chassa au loin les pensées du monde qu'elle devait laisser derrière elle.

Mara regarda à nouveau la statue alors que le gong résonnait une nouvelle fois. Les traits de pierre de la déesse semblaient maintenant exprimer une douce réprimande ; la vertu commence en chacun de nous, se rappela-t-elle. L'aide ne vient qu'à ceux qui cherchent vraiment l'illumination. Mara baissa les yeux.

Le son du gong se réverbéra sous les hautes voûtes de pierre, mais dans les dernières résonances de ses harmoniques, un autre bruit fit soudain intrusion, un bruit totalement incongru. Elle entendait le frottement de sandales sur la pierre de l'antichambre, accompagné du cliquetis étouffé d'armes et d'armures. De l'autre côté des tentures, un gardien du sanctuaire protestait d'une voix rauque et basse : « Arrêtez-vous, soldat ! Vous ne pouvez plus entrer dans le sanctuaire maintenant ! Cela est interdit ! »

Mara se raidit. Une prémonition glaciale traversa tout son être. Sous l'abri de sa coiffe déployée, elle vit se lever les prêtres agenouillés sur l'estrade d'honneur, alarmés. Ils se retournèrent pour regarder l'intrus, tandis que le gong perdait la mesure et devenait silencieux.

Le révérend père supérieur s'avança vers la tenture avec détermination, les sourcils froncés par l'anxiété. Mara ferma les yeux avec force. Si seulement elle pouvait plonger le monde extérieur dans les ténèbres aussi facilement que cela, alors personne ne serait jamais capable de la retrouver. Mais le bruit de pas cessa, remplacé par la voix du révérend père supérieur. « Quelle est la raison de cet outrage, soldat ? Vous violez un rite des plus sacrés ! »

Une voix grave retentit. « Nous venons chercher la Dame des Acoma ! »

La Dame des Acoma. Comme un poignard glacé plongé dans ses entrailles, les paroles lacérèrent l'âme de Mara. Cette simple phrase changeait à jamais sa vie et son destin. Son esprit se rebella, hurla son refus, mais elle s'imposa le calme par un effort surhumain. Elle ne couvrirait pas ses ancêtres de honte en laissant paraître sa douleur en public. Elle maîtrisa sa voix tandis qu'elle répondait en se levant lentement. « Je suis ici, Keyoke. »

Dans un ensemble parfait, les prêtres et les prêtresses regardèrent le révérend père supérieur traverser le sanctuaire et se placer devant Mara. Les symboles brodés sur ses robes sacerdotales brillèrent un instant alors qu'il faisait signe à une prêtresse, qui se hâta de le rejoindre. Puis il regarda Mara droit dans les yeux et y lut la souffrance contenue qu'elle dissimulait. « Ma fille, il est clair que Notre Maîtresse de la Sagesse a choisi pour vous une autre destinée. Que son amour et sa grâce vous accompagnent, Dame des Acoma. » Il s'inclina légèrement.

Mara lui rendit son salut, puis tendit son voile à la prêtresse. Sans prêter attention au soupir d'envie d'Ura, elle se retourna enfin pour regarder le porteur de la nouvelle qui venait à jamais de changer sa vie.

Juste derrière les tentures, Keyoke, commandant de l'armée des Acoma, observait sa maîtresse d'un regard las. C'était un vieux soldat, couturé de cicatrices, fier et droit en dépit de ses quarante années de loyaux services. Il se tenait prêt à se placer aux côtés de la jeune fille, pour lui offrir le soutien de son bras, ou peut-être même pour la protéger des regards publics si la tension nerveuse se révélait trop forte pour elle.

Pauvre Keyoke, toujours aussi loyal, pensa Mara. Cette annonce n'avait pas dû être facile pour lui non plus. Elle ne le désappointerait pas en couvrant sa famille de honte. Devant cette tragédie, elle garderait les manières et la dignité requises d'une Dame d'une grande maison.

Keyoke s'inclina profondément tandis que sa maîtresse approchait. Derrière lui se tenait le grand et taciturne Papéwaio, son visage comme toujours un masque impénétrable. Le plus fort des guerriers Acoma, il était à la fois le compagnon et l'aide de camp de Keyoke. Il s'inclina à son tour et écarta la tenture pour que Mara pût passer devant eux.

Mara les entendit se placer derrière elle, un de chaque côté. Papéwaio se tenait un pas en arrière, respectant l'étiquette dans ses moindres détails. Sans prononcer une parole, elle les conduisit hors du sanctuaire, passant sous l'auvent des jardins du temple qui séparaient le sanctuaire intérieur de la partie publique. Ils entrèrent dans le temple extérieur, encadré d'immenses colonnes de grès qui s'élevaient jusqu'au toit. Puis ils franchirent un long couloir, passant devant de magnifiques fresques dépeignant l'histoire de la déesse Lashima. Tentant désespérément d'oublier le chagrin qui menaçait de la submerger, Mara se rappelait les histoires que chaque fresque représentait : comment la déesse s'était montrée plus rusée que Turakamu, le Dieu Rouge, pour sauver la vie d'un enfant ; comment elle avait calmé la colère de l'empereur Inchonlonganbula, sauvant de l'anéantissement la cité de Migran ; comment elle avait enseigné au premier érudit le secret de l'écriture. Mara ferma les yeux alors qu'ils dépassaient son histoire favorite : comment, déguisée en vieille femme, Lashima avait réglé un différend entre un fermier et son épouse. Mara détourna son regard des fresques… Elles appartenaient maintenant à une vie qui lui était refusée.

Elle atteignit bien trop rapidement à son gré les grandes portes extérieures. Elle s'arrêta un instant au sommet de l'escalier de marbre aux marches usées. Dans la cour, en contrebas, attendait une demi-compagnie de gardes revêtus de la brillante armure verte des Acoma. Plusieurs d'entre eux arboraient des blessures récentes, encore bandées, mais tous se mirent au garde-à-vous et saluèrent leur Dame, le poing sur le cœur, quand ils la virent enfin paraître. Mara déglutit de peur ; si des soldats blessés étaient de service d'escorte, les combats avaient dû être vraiment très violents. De nombreux guerriers courageux avaient dû périr. En voyant que les Acoma étaient contraints de montrer un tel signe de faiblesse, Mara sentit le rouge de la colère lui monter aux joues. Heureuse que les robes du temple dissimulent le tremblement de ses jambes, elle descendit les marches. Un palanquin l'attendait au bas de l'escalier. Une douzaine d'esclaves patientaient silencieusement sur le côté, pendant que la Dame des Acoma s'installait. Puis Papéwaio et Keyoke prirent leur poste, de chaque côté du palanquin. Sur l'ordre de Keyoke, les esclaves saisirent les perches et levèrent la litière sur leurs épaules luisantes de sueur. Légèrement dissimulée par les légers rideaux brodés suspendus sur les côtés du palanquin, Mara s'assit avec raideur tandis que les soldats se plaçaient en formation devant et derrière leur maîtresse.

Le palanquin oscillait légèrement tandis que les esclaves avançaient vers le fleuve, se frayant habilement un chemin dans la foule qui encombrait les rues de la Cité Sainte. Ils dépassaient des chariots tirés par de placides needra à six pattes, et étaient à leur tour doublés par des messagers ou des porteurs, un paquet posé sur l'épaule ou la tête, qui trottaient pour se hâter de livrer leur fardeau aux clients qui versaient une prime pour une livraison rapide.

Le bruit et l'animation des rues commerçantes derrière les portes frappèrent durement Mara ; à l'abri des murs du temple, le choc de l'apparition de Keyoke ne s'était pas encore imprimé dans son esprit. Maintenant, elle s'efforçait avec difficulté de ne pas verser de larmes sur les coussins de la litière, alors que la compréhension de ce qui lui arrivait menaçait de la briser. Elle ne voulait pas parler, comme si le silence pouvait masquer la vérité. Mais elle était tsurani, de la famille des Acoma. La couardise ne changerait pas le passé, pas plus qu'elle ne conjurerait les désastres potentiels de l'avenir. Elle prit une profonde inspiration. Puis, écartant le rideau pour mieux voir Keyoke, elle déclara ce qui n'avait jamais fait l'ombre d'un doute :

« Ils sont morts tous les deux. »

Keyoke inclina brusquement la tête, une seule fois. « Votre père et votre frère ont reçu l'ordre de lancer un assaut dérisoire contre une fortification barbare. C'était un meurtre. » Ses traits restèrent impassibles, mais sa voix trahissait une profonde amertume tandis qu'il marchait d'un pas vif aux côtés de sa maîtresse.

Le palanquin fut bousculé alors que les esclaves évitaient un chariot rempli à ras bord de fruits de jomach. L'escorte descendit la rue vers le débarcadère construit sur les rives du fleuve, tandis que Mara observait la scène, les poings serrés. Déployant toute sa force de volonté, elle se força à ouvrir les mains lentement et à se détendre. Après un long silence, elle reprit : « Raconte-moi ce qui s'est passé, Keyoke.

— Quand les neiges ont fondu sur le monde des barbares, nous avons reçu l'ordre de nous déployer, pour contenir une éventuelle attaque des troupes ennemies. » L'armure du vieux soldat grinça tandis qu'il se redressait pour lutter contre la fatigue et le souvenir de la mort de son maître, mais sa voix restait indifférente. « Des soldats des villes barbares de Zün et de LaMut étaient déjà en campagne, plus tôt que nous nous y attendions. Nous avons envoyé des courriers au Seigneur de Guerre dont le campement se trouvait dans une vallée, dans les montagnes que les barbares appellent les Tours Grises. En l'absence du Seigneur de Guerre, son commandant en second donna l'ordre à votre père d'attaquer la position barbare. Nous…

— Ce commandant en second, c'est un Minwanabi, n'est-ce pas ? » l'interrompit Mara.

Keyoke laissa transparaître une expression d'approbation sur son visage buriné, comme s'il félicitait silencieusement Mara de garder l'esprit clair en dépit de sa peine. « Oui. C'est le neveu du seigneur Jingu des Minwanabi, le fils unique de son défunt frère, Tasaio. » Les yeux de Mara s'étrécirent tandis qu'il reprenait son récit. « Nous étions en nombre très inférieur. Votre père le savait – nous le savions tous – mais il sauva son honneur. Il suivit les ordres sans poser de question. Nous attaquâmes. Le commandant en second avait promis de soutenir notre flanc droit, mais ses troupes n'arrivèrent jamais. Au lieu de coordonner leur charge avec la nôtre, les soldats Minwanabi maintinrent leur position, comme s'ils se préparaient à une contre-attaque. Tasaio l'avait ordonné ainsi.

« Mais alors que nous étions écrasés par une contre-attaque des barbares, des renforts arrivèrent de la vallée, des troupes placées sous la bannière des Omechkel et des Chimiriko. Elles ne savaient rien de la trahison et combattirent bravement pour nous aider à échapper aux sabots des chevaux des barbares. C'est à ce moment que les Minwanabi attaquèrent, comme s'ils voulaient repousser la contre-attaque. Ils arrivèrent juste au moment où les barbares battaient en retraite. Pour quelqu'un qui n'avait pas été là depuis le début, ce n'était qu'une bataille qui avait mal tourné. Mais les Acoma savent que c'est une trahison des Minwanabi. »

Les yeux de Mara se plissèrent, et ses lèvres se pincèrent ; un instant, l'expression de Keyoke trahit la peur que la jeune fille pût couvrir de honte la mémoire de son père en pleurant avant que la tradition ne l'y autorisât. Mais elle reprit calmement la parole, la voix tremblant d'une rage contenue. « Ainsi, mon seigneur des Minwanabi a profité de cette occasion pour ourdir la mort de mon père, en dépit de notre alliance avec le Parti de la Guerre ? »

Keyoke remit son casque d'aplomb. « Tout à fait, ma Dame. Jingu des Minwanabi a dû ordonner à Tasaio de modifier les instructions du Seigneur de Guerre. Jingu manœuvre avec audace ; Tasaio aurait encouru la colère du Seigneur de Guerre et une mort déshonorante si notre armée avait perdu cette position au profit des barbares. Mais Almecho a besoin du soutien des Minwanabi dans cette campagne, et bien qu'il soit irrité par le neveu de Jingu, il garde le silence. Rien n'a été perdu. En apparence, ce fut un coup d'épée dans l'eau, sans vainqueur. Mais au Jeu du Conseil, les Minwanabi triomphent des Acoma. » Pour la première fois de sa vie, Mara entendit une nuance d'émotion dans la voix de Keyoke. D'un ton presque amer, il continua : « Papéwaio et moi-même fûmes épargnés sur l'ordre de votre père. Il nous ordonna de rester à l'écart avec cette petite compagnie – et nous chargea de vous protéger si les choses devaient tourner… comme ce fut le cas. » Forçant sa voix à reprendre son timbre déterminé habituel, il ajouta : « Mon Seigneur Sezu savait que lui et votre frère ne survivraient sans doute pas à la bataille. »

Mara s'étendit sur les coussins, l'estomac noué. Elle avait une forte migraine et se sentait la poitrine oppressée. Elle prit une longue et profonde inspiration, puis regarda de l'autre côté du palanquin, vers Papéwaio qui marchait en gardant un visage impassible. « Et que dis-tu de tout cela, mon brave Papé ? demanda-t-elle. Comment répondrons-nous à ces meurtres perpétrés contre notre maison ? »

D'un air distrait, Papéwaio frotta de son pouce gauche une cicatrice sur sa mâchoire, un geste qu'il faisait souvent dans les moments de tension. « J'agirai selon votre volonté, ma Dame. »

Les manières du premier chef de troupe des Acoma semblaient tranquilles, mais Mara sentait qu'il aurait préféré avoir la lance au poing et l'épée dégainée. Pendant un instant de rage irraisonnée, Mara songea à se venger immédiatement. Sur son ordre, Papéwaio irait attaquer le seigneur Minwanabi dans sa propre chambre, ou au beau milieu de son armée. Même si le soldat aurait considéré comme un honneur de mourir au cours de cette mission, elle chassa ce désir déraisonnable. Papéwaio, ni aucune autre personne portant le vert Acoma, ne pourrait approcher à moins d'un demi-jour de marche du seigneur des Minwanabi. De plus, une loyauté comme celle de Papéwaio devait être jalousement conservée, et jamais gaspillée.

Loin du regard inquisiteur des prêtres, Keyoke observa attentivement Mara. Elle croisa son regard et le soutint. Elle se rendait bien compte que son visage était sinistre, avec ses traits tirés et pâles, mais elle savait aussi qu'elle s'était bien comportée devant cette nouvelle. Le regard de Keyoke se porta à nouveau vers l'avant, comme s'il attendait la prochaine question ou le prochain ordre de sa maîtresse.

Le regard d'un homme, même celui d'un vieux serviteur de sa famille, obligea Mara à s'examiner, sans illusion, sévérité ou indulgence excessive. Elle était une jeune fille assez jolie sans être vraiment belle, surtout lorsque les soucis ou la réflexion lui faisaient froncer les sourcils. Mais son sourire pouvait la rendre éblouissante – tout du moins, c'est ce que lui avait dit un jour un jeune homme – et elle possédait une certaine qualité de séduction, une énergie fougueuse qui la rendaient par moments presque enjouée. Elle était mince et gracieuse, et son corps svelte avait attiré l'œil de plus d'un fils de grande maison. Maintenant, l'un d'eux deviendrait probablement un allié nécessaire pour endiguer la vague de revers politiques qui menaçait d'anéantir les Acoma. Ses yeux bruns à demi fermés, elle considéra la terrible responsabilité qui pesait désormais sur ses épaules. Avec un pincement au cœur, elle comprit qu'elle devrait maintenant user de tous les attraits de la féminité – la beauté, l'esprit, le charme, la séduction – pour sauver les Acoma, en plus de l'intelligence que les dieux lui avaient accordée. Elle combattit la peur que ses dons ne suffisent pas à cette tâche ; c'est alors, avant même qu'elle ne s'en rendît compte, que les visages de son père et de son frère lui revinrent en mémoire. La douleur menaça de lui broyer le cœur, mais elle l'enfouit au plus profond de son être. Le chagrin devait attendre.

Doucement, Mara annonça : « Nous devons parler de beaucoup de choses, Keyoke, mais pas ici. » Dans la foule qui encombrait les rues de la cité, des ennemis pouvaient venir de tous côtés, des espions, des assassins, des informateurs déguisés. Mara ferma les yeux devant les peurs nées de son imagination ou bien réelles. « Nous parlerons quand seules des oreilles loyales aux Acoma pourront entendre notre conversation. » Keyoke grogna son approbation. Mara remercia silencieusement les dieux qu'il eût été épargné. Le vieux commandant était un roc, et elle aurait besoin d'hommes tels que lui à ses côtés.

Épuisée, Mara s'allongea dans les coussins. Elle devait surmonter son chagrin pour réfléchir. Le plus puissant ennemi de son père, le seigneur Jingu des Minwanabi, avait presque réussi à accomplir l'un des objectifs de sa vie : l'anéantissement des Acoma. La guerre de sang entre les Acoma et les Minwanabi existait depuis des générations, et bien qu'aucune des deux maisons n'eût réussi à l'emporter jusqu'à maintenant, de temps à autre l'une d'elles devait lutter pour se protéger. Mais maintenant les Acoma étaient gravement affaiblis, et les Minwanabi étaient au faîte de leur puissance, rivalisant même avec la famille du Seigneur de Guerre. Jingu avait déjà reçu l'allégeance de nombreux vassaux, dont le plus important était le seigneur des Kehotara, dont la puissance égalait celle de son père. Et alors que l'étoile des Minwanabi continuerait à monter au firmament, des familles toujours plus nombreuses s'allieraient avec lui.

Pendant un long moment, Mara resta allongée derrière les rideaux mouvants, apparemment endormie. Sa situation était cruellement claire. Elle était tout ce qui restait entre le seigneur des Minwanabi et son objectif final – une jeune fille qui avait failli, à dix coups de gong près, devenir une sœur de Lashima. Cette prise de conscience lui laissa un goût de cendres dans la bouche. Maintenant, si elle voulait survivre assez longtemps pour regagner l'honneur de sa famille, elle devait étudier ses ressources, comploter, établir des projets d'avenir, et entrer dans le Jeu du Conseil. D'une façon ou d'une autre, elle devait trouver un moyen de déjouer les plans du seigneur de l'une des Cinq Grandes Familles de l'Empire de Tsuranuanni.

Mara cligna des yeux et se força à se réveiller. Elle avait somnolé difficilement pendant que la litière avançait dans les rues encombrées de Kentosani, la Cité Sainte, alors que son esprit cherchait à échapper aux tensions de la journée. Maintenant, le palanquin oscillait doucement pendant que les esclaves le posaient sur le quai.

Mara regarda à travers les rideaux, trop hébétée pour éprouver du plaisir au spectacle de la foule animée des quais. Quand elle était arrivée dans la Cité Sainte, elle avait été captivée par la diversité multicolore de la foule, des gens venus de toutes les provinces de l'Empire, et qui passaient devant elle. La simple vue des nefs d'apparat venant des cités en amont et en aval du fleuve Gagajin l'avait enchantée. Couvertes de bannières, elles se balançaient sur leurs amarres comme de fiers oiseaux au plumage chatoyant parmi des volailles de basse-cour, les péniches commerciales et les embarcations des marchands qui allaient et venaient dans le port. Tout – le spectacle, les bruits, les odeurs – était si différent de ce qu'elle connaissait sur le domaine de son père – son domaine, maintenant, se corrigea-t-elle. Désespérée par cette réflexion, Mara remarqua à peine les esclaves qui peinaient sous le soleil cuisant, leurs corps presque nus luisant de sueur, souillés par la poussière, tandis qu'ils chargeaient des marchandises sur les péniches. Cette fois, elle ne rougit pas comme elle l'avait fait la première fois, lorsqu'elle avait pris cette route en compagnie des sœurs de Lashima. La nudité masculine n'avait rien de nouveau pour elle ; enfant, elle jouait près des communs, là où les soldats se baignaient, et pendant des années, elle avait nagé avec son frère et ses amis dans le lac qui surplombait les pâturages des needra. Mais voir des hommes nus après avoir renoncé au monde charnel avait apparemment fait une différence. L'une des suivantes de Lashima lui avait intimé l'ordre de détourner le regard, ce qui lui avait encore plus donné envie de regarder. Ce jour-là, elle avait dû se discipliner pour ne pas regarder les corps efflanqués et musclés.

Mais aujourd'hui, les corps des esclaves ne réussissaient pas à la fasciner, pas plus que les cris des mendiants qui invoquaient la bénédiction des dieux sur ceux qui acceptaient de donner une pièce à moins fortunés qu'eux. Mara ignora les bateliers à la voix forte et à l'humour acéré, qui flânaient avec la démarche chaloupée de ceux qui passent leur vie sur l'eau et qui méprisent secrètement ceux qui vivent sur terre. Les couleurs semblaient voilées, tout était moins brillant, moins captivant, tandis qu'elle regardait avec des yeux devenus soudain plus vieux, moins enclins à voir les choses avec émerveillement et ravissement. Maintenant, chaque façade ensoleillée projetait une ombre ténébreuse. Et, dans ces ombres, ses ennemis complotaient.

Mara quitta rapidement le palanquin. En dépit de sa robe blanche de novice de Lashima, elle avançait avec toute la dignité attendue de la Dame des Acoma. Elle gardait les yeux fixés droit devant elle, alors qu'elle avançait vers la péniche qui l'emmènerait en aval, vers Sulan-Qu. Papéwaio lui dégageait un chemin, écartant brutalement les ouvriers. D'autres soldats se déplaçaient non loin d'eux, des gardes aux uniformes chamarrés qui escortaient leurs maîtres de leur nef vers la ville. Keyoke les surveillait d'un œil prudent, tandis qu'il restait près de Mara pendant la traversée des quais.

Tandis que ses officiers lui faisaient emprunter la passerelle, Mara souhaita ardemment pouvoir disposer d'un endroit sombre et calme où elle pourrait affronter sa peine. Mais à l'instant où elle posa le pied sur le pont, le capitaine de la péniche se précipita à sa rencontre. Ses robes courtes, rouge et pourpre, formaient un contraste discordant, désagréable après les vêtements sombres des prêtres et des sœurs du monastère. Des breloques de jade cliquetaient à ses poignets tandis qu'il s'inclinait obséquieusement et offrait à son illustre passagère le meilleur logement de son humble péniche, une pile de coussins placés sous un auvent central, entouré de rideaux de mousseline. Mara permit au capitaine d'exprimer son adulation servile jusqu'à ce qu'elle fût assise, la courtoisie exigeant qu'elle lui accordât son attention pour qu'il ne perdît pas injustement la face. Une fois installée, elle laissa son silence l'informer que sa présence n'était plus requise. Devant un auditoire indifférent à son bavardage, l'homme laissa retomber le léger rideau, accordant enfin un peu d'intimité à Mara. Keyoke et Papéwaio s'assirent à l'opposé l'un de l'autre, tandis que la garde d'honneur entourait l'auvent, leur vigilance coutumière soulignée par une note sinistre de tension. Ils étaient tous prêts au combat…

Faisant semblant de regarder les eaux tournoyantes, Mara déclara : « Keyoke, où se trouve la nef d'apparat de mon pè… la… ma nef ? Et mes servantes ?

— La nef des Acoma est restée à quai à Sulan-Qu, ma Dame, répondit le vieux soldat. J'ai jugé qu'une rencontre de nuit avec les soldats des Minwanabi ou de leurs alliés serait moins probable si nous utilisions une péniche commerciale. Le risque qu'une personne survive pour témoigner découragera peut-être une attaque par des ennemis déguisés en bandits. Et si nous devions rencontrer quelques difficultés, j'ai craint que vos servantes ne deviennent une gêne. » Les yeux de Keyoke surveillaient les quais tandis qu'il parlait. « Cette embarcation s'amarrera la nuit avec d'autres péniches, et ainsi nous ne serons jamais seuls sur le fleuve. »

Mara approuva d'un signe de tête, fermant les yeux quelques secondes. Elle répondit doucement : « Très bien. » Elle aurait préféré un peu plus d'intimité, impossible à obtenir sur cette péniche publique, mais la préoccupation de Keyoke était fondée.

Le seigneur Jingu pouvait sacrifier une compagnie entière de soldats pour détruire la dernière survivante des Acoma. Il pouvait lancer à l'attaque autant d'hommes qu'il le fallait pour écraser l'escorte de Mara. Mais il ne le ferait que si le succès était assuré, et il feindrait ensuite d'ignorer cet acte devant les autres seigneurs du Grand Conseil. Tous ceux qui pratiquaient le Jeu du Conseil devineraient qui avait ordonné un tel massacre, mais les formes devaient toujours être respectées. Un voyageur parvenant à s'échapper, un garde Minwanabi reconnu, une remarque étourdie entendue par un batelier sur une péniche proche, et Jingu était perdu. Que son rôle fût rendu public dans une embuscade si ignominieuse lui ferait perdre beaucoup de prestige au conseil, signalant peut-être à ses « loyaux » alliés qu'il commençait à perdre le contrôle de la situation. Alors il aurait autant à craindre ses amis que ses ennemis. Tel était le Jeu du Conseil. Le choix de Keyoke de ce moyen de transport pouvait se révéler aussi dissuasif contre une trahison qu'une centaine d'hommes d'armes supplémentaires.

La voix du capitaine trancha l'air alors qu'il ordonnait aux esclaves de larguer les amarres. Un bruit sourd fut suivi d'une secousse et soudain la péniche se déplaça, s'écartant du quai pour rejoindre le tournoiement paresseux du courant. Mara s'allongea dans les coussins, jugeant qu'il était acceptable maintenant qu'elle se relaxe, tout du moins en apparence. Des esclaves manœuvraient la péniche avec des perches, et leurs minces corps tannés par le soleil se déplaçaient en rythme, coordonnés par un simple chant.

« Garde-la au milieu, chantait le timonier.

— Ne touche pas la rive », répondaient les esclaves.

Le chant prit un rythme soutenu, et le timonier commença à ajouter des paroles simples, toujours en cadence. « Je connais une femme très laide ! cria-t-il.

— Ne touche pas la rive !

— Sa langue coupe comme un couteau !

— Ne touche pas la rive !

— Je me suis saoulé un soir d'été !

— Ne touche pas la rive !

— Et je l'ai épousée ! »

Le chant stupide apaisait Mara, et elle laissa vagabonder ses pensées. Son père avait argumenté longuement et vivement contre sa décision d'entrer dans les ordres. Maintenant, alors qu'il ne lui était plus possible de s'excuser, Mara regrettait amèrement cette altercation où elle avait été très près de défier ouvertement son père. Celui-ci n'avait accepté que parce que son amour pour sa fille unique était plus grand que son désir d'un mariage politique avantageux. Leur séparation avait été orageuse. Le seigneur Sezu des Acoma pouvait se comporter comme un harulth en furie – un gigantesque prédateur, l'animal le plus craint des gardiens de troupeau et des chasseurs – quand il affrontait ses ennemis, mais il n'avait jamais rien pu refuser à sa fille. Même lorsque les demandes de cette dernière étaient totalement déraisonnables. Il ne s'était jamais senti aussi à l'aise avec elle qu'avec son frère, mais il avait cédé à tous ses caprices depuis sa naissance. Seule sa nourrice, Nacoya, lui avait un peu tenu la bride serrée durant son enfance.

Mara ferma les yeux. La péniche offrait une certaine sécurité. Elle pouvait maintenant se plonger dans l'obscur refuge du sommeil ; ceux qui se trouvaient de l'autre côté des rideaux du minuscule pavillon penseraient seulement qu'elle fuyait l'ennui d'un long voyage sur le fleuve. Mais elle ne parvint pas à trouver le repos. L'image du frère qu'elle avait aimé comme son propre souffle lui revenait en mémoire, Lanokota aux yeux sombres et étincelants, qui avait toujours un sourire aux lèvres pour son adorable petite sœur. Lano, qui courait plus vite que tous les guerriers de la maison de son père, et qui avait remporté trois fois de suite les jeux d'été de Sulan-Qu, un exploit jamais égalé. Lano avait toujours du temps à consacrer à Mara, même pour lui apprendre la lutte – ce qui lui avait valu d'encourir la colère de

Nacoya, pour avoir entraîné une petite fille dans une occupation aussi peu distinguée. Et Lano avait toujours une plaisanterie stupide – et souvent grivoise – à raconter à sa petite sœur, pour la faire rire et rougir. Si elle n'avait pas choisi une vie contemplative, Mara savait que tous ses soupirants auraient dû se mesurer à l'image de son frère... Lano, dont le rire joyeux ne résonnerait plus dans la nuit, alors qu'ils partageaient leur dîner dans la grande salle. Même leur père, toujours sévère, souriait alors, incapable de résister à la bonne humeur communicative de son fils. Mara avait respecté et admiré son père, mais elle avait profondément aimé son frère, et maintenant le chagrin menaçait de l'écraser.

Mara refoula ses émotions. Ce n'était pas l'heure ni l'endroit ; elle devrait attendre avant de pleurer ses morts. Revenant aux problèmes pratiques, elle demanda à Keyoke : « Les corps de mon père et de mon frère ont-ils été retrouvés ?

— Non, ma Dame, ils ne l'ont pas été », répondit Keyoke, une certaine amertume dans la voix.

Mara se mordit les lèvres. Elle n'aurait pas de cendres à enterrer dans le jardin sacré. À leur place, elle devrait choisir deux objets symboliques de son père et de son frère, l'une de leurs possessions favorites, pour les enterrer près du natami sacré – la pierre qui contenait l'âme de la famille Acoma – afin que leurs esprits puissent être guidés vers leurs terres ancestrales et trouver la paix auprès de leurs aïeux, jusqu'à ce que la Roue de la Vie tourne à nouveau. Épuisée par ses émotions, Mara ferma une nouvelle fois les yeux pour chasser les larmes. Ses souvenirs la hantaient et la maintenaient éveillée, alors qu'elle tentait sans succès de s'endormir. Puis, quelques heures plus tard, le balancement de la péniche, le chant du timonier et les réponses des esclaves lui devinrent familiers. Son esprit et son corps répondirent selon le même rythme et elle se détendit. La chaleur du jour et la tranquillité du fleuve conspirèrent enfin pour bercer Mara et la plonger dans un profond sommeil.

La péniche entra dans le port de Sulan-Qu sous la lumière topaze de l'aube. La brume s'élevait du fleuve en tourbillons gris, tandis que les échoppes et les étals du port ouvraient leurs volets en préparation du marché. Keyoke fit débarquer rapidement le palanquin de Mara, pendant que les rues étaient encore libres de la foule étouffante du commerce. Bientôt, les chariots et les porteurs, les boutiquiers et les mendiants encombreraient les rues commerçantes. En l'espace de quelques minutes, les esclaves s'apprêtèrent. Toujours revêtue des robes blanches d'une sœur de Lashima – froissée par six jours de voyage –, Mara grimpa péniblement dans le palanquin. Elle s'allongea dans les coussins brodés, ornés du symbole stylisé de sa famille, l'oiseau shatra, et elle comprit combien elle redoutait son retour au domaine. Elle ne pouvait pas imaginer les grandes galeries du manoir familial sans les échos de la voix turbulente de Lano… ou les nattes du cabinet de travail sans les parchemins qui les encombraient, abandonnés par son père quand il se lassait de lire des rapports. Mara sourit faiblement, se rappelant la répugnance de son père pour les affaires commerciales, en dépit de son habileté dans ce domaine. Il préférait la guerre, les jeux et la politique, mais elle se rappelait qu'il disait que toutes ces choses exigeaient de l'argent, et qu'il ne fallait jamais négliger le commerce.

Mara se permit un soupir presque audible alors que les esclaves hissaient le palanquin sur leurs épaules. Elle aurait préféré que les rideaux lui accordent une plus grande intimité, car elle devrait endurer les regards des paysans et des ouvriers qu'ils croiseraient dans les rues éclairées par les premières lueurs du jour. Du sommet de leurs charrettes de légumes, ou derrière les étals où étaient exposées leurs marchandises, ils regardaient passer la grande Dame et son escorte. Usée par le souci de maintenir en permanence les apparences, Mara endura sans mot dire le voyage agité dans les rues, rapidement encombrées par la foule. Elle plongea dans un abîme de réflexion, apparemment vigilante, mais sans prêter attention au spectacle habituellement divertissant de la ville.

Les marchands ôtaient les volets des galeries supérieures, pour étaler en hauteur leurs marchandises, juste au-dessus des acheteurs. Quand le marchandage était terminé, la somme convenue était hissée dans un panier puis les articles étaient descendus de la même manière. Les prostituées patentées étaient encore endormies, et une galerie sur cinq ou six restait fermée.

Mara sourit imperceptiblement, se souvenant de la première fois où elle avait vu les courtisanes. Les prostituées se pavanaient sur les galeries comme elles le faisaient depuis des générations, leurs robes arrangées avec un abandon provocant tandis qu'elles s'éventaient dans la chaleur perpétuelle de la ville. Toutes les femmes étaient très belles, le visage peint de magnifiques couleurs et leurs cheveux coiffés dans un style majestueux. Même leurs robes légères étaient faites des tissus les plus coûteux, ornés de magnifiques broderies. Mara avait exprimé la joie d'une fillette de six ans en les voyant. Elle avait alors annoncé à tous ceux qui se trouvaient à portée d'oreille que, lorsqu'elle serait grande, elle voudrait devenir comme les dames des galeries. Ce fut la seule fois de sa vie où elle vit son père rester sans voix. Lano l'avait taquinée sans cesse sur cet incident, jusqu'au matin même où elle était partie pour le temple. Maintenant, ses remarques moqueuses et espiègles ne l'embarrasseraient plus jamais.

Émue presque jusqu'aux larmes, Mara chassa ses souvenirs. Elle chercha une diversion en observant le spectacle de la ville, regardant les colporteurs habiles qui vendaient au coin des rues des marchandises posées sur des brouettes, les mendiants qui accostaient les passants en leur racontant l'histoire de leur misère, les jongleurs qui faisaient des pitreries et les marchands qui présentaient des rouleaux de soie rare et magnifique. Mais elle ne parvint pas à protéger son esprit de la souffrance qu'elle ressentait au plus profond d'elle-même.

Ils sortirent enfin du marché et quittèrent la ville. Au-delà des murailles de Sulan-Qu, des champs cultivés s'étendaient à perte de vue vers les montagnes bleutées qui barraient l'horizon. La chaîne des Kyamaka n'était pas aussi accidentée et élevée que la Grande Muraille dans le Nord, mais les vallées restaient assez isolées pour abriter des bandits et des hors-la-loi.

La route jusqu'au domaine de Mara traversait un marécage qui résistait à toutes les tentatives de drainage. Ses porteurs se mirent à murmurer et à se plaindre des morsures d'insectes. Un mot de Keyoke ramena le silence.

La route traversa un bosquet de ngaggi, dont les immenses branches inférieures formaient une voûte d'ombres bleu-vert. Puis les voyageurs atteignirent des terres plus accidentées, empruntant des ponts peints de couleurs vives, alors que les rivières qui alimentaient les marais interrompaient continuellement les routes construites par l'homme. Ils arrivèrent devant un portique de prière, une porte voûtée ornée de couleurs chatoyantes, érigée par un homme aisé pour remercier les dieux de lui avoir accordé leur bénédiction. Quand ils passaient sous l'arche, les voyageurs prononçaient silencieusement une prière d'action de grâces et recevaient en échange une petite bénédiction. Et, tandis qu'ils laissaient derrière eux le portique de prière, Mara se dit qu'elle aurait besoin dans les jours à venir de toutes les faveurs que les dieux voudraient bien lui accorder, si les Acoma devaient survivre.

L'escorte quitta la grande route, se tournant vers sa destination finale. Voûtés comme des vieillards, les shatra cherchaient leur nourriture dans les rizières de thyza, dévorant les insectes et les vers. Comme ils aidaient ainsi à assurer de bonnes récoltes, on considérait que ces oiseaux à l'allure ridicule portaient bonheur. C'est tout du moins ce que pensaient les Acoma, car ils avaient fait du shatra leur symbole et la pièce centrale de leurs armoiries familiales. Mara ne trouvait rien de drôle dans le spectacle familier des échassiers, avec leurs pattes maigrelettes et leurs oreilles sans cesse en mouvement. Elle fut bientôt saisie d'une profonde appréhension, car les oiseaux et les ouvriers annonçaient qu'elle avait enfin atteint les terres des Acoma.

Les porteurs accélérèrent le pas. Oh, comme Mara souhaitait qu'ils ralentissent plutôt leur course, ou qu'ils fassent demi-tour et l'emportent ailleurs ! Mais son arrivée avait été remarquée par les ouvriers qui ramassaient des fagots dans les bois, entre les champs, et dans les pâturages qui entouraient le manoir. Certains crièrent ou firent un signe de la main alors qu'ils avançaient, courbés sous les fagots de bois placés sur leur dos et retenus par une lanière passant sur le front. Il y avait de l'enthousiasme dans leur salut, et en dépit de la raison de son retour, ils méritaient mieux qu'une attitude distante de leur nouvelle maîtresse.

Mara se redressa, souriant légèrement et hochant la tête. Autour d'elle s'étendaient ses terres, qu'elle pensait ne jamais revoir. Les haies, les champs bien tenus et les dépendances très propres où logeaient les ouvriers agricoles n'avaient pas changé. Mais après tout, pensa-t-elle, son absence avait duré moins d'une année.

Le palanquin dépassa les pâturages des needra. La tranquillité de l'air de midi était brisée par les meuglements plaintifs des troupeaux et le « hut-hut-hut » des gardiens. Ceux-ci criaient en agitant leurs bâtons pour guider le bétail vers les enclos où les bêtes seraient examinées pour les débarrasser de leurs parasites. Mara regarda les femelles qui paissaient, le soleil rendant leur cuir gris presque fauve. Quelques-unes levèrent leur mufle épaté tandis que les jeunes needra courtauds faisaient semblant de charger, puis décampaient sur leurs six pattes trapues pour s'abriter derrière leurs mères. Mara eut l'impression que certaines des bêtes lui demandaient quand Lano reviendrait jouer ses terribles farces aux étalons hargneux. La douleur de son deuil augmentait au fur et à mesure qu'elle se rapprochait de chez elle. Mais Mara fit bonne contenance quand les porteurs du palanquin tournèrent sur la large allée bordée d'arbres qui conduisait au cœur du domaine.

Devant elle se tenait la grande demeure centrale, construite de poutres et de cloisons fines comme du papier, que l'on avait fait coulisser sur le côté pour laisser entrer la moindre brise dans la chaleur de midi. Mara retint son souffle. Aucun chien n'était couché dans les parterres d'akasi, la langue pendante et la queue battante, attendant le retour du seigneur des Acoma. En son absence, ils étaient toujours enfermés au chenil ; cette absence serait maintenant permanente. Mais le manoir, bien qu'il lui semblât désolé et vide sans la présence de ceux qu'elle aimait, signifiait qu'elle allait enfin trouver un peu d'intimité. Bientôt Mara pourrait se retirer dans le jardin sacré et laisser libre cours au chagrin qu'elle avait refoulé durant sept longs jours épuisants.

Tandis que le palanquin et son escorte passaient devant les baraquements, les soldats de l'armée seigneuriale se placèrent rapidement en formation, sur son chemin. Leur armure était polie, leurs armes et leur ceinturon étaient d'une propreté impeccable, mais à part celui de Keyoke et de Papéwaio, un seul autre plumet d'officier était visible. Mara sentit une main glacée étreindre son cœur et elle lança un coup d'œil à Keyoke. « Pourquoi y a-t-il si peu de guerriers, commandant ? Où sont les autres ? »

Keyoke regardait toujours droit devant lui, ignorant la poussière qui collait à son armure laquée et la sueur qui coulait sous son casque. Avec raideur, il répondit : « Ceux qui le pouvaient sont revenus, Dame. »

Mara ferma les yeux, incapable de dissimuler sa stupéfaction. Cette simple déclaration de Keyoke indiquait que presque deux mille soldats étaient morts aux côtés de son père et de son frère. Un grand nombre d'entre eux avaient été des serviteurs comptant des années de loyaux services auprès des Acoma, et certains avaient même monté la garde près du berceau de Mara. La plupart avaient suivi les traces de leur père et de leur grand-père en entrant au service des Acoma.

Hébétée et sans voix, Mara compta les soldats alignés en formation et ajouta leur nombre à ceux qui l'avaient accompagnée comme gardes du corps. Il ne restait plus que trente-sept guerriers à son service, une fraction infime et pitoyable de l'armée que commandait autrefois son père. Sur les deux mille cinq cents guerriers qui portaient le vert Acoma, cinq cents étaient postés à la garde des terres éloignées, situées dans des provinces distantes et des villes lointaines. Trois cents avaient déjà été perdus de l'autre côté de la Faille, dans la guerre contre les barbares, avant cette dernière campagne. Maintenant, là où deux mille soldats avaient servi les Acoma au faîte de leur gloire, le domaine n'était plus protégé que par moins de cinquante guerriers. Mara secoua la tête de tristesse. De nombreuses femmes devaient aussi pleurer un être cher, disparu au-delà de la Faille. Le désespoir envahit son cœur, car elle comprenait que les forces Acoma étaient maintenant trop faibles pour repousser un quelconque assaut, même une attaque de bandits, si une bande téméraire lançait un raid à partir des montagnes. Mara comprit aussi pourquoi Keyoke avait mis le domaine en danger en emmenant une si grande partie – vingt-quatre sur trente-sept – des guerriers survivants pour la protéger. Les espions des Minwanabi ne devaient pas découvrir l'état de faiblesse des Acoma. Le désespoir l'écrasa comme une chape de plomb.

« Pourquoi ne me l'as-tu pas dit plus tôt, Keyoke ? » Mais seul le silence lui répondit. C'est ainsi que Mara comprit : le fidèle commandant de son armée avait craint qu'une telle nouvelle ne la brisât s'il l'annonçait en même temps que les autres. Et elle ne pouvait pas se le permettre. Trop de soldats Acoma avaient péri pour qu'elle s'abandonnât au désespoir. Si la détresse la submergeait, leur sacrifice pour l'honneur des Acoma deviendrait une farce, leur mort un gaspillage. Plongée la tête la première dans le Jeu du Conseil, Mara aurait besoin de la moindre parcelle d'intelligence et de ruse à sa disposition pour éviter les intrigues et les pièges disposés sous ses pieds inexpérimentés. La trahison perpétrée contre sa maison ne s'achèverait pas avant que, ignorante et seule au monde, elle réussît à vaincre le seigneur des Minwanabi et ses laquais.

Les esclaves s'arrêtèrent dans la grande cour d'entrée. Tremblante, Mara prit une profonde inspiration. La tête haute, elle se força à descendre de sa litière et à franchir les arches en volutes qui entouraient la résidence. Mara attendit que Keyoke renvoyât le palanquin et donnât ses ordres à son escorte. Puis, alors que le dernier soldat la saluait, elle se retourna et reçut le salut du hadonra, le régisseur du domaine. L'homme était nouveau à ce poste, et son visage au regard myope était peu familier à Mara. Mais à côté de lui se tenait la silhouette menue de Nacoya, la nourrice qui l'avait élevée. D'autres serviteurs attendaient plus loin.

La force du changement frappa une nouvelle fois Mara en plein cœur. Pour la première fois de sa vie, elle ne pouvait pas se jeter dans les bras réconfortants de la vieille femme. En tant que Dame des Acoma, elle devait se contenter d'un signe de tête cérémonieux. Elle les dépassa, laissant Nacoya et le hadonra la suivre sur les marches de bois, pour rejoindre l'obscurité ombragée de la grande demeure. Aujourd'hui, elle devait résister et prétendre ne pas remarquer le douloureux reflet de sa propre peine dans les yeux de Nacoya. Mara se mordit légèrement les lèvres, puis arrêta immédiatement. Ce tic nerveux lui avait valu des réprimandes de Nacoya en de nombreuses occasions. Pour se calmer, la jeune fille prit une profonde inspiration et entra dans la demeure de son père. Les échos absents de ses pas sur le plancher de bois poli l'emplirent d'un sentiment de solitude.

« Dame ? »

Mara s'arrêta, ses poings serrés dissimulés dans les plis froissés de sa robe blanche. « Qu'y a-t-il ?

— Nous vous souhaitons la bienvenue dans votre demeure, ma Dame, reprit le hadonra en guide de salut officiel. Je suis Jican, Dame.

— Qu'est devenu Sotamu ? » répondit doucement Mara.

Jican regarda le sol. « Il a dépéri de douleur, ma Dame, et a suivi son seigneur dans la mort. »

Mara ne put que hocher la tête et reprendre sa route vers ses appartements. Elle n'était pas surprise d'apprendre que le vieux hadonra avait refusé de s'alimenter et de boire après la mort du seigneur Sezu. C'était un vieil homme, quelques jours avaient dû suffire pour qu'il mourût. Distraitement, elle se demanda qui avait osé donner le poste de hadonra à Jican. Alors qu'elle tournait pour emprunter l'une des grandes galeries qui flanquaient le jardin central, Nacoya intervint : « Ma Dame, vos appartements sont de l'autre côté du jardin. »

Difficilement, Mara réussit à hocher la tête une nouvelle fois. Ses affaires personnelles avaient dû être déménagées dans les appartements de son père, la plus grande suite du bâtiment.

Elle avança avec raideur, longeant le jardin carré qui se trouvait au cœur de toutes les grandes résidences tsurani. La balustrade de bois sculpté qui fermait le balcon de la galerie supérieure, les massifs de fleurs et la fontaine sous les arbres de la cour lui semblaient à la fois familiers et terriblement étrangers, après la froide architecture de pierre des temples. Mara continua jusqu'à se trouver devant la porte des appartements de son père. Une scène de bataille était peinte sur la cloison coulissante, retraçant la victoire légendaire d'un Acoma sur un ennemi oublié depuis longtemps. Le hadonra, Jican, fit glisser la porte sur le côté.

Mara chancela un instant sous le choc. Voir ses propres affaires dans la chambre de son père faillit lui faire perdre le contrôle de ses nerfs, comme si la pièce elle-même la trahissait. Et avec cette étrange détresse lui revint un souvenir : la dernière fois qu'elle avait franchi ce seuil, c'était la nuit où elle s'était disputée avec son père. Habituellement, elle était une enfant obéissante et d'humeur égale, mais cette fois sa colère avait rivalisé avec celle du seigneur Sezu.

Mara entra avec raideur. Elle monta sur l'estrade légèrement surélevée, s'enfonça dans les coussins et fit reculer d'un geste les servantes qui s'empressaient autour d'elle. Keyoke, Nacoya et Jican entrèrent alors et s'inclinèrent cérémonieusement devant elle. Papéwaio resta à la porte, gardant l'entrée du jardin.

Mara déclara d'une voix enrouée : « Je souhaite me reposer. Le voyage a été épuisant. Laissez-moi, maintenant. » Les domestiques quittèrent immédiatement la pièce, mais les trois conseillers hésitèrent. Mara demanda : « Qu'y a-t-il ?

— Nous avons beaucoup de choses à faire – beaucoup de choses qui ne peuvent attendre, Mara-anni », répondit Nacoya.

La nourrice avait utilisé le diminutif de son prénom par gentillesse, mais pour Mara il devint le symbole de tout ce qu'elle avait perdu. Elle se mordit les lèvres tandis que le hadonra ajoutait : « Ma Dame, de nombreuses choses ont été négligées depuis… la mort de votre père. De nombreuses décisions doivent être prises rapidement.

— Dame, votre éducation n'est pas adéquate pour une personne qui doit maintenant diriger une grande maison, approuva Keyoke de la tête. Vous devez apprendre tout ce que nous avons enseigné à Lanokota. »

Affligée par le souvenir de la terrible querelle qu'elle avait eue avec son père la veille de son départ, Mara fut piquée par le rappel que son frère n'était plus l'héritier des Acoma. D'une voix presque suppliante, elle répondit : « Pas maintenant. Pas tout de suite.

— Petite, tu ne dois pas manquer à ton nom, reprit Nacoya. Tu…

— J'ai dit pas maintenant ! » La voix de Mara se brisait sous l'effet d'une émotion contenue depuis trop longtemps. « Je n'ai pas pu observer mon deuil ! Je vous entendrai après m'être rendue dans le jardin sacré. » Cette dernière phrase épuisa toutes ses forces, comme si ce bref éclair de colère représentait toute l'énergie dont elle disposait. « Je vous en prie », ajouta-t-elle doucement.

Prêt à se retirer, Jican recula, tirant sur les plis de sa livrée. Il lança un regard à Keyoke et à Nacoya, mais ces derniers ne cédèrent pas. Le commandant reprit la parole : « Dame, vous devez nous écouter. Bientôt nos ennemis manœuvreront pour nous détruire. Le seigneur des Minwanabi et le seigneur des Anasati pensent tous deux que la maison Acoma est vaincue. Pendant quelques jours encore, ni l'un ni l'autre ne devraient apprendre que vous n'avez pas prononcé vos vœux perpétuels. Mais nous ne sommes sûrs de rien. Des espions peuvent déjà leur avoir rapporté que vous êtes revenue. Dans ce cas, vos ennemis sont dès maintenant en train de comploter pour anéantir définitivement cette maison. Vos responsabilités ne peuvent pas être remises à plus tard. Vous devez apprendre à maîtriser beaucoup de choses en peu de temps, pour qu'il reste un espoir de survie aux Acoma. Le nom et l'honneur de votre famille reposent maintenant entre vos mains. »

Mara releva le menton d'une manière qui n'avait pas changé depuis son enfance. Elle murmura : « Laissez-moi seule.

— Petite, écoute Keyoke, reprit Nacoya en avançant jusqu'à l'estrade. Nos ennemis sont enhardis par notre deuil, et tu n'as pas le temps de satisfaire tes propres désirs. L'éducation que tu as reçue autrefois pour devenir l'épouse d'un fils de grande famille n'est pas adéquate pour la souveraine des Acoma. »

La voix de Mara s'éleva soudain, la tension faisant battre le sang dans ses oreilles. « Je n'ai pas demandé à devenir souveraine ! » Risquant dangereusement d'éclater en sanglots, elle utilisa sa colère pour ne pas s'effondrer. « Il y a moins d'une semaine, j'allais devenir une sœur de Lashima, tout ce que j'avais désiré dans la vie ! L'honneur des Acoma repose maintenant sur moi, je dois tirer vengeance des Minwanabi, j'ai besoin de conseils et d'instruction, mais tout cela attendra que je me sois rendue au jardin de méditation pour honorer la mémoire des morts ! »

Keyoke jeta un regard à Nacoya, qui hocha la tête. La jeune Dame des Acoma était proche du point de rupture, et il fallait lui obéir, mais la vieille nourrice était prête à affronter même ce risque. Elle annonça : « Tout est préparé à votre intention dans le jardin. J'ai eu la présomption de choisir l'épée de cérémonie de votre père pour rappeler son esprit, et la robe d'initiation à l'âge d'homme de Lanokota pour rappeler le sien. » Keyoke désigna d'un geste les deux objets reposant sur un coussin richement brodé.

Voir l'épée que portait son père lors des grandes fêtes et la robe offerte à son frère lors de sa cérémonie de passage à l'âge adulte fut plus que la jeune fille, épuisée par la fatigue et le chagrin, ne put en supporter. Les larmes aux yeux, elle répéta : « Laissez-moi ! »

Les trois conseillers hésitèrent. Ils savaient tous que désobéir à la Dame des Acoma leur faisait risquer un châtiment pouvant aller jusqu'à la mort. Le hadonra fut le premier à se détourner et à quitter les appartements de sa maîtresse. Keyoke le suivit, mais tout en se retournant pour partir, Nacoya répéta : « Petite, tout est prêt dans le jardin. » Puis, lentement, elle fit coulisser la grande porte et la referma.

Enfin seule, Mara laissa les larmes couler sur ses joues. Mais elle retint ses sanglots alors qu'elle se levait et prenait le coussin où reposaient l'épée et la robe.

La cérémonie de deuil était privée ; seule la famille pouvait entrer dans le jardin de méditation. Dans des circonstances plus normales, une procession solennelle de serviteurs et de conseillers aurait accompagné les membres de la famille jusqu'à l'immense haie devant l'entrée du jardin. Au lieu de cela, une silhouette solitaire sortit par la porte de derrière des appartements. Mara portait avec précaution le coussin, sans se soucier de sa robe blanche froissée et sale là où l'ourlet traînait dans la poussière.

Même sourde et aveugle, elle aurait retrouvé son chemin. Ses pieds connaissaient le sentier par cœur, jusqu'à la dernière pierre logée dans les racines noueuses du vieil arbre ulo, près du portique sacré. L'épaisse haie qui entourait le jardin le protégeait de tous les regards. Seuls les Acoma pouvaient y pénétrer, à l'exception d'un prêtre de Chochocan quand il venait consacrer le jardin ou du jardinier qui entretenait les arbustes et les fleurs. Une seconde haie faisait écran devant la porte, empêchant quiconque de voir à l'intérieur.

Mara entra et se hâta de gagner le centre du jardin. Au milieu d'un bosquet de délicats arbres fruitiers aux fleurs odorantes, un petit ruisseau s'écoulait jusqu'à l'étang sacré. La surface ondoyante reflétait le bleu-vert du ciel à travers les rideaux de branches qui la surplombaient. Au bord de l'eau, une grande pierre était fichée dans le sol, polie par des siècles d'exposition aux éléments. Le shatra des Acoma était autrefois profondément gravé à sa surface, mais maintenant l'emblème était à peine visible. C'était le natami de la famille, la pierre sacrée qui personnifiait l'esprit des Acoma. Si un jour les Acoma devaient fuir ces terres, ce bien le plus sacré serait emporté et tous ceux qui portaient le nom mourraient pour le protéger. Car si le natami tombait dans les mains d'un étranger, la famille n'existerait plus. Mara regarda l'autre rive de l'étang. Là-bas, trois natami conquis par ses ancêtres étaient enterrés sous une dalle, retournés pour que le symbole gravé ne reçût plus jamais la lumière du soleil. Les aïeux de Mara avaient anéanti trois familles dans le Jeu du Conseil. Maintenant, son propre natami risquait de subir le même sort.

Près de la pierre, le jardinier avait creusé un trou et entassé la terre humide sur le côté. Mara plaça à l'intérieur le coussin où reposaient l'épée de son père et la robe de son frère. De ses mains nues, elle repoussa la terre dans le trou, l'aplatissant, sans se rendre compte qu'elle salissait sa robe blanche.

Puis elle s'assit sur ses talons, saisie par une irrésistible envie de rire. Des images lui traversèrent l'esprit et elle sentit des bouffées de chaleur lui traverser la poitrine, monter à sa gorge et à ses joues. Mais la cérémonie devait continuer, en dépit de ses étranges sensations.

Près de l'étang reposaient une petite fiole, un brasero qui fumait légèrement, un poignard minuscule et une robe blanche immaculée. Mara prit la fiole et en ôta le bouchon. Elle fit couler une huile parfumée à la surface de l'étang, envoyant de fugaces reflets de lumière irisée sur l'eau. Elle murmura très bas : « Reposez en paix, mon père. Reposez en paix, mon frère. Revenez sur votre terre natale pour dormir auprès de vos ancêtres. »

Elle reposa la fiole sur le côté et, d'un mouvement brusque, déchira le haut de sa robe. En dépit de la chaleur, la chair de poule hérissa sa poitrine menue quand la brise frappa soudainement sa peau humide et nue. Elle leva les bras et déchira à nouveau sa robe, suivant ainsi les anciennes traditions. En même temps que la seconde déchirure, elle poussa un cri timide, presque un gémissement. La tradition exigeait qu'elle exprimât sa douleur devant ses ancêtres.

Elle lacéra à nouveau sa robe, la déchirant depuis l'épaule gauche pour qu'elle pût pendre jusqu'à sa taille. Mais le cri qui suivit exprimait plus la colère devant son deuil que de la tristesse. Elle leva la main gauche et déchira la robe depuis son épaule droite. Cette fois, elle fit retentir son sanglot à pleine voix alors que la souffrance surgissait du creux de son estomac.

Les traditions dont l'origine se perdait dans la nuit des temps provoquèrent enfin une délivrance. Tous les tourments qu'elle avait endurés et refoulés ressurgirent, partant du bas-ventre, traversant son ventre et sa poitrine pour jaillir par sa bouche sous la forme d'un hurlement perçant. Les cris d'un animal blessé résonnèrent dans le jardin tandis que Mara laissait libre cours à sa colère, sa révulsion, sa souffrance et son deuil.

Poussant des cris de douleur, presque aveuglée par les larmes, elle plongea la main dans le brasero presque éteint. Ignorant la souffrance provoquée par quelques cendres chaudes, elle étala les cendres sur sa poitrine puis sur son ventre nu. Ce geste signifiait que son cœur n'était plus que cendres. De nouveau, des sanglots lui déchirèrent le corps tandis que son esprit cherchait l'ultime délivrance de l'horreur provoquée par le meurtre de son père, de son frère et de centaines de loyaux soldats. Sa main gauche s'élança et saisit de la terre près du natami. Elle écrasa la terre humide dans ses cheveux et se frappa la tête du poing. Elle ne faisait plus qu'une avec la terre Acoma, et elle retournerait un jour à cette terre, comme les esprits des morts.

Elle se frappa alors la cuisse du poing, en chantant les paroles de deuil rendues presque inintelligibles par ses pleurs. À genoux, se balançant d'avant en arrière, elle gémissait dans sa douleur.

Puis elle s'empara du minuscule poignard métallique, un héritage familial d'une immense valeur, et qui ne servait depuis des siècles que lors de cette cérémonie. Elle sortit la lame du fourreau et s'entailla le bras gauche, la douleur vive faisant un contrepoint à la douleur sourde lui oppressant la poitrine.

Elle tint la petite blessure au-dessus de l'étang, laissant quelques gouttes de sang se disperser dans l'eau, comme la tradition l'exigeait. Elle déchira à nouveau sa robe, la réduisant en lambeaux. Vêtue uniquement d'un simple pagne, elle jeta les guenilles au loin avec un cri étranglé. Elle tira ses cheveux à pleines mains, pour que la souffrance la purifiât de son chagrin, et chanta les anciennes paroles pour demander à ses ancêtres d'être le témoin de sa peine. Puis elle se jeta sur la terre fraîchement retournée et plaça la tête sur le natami de sa famille.

La cérémonie maintenant terminée, le chagrin de Mara surgissait comme l'eau ruisselante de l'étang, emportant ses larmes et son sang vers le fleuve, puis la mer lointaine. Les funérailles calmeraient sa souffrance et la cérémonie finirait par la purifier, mais c'était maintenant l'instant du deuil privé où les larmes et les sanglots ne provoquaient aucune honte. Mara plongea dans le chagrin et, vague après vague, la douleur surgit des profondeurs de son âme.

Un son fit soudain intrusion, un bruissement de feuilles, comme si quelqu'un se déplaçait dans les branchages au-dessus d'elle. Absorbée par son chagrin, Mara le remarqua à peine, même quand une silhouette sombre tomba à côté d'elle. Avant qu'elle ne pût ouvrir les yeux, des doigts puissants tirèrent d'un coup sec sur sa chevelure. Mara sentit sa tête partir brusquement en arrière. Saisie par une terrible peur, elle se débattit, entrapercevant derrière elle un homme en robe noire. Puis un coup au visage l'étourdit. Ses cheveux furent libérés et une corde passa au-dessus de sa tête. Instinctivement, elle l'attrapa. Ses doigts s'emmêlèrent dans la boucle qui aurait dû la tuer en quelques secondes, et alors que l'homme resserrait le nœud coulant, sa paume empêcha le nœud central d'écraser sa trachée. Mais elle ne pouvait plus respirer. Son cri d'appel à l'aide fut étouffé. Elle tenta de rouler sur le côté, mais son agresseur tira sur la corde pour la maintenir fermement et parvint à la tenir en échec. Un coup de pied de lutteur que lui avait appris son frère lui valut un grognement moqueur. En dépit de son habileté, Mara n'était pas à la hauteur de l'assassin.

La corde se resserra, entaillant douloureusement sa main et son cou. Mara hoqueta en cherchant son souffle, mais aucun air ne lui parvenait et ses poumons la brûlaient. Se débattant comme un poisson au bout d'une ligne, elle sentit que l'homme la tirait en arrière pour la redresser. Seule sa prise maladroite sur la corde empêcha son agresseur de lui briser le cou. Le sang battait aux oreilles de Mara. Elle tenta de saisir quelque chose de sa main libre. Ses doigts s'emmêlèrent dans du tissu. Elle tira d'un coup sec, mais elle était trop faible pour déséquilibrer l'assassin. Au milieu d'un rugissement qui ressemblait au ressac de la mer, elle entendit la respiration haletante de l'homme qui la soulevait du sol. Puis, vaincue par le manque d'air, elle sombra dans les ténèbres.

CHAPITRE DEUX

ÉVALUATIONS

Mara sentit de l'eau couler sur son visage.

Dans la confusion des sensations qui revenaient, elle comprit que Papéwaio lui tenait délicatement la tête dans le creux de son bras et lui tapotait le visage avec un chiffon humide. Mara ouvrit la bouche pour parler, mais sa gorge se noua. Elle toussa, puis avala difficilement, gênée par la douleur de sa blessure au cou. Elle cligna des yeux et s'efforça d'organiser ses pensées. Mais elle ne put que constater que son cou et sa gorge lui faisaient terriblement mal, et que le ciel dont les profondeurs turquoise semblaient s'étendre à l'infini lui paraissait plus beau que jamais. Puis elle bougea la main droite ; une vive douleur s'éveilla dans sa paume, lui rendant tous ses souvenirs.

D'une voix presque inaudible, elle demanda : « L'assassin ? »

Papéwaio inclina la tête vers une chose informe qui gisait près de l'étang. « Mort. »

Mara se retourna pour le regarder, ignorant l'inconfort de ses blessures. Le cadavre du tueur gisait sur le côté, une main plongée dans l'eau teintée de sang. Il était petit, mince comme un roseau, d'ossature presque délicate, et vêtu d'une simple tunique noire et de pantalons s'arrêtant à mi-mollet. Sa cagoule et son voile avaient été ôtés, révélant un visage lisse et jeune marqué d'un tatouage bleu sur la joue gauche – une fleur d'hamoï, stylisée par six cercles concentriques de lignes ondulées. Les deux mains étaient teintes en rouge jusqu'aux poignets. Mara frissonna, souffrant toujours de la violence que ces mains avaient infligée à sa chair.

Papéwaio l'aida à se relever. Il jeta le chiffon qu'il s'était confectionné dans les lambeaux de sa robe de novice, et lui tendit la tenue blanche destinée à la fin de la cérémonie. Mara s'habilla, ignorant les taches que ses mains blessées faisaient sur le tissu délicatement brodé. Elle fit ensuite un signe de tête à Papéwaio, qui l'escorta hors du jardin.

Mara suivit le sentier, dont la familiarité n'était plus un réconfort. La morsure cruelle de la corde de l'étrangleur l'avait forcée à admettre que ses ennemis pouvaient l'atteindre même au cœur du domaine Acoma. La sécurité de son enfance était perdue à jamais. Les haies sombres qui entouraient le jardin semblaient maintenant un refuge pour les assassins, et l'ombre sous les larges branches des ulo lui semblait glaciale. Frottant la chair meurtrie et ensanglantée de sa main droite, Mara résista à l'envie irrésistible de s'enfuir en courant. Elle était terrifiée comme un shatra qui s'envole devant l'ombre d'une mortèle dorée décrivant des cercles dans le ciel, mais elle parvint à franchir le portique de cérémonie avec un reste du décorum dont devait faire preuve la souveraine d'une grande maison.

Nacoya et Keyoke attendaient à l'extérieur, en compagnie du jardinier du domaine et de deux de ses assistants. Personne ne parla, sauf Keyoke, qui se contenta d'un « Eh bien ? »

Papéwaio répondit avec un laconisme lugubre. « Comme vous l'aviez pensé. Un assassin attendait. Un tong hamoï. »

Nacoya tendit les mains et enveloppa Mara dans ses bras qui avaient apaisé ses peines depuis son enfance, mais pour la première fois Mara n'y trouva que peu de réconfort. Avec une voix encore enrouée par la strangulation, elle demanda : « Un tong hamoï, Keyoke ? »

« Les Mains Rouges des Frères de la Fleur, ma Dame. Des assassins mercenaires, sans clan, des fanatiques qui croient que tuer ou être tué apporte la bénédiction de Turakamu, que la mort est la seule prière que le dieu peut entendre. Quand ils acceptent une mission, ils font le serment de tuer leur victime ou de mourir en essayant. » Il marqua une pause, tandis que le jardinier faisait un signe instinctif de protection : le Dieu Rouge était craint. D'une voix cynique, Keyoke ajouta : « Mais les puissants sont nombreux à comprendre que la Fraternité n'offre ses prières très particulières que si le tong a reçu une riche offrande. » Sa voix devint presque un murmure quand il ajouta : « Et les hamoï sont très accommodants sur le choix de ceux dont l'âme doit offrir leur prière à Turakamu.

— Pourquoi n'ai-je jamais été informée de cela ?

— Ils n'appartiennent pas au culte normal de Turakamu, maîtresse. Ce n'est pas le genre de chose dont les pères parlent aux jeunes filles qui ne sont pas héritières. » La voix de Nacoya contenait une note de réprimande.

Bien qu'il fût maintenant trop tard pour des récriminations, Mara murmura : « Je commence à voir ce que vous vouliez dire à propos de la nécessité de discuter immédiatement de certaines choses. » S'attendant à être reconduite dans ses appartements, Mara se tourna vers la demeure. Mais la vieille femme la retint ; trop secouée pour la questionner, Mara obéit au signe lui demandant de rester.

Papéwaio s'écarta des autres serviteurs, puis mit un genou à terre. L'ombre du portique de cérémonie obscurcissait ses traits, masquant complètement son expression tandis qu'il tirait son épée et la retournait, offrant la poignée de l'arme à Mara. « Maîtresse, je vous supplie de m'autoriser à m'ôter la vie par l'épée. »

Pendant un long moment, Mara le regarda fixement, sans comprendre. « Que demandes-tu ?

— J'ai violé la terre du jardin sacré des Acoma, ma Dame. »

Éclipsée par la tentative d'assassinat, l'énormité de l'acte de Papéwaio n'était pas apparue à Mara avant cet instant. Il était entré dans le jardin pour la sauver, en sachant parfaitement qu'une telle transgression lui vaudrait une sentence de mort sans appel.

Alors que Mara semblait incapable de répondre, Keyoke tenta délicatement de seconder la supplique de Papéwaio. « Vous aviez ordonné à Jican, Nacoya et moi-même de ne pas vous accompagner au jardin, Dame. Papéwaio n'avait pas été mentionné. Il s'est caché près du portique de cérémonie. Quand il a entendu les bruits de lutte, il a envoyé le jardinier nous chercher et il est entré. »

Le commandant des armées Acoma fit alors preuve d'une rare démonstration d'affection envers son compagnon. Les coins de ses lèvres se relevèrent un instant, comme s'il savourait la victoire après une bataille difficile. Puis son fantôme de sourire s'évanouit. « Nous savions tous qu'une telle tentative d'assassinat n'était qu'une question de temps. Il est malheureux que le meurtrier ait choisi cet endroit, mais Papé connaissait le prix à payer pour entrer dans le jardin. »

Le message de Keyoke était clair : Papéwaio avait insulté les ancêtres de Mara en entrant dans le jardin, méritant ainsi une condamnation à mort. Mais s'il n'était pas entré, cela aurait provoqué un destin bien pire. Si le dernier des Acoma était mort, tous les hommes et femmes que Papéwaio comptait parmi ses amis seraient devenus des gens sans maison, ne valant guère mieux que des esclaves ou des hors-la-loi. N'importe quel autre soldat aurait imité Papéwaio : leur vie était vouée à l'honneur des Acoma. Keyoke expliquait à Mara que Papéwaio avait mérité la mort d'un guerrier, par l'épée, pour avoir choisi la vie pour sa maîtresse et tous ceux qu'il aimait au prix de sa propre existence. Mais la pensée que le guerrier dévoué allait mourir à cause de sa naïveté était plus que Mara ne pouvait en supporter. Sans réfléchir, elle répondit : « Non. »

Croyant que son refus signifiait qu'elle lui déniait le droit de mourir sans honte, Papéwaio courba la tête. Ses cheveux noirs masquèrent ses yeux tandis qu'il retournait l'épée, adroitement, sans le moindre tremblement de la main, et qu'il plantait la lame dans la terre aux pieds de sa Dame. Le jardinier, dont le visage exprimait ouvertement ses regrets, fit signe à ses deux assistants. Une corde à la main, ils entourèrent Papéwaio. L'un d'eux commença à lui lier les mains dans le dos tandis que l'autre lançait un long rouleau de corde par-dessus la branche solide d'un arbre.

Un moment, Mara resta sans réagir, puis elle comprit finalement ce qui se passait : on préparait Papéwaio pour la mort la plus ignominieuse, la pendaison, une forme d'exécution réservée aux criminels et aux esclaves. Mara secoua la tête et éleva la voix. « Arrêtez ! »

Tout le monde cessa de bouger. Les assistants du jardinier s'arrêtèrent, les mains à demi levées, regardant d'abord le chef jardinier, puis Nacoya et Keyoke, et enfin leur maîtresse. Ils répugnaient visiblement à accomplir leur devoir, et leur confusion devant les désirs de leur Dame augmentait fortement leur embarras.

« Petite, c'est la loi », intervint Nacoya.

Saisie par une envie irrésistible de hurler, Mara ferma les yeux. La tension, son deuil, l'attaque et maintenant cette exécution précipitée de Papéwaio pour un acte qu'elle avait provoqué par sa conduite irresponsable, furent près de l'écraser. S'efforçant de ne pas éclater en sanglots, Mara répondit avec fermeté : « Non… Je n'ai pas encore décidé. » Elle regarda les uns après les autres les visages impassibles de ses serviteurs, et ajouta : « Vous attendrez tous jusqu'à ce que je le fasse. Papé, reprends ton épée. »

Son ordre faisait fi de toutes les traditions ; Papéwaio obéit en silence. Elle commanda au jardinier qui s'agitait d'un air embarrassé : « Retire le cadavre de l'assassin du jardin. » Puis, avec l'envie furieuse et soudaine de frapper quelque chose, elle ajouta : « Déshabille-le et pends-le à un arbre près de la route impériale, comme avertissement pour tous les espions qui seraient dans les environs. Puis nettoie le natami et vide l'étang ; tous deux ont été souillés. Quand tout sera remis en ordre, demande aux prêtres de Chochocan de venir et de consacrer à nouveau le jardin. »

Troublés, les serviteurs la regardaient avec des yeux stupéfaits, mais Mara leur tourna le dos. Nacoya reprit la première ses esprits. Avec un claquement sec de la langue, elle escorta sa jeune maîtresse dans la fraîcheur tranquille du manoir. Sans comprendre, Papéwaio et Keyoke les regardèrent s'éloigner, tandis que le jardinier se hâtait d'obéir aux ordres de sa maîtresse.

Ses deux assistants enroulèrent les cordes, échangeant des regards troublés. Il semblait que l'infortune des Acoma n'avait pas pris fin avec la mort du père et du fils. Le règne de Mara comme Dame des Acoma risquait fort d'être bref, car ses ennemis ne se reposeraient pas pendant qu'elle apprendrait les complexes subtilités du Jeu du Conseil. Cependant, les assistants du jardinier semblaient accepter silencieusement leur sort. De tels problèmes étaient entre les mains des dieux, et les humbles seraient toujours emportés dans la tourmente du destin des puissants, qui s'élevait ou déclinait à leur gré. Ce n'était ni cruel ni injuste. Cela était, tout simplement.

Dès que la Dame des Acoma eut rejoint la solitude de ses appartements, Nacoya prit la situation en main. Elle dirigea les servantes, qui s'affairèrent avec une efficacité discrète auprès de leur maîtresse. Elles préparèrent un bain parfumé pendant que Mara se reposait sur des coussins, caressant distraitement les oiseaux shatra finement brodés qui symbolisaient sa maison. Quelqu'un qui ne la connaissait pas pouvait croire que son immobilité était due au choc et au chagrin ; mais Nacoya remarqua l'intensité terrible du regard noir de la jeune fille et ne s'y trompa pas.

Nerveuse, irritée et déterminée, Mara tentait déjà d'évaluer les implications politiques à long terme de l'attaque lancée contre elle. Elle supporta avec patience les soins de ses servantes sans son agitation habituelle, restant silencieuse pendant que les domestiques la baignaient et bandaient ses blessures. Une compresse d'herbes fut placée sur sa main droite meurtrie et lacérée. Anxieuse, Nacoya faisait les cent pas tandis que Mara était massée vigoureusement par les deux vieilles femmes qui remplissaient déjà cet office auprès du seigneur Sezu. Leurs vieux doigts étaient étonnamment puissants ; ils trouvaient les nœuds de tension musculaire et progressivement les massaient et les détendaient. Plus tard, revêtue de robes propres, Mara se sentait encore fatiguée, mais les soins des vieilles femmes avaient chassé l'épuisement nerveux.

Nacoya apporta du chocha fumant dans une tasse de fine porcelaine. Mara s'assit devant une table basse en pierre, et but la boisson amère à petites gorgées, faisant une légère grimace de douleur quand le liquide toucha sa gorge meurtrie. Dans le jardin, elle avait été trop choquée par l'attaque pour ressentir autre chose qu'un brusque accès de panique et de peur. Maintenant, elle était surprise de se découvrir trop lasse pour éprouver une réaction quelconque. La lumière oblique de l'après-midi éclairait les cloisons de papier placées devant les fenêtres, comme autrefois, durant son enfance. Dans le lointain, elle entendait les sifflets des bouviers dans les pâturages des needra, et plus proche d'elle, la voix de Jican qui réprimandait un domestique pour sa maladresse. Mara ferma les yeux… Elle pouvait presque imaginer le doux crissement de la plume de son père, quand il écrivait des instructions pour ses subordonnés éloignés ; mais la trahison des Minwanabi avait mis fin pour toujours à de tels souvenirs. À contrecœur, Mara fit signe à la calme Nacoya qu'elle l'admettait en sa présence.

La vieille nourrice s'assit de l'autre côté de la table. Ses mouvements étaient lents, ses traits tirés. Les délicats bijoux de coquillage qui retenaient ses cheveux nattés étaient fixés légèrement de travers, comme si lever les bras pour placer correctement les épingles lui devenait de plus en plus difficile avec l'âge. Bien qu'elle ne fût qu'une servante, Nacoya connaissait parfaitement l'art et la subtilité du Jeu du Conseil. Elle avait servi de bras droit au seigneur Sezu pendant des années, puis avait élevé sa fille après la mort en couches de son épouse. Elle avait été comme une mère pour Mara. Parfaitement consciente que la vieille nourrice attendait un commentaire, la jeune fille déclara : « J'ai commis de graves erreurs, Nacoya. »

La nourrice répondit en hochant brièvement la tête. « Oui, petite. Si tu nous avais laissé le temps de faire quelques préparatifs, le jardinier aurait inspecté le jardin avant que tu n'y entres. Il aurait pu découvrir l'assassin ou être tué, mais sa disparition aurait alerté Keyoke, qui aurait alors cerné le jardin avec des soldats. L'assassin aurait été forcé de sortir, ou de mourir de faim. Si le meurtrier hamoï avait fui à l'approche du jardinier et avait rôdé à l'extérieur, les soldats auraient découvert sa cachette. » La nourrice se tordit les mains sur ses genoux et sa voix devint dure. « Ton ennemi espérait que tu commettrais des erreurs… ce que tu as fait. »

Mara accepta le reproche, suivant des yeux les ondulations paresseuses de la vapeur qui s'élevait de sa tasse de chocha. « Mais celui qui a envoyé l'assassin s'est trompé, tout autant que moi.

— C'est vrai. » Nacoya plissa les paupières, forçant ses yeux affaiblis à voir plus nettement sa maîtresse. « Il a voulu infliger un triple déshonneur aux Acoma en te tuant dans le jardin sacré de ta famille, et pas honorablement, par l'épée, mais par la strangulation, comme si tu étais une criminelle ou une esclave qui devait mourir dans la honte !

— Mais je suis une femme… l'interrompit Mara

— Tu es une souveraine », répondit Nacoya d'un ton cassant. Ses bracelets laqués s'entrechoquèrent tandis qu'elle frappait son genou de ses poings dans un geste séculaire de désapprobation.

« Dès le moment où tu as pris le pouvoir dans cette maison, petite, tu es devenue l'égale d'un homme, avec tous les droits et les privilèges d'un souverain. Tu es aussi puissante que ton père l'était en tant que seigneur des Acoma. Et pour cette raison, ta mort par la corde d'un étrangleur aurait couvert de honte ta famille, tout comme si ton père ou ton frère était mort de cette façon. »

Mara se mordit les lèvres, hocha la tête, et tenta d'avaler une nouvelle gorgée de chocha. « La troisième honte ? »

« Ce chien d'hamoï avait certainement l'intention de dérober le natami des Acoma, pour effacer à jamais le nom de ta famille. Sans clan et sans honneur, tes soldats seraient devenus des guerriers gris, des proscrits vivant dans les bois ou les montagnes. Et tous tes serviteurs auraient terminé leur vie comme esclaves, acheva Nacoya avec amertume. Notre seigneur des Minwanabi est bien arrogant.

— Tu penses donc que Jingu est responsable ? demanda Mara en plaçant adroitement sa tasse de chocha au centre de la table.

— Cet homme est enivré par sa propre puissance. Actuellement, seul le Seigneur de Guerre a une position plus élevée que la sienne au Grand Conseil. Si le destin devait ravir à Almecho le trône blanc et or, un Minwanabi lui succéderait certainement. Le seul autre ennemi de ton père qui pourrait souhaiter ta ruine est le seigneur des Anasati. Mais celui-ci est bien trop intelligent pour manigancer une attaque aussi honteuse – et aussi mal exécutée. S'il avait envoyé l'assassin hamoï, ses instructions auraient été très simples : ta mort par tous les moyens. Le tueur aurait lancé un dard empoisonné de sa cachette, ou aurait plongé rapidement une lame entre tes côtes, et serait parti immédiatement pour annoncer la nouvelle de ta mort. »

Nacoya hocha la tête avec détermination, comme si la discussion avait confirmé ses convictions. « Non, notre seigneur des Minwanabi est peut-être l'homme le plus puissant du Grand Conseil, mais il se comporte comme un harulth enragé qui renverse des arbres pour écraser un simple gazen. » Elle leva la main en écartant légèrement les doigts pour indiquer la taille du timide petit animal qu'elle venait de nommer. « Il a hérité son statut d'un père puissant et il a des alliés influents. Le seigneur des Minwanabi est rusé, mais il n'est pas intelligent.

« En revanche, le seigneur des Anasati est à la fois rusé et intelligent. Il faut le craindre, continua Nacoya en décrivant un geste ondoyant de la main. Il rampe comme le relli dans les marais, silencieux, furtif, et frappe sans prévenir. Ce meurtre était signé comme si le seigneur des Minwanabi avait donné à l'assassin un mandat ordonnant ta mort frappé du propre sceau de sa famille. » Les yeux de Nacoya s'étrécirent pendant qu'elle réfléchissait. « Il sait déjà que vous êtes de retour, et cela indique qu'il possède d'excellents espions. Nous avions cru qu'il n'apprendrait pas que tu étais la souveraine des Acoma avant encore quelques jours. Pour que l'hamoï ait été envoyé si vite, il devait savoir que tu n'avais pas prononcé tes vœux à l'instant même où Keyoke t'a fait sortir du temple… Nous aurions dû le prévoir », se reprocha-t-elle en secouant la tête.

Mara considéra les conseils de Nacoya, tandis que sa tasse de chocha refroidissait lentement sur la table. Consciente plus qu'elle ne l'avait jamais été de ses nouvelles responsabilités, elle acceptait de ne plus remettre à plus tard les sujets déplaisants. Ses cheveux noirs bouclaient sur ses joues comme ceux d'une petite fille, et sa robe au col brodé semblait trop grande pour elle, mais elle se redressa avec toute la détermination d'une souveraine. « Je ressemble peut-être à un gazen aux yeux du seigneur des Minwanabi, mais le doux mangeur de fleurs a maintenant appris à se laisser pousser des crocs pour dévorer de la viande. Que l'on fasse venir Keyoke et Papéwaio. »

Son ordre tira son messager de sa torpeur, un jeune esclave chaussé de sandales, choisi pour sa rapidité. Il jaillit de son poste, près de la porte, pour porter ses ordres. Les guerriers arrivèrent sans retard ; tous deux avaient anticipé son appel. Keyoke portait son casque de cérémonie, et le plumet marquant son grade frôla le linteau de la porte tandis qu'il entrait. Tête nue, mais presque aussi grand, Papéwaio suivit son supérieur à l'intérieur. Il se déplaçait avec la même grâce et la même force qui lui avaient permis d'éliminer un tueur quelques heures auparavant ; ses manières ne trahissaient pas l'ombre d'une inquiétude sur son sort. Frappée par son allure fière et son visage encore plus impassible que d'habitude, Mara sentit que le jugement qu'elle devait prononcer dépassait soudain ses ressources.

Sa détresse n'était pas le moins du monde visible quand les guerriers s'agenouillèrent cérémonieusement devant sa table. Les plumes vertes du casque de Keyoke tremblaient dans l'air, assez proches pour que Mara pût les toucher. Elle réprima un frisson et d'un geste indiqua aux hommes de s'asseoir. Une domestique leur offrit du chocha, mais seul Keyoke accepta. Papéwaio se contenta de faire non une fois de la tête, comme s'il faisait plus confiance à ses gestes qu'à sa voix.

« J'ai commis une erreur. Je chercherai à éviter d'en faire de nouvelles… » déclara Mara. Elle s'arrêta brusquement, fronça les sourcils, et eut un geste nerveux que les sœurs de Lashima s'étaient efforcées de faire disparaître. « Non, reprit Mara, je dois faire mieux que cela, car j'ai appris au temple que mon impatience obscurcissait parfois mon jugement. Keyoke, nous devons convenir d'un geste de la main, que nous utiliserons dans les circonstances où ma vie, ou l'existence des Acoma, serait menacée d'une façon que je ne pourrai peut-être pas comprendre. Peut-être que la folie que j'ai commise aujourd'hui ne se répétera jamais. »

Keyoke hocha la tête. Son visage couturé de cicatrices restait impassible, mais son attitude indiquait son approbation. Après un instant de réflexion, il passa la phalange de son index le long d'une vieille cicatrice qui marquait sa joue. « Dame, reconnaîtriez-vous ce geste comme un avertissement, même dans un endroit peuplé ou dans un lieu public ? »

Mara faillit sourire. Keyoke avait choisi un tic de Papéwaio, le seul signe extérieur de tension du jeune guerrier. Keyoke restait toujours tranquille ; dans le danger ou dans la tension, et même dans les batailles supposait-elle, le vieux commandant ne perdait jamais le contrôle de ses gestes. S'il frottait sa cicatrice en sa présence, elle le remarquerait et, avec de la chance, elle saurait tenir compte de l'avertissement. « Très bien. Qu'il en soit ainsi, Keyoke. »

Un silence gêné s'établit tandis que Mara posait son regard sur l'autre guerrier assis devant elle. « Mon brave Papé, si je n'avais pas commis une autre erreur en cette occasion, je serais morte maintenant, et toutes nos terres et nos serviteurs seraient sans maîtresse. » Espérant retarder l'heure du jugement, la jeune fille ajouta : « Si j'avais ordonné que personne ne me suive dans le jardin… » Elle ne termina pas sa phrase. Tous savaient que ses ordres auraient été obéis à la lettre ; le devoir aurait obligé Papéwaio à rester dans le manoir, abandonnant sa maîtresse aux mains du destin.

« Maintenant, l'un de mes plus précieux serviteurs doit perdre la vie pour avoir servi loyalement et honorablement sa maison, reprit Mara.

— Telle est la loi », remarqua Keyoke, sans montrer la moindre trace de tristesse ou de colère. Il était soulagé que Mara eût trouvé la force d'accomplir son devoir, et ses plumes d'officier s'immobilisèrent au-dessus de ses traits immobiles.

« Je pense qu'il n'y a pas d'autre issue, soupira Mara.

— Aucune, petite, dit Nacoya. Tu dois choisir le moment et la manière dont mourra Papé. Mais tu peux lui permettre de se jeter sur sa propre lame, et lui accorder l'honneur d'un guerrier, la mort par l'épée. Cela, du moins, il le mérite, maîtresse. »

Les yeux noirs de Mara étincelèrent ; être obligée de gaspiller la vie d'un serviteur si vaillant la mettait en colère, et elle fronça les sourcils tout en réfléchissant. Personne ne prononça un mot pendant un temps, puis brusquement, elle annonça : « Je ne le pense pas. »

Keyoke sembla sur le point de parler, puis se contenta de hocher la tête, tandis que Papéwaio se frottait la mâchoire du pouce, son signe habituel d'anxiété. Bouleversée par ce geste, Mara continua rapidement. « Voici ma sentence : loyal Papé, il est certain que tu mourras. Mais je déciderai le lieu et les circonstances de ta mort en temps voulu. Jusque-là, tu me serviras comme tu l'as toujours fait. Tu porteras sur le front le bandeau noir des condamnés à mort, pour que tous sachent que je t'ai condamné à mort.

— Je ferai selon votre volonté, maîtresse, répondit Papéwaio en hochant la tête.

— Et si le destin voulait que je meure avant toi, tu pourras tomber sur ton épée… ou me venger en tuant mon meurtrier, comme tu le préféreras », ajouta Mara. Elle était certaine du choix de Papé. Maintenant, jusqu'à ce qu'elle choisît l'heure et la manière de son exécution, Papéwaio resterait à son service.

Mara regarda ses trois serviteurs les plus loyaux, craignant un peu que son jugement peu orthodoxe fût remis en question. Mais le devoir et la coutume exigeaient une obéissance absolue, et personne n'osa croiser son regard. Espérant qu'elle avait agi avec honneur, Mara annonça : « Vous pouvez partir maintenant, et retourner librement à vos tâches. »

Keyoke et Papéwaio se levèrent immédiatement. Ils s'inclinèrent avec une raideur toute cérémonielle, se retournèrent et partirent. Vieille et plus lente, Nacoya fit sa révérence avec moins de grâce. Elle se redressa, une ombre d'approbation traversant son visage ridé. « C'était une excellente décision, fille de Sezu, murmura-t-elle. Tu as sauvé l'honneur de Papé et conservé un serviteur des plus loyaux. Il portera le bandeau noir de la honte comme s'il s'agissait d'un insigne honorifique. » Puis, comme si sa témérité l'avait embarrassée, la vieille nourrice quitta rapidement la pièce.

La servante qui attendait près de la porte dut parler deux fois avant que Mara ne la remarquât. « Ma maîtresse a-t-elle besoin de quelque chose ? »

Épuisée par les émotions et les tensions de l'après-midi, la Dame des Acoma releva les yeux. En voyant l'expression d'attente sur le visage de la servante, elle se rendit compte que l'après-midi s'était écoulé. Des ombres bleues se dessinaient sur les portes de papier, donnant une atmosphère triste et sombre aux peintures décoratives représentant des chasseurs. Souhaitant ardemment retrouver la simplicité de son enfance, Mara décida de renoncer à la cérémonie du repas du soir. Demain serait bien assez tôt pour affronter l'épreuve de s'asseoir à la place d'honneur, qu'occupait habituellement son père. Elle remercia la servante : « Laisse entrer la brise du soir, et retire-toi. »

La servante se hâta d'obéir à ses désirs et fit coulisser les grandes cloisons extérieures qui donnaient vers l'ouest. Le soleil orange était bas, embrasant l'horizon de pourpre. Une lumière d'or cuivré brunissait les marécages, là où les shatra se rassemblaient au crépuscule. Alors que Mara les observait, les créatures maladroites prirent leur envol. En quelques minutes, le ciel se couvrit de silhouettes gracieuses et élégantes, tournoyant dans les nuages teintés d'écarlate, de rose et d'indigo à l'approche de la nuit. Aucun homme ne comprenait la raison de cette splendide danse des vols de shatra, mais c'était un spectacle majestueux. Mara avait regardé cet envol des milliers de fois durant son enfance, et le spectacle des oiseaux lui coupait toujours le souffle. Elle ne remarqua pas le départ discret de la servante, et pendant près d'une heure resta assise, absorbée par le vol de milliers d'oiseaux qui se rassemblaient pour tournoyer, virer et planer, tandis que la lumière disparaissait lentement. Les shatra se posèrent alors que le soleil s'évanouissait. Dans le crépuscule argenté, ils se regroupèrent dans les marais, rassemblés pour dormir en groupes serrés afin de confondre les prédateurs.

Des domestiques revinrent à l'heure chaude et douce de la nuit tombante, apportant de l'huile pour les lampes et une tisane brûlante. Mais Mara avait été enfin vaincue par l'épuisement. Ils la trouvèrent endormie au milieu des coussins, bercée par le bruit familier des bouviers ramenant les needra aux étables. Dans le lointain, le chant triste d'un esclave des cuisines pétrissant du pain de thyza pour le repas du matin faisait un harmonieux contrepoint aux appels des sentinelles de Keyoke, qui patrouillaient pour assurer la sécurité de la nouvelle Dame des Acoma.

Accoutumée à la discipline du temple, Mara s'éveilla tôt. Elle cligna des yeux, d'abord déconcertée par son environnement. Puis la riche couverture jetée sur sa natte de couchage lui rappela qu'elle reposait dans la chambre de son père, comme souveraine des Acoma. Reposée, mais souffrant toujours des meurtrissures infligées par l'assassin Minwanabi, elle se retourna sur le côté. Des mèches de sa chevelure abondante se prirent dans ses cils ; elle les écarta d'un geste impatient.

L'aube éclaircissait déjà les cloisons orientées à l'est. Le sifflet d'un bouvier conduisant les needra aux pâturages trancha sur les chants d'oiseaux qui célébraient le lever du jour. Émue par ses souvenirs, Mara se leva.

Ses servantes ne l'avaient pas entendue bouger. Nu-pieds, et appréciant la solitude, la jeune fille traversa la chambre et saisit le loquet de la cloison. Elle la fit coulisser en réussissant presque à ne pas la faire grincer. Un air frais caressa sa peau, se glissant entre les plis de sa robe mal fermée. Mara inspira profondément l'odeur de la rosée et de la terre humide, et le délicat parfum des fleurs d'akasi. Une brume s'élevait sur le marais, donnant une teinte charbonneuse aux arbres et aux haies, dissimulant presque la silhouette solitaire d'un gardien de troupeau qui conduisait les needra au pas lourd.

Le soldat de faction dans la cour d'entrée fit demi-tour dans sa ronde, et se rendit compte que la jeune fille en chemise blanche et aux cheveux emmêlés par le sommeil qui se tenait à la fenêtre était sa maîtresse. Il s'inclina solennellement. Mara lui fit un signe distrait de la tête tandis qu'il reprenait sa surveillance. La jeune fille regardait les vastes étendues du domaine familial, alors que la matinée n'était pas encore troublée par le bruit et l'agitation du jour. Dans peu de temps, tous les ouvriers du domaine vaqueraient à leurs tâches, mais pendant quelques minutes encore Mara disposait du spectacle serein des terres qu'elle devait maintenant protéger. Inquiète, elle se renfrogna en prenant conscience de tout ce qu'elle devrait apprendre pour gérer ce domaine. Elle ne connaissait même pas l'étendue de son héritage. Elle savait vaguement qu'elle avait des propriétés dans d'autres provinces, mais elle ne connaissait ni leur emplacement ni leur valeur. Son père n'aimait pas s'occuper de culture et d'élevage, et bien qu'il eût surveillé ses biens et le bien-être de son peuple avec sagesse, ses conversations avec Mara avaient toujours traité de sujets pour lesquels il avait plus de goût, et d'une nature plus légère.

Quand la servante l'appela doucement de l'embrasure de la porte, Mara referma la cloison. « Je vais m'habiller et prendre mon déjeuner immédiatement, déclara-t-elle. Puis je verrai ce nouveau hadonra, Jican, dans le cabinet de travail. »

La servante s'inclina et se hâta vers la garde-robe, tandis que Mara démêlait les nœuds de sa chevelure. Privée au temple du confort d'une domestique, elle tendit sans réfléchir la main vers sa brosse.

« Ma Dame, vous déplairais-je ? » L'attitude de la jeune servante montrait clairement toute sa détresse.

Mara fronça les sourcils, ennuyée par sa bévue inconsidérée. « Non, tu me conviens parfaitement. » Elle lui tendit la brosse et resta immobile pendant que la jeune servante commençait à s'occuper de ses cheveux. En se laissant coiffer, Mara s'avoua que sa décision de voir Jican lui servait autant à éviter Nacoya qu'à en apprendre plus sur ses domaines. La vieille nourrice était souvent grincheuse en début de matinée. Et en plus de sa mauvaise humeur habituelle, Nacoya aurait sûrement des milliers de choses à dire à la jeune fille sur ses responsabilités de souveraine.

Mara soupira, et la servante s'arrêta, attendant une indication de sa Dame pour savoir s'il y avait un problème. Comme Mara ne disait rien, la jeune fille continua, hésitante, comme si elle craignait d'encourir la désapprobation de sa Dame. Mara réfléchissait aux questions à poser à Jican, sachant qu'elle devrait finalement affronter les remarques bougonnes de Nacoya. Elle soupira à nouveau, comme elle le faisait autrefois quand Nacoya la punissait quand elle avait commis une bêtise, et la servante s'arrêta encore pour voir si sa maîtresse était mécontente. Après une petite pause, elle se remit à la coiffer, tandis que Mara s'absorbait complètement dans les problèmes de gestion de son domaine.

Plus tard, habillée et coiffée, Mara était assise dans le cabinet de travail, les coudes appuyés sur une montagne de coussins. Elle se mordait légèrement les lèvres, perdue dans sa concentration, tout en revoyant le dernier parchemin d'une pile considérable de rapports. Petit, bronzé et aussi nerveux qu'un thyza sorti du nid, le hadonra, Jican, regardait par-dessus son épaule. À ce moment, il tendait un doigt hésitant.

« Les profits sont indiqués ici, ma Dame. Comme vous pouvez le remarquer, ils sont honnêtes.

— Je m'en rends compte, Jican. » Mara reposait le parchemin sur ses genoux quand le visage de Nacoya apparut dans l'embrasure de la porte. « Je suis occupée, Nacoya. Je te verrai bientôt, peut-être vers midi. »

La vieille nourrice secoua la tête, ses épingles de cheveux de travers comme à son habitude. « Avec la permission de ma Dame, il est maintenant une heure après midi. »

Surprise, Mara leva les sourcils ; elle sympathisait avec son père qui s'impatientait souvent quand il devait gérer son immense domaine. La tâche était plus complexe qu'elle ne l'avait soupçonné. Mais, à la différence de son père, elle trouvait les complexités de la finance fascinantes. Avec un sourire désabusé devant l'impatience de Nacoya, la Dame des Acoma répondit : « J'ai perdu la notion du temps. Mais Jican a pratiquement terminé. Tu peux attendre ici si tu le souhaites. »

Nacoya lui fit non de la tête. « Il y a trop à faire, Dame. Envoyez votre messager me chercher quand vous serez prête. Mais n'attendez pas trop longtemps. Il faut prendre des décisions, et demain il sera trop tard pour y songer. »

La nourrice partit. Mara l'entendit marquer une pause pour marmonner quelque chose à Keyoke, qui montait la garde dans le couloir. Puis, revenant vers Jican et sa leçon de commerce, Mara tendit la main vers un autre parchemin. Cette fois, elle fit quelques remarques sur le bilan, sans que le hadonra eût besoin de lui souffler l'analyse. « Nous manquons peut-être de guerriers, Jican, mais nous sommes puissants en matière de commerce. Nous avons de nombreuses propriétés, et nous sommes peut-être même prospères.

— Cela n'est pas difficile, maîtresse. Sotamu a tenu des registres très clairs durant les années où il a servi votre père. Je n'ai fait que suivre son exemple. Les récoltes de thyza ont été abondantes pendant trois années de suite, alors que la maladie du hwaet dans les provinces des plaines a fait monter le prix de toutes les céréales – le thyza, le ryge, le maza et même le milat. Avec la pénurie de hwaet, seuls les régisseurs paresseux envoyaient leur thyza à Sulan-Qu pour l'y vendre. Il suffisait d'un peu d'effort pour traiter avec un agent d'un consortium de transporteurs de céréales de la Cité des Plaines. » Le petit homme soupira, gêné. « Ma Dame, je ne veux à aucun prix manquer de respect envers les gens de votre haute condition, mais je connais de nombreux seigneurs qui n'aiment pas les détails des affaires commerciales. Mais en même temps, ils refusent de donner à leur hadonra et à leurs agents l'autorité pour agir de façon indépendante. C'est pourquoi nous avons commercé avec de grandes maisons et évité les marchands de la ville à chaque fois que nous le pouvions. Cela nous a permis très souvent de réaliser d'excellents profits. »

Le hadonra marqua une pause, étendant timidement les mains devant lui. Puis, encouragé par le fait que Mara ne l'avait pas interrompu, il continua. « Et les éleveurs de needra… ils constituent pour moi une véritable énigme. Là aussi, je ne voudrais pas me montrer irrespectueux, mais les seigneurs du Nord semblent particulièrement imprévoyants dans le choix de leurs reproducteurs. » Plus à l'aise, le petit homme haussa les épaules pour exprimer sa perplexité. « Un étalon ombrageux et difficile à mener, très musclé et qui gratte la terre du pied d'une façon féroce, ou un animal avec un grand…, il baissa, les yeux, embarrassé… membre viril se vendent mieux qu'une bête bien grasse qui engendrera d'excellents animaux de boucherie, ou qu'un animal docile qui donnera de solides needra de trait. Une bête qu'un éleveur avisé aurait fait castrer ou abattre est vendue à un excellent prix, et nos meilleurs needra restent ici. Ensuite, les gens s'émerveillent devant la qualité de nos troupeaux et disent : "Comment la viande des Acoma peut-elle avoir si bon goût, alors qu'ils gardent des étalons si faibles" ? Je ne comprends pas du tout leur façon de penser. »

Mara sourit légèrement, la première expression détendue qu'elle montrait depuis son départ du temple. « Ces nobles seigneurs recherchent des animaux qui soient le reflet de leur propre virilité. Je n'ai pas de tels désirs. Et comme je ne tiens pas à ce que l'on me confonde avec mes étalons reproducteurs, tu peux continuer à choisir les needra qu'il faut vendre sans te préoccuper de voir si leurs caractéristiques correspondent aux miennes. » Jican écarquilla un instant les yeux, avant de comprendre que la jeune fille plaisantait. Il rit doucement avec elle. « Tu as fait de l'excellent travail », ajouta Mara.

L'homme sourit pour la remercier, comme si l'on venait d'ôter un grand poids de ses épaules. Il était évident qu'il aimait les responsabilités de son nouveau poste et qu'il avait craint que sa maîtresse ne le remplaçât. Il était doublement heureux de découvrir que, non seulement il resterait hadonra, mais que la Dame Mara avait reconnu ses compétences.

Mara avait hérité l'instinct de son père pour le gouvernement, et même si ce don commençait tout juste à s'épanouir, elle savait qu'elle avait devant elle un régisseur compétent, et peut-être même très doué. « Ton zèle pour le commerce apporte autant d'honneur à notre maison que la bravoure de nos soldats, conclut-elle. Tu peux partir maintenant, et reprendre tes travaux. »

Le hadonra s'inclina de sa position agenouillée jusqu'à ce que son front touchât le sol, une révérence plus servile qu'il n'était nécessaire pour un homme de son rang. « Mon cœur se réchauffe au soleil des louanges de ma maîtresse. »

Jican se leva et sortit tandis qu'un domestique avançait pour rassembler les parchemins éparpillés sur le sol. Nacoya entra précipitamment alors que le hadonra sortait. D'autres serviteurs marchaient sur ses talons, portant des plateaux de rafraîchissements. Avec un soupir, Mara souhaita que sa domesticité trop abondante pût être transformée en soldats.

Nacoya s'inclina, puis s'assit avant même que Mara ait eu le temps de lui en donner l'autorisation. Par-dessus le tintement de la vaisselle et l'agitation des serviteurs qui déposaient les plateaux, elle grommela : « Est-ce que ma Dame pense qu'elle devrait travailler toute la matinée sans prendre de repas ? » Ses yeux noirs, anciens, se firent critiques. « Tu as perdu du poids depuis que tu es partie pour le temple. Certains hommes pourraient penser que tu es maigre. »

Toujours préoccupée par sa discussion avec Jican, Mara répondit comme si elle n'avait rien entendu. « J'ai entrepris d'en apprendre plus sur mes domaines et mes biens. Tu as agi avec sagesse en choisissant Jican, Nacoya. Je me souviens avec une grande affection de Sotamu, mais cet homme semble avoir le génie du commerce. »

Les manières de Nacoya s'adoucirent. « Je me suis montrée très présomptueuse, maîtresse, mais la rigueur des temps voulait que l'on prît rapidement une décision.

— Tu as bien fait. » Mara regarda la profusion de nourriture, l'odeur du pain de thyza frais éveillant son appétit. Elle tendit la main vers une tranche de pain, fronça les sourcils, et ajouta : « Et je ne suis pas maigre. Nos repas au temple n'étaient pas si simples que tu le crois. » Elle mordit une bouchée, mâchant songeusement. Elle regarda son indomptable nourrice. « Et maintenant, que devons-nous faire ? »

Nacoya pinça les lèvres, un indice certain qu'elle allait aborder ce qu'elle pensait être un sujet difficile. « Nous devons agir rapidement pour renforcer votre maison, Dame. Sans parents de votre sang, vous êtes une cible tentante pour de nombreuses personnes. Même ceux qui n'avaient auparavant aucune raison de chercher querelle aux Acoma pourraient considérer vos biens d'un œil envieux et ambitieux. Les terres et les troupeaux ne tentaient pas les petits seigneurs quand ils devaient affronter votre père, mais face à une jeune fille sans éducation ? Une main se cache derrière chaque tenture, cita-t-elle.

— Et un poignard se cache dans chaque main », acheva Mara. Elle reposa la tranche de pain. « Je comprends, Nacoya. Je pensais que nous devrions enrôler de nouvelles recrues. »

Nacoya secoua la tête avec une telle vivacité que sa coiffure épinglée de façon précaire manqua de s'écrouler. « C'est une proposition dangereuse, et difficile à tenter en ce moment.

— Pourquoi ? » Mara avait oublié la nourriture dans son irritation. « Je viens juste de revoir l'étendue de nos ressources avec Jican. Les Acoma ont suffisamment de richesses pour entretenir deux mille cinq cents soldats. Nous avons même assez pour payer le prix de leur recrutement. »

Mais Nacoya ne faisait pas référence à l'indemnisation que devait verser un nouveau maître au seigneur qui avait veillé à l'entraînement de la recrue. La vieille nourrice lui rappela doucement : « Un trop grand nombre de soldats sont morts, Mara-anni. Les liens de famille qui restent sont trop rares pour que nous puissions compter dessus. » La tradition tsurani exigeait que seul un parent d'un soldat qui servait déjà dans la maison pût rejoindre une armée seigneuriale. Comme les fils aînés s'engageaient généralement aux côtés de leur père, le recrutement était souvent limité aux fils cadets et aux suivants. Gardant ces faits à l'esprit, Nacoya ajouta : « Avec le recrutement intensif que votre père avait entrepris avant l'invasion du monde barbare, la plupart des hommes aptes ont déjà été appelés. Tous ceux que vous trouverez maintenant seront jeunes et inexpérimentés. Le seigneur des Minwanabi agira avant même que nous puissions tirer un avantage de notre enrôlement.

— J'ai déjà réfléchi à cela. » Mara tendit la main sous la table d'écriture placée devant elle et en tira un écrin, délicatement sculpté dans un bois précieux. « J'ai envoyé un message à la Guilde des Porteurs ce matin. Leur représentant qui arrivera recevra l'ordre de remettre ceci en mains propres au seigneur des Minwanabi, sous contrat et sans message. » Sombre maintenant, Mara tendit la boîte à Nacoya.

Nacoya ouvrit le fermoir finement ouvragé et leva un sourcil en voyant le contenu de la boîte. Un morceau de corde rouge, assombri par le sang de la main de Mara, y reposait, enroulé autour d'une plume de shatra. Refermant la boîte comme si elle contenait un dhast écarlate, le plus venimeux des serpents, Nacoya s'exclama : « Vous annoncez ouvertement une guerre de sang contre la maison Minwanabi.

— Je ne fais que reconnaître une guerre de sang qui a commencé il y a des siècles ! » répondit vertement Mara. Le meurtre de son père et de son frère était encore trop proche pour qu'elle restât mesurée. « Je ne fais qu'annoncer à Jingu qu'une nouvelle génération d'Acoma est prête à s'opposer à lui. » Soudainement embarrassée par son émotion, la jeune fille regarda le plateau de nourriture. « Mère de mon cœur, je suis inexpérimentée au Jeu du Conseil, mais je me souviens des nombreuses nuits où père discutait avec Lano des plans qu'il dressait, et de la raison derrière tous ces stratagèmes. Sa fille écoutait, elle aussi. »

Nacoya plaça la boîte sur le côté et hocha la tête. Mara releva la tête, transpirant légèrement dans la chaleur de l'après-midi, mais gardant son calme. « Notre ennemi Minwanabi pensera que ce message a un sens plus subtil qu'il ne l'a réellement. Il cherchera à se protéger d'un hypothétique stratagème, ce qui nous donnera le temps de préparer nos plans. Tout ce que je puis faire maintenant, c'est espérer gagner du temps. »

Nacoya resta silencieuse un instant, puis répondit : « Fille de mon cœur, ton courage est admirable, mais même si ce geste peut te faire gagner un jour, une semaine, ou plus, à la fin, le seigneur des Minwanabi s'avancera pour anéantir tout ce qui est Acoma. » La vieille femme se pencha en avant, insistante. « Tu dois trouver des alliés, et pour cela, il ne reste qu'une voie. Le mariage. Le plus rapidement possible. »

Mara se releva si brusquement que son genou heurta la table d'écriture. « Non ! » Un silence tendu s'installa, tandis qu'un parchemin dérangé flottait dans un bol de soupe.

Nacoya ne tint aucun compte de l'humeur de sa maîtresse et répondit brutalement : « Tu n'as pas d'autre choix, petite. En tant que souveraine, tu dois trouver un consort parmi les jeunes fils de certaines maisons de l'Empire. Un mariage avec un fils des Shinzawaï, des Tukareg ou des Chochapan nous offrirait une alliance avec une maison capable de nous protéger… » La nourrice resta silencieuse un moment… « Pour aussi longtemps que possible. Cependant, le temps pourrait changer l'équilibre des forces. »

Les joues de Mara rougirent et ses yeux s'écarquillèrent. « Je n'ai rencontré aucun des hommes que tu as mentionnés. Je n'épouserai pas un étranger ! »

Nacoya se leva à son tour. « Tu parles dans la colère, et ton cœur gouverne ton esprit. Si tu n'étais pas entrée au temple, ton époux aurait été choisi parmi les prétendants acceptables par ton père, ou par ton frère après lui. En tant que Dame des Acoma, tu dois en faire autant dans l'intérêt de ta maison. Je te laisse maintenant, pour que tu y réfléchisses. »

La nourrice prit dans ses mains âgées la boîte pour le seigneur des Minwanabi, afin de la remettre à la Guilde des Porteurs. Elle s'inclina avec raideur et sortit.

Mara se rassit, perdue dans une rage silencieuse, les yeux fixés sur le parchemin trempé, qui coulait lentement dans les profondeurs du bol de soupe. La pensée du mariage évoquait en elle des peurs obscures, enracinées d'une certaine manière dans son chagrin. Elle frissonna malgré la chaleur du jour, et claqua des doigts pour appeler les serviteurs afin qu'ils ôtent les plateaux de nourriture. Elle allait se reposer, et songer seule à ce que sa vieille nourrice lui avait dit.

Sur la recommandation de Keyoke, Mara resta dans le manoir tout l'après-midi. Elle aurait préféré continuer son inspection des biens Acoma en palanquin, mais les rangs de ses guerriers étaient trop dégarnis ; une escorte aurait été nécessaire pour assurer sa sécurité dans la campagne, ce qui aurait laissé trop peu de gardes pour les patrouilles de routine. Trop consciencieuse pour rester inactive, la jeune fille étudia des documents, afin de mieux se familiariser avec les propriétés les plus distantes de sa famille. Elle demanda qu'on lui apportât un repas léger. Les ombres s'allongèrent et la chaleur de l'après-midi régna dans la paix.

Durant ses lectures, la Dame des Acoma comprit peu à peu un fait subtil mais important de la vie tsurani, souvent mis en relief par son père, mais qu'elle n'appréciait que maintenant : l'honneur et la tradition n'étaient que deux murs d'une grande maison ; la puissance et la richesse formaient les deux autres. Et des quatre, c'était la dernière paire qui empêchait le toit de s'effondrer. Mara serra le poing sur la poignée du rouleau de parchemin. Si, d'une façon ou d'une autre, elle parvenait à tenir en échec les ennemis qui désiraient sa mort, jusqu'à ce qu'elle trouvât la force d'entrer dans le Jeu du Conseil, alors... Elle n'acheva pas sa pensée. Le problème immédiat était faire échec aux seigneurs des Minwanabi et des Anasati. La vengeance était un rêve inutile si elle ne parvenait à assurer la survie de sa famille.

Plongée dans ses pensées, Mara n'entendit pas Nacoya l'appeler doucement de l'embrasure de la porte. « Maîtresse ? » répéta la nourrice.

Mara leva les yeux, surprise, et fit signe à la vieille femme d'entrer. Elle attendit, préoccupée et distante, tandis que Nacoya s'inclinait, puis s'agenouillait devant elle.

« Dame, j'ai repensé à notre conversation de cet après-midi, et je vous supplie d'être indulgente en écoutant mes conseils. »

Les yeux de Mara s'étrécirent. Elle n'avait aucun désir de reprendre leur conversation sur le mariage, mais la douleur encore vive des blessures que l'assassin lui avait infligées lui rappelait la nécessité d'être prudente. Elle posa ses parchemins sur le côté et fit signe à Nacoya de continuer. « En tant que souveraine des Acoma, le mariage ne changera pas votre statut. Votre époux s'assiéra peut-être à votre droite, mais il n'aura pas voix au chapitre pour les affaires de la maison, sauf pour ce que vous lui permettrez de faire. Il…

— Je sais tout cela », répondit Mara en agitant négligemment la main.

La vieille nourrice s'installa plus confortablement sur la natte placée devant sa maîtresse. « J'implore votre indulgence, Dame. Quand je vous ai parlé cet après-midi, j'avais oublié que chez une jeune sœur de Lashima, les soucis du monde hors du temple s'évanouissent de l'esprit. Les histoires entre les jeunes gens et les jeunes filles, les rencontres avec les fils des familles nobles, les jeux de baisers et de caresses… toutes ces choses vous ont été refusées lors de l'année écoulée, et plus longtemps encore. La pensée des hommes… » Troublée par l'intensité croissante du regard de Mara, qui restait parfaitement immobile, Nacoya hésita, mais se força à terminer sa phrase. « Pardonnez aux divagations d'une vieille femme. Vous étiez vierge… et vous l'êtes toujours. »

Cette affirmation fit rougir Mara. Durant son séjour au temple, elle avait reçu l'ordre d'oublier les choses charnelles. Mais Nacoya avait tort de craindre que la jeune fille ne s'y intéressât plus. Car Mara avait dû lutter pour oublier, et cela lui avait été difficile. Elle s'était souvent surprise à rêver aux garçons qu'elle avait connus durant son enfance.

Mara frotta nerveusement le bandage qui recouvrait sa paume blessée. « Mère de mon cœur, je suis toujours vierge. Mais je sais ce qui se passe entre un homme et une femme. » Brusquement, comme si sa fierté avait été piquée, elle fit un cercle avec le pouce et l'index de la main gauche et y introduisit l'index droit dans un mouvement brusque. Les bouviers, les fermiers et les soldats utilisaient ce geste pour indiquer la fornication. Bien qu'il ne fût pas obscène – le sexe était une chose naturelle de la vie tsurani, – son geste restait assez vulgaire et n'était pas convenable pour une Dame de grande maison.

Trop sage pour répondre à une telle provocation, Nacoya poursuivit : « Maîtresse, je sais que vous avez joué avec votre frère parmi les soldats et les gardiens de troupeau. Je sais que vous avez vu les étalons monter les génisses. Et plus encore. » Étant donné la promiscuité régnant dans les habitations tsurani, Mara et son frère avaient eu, au cours des ans, de nombreuses occasions d'entendre les gémissements de la passion, ou de surprendre malencontreusement un rendez-vous entre esclaves ou domestiques.

Elle haussa les épaules, comme si tout cela n'avait guère d'importance.

« Petite, tu comprends ce qui se passe entre les hommes et les femmes, ici. » La nourrice pointa l'index vers son front. Puis elle désigna son cœur. « Mais tu ne le comprends pas là, et elle indiqua son bas-ventre, ou là. Je suis peut-être vieille, mais je me souviens.

« Mara-anni, une souveraine est aussi un guerrier. Tu dois maîtriser ton corps. Il faut vaincre la souffrance. » La nourrice devint songeuse alors que des souvenirs lui revenaient à l'esprit. « Et certains jours, la passion inflige de plus grandes souffrances qu'un coup d'épée. » La lumière basse du soleil qui traversait les cloisons soulignait la fermeté de ses traits tandis qu'elle concentrait une nouvelle fois son attention sur Mara. « Jusqu'à ce que tu connaisses ton propre corps, et que tu maîtrises tous ses désirs, tu es vulnérable. Tes forces, ou tes faiblesses, sont celles de la maison Acoma. Un bel homme qui murmure des mots doux à ton oreille, dont les caresses éveillent le feu dans tes reins, peut te détruire aussi facilement que le tong hamoï. »

Mara rougit profondément, et ses yeux lancèrent des éclairs. « Qu'est-ce que tu suggères ?

— Une souveraine ne doit pas être assaillie par les doutes, répondit Nacoya. Après la mort de ta mère, le seigneur Sezu a pris des mesures pour s'assurer que les désirs de la chair ne le pousseraient pas à agir stupidement. Un désir pour la fille d'une mauvaise maison aurait pu détruire les Acoma aussi sûrement que s'il avait perdu une bataille.

« Pendant que tu étais au temple, il faisait venir des dames de la Maison du Roseau dans cette maison…

— Nacoya, il faisait séjourner de telles femmes au manoir quand j'étais plus jeune. Je m'en souviens. » Mara inspira profondément, irritée, et en sentant l'odeur lourde des akasi, comprit que des esclaves taillaient les arbustes dans les jardins, de l'autre côté des cloisons.

Mais l'atmosphère écœurante semblait ne pas avoir d'effet sur Nacoya. « Le seigneur Sezu n'agissait pas toujours pour lui, Mara-anni. Quelquefois, les femmes venaient pour Lanokota, pour qu'il pût apprendre ce qui se passe entre les hommes et les femmes, et qu'il ne fût pas la proie de l'ambition de filles rusées et des complots de leurs pères. »

L'idée de son frère en compagnie de telles femmes offensa Mara d'une façon surprenante ; mais la proximité des esclaves l'obligea à observer les convenances. « Donc, je te le demande une nouvelle fois, qu'est-ce que tu suggères ?

— J'enverrai chercher un homme de la Maison du Roseau, un homme habile pour…

— Non ! l'interrompit Mara. Je ne veux pas en entendre parler ! »

Nacoya ignora l'intervention de sa maîtresse. «… donner du plaisir. Il peut t'enseigner…

— J'ai dit non, Nacoya !

— … tout ce que tu as besoin de savoir, pour que les caresses habiles et les mots doux, murmurés dans le noir, ne te trompent pas. »

Mara était au bord d'une rage totale. « Je te l'ordonne : ne prononce plus un seul mot ! »

Nacoya ravala ses paroles. Les deux femmes se foudroyèrent du regard et, pendant une longue minute silencieuse, aucune ne bougea. Finalement, la vieille nourrice s'inclina jusqu'à ce que son front touchât la natte sur laquelle elle était agenouillée, un signe de supplication chez un esclave. « Je me suis couverte de honte. J'ai offensé ma maîtresse.

— Sors ! Laisse-moi ! »

La vieille femme se leva, exprimant en sortant sa désapprobation par le bruissement de ses vêtements et la raideur de son vieux dos. Mara congédia d'un geste les servantes qui apparurent pour s'enquérir de ses désirs. Seule, entourée de parchemins précieux et merveilleusement calligraphiés qui dissimulaient sous une façade honorable un réseau cruel et meurtrier d'intrigues, Mara tenta de mettre de l'ordre dans son esprit, malgré la confusion provoquée par les paroles de Nacoya. Elle ne pouvait nommer la peur qui avait menacé de la submerger.

Recroquevillée sur elle-même, Mara sanglota silencieusement. Privée de la présence réconfortante de son frère, cernée par les conspirations, les menaces et d'invisibles ennemis, la Dame des Acoma courba la tête, alors que les larmes mouillaient le bandage de sa main, et ravivaient la douleur de sa blessure.

Une cloche tinta faiblement. Mara reconnut le signal qui indiquait aux esclaves de se rassembler dans leurs quartiers pour le repas du soir. Les ouvriers qui travaillaient dans les parterres d'akasi se levèrent et déposèrent leurs outils, pendant que derrière les minces cloisons de papier, leur maîtresse repoussait ses parchemins. Elle frotta ses yeux gonflés par les larmes et appela doucement ses servantes pour qu'elles ouvrent les cloisons du cabinet de travail et laissent entrer l'air.

Mara se leva, se sentant vide et épuisée ; mais une expression de fermeté se peignait à nouveau sur ses traits. Mordant songeusement ses lèvres, la jeune fille s'appuya contre l'encadrement poli de la cloison. Il devait exister une autre solution que le mariage. Elle réfléchit, mais ne trouva aucune réponse, pendant que le soleil descendait, lourd et doré, dans le ciel. Une brume de chaleur surplombait les champs éloignés et, plus haut, la voûte turquoise du ciel était vide d'oiseaux. Les feuilles d'akasi coupées par les jardiniers se fanaient dans l'allée de dalles blanches, exhalant leur fragrance dans le silence ensommeillé qui régnait dans la demeure seigneuriale. Mara bâilla, épuisée par le chagrin et les soucis.

Elle entendit soudain des cris. Réveillée par le bruit, elle se redressa. Des silhouettes couraient le long de la route qui menait vers les baraquements des gardes. Consciente qu'une telle agitation était signe de mauvaises nouvelles, la jeune fille se tourna vers l'intérieur de la pièce, au moment où une jeune servante se précipitait dans le cabinet de travail.

Un soldat marchait sur ses talons, poussiéreux, suant, et essoufflé par une longue course en armure de combat. Il inclina la tête en signe de respect. « Maîtresse, avec votre permission. »

Mara sentit une main glacée lui nouer le ventre. Cela commence déjà, pensa-t-elle. Mais son visage sali par les larmes avait repris toute sa sérénité quand elle répondit : « Parle. »

Le soldat frappa son cœur de son poing pour saluer. « Maîtresse, le commandant vous envoie ce message : des hors-la-loi ont attaqué les troupeaux.

— Fais venir mon palanquin. Vite !

— À vos ordres, maîtresse. » La servante qui avait précédé le soldat franchit la porte en courant.

— Rassemble une escorte », ordonna Mara au guerrier.

L'homme s'inclina et partit. Mara se défit de la robe courte et légère que les femmes nobles tsurani préfèrent porter dans l'intimité de leur demeure. Elle lança le vêtement dans les mains attentives d'une domestique, pendant qu'une autre se précipitait vers elle avec une robe de voyage, plus longue et de coupe plus modeste. Ajoutant un léger foulard pour dissimuler les marques encore visibles sur son cou, Mara sortit.

Ses porteurs attendaient silencieusement, vêtus d'un seul pagne et transpirant déjà dans la chaleur. Quatre soldats étaient en leur compagnie, attachant leur casque et ajustant leurs armes à leur ceinture. Le guerrier envoyé pour informer Mara lui offrit sa main avec déférence et l'aida à s'installer dans le siège garni de coussins. Puis il fit signe aux porteurs et à l'escorte d'avancer. Le palanquin oscilla et bondit en avant tandis que les porteurs, recherchant surtout la rapidité, se hâtaient vers les pâturages extérieurs.

Le trajet se termina plus vite que Mara ne l'aurait cru, des lieues à l'intérieur des frontières du domaine. C'était un signe consternant, car les bandits n'auraient jamais osé lancer un raid à l'intérieur des terres si les patrouilles avaient été en nombre suffisant. Avec un geste rendu brusque par l'indignation, la jeune fille écarta les légers rideaux du palanquin. « Que s'est-il passé ? »

Keyoke se détourna des deux soldats qui observaient le sol à la recherche de traces qui pourraient indiquer le nombre et la force des renégats. S'il remarqua les yeux de sa maîtresse bouffis par les larmes, le vieux soldat au visage tanné ne montra aucune réaction. Imposant dans son armure laquée, son casque à plumet se balançant par sa jugulaire à sa ceinture, il désigna d'un geste une série de clôtures brisées, que des esclaves en pagne s'efforçaient de réparer. « Des hors-la-loi, ma Dame. Dix, ou peut-être une douzaine. Ils ont tué un jeune bouvier, détruit une partie de la clôture et emporté quelques needra.

— Combien ? » Mara fit un geste, et le commandant l'aida à descendre de sa litière. L'herbe lui semblait étrange sous ses sandales, après son confinement dans le temple et les mois passés à faire résonner ses pas sur des sols de pierre. L'odeur de la terre fertile et des plants de khala qui grimpaient sur les clôtures était tout aussi inattendue. Mara chassa cette distraction et accueillit Jican avec un froncement de sourcils qui reflétait exactement l'expression de son père quand ses affaires domestiques n'allaient pas comme il le désirait.

Bien que le hadonra ait eu très peu de contacts avec l'ancien seigneur des Acoma, cette expression était une véritable légende. Transpirant, les doigts agrippant nerveusement son ardoise, il s'inclina.

« Dame, vous avez perdu au pire trois ou quatre needra femelles. Je vous donnerai un chiffre exact quand les égarés auront été rassemblés. »

Mara éleva la voix pour se faire entendre par-dessus les mugissements des animaux agités, tandis que les bouviers sifflaient, agitant leurs longs bâtons et leurs fouets de cuir pour diriger les bêtes vers un corral plus sûr. « Les égarés ? »

Énervé par le manque d'assurance de Jican, Keyoke répondit, avec une voix plus adaptée à un champ de bataille sur le monde des barbares que sur la terre piétinée d'un pâturage de needra. « Les bêtes dans ce pâturage avaient été isolées pour la reproduction. L'odeur du sang a provoqué une débandade, ce qui a alerté les bouviers. » Il marqua une pause, fouillant du regard la lisière distante des bois.

La tension transparaissant dans son attitude éveilla l'inquiétude de Mara. « Qu'est-ce qui te trouble, Keyoke ? Sûrement pas la perte de quelques needra ou le meurtre d'un esclave ?

— Non, Dame. » Les yeux toujours fixés sur les bois, le vieux soldat secoua la tête. « Je regrette la destruction de biens, mais non, les needra et le garçon ne sont pas importants. » Il s'arrêta quand un contremaître hurla un ordre ; une équipe d'esclaves se pencha pour relever un nouveau poteau, tandis que le commandant d'armée racontait le pire. « Nous sommes très vigilants depuis que ce chien d'hamoï a tenté de vous tuer, maîtresse. Ce n'étaient pas de simples voleurs. Ils ont frappé, et sont repartis, en plein jour, ce qui indique une stratégie planifiée et une excellente connaissance de l'organisation de nos patrouilles. »

Mara ressentit la peur comme un éclat de glace. Avec un calme étudié, elle demanda : « Des espions ? » Le seigneur des Anasati avait très bien pu mettre en scène une fausse attaque de « bandits » s'il souhaitait jauger la force des troupes Acoma.

Keyoke tapota son épée. « Je ne le pense pas, maîtresse. » Il exprima son opinion avec son habituelle perception des choses, presque surnaturelle. « Les Minwanabi ne sont jamais aussi subtils, et les Anasati n'ont pas d'avant-postes aussi loin dans le sud pour pouvoir organiser si rapidement une telle attaque. Non, cela semble être l'œuvre de soldats, sûrement des hommes sans maître.

— Des guerriers gris ? » L'air désapprobateur de Mara s'accentua tandis qu'elle songeait aux hommes frustes, sans clan, qui se regroupaient souvent dans les montagnes. Avec les Acoma à court de soldats, des tels hommes sous la direction d'un chef rusé pouvaient devenir aussi dangereux qu'un complot de ses ennemis.

Keyoke frappa ses manchettes pour les épousseter et regarda à nouveau les collines qui s'assombrissaient maintenant dans les ombres du crépuscule. « Avec la permission de ma Dame, j'aimerais envoyer des éclaireurs. Si des guerriers gris sont responsables de ce raid, ils ne pensaient qu'à se remplir la panse. Il y aura de la fumée et des feux de camp ; et s'il n'y en a pas, nous saurons que la nouvelle de notre faiblesse a voyagé rapidement jusqu'aux oreilles de nos ennemis. »

Il ne mentionna pas de contre-attaque. Circonspect et subtil, à la différence de Nacoya, le commandant informait Mara par son silence qu'une démonstration de force risquait de provoquer un désastre. Les soldats Acoma n'étaient pas assez nombreux, même pour se lancer à la poursuite d'une bande de voleurs de needra. Comme les Acoma sont tombés bas ! pensa Mara ; mais elle fit le signe formel indiquant son accord. Keyoke se hâta de donner des ordres à ses soldats. Les porteurs du palanquin se redressèrent avec empressement, anxieux de retourner à leurs quartiers et au dîner qu'ils avaient laissé en train de refroidir sur les tables. Mais la Dame n'était pas prête à partir. Elle savait que Nacoya l'aurait sermonnée pour s'être attardée là où sa présence n'était pas requise, mais le besoin de trouver rapidement de nouveaux combattants semblait la source du danger immédiat. Refusant toujours l'idée d'un mariage comme unique solution, elle fit signe à Keyoke de la rejoindre.

Il s'inclina, le visage obscurci par le crépuscule. « La nuit tombe, maîtresse. Si vous souhaitez entendre mes conseils, laissez-moi vous escorter jusqu'à la résidence, car votre sécurité pourrait être compromise dans l'obscurité. »

Le cœur réchauffé par les qualités que le seigneur Sezu avait lui aussi appréciées chez le commandant de son armée, Mara sourit. Elle permit au vieux guerrier de l'installer dans son palanquin, puis aborda directement le problème. « As-tu commencé à recruter de nouveaux soldats ? »

Keyoke ordonna aux porteurs d'avancer, puis régla son pas sur le leur. « Ma Dame, deux de nos hommes ont contacté leurs cousins dans des villes éloignées, leur demandant d'envoyer leurs jeunes fils à notre service. Dans une semaine ou deux, je permettrai à un ou deux autres de faire de même. Si nous allons plus vite, tous les baraquements d'Ambolina à Dustari sauront que les Acoma manquent de troupes. »

Des lumières s'épanouissaient dans les ombres alors que les ouvriers réparant la clôture allumaient des lanternes pour continuer leur travail. Pendant que le palanquin de la Dame se dirigeait vers la demeure seigneuriale, un homme, puis un autre, commencèrent à chanter d'une voix hésitante. Se souvenant que leur sécurité dépendait de son jugement, Mara demanda : « Devrions-nous acheter des contrats ? »

Keyoke s'arrêta. « Engager des mercenaires ? De vulgaires gardes de caravanes ? » D'un pas, il rattrapa la distance que les porteurs avaient parcourue. « Impossible. Ils ne seraient pas fiables. Des hommes qui n'ont pas prêté le serment de sang envers le natami des Acoma seraient pires qu'inutiles. Ils ne vous devraient pas leur honneur. Contre les ennemis de votre père, vous avez besoin de guerriers qui vous obéiront sans hésiter, et même qui mourront si vous l'ordonnez. Montrez-moi un homme qui acceptera de mourir contre une solde, et je lui ferai prêter le serment d'enrôlement. Non, Dame, une maison n'engage des mercenaires que pour les tâches les plus simples, comme garder des entrepôts, ou faire des patrouilles contre les voleurs ordinaires. Et l'on ne fait cela que pour libérer des guerriers pour des devoirs plus honorables.

— Alors nous avons besoin de mercenaires, répondit Mara. Ne serait-ce que pour empêcher les guerriers gris de s'engraisser sur le dos de nos needra. »

Keyoke décrocha son casque, jouant avec les plumes dans l'obscurité qui montait. « Ma Dame, en de meilleurs temps, oui. Mais pas maintenant. La moitié des hommes que vous engagerez seront des espions. Je répugne à laisser entacher mon honneur par des hommes sans clan, mais nous devons attendre et combler lentement nos pertes.

— Et mourir. » Dérangée par le fait que la suggestion de mariage de Nacoya semblait de plus en plus inévitable, Mara serra les dents, rongée par l'amertume.

Étonné par cette humeur qu'il n'avait jamais vue chez la jeune fille, Keyoke arrêta les porteurs. « Ma Dame ?

— Combien de temps s'écoulera-t-il avant que mon seigneur des Minwanabi n'apprenne l'étendue du désastre provoqué par sa trahison ? » Mara releva la tête, son visage dessinant un pâle ovale entre les murs blancs des rideaux. « Tôt ou tard, l'un de ses espions découvrira que le cœur de notre maison est faible, que mes propres domaines ne sont gardés que par une poignée de guerriers en bonne santé, et que nous tentons désespérément de maintenir l'illusion de notre compétence. Nos possessions lointaines sont totalement vulnérables et ne tiennent que par la ruse – de vieux hommes et des garçons inexpérimentés qui paradent en armure de combat. Nous vivons comme des gazen, retenant notre souffle et espérant qu'un harulth ne nous piétinera pas ! Mais cet espoir est vain. Un jour ou l'autre, notre supercherie sera découverte. Alors les seigneurs qui veulent notre ruine frapperont brutalement. »

Keyoke plaça son casque sur sa tête, attachant sa jugulaire avec lenteur et sans précipitation. « Vos soldats mourront en vous défendant, ma Dame.

— C'est exactement ce que je veux dire, Keyoke. » Une fois lancée, Mara ne pouvait plus réprimer le sentiment de désespoir et d'impuissance qui tournoyait en elle. « Ils mourront tous. Toi, Papé, et même la vieille Nacoya. Puis les ennemis qui ont assassiné mon père et mon frère apporteront ma tête et le natami des Acoma au seigneur des Minwanabi et… les Acoma n'existeront plus. »

Le vieux soldat baissa les mains en silence. Il ne pouvait nier les affirmations de sa maîtresse ou lui offrir des paroles de réconfort. Avec douceur, il ordonna aux porteurs de reprendre leur marche vers le manoir, les lumières, et la consolation de la beauté et de l'art qui étaient le cœur de l'héritage Acoma.

Le palanquin oscilla quand les esclaves sortirent du pâturage pour rejoindre le sentier de graviers, assez pentu. Honteuse de son accès de désespoir, Mara libéra les embrasses des rideaux et les légers voiles de mousseline retombèrent, la dissimulant aux regards. Sensible au fait qu'elle pouvait peut-être pleurer, Keyoke marchait le regard fixé convenablement vers l'avant. Survivre dans l'honneur semblait un espoir inaccessible depuis la mort du seigneur Sezu et de son fils. Mais par égard pour la maîtresse dont il protégeait la vie, il refusait de croire à la rumeur qui courait parmi les guerriers survivants : que le mécontentement des dieux s'était abattu sur cette maison, et que la fortune des Acoma était irrémédiablement perdue.

Mara prit la parole, arrachant le commandant d'armée à ses pensées par le ton inattendu de sa voix, très résolue. « Keyoke, si je devais mourir et si tu me survivais, que se passerait-il ? »

Keyoke fit un geste en arrière, en direction des collines où les pillards s'étaient réfugiés avec leur butin. « Sans votre autorisation de m'ôter la vie, je deviendrais comme eux, maîtresse. Un vagabond, sans maître et solitaire, sans dessein et sans identité, un guerrier gris qui n'a plus de couleur de maison à porter. »

Mara passa une main à travers les rideaux, pour former une petite fente à travers laquelle regarder. « Les bandits sont tous comme cela ?

— Certains. D'autres sont de simples criminels, des voleurs et des brigands, quelques meurtriers, mais un grand nombre sont des soldats qui ont survécu à leur maître. »

Le palanquin s'approchait de la cour d'entrée du manoir, où Nacoya attendait avec une petite troupe de serviteurs. Mara continua rapidement. « Ce sont des hommes honorables, Keyoke ? »

Le commandant regarda sa maîtresse sans l'ombre d'un reproche. « Un soldat sans maison ne peut pas avoir d'honneur, maîtresse. Avant que leur maître ne meure ? Je suppose que ces guerriers gris étaient de valeureux hommes, autrefois, mais survivre à son maître est la marque du mécontentement des dieux. »

Le palanquin entra dans la cour et les porteurs le posèrent sur le sol avec un choc à peine perceptible. Mara repoussa les rideaux et accepta l'aide du commandant pour sortir. « Keyoke, rejoins-moi dans mes appartements ce soir, quand tes éclaireurs seront revenus des collines. J'ai un plan dont j'aimerais discuter avec toi quand le reste des serviteurs dormira.

— À vos ordres, maîtresse. » Keyoke s'inclina, le poing posé sur le cœur dans un geste solennel de salutation. Mais alors que les serviteurs se précipitaient vers eux avec des lanternes, Mara crut discerner l'ombre d'un sourire d'approbation sur le visage couturé de cicatrices du guerrier.

La réunion de Mara avec Keyoke se prolongea très tard dans la nuit. Les étoiles étincelaient comme de la glace. Le profil ébréché de la lune de Kelewan était au zénith quand le vieux guerrier reprit le casque qui reposait sur ses genoux. « Ma Dame, votre plan est dangereux et téméraire. Mais, comme un homme ne s'attend jamais à être attaqué par un gazen, il a des chances de marcher.

— Il doit marcher ! » Mara se redressa dans l'obscurité. « Sinon, notre fierté sera beaucoup diminuée. Demander la sécurité en échange d'un mariage ne nous apporte pas d'honneur et ne fait que récompenser ceux qui ont ourdi la trahison contre notre famille. Notre maison ne serait plus maîtresse dans le Jeu du Conseil et les esprits de mes ancêtres seraient troublés. Non, je pense que, dans ces circonstances, mon père aurait dit “Qui ne risque rien n'a rien”. »

Keyoke boucla son casque avec le soin qu'il aurait pu mettre pour se préparer au combat. « Je suis aux ordres de ma Dame. Mais je n'envie à personne la tâche d'expliquer votre plan à Nacoya. » Il s'inclina, se leva et avança jusqu'à la cloison extérieure.

Il fit glisser le loquet et sortit dans le jardin. Le clair de lune nimbait d'or cuivré les massifs de fleurs. Soulignées par cette lumière diffuse, les épaules du commandant semblaient plus droites, son allure légèrement moins tendue. Avec soulagement, Mara comprit que Keyoke accueillait avec plaisir une solution de guerrier aux problèmes Acoma. Il avait accepté son plan risqué plutôt que de la voir lier le sort de sa famille à une maison plus puissante grâce à un mariage. Elle décroisa ses doigts qui transpiraient, à la fois effrayée et exultante.

« Je me marierai selon mes termes, ou je ne me marierai pas », murmura-t-elle à la nuit. Puis elle s'étendit sur ses coussins. Le sommeil vint difficilement. Des souvenirs de Lano se mêlaient à des images de jeunes fils de grande maison vantards, parmi lesquels elle devait finalement choisir un soupirant.

L'aube était déjà étouffante. Un vent sec soufflait du sud, l'humidité de la saison des pluies ne subsistait que dans les vals les plus abrités, et les bouviers conduisaient les needra au pâturage en soulevant des nuages de poussière ocre. Mara prit son déjeuner dans le jardin de la cour intérieure, sous l'ombre généreuse des arbres. Le bruit du filet d'eau d'une fontaine ornementale l'apaisait, alors qu'elle était assise vêtue d'une robe safran au col haut. Elle paraissait avoir bien moins de dix-sept ans, avec ses yeux trop brillants et ses traits tirés par l'insomnie. Mais sa voix, quand elle appela Nacoya, était vibrante d'autorité.

La vieille nourrice arriva, grognon comme à son habitude dans la matinée. Elle avait sûrement dû recevoir la convocation de Mara au moment où elle s'habillait, car ses cheveux étaient hâtivement relevés et ses lèvres étaient pincées par la contrariété. Elle s'inclina vivement et demanda : « Que désire ma maîtresse ? »

La Dame des Acoma lui donna d'un geste la permission de s'asseoir. Nacoya la déclina ; ses genoux la faisaient souffrir, et il était trop tôt pour qu'elle eût envie de se disputer avec une fillette obstinée dont l'entêtement risquait de déshonorer ses ancêtres.

Mara sourit gentiment à son ancienne nourrice. « Nacoya, j'ai réfléchi à tes conseils et je vois qu'il y a de la sagesse dans un projet de mariage. Il nous permettra de déjouer les complots de nos ennemis. Je te demande de me préparer une liste des soupirants que tu considères comme acceptables, car j'aurai besoin d'aide pour choisir un époux convenable. Va, maintenant. Je reparlerai avec toi de ce problème en temps voulu. »

Nacoya cligna des yeux, de toute évidence surprise par ce changement d'attitude. Puis elle plissa les paupières. Sûrement, une telle soumission cachait autre chose, mais l'étiquette tsurani interdisait à un serviteur de poser une question. Extrêmement méfiante, mais incapable d'esquiver son congédiement, la vieille nourrice s'inclina. « À vos ordres, maîtresse, et que la sagesse de Lashima puisse vous guider. »

Elle partit en traînant les pieds, marmonnant dans sa barbe. Mara prit une gorgée de chocha, l'image même de la Dame noble. Puis, après avoir marqué une pause convenable, elle appela doucement son messager. « Va chercher Keyoke, Papéwaio et Jican. »

Les deux guerriers arrivèrent avant que sa tasse ne fût vide, Keyoke dans son armure de combat superbement polie. Papéwaio était aussi armé pour l'action, le bandeau noir des condamnés serré aussi soigneusement sur son front qu'à son flanc la ceinture où pendait son épée.

Comme Nacoya l'avait deviné, il l'arborait comme un homme ayant reçu un insigne honorant son courage. Mais son expression était toujours la même. Dans ma vie entière, il existe peu de choses aussi constantes que Papéwaio, pensa Mara.

Elle fit signe à la servante qui s'occupait du pot de chocha, et cette fois Papé accepta une tasse de la boisson brûlante.

Keyoke but une gorgée de chocha sans retirer son casque, un signe certain qu'il réfléchissait à sa stratégie. « Tout est prêt, maîtresse. Papé a supervisé la distribution des armes et des armures, et le chef de troupe Tasido s'occupe de les instruire ; tant qu'il n'y aura pas de combat, vos guerriers devraient avoir une apparence convaincante.

— Cela suffira. » Trop nerveuse pour terminer son chocha, Mara reposa ses mains moites sur ses genoux. « Il ne nous manque plus que Jican, pour préparer notre appât. »

Le hadonra entra dans le jardin à cet instant. Il s'inclina, essoufflé et transpirant, comme s'il était venu en hâte. Ses vêtements étaient poussiéreux, et il tenait encore l'ardoise sur laquelle il prenait des notes quand les troupeaux étaient conduits aux pâturages.

« Je vous prie de m'excuser, maîtresse, pour mon apparence négligée. Selon vos ordres, les bouviers et les esclaves…

— Je sais, Jican, l'interrompit Mara. Ton honneur n'est pas en cause, et ton dévouement est admirable. Bien, avons-nous suffisamment de récoltes et de marchandises dans les entrepôts pour organiser une caravane ? »

Étonné par la louange et le changement brusque de sujet, le hadonra redressa les épaules. « Nous avons six chariots de thyza de mauvaise qualité que nous avons gardés pour engraisser les needra, bien que les femelles qui ne sont pas pleines puissent très bien se débrouiller sans. Les derniers jeunes ont été sevrés il y a deux jours. Nous avons quelques peaux qui peuvent être vendues à des selliers. » Jican passait son poids d'une jambe à l'autre, cherchant à dissimuler son étonnement. « La caravane serait très petite. Ni les céréales ni les marchandises ne permettront des profits intéressants. » Il s'inclina avec déférence. « Ma maîtresse ferait mieux d'attendre que ces produits soient commercialisés à la bonne saison. »

Mara ignora la suggestion. « Je veux que l'on prépare une petite caravane.

— Oui, maîtresse. » Les phalanges du hadonra blanchirent sur les rebords de l'ardoise. « Je vais envoyer un message à notre agent à Sulan-Qu…

— Non, Jican. » Se tournant brusquement, Mara se leva et s'avança jusqu'au bord de la fontaine. Elle tendit la main, laissant l'eau passer entre ses doigts comme des joyaux étincelants. « Je souhaite que cette caravane se rende à Holan-Qu. »

Jican envoya un regard surpris à Keyoke, mais ne vit pas l'ombre d'un sentiment de désapprobation sur le visage ridé du commandant. Nerveux, presque suppliant, il insista : « Maîtresse, j'obéis à vos désirs, mais vos marchandises devraient vraiment être envoyées à Sulan-Qu, puis descendre le fleuve et continuer de Jamar par bateau.

— Non. » Des gouttelettes se répandirent sur les dalles de marbre quand Mara ferma le poing. « Je veux que ces chariots voyagent par voie de terre. »

Jican regarda une nouvelle fois Keyoke ; mais le commandant et son aide de camp restaient immobiles comme du bois d'ulo séchant au soleil, regardant droit devant eux comme l'exigeaient les convenances. Luttant pour maîtriser son agitation, le hadonra des Acoma supplia sa maîtresse. « Dame, la route de la montagne est dangereuse. Des nombreux bandits rôdent dans les bois, et nous manquons de guerriers pour les en chasser. Pour protéger une telle caravane, il faudrait laisser le domaine sans protection. Je dois vous conseiller de ne pas vous engager dans cette voie. »

Avec un sourire enfantin, Mara se détourna brusquement de la fontaine. « Mais la caravane ne dégarnira pas nos défenses. Papéwaio dirigera une compagnie d'hommes triés sur le volet. Une douzaine de nos meilleurs soldats sera suffisante pour éloigner les bandits. Ils ont attaqué nos troupeaux et n'ont plus besoin de nourriture, et ils comprendront que des chariots mal gardés transportent de toute évidence des marchandises sans grande valeur. »

Jican s'inclina, son visage étroit impassible. « Alors nous ferions mieux de ne pas envoyer de gardes du tout. » Ses manières dissimulaient une forte incrédulité ; il risquait le déshonneur et le mécontentement de sa maîtresse pour la dissuader de commettre une folie.

« Non. » Mara enroula ses doigts mouillés dans les riches plis de sa robe. « J'ai besoin d'une garde d'honneur. »

Une grimace de stupéfaction déforma le visage de Jican, puis disparut presque immédiatement. Que sa maîtresse eût l'intention de se joindre à cette aventure indiquait que la douleur l'avait privée de sa raison.

« Va, maintenant, Jican, dit Mara. Exécute mes ordres. »

Le hadonra regarda subrepticement Keyoke, comme pour s'assurer que les demandes de la Dame soulèveraient ses protestations. Mais le vieux commandant se contenta de hausser légèrement les épaules, comme s'il disait : Que peut-on y faire ?

Jican s'attarda, bien que l'honneur lui interdît d'exprimer ses objections. Un regard sévère de Mara lui rendit toute son humilité. Il s'inclina rapidement et partit, les épaules tombantes. Hier, la Dame des Acoma avait loué son jugement et son sens des affaires ; maintenant, elle semblait dépourvue des instincts que Lashima donnait à un needra.

Les domestiques qui servaient la Dame gardaient un silence respectueux, et pas un muscle de Keyoke ne cillait sous son casque emplumé. Seul Papéwaio croisa le regard de sa maîtresse. Les coins de ses lèvres se creusèrent légèrement. Un instant, il sembla presque sourire, bien que tout le reste dans son attitude restât solennel et serein.

Chapitre trois

Innovations

La poussière s'élevait en véritables tourbillons.

La forte brise ne parvenait pas à diminuer la chaleur étouffante du jour, et le sable cinglait les needra qui s'ébrouaient sans cesse. Les trois chariots aux roues de bois grinçantes qui constituaient la caravane de Mara progressaient lentement sur la route de graviers. Peu à peu, ils montèrent dans les collines, laissant derrière eux la plaine… et la frontière du domaine Acoma. Les rayons de roue laqués de vert miroitaient au soleil, donnant l'impression de clignoter, puis leur mouvement ralentit quand des pierres commencèrent à gêner la progression des chariots. Les conducteurs criaient des encouragements aux needra, qui roulèrent leurs yeux aux longs cils et tentèrent de reculer quand les pâturages et les étables s'évanouirent derrière eux. Les esclaves qui portaient le palanquin de Mara avançaient régulièrement, jusqu'à ce que le terrain fût de plus en plus accidenté et les obligeât à ralentir pour éviter de trop secouer leur maîtresse. Pour une raison que les esclaves ne parvenaient pas à comprendre, leur Dame habituellement prévenante avait ordonné une allure épuisante. Elle était déterminée à ce que la caravane franchît les hauts cols avant le crépuscule.

Mara était inquiète. Les arbres aux troncs épais qui ombrageaient le sentier offraient d'excellentes cachettes, et les broussailles enchevêtrées dans le sous-bois étaient assez profondes pour dissimuler des soldats. Et les chariots constituaient un lourd handicap. L'oreille la plus attentive ne pouvait pas entendre le bruissement d'un feuillage par-dessus les meuglements des needra et le grincement des roues, et l'œil le plus perçant était gêné par la poussière omniprésente. Même les vétérans parmi les soldats semblaient nerveux.

Le soleil montait lentement vers son zénith. Derrière la caravane, des brumes de chaleur miroitaient dans la vallée. Des ketso écailleux à longue queue s'enfuyaient précipitamment quand la caravane passait en grondant près des rochers où ils prenaient un bain de soleil. Les chariots de tête, puis le palanquin franchirent la crête d'une colline. Keyoke ordonna une halte. Les porteurs déposèrent le palanquin à l'ombre d'une saillie rocheuse, offrant aux dieux une prière muette de remerciement, mais les conducteurs et les guerriers gardèrent leur position, sous le regard vigilant de Papéwaio.

Devant eux, un ravin aux flancs escarpés se découpait sur les pentes orientales des monts Kyamaka. La route descendait abruptement, serpentait en lacets puis redevenait droite pour traverser une dépression où coulait une source.

Keyoke s'inclina devant le palanquin de Mara et indiqua un vallon situé sur le côté de la dépression, un endroit où aucun arbre ne poussait et où la terre était sèche et dure. « Maîtresse, les éclaireurs envoyés après le raid ont trouvé à cet endroit des cendres chaudes et les restes d'un needra dépecé. Ils ont vu des empreintes de pas et des preuves d'habitation, mais les voleurs avaient déjà décampé. Il ne fait pas l'ombre d'un doute qu'ils déplacent leur base. »

Mara observa le ravin, sa main ouverte protégeant ses yeux de la lumière de l'après-midi. Elle portait des robes d'une richesse exceptionnelle, aux manches brodées d'oiseaux, et une ceinture tissée de plumes iridescentes. Un foulard de soie dissimulait les marques de strangulation sur son cou, et des bracelets de jade, polis par les étranges Cho-ja jusqu'à ce qu'ils atteignent une finesse presque transparente, cliquetaient à ses poignets. Mais si sa tenue semblait frivole et enfantine, son attitude était extrêmement sérieuse. « Crois-tu à une attaque ?

— Je ne sais pas. » Le regard de Keyoke balaya à nouveau le ravin, comme si, par la force de sa concentration, il pouvait discerner les bandits qui s'y étaient cachés. « Mais nous devons nous préparer à n'importe quel coup du sort. Et agir comme si nos ennemis observaient chacun de nos mouvements.

— Continuons, alors, acquiesça Mara. Que les esclaves à pied ouvrent une bouteille d'eau. Les soldats et les porteurs du palanquin pourront se rafraîchir tout en marchant. Quand nous atteindrons la source, nous nous arrêterons pour boire et nous donnerons un joli spectacle, afin de sembler plus vulnérables que nous ne le sommes.

— À vos ordres, maîtresse, la salua Keyoke. J'attendrai ici avec ceux qui nous suivent. Papéwaio prendra le commandement de la caravane. » Puis, avec une surprenante lueur d'inquiétude dans les yeux, il ajouta doucement : « Soyez prudente, ma Dame. Vous courrez de grands risques. »

Mara soutint son regard. « Pas plus de risques que ne prendrait mon père. Je suis sa fille. »

Le commandant lui rendit un de ses rares et brefs sourires et se détourna du palanquin. Avec un minimum de contretemps, il veilla à ce que les ordres de Mara fussent exécutés. Le porteur d'eau passa dans les rangs avec ses bouteilles cliquetantes suspendues à des harnais, distribuant à boire aux soldats avec une rapidité acquise par des années d'expérience. Puis Keyoke fit un geste et Papéwaio donna l'ordre de reprendre la route. Les conducteurs de needra crièrent, les roues grincèrent et la poussière s'éleva en nuages. Les chariots avancèrent vers la crête, puis commencèrent leur descente laborieuse dans le ravin. Seul un éclaireur expérimenté aurait remarqué qu'il manquait un soldat dans la troupe.

Mara semblait digne et sereine, mais son petit éventail peint tremblait entre ses doigts nerveux. Elle sursautait presque imperceptiblement à chaque fois que le palanquin tressautait, quand l'un des porteurs changeait de prise pour boire à la bouteille tendue par le porteur d'eau. Mara ferma les yeux, priant silencieusement Lashima de lui accorder ses faveurs.

La route sur l'autre versant de la crête était sillonnée d'ornières et de pierres instables. Les hommes et les animaux étaient forcés d'avancer avec prudence, en gardant les yeux sur le sentier. De temps en temps, les graviers roulaient sous leurs pieds et des pierres rebondissaient et s'entrechoquaient sur la pente, pour aller s'écraser bruyamment dans les frondaisons. Secouée par les esclaves qui éprouvaient des difficultés à avancer sur ce terrain escarpé, Mara se surprit à retenir son souffle. Elle se mordit les lèvres et se força à ne pas regarder en arrière et à maintenir dans la caravane toutes les apparences d'un voyage ordinaire. Keyoke ne lui avait pas dit que les soldats Acoma qui les suivaient ne pourraient pas traverser la crête sans être remarqués ; ils devraient faire le tour en passant par les bois. Jusqu'à ce qu'ils reprennent leur position à une courte distance derrière eux, la caravane de Mara était aussi vulnérable qu'une jiga quand le cuisinier s'approche du poulailler avec son couteau à dépecer.

Au fond du ravin, les bois semblaient plus denses : une terre humide couverte de fougères noires qui s'étendaient entre des pynon aux troncs énormes, et dont l'écorce aromatique et rugueuse était colonisée par des plantes grimpantes. Les esclaves qui portaient le palanquin inspirèrent profondément, heureux de se trouver dans l'ombre fraîche de la forêt. Mais l'air semblait mort à Mara après les brises capricieuses des hauteurs. Ou peut-être était-ce simplement la tension qui rendait le silence si oppressant ? Quand elle ouvrit son éventail, le cliquetis fit se retourner brusquement plusieurs guerriers.

Ici, des lichens recouvraient même la roche nue, et les bruits de pas étaient étouffés au point de devenir presque silencieux. Le grincement des chariots était assourdi par les murs de lianes et les troncs d'arbres ; cette forêt capturait le moindre bruit.

Papéwaio regardait vers l'avant, observant continuellement l'obscurité qui les environnait de toutes parts. Sa main n'était jamais loin du laçage de lanières de cuir compliqué qui recouvrait la poignée de son épée. En le regardant, Mara pensa à son père, qui était mort en sachant que des compatriotes l'avaient trahi. Elle se demanda ce qu'il était advenu de son épée, une véritable œuvre d'art avec sa poignée sculptée et son fourreau orné de joyaux. Le shatra des Acoma avait été émaillé sur le pommeau, et la lame façonnée selon le procédé jessami, trois cents bandes de cuir de needra raclées jusqu'à obtenir la minceur du papier, puis feuilletées ingénieusement et avec grand soin – une bulle d'air de la taille d'une tête d'épingle l'aurait rendue inutilisable – jusqu'à atteindre la dureté du métal, avec un tranchant qui n'était égalé que par les légendaires épées d'acier des ancêtres. Peut-être qu'un seigneur barbare la portait maintenant… peut-être était-ce un homme honorable, si cela pouvait exister chez les barbares. Mara chassa ses pensées morbides. Se sentant étouffée par le silence oppressant et la voûte sombre des feuillages, elle serra les poings jusqu'à ce que son délicat éventail de bois menaçât de se briser.

« Dame, je vous demande la permission de laisser aux hommes une chance de se reposer et de remplir les bouteilles d'eau », demanda Papéwaio.

Mara sursauta, hocha la tête, et repoussa en arrière les cheveux humides qui collaient à ses tempes. La caravane avait atteint la source sans incident. Les énormes roues s'immobilisèrent, les guerriers se placèrent en position défensive, tandis que l'esclave à pied et plusieurs conducteurs se hâtaient de leur distribuer des linges humides et un repas de biscuits de thyza et de fruits secs. D'autres hommes s'occupaient des needra, tandis que les porteurs déposaient le palanquin de Mara avec un grognement étouffé de soulagement. Puis ils attendirent patiemment que vînt leur tour de se rincer le visage à la source.

Papéwaio revint des groupes de soldats et s'agenouilla devant sa maîtresse. « Ma Dame souhaiterait-elle quitter le palanquin et marcher un peu ? »

Mara lui tendit la main, sa longue manche traînant presque jusqu'au sol. Le poignard dissimulé par le vêtement pesait sur son poignet, un poids peu familier qu'elle portait maladroitement. Elle avait appris la lutte avec Lanokota quand elle était enfant, à la grande consternation de Nacoya, mais les armes ne l'avaient jamais attirée. Keyoke avait insisté pour qu'elle portât le poignard, bien que les lanières hâtivement raccourcies eussent été façonnées pour un bras plus grand que le sien. Elle se sentait maladroite avec la poignée près de sa main. Étouffant de chaleur, et soudain hésitante, elle permit à Papéwaio de l'aider à se lever.

La terre devant la source était creusée par les pas des hommes et des animaux, dont les empreintes avaient durci sous le soleil après la saison des pluies. Pendant que Papéwaio puisait une louche d'eau, sa maîtresse donnait de petits coups de sandale dans les reliefs de terre, en se demandant si certaines de ces marques avaient été faites par du bétail volé dans les pâturages Acoma. Un jour, elle avait entendu un marchand raconter que certains clans du Nord taillaient des encoches dans les sabots de leurs bêtes, pour aider leurs pisteurs à retrouver les animaux volés. Mais auparavant, les Acoma avaient sous leurs ordres suffisamment de loyaux guerriers pour que de telles précautions fussent inutiles.

Papéwaio leva vers elle une louche ruisselante d'eau. « Ma Dame ? »

Sortie de ses pensées, Mara but quelques gorgées, puis humecta ses doigts et aspergea d'eau ses joues et son cou. Midi était passé depuis longtemps, et les rayons obliques du soleil sculptaient d'ombre et de lumière les silhouettes des soldats. Les bois environnants restaient silencieux, comme si tous les êtres vivants préféraient dormir dans la chaleur de l'après-midi. Mara frissonna, transie soudain par l'eau qui rafraîchissait sa peau. Si des bandits se tenaient en embuscade, ils les auraient sûrement déjà attaqués ; une alternative déplaisante lui fit lancer un regard alarmé vers son chef de troupe.

« Papé, et si les guerriers gris nous avaient contournés et avaient attaqué le domaine Acoma pendant que nous voyagions sur la route ? »

Le guerrier plaça la louche de poterie sur une pierre voisine. Les fixations de son armure craquèrent quand il haussa les épaules, puis il tourna les paumes vers le ciel pour signifier que les plans ne réussissaient que selon les caprices de la destinée. « Si des bandits attaquent votre domaine, tout honneur est perdu, Dame, car les meilleurs de vos guerriers sont ici. » Il regarda les bois, en plaçant sa main avec une indifférence jouée sur la poignée de son épée. « Mais je pense que c'est improbable. J'ai dit aux hommes de se tenir prêts. La chaleur de la journée baisse, mais nous n'entendons pas de saute-feuilles chanter dans les bois. » Soudain, un oiseau hulula bruyamment au-dessus d'eux. « Et quand le karkak crie, le danger est proche. »

Un cri jaillit des arbres à la lisière de la clairière. Mara sentit des mains puissantes la pousser en arrière dans son palanquin. Ses bracelets s'accrochèrent aux rideaux soyeux tandis qu'elle tendait la main pour amortir sa chute. Tombant maladroitement dans les coussins, elle écarta violemment le tissu et vit Papéwaio tourner rapidement sur lui-même pour la défendre, l'épée jaillissant du fourreau. Dans son mouvement, il renversa du pied la louche, qui tournoya et se brisa contre une pierre. Des fragments frappèrent sa cheville, tandis qu'autour d'eux les guerriers dégainaient vivement leurs épées pour faire face à l'attaque des hors-la-loi surgissant de leur cachette.

À travers les rangs serrés de ses défenseurs, Mara entraperçut une bande d'hommes qui se précipitaient vers les chariots, l'arme à la main. Même s'ils étaient sales, maigres et vêtus de guenilles, les pillards avançaient en formation bien organisée. Le ravin résonna des échos de leurs cris tandis qu'ils s'efforçaient de rompre les rangs des défenseurs. Le tissu précieux des rideaux se froissa dans les mains de Mara. Ses guerriers étaient en nombre très inférieur. Consciente que son père et son frère avaient affronté dans le monde barbare des batailles bien pires que celle-là, elle s'efforça de ne pas tressaillir au bruit des armes qui s'entrechoquaient. La voix de Papéwaio dominait la confusion, son plumet d'officier parfaitement visible dans la mêlée ; à son signal, les soldats Acoma expérimentés cédèrent du terrain avec une discipline presque mécanique.

Les attaquants hésitèrent. Comme la retraite ne permettait pas de gagner d'honneur, la tactique tsurani habituelle était de charger et non pas de prendre une position défensive. La vue des chariots abandonnés rendit les brigands très méfiants. Enfermée dans le cercle d'armures vertes de son escorte, Mara entendit un cri aigu. Des pieds frappèrent bruyamment la terre quand les attaquants s'arrêtèrent net. À part les conducteurs désarmés et le craintif porteur d'eau qui étaient restés sur place, les chariots avaient été abandonnés sans lutte ; apparemment, les guerriers s'étaient retirés pour défendre le trésor le plus précieux.

Lentement, prudemment, les bandits approchèrent. Entre les corps de ses défenseurs, Mara vit les chariots laqués luire au soleil alors qu'une force ennemie qui comptait cinq fois plus d'hommes que son escorte se plaçait en demi-cercle autour de la source.

Le bruit du filet d'eau était couvert par le grincement des armures et la respiration rapide et nerveuse d'hommes tendus.

Papéwaio gardait sa position près du palanquin de Mara, l'épée tirée, aussi immobile qu'une statue. Pendant une longue et pesante minute, le temps sembla suspendu. Puis un homme derrière les lignes ennemies aboya un ordre ; deux bandits avancèrent et coupèrent les cordes qui retenaient les bâches recouvrant les chariots. Mara sentit la sueur couler le long de son dos tandis que des mains impatientes exposaient les marchandises Acoma à la lumière du soleil. Maintenant venait le moment le plus difficile, car pendant un certain temps, ses guerriers devaient garder leur position sans répondre aux insultes et aux provocations. Les soldats Acoma n'avaient le droit de réagir que si les hors-la-loi menaçaient Mara.

Les bandits comprirent rapidement qu'aucune contre-attaque n'allait venir. Avec des cris d'exultation, ils sortirent les sacs de thyza des chariots ; d'autres se rapprochèrent des gardes Acoma, curieux de voir quel trésor méritait une telle protection. Alors qu'ils avançaient, Mara aperçut des mains sales, des vêtements en guenilles, et toute une série d'armes grossières et mal assorties. Mais la façon dont ces hommes tenaient leurs armes indiquait qu'ils étaient bien entraînés et compétents, et, si besoin était, impitoyables. Ils étaient assez désespérés pour tuer ou mourir pour s'emparer d'un chariot de thyza de mauvaise qualité.

Un cri à l'autorité indiscutable interrompit les jubilations des hommes près des chariots. « Attendez ! Laissez cela ! » Soudain silencieux, les bandits se détournèrent de leur butin, certains tenant encore des sacs de grain serrés contre leur poitrine.

« Voyons donc ce que la fortune nous a apporté aujourd'hui. » Un homme mince et barbu, de toute évidence le chef de la bande, passa dans les rangs de ses subordonnés et avança résolument vers les guerriers qui protégeaient Mara. Il s'arrêta à mi-chemin, entre les lignes, l'épée prête et avec un air si satisfait de lui que Papéwaio se redressa, courroucé.

« Reste calme, Papé », chuchota Mara, plus pour se rassurer elle-même que pour contenir son chef de troupe. Étouffant au fond du palanquin, elle regarda le bandit faire un geste désobligeant avec son épée.

« Qu'est-ce donc cela ? Pourquoi des hommes portant l'épée, l'armure et l'honneur d'une grande maison ne combattent-ils pas ? » Le chef des bandits changea de position, ce qui trahissait un malaise sous-jacent. À sa connaissance, aucun guerrier tsurani n'hésitait jamais à attaquer, ou même à mourir, puisque la consécration suprême qu'un combattant pouvait gagner était de périr dans la bataille. Un autre pas le rapprocha suffisamment pour qu'il vît le palanquin de Mara. Comprenant enfin, il tendit le cou pour mieux voir, puis cria : « Une femme ! »

Les mains de Mara se crispèrent sur ses genoux. La tête haute, le visage pâle et impassible, elle regarda les traits du chef des bandits s'épanouir en un large sourire. Comme si la douzaine de guerriers prêts à lui disputer son butin comptait pour rien, il se tourna vers ses compagnons. « Une belle journée, mes amis. Une caravane, une captive, et pas un homme n'a versé de sang au Dieu Rouge ! »

Intéressés, les hors-la-loi les plus proches laissèrent tomber leurs sacs de thyza et se regroupèrent, l'arme dirigée de façon agressive vers les lignes Acoma. Leur chef se tourna dans la direction de Mara et cria : « Dame, j'espère que votre père ou votre époux est riche et aimant, ou s'il n'est pas aimant, qu'il est tout du moins riche. Car vous êtes maintenant notre otage. »

Mara tira les rideaux de la litière. Elle accepta la main de Papéwaio et se leva en déclarant : « Ta conclusion est un peu prématurée, bandit. »

Son aplomb fit fortement hésiter le chef des hors-la-loi ; il recula, intimidé par la confiance en elle de la jeune fille. Mais le groupe armé qui attendait dans son dos était toujours aussi intéressé, et des hommes de plus en plus nombreux sortaient des bois pour écouter la conversation.

Observant l'homme svelte par-dessus les épaules de ses gardes, Mara demanda : « Quel est ton nom ? »

Retrouvant ses manières railleuses, le chef des bandits s'appuya sur son épée. « Lujan, Dame. » Il feignait la déférence envers une personne qui était de toute évidence noble. « Comme je suis destiné à être votre hôte pendant un certain temps, puis-je m'enquérir du nom de celle à qui j'ai l'honneur de m'adresser ? »

Plusieurs hors-la-loi rirent devant la prétendue courtoisie de leur chef. L'escorte de Mara se raidit devant l'affront, mais la jeune fille garda son calme. « Je suis Mara, Dame des Acoma. »

Des expressions contradictoires jouèrent sur le visage de Lujan : la surprise, l'amusement, l'inquiétude, puis finalement la considération ; il leva son épée et fit un geste délicat de la pointe. « Alors vous êtes sans époux ni père, Dame des Acoma. Vous devez négocier vous-même votre rançon. » Alors même qu'il parlait, ses yeux fouillaient les bois derrière Papéwaio et Mara, car l'attitude confiante de la Dame et la petitesse de son escorte suggéraient que quelque chose allait de travers. La souveraine d'une grande maison ne se plaçait pas sans raison dans une position aussi périlleuse. Quelque chose dans son attitude alarma son entourage, presque cent cinquante hommes selon l'estimation approximative de Mara. Leur nervosité grandit tandis qu'elle les observait ; certains regardaient tout autour d'eux, cherchant des signes de problèmes, alors que d'autres semblaient sur le point de charger les soldats de Papéwaio sans en avoir reçu l'ordre.

Faisant semblant d'ignorer que la situation devenait de plus en plus périlleuse, Mara sourit et joua avec ses bracelets. « Le commandant de mon armée disait que je risquais d'être importunée par une bande dépenaillée comme la vôtre. » Sa voix devint bougonne comme celle d'une enfant capricieuse. « Je le déteste quand il a raison. Maintenant, il ne cessera jamais ses récriminations ! » À cette remarque, quelques bandits rirent aux éclats.

Papéwaio ne montra aucune réaction devant cette description invraisemblable de Keyoke. Il se détendit légèrement, conscient que sa maîtresse avait cherché à diminuer la tension pour éviter un conflit imminent.

Mara observa le chef des bandits, dans une attitude de défi, mais en tentant secrètement de jauger son humeur. Celui-ci pointa insolemment son arme dans sa direction. « Comme c'est heureux pour nous que vous n'ayez pas pris au sérieux la suggestion de votre conseiller ! À l'avenir, vous seriez bien avisée de tenir compte de tels conseils… si vous en avez l'opportunité. »

Plusieurs soldats Acoma se raidirent devant la menace implicite. Subrepticement, Mara toucha le dos de Papéwaio pour le rassurer, puis répondit d'une voix enfantine : « Pourquoi n'en aurais-je plus l'opportunité ? »

Avec une démonstration de regret simulé, Lujan abaissa son épée. « Parce que, Dame, si nos négociations ne sont pas satisfaisantes, vous ne serez plus en position d'entendre à nouveau les conseils de votre commandant. » Il regardait de part et d'autre, cherchant ce qui n'allait pas ; tout allait de travers dans ce raid.

« Qu'est-ce que vous voulez dire ? » Mara tapa du pied, ignorant la réaction agressive que la menace du bandit avait provoquée dans son escorte.

« Je veux dire que, même si je ne sais pas quel prix vous accordez à votre propre liberté, je sais combien vous vaudrez sur le marché aux esclaves de Migran. » Lujan recula d'un demi-pas, l'épée levée, tandis que les gardes Acoma s'efforçaient avec difficulté de ne pas attaquer pour répondre à une telle insulte. Certains de représailles, les bandits levèrent leurs armes et se mirent en garde.

Lujan observait attentivement la clairière alors que les deux camps étaient sur le point d'engager le combat. Mais rien ne se passa. Une lueur de compréhension entra dans le regard du hors-la-loi. « Vous préparez quelque chose, belle maîtresse ? » La phrase était à moitié une question, à moitié une constatation.

Amusée contre toute attente par l'impudence de l'homme, Mara comprit que les commentaires insolents et provocateurs du hors-la-loi étaient destinés à la mettre elle aussi à l'épreuve. Elle se rendit compte qu'elle avait été très près de sous-estimer ce Lujan. Quel dommage que les talents d'un homme aussi habile puissent être ainsi gaspillés ! pensa-t-elle. Cherchant toujours à gagner du temps, elle haussa les épaules comme une enfant gâtée.

Lujan avança hardiment vers elle et, tendant la main entre ses gardes, saisit de sa main rugueuse et sale le foulard enroulé autour du cou de Mara.

La réaction fut instantanée. Lujan sentit une soudaine pression sur son poignet. Baissant les yeux, il vit que l'épée de Papéwaio était à deux doigts de lui couper la main. Le hors-la-loi releva la tête pour regarder le chef de troupe droit dans les yeux. D'une voix sans timbre, Papéwaio déclara : « Il y a des limites. »

Les doigts de Lujan s'ouvrirent doucement, libérant le foulard de Mara. Il sourit nerveusement, retira adroitement sa main puis recula pour s'éloigner du gardien de Mara. Ses manières étaient maintenant soupçonneuses et hostiles, car dans des circonstances normales, toucher une Dame d'une telle façon lui aurait coûté la vie. « Il y a une supercherie à l'œuvre, Dame. À quel jeu jouez-vous ? » Il saisit fermement la poignée de son épée, et ses hommes avancèrent de quelques pas, n'attendant que son ordre pour attaquer.

Soudain conscient que Mara et son officier observaient attentivement les rochers surplombant la clairière, le chef des bandits jura : « Aucune souveraine ne voyagerait avec si peu de guerriers ! Aïe, je suis un imbécile ! »

Il bondit en avant, et ses hommes se préparèrent à charger, quand Mara cria : « Keyoke ! »

Une flèche fendit l'air pour frapper le sol entre les jambes du chef des hors-la-loi. Celui-ci s'arrêta immédiatement, comme s'il était arrivé au bout d'une laisse. Vacillant un instant sur ses orteils, il recula maladroitement d'un pas. Une voix retentit des hauteurs. « Un pas de plus vers ma maîtresse et tu es un homme mort ! » Lujan se tourna brusquement vers la voix et vit sur les hauteurs Keyoke qui pointait une épée vers lui. Le commandant hocha la tête d'une façon sinistre, et un archer tira une flèche de signal au-dessus du ravin. Elle s'éleva avec un sifflement perçant, dominant sa voix alors qu'il appelait ses commandants en second. « Ansami ! Mesaï ! »

D'autres cris répondirent dans les bois. Les bandits se retournèrent et virent fugitivement sur leurs arrières, entre les arbres, des armures polies et l'immense plumet d'un casque d'officier. Ne sachant pas la taille des troupes qu'il devait affronter, le chef des bandits réagit instantanément. Désespéré, il se retourna et hurla à ses compagnons de charger les gardes rassemblés autour du palanquin de Mara.

Un second cri de Keyoke arrêta net son offensive. « Dacoya ! Hunzaï ! Avancez ! Préparez-vous à tirer ! »

La crête se hérissa soudain d'une centaine de casques et de branches courbes d'arcs. Un grand vacarme retentit alors, comme si plusieurs centaines d'hommes avançaient dans les bois qui environnaient la clairière.

Le chef des bandits fit un geste et ses hommes s'arrêtèrent en trébuchant. Pris dans une position extrêmement désavantageuse, il observait les deux flancs du ravin pour tenter un peu tardivement d'estimer ses chances de victoire. Un seul officier supérieur était clairement visible ; il avait appelé quatre chefs de troupe. Clignant des yeux face à la lumière du soleil, Lujan revit le déploiement de ses hommes. La situation était pratiquement inextricable.

Mara abandonna sa mine enfantine. Sans même jeter un regard à son garde du corps pour lui demander un conseil, elle déclara : « Lujan, ordonne à tes hommes de déposer leurs armes.

— Avez-vous perdu toute raison ? » Même cerné et pris dans une nasse, le chef des hors-la-loi se redressa avec un sourire de défi. « Dame, j'applaudis à votre stratagème visant à débarrasser vos terres de voisins désagréables, mais je dois vous signaler que vous êtes toujours en grand danger. Nous sommes piégés, mais vous pouvez encore mourir avec nous. » Même devant des forces largement supérieures en nombre, cet homme cherchait à tirer avantage de la situation. « Peut-être que nous pourrions parvenir à un arrangement », ajouta-t-il rapidement. Sa voix avait un ton railleur et espiègle, et laissait transparaître son bluff désespéré, mais elle n'indiquait pas la moindre trace de peur. « Peut-être que si vous nous laissiez partir en paix…

— Vous nous jugez mal », répondit Mara en inclinant la tête. Ses bracelets de jade cliquetèrent dans le silence alors qu'elle plaçait une main sur le bras de Papéwaio pour l'écarter légèrement. Puis elle franchit les lignes de ses gardes, affrontant seule à seul le chef des bandits. « En tant que souveraine des Acoma, j'ai risqué ma vie afin que nous puissions parler. »

Lujan regarda le sommet de la crête. La transpiration luisait sur son front, qu'il épongea de sa manche déchirée et sale. « Je vous écoute, Dame. »

Ses gardes immobiles comme des statues derrière elle, Mara capta le regard du brigand et le retint. « D'abord, vous devez déposer vos armes.

— Je ne suis peut-être pas un excellent commandant, ma Dame, mais je ne suis pas idiot, répondit l'homme avec un rire amer. Si je dois rejoindre le Roi Rouge aujourd'hui, je ne me rendrai pas, pas plus que mes compagnons. Nous ne voulons pas être pendus pour avoir volé des vaches et du grain.

— Même si vous avez volé des biens Acoma et tué un jeune esclave, je ne me suis pas donné tant de mal simplement pour vous faire pendre, Lujan. »

Les hors-la-loi avaient des difficultés à croire les paroles de Mara, même si elles leur semblaient sincères. Ils changeaient leurs armes de main, et leurs yeux allaient des forces menaçantes sur la crête jusqu'au petit groupe de soldats qui protégeaient la jeune fille. Alors que la tension augmentait, Lujan déclara : « Dame, si vous avez quelque chose à dire, je vous suggère de le faire rapidement, sinon plusieurs d'entre nous mourront, vous et moi les premiers. »

Sans ordre, et sans aucun égard pour son rang, Papéwaio se rapprocha de sa maîtresse. Doucement mais fermement, il fit reculer Mara et s'interposa entre sa souveraine et le chef des bandits.

Mara permit cette familiarité sans faire de commentaire. « Je peux vous garantir ceci, Lujan : rendez-vous et écoutez ma proposition. Si vous souhaitez partir quand j'aurai fini de vous parler, alors vous serez libres. Si vous ne lancez plus de raids sur les terres Acoma, je ne vous inquiéterai pas. Vous avez ma parole. »

Conscient d'une façon assez inconfortable que les archers pointaient en ce moment même leur arme sur lui, Lujan regarda ses hommes. Jusqu'au dernier et misérable rang, ils étaient affamés. Certains étaient même amaigris jusqu'au point d'être malades La plupart ne portaient qu'une seule arme, une épée mal faite ou un poignard ; peu d'entre eux disposaient de vêtements convenables, et encore moins d'une armure. La lutte serait par trop inégale s'ils devaient combattre les gardes impeccablement équipés de Mara. Le chef des bandits regarda chaque visage sale, croisant le regard des hommes qui étaient ses compagnons dans ces temps difficiles. La plupart lui indiquèrent d'un hochement de tête qu'ils suivraient son exemple.

Avec un léger soupir, Lujan se retourna vers Mara et retourna son épée. « Dame, je ne peux pas me réclamer d'une maison, mais le peu d'honneur personnel qu'il me reste est maintenant entre vos mains. » Il tendit son arme à Papéwaio. Désarmé et dépendant entièrement du bon vouloir de Mara, il s'inclina avec une ironie guindée et ordonna à ses hommes de suivre son exemple.

Le soleil frappait sans merci les armures laquées de vert des Acoma et les épaules dépenaillées de la compagnie de bandits. Seuls les oiseaux et le ruisseau qui partait de la source brisaient le silence, alors que les hommes étudiaient la jeune fille dans sa belle robe ornée de joyaux. Finalement, un bandit avança et rendit son poignard ; il fut suivi d'un autre avec une jambe marquée d'une longue cicatrice, puis d'un autre, jusqu'à ce que toute la compagnie rendît ses armes dans son ensemble. Les lames tombèrent des doigts ouverts, pour tomber avec fracas aux pieds des guerriers Acoma. Rapidement, tous les hors-la-loi furent désarmés.

Quand les hommes de son escorte eurent rassemblé les épées, Mara avança. Les bandits s'écartèrent pour la laisser passer, se méfiant d'elle et de l'épée nue que Papéwaio portait toujours à l'épaule. Quand il était en service, le premier chef de troupe des Acoma arborait une telle expression que même le plus courageux des hommes ne l'aurait pas défié à la légère. Les plus intrépides des brigands gardaient leurs distances, même quand le guerrier leur tourna le dos pour hisser Mara sur la plate-forme du chariot le plus proche.

Regardant la compagnie dépenaillée, la Dame des Acoma demanda : « Tous tes hommes sont là, Lujan ? »

Comme elle n'avait pas donné l'ordre à ses archers de baisser leurs armes, le chef des bandits répondit honnêtement. « La plupart sont ici. Cinquante autres gardent le camp dans la forêt ou fouillent les environs. Une autre douzaine surveille différentes routes. »

Perchée sur les sacs de thyza, Mara fit un rapide calcul. « Tu commandes environ douze douzaines d'hommes ici. Combien d'entre eux sont des soldats ? Laisse-les répondre par eux-mêmes. »

Près de soixante hommes levèrent la tête dans la bande rassemblée autour du chariot. Mara leur sourit pour les encourager : « De quelles maisons venez-vous ? »

Fiers qu'on leur demandât leur ancien héritage, ils s'écrièrent : « Saydano ! » « Almach ! » « Raimara ! » et d'autres maisons connues de Mara, dont la plupart avaient été détruites lors de l'accession d'Almecho au titre de Seigneur de Guerre, juste avant la succession d'Ichindar au trône de l'Empire. Quand les cris se turent, Lujan ajouta : « J'étais autrefois chef de troupe des Kotaï, Dame. »

Mara réarrangea ses manches et s'assit. Elle prit un air pensif. « Et le reste d'entre vous ? »

Un homme s'avança. Robuste en dépit des ravages évidents de la faim, il s'inclina. « Maîtresse, j'étais fermier sur le domaine Kotaï, à l'ouest de Migran. Quand mon maître est mort, je me suis enfui et j'ai suivi cet homme. » Il désigna respectueusement Lujan. « Il s'est très bien occupé des siens au cours de ces dernières années, même si nous avons dû mener une vie d'errance et de privations. »

Mara désigna d'un geste le reste de la compagnie. « Des criminels ? »

Lujan répondit pour les hommes restants. « Des hommes sans maître, Dame. Certains étaient des fermiers libres qui ont perdu leur terre parce qu'ils n'ont pu payer leurs impôts. D'autres étaient coupables de quelques écarts de conduite. Un grand nombre sont des guerriers gris. Mais les meurtriers, les voleurs et les hommes sans moralité ne sont pas les bienvenus dans mon camp. » Il indiqua les bois environnants. « Oh, il y a des meurtriers dans les environs, soyez-en assurée. Vos patrouilles sont devenues négligentes au cours des derniers mois, et la montagne offre un refuge sûr. Mais dans ma bande, nous n'avons que des hors-la-loi honnêtes. » Il rit légèrement de sa propre plaisanterie et ajouta : « Si cela peut exister. » Il se dégrisa et fixa sur Mara un regard perçant. « Maintenant, la Dame nous dira-t-elle pourquoi elle se préoccupe du destin de malheureux comme nous ? »

Mara lui sourit d'une façon assez ironique et fit un signe à Keyoke. Le commandant ordonna à ses troupes de se mettre au repos. Alors que les archers sur la crête se redressaient et quittaient leur abri, même la lumière éblouissante du soleil ne put cacher qu'ils n'étaient pas du tout des guerriers, mais de jeunes garçons et de vieux manouvriers et esclaves, trompeusement vêtus de morceaux d'armure ou de tissu teint en vert. Ce qui avait ressemblé à une armée se révélait maintenant sous sa véritable apparence : une seule compagnie de soldats dont les rangs comptaient moitié moins d'hommes que les brigands, accompagnés d'ouvriers et d'enfants du domaine Acoma.

Un murmure de dépit s'éleva des rangs des hors-la-loi et Lujan secoua la tête avec une expression de surprise et de crainte. « Maîtresse, que cherchez-vous donc ?

— Une possibilité, Lujan… pour nous tous. »

L'après-midi projetait de longues ombres sur l'herbe près de la source où paissaient les needra, agitant leur queue pour chasser les insectes. Perchée au sommet du chariot, Mara regardait la bande dépenaillée de hors-la-loi assis par terre, qui finissaient avec empressement la viande, les fruits et le pain de thyza que ses cuisiniers leur avaient distribués. C'était sûrement le meilleur repas qu'un grand nombre d'entre eux eût mangé depuis des mois, mais la Dame des Acoma remarqua un malaise subtil parmi les hommes. Être capturé au combat signifiait que l'on devenait esclave, c'était un fait incontestable de la vie tsurani. Avoir garanti sur son honneur leur statut d'hommes libres et leur avoir accordé une hospitalité généreuse avait permis à Mara de gagner leur confiance fragile et précaire. Mais cette étrange Dame n'avait pas encore révélé pourquoi elle avait manigancé cette étrange rencontre, et les hors-la-loi restaient méfiants.

Mara étudia les hommes et trouva qu'ils ressemblaient beaucoup aux soldats, aux ouvriers et aux esclaves de son domaine. Mais une qualité semblait absente ; même si ces hommes avaient porté des vêtements de la noblesse, elle les aurait tout de même reconnus comme des proscrits. Quand la dernière miette du repas fut avalée, elle sut qu'il était temps de faire son offre.

Avec Papéwaio et Keyoke à ses côtés, debout devant le chariot, la jeune fille prit une profonde inspiration et prit la parole. « Écoutez-moi, hors-la-loi, je suis Mara, Dame des Acoma. Vous m'avez volée, et pour cela vous avez une dette à mon égard. Pour vous acquitter honorablement de cette obligation, je vous demande d'écouter mes paroles. »

Assis au premier rang, Lujan posa à terre sa coupe de vin et répondit : « La Dame des Acoma est indulgente de se préoccuper de l'honneur de hors-la-loi. Toute ma compagnie est heureuse d'accepter cette proposition. »

Mara regarda attentivement le visage du chef des bandits, cherchant un signe de moquerie ; elle n'y trouva que de l'intérêt, de la curiosité et un humour espiègle. Elle se dit qu'elle commençait à apprécier cet homme. « D'après ce que l'on vient de me dire, vous tous ici êtes considérés comme des proscrits pour de nombreuses raisons. Vous avez été frappés durement par le destin. » L'homme à la jambe marquée d'une cicatrice lança un cri pour exprimer son approbation et plusieurs autres bandits changèrent de position pour se pencher en avant, fascinés par les paroles de Mara. Satisfaite d'avoir capté leur attention, elle ajouta : « Pour certains d'entre vous, votre malheur est dû au fait que vous avez survécu au maître que vous serviez. »

Un homme portant des bracelets de force d'écorce s'écria : « Et nous avons ainsi été déshonorés ! »

Un autre lui fit écho. « C'est pourquoi nous n'avons plus d'honneur ! »

Mara leva les mains pour réclamer le silence. « L'honneur est d'accomplir son devoir. Si un homme est envoyé pour garder une propriété lointaine et que son maître meurt sans qu'il lui soit possible de le défendre, est-il sans honneur ? Si un guerrier est blessé dans une bataille et qu'il gît inconscient pendant que son maître est tué, est-ce sa faute s'il a survécu alors que son maître meurt ? » Mara baissa les bras vivement en faisant cliqueter ses bracelets, et sa voix prit un ton de commandement : « Tous ceux qui étaient des domestiques, des fermiers et des ouvriers, levez la main. »

Une douzaine d'hommes obéirent sans hésitation. Les autres s'agitèrent, incertains, leurs yeux allant de la Dame à leurs camarades, en attendant de voir ce qu'elle allait proposer.

« J'ai besoin d'ouvriers. » Mara fit un geste qui les englobait tous et sourit. « Je vous permets d'entrer à mon service et de voir mon hadonra pour vous engager sur mon domaine. »

Le chaos fut immédiat. Tous les bandits se mirent à parler en même temps, certains chuchotant, d'autres criant, car l'offre de la Dame était sans précédent dans tout l'Empire. Keyoke brandit son épée pour obtenir le silence, alors même qu'un fermier enhardi sautait sur ses pieds. « Quand le seigneur des Minwanabi a tué mon maître, je me suis enfui. Mais la loi dit que je dois devenir l'esclave du vainqueur. »

La voix de Mara domina clairement la confusion. « La loi ne dit rien de tel ! » Le silence retomba et tous les regards se tournèrent vers elle. Sûre d'elle, courroucée, mais paraissant très belle dans ses riches robes à des hommes qui avaient connu des mois ou même des années de privation dans les montagnes, elle reprit d'une voix ferme et encourageante : « La *tradition* dit qu'un ouvrier fait partie du butin de guerre. Le vainqueur décide qui restera un homme libre et qui deviendra esclave. Les Minwanabi sont mes ennemis, donc si vous êtes du butin de guerre, c'est à moi maintenant de choisir votre statut : vous êtes libres. »

Le silence à cet instant devint oppressant, aussi lourd qu'une vague de chaleur planant au-dessus d'une roche baignée par le soleil. Les hommes s'agitèrent, troublés par le renversement de l'ordre qu'ils connaissaient, car les subtilités de la vie sociale dictaient tous les aspects de la vie tsurani. Changer ses bases fondamentales risquait de provoquer le déshonneur et l'écroulement d'une civilisation qui avait survécu, inchangée, depuis des siècles.

Mara sentit la confusion des hommes qui l'écoutaient. Regardant d'abord les fermiers, dont les visages reflétaient l'espoir de façon transparente, puis passant aux guerriers gris plus endurcis et plus sceptiques, elle emprunta à la philosophie apprise au temple de Lashima. « La tradition selon laquelle nous vivons est comme la rivière qui surgit dans les montagnes et qui s'écoule vers la mer. Nul ne peut l'obliger à remonter la pente. Ce serait défier la loi de la nature. Comme aux Acoma, un grand nombre d'entre vous ont connu le malheur. Comme les Acoma, je vous demande de me rejoindre pour changer le cours de la tradition, comme une tempête creuse parfois un nouveau lit pour une rivière. »

La jeune fille marqua une pause, le regard voilé par ses cils alors qu'elle contemplait ses mains. Ce moment était critique, car si un seul hors-la-loi s'opposait à ce qu'elle venait de dire, elle perdrait le contrôle de la situation. Le silence pesait sur elle d'une façon insupportable. Puis, sans prononcer une parole, Papéwaio retira calmement son casque ; tout le monde vit alors le bandeau noir des condamnés sur son front.

Lujan poussa un cri de surprise, étonné comme tous les autres de voir un homme condamné à mort se trouver à une place d'honneur dans l'escorte d'une grande Dame. Fière de la loyauté de Papé et du geste qu'il venait de faire pour montrer que la honte n'était pas toujours là où le dictait la tradition, Mara sourit et posa légèrement la main sur l'épaule de son chef de troupe.

« Cet homme me sert avec fierté. Est-ce que d'autres parmi vous ne feront pas la même chose ? » Elle s'adressa au fermier chassé par les Minwanabi : « Si le seigneur qui a vaincu ton maître souhaite un autre fermier, qu'il vienne donc te réclamer. » Avec un signe de tête vers Keyoke et ses guerriers, elle ajouta : « Les

Minwanabi devront se battre pour te reprendre. Et sur mes terres, tu seras un homme libre.

— Vous m'offrez votre honneur ? s'écria le fermier en bondissant sur ses pieds avec un cri de joie.

— Je te donne mon honneur », répondit Mara, et Keyoke s'inclina pour démontrer sa loyauté envers sa Dame.

Le fermier s'agenouilla là où il se trouvait, et offrit ses poignets croisés à Mara dans le geste séculaire de vasselage. « Dame, je suis votre homme. Votre honneur est mon honneur. » Par ces mots, le fermier annonçait à tous qu'il mourrait aussi volontiers que n'importe lequel de ces guerriers pour défendre le Nom des Acoma.

Mara inclina la tête cérémonieusement, puis Papéwaio la quitta. Il se fraya un chemin dans la compagnie de bandits jusqu'à se tenir devant le fermier. Respectant l'ancien rituel, il plaça une corde autour des poignets de l'homme, puis retira le simulacre de liens, pour montrer que celui qui aurait pu être gardé comme esclave était reçu comme homme libre. Des conversations surexcitées commencèrent tandis qu'une douzaine d'autres hommes se rassemblaient autour de lui. Ils s'agenouillèrent en cercle autour de Papéwaio, impatients d'accepter l'offre de Mara et l'espoir d'une nouvelle vie.

Keyoke envoya un guerrier rassembler les ouvriers qui venaient de prêter serment ; des gardes Acoma les raccompagneraient jusqu'au domaine, où Jican leur attribuerait des quartiers et un travail dans les champs.

Le reste de la compagnie de bandits la regardaient avec l'espoir d'un condamné quand Mara reprit la parole. « Vous qui avez été déclarés hors-la-loi, quel était votre crime ?

— J'ai mal parlé d'un prêtre, Dame, répondit d'une voix rauque un petit homme, au visage pâle et malade.

— J'ai gardé le grain que je devais donner au collecteur d'impôts pour nourrir mes enfants affamés », cria un autre.

La liste des petits écarts de conduite continua jusqu'à ce que Mara fût certaine de la véracité de l'affirmation de Lujan. Les meurtriers et les voleurs ne trouvaient pas de refuge dans sa compagnie. Aux condamnés, elle déclara : « Partez si vous le voulez, ou engagez-vous comme hommes libres. En tant que souveraine des Acoma, je vous offre le pardon dans les limites de mon domaine. » Bien que l'amnistie impériale dépassât l'autorité d'un souverain, Mara savait qu'aucun fonctionnaire du gouvernement impérial n'élèverait d'objections sur le sort d'un humble manouvrier, pratiquement sans nom – surtout s'il n'entendait jamais parler d'une telle amnistie.

Les hommes pardonnés sourirent devant l'ingéniosité de la Dame et se dépêchèrent de rejoindre Papéwaio pour prêter eux aussi serment de fidélité. Ils s'agenouillèrent avec joie. En tant qu'ouvriers Acoma, ils risquaient d'affronter la colère des ennemis de Mara, mais le danger au service d'une grande maison était préférable à une existence amère de hors-la-loi.

Les ombres de l'après-midi s'allongeaient sous les arbres. Une lumière dorée transperçait le feuillage là où les branches étaient moins fournies. Mara regarda les rangs réduits de la bande de hors-la-loi et son regard s'arrêta finalement sur Lujan. « Vous, soldats sans maîtres, écoutez-moi attentivement. » Elle fit une pause, attendant que les bavardages jubilatoires des ouvriers qui venaient de prêter serment s'évanouissent sur la route. Délicate à côté du corps mince et musclé de Papéwaio, Mara défia du regard les compagnons de Lujan les plus frustes et les plus débraillés. « Je vous offre une chose qu'aucun guerrier dans l'histoire de l'Empire n'a connue : une seconde chance. Qui parmi vous reviendra dans mon domaine, pour gagner un nouvel honneur… en s'agenouillant devant le jardin sacré et en prêtant serment au natami des Acoma ? »

Le silence régna sur la clairière et pendant un instant il sembla qu'aucun homme n'osait respirer. Puis un désordre indescriptible éclata. Les hommes hurlaient des questions et étaient réduits au silence par les cris de ceux qui pensaient connaître les réponses. Des mains sales fendaient l'air pour souligner un point de loi et des pieds frappaient le sol alors que des hommes surexcités sautaient et se précipitaient vers le chariot de Mara.

Papéwaio arrêta la ruée de son épée dégainée et, se hâtant de revenir des chariots, Keyoke cria un ordre.

Le silence retomba ; lentement, les bandits se calmèrent. À nouveau silencieux, ils attendirent que leur chef prît la parole.

Respectueux face à la vigilance de Papéwaio, Lujan s'inclina prudemment devant la jeune fille qui menaçait de bouleverser à jamais la vie qu'il connaissait. « Dame, vos paroles sont… étonnantes… généreuses au-delà de tout ce que l'on peut imaginer. Mais nous n'avons plus de maître pour nous libérer de notre ancien service. » Quelque chose ressemblant à un défi miroita dans ses yeux.

Mara le remarqua et s'efforça de le comprendre. Narquois, et même bel homme sous la couche de crasse, le hors-la-loi semblait nerveux ; et soudain la jeune fille sut pourquoi : ces hommes n'avaient simplement plus de but et vivaient au jour le jour, sans espoir. Si elle pouvait leur faire reprendre leur destin entre leurs mains et leur faire prêter serment de loyauté aux Acoma, elle gagnerait des guerriers d'une valeur inestimable. Mais ils devaient à nouveau croire en eux.

« Vous n'êtes au service de *personne*, répondit-elle doucement à Lujan.

— Mais nous avons prêté serment… murmura-t-il d'une voix presque inaudible. Personne n'a jamais fait d'offre comme celle-ci. Nous… Qui parmi nous sait si cela est honorable ? » Lujan semblait à moitié la supplier, comme s'il souhaitait que Mara lui dît ce qui était bien. Et le reste de la compagnie regardait son chef pour savoir ce qu'il fallait faire.

Mara se sentit soudain dans la peau d'une novice inexpérimentée de Lashima âgée d'à peine dix-sept ans. Elle chercha un soutien auprès de Keyoke. Le vieux guerrier ne lui fit pas défaut. Bien qu'il fût aussi troublé que Lujan par cet emploi abusif des traditions, sa voix resta calme. « D'après la tradition, un soldat doit mourir au service de son maître ou être déshonoré. Cependant, comme ma Dame l'a souligné, si le destin en décide autrement, nul homme ne saurait contester la volonté des dieux. Si les dieux ne souhaitent pas que vous serviez les Acoma, leur mécontentement s'abattra sûrement sur cette maison. Ma Dame assume ce risque, pour sa propre responsabilité et pour la vôtre. Avec ou sans la faveur du ciel, nous mourrons tous un jour. Mais les plus braves d'entre vous risqueront l'infortune, et il marqua une pause pendant un long moment avant d'ajouter, et mourront comme des soldats. »

Lujan se frotta les poignets, sans être convaincu. Mettre les dieux en colère attirait toujours la ruine. En tant que hors-la-loi, l'existence misérable qu'il endurerait lui permettrait d'expier son incapacité à mourir auprès de son maître, et son âme gagnerait peut-être une meilleure place quand elle reviendrait sur la Roue de la Vie.

Les bandits étaient tous aussi nerveux que leur chef, même si chacun d'eux était partagé au fond de lui-même. Papéwaio gratta sa cicatrice et déclara pensivement : « Je suis Papéwaio, premier chef de troupe des Acoma. Je suis né au service de cette maison, mais mon père et mon grand-père avaient des parents, des cousins, qui servaient les Shinzawaï, les Wedewayo, les Anasati… » Il fit une pause et comme personne ne bougeait, il ajouta les noms de plusieurs autres maisons.

Lujan restait pétrifié, les yeux mi-clos, quand derrière lui un homme répondit : « Mon père servait la maison de Wedewayo, où j'ai vécu avant d'entrer au service du seigneur des Serak. Son nom était Almaki.

— Était-ce l'Almaki qui était le cousin de Papéndaio, mon père ? rétorqua Papéwaio en réfléchissant rapidement.

— Non, mais je le connaissais, reprit l'homme, désappointé. On l'appelait Almaki le Petit, et mon père était Almaki le Grand. Mais d'autres cousins de mon père servaient là-bas. »

Papéwaio fit signe à l'homme de sortir des rangs, et loin de Mara, ils parlèrent tranquillement pendant plusieurs minutes. Après un intermède animé, le bandit eut un large sourire et le chef de troupe se tourna vers sa maîtresse en s'inclinant avec déférence. « Ma Dame, voici Toram. Son oncle était le cousin d'un homme qui a épousé une femme qui était la sœur de la femme qui a épousé le neveu de mon père. Il est mon cousin, et digne d'entrer au service des Acoma. »

Mara cacha un sourire derrière sa manche. Papé et ce Toram doué d'une grande intelligence avaient profité d'un fait très simple de la culture tsurani. Selon la tradition, les second et troisième fils de soldats étaient libres d'entrer au service de maisons différentes de celle où ils étaient nés. En considérant ce guerrier gris comme un jeune homme, Papéwaio avait complètement esquivé la question d'honneur de Lujan. Quand Mara réussit à retrouver la dignité de circonstance, elle répondit simplement : « Papé, appelle ton cousin à notre service, s'il le désire. »

Papéwaio prit Toram par les épaules d'une façon fraternelle. « Cousin, je t'appelle au service des Acoma. »

L'homme redressa la tête, avec une expression empreinte d'une fierté toute neuve, et annonça d'une voix forte son accord. « Je réponds à ton appel ! »

Ses paroles provoquèrent une ruée parmi les hors-la-loi. Les hommes se précipitèrent vers la douzaine de soldats Acoma présents et commencèrent à échanger les noms de leurs parents. Mara cacha un nouveau sourire. Tous les Tsurani de noble naissance et tous les soldats connaissaient leur généalogie sur plusieurs générations, ainsi que les noms des cousins, des tantes et des oncles, même s'ils ne les avaient jamais rencontrés. Quand deux Tsurani se rencontraient pour la première fois, un échange complexe de renseignements commençait, où l'on s'enquérait de la santé des parents jusqu'à ce que les histoires familiales soient comparées et que les deux étrangers sachent qui était le plus haut sur l'échelle sociale. Il était pratiquement impossible, après une conversation suffisamment longue, de ne pas se découvrir une parenté, même infime. Cela permettrait sans doute aux guerriers gris d'être enrôlés par les Acoma.

Mara autorisa Papéwaio à lui offrir sa main pour qu'elle pût descendre du chariot. Les bandits se rassemblaient en petits groupes autour des différents soldats, des voix joyeuses criant des questions et des réponses tandis qu'ils déterminaient leurs degrés de parenté. Lujan secoua la tête d'émerveillement et regarda Mara, les yeux brillants d'une émotion mal contenue. « Ma Dame, votre ruse pour nous capturer était magistrale et… à elle seule m'aurait rendu fier de vous servir. Cela… » De la main, il désigna les hommes surexcités. « Cela est au-delà de toute compréhension. » Presque vaincu par ses émotions, il se détourna un moment, avala sa salive, puis regarda à nouveau Mara. Son visage était redevenu un masque tsurani imperturbable, même si ses yeux brillaient. « Je ne sais pas si… c'est bien, mais j'entrerai avec joie à votre service, et je ferai mien l'honneur des Acoma. Ma vie sera à vous et je vous obéirai, ma Dame. Et si cette vie devait être courte, ce sera une bonne vie, car je porterai à nouveau les couleurs d'une maison. » Il se redressa, toute trace de désinvolture disparue. Il étudia Mara un long moment, les yeux rivés dans les siens. Les paroles qu'il prononça alors l'impressionnèrent, même bien longtemps après, par leur sincérité. « J'espère que le destin m'évitera la mort pendant de nombreuses années, maîtresse, pour que je puisse rester à vos côtés. Car je suis sûr que vous pratiquez le Jeu du Conseil. » Puis il perdit presque le contrôle de lui-même, ses yeux brillèrent et un large sourire fendit son visage. « Et je pense que l'Empire ne sera plus jamais le même après votre venue. »

Mara resta silencieuse, alors que Lujan s'inclinait et s'éloignait pour comparer sa généalogie avec celle des soldats Acoma et trouver un parent commun, quel que fût le degré éloigné de parenté. Puis, avec la permission de Keyoke, il envoya des messagers à son camp pour faire venir dans la clairière le reste de sa troupe. Les derniers arrivants sur les lieux parvinrent à divers degrés d'incrédulité. Mais quand ils virent la Dame assise sur le chariot de thyza, comme si elle tenait sa cour sous les piliers ombragés de la haute salle seigneuriale, leur scepticisme s'évanouit peu à peu. Convaincus à la fin par l'exubérance de leurs camarades déjà entrés au service des Acoma, ils récitèrent la liste de leurs cousins et de leurs belles-familles jusqu'à regagner, eux aussi, l'honneur du service d'une maison.

L'après-midi s'écoula ; les arbres de la crête surplombant le ravin rayaient la clairière de leurs ombres allongées. La chaleur diminuait, la brise tardive avait une odeur boisée et les branches au-dessus de la caravane s'agitaient sans cesse. Satisfaite des événements de la journée, Mara regardait les évolutions d'une volée de gaguin qui gobaient les insectes emportés par la brise. Alors qu'ils finissaient leur repas et repartaient en croassant vers le sud, elle se rendit compte à quel point elle était fatiguée et affamée.

Comme s'il avait suivi le fil de ses pensées, Keyoke s'arrêta devant Mara. « Dame, nous devons partir dès maintenant si nous voulons atteindre votre domaine à la tombée de la nuit. »

Mara opina de la tête, désirant ardemment retrouver ses coussins moelleux au lieu des grossiers sacs de thyza. Fatiguée par les regards des hommes affamés, l'intimité du palanquin lui sembla soudain très attrayante. Assez fort pour que les hommes puissent entendre, elle déclara : « Partons donc, commandant. Il y a ici des soldats Acoma qui aimeraient prendre un bain, un repas chaud et se reposer dans des baraquements où le brouillard ne mouillera pas leurs couvertures. »

Même les yeux de Mara se mouillèrent aux cris de joie absolue qui franchirent les lèvres des bandits. Les hommes qui il y a peu se tenaient prêts à l'attaquer, étaient maintenant impatients de la défendre. Silencieusement, la jeune fille offrit une prière de remerciement à Lashima. Cette première victoire avait été facile ; mais contre la puissance des Minwanabi, et l'ingéniosité et les machinations des Anasati, les succès seraient à l'avenir beaucoup plus difficiles, s'ils étaient possibles.

Secouée dans ses coussins quand les esclaves soulevèrent le palanquin, Mara se sentit vidée de toute énergie. Elle se permit un profond soupir de soulagement. Tous les doutes et toutes les craintes qu'elle avait refoulés durant la confrontation armée et les négociations avec les bandits refirent surface dans l'intimité de la litière. Jusqu'à maintenant, elle n'avait pas osé admettre combien elle avait été effrayée. Son corps se mit à trembler et elle fut parcourue de frissons surprenants. Consciente que l'humidité abîmerait la soie précieuse de sa robe, elle renifla et refoula une envie irrésistible de pleurer. Lano s'était moqué de ses crises émotionnelles quand elle était enfant ; il la taquinait en disant qu'elle n'était pas tsurani – même si les femmes n'étaient pas censées se contenir de la même façon que les hommes.

Se souvenant de ses moqueries joyeuses et du fait qu'elle n'avait jamais vu son père trahir la moindre incertitude, pas plus que le doute ou la crainte, elle ferma les yeux, se plongeant dans un exercice de méditation pour se calmer. La voix de la sœur qui le lui avait enseigné au temple de Lashima sembla lui répondre dans son esprit : Apprends la véritable nature de ton être, accepte tous les aspects de ta personnalité, ensuite la maîtrise pourra commencer. Se refuser soi-même est refuser l'univers.

Mara renifla à nouveau. Maintenant, c'était son nez qui coulait. Écartant ses manches pour ne pas les tacher, elle admit silencieusement la vérité : elle avait été terrifiée, surtout au moment où elle avait pensé que les bandits risquaient d'attaquer son domaine alors qu'elle fouillait futilement les collines à leur recherche.

Mara se sermonna à nouveau : Ce n'est pas ainsi que doit agir une souveraine ! Puis elle comprit l'origine de son émotion : elle ne savait pas comment devait réagir une souveraine. Manquant de toute éducation dans le domaine du gouvernement, elle n'était qu'une novice du temple de Lashima plongée dans la plus mortelle des luttes de l'Empire.

Mara se rappela l'une des premières leçons de son père : les doutes ne font que paralyser la capacité à agir de façon décisive ; et dans le Jeu du Conseil, hésiter était mortel.

Pour éviter de trop penser à ses faiblesses, Mara regarda par l'entrebâillement des rideaux pour observer les serviteurs Acoma nouvellement recrutés. En dépit de leurs vêtements souillés, de leur visage hagard, de leurs bras amaigris et de leurs yeux d'animaux effrayés, ces hommes étaient des soldats. Mais maintenant, Mara reconnaissait en eux une qualité qu'elle n'avait pas vue auparavant : ces hors-la-loi, même le désinvolte Lujan, avaient été tout aussi effrayés qu'elle. Mara trouva cela troublant, jusqu'à ce qu'elle reconsidérât l'embuscade de leur point de vue. Même s'ils étaient en nombre inférieur, les guerriers Acoma étaient tous des soldats aguerris, correctement armés et en pleine forme. Certains de ces guerriers gris n'avaient pas pris un repas correct depuis près d'un an. Et leurs armes étaient un étrange assortiment d'épées et de poignards mis au rebut, volés ou grossièrement façonnés. Rares étaient ceux qui avaient quelque chose qui ressemblait à un bouclier et aucun ne portait d'armure. Non, pensa Mara, un grand nombre de ces hommes tristes et désespérés s'étaient attendus à ce que quelques-uns de leurs frères de malheur meurent aujourd'hui. Et chacun avait dû se demander s'il serait du nombre.

Les hommes marchaient sans avoir conscience d'être observés par leur maîtresse. Leur visage révélait tout un jeu d'émotions, et parmi elles l'espoir et la peur de l'espoir déçu. Mara s'allongea dans les coussins, fixant sans le voir le motif coloré du toit en tapisserie du palanquin. Comment avait-elle fait pour voir soudain toutes ces choses sur le visage de ces hommes ? Sa peur avait-elle déclenché une sorte de perspicacité impossible à expliquer ? Puis, comme si son frère Lanokota se tenait juste à côté d'elle, le souvenir de sa présence emplit son esprit. En fermant les yeux, elle l'entendit murmurer : « Tu grandis, petite sœur. »

Soudain, Mara ne put contenir ses larmes. Cependant, ses sanglots n'étaient pas dus à la tristesse mais à un tourbillon d'émotions similaire à la joie qu'elle avait ressentie quand Lano avait gagné les jeux d'été à Sulan-Qu. Ce jour-là, Mara et son père avaient applaudi comme des paysans, des tribunes, oubliant un instant leur statut social ou le décorum ; seulement, aujourd'hui, cette émotion était dix fois plus puissante.

Elle avait gagné. Elle avait goûté sa première victoire au Jeu du Conseil, et cette expérience aiguisait son appétit, l'emplissant d'un désir ardent de quelque chose de plus grand, de plus fort. Pour la première fois de sa vie, elle comprenait pourquoi les grands seigneurs luttaient, et même mouraient, pour la possibilité de gagner de l'honneur.

Souriant derrière les traces de larmes, elle permit au mouvement du palanquin de la détendre. Aucun ennemi qu'elle affrontait sur la table de jeu invisible de la politique tsurani ne connaîtrait cette manœuvre, du moins pas directement et pas avant un certain temps. La trahison des Minwanabi avait réduit son armée à moins de cinquante soldats, mais elle commandait maintenant la loyauté de plus de deux cents hommes. Comme des guerriers gris étaient éparpillés dans leurs tanières dans tout l'Empire, elle pourrait employer ces hommes pour en recruter d'autres. Si l'envoi au seigneur des Minwanabi de la boîte contenant la plume et la corde parvenait à lui faire gagner une autre semaine, alors elle aurait peut-être cinq cents soldats, ou même plus, pour répondre à sa prochaine attaque. Mara se sentait joyeuse. Elle connaissait la victoire ! Et deux voix s'élevèrent dans sa mémoire. D'un côté, la sœur de Lashima lui disait : « Petite, méfie-toi de l'attrait du pouvoir et du triomphe, car ces choses sont transitoires. » Mais la voix impétueuse de Lano la poussait à savourer sa réussite. « Apprécie la victoire quand tu le peux, Mara-anni. Apprécie-la tant que tu le peux. »

Mara s'allongea, assez fatiguée pour mettre enfin son esprit au repos. Alors que ses esclaves la reconduisaient chez elle au milieu des ombres qui s'allongeaient dans le crépuscule, elle sourit légèrement dans l'intimité du palanquin. Elle savait que sa situation était pratiquement désespérée, et elle allait suivre le conseil de Lano. La vie devait être savourée tant qu'elle durait.

Les roues des chariots tournaient et grinçaient et les needra s'ébrouaient ; la poussière soulevée par la marche des hommes teintait l'air d'ocre et d'or. Le soleil disparaissait lentement à l'horizon tandis que la caravane improbable de Mara et sa compagnie d'hommes d'armes mal assortis avançaient sur la route du domaine Acoma.

Les torches placées près de la porte principale du manoir éclairaient une cour plongée dans la confusion. L'arrivée des nouveaux ouvriers et fermiers avait occupé Jican et son équipe à l'exclusion de toute autre tâche, pour distribuer un repas, des quartiers et une occupation à tout le monde. Quand la caravane de Mara revint au crépuscule avec les guerriers dépenaillés et amaigris de Lujan, le hadonra leva les mains au ciel et supplia les dieux que cette journée impossible se terminât. Affamé lui-même, et maintenant résigné à une verte réprimande de son épouse pour avoir manqué l'heure du coucher de ses enfants, Jican envoya un message aux cuisiniers afin qu'ils préparent un nouveau chaudron de thyza et qu'ils coupent de la viande froide et des fruits. Plus petit que la plupart des hommes dont il s'occupait et devant compenser la différence en étant sans cesse plus dynamique, le hadonra commença à relever les noms des hommes et à compter qui avait besoin de vêtements, ou qui devait recevoir des sandales. Pendant que Keyoke commençait à répartir les nouveaux venus en compagnies, Jican et ses assistants rassemblèrent une équipe d'esclaves pour balayer un baraquement vide et aller chercher des couvertures et des nattes de couchage. Sans avoir reçu d'instruction officielle, Lujan prit le rôle d'un officier, rassurant ou houspillant les hommes quand cela était nécessaire, pour aider à l'installation de sa compagnie.

Dans ce chaos d'hommes, de chariots et de needra naviguait Nacoya, ses épingles à cheveux de travers à cause de l'agitation. Elle lança un coup d'œil rapide à la compagnie de vauriens de Lujan et se dirigea droit vers le palanquin de Mara. Se frayant un chemin dans la foule d'une façon déterminée, elle arriva juste au moment où Papéwaio aidait la Dame à sortir de ses coussins. Ankylosée par la station assise et éblouie par la lueur des torches, Mara remarqua néanmoins l'instant de silence très particulier quand son chef de troupe rendit à Nacoya le soin de s'occuper d'elle. La ligne invisible entre le domaine du garde du corps et celui de la nourrice se situait approximativement là où l'allée de pierre des portes principales de la demeure affleurait la route.

Nacoya raccompagna sa maîtresse à ses appartements, un pas derrière elle comme la tradition l'exigeait. Une fois la porte franchie, la vieille nourrice fit signe aux servantes de se retirer. Puis, l'expression de son visage masquée par les ombres vacillantes projetées par les lampes à huile, elle fit coulisser la cloison pour la refermer.

Alors que Mara s'arrêtait pour retirer les nombreux bracelets et bijoux qu'elle avait portés pour se donner une apparence frivole pendant sa ruse, la nourrice s'adressa à elle d'une voix tranchante comme le silex. « Pourquoi ce retour soudain ? Et qui sont ces hommes en guenilles ? »

Avec un cliquetis, Mara fit tomber une broche et un collier de jade dans un coffret à bijoux. Après la tension, le danger et l'euphorie enivrante du succès, les manières péremptoires de sa nourrice lui faisaient grincer des dents. Refusant de se laisser gagner par la colère, elle ôta ses bagues une par une et raconta en détail le plan qu'elle avait exécuté pour combler les vides dans les rangs de la garnison Acoma.

Alors que le dernier bijou tombait en tintant sur la pile, la voix de Nacoya s'éleva. « Tu as osé risquer l'avenir des Acoma avec un plan aussi mal conçu ? Ma petite, sais-tu bien ce que tu as risqué ? » Mara se retourna pour regarder Nacoya et vit que le visage de la nourrice était écarlate et qu'elle serrait les poings. « Si l'un de ces bandits t'avait touchée, tes hommes seraient morts pour te défendre ! Et pour quoi ? Pour qu'une petite douzaine de guerriers reste à défendre la coquille vide de cette maison quand les Minwanabi viendront ? Qui aurait défendu le natami ? Pas Keyoke, ni Papéwaio. Ils seraient morts ! » Rendue presque hystérique par la colère, la vieille femme tremblait. « Chacun d'eux aurait pu abuser de toi ! Tu aurais pu être tuée ! »

La voix de Nacoya devenait de plus en plus aiguë, comme si elle était incapable de maîtriser sa colère. « Au lieu de t'engager dans cette… aventure insensée… tu… tu aurais dû prendre des décisions pour préparer un mariage convenable. » Tendant les mains, Nacoya saisit les bras de Mara et commença à la secouer, comme si elle était encore une enfant. « Si tu continues dans ta folie et ton obstination, tu verras tes possibilités se réduire et tu seras obligée d'épouser le fils d'un riche marchand d'engrais voulant acheter un nom pour sa famille, tandis que des assassins et des voleurs de needra garderont ton domaine !

— Assez ! » Surprise par la dureté de sa propre voix, Mara repoussa la vieille femme. La violence de ses manières coupa la tirade de Nacoya comme la faux couche l'herbe. La vieille femme ravala ses protestations. Puis, alors qu'elle semblait sur le point de reprendre la parole, Mara répéta : « Assez, Nacoya. » Le ton de sa voix était bas et implacable, dissimulant à peine son courroux.

Mara affronta sa vieille nourrice. Elle avança jusqu'à ce que quelques centimètres seulement les séparent, et déclara : « *Je* suis la Dame des Acoma. » Une rage froide remplaçait la colère de l'instant d'avant. S'adoucissant légèrement, Mara étudia le visage de la femme qui l'avait élevée depuis l'enfance. Sincèrement, elle reprit : « Mère de mon cœur, de tous ceux qui me servent, tu es la plus aimée. » Puis ses yeux s'étrécirent et le feu revint dans ses paroles. « Mais n'oublie *jamais* un seul instant que tu me sers. Touche-moi encore comme cela, adresse-toi à moi de cette manière encore une fois, Nacoya – une seule fois – et je te ferai battre comme une esclave des cuisines. Est-ce que tu m'as comprise ? »

Nacoya vacilla un instant et inclina lentement sa vieille tête. Des mèches de cheveux éparses tressaillirent sur sa nuque tandis qu'elle s'inclinait avec raideur devant Mara jusqu'à ce que ses vieux genoux reposent sur le sol. « Je supplie ma maîtresse de me pardonner. »

Après un moment, Mara se pencha et plaça ses bras autour des épaules de Nacoya. « Toi qui es la plus vieille et la plus chère de mes proches, tu dois comprendre que le destin a changé nos rôles. Il y a quelques jours seulement, j'étais une novice du temple de Lashima, tu étais mon précepteur et ma mère. Maintenant, je dois te donner des ordres comme le faisait mon père. Tu me serviras bien mieux si tu partages avec moi ta grande sagesse. Mais à la fin, moi seule dois choisir la voie à suivre. »

Prenant dans ses bras la vieille femme tremblante, Mara ajouta : « Et si tu devais douter, rappelle-toi que je n'ai pas été capturée par des bandits. Papé et Keyoke ne sont pas morts. J'ai bien choisi. Mes plans ont réussi, et maintenant nous avons regagné un peu de ce que nous avons perdu. »

Nacoya resta silencieuse, puis murmura : « Vous avez raison. »

Mara relâcha la vieille femme et frappa deux fois dans ses mains. Des servantes se hâtèrent de s'occuper de leur maîtresse tandis que la vieille femme se relevait. Tremblant encore après la réprimande, Nacoya demanda : « Dame, ai-je la permission de me retirer ? »

Mara releva la tête pendant qu'une servante commençait à déboutonner le col de sa robe. « Oui, Nacoya, mais viens me rejoindre après mon bain. Nous avons beaucoup de choses à discuter. J'ai beaucoup réfléchi à ce que tu m'as conseillé. Le temps est venu pour moi de prendre mes dispositions pour me marier. »

Les yeux sombres de la vieille nourrice s'écarquillèrent. Après l'éclat soudain de Mara, cette concession était une surprise totale. « À vos ordres, ma Dame », répondit-elle. Elle s'inclina et sortit, laissant les servantes terminer leur travail. Dans l'obscurité du couloir, la vieille femme se redressa avec soulagement. Au moins, Mara avait accepté son rôle de souveraine. Et bien que la véhémence de la réprimande l'eût fortement blessée, elle se sentait enfin déchargée de la responsabilité d'une enfant qui devait sauver l'honneur de ses ancêtres, et cela lui apporta une profonde satisfaction. La vieille nourrice hocha la tête pour elle-même. Si la prudence ne faisait pas partie des vertus de Mara, la jeune fille avait tout du moins hérité du courage et de la hardiesse étonnantc dc son pèrc.

Une heure plus tard, la Dame des Acoma sortait du bain. Deux servantes entourèrent d'une serviette son corps luisant d'humidité tandis qu'une troisième replaçait la cloison qui isolait le baquet du reste de la chambre. Comme dans toutes les grandes maisons tsurani, le nombre et la taille des pièces étaient strictement fonction de l'endroit et de la façon dont étaient placées les portes et les cloisons. En faisant glisser une autre porte cloisonnée, on pouvait rejoindre la chambre à coucher de Mara du cabinet de travail sans quitter les appartements centraux.

L'air était encore chaud. Mara choisit la plus légère de ses robes de soie. Elle descendait à peine à mi-cuisse et était presque transparente, sans aucune broderie compliquée. La journée l'avait immensément fatiguée, et elle souhaitait un peu de simplicité et de détente. Plus tard, dans les heures plus fraîches de la soirée, elle revêtirait par-dessus une robe plus longue et plus épaisse. Mais en présence de ses servantes et de Nacoya, Mara pouvait apprécier le plaisir d'une robe légère et confortable.

Au geste de sa maîtresse, une servante fit coulisser la cloison qui ouvrait la pièce sur une petite section du jardin de la cour intérieure, toujours disponible pour que Mara pût y réfléchir ou méditer. Une douzaine de serviteurs pouvaient s'affairer dans la cour centrale de la maison sans la déranger, car des arbustes et des arbres nains astucieusement placés formaient un paravent végétal qui leur permettait de passer sans se faire remarquer.

Nacoya apparut au moment où Mara s'asseyait devant l'ouverture. Silencieuse et montrant tous les signes de l'épuisement nerveux, la jeune fille fit signe à la nourrice de s'asseoir en face d'elle. Puis elle attendit.

« Maîtresse, j'ai apporté une liste d'alliances convenables », commença Nacoya.

Mara continua à regarder le jardin, toujours immobile sauf pour un léger mouvement de la tête accompagnant les gestes de la servante qui peignait ses longs cheveux mouillés. Pensant qu'elle avait la permission de continuer, Nacoya déroula le parchemin qu'elle tenait dans ses mains ridées. « Maîtresse, si nous devons survivre aux complots des Minwanabi et des Anasati, nous devons choisir notre alliance avec soin. Je pense que nous avons trois possibilités. Nous pouvons nous allier avec un nom ancien et honorable dont l'influence a commencé à décliner. Ou nous pouvons choisir un époux dans une jeune famille, puissante et riche, et qui recherche de l'honneur, de la tradition et une alliance politique. Enfin, nous pouvons chercher une famille qui s'allierait à nous parce que votre nom l'aiderait pour ses ambitions dans le Grand Jeu. »

Nacoya s'arrêta pour laisser à Mara une chance de répondre. Mais la jeune fille continuait à fixer les ombres du jardin, un léger froncement de sourcils creusant son front. La servante finit de brosser la chevelure de Mara, puis la rassembla en un chignon parfait, s'inclina et se retira.

Nacoya attendit. Comme Mara ne bougeait toujours pas, elle s'éclaircit la gorge, puis ouvrit le parchemin avec une exaspération bien dissimulée et déclara : « J'ai éliminé les familles qui sont puissantes mais qui manquent de tradition. Vous seriez mieux servie par un mariage à un fils d'une maison qui possède de puissants alliés. Comme cela risque de créer des complications avec les alliés des Minwanabi, et surtout ceux des Anasati, il ne reste que très peu de maisons acceptables. » Elle regarda encore Mara, mais la Dame des Acoma semblait n'écouter que les appels des insectes dont le chant s'éveillait après le crépuscule.

Pendant que les domestiques parcouraient les jardins pour éteindre les lampes à huile, Nacoya remarqua que le froncement de sourcils de Mara s'était accentué. La vieille nourrice déplia le parchemin d'un geste assuré. « Parmi les familles qui seront probablement les plus intéressées, les meilleurs choix seraient… »

— Nacoya, l'interrompit soudain Mara. Si, prise isolément, la maison Minwanabi est la plus puissante de l'Empire, quelle famille possède les alliances politiques les plus puissantes ? »

Nacoya reposa la liste sur ses genoux. « Les Anasati, sans le moindre doute. Si le seigneur des Anasati n'existait pas, cette liste serait cinq fois plus longue. Cet homme a forgé des alliances avec plus de la moitié des grands seigneurs de l'Empire. »

Mara hocha la tête, les yeux fixes comme si elle observait quelque chose qu'elle seule pouvait voir. « J'ai décidé. »

Dans l'expectative, Nacoya se pencha, soudain effrayée. Mara n'avait même pas pris la liste, et encore moins lu les noms que la vieille nourrice avait dictés au scribe. La jeune fille se tourna et fixa son regard intense sur le visage de Nacoya. « J'épouserai un fils du seigneur des Anasati. »

Chapitre quatre

Gambits

Le gong résonna.

Les harmoniques du son se réverbérèrent dans la haute salle des Anasati, décorée d'anciennes bannières de guerre. L'atmosphère de la pièce était alourdie par les effluves de vieux bois ciré… et par des générations d'intrigues. Le toit en dôme recouvert de tuiles projetait des ombres si profondes que les lieux étaient sombres, même avec des chandelles allumées. La salle elle-même absorbait les sons, au point que les courtisans et serviteurs qui patientaient ressemblaient presque à des statues, ne faisant pas le moindre bruit.

Le seigneur des Anasati, en grande tenue de cérémonie, était assis sur une estrade imposante, au milieu de l'immense aile centrale recouverte d'un tapis. Il portait une immense coiffe de cérémonie à plusieurs degrés, et la sueur luisait sur son front. Mais ses traits émaciés ne montraient pas la moindre trace d'inconfort, même si son costume était étouffant dans la chaleur de midi. Une douzaine de ceintures écarlate et jaune gênaient sa respiration, et de gigantesques épaulettes qui lui emprisonnaient les épaules s'évasaient dans son dos comme des ailes amidonnées. À chaque fois qu'il bougeait, des domestiques se précipitaient à ses côtés pour les réajuster. Il tenait à la main un grand sceptre sculpté dont l'origine se perdait dans la nuit des temps, l'insigne de son titre suprême de seigneur souverain. Sur ses genoux reposait l'ancienne épée d'acier des Anasati – une relique qui ne le cédait en importance qu'au natami de la famille – transmise de père en fils depuis l'époque du Pont d'Or et de la Fuite, quand les premières nations étaient arrivées à Kelewan. L'arme pesait cruellement sur ses vieux genoux, un désagrément qu'il devait endurer comme tous les autres insignes de son rang, tandis qu'il attendait l'arrivée de la trop ambitieuse fille des Acoma. La pièce était un véritable four, car la tradition exigeait que toutes les cloisons restent fermées jusqu'à l'entrée officielle du soupirant.

Tecuma, seigneur des Anasati, inclina légèrement la tête et son premier conseiller, Chumaka, se hâta de le rejoindre. « Combien de temps encore ? murmura le seigneur avec impatience.

— Bientôt, maître, répondit son loyal conseiller, aussi agité qu'un rat inquiet. Le gong a sonné par trois fois : quand le palanquin de Mara a atteint les grandes portes, quand elle est entrée dans le pavillon principal, et quand elle a franchi le portail de la cour. Le quatrième coup résonnera quand elle sera admise en votre auguste présence, seigneur. »

Contrarié par le silence alors qu'il avait envie d'entendre de la musique, le seigneur des Anasati demanda : « As-tu pensé à ce que je t'ai demandé ?

— Bien sûr, seigneur. Vos souhaits sont mes désirs. J'ai conçu plusieurs insultes appropriées pour répondre à l'arrogance de la chienne Acoma. » Le conseiller s'humecta les lèvres et ajouta : « Demander votre fils Jiro comme consort était… une idée assez brillante… » Le seigneur des Anasati lança un regard étonné à son conseiller, ce qui fit pencher ses robes rituelles sur la gauche. Des domestiques accoururent et s'affairèrent pour la réajuster correctement. Chumaka continua ses remarques. « Une idée brillante, si elle avait eu la moindre chance de succès. Un mariage avec l'un de vos fils vous obligerait à conclure une alliance avec les Acoma. Cela aurait non seulement grevé nos ressources pour assurer leur protection, mais la sorcière aurait pu alors tourner toute son attention vers le seigneur des Minwanabi. »

Le seigneur des Anasati releva les lèvres avec un dédain mal déguisé en entendant le nom de son rival. « Je l'épouserais moi-même si je pensais qu'elle avait la moindre chance de vaincre ce jaguna au Jeu du Conseil. » Il fronça les sourcils à la mention du charognard à l'odeur infecte ; puis ses phalanges blanchirent sur son sceptre tandis qu'il réfléchissait à haute voix : « Mais qu'espère-t-elle gagner ? Elle doit savoir que je ne lui permettrai jamais de prendre Jiro comme consort. Les Acoma sont la seule maison plus ancienne que la mienne, après les Cinq Grandes Familles. S'ils disparaissent, et si par hasard l'une des Cinq Grandes disparaît… »

Chumaka acheva le souhait souvent répété de son seigneur : « … alors les Anasati deviendront l'une des Cinq Grandes.

— Et un jour l'un de mes descendants pourra s'élever au rang de Seigneur de Guerre », ajouta Tecuma en hochant la tête. Il lança un regard vers la gauche, où ses trois fils attendaient sur une estrade légèrement plus basse.

Halesko, l'héritier du sceptre Anasati, était assis le plus près de son père. Près de lui se tenait Jiro, le plus intelligent et le plus capable des trois, déjà pressenti pour épouser une fille d'une douzaine de grands seigneurs, peut-être même une fille de l'empereur, ce qui apporterait un nouveau lien politique puissant aux Anasati. Près de lui se trouvait Buntokapi, avachi sur lui-même, très concentré sur l'ongle de son pouce dont il retirait la saleté.

Étudiant le visage lourdaud du plus jeune de ses fils, le seigneur des Anasati murmura à Chumaka : « Tu ne supposes pas que, par une intervention de la divine providence, elle choisirait Bunto, n'est-ce pas ? »

Le conseiller haussa ses minces sourcils. « Nos renseignements indiquent qu'elle est sans doute intelligente, bien qu'inexpérimentée, mais si elle demandait Bunto comme consort, ce serait.. montrer un peu plus d'adresse que je ne m'y attends, seigneur.

— D'adresse ? En demandant Bunto comme consort ? » Incrédule, Tecuma se retourna, faisant tomber ses épaulettes et provoquant une nouvelle ruée des domestiques. « As-tu perdu l'esprit ?

— Vous pourriez être tenté de dire oui, répondit le conseiller en regardant le placide benjamin.

— Je suppose que je serais obligé de refuser, n'est-ce pas ? soupira le seigneur des Anasati, avec une moue exprimant presque ouvertement le regret.

— Même Bunto lui apporterait trop de pouvoir politique, murmura le premier conseiller en faisant claquer sa langue entre ses dents. Considérez la chose sous cet angle… Que se passerait-il si le chien Minwanabi tuait accidentellement Bunto en détruisant les Acoma ? N'oubliez pas le désastre qu'il a provoqué en envoyant l'assassin hamoï.

— Oui, je serais forcé de me venger de sa famille, approuva le seigneur des Anasati. Quel dommage que Minwanabi s'y soit pris si maladroitement pour commanditer l'assassinat de Mara. Mais je suppose qu'il fallait s'y attendre : cet homme est pire qu'un jaguna. Il a la subtilité d'un étalon needra dans un enclos de reproduction. » Tecuma bougea pour tenter de trouver une position plus confortable et ses épaulettes chancelèrent. Alors que les domestiques commençaient à s'approcher, il s'immobilisa, gardant le costume en place. « Cela ne m'aurait pas gêné d'humilier son père – Sezu cherchait toujours à prendre le dessus sur moi, dès qu'il en avait l'occasion. C'était tout à fait dans les règles du jeu. Mais ces histoires de guerres de sang… » Il secoua la tête et sa lourde coiffe glissa, jusqu'au point où elle faillit tomber. Mais Chumaka tendit la main et la redressa doucement, tandis que Tecuma continuait. « Se donner tout ce mal pour humilier cette morveuse semble un gaspillage de temps. »

Observant la salle surchauffée, il ajouta : « Dieux, disposer de tous ces musiciens et pas une seule note pour me distraire. »

Méticuleux dans les détails au point d'en devenir pédant, Chumaka expliqua : « Ils doivent rester prêts pour jouer la musique de l'entrée officielle, seigneur. »

Le seigneur des Anasati soupira d'exaspération, sa frustration étant due en partie au bavardage monotone de son conseiller. « J'étais en train d'apprécier une série de nouvelles compositions que les musiciens avaient préparée ce mois-ci. Maintenant, la journée entière est gâchée. Peut-être pourraient-ils jouer quelque chose en attendant que Mara arrive ? »

Chumaka secoua légèrement la tête tandis qu'une goutte de sueur descendait le long de l'arête de son nez. « Seigneur, tout manquement à l'étiquette de notre part permettrait à la Dame des Acoma de tirer avantage de l'insulte. » Bien qu'il fût par nature plus patient que son maître, Chumaka se demandait, lui aussi, pourquoi l'escorte de la jeune fille mettait autant de temps à traverser la grande cour. Il appela le domestique le plus proche et lui murmura : « Trouve la raison de ce retard. »

L'homme s'inclina et se glissa discrètement dehors par une porte latérale. Il revint quelques instants plus tard pour faire son rapport au premier conseiller. « La Dame des Acoma est assise devant les portes, maître.

— Alors pourquoi ne frappe-t-on pas le gong et ne la fait-on pas entrer ? » chuchota Chumaka, finalement irrité.

Le domestique lança un regard gêné vers l'entrée principale, toujours gardée par les huissiers en grand costume de cérémonie. Avec un geste d'impuissance, il murmura : « Elle s'est plainte de la chaleur et a ordonné que l'on apporte des serviettes humides et parfumées, et des boissons fraîches pour elle et sa suite, afin qu'ils puissent se rafraîchir avant de faire leur entrée, maître. »

Chumaka contempla la cour Anasati qui siégeait depuis plus d'une heure dans une pièce fermée, sous la chaleur accablante de midi. Intérieurement, il révisa son évaluation de Mara. Son retard pouvait être une manœuvre astucieuse, calculée pour provoquer la colère de son adversaire et gagner un avantage.

« Eh bien, combien de temps faut-il pour boire une coupe d'eau ? demanda Tecuma.

— Mon Seigneur, la demande de la Dame nous a surpris, répondit le domestique. Il a fallu du temps pour aller chercher des boissons pour une suite aussi grande. »

Le seigneur des Anasati échangea un regard avec son premier conseiller. « Quelle *est* donc la taille de sa suite ? » demanda Chumaka.

Le domestique rougit ; sans éducation, il ne pouvait pas compter correctement au-delà de vingt. Mais il fit de son mieux pour répondre. « Elle est venue avec cinq femmes de chambre et une vieille femme d'un certain rang. J'ai vu deux officiers avec un casque orné d'un plumet.

— Ce qui signifie pas moins de cinquante guerriers. » Tecuma se pencha vers son premier conseiller et parla si bas et si rapidement qu'il semblait siffler. « Tu m'avais informé que son *armée au grand complet* avait été réduite à moins de cinquante soldats. »

— Mon Seigneur, notre espion dans la maison Minwanabi a indiqué que la bataille où Sezu et son fils ont trouvé la mort avait aussi anéanti presque toutes les troupes Acoma », répondit Chumaka en clignant des yeux.

Le domestique semblait très gêné de se trouver à portée de cette conversation, mais Chumaka ne s'en rendit pas compte. D'une voix assez forte, il demanda : « Alors la Dame des Acoma oserait se faire accompagner de la totalité de ses troupes ? »

Souhaitant de toute évidence se trouver ailleurs, le domestique répondit : « Messire, le hadonra a dit qu'elle en avait amené bien plus que cela. À notre grande honte – voyant le seigneur des Anasati se raidir devant la possibilité que ce manque de préparation jetât le déshonneur sur sa maison, le domestique changea rapidement ses paroles – à la grande honte de vos pauvres domestiques, bien sûr, mon Seigneur – elle a été obligée de laisser une autre centaine de guerriers dans un campement, devant les portes du domaine de mon Seigneur, car nous n'avions pas préparé des quartiers pour les recevoir. »

Chumaka fit signe au domestique de s'en aller, au grand soulagement de ce dernier. L'humeur du seigneur des Anasati passait du ressentiment devant l'impair d'un domestique, à l'inquiétude, tandis qu'il réfléchissait aux implications de ce qu'il venait d'entendre. « Le commandant de l'armée des Acoma » – sa main décrivit un petit cercle tandis qu'il fouillait sa mémoire à la recherche de son nom – « Keyoke, est un vétéran expérimenté, et n'est pas un idiot. Si l'escorte de Mara compte cent cinquante guerriers, nous devons présumer que plus de trois cents hommes sont restés au domaine pour le protéger. L'armée de réserve de Sezu devait être bien plus importante que nous ne l'avions estimée. » Ses yeux reflétaient une irritation croissante, puis s'étrécirent alors qu'une lueur de méfiance les traversait. « Notre espion est passé au service des Minwanabi, ou il est incompétent ! C'est toi qui m'as convaincu de placer à ce poste de confiance, si délicat, un agent qui n'était pas né dans notre maison ! Je te charge de mener une enquête. Si nous sommes trahis, nous devons le savoir immédiatement. » La chaleur et l'inconfort étaient déjà déplaisants, mais Tecuma s'empourpra en pensant aux dépenses et aux difficultés qu'il avait supportées pour placer cet espion dans la demeure du seigneur des Minwanabi. Ses yeux se fixèrent sur son premier conseiller. « Je me rends clairement compte que tu nous as peut-être conduits sur une mauvaise route. »

Chumaka s'éclaircit la gorge. Il se rafraîchit avec ostentation en agitant son éventail décoratif, pour cacher ses lèvres à tous ceux qui pouvaient y lire. « Mon Seigneur, je vous en prie, ne jugez pas trop hâtivement. Cet agent nous a servis en toute confiance dans le passé et il est *remarquablement* bien placé. »

Il marqua une pause obséquieuse et s'humecta les lèvres. « Il est plus probable que la Dame Mara a trouvé le moyen de tromper le seigneur de Minwanabi, ce qui expliquerait pourquoi notre agent nous a transmis de mauvais renseignements. J'enverrai un nouvel agent. Il reviendra avec la confirmation de ma supposition, ou la nouvelle que le traître est mort. »

Tecuma s'apaisa, comme un rapace courroucé qui remet lentement en place ses plumes ébouriffées. À ce moment retentit enfin le quatrième coup de gong. Les huissiers ouvrirent lentement les portes de la salle d'honneur, et Chumaka entonna la formule d'accueil traditionnelle d'un soupirant.

« Nous accueillons dans notre maison, comme la lumière et le vent, la chaleur et la pluie, celui qui apporte la vie dans notre demeure. » Ces paroles étaient dictées par un ancien rituel et ne reflétaient en rien les véritables sentiments des Anasati envers les Acoma. Au Jeu du Conseil, il fallait toujours respecter les formes. Une brise légère souleva les tentures. Le seigneur des Anasati soupira de soulagement, de façon presque audible. Chumaka parla plus fort pour que le léger manquement à l'étiquette de son maître passât inaperçu. « Entrez, soupirant, et exprimez vos désirs. Nous vous offrons de quoi boire et manger, de quoi vous réchauffer et vous réconforter. » Chumaka sourit intérieurement à ces dernières paroles. Aujourd'hui, personne ne désirait plus de chaleur, et Mara trouverait certainement peu de réconfort auprès du seigneur des Anasati. Il concentra son attention sur les personnes qui entraient dans la haute salle.

Mesurant leur pas au son d'un tambour, des porteurs en robe grise entrèrent par la porte la plus éloignée de l'estrade seigneuriale. Le palanquin plat et ouvert qu'ils soutenaient était recouvert de coussins, au sommet desquels Mara était assise, immobile. Les musiciens jouèrent l'hymne d'entrée du soupirant. Alors que la mélodie simple et irritante se répétait, les courtisans Anasati étudiaient attentivement la mince jeune fille qui venait en tête d'une suite vêtue de costumes impressionnants, une jeune fille qui portait le sceptre d'un des noms les plus fiers de l'Empire. Comme son hôte, elle était vêtue selon la tradition, ses cheveux noirs relevés très haut et retenus par des épingles ornées de coquillages et de pierres précieuses, le visage perché sur un col raide enrichi de perles. Sa robe de cérémonie empesée formait de longs plis. Elle était ornée de larges épaulettes de vert Acoma, et les manches allaient jusqu'au sol. Mais en dépit de son maquillage et des lourds vêtements brodés, la jeune fille ne semblait pas troublée par le faste ou la chaleur.

À gauche de Mara et un pas derrière elle marchait Nacoya, portant les robes du premier conseiller des Acoma. À sa droite avançaient trois officiers. Leurs armures récemment laquées et polies étaient étincelantes, et leurs casques s'ornaient de magnifiques plumes neuves. Venait derrière eux une troupe de cinquante guerriers. Également splendides dans leurs armures polies, ils marchaient de chaque côté du palanquin de Mara.

Les soldats s'arrêtèrent en une ligne parfaite au pied de l'estrade, formant une tache de vert au milieu de l'écarlate et du jaune Anasati. L'un des officiers resta près des soldats, tandis que les deux autres accompagnaient le palanquin sur les trois marches qui montaient vers l'estrade. Les esclaves déposèrent leur fardeau et les deux souverains se retrouvèrent l'un en face de l'autre : un homme irrité, mince comme une anguille… et une frêle jeune fille qui marchandait pour sa survie.

Chumaka continua les salutations officielles. « Les Anasati souhaitent la bienvenue à notre très haute invitée, la Dame des Acoma.

— Les Acoma remercient notre très excellent hôte, le seigneur des Anasati », répondit Nacoya comme la tradition l'exigeait. En dépit de son âge, la vieille femme supportait avec aisance son lourd costume de cérémonie et la chaleur. Sa voix était claire, comme si elle était née pour tenir le rôle de premier conseiller plutôt que celui de nourrice.

Maintenant que les salutations officielles étaient échangées, Tecuma en vint directement au sujet de la rencontre. « Nous avons bien reçu votre pétition, Dame des Acoma. » Le silence régna dans la salle d'honneur, car les paroles de Tecuma constituaient une légère insulte ; appeler la proposition de mariage une pétition sous-entendait que le rang social de Mara était inférieur et que Tecuma avait le pouvoir de la récompenser ou de la punir.

Mais la jeune fille assise sur le palanquin de cérémonie répondit sans une seconde d'hésitation. Elle choisit un ton et des mots que l'on utilisait généralement pour passer une commande à un marchand. « Je suis ravie de constater que vous n'éprouvez aucune difficulté à satisfaire nos conditions, seigneur Tecuma. »

Le seigneur des Anasati se redressa légèrement. Cette jeune fille avait de l'esprit et n'était pas déconcertée par son accueil. Mais la journée était longue et éprouvante… Plus tôt cette histoire ridicule serait réglée, plus tôt il pourrait se délasser en prenant un bain froid, peut-être en écoutant un peu de musique. Mais même devant un ennemi avoué, il fallait faire preuve de civilité. Il fit un geste impatient de son sceptre.

Chumaka répondit avec un sourire onctueux et une révérence à peine visible. « Que propose donc la Dame des Acoma ? » Si le père de Mara avait survécu, Sezu aurait conduit les négociations pour la main de son fils ou de sa fille. En tant que souveraine, Mara devait gérer tous les mariages de sa maison, même le sien, depuis l'engagement des courtiers de mariage qui avaient pris les premiers contacts jusqu'à la rencontre officielle avec le seigneur des Anasati.

Nacoya s'inclina, d'un mouvement si superficiel que l'insulte rendue fut apparente. « La Dame des Acoma cherche…

— … un époux », l'interrompit Mara.

Un remous agita la salle, rapidement remplacé par une attention soutenue. Tous les courtisans s'étaient attendus à entendre cette souveraine Acoma présomptueuse demander un consort, quelqu'un qui, de par la loi, ne partagerait pas son pouvoir.

« Un époux ? » Chumaka leva les sourcils, étonné par le tour que prenaient les événements. De toute évidence, cette proposition surprenait aussi le premier conseiller Acoma, car l'espace d'un instant, la vieille femme avait lancé un regard stupéfait à la jeune fille. Mais elle avait repris immédiatement une attitude plus officielle. Chumaka s'efforçait de deviner les conséquences de ce changement inattendu mais n'y parvenait pas tout à fait, ce qui le gênait autant qu'une démangeaison que l'on ne peut soulager.

Mara répondit en son propre nom. Sa voix paraissait très frêle dans la haute salle des Anasati. « Je suis trop jeune pour endosser cette importante responsabilité, mon Seigneur. Je devais devenir une sœur de Lashima à peine quelques instants avant que ce terrible honneur ne me fût confié. Mon ignorance ne doit pas devenir un danger pour les Acoma. Je connais parfaitement les conséquences de ma demande, et je désire épouser un fils des Anasati pour qu'il vienne dans ma demeure. Quand nous serons mariés, il deviendra le souverain des Acoma. »

Le seigneur des Anasati en resta muet de surprise. Parmi toutes les offres possibles, il n'avait jamais envisagé cette requête. En quelques mots, la jeune fille ne s'était pas seulement dépouillée de son pouvoir, mais avait effectivement donné le contrôle de sa famille aux Anasati, qui comptaient parmi les plus vieux ennemis politiques de son père. Cette demande était si inattendue qu'un concert de murmures naquit dans la salle. Retrouvant rapidement son aplomb, le seigneur des Anasati obtint le silence de ses courtisans d'un regard et d'un très léger mouvement de son sceptre de cérémonie.

Il regarda attentivement le visage de la jeune fille qui était venue lui demander la main d'un de ses fils, puis déclara brutalement : « Vous désirez donner votre honneur à ma maison, Dame. Puis-je savoir pourquoi ? »

Immobiles, les courtisans Anasati attendaient la réponse. Le seul mouvement dans la pièce fut un soudain reflet étincelant, quand le soleil qui passait à travers la porte brilla sur les costumes ornés de pierres précieuses. Ignorant la lumière éblouissante, Mara baissa les yeux comme si elle avait honte. « Ma position est faible, seigneur Tecuma. Les terres des Acoma sont encore fortes et riches, mais je ne suis qu'une jeune fille sans grandes ressources. Si ma maison est destinée à devenir une puissance mineure, alors je veux tout du moins choisir mes alliés. Le plus grand ennemi de mon père était le seigneur des Minwanabi. Ce n'est un secret pour personne. Pour le moment, vous êtes en paix avec lui. Mais tôt ou tard, un conflit s'élèvera entre vos deux maisons. » Elle joignit ses petites mains sur ses genoux et sa voix devint plus résolue. « Je m'allierai avec quiconque pourra un jour détruire l'homme responsable de la mort de mon père ! »

Le premier conseiller du seigneur des Anasati se détourna pour que nul dans la salle ne pût voir son visage – il était certain qu'au moins l'un des gardes Acoma était un espion capable de lire sur les lèvres. Il murmura à l'oreille du seigneur Tecuma : « Je ne crois pas un mot de tout cela, seigneur.

— Moi non plus, répondit à travers ses dents serrées le seigneur Tecuma, tout en inclinant la tête. Mais si cette fille fait de Jiro le seigneur des Acoma, une grande famille deviendra mon alliée pour la vie et mon fils atteindra un rang bien supérieur à tout ce qu'il pouvait espérer. Et elle a raison : tôt ou tard, nous devrons régler nos comptes avec Jingu des Minwanabi. Et si nous détruisons les Minwanabi, l'un de mes fils deviendra seigneur de l'une des Cinq Grandes Familles. »

Chumaka secoua la tête dans un imperceptible geste de résignation. Son seigneur croyait sûrement qu'un jour les descendants issus des deux maisons s'affronteraient pour le titre de

Seigneur de Guerre. Tecuma continua son raisonnement. « De plus, elle ne sera plus que l'épouse du souverain. Son époux dictera la politique Acoma. Non, Chumaka, quel que soit le plan de Mara, c'est une trop belle occasion et nous ne devons pas la laisser échapper. Je ne pense pas que cette fille soit assez intelligente pour nous battre quand Jiro dirigera les Acoma. »

Tecuma regarda ses trois fils et vit que Jiro étudiait Mara avec attention. L'intensité de son expression montrait que son fils cadet trouvait à la fois le rang et la jeune fille intéressants. C'était un garçon sensé, qui devait accueillir favorablement l'idée de ce mariage. D'ailleurs, il cherchait à croiser le regard de son père et lui adressa un léger hochement de tête. L'expression de Jiro était un peu trop impatiente et son signe de tête un peu trop appuyé au goût de Tecuma. Le jeune homme savait que le pouvoir se trouvait à portée de main et il le convoitait ouvertement. Tecuma faillit soupirer ; Jiro était jeune et apprendrait. Mais il y avait une note discordante dans tout cela, que le vieil homme n'appréciait pas. Il songea un instant à renvoyer la jeune femme, la laissant aux bons soins des Minwanabi. L'ambition l'en empêcha. Voir son fils occuper un rang jusqu'ici inaccessible, combiné au plaisir d'avoir enfin la fille d'un vieil ennemi à sa merci, dissipa ses derniers doutes. Écartant d'un geste son conseiller énervé, le seigneur des Anasati se tourna vers Mara et répondit : « Vous avez choisi sagement, ma fille. » En l'appelant sa « fille » devant témoins, il scellait irrémédiablement son acceptation de l'offre de mariage. « Qui voulez-vous épouser ? »

Nacoya dissimulait difficilement son courroux et le mouvement vigoureux de son éventail était moins destiné à la rafraîchir qu'à cacher le tremblement de colère de ses mains devant cette trahison. Mara sourit. Elle ressemblait à une enfant dont les parents viennent de chasser les démons qui rôdaient dans ses cauchemars. Elle permit à ses deux officiers de l'aider à se relever. Selon la tradition, elle devait maintenant choisir son fiancé. Tecuma des

Anasati n'eut aucun mauvais pressentiment quand sa future belle-fille descendit du palanquin. Il refusa de voir l'agitation de son premier conseiller, pendant que la jeune fille avançait vers Jiro, avec les pas minuscules que lui permettait sa majestueuse robe de cérémonie. La lumière étincela sur sa coiffe ornée de joyaux tandis qu'elle passait devant les coussins où étaient assis les trois fils Anasati, en grand costume de cour. Halesko et Buntokapi regardaient leur frère Jiro avec des expressions différentes ; celle d'Halesko était proche de la fierté, alors que le benjamin faisait preuve d'une indifférence marquée.

Mara accomplit la révérence officielle d'une jeune fille envers son fiancé et avança. Sans la moindre hésitation, elle posa la main sur l'épaule du troisième fils des Anasati et déclara : « Buntokapi des Anasati, veux-tu venir avec moi et devenir seigneur des Acoma ? »

— Je le savais ! marmonna Chumaka. Au moment où elle est descendue du palanquin, je savais qu'elle choisirait Bunto. » Il tourna son attention vers Nacoya, qui se cachait toujours derrière son éventail. Mais le regard du premier conseiller Acoma n'exprimait plus une rage visible mais une impassibilité totale. Chumaka se sentit soudain incertain. Avaient-ils tous grossièrement sous-estimé cette fille ? Retrouvant son aplomb, il dirigea son attention vers son seigneur.

Assis à la place d'honneur, au-dessus des rangs silencieux et stupéfaits de la cour Anasati, Tecuma était complètement désorienté. Son fils au cou de taureau se leva maladroitement et se plaça aux côtés de Mara, un sourire d'autosatisfaction et de suffisance sur le visage. Le seigneur des Anasati fit un geste vif pour demander à Chumaka de s'approcher et, alors que le premier conseiller obtempérait, murmura à son oreille : « Mais pourquoi ? Pourquoi Bunto, de tous mes fils ?

— Elle cherche un époux qu'elle puisse contrôler, répondit Chumaka d'une voix basse.

— Je dois l'en empêcher, rétorqua Tecuma en fronçant les sourcils, extrêmement irrité.

— Seigneur, c'est trop tard. Le rituel est allé trop loin. Si vous rétractez votre acceptation officielle, vous devrez tuer la Dame et tous ses guerriers, ici et maintenant. Et dois-je vous rappeler, ajouta-t-il, donnant l'impression que son col était devenu soudain trop étroit, alors qu'il regardait les cinquante gardes situés à moins d'une demi-douzaine de pas, que vos propres soldats se trouvent *à l'extérieur* de ce bâtiment ? Même si vous surviviez à un tel massacre – ce qui semble improbable – vous perdriez tout honneur. »

La dernière remarque était blessante, mais Tecuma dut admettre sa véracité. Même s'il mettait un terme à l'existence de Mara, il n'aurait pas de position morale défendable ; sa parole au conseil n'aurait plus aucune valeur et son pouvoir considérable serait réduit à néant. Empourpré par la colère, il murmura d'un ton acide : « Si seulement cet idiot de Minwanabi avait tué cette garce, le mois dernier ! » Puis, alors que Mara tournait un regard parfaitement innocent dans sa direction, il se força à reprendre ses esprits. « Nous devons tourner toutes nos ressources contre elle et reprendre l'avantage, Chumaka. Jiro est toujours libre pour conclure une forte alliance, et Bunto… » Il baissa légèrement la voix. « Je n'aurais jamais pensé qu'il prendrait tant d'importance. Il sera maintenant le seigneur d'une grande maison. Cette fille a peut-être gagné un mari malléable, mais elle est toujours une vierge inexpérimentée de l'ordre de Lashima. Buntokapi deviendra son suzerain, le seigneur des Acoma, et il est *mon* fils. Pour l'honneur des Anasati, il fera ce que je lui demanderai. »

Chumaka regarda le couple improbable revenir vers l'estrade. Il fit de son mieux pour dissimuler son mécontentement quand Buntokapi replia ses jambes arquées pour s'asseoir maladroitement à côté de Mara, sur le palanquin Acoma. Déjà, sa brutalité et sa morosité avaient fait place à une expression que nul dans la salle n'avait encore jamais contemplée sur son visage ; les lèvres du garçon se relevaient avec un sentiment de fierté qui frôlait l'arrogance. Quelque chose qui dormait depuis longtemps au fond de lui s'était maintenant réveillé, ce même désir pour le pouvoir que Jiro avait exprimé quelques instants auparavant. Seulement, pour Buntokapi, ce n'était maintenant plus un rêve mais une chose à sa portée. D'après son regard et la soudaine assurance de son sourire, il était clair qu'il préférerait mourir plutôt que de laisser ce pouvoir lui échapper. Le premier conseiller chuchota à Tecuma : « J'espère que vous aurez raison, mon Seigneur. »

Semblant hérissé sous les multiples et complexes couches de son costume, le souverain des Anasati ne réagit pas à son commentaire. Mais pendant toute la cérémonie, alors que la suite de Mara achevait le rituel de fiançailles et quittait la haute salle, Chumaka vit les épaulettes dans le dos de son maître trembler sous l'effet de sa colère. Le premier conseiller des Anasati savait que, même si la mortèle était enserrée dans une étoffe étouffante, elle n'en était pas moins terriblement dangereuse.

Nacoya luttait contre la fatigue. L'âge et la tension lui avaient rendu la journée incroyablement longue. L'interminable et épuisant voyage, ajouté à la chaleur de la haute salle et au choc de la conduite imprévue de Mara, avaient poussé la vieille nourrice à la limite de ses forces. Mais elle était tsurani, et provisoirement premier conseiller des Acoma. On devrait lui faire quitter cette salle sur une civière avant qu'elle couvrît sa maison de honte en demandant la permission de se retirer.

Le traditionnel banquet de fiançailles était somptueux, comme il convenait à des festivités données en l'honneur d'un fils Anasati. Mais cette célébration était étrangement réservée, comme si personne ne savait vraiment ce que l'on fêtait. Mara était restée tranquille depuis le début du repas, ne disant rien d'important à personne. Ses officiers, Keyoke, Papéwaio et Tasido, étaient assis avec une raideur toute protocolaire, et ne buvaient que très peu de vin de sâ, quand ils en buvaient. Au moins, pensa Nacoya, la brise du soir était enfin venue. L'atmosphère de la haute salle, encore chaude, n'était plus étouffante comme elle l'avait été durant la journée.

L'attention de l'assistance était concentrée sur la table des Acoma. Tous les invités étaient des serviteurs ou des alliés des Anasati, et chacun tentait de comprendre les implications du choix de Mara. En apparence, la jeune fille avait échangé le contrôle de sa maison contre une garantie de sécurité, une manœuvre que personne n'applaudirait mais qui n'était pas entièrement dénuée d'honneur. Les Acoma resteraient les vassaux des Anasati pendant de nombreuses années, mais un jeune seigneur Acoma pourrait un jour se lever, prendre part au Jeu du Conseil et forger de nouvelles alliances. Pendant ce temps, le Nom des Acoma serait protégé et pourrait perdurer. Mais pour cette génération de serviteurs Acoma, les fiançailles de Mara constituaient un aveu amer de faiblesse. Nacoya enroula un châle sur ses épaules, saisie de froid en dépit de la chaleur estivale.

Elle lança un coup d'œil à la haute table et observa Tecuma. Le seigneur des Anasati avait lui aussi fait preuve de réserve tout au long du banquet. Sa conversation était restée assez morne pour un homme qui venait juste d'obtenir une victoire inespérée contre un ancien rival. Gagner la souveraineté des Acoma pour Buntokapi représentait un gain magistral au Jeu du Conseil, mais ce mariage semblait le soucier autant que Nacoya, sans doute pour des raisons différentes. Son fils représentait une inconnue.

Nacoya reporta son attention sur le jeune homme. Buntokapi semblait être la seule personne à vraiment apprécier la fête. Embrumé dans les vapeurs de l'alcool, il avait passé une heure à répéter sans cesse à ses frères qu'ils ne lui étaient en rien supérieurs, puis il avait crié à Jiro que maintenant un second fils devrait s'incliner devant un troisième fils à chaque fois qu'ils se rencontreraient. En voyant le sourire crispé et glacial de son frère, on pouvait aisément deviner que ces occasions seraient rares. Mais alors que la soirée s'avançait, Buntokapi s'était calmé. Il se contentait maintenant de marmonner dans son assiette, presque assommé par le vin de sâ qu'il avait bu pendant le dîner, puis par la liqueur d'acamel qu'il avait ensuite dégustée.

Nacoya secoua légèrement la tête. Jiro avait lancé un regard prolongé et acéré à Mara après la première déclaration de supériorité de son frère. Alors que le dîner avançait, il était clair que la jeune fille s'était fait un nouvel ennemi. Cet après-midi, Jiro avait cru un instant devenir le seigneur des Acoma, et ce bref sentiment d'espoir avait suffi pour qu'il se sentît trahi, pour qu'il pensât que Buntokapi recevait un honneur qui aurait dû être légitimement le sien. Que Jiro fût frustré par un faux espoir né de sa propre imagination n'avait aucune importance. Il blâmait Mara. Quand Tecuma avait envoyé des domestiques offrir le sâ rituel aux invités, Jiro avait à peine porté la coupe à ses lèvres. Il était parti dès qu'il l'avait pu sans offenser son père. Nacoya reporta avec effort son attention sur la haute table.

Tecuma regardait sévèrement Buntokapi depuis un long moment. Puis il adressa tranquillement quelques mots à Mara, qui lança un regard sur son futur époux et acquiesça d'un signe de tête. Buntokapi cligna des yeux, essayant avec difficulté de suivre l'échange, mais il était de toute évidence trop ivre pour comprendre. Tecuma parla à Chumaka, qui fit signe à deux domestiques. Alors que la brise rafraîchissante du soir permettait à Nacoya de reprendre son souffle, deux serviteurs vigoureux emportèrent le futur seigneur des Acoma jusqu'à son lit. Mara attendit un moment convenable, puis demanda son congé. Tecuma acquiesça d'un brusque mouvement de tête et toute l'assistance se leva pour saluer la future épousée.

Les musiciens qui avaient diverti l'assistance durant toute la soirée jouèrent l'air approprié tandis que Mara souhaitait une bonne nuit aux invités. Attendant sa maîtresse parmi les autres serviteurs Acoma, Nacoya remarqua Chumaka qui s'approchait d'elle.

« Vous nous quittez bientôt ? s'enquit-il.

— Demain, répondit Nacoya en hochant la tête. Ma Dame souhaite retourner immédiatement dans son domaine pour commencer les préparatifs du mariage et organiser l'arrivée du nouveau seigneur. »

Chumaka étendit les mains pour signifier que cela ne posait aucune difficulté. « Je vais demander à un scribe de travailler toute la nuit. Les documents des fiançailles seront prêts avant votre départ pour les signatures. » Il fit mine de se retourner, puis ajouta avec une franchise déconcertante : « J'espère, pour le bien de tous, que votre jeune Dame n'a pas commis une erreur. »

Surprise par cette remarque, Nacoya préféra ne pas faire de commentaire. Elle se contenta de répondre : « Je ne peux qu'espérer que les dieux jugeront opportun de bénir cette union.

— Bien sûr, c'est ce que nous souhaitons tous, sourit Chumaka. À demain, donc ? »

Nacoya hocha la tête et sortit, faisant signe aux deux serviteurs Acoma qui l'avaient attendue de l'accompagner. Alors qu'un domestique Anasati la guidait jusqu'à ses appartements, elle repensa aux paroles étonnantes de Chumaka et se demanda s'il n'avait pas raison.

Les pieds des soldats soulevaient une grande quantité de poussière tandis que la suite Acoma avançait lentement pour rejoindre le reste de l'escorte. Celle-ci avait attendu dans un campement, près de l'endroit qui marquait la frontière des États Anasati. Nacoya était restée silencieuse depuis qu'elle avait rejoint Mara sur les coussins du grand palanquin. Quels que fussent les plans de sa souveraine, celle-ci ne les confierait à personne et Nacoya préféra ne pas poser de questions. Même si elle tenait le rôle de premier conseiller, elle ne pouvait pas guider Mara sans que la jeune fille le lui demandât. Cependant, une vieille nourrice pouvait exprimer ses doutes… Se rappelant la vulgarité de Buntokapi pendant le banquet, la nuit précédente, Nacoya parla d'une voix acide à sa protégée. « J'espère que vous pourrez le contrôler, maîtresse. »

S'arrachant à ses pensées, Mara regarda distraitement la vieille femme. « Comment ? Oh, Bunto. Il est comme un étalon needra qui sent les femelles en chaleur, Nacoya. Toute son intelligence se trouve entre ses jambes. Je pense que c'est exactement l'homme qui nous permettra de gagner ce dont nous avons besoin. »

Nacoya marmonna dans sa barbe. Une fois le choc du choix de Buntokapi estompé, la vieille nourrice avait commencé à entrevoir un plan plus complexe. Mara n'abandonnait pas simplement le contrôle de sa famille aux Anasati en échange de la survivance du Nom des Acoma. Depuis la ruse avec les bandits des collines, la jeune fille ne confiait à Nacoya que les choses dont elle estimait qu'elle avait besoin de les savoir. Presque du jour au lendemain, lui semblait-il, l'innocente novice qui avait mené une vie très protégée au temple avait démontré qu'elle n'était plus une enfant. Nacoya nourrissait encore quelques doutes, et même certaines craintes, sur l'ignorance butée de la jeune fille à propos des hommes, mais Mara avait prouvé sans la moindre équivoque qu'elle pratiquait le Jeu du Conseil d'une façon très agressive.

Nacoya reconsidéra les forces et les faiblesses, les stratagèmes et la puissance des joueurs à la lumière du nouvel engagement de sa maîtresse. Et ce qu'elle avait observé chez Buntokapi l'avait convaincue que sa chère Mara l'avait peut-être sous-estimé. Il y avait quelque chose chez le troisième fils Anasati, quelque chose de dangereux que Nacoya ne pouvait pas définir. Redoutant ce que deviendrait sa maisonnée bien ordonnée sous la direction d'un tel souverain, elle fut tirée de ses réflexions par la voix de Mara. « Mais que se passe-t-il donc ? »

Nacoya écarta les rideaux. Clignant des yeux sous la lumière vive du soleil de l'après-midi, elle vit des soldats Acoma déployés le long de la route près de laquelle ils avaient établi leur campement. Mais aucun guerrier ne se tenait prêt à reprendre la route. Non, ils se faisaient face en deux groupes, séparés par une certaine distance. Doucement, Nacoya répondit : « Des problèmes, je le crains. »

Mara ordonna à son escorte de s'arrêter. Écartant le rideau de mousseline, elle acquiesça quand Keyoke lui demanda la permission de se renseigner sur ce qui se passait.

Avec une rapidité surprenante pour son âge, le commandant quitta la tête de la colonne et se hâta de rejoindre les soldats Acoma, très nerveux. Les deux groupes fondirent sur lui, plusieurs hommes tentant de parler simultanément. Keyoke ordonna le silence et toutes les voix se turent immédiatement. Après avoir posé deux questions, il cria à Mara : « Une difficulté survenue en notre absence, maîtresse. Je pourrai vous expliquer tout cela dans un moment. »

Des ondes de chaleur dansaient dans l'air au-dessus de la route. Keyoke posa quelques questions, reçut des réponses courtes et isola rapidement trois hommes. Il les conduisit d'un pas vif vers le palanquin de leur maîtresse. Sous la poussière et les marques luisantes de sueur, Mara devina sur leur visage les traces d'un combat.

« Voici Selmon, ma Dame. » Keyoke désigna un homme portant une tunique déchirée, et dont les phalanges saignaient encore.

« Je sais. » L'expression de Mara était dissimulée par l'ombre profonde des rideaux. « L'un des nouveaux venus. » Elle utilisait ce terme pour désigner les anciens guerriers gris. « Ne disposant que de trois officiers, tu lui as donné le commandement du camp en tant que chef de patrouille provisoire. »

Keyoke sembla satisfait que Mara se rappelât l'organisation de son armée, mais son attention ne se détacha pas une seule seconde des trois hommes. « Selmon semblait compétent, mais peut-être me suis-je trompé. »

Mara étudia les deux autres hommes. Elle connaissait l'un d'eux, Zataki, depuis des années. Quand il était enfant, il avait joué avec Lanokota et elle. Mara se souvenait qu'il avait mauvais caractère, et hasarda une supposition sur la nature du problème. « Zataki, Selmon t'a donné un ordre et tu as refusé d'obéir.

— Ma Dame, ce Selmon nous a ordonné de prendre la première garde alors que lui et ses compagnons se reposaient et mangeaient après un long jour de marche, répondit Zataki en relevant le menton.

— Tu es... Kartachaltaka, un autre nouveau venu, reprit Mara en regardant le troisième combattant. Tu as été offensé par le refus d'obéissance de Zataki.

— Ma Dame, lui et les autres se conduisent envers nous comme s'ils nous étaient supérieurs, expliqua Kartachaltaka en se redressant. Ils nous confient sans cesse les tâches les plus désagréables,

— Et tu as pris le parti de celui-ci ? poursuivit Mara en reportant son attention vers Selmon.

— Non, ma Dame, se hâta de répondre Keyoke. Il a simplement voulu intervenir et arrêter la bagarre. Il a agi comme il convenait. »

Mara se leva de ses coussins. Sans attendre l'aide de Keyoke, elle sortit du palanquin et se plaça devant les deux hommes qui s'étaient battus. « À genoux ! » ordonna-t-elle. Bien qu'elle fît une tête de moins que les deux soldats, l'attitude de la jeune fille en sandales, vêtue d'une robe jaune pâle, ne laissait pas planer le moindre doute : elle était l'autorité ultime des Acoma.

Les armures grincèrent quand les deux hommes prirent instantanément l'attitude de soumission. « Écoutez-moi ! cria Mara aux autres soldats. Vous tous.

— Formez les rangs ! » hurla Keyoke. En quelques secondes, toute la compagnie s'aligna en face de Mara, les deux soldats à genoux tournant le dos à leurs camarades.

« Quel est le châtiment pour une telle conduite ? demanda Mara à Keyoke.

— Maîtresse, ces hommes doivent être pendus sur l'heure », répondit Keyoke sans le moindre regret. Mara releva brusquement la tête pour regarder le commandant droit dans les yeux. D'un geste délibéré, le vieux soldat se frottait la mâchoire de son pouce.

Prévenue par ce geste que sa décision pouvait avoir de graves conséquences, Mara regarda Papéwaio, qui la fixa à son tour, le visage impénétrable. Puis, presque imperceptiblement, il hocha une fois la tête, indiquant son accord complet avec le verdict de Keyoke.

Mara sentit une main glaciale étreindre son cœur. Elle savait que si elle n'intervenait pas immédiatement et sans la moindre équivoque, un fossé se creuserait entre les hommes qui la servaient depuis des années et ceux qui venaient d'entrer au service des Acoma. S'endurcissant, Mara s'adressa aux soldats. Sa voix résonnait d'une colère difficilement contenue. « Il n'y a pas de favoritisme dans mon armée ! Il n'y a pas de “nouveaux venus”. Il n'y a pas “d'anciens”. Tous ceux qui portent le vert Acoma sont des soldats Acoma. Chacun de vous a prêté serment d'obéir et de donner sa vie au service de la maison Acoma. »

Elle avança d'un pas déterminé devant les rangs, regardant un visage rude après un autre, jusqu'à ce qu'elle eût croisé le regard de chaque homme. « Certains d'entre vous me connaissent depuis l'enfance. D'autres ne sont avec nous que depuis quelques semaines. Mais vous devez tous porter avec honneur et avec une responsabilité égale le vert Acoma. Je viens de promettre de donner ce nom à un époux, pour m'assurer que les Acoma survivront, et feront plus que survivre… Un jour, ils prospéreront ! » Le ton de sa voix monta jusqu'à ce qu'elle criât, et tous les soldats virent clairement son courroux. « Quiconque se déshonore en portant le vert Acoma déshonore les Acoma – la voix de Mara diminua de volume et devint basse et menaçante – et me déshonore. » Les hommes restaient en formation, mais ils la suivaient des yeux avec inquiétude quand ils la virent soudain se retourner devant les deux combattants. Elle s'adressa d'abord à Zataki. « Tu avais reçu un ordre légitime d'un officier placé au-dessus de toi par ton commandant. Tu n'avais d'autre choix que celui d'obéir ! »

L'homme se prosterna, posant le front sur la poussière âcre de la route. Il ne prononça aucune parole pour se défendre, alors que sa maîtresse se tournait vers Kartachaltaka : « Et toi, tu as frappé un camarade alors que tu étais de service ! » Il imita le geste d'obéissance servile de Zataki. Des bracelets cliquetèrent aux poignets de Mara ; façonnés en métal coûteux, c'était le cadeau de fiançailles du seigneur des Anasati. Que l'on pût porter une telle richesse comme simple bijou remettait les hommes agenouillés à leur place. Ils se prosternèrent sous le soleil, suant à grosses gouttes, tandis que leur maîtresse s'adressait à leur commandant. « Ces deux hommes ont trahi l'honneur des Acoma. Qu'on les pende ! »

Keyoke désigna instantanément quelques soldats pour exécuter la sentence. Durant un instant, Mara vit une lueur de peur dans les yeux des condamnés. Ce n'était pas la peur de mourir, car les deux guerriers auraient accueilli la mort avec joie et sans hésitation. C'était la peur d'être condamnés à la mort honteuse d'un esclave : la pendaison. Ils perdaient leur honneur de guerrier et savaient qu'ils auraient un rang inférieur lors de leur prochain passage sur la Roue de la Vie, domestique, peut-être même esclave. Puis le masque impassible tsurani revint sur leurs traits. Ce n'est qu'en se comportant avec dignité au moment de cette mort ignominieuse qu'ils pouvaient espérer la miséricorde divine quand leur esprit serait à nouveau enchaîné à la Roue.

Mara restait immobile comme une statue devant le palanquin, gardant un contrôle d'acier, tandis que les soldats conduisaient les condamnés vers un grand arbre aux branches massives. Les deux hommes furent rapidement dépouillés de leur armure et on leur lia les mains dans le dos. Sans cérémonie ni prière, des cordes furent lancées par-dessus les branches. On plaça le nœud coulant autour de leurs cous et Keyoke donna le signal. Une demi-douzaine de soldats tirèrent brusquement sur la corde, cherchant à briser la nuque des condamnés pour leur offrir une mort rapide et miséricordieuse. Le cou de Zataki se brisa avec un craquement audible, il battit une fois des pieds, frémit un instant, puis resta suspendu, immobile. La mort de Kartachaltaka fut plus douloureuse, car il s'étrangla lentement, se balançant et donnant des ruades, mais finalement il resta lui aussi immobile, suspendu comme le fruit amer de l'arbre.

Mara ordonna d'une voix sourde : « Keyoke, nous rentrons. »

Brusquement, le soleil semblait trop brillant. Bouleversée par l'exécution qu'elle venait d'ordonner, Mara se rattrapa au toit du palanquin pour retrouver son équilibre et ne pas montrer de faiblesse devant ses soldats. Elle fit un signe à l'un de ses jeunes esclaves, qui lui apporta une tasse de jus de fruit. Elle l'avala à petites gorgées, lentement, pour tenter de retrouver son calme, tandis que Keyoke ordonnait aux hommes de former les rangs pour la longue marche du retour.

Nacoya était restée silencieuse à l'abri du palanquin, mais comme Mara restait immobile, elle demanda : « Maîtresse ?

— Je viens, Nacoya, répondit Mara en tendant la tasse vide à l'esclave. Il faut partir. Nous avons beaucoup à faire dans le mois qui précède le mariage. » Sans ajouter un mot, elle monta dans le palanquin et referma les rideaux. Alors que ses porteurs s'avançaient pour reprendre leur charge, elle s'installa dans les coussins à côté de Nacoya, et resta silencieuse et pensive. Keyoke donna l'ordre d'avancer, les soldats se placèrent devant, derrière et sur les côtés du palanquin, formant à nouveau un seul groupe.

Mara commença à trembler, les yeux grands ouverts et le regard lointain. Sans dire un mot, Nacoya glissa un bras autour de ses épaules. Les frissons continuèrent tandis que l'escorte commençait à avancer, jusqu'à ce que Mara tremblât si violemment que Nacoya dut serrer la jeune fille dans ses bras. Silencieusement, la très jeune Dame des Acoma cacha son visage contre l'épaule de sa nourrice et y étouffa ses sanglots.

Alors qu'ils approchaient de la frontière de son domaine, Mara reconsidéra les difficultés qu'elle venait d'affronter. Elle n'avait que brièvement parlé à Keyoke et Nacoya depuis qu'elle avait ordonné l'exécution des deux soldats. Mara savait qu'elle aurait dû anticiper le conflit entre les anciens guerriers gris et les survivants de l'armée de son père.

Se blâmant de ne pas l'avoir fait, Mara tira le rideau du palanquin et appela son commandant. Comme il venait se placer à ses côtés, elle demanda : « Keyoke, pourquoi Selmon a-t-il ordonné aux anciens soldats de prendre la première garde, plutôt que de mélanger les nouveaux et les anciens ? »

S'il fut surpris par la question de sa maîtresse, Keyoke n'en montra pas le moindre signe. « Dame, Selmon a commis une erreur en essayant de ne pas éveiller l'hostilité des anciens soldats. Il avait pensé qu'en prenant la première garde, ils pourraient dormir sans interruption du repas jusqu'à la garde du matin, et qu'ils apprécieraient cette faveur. Zataki était une tête brûlée, et si l'un de nous avait été là… – il désigna d'un geste lui-même, Papéwaio et Tasido, les trois officiers qui avaient accompagné Mara au manoir Anasati – rien de cela ne serait arrivé. » Il se tut, comme s'il réfléchissait à ses prochaines paroles. « Mais Selmon ne s'est pas trop mal débrouillé. Le conflit a failli dégénérer en lutte ouverte entre les deux factions, mais il a pu retenir tout le monde… sauf les deux qui ont été punis. »

Mara hocha la tête. « Quand nous serons rentrés, nomme Selmon au grade de chef de patrouille. Nos forces se sont accrues, et nous avons besoin de nouveaux officiers. »

Puis Mara prit sans hésiter l'une de ces décisions rapides qui lui valaient le respect de tous ceux qui la servaient. « Nomme aussi deux de nos meilleurs hommes dans la vieille garde. Choisis les meilleurs des anciens soldats de notre famille, peut-être Miaka, et fais-en un chef de troupe. Fais la même chose pour l'un des nouveaux. Ce vaurien de Lujan était chef de troupe chez les Kotaï. Si tu penses qu'un autre est plus compétent que lui, donne-lui la promotion. »

Keyoke haussa les épaules, car il ne voyait pas de meilleur candidat parmi les nouveaux venus. Mara cacha sa satisfaction en constatant qu'elle avait vu juste, puis ajouta : « Je veux que ces regroupements et ces anciennes alliances soient brisés rapidement ; il n'y aura pas de favoritisme. » Keyoke hocha légèrement la tête, son visage tanné laissant transparaître l'esquisse d'un sourire, ce qui était sa façon d'exprimer ouvertement son approbation. Presque pour elle-même, Mara ajouta : « Bientôt, j'aurai besoin d'avoir à mes côtés des hommes qui obéiront sans la moindre hésitation. Je ne peux pas permettre que quoi que soit interfère dans mes plans. »

Clairement, Mara était préoccupée par les responsabilités de son gouvernement. Keyoke accéléra le pas pour reprendre sa place à la tête de la colonne, en se disant que la jeune fille ressemblait de plus en plus à son père.

Alors que le palanquin de Mara avançait dans les pâturages Acoma, elle se sentit optimiste pour la première fois depuis son départ du temple de Lashima. Ses pensées bouillonnaient. Elle ne discuterait de ses projets avec personne, pas même avec Nacoya ou Keyoke. Car ses idées se transformaient en intrigues, en une ébauche d'un plan extrêmement complexe qui la conduirait bien au-delà de la simple survie, vers une ambition qui étourdissait son jeune esprit.

Le temps passant, Mara savait que ses plans devraient être modifiés pour prendre en compte les changements inattendus des équilibres de pouvoir et des alliances du Jeu de Conseil. Mais la résolution venait avant les moyens et la méthode. Elle devrait passer des années à apprendre, avant que n'arrivât à terme ce qu'elle appelait intérieurement son grand projet. Mais le mariage avec Buntokapi était le premier pas. Depuis qu'elle avait quitté les terres Anasati, elle avait découvert l'espoir et l'attrait puissant de nouveaux rêves.

Quand le palanquin arriva sur le sentier qui menait vers la grande résidence, les problèmes pratiques éclipsèrent sa rêverie. Des torches flambaient dans les ombres du crépuscule, en plus grand nombre qu'une situation ordinaire ne l'aurait justifié. À leur lumière, Mara vit environ quatre-vingts hommes assemblés devant les cuisines, dont la plupart mangeaient dans un bol. Lujan marchait parmi eux, parlant et faisant de grands gestes avec les mains. Comme son escorte approchait, quelques étrangers posèrent leur repas et se levèrent. Les autres continuèrent de manger, mais tous semblaient nerveux.

Mara lança un regard à Nacoya, mais la vieille femme était endormie, bercée par la chaleur et les oscillations du palanquin durant tout l'après-midi. Alors que la litière était posée sur le sol, Lujan se hâta de les rejoindre, s'inclinant poliment tandis que Keyoke aidait Mara à sortir. Avant qu'elle pût l'interroger, l'ancien chef des bandits déclara : « Maîtresse, ce sont tous des hommes de valeur, enfin… si je suis capable d'évaluer de telles choses. Ils seraient tous très heureux d'entrer à votre service.

— Des soldats ? » Immédiatement intéressé, Keyoke libéra la main de Mara.

Lujan ôta son casque et le reflet des lanternes alluma des étincelles dans ses yeux plissés. « Seulement quelques-uns, malheureusement, commandant. Mais il y a des armuriers, des chasseurs, des tresseurs de corde, des charrons et d'autres artisans compétents, et seulement deux fermiers.

— Bien, répondit Mara, je commençais à manquer de terres à attribuer à de nouveaux fermiers. Bon, combien y a-t-il de soldats ?

— Trente-trois. » Lujan fit un gracieux pas de côté, qui ressemblait plus à un entrechat de danseur qu'à un déplacement de guerrier. Il aida Nacoya qui venait juste de se réveiller à sortir du palanquin. Mais son attention restait concentrée sur sa maîtresse.

Mara fit un rapide calcul. « Cela fera monter le nombre de notre garnison principale à plus de trois cents hommes. Nous ne sommes plus désarmés, nous ne sommes que désespérés.

— Nous avons encore besoin de soldats », conclut Nacoya d'un ton acerbe. Elle rejoignit d'un pas traînant la grande demeure, le manque de sommeil la rendant d'encore plus mauvaise humeur que d'habitude.

Lujan lança légèrement son casque de sa main droite à sa main gauche. « Maîtresse, trouver d'autres hommes sera difficile. Nous avons fait venir tous les guerriers gris qui se trouvaient à une distance raisonnable de vos frontières. Pour en trouver plus, nous devrons quitter ces terres et voyager.

— Mais tu sais où aller pour les trouver, déclara Mara, les yeux rivés sur les mains qui continuaient à jouer avec le casque.

— Maîtresse, je souffre d'une déficience d'humilité, je le sais bien, répondit Lujan avec un sourire désinvolte. Mais j'ai vécu dans toutes les caches de bandits d'ici à Ambolina depuis la chute de la maison Kotaï. Je sais où chercher.

— Combien de temps te faut-il ?

— Combien d'hommes souhaitez-vous recruter, Dame ? rétorqua-t-il avec une lueur malicieuse dans l'œil.

— Un millier. Deux mille serait mieux.

— Aïe, maîtresse, un millier prendrait trois, quatre mois. » Le casque s'immobilisa tandis que Lujan réfléchissait. « Si je pouvais emmener quelques hommes de confiance, peut-être que je pourrais raccourcir ce délai à six semaines. Deux mille soldats... ? »

Mara eut un geste d'impatience et ses bracelets cliquetèrent à ses poignets. « Tu as trois semaines. Les recrues devront être rentrées, avoir prêté serment et être intégrées à notre armée avant la fin du mois. »

Le sourire de Lujan se transforma en grimace. « Ma Dame, pour vous, j'affronterais sans arme une horde de pillards thün, mais ce que vous me demandez est un miracle. »

Les ombres du soir dissimulèrent la rougeur soudaine de Mara. Elle fit preuve d'une animation inhabituelle alors qu'elle appelait Papéwaio d'un signe. Quand son chef de troupe eut terminé de la saluer, elle lui ordonna : « Trouve quelques hommes de valeur pour accompagner Lujan. » Puis elle regarda l'ancien hors-la-loi d'un œil critique. « Choisis aussi bien des anciens que des nouveaux. Peut-être que passer un peu de temps ensemble sur la route les convaincra qu'ils ont plus de choses en commun qu'ils ne le pensent. » Puis elle ajouta : « Prends tous ceux qui.selon toi pourraient devenir des fauteurs de trouble. »

Lujan ne fut pas troublé par cet ordre. « J'ai l'habitude des fauteurs de trouble, ma Dame, dit-il avec un large sourire. Avant de devenir officier, j'oserai dire que j'étais moi-même une sorte de fauteur de trouble.

— J'oserai dire que c'était sûrement le cas », commenta Keyoke. Immobile dans l'ombre, le commandant s'était fait oublier. L'ancien chef de bandits sursauta légèrement et ses manières s'assagirent immédiatement.

« Tu dois voyager aussi rapidement et aussi loin que possible pendant douze jours, Lujan, lui expliqua Mara. Rassemble autant d'hommes sérieux que tu le peux. Puis reviens ici. Si tu ne peux pas m'en trouver deux mille, trouve-m'en deux cents, et si tu ne peux pas en trouver deux cents, trouve-m'en vingt, mais qu'ils soient de bons soldats. » Lujan hocha la tête, puis s'inclina avec une correction impeccable qui lui valut un sourire de Mara. « Maintenant, montre-moi ceux que tu as trouvés cette nuit. »

Lujan escorta Mara et Keyoke à l'endroit où les hommes, pauvrement vêtus, étaient assis. Tous se levèrent dès que la Dame des Acoma approcha, et plusieurs s'agenouillèrent. Pour ceux qui avaient connu les épreuves du bannissement, elle ressemblait à une princesse impériale, avec ses bijoux et ses vêtements somptueux. Même les plus frustes d'entre eux l'écoutèrent respectueusement alors que Mara répétait l'offre qu'elle avait faite à Lujan et à ses fidèles dans les montagnes ; et comme pour trois autres bandes de hors-la-loi depuis cette époque, presque soixante ouvriers qualifiés se levèrent pour recevoir des quartiers et une affectation de Jican. Mara sourit en voyant la lueur dans les yeux du hadonra, pendant qu'il réfléchissait à la façon dont il pourrait transformer leur travail en un riche profit. Des armuriers seraient très utiles si Lujan réussissait à recruter, comme elle l'espérait, de nouveaux soldats. La foule s'amenuisa, et une partie de la confusion disparut tandis que les artisans suivaient Jican.

« Ma Dame, voici trente-trois guerriers expérimentés qui acceptent de prêter serment devant le natami des Acoma, dit Lujan en désignant ceux qui restaient.

— Tu leur as tout expliqué ?

— J'oserai dire aussi bien que n'importe qui, excepté vous, bien sûr. » Alors que Keyoke grognait pour exprimer sa désapprobation, Mara regarda l'ancien chef de hors-la-loi pour voir s'il se moquait d'elle. Ce n'était pas le cas, tout du moins pas ouvertement. Consciente, soudain, de l'étrange influence que cet homme semblait exercer sur elle, elle reconnut en lui la même intelligence espiègle qu'elle avait aimée chez son frère Lanokota. Ses taquineries la firent légèrement rougir. Elle s'essuya le front d'un geste rapide, comme si la chaleur la faisait transpirer. Cet homme ne faisait pas partie de sa famille, et il était loin d'être un seigneur d'un rang égal au sien. Ne sachant pas trop comment réagir après des mois d'isolement au temple, elle concentra son attention sur la tâche du moment. Tous les hommes semblaient en bonne forme, mal nourris bien sûr, et ils semblaient impatients d'accepter son offre, sauf deux individus assis légèrement à part. L'un d'eux échangea un regard avec Lujan.

« Tu connais cet homme ? demanda Mara.

— En effet, maîtresse, répondit Lujan en riant. Voici Saric, mon cousin, qui servait le seigneur des Tuscaï. Avant qu'il ne quitte le domaine des Kotaï, c'était mon compagnon le plus proche. »

Cherchant à irriter Lujan pour se venger de l'embarras qu'elle avait ressenti, Mara s'enquit : « Est-ce un bon soldat ?

Lujan sourit et son cousin lui rendit un large sourire pratiquement identique au sien. « Ma Dame, c'est un soldat aussi compétent que moi.

— Bien, alors cela résout un problème. » Mara donna une petite tape sur le casque qui se balançait toujours au poignet de Lujan, que l'on appelait la marmite du soldat à cause de son manque complet d'ornementation. « J'allais te demander de lui donner ce casque et d'en prendre un avec un plumet d'officier. Keyoke avait l'ordre de te promouvoir au rang de chef de troupe, mais comme tu vas partir pour trois semaines, il peut tout aussi bien nommer ton cousin à ta place.

— Il est *presque* aussi compétent que moi, Dame », répondit Lujan, toujours en souriant. Puis, un peu plus sérieusement, il ajouta : « Avec votre consentement, je l'emmènerai avec moi. Je ne veux pas manquer de respect envers les autres soldats qui sont ici, mais il n'y a personne d'autre que je préférerais avoir à mes côtés avec une épée. » Puis d'un ton à nouveau badin, il reprit : « En plus, autant garder notre groupe composé exclusivement de fauteurs de troubles. »

Mara ne put résister. Pour la première fois depuis la mort de Lano, son visage se détendit entièrement et les lanternes illuminèrent un sourire magnifique. « Alors il vaut mieux que Keyoke te remette ton plumet, chef de troupe. » Elle salua ensuite le nouveau venu : « Sois le bienvenu, Saric.

— Maîtresse, votre honneur est mon honneur, répondit l'homme en inclinant la tête. Avec la faveur des dieux, je mourrai comme un guerrier – le plus tard possible, j'espère – et au service d'une beauté comme la vôtre, ce sera une mort heureuse. »

Fronçant les sourcils, Mara regarda les deux hommes. « Je vois que la flatterie est un défaut de famille, ainsi qu'une certaine désinvolture envers la hiérarchie. » Puis elle désigna l'autre homme assis près de Saric. Il portait des vêtements très simples et des sandales de cuir. Ses cheveux étaient coupés d'une façon très banale. Mais ce n'était ni la coupe courte d'un soldat, ni les boucles à la mode d'un marchand ou la tignasse échevelée d'un ouvrier. « Qui est-ce ? »

L'homme se leva alors que Saric le présentait : « Voici Arakasi, Dame. Il était aussi au service de mon Seigneur, bien qu'il ne soit pas soldat. »

L'homme était d'une stature moyenne et avait des traits réguliers. Il n'affichait ni l'attitude fière d'un soldat, ni la déférence d'un ouvrier. Soudain hésitante, Mara demanda : « Alors pourquoi n'es-tu pas allé avec les artisans et les ouvriers ? »

Les yeux sombres d'Arakasi clignèrent légèrement, peut-être d'amusement, mais son visage resta impassible. Bien qu'il bougeât à peine, son attitude se modifia radicalement. Soudain, il ressembla à un érudit, distant et maître de lui. Mara remarqua en même temps ce qu'elle aurait dû voir immédiatement : sa peau n'était pas tannée par les intempéries, comme celle d'un ouvrier agricole. Ses mains étaient assez puissantes, mais elles n'avaient pas les cals épais provoqués par les outils ou les armes. « Dame, je ne suis pas fermier. »

Quelque chose dans sa voix ou son attitude mit Keyoke sur ses gardes, car le commandant s'interposa sans réfléchir entre sa maîtresse et l'étranger. « Si tu n'es pas un fermier ou un soldat, alors qu'es-tu ? Un marchand, un marin, un commerçant, un prêtre ?

— Dame, en mon temps, j'ai exercé toutes ces professions, répondit Arakasi sans prêter attention à l'intervention de Keyoke. Une fois, j'ai dîné avec votre père sous le déguisement d'un prêtre de Hantukama. J'ai pris l'identité d'un soldat, d'un marchand, d'un esclavagiste, d'un souteneur, d'un batelier, et même d'un marin ou d'un mendiant. »

Ce qui explique certaines choses, pensa Mara, mais pas tout. « À qui allait ta loyauté ? »

D'une façon saisissante, Arakasi s'inclina avec la grâce et l'aisance innées d'un noble. « J'étais un serviteur du seigneur des Tuscaï, avant que les chiens Minwanabi le tuent dans une bataille. J'étais son maître espion. »

Les yeux de Mara s'écarquillèrent sous l'effet de la surprise. « Son maître espion ?

— Oui, maîtresse, confessa l'homme en se redressant avec un sourire totalement dénué d'humour. La meilleure raison pour laquelle vous devriez vouloir que j'entre à votre service est que mon défunt seigneur des Tuscaï a dépensé la plus grande partie de sa fortune à construire un réseau d'informateurs. Un réseau que je dirigeais, qui comporte des agents dans toutes les villes de l'Empire et des espions dans un grand nombre de grandes maisons. » Il baissa la voix et ajouta avec un étrange mélange de regret et de fierté : « Ce réseau est toujours en place. »

Soudain, Keyoke se frotta le menton avec le pouce.

Mara s'éclaircit la gorge, en jetant un regard perçant vers Arakasi, dont l'aspect semblait changer de seconde en seconde. « Il vaut mieux ne pas discuter de telles choses en public, dit-elle en regardant autour d'elle. Je suis toujours couverte de la poussière du voyage et je n'ai pas eu le temps de me rafraîchir depuis midi. Rejoins-moi dans mes appartements dans une heure. En attendant, Papéwaio veillera à ce que tes besoins soient satisfaits. »

Arakasi s'inclina et rejoignit Papéwaio, qui fit signe au maître espion de le suivre dans la maison de bains, près des baraquements.

Malgré la présence de Keyoke et de trente-trois guerriers sans maître, Mara resta plongée dans ses pensées. Après un long silence, elle murmura d'un air songeur: « Le maître espion des Tuscaï. » Puis elle confia à Keyoke: « Père disait toujours que le seigneur des Tuscaï en savait beaucoup plus que les dieux n'auraient dû le permettre. Les gens plaisantaient en disant qu'il avait un magicien avec une boule de cristal enfermé dans un coffre-fort, dans son cabinet de travail. Tu supposes que cet Arakasi en serait la raison? »

Keyoke ne lui offrit pas de réponse directe. « Soyez prudente avec lui, maîtresse. Un espion n'utilise jamais l'honnêteté. Vous avez eu raison de l'envoyer avec Papé.

— Cher Keyoke, toujours aussi loyal », lui confia Mara avec de l'affection dans la voix. Elle inclina la tête, et à la lumière des torches désigna le groupe d'hommes dépenaillés qui attendaient ses ordres: « Je suppose que tu peux faire prêter serment au natami à ces hommes, et avoir encore du temps pour prendre un bain et dîner?

— C'est mon devoir, fit le commandant avec un haussement d'épaules et l'un de ses rares sourires. Mais les dieux seuls savent comment j'ai pu vivre jusqu'à cet âge avancé avec autant de travail. » Mais avant que Mara pût lui répondre, il cria un ordre et, comme les soldats entraînés qu'ils étaient réellement, les hommes en guenilles qui encombraient la cour se rassemblèrent en entendant sa voix pleine d'autorité.

Chapitre cinq

Négociations

Le crépuscule céda la place à la nuit.

Une douce lumière régnait dans la chambre de Mara. Les cloisons extérieures avaient été ouvertes pour laisser entrer la brise, et les flammes des lampes vacillaient et dansaient. La Dame des Acoma renvoya ses domestiques, ordonnant à l'un d'eux de lui rapporter du chocha. Seule un moment avec Nacoya avant que n'arrivent ses autres serviteurs, Mara ôta les bracelets ostentatoires que lui avait offerts le seigneur des Anasati. Puis elle enleva ses robes de voyage sales et se lava rapidement avec un linge humide ; un véritable bain devrait attendre sa rencontre avec Arakasi.

Nacoya restait silencieuse pendant que Mara se rafraîchissait, mais ses yeux ne quittaient pas sa jeune maîtresse. Aucune d'elles ne parla. Le reproche que Mara lisait dans les yeux ridés lui disait tout : la jeune fille s'était montrée inexpérimentée et folle, peut-être même dangereusement folle, en épousant Buntokapi. Il avait peut-être l'air stupide, mais c'était un puissant guerrier, et bien qu'il eût à peine deux ans de plus qu'elle, il avait été élevé dans l'atmosphère du Jeu du Conseil alors que Mara était restée isolée au temple de Lashima.

Mara s'enveloppait dans une délicate robe safran quand le domestique revint avec le pot de chocha. D'un geste, elle lui donna la permission d'entrer. L'esclave plaça son grand plateau au centre d'une table basse puis repartit. Mara inclina la tête vers Nacoya, indiquant à la vieille femme qu'elle devait préparer les tasses et disposer les serviettes.

Ses deux officiers et l'étranger arrivèrent à l'heure dite. Mara étudia intensément le nouveau venu alors qu'il s'inclinait et s'asseyait entre Keyoke et Papéwaio. Les manières d'Arakasi étaient impeccablement correctes, et complètement adaptées aux vêtements qu'il portait à la place de ses guenilles de mendiant. Mara se rendit soudainement compte qu'elle avait déjà vu cette chemise écarlate ornée de glands ; elle appartenait à Papéwaio, c'était celle qu'il préférait et qu'il ne portait que les jours de fête. Mara s'interrogea sur la raison de ce prêt à Arakasi. Durant l'heure qui s'était écoulée depuis leur rencontre dans la cour, l'ancien maître espion des Tuscaï devait avoir impressionné très favorablement le premier chef de troupe des Acoma. C'était une excellente recommandation car, comme son père avant elle, Mara avait une grande confiance en l'instinct de Papéwaio sur les gens.

Rassurée par cette démonstration de confiance, elle demanda : « Est-ce que Lujan t'a parlé de ce que nous faisons ici ?

— Il est parti trouver d'autres guerriers gris pour leur proposer d'entrer à votre service, répondit Arakasi en hochant la tête. Mais chaque fois que vous recrutez, vous augmentez considérablement le risque d'infiltration par un espion. Bientôt, vous ne pourrez plus faire confiance à ceux qui viendront ici.

— Tu pourrais être un tel espion, l'interrompit Nacoya.

— Petite mère, je n'ai rien à gagner en mentant. » Usurpant le rôle de Nacoya, Arakasi se saisit du pot de chocha et fit le service avec une facilité déconcertante. Avec déférence, il emplit la tasse de Mara, puis celles de Nacoya, de Keyoke et de Papéwaio, avant de s'occuper de la sienne. « Si j'avais été l'espion d'une autre maison, je me serais contenté de m'enrôler. J'aurais alors envoyé un message expliquant votre situation désespérée à mon maître. Puis les assassins seraient venus, probablement avec le prochain groupe de recrues. Vos soupçons seraient alors purement académiques, car vous seriez assassinée en même temps que votre maîtresse. » Il reposa le pot de chocha. « Et si je n'avais vu aucune ouverture pour moi ou mes agents, j'aurais joué le rôle d'un fermier, me serais glissé dehors à la faveur de l'obscurité, et vous n'auriez plus jamais entendu parler de moi.

— Ta logique est difficile à mettre en défaut, approuva Mara. Dis-moi maintenant ce que nous avons besoin de savoir à ton propos.

— J'ai occupé ce poste pendant plus de vingt ans, pour mettre en place et diriger un réseau d'espions dans tout l'Empire, répondit l'étranger avec franchise. Il rivalise maintenant avec les meilleurs réseaux du pays, y compris celui du Seigneur de Guerre. J'ai même des agents qui travaillent pour d'autres maîtres espions, un agent dormant et un autre qui n'a jamais encore été employé. Je le garde en réserve pour un jour de grand besoin…

— L'anéantissement de ta maison n'a pas été un besoin assez important ? intervint Keyoke, en se penchant vers lui.

— Aucun de mes agents n'aurait pu aider mon maître ni empêcher sa mort, répondit Arakasi sans se laisser troubler par le manque de tact de Keyoke. Et surtout pas celui que je viens de mentionner. Il travaille à la chancellerie impériale, dans le personnel du Seigneur de Guerre. »

Même Keyoke ne put dissimuler son étonnement. Le maître espion continua : « Mon maître était un homme qui avait de grands projets, mais dont la richesse était limitée. Il s'absorbait tellement dans le rassemblement de renseignements qu'il oubliait de les utiliser à bon escient. Peut-être que si je n'avais pas été aussi ambitieux… » Arakasi reposa sa tasse de chocha avec un cliquetis à peine perceptible. « Si le Minwanabi n'avait pas commencé à craindre la capacité de mon Seigneur à anticiper toutes ses manœuvres, aujourd'hui les Tuscaï seraient peut-être parmi les familles les plus puissantes de l'Empire, soupira-t-il avec regret. Mais, "les si ne sont que des cendres dans le vent" comme dit le proverbe. L'attaque fut simple et directe. Les guerriers de mon Seigneur furent vaincus par la force brute. J'ai depuis appris que mes agents n'apportent rien de bon si leurs informations ne sont pas mises à profit. »

Keyoke avait à peine touché à sa tasse de chocha, mais ses yeux brillaient derrière la vapeur qui s'en élevait. « Alors où sont vos agents maintenant ? »

Sans hésitation, Arakasi se tourna vers Mara. « Dame, je ne révélerai pas leur identité. Si je vous offense, je vous en demande pardon. J'ai toujours une immense dette envers ceux qui servaient autrefois mon maître et je ne les exposerai pas à un danger supplémentaire. Si vous nous prenez à votre service, je vous demanderai les mêmes concessions qu'avait acceptées mon seigneur des Tuscaï. »

Par une légère inclinaison de tête Mara fit signe à Keyoke qu'elle avait vu son regard d'avertissement. « Quelles sont-elles ? » demanda-t-elle, attendant avec intérêt la réponse d'Arakasi.

« Je dirigerai mes courriers et mes contacts, et moi seul connaîtrai le nom des agents et la manière de les joindre. Vous ne connaîtrez que l'endroit où ils servent. »

Keyoke reposa avec violence sa tasse de chocha, le geste le plus proche de la colère qu'il eût jamais fait. « Ce sont des exigences déraisonnables !

— Commandant, répondit Arakasi, je ne souhaite pas me montrer difficile. Je n'ai peut-être pas servi mon maître aussi bien que je l'aurais désiré, mais je tiens à protéger ceux qui ont travaillé pour lui avec tant de diligence. Ils étaient autant en péril qu'un soldat sur un champ de bataille. Un espion meurt dans la honte, par la corde. Mes gens risquent à la fois leur vie et leur honneur pour un maître qu'ils ne trahiront pas. Je m'assure simplement que, quelle que soit l'issue des événements, leur maître ne pourra pas les trahir. »

Devant leurs visages hésitants, Arakasi continua à s'expliquer. « Quand les Minwanabi ont écrasé les Tuscaï, ils ont interrogé mon maître… » Fixant Mara de ses yeux noirs, il adoucit sa voix. « Il n'est pas nécessaire que je vous relate tout cela en détail. J'ai pu apprendre ce qui s'était passé grâce à l'un de mes gens qui avait été laissé pour mort. Il a réussi à observer pendant un certain temps les événements avant de pouvoir s'échapper. Le bourreau de Jingu fut efficace. Mon maître n'aurait pas pu lui cacher la moindre information, en dépit de son courage. Dame, jugez-en en toute équité. Mais si vous souhaitez utiliser mes services, et les services de ceux qui travaillent pour moi, alors vous devrez nous faire confiance.

— Et si je ne le faisais pas ? »

Arakasi s'immobilisa. Il plaça devant lui ses mains ouvertes pour chasser toute impression de menace. Lentement, il tourna les paumes vers le ciel, un geste de résignation. « Alors je retournerais dans les collines. »

Mara pencha légèrement la tête. L'homme faisait enfin preuve de sincérité. Porter à nouveau les couleurs d'une maison était plus important pour lui qu'il n'était disposé à l'admettre. Soucieuse de ne pas l'embarrasser, Mara lui demanda simplement : « Et ensuite ?

— Ma Dame, j'ai travaillé sous de nombreux déguisements pour protéger mon identité, soupira Arakasi en haussant les épaules. Je peux réparer un chariot, jouer de la flûte, écrire et compter. Et je dois avouer que je suis aussi un mendiant assez talentueux. Je saurais me débrouiller, n'en ayez pas le moindre doute. »

Keyoke le fixa d'un regard pénétrant. « Je pense que vous pouvez obtenir un emploi important et vivre confortablement si vous le désirez. Alors que faisiez-vous dans les bois avec des hors-la-loi ? »

Arakasi haussa les épaules, comme si le manque de confiance dans ses motivations n'avait que peu d'importance. « Je reste en contact avec Saric et les autres hommes qui étaient au service des Tuscaï. J'ai souvent fait du commerce en ville pour eux, en utilisant mon intelligence et mes talents. C'est grâce à eux que j'ai rencontré Lujan et sa bande. Je venais juste de rejoindre le camp de Saric quand l'appel de Lujan est arrivé. J'ai voulu me joindre aux autres pour voir quelle était cette étrange histoire. » Inclinant la tête vers Mara, il ajouta : « Je dois dire que j'admire la façon dont vous pliez les traditions pour qu'elles s'adaptent à vos besoins, Dame.

— Seulement si cela est nécessaire, Arakasi, et je ne les brise jamais », répondit Mara. Elle observa l'homme pendant un moment. « Cependant, tu ne m'as toujours pas expliqué pourquoi tu n'as pas abandonné ton réseau. Je pense que cela aurait été beaucoup moins dangereux pour vous tous de vous fondre dans les rôles que vous incarniez à la mort de votre maître.

— Moins dangereux, sans le moindre doute, sourit Arakasi. Même les rares contacts que j'ai maintenus au cours des quatre dernières années ont mis en péril certains de mes agents. Mais, pour notre honneur, nous avons maintenu notre réseau actif. » Il marqua une pause et reprit : « Nos raisons sont une partie de mes exigences pour entrer à votre service. Et vous ne les entendrez que si vous acceptez de parvenir à un accord. »

Keyoke faillit prendre la parole, se ravisa et se contenta de secouer une fois la tête. Nul ne devait être assez présomptueux pour marchander de cette façon avec le souverain des Acoma. Mara lança un regard à Nacoya qui suivait pensivement la conversation, puis à Papéwaio, qui hocha une fois la tête, donnant à Arakasi son approbation silencieuse.

Mara prit une profonde inspiration. « Je pense que je comprends la sagesse de tes exigences, maître espion. Mais qu'adviendrait-il de ton réseau s'il devait t'arriver malheur ?

— Mes agents connaissent le moyen de se contacter directement les uns les autres. Si un needra décidait de s'asseoir à l'endroit où je fais une sieste, mettant ainsi un terme à ma carrière, un autre agent se ferait connaître à vous moins d'un mois plus tard. » Arakasi redevint plus sérieux. « Il vous donnera une preuve qui ne peut être contrefaite, et vous pourrez placer votre confiance en lui comme vous l'auriez fait pour moi.

— La confiance, voilà toute la difficulté, acquiesça Mara. Nous serions tous deux des idiots si nous renoncions trop rapidement à la prudence.

— Bien sûr. »

Une légère brise fit vaciller les flammes des lampes et, pendant un instant, les ombres envahirent la pièce. Nacoya fit un geste inconscient pour écarter le malheur et le mécontentement des dieux. Mais Mara était trop absorbée par ses pensées pour se soucier de superstition. « Si j'accepte tes termes, entreras-tu à mon service ? »

Arakasi s'inclina légèrement de la taille, un geste qu'il accomplit avec grâce. « Je souhaite servir une maison autant qu'un soldat, maîtresse, mais il y a encore une chose. Nous avons gardé le réseau intact pour une raison d'honneur. Après la chute de la maison Tuscaï, moi et ceux qui travaillaient avec moi avons fait un vœu. Nous n'entrerons pas à votre service si nous devions rompre ce vœu.

— Quel est-il ? »

Arakasi regarda directement Mara et ses yeux reflétèrent une passion fanatique, qu'il ne cherchait même pas à dissimuler. D'une voix égale, il déclara : « La vengeance contre le seigneur des Minwanabi.

— Je vois. » Mara se cala dans ses coussins, espérant que la passion de son propre cœur ne se lisait pas aussi facilement. « Il semble que nous partagions un ennemi.

— Pour l'instant, acquiesça Arakasi. Je sais que les Acoma et les Minwanabi sont actuellement en lutte, mais les courants de la politique sont si fluctuants… »

Mara leva la main, lui imposant le silence. « Les Acoma ont une guerre de sang contre les Minwanabi. »

Arakasi s'immobilisa et contempla le talon usé de sa sandale. Son silence était si profond que toutes les personnes présentes dans la pièce eurent froid. Ils avaient devant eux un homme d'une patience apparemment infinie, comme le serpent de l'arbre-seigneur qui se confond avec une branche, invisible, attendant inlassablement que passe une proie, puis attaquant avec une fureur inattendue. Quand enfin Arakasi bougea, Mara remarqua que la tension de cette entrevue commençait à user la maîtrise qu'il avait de lui-même. En dépit de ses talents et de son entraînement, le maître espion éprouvait les mêmes sentiments contradictoires que ces soldats et ces artisans dépenaillés qui étaient venus à elle : il pouvait gagner une seconde chance, mais il risquait de perdre une nouvelle fois son maître. « Si vous voulez bien de nous, moi et mes gens prêterons serment de loyauté aux Acoma. »

Mara hocha la tête.

Le visage d'Arakasi s'anima soudain. « Alors, maîtresse, commençons dès maintenant, car vous pouvez gagner un immense avantage si vous agissez rapidement. Avant de me rendre dans les collines, j'ai passé un peu de temps dans le Nord, en compagnie d'un ami de la maison d'Inrodaka. Une rumeur court chez les ouvriers : à l'ouest, près des frontières forestières du domaine de leur seigneur, une fourmilière cho-ja a engendré une nouvelle reine.

— La nouvelle n'est pas encore connue ? demanda Mara, immédiatement intéressée.

— Le seigneur des Inrodaka est un homme tranquille, répondit Arakasi avec un geste de dénégation. Il reçoit peu d'invités et il sort encore plus rarement de chez lui. Mais le temps nous est compté. Les cueilleurs de fruits porteront bientôt la nouvelle vers le fleuve. La nouvelle se répandra alors dans tout l'Empire, mais pour le moment, vous êtes la seule souveraine à savoir qu'une nouvelle reine cho-ja cherchera bientôt un foyer. Elle aura au moins trois cents guerriers pour la servir. » Avec une pointe d'humour, il ajouta : « Et si vous gagnez sa loyauté, vous pourrez être certaine qu'aucun d'eux ne sera un espion.

— Si cela est vrai, nous devons partir avant le matin. » Mara se leva. L'installation d'une fourmilière cho-ja sur son domaine serait un cadeau des dieux. Les Cho-ja étaient un peuple peut-être très étrange, mais c'étaient des alliés féroces et loyaux. La nouvelle reine commencerait son nid avec trois cents soldats, qui valaient bien chacun deux Tsurani. Mais, les années passant, ce nombre pourrait atteindre plusieurs milliers de guerriers. Et comme Arakasi le soulignait, aucun d'eux ne risquait d'être l'agent d'une maison ennemie. « Que nos éclaireurs soient prêts dans une heure, ordonna Mara à Keyoke. Nous partirons à l'aube rejoindre cette fourmilière. » Alors que le commandant sortait, elle se tourna vers Arakasi. « Tu nous accompagneras. Papéwaio s'arrangera pour trouver des domestiques et veillera à ce que tes besoins soient satisfaits. »

Mara signala que l'entrevue était terminée. Tandis que ses conseillers se levaient pour partir, Nacoya toucha la manche d'Arakasi. « La jeune fille ne sait rien des Cho-ja. Comment mènera-t-elle les négociations ? »

Avec un geste de courtoisie innée, Arakasi prit la main de la vieille femme et la reconduisit vers la porte comme si elle était sa grand-tante préférée. « La naissance d'une nouvelle reine survient si rarement que personne ne peut se préparer aux négociations. La Dame des Acoma devra simplement s'accommoder de tout ce que la jeune reine lui demandera. »

Alors que le couple disparaissait dans le couloir, Mara put à peine contenir sa surexcitation. Cette nouvelle arrachait son esprit à la pensée de son mariage proche ; avoir une fourmilière sur son domaine était mieux qu'un honneur ou une source de puissance militaire. Car en plus d'être d'excellents guerriers, les Cho-ja étaient d'extraordinaires mineurs, capables de trouver des minerais et des pierres précieuses profondément enfouis sous terre, que leurs artisans transformaient en bijoux d'une délicatesse inouïe. Ces êtres insectoïdes détenaient aussi le secret de la fabrication de la soie, ce tissu doux et froid tellement apprécié dans la chaleur constante de l'Empire. Des guerres avaient été déclenchées pour le contrôle du commerce de la soie, jusqu'à ce qu'une loi impériale interdît à une seule guilde ou un seul noble d'en garder le monopole. Maintenant, tous les seigneurs qui pouvaient se procurer de la soie avaient le droit d'en faire commerce.

Les productions des Cho-ja avaient une grande valeur, et leurs exigences étaient simples : ils voulaient des céréales et des objets de cuir. Pour cette raison, les familles étaient prêtes à tuer pour acquérir une fourmilière sur leur domaine. Et dans toutes les fourmilières connues dans l'Empire, les Cho-ja donnaient naissance à une nouvelle reine moins d'une fois par génération humaine.

Mais Mara devait d'abord convaincre la nouvelle reine de s'installer sur les terres Acoma. Si elle échouait, les représentants d'autres maisons suivraient, jusqu'à ce que la reine reçût une offre qui la satisfît. Et comme Arakasi l'avait observé, ce qui plaisait à une créature aussi bizarre qu'un Cho-ja restait un mystère.

Lujan et sa petite troupe partirent dans les collines à la recherche de nouvelles recrues, parfaitement dissimulés dans la foule de serviteurs qui rassemblaient des provisions pour l'escorte qui partirait marchander avec la nouvelle reine cho-ja.

Mara quitta ses appartements avant l'aube. Les bouviers n'étaient pas encore levés pour conduire les needra dans les pâturages, et la brume couvrait l'herbe d'une rosée brillante. Vêtue d'une lourde étoffe sombre pour se protéger de l'humidité, elle attendait devant un palanquin sans ornementation, Jican à ses côtés. L'ardoise du hadonra était recouverte de notes, et il écrivait sans cesse avec son stylet pendant que Mara lui dictait des instructions de dernière minute.

Soudain agitée, la jeune fille se mordit les lèvres. « Dieux, dans toute cette excitation, j'avais presque oublié !

— Maîtresse ? l'interrogea Jican en levant les sourcils.

— Les invitations pour le mariage, fit Mara en secouant la tête de frustration. Nacoya t'indiquera les phrases rituelles qu'il faut employer. Elle saura bien mieux que moi qui il faut inviter et qui nous pouvons ignorer. N'oublie pas de lui demander de ma part de veiller à tous les préparatifs que j'ai pu oublier.

— Et pour les ventes d'été du bétail, maîtresse ? demanda Jican en prenant rapidement des notes. Les animaux qui seront vendus aux enchères doivent être enregistrés à l'avance auprès de la guilde des éleveurs.

— Tu t'es très bien débrouillé seul jusqu'à maintenant, répondit Mara, consciente qu'elle n'avait plus le temps de discuter. Je te fais confiance. » Keyoke arriva avec une troupe de guerriers triés sur le volet. Papéwaio et Arakasi attendaient déjà, en train de bavarder non loin de là.

Les hommes se mirent en formation avec l'efficacité silencieuse des vétérans, et bientôt le dernier d'entre eux prit sa place. Keyoke approcha, vêtu d'une armure sombre et pratique qui permettait de voyager sans gêne en pleine nature. Son casque d'officier ne portait qu'une seule plume courte et il avait remplacé son épée de cérémonie ouvragée par celle qu'il préférait utiliser dans les batailles.

Keyoke s'inclina devant Mara. « Maîtresse, les hommes sont prêts. Vos porteurs se trouvent avec l'équipement et les éclaireurs sont déjà en chemin. Nous pouvons partir dès que vous le désirerez. »

Mara renvoya Jican en lui souhaitant la prospérité et un commerce fructueux. Puis elle monta dans le palanquin et s'allongea dans les coussins. « Dis aux hommes d'avancer », ordonna-t-elle.

Alors que les porteurs à demi nus se penchaient pour épauler leur charge, elle ressentit un rapide frisson de peur. Elle ne partait pas pour rendre une visite officielle à un autre seigneur, mais elle s'engageait dans une manœuvre audacieuse pour voler un avantage aux autres participants au Jeu du Conseil ; cette audace comportait des risques. Tandis que l'escorte contournait une petite colline, Mara regarda la grande résidence s'évanouir dans le lointain. Elle se demandait si elle la reverrait un jour.

Guidée par Arakasi, la suite Acoma se hâtait en secret sur des routes de campagne peu fréquentées. Chaque jour, Mara observait des signes de tension croissante dans le comportement des soldats. Des guerriers tsurani ne feraient jamais preuve d'un manquement à la discipline en présence de leur souveraine, mais lors des précédentes marches, elle avait entendu leurs conversations tranquilles, leurs railleries et leurs plaisanteries autour des feux de camp. Cette fois, les hommes observaient un strict silence, qui n'était rompu qu'en cas de besoin et uniquement par des murmures. Leurs visages généralement animés avaient revêtu le masque impassible des guerriers tsurani.

Le troisième jour, ils restèrent cachés jusqu'au crépuscule, puis se déplacèrent dans l'obscurité pour éviter d'être découverts, en mâchonnant du pain de thyza et de la viande de needra séchée. L'aube suivante, ils s'enfoncèrent profondément dans le territoire d'un seigneur voisin. En plusieurs occasions, ils approchèrent d'assez près de patrouilles de soldats du domaine. Keyoke gardait ses hommes en formation serrée et évitait tout contact. Même un seigneur mineur pouvait saisir la chance de frapper des intrus s'il pensait que ses hommes pouvaient anéantir Mara et ses cinquante gardes. Si un autre seigneur avait appris la naissance de la reine, ce n'était pas un risque d'attaque en chemin qu'ils rencontreraient, mais une certitude.

Mara voyageait dans un état de fatigue permanent. Elle était incapable de se reposer, non seulement à cause du déplacement constant et de la peur d'être repérés, mais aussi parce qu'elle était gagnée par un vif sentiment d'impatience. Obtenir cette nouvelle fourmilière ferait plus pour la survie des Acoma qu'une douzaine de stratagèmes réussis au Haut Conseil.

Quatre jours passèrent, épuisants. L'escorte volait des heures de sommeil à des moments insolites. Durant les nuits, elle évitait les patrouilles, se glissait dans les grands pâturages ouverts et les rizières de thyza, le long des rives des nombreux affluents du fleuve Gagajin. Dans ces moments-là, des esclaves fermaient la marche et redressaient les pousses de thyza dérangées pour dissimuler toute trace de leur passage. À l'aube du neuvième jour, alors que Mara était assise sur la terre nue, comme un soldat, et mangeait du fromage et des biscuits de voyage, elle appela Keyoke et Arakasi pour qu'ils viennent la rejoindre.

Ils déclinèrent l'offre de partager son repas, car ils avaient déjà mangé les mêmes rations froides un peu plus tôt. Elle étudia leurs visages ; l'un était tanné, ridé, familier et aussi constant que le lever du soleil ; l'autre ne semblait être qu'une illusion, un masque adapté à la personnalité qu'Arakasi incarnait sur le moment. « Nous avons traversé trois domaines, tous bien gardés. Mais aucune patrouille n'a encore déclenché l'alarme. Dois-je croire dans l'extraordinaire compétence de mon guide, ou est-ce si facile pour une bande de soldats armés d'envahir les domaines de l'Empire ?

— Une question pertinente, maîtresse. » Arakasi la regardait avec un nouveau sentiment de respect. « Nul n'a besoin d'un réseau d'espions pour savoir que Keyoke est un officier de très grande qualité. Son expérience est honorée dans tout l'Empire. »

Keyoke inclina la tête vers le maître espion, appréciant le compliment. « Nous ne nous serions pas débrouillés aussi bien sans les renseignements qu'Arakasi nous a fournis. Sa connaissance du pays est impressionnante, c'est une chose que les Acoma estimeront à sa juste valeur dans les temps à venir. »

Mara reconnut dans la remarque du commandant l'acceptation tacite d'Arakasi. Le maître espion était assis avec l'expression attentive d'un soldat, une attitude qui semblait en ce moment être son comportement naturel. La capacité de l'homme à ressembler à tout ce qu'il désirait déconcertait légèrement Mara. « Réponds-moi honnêtement, reprit-elle, serait-ce aussi facile de conduire un groupe armé sur les terres des Acoma ? »

Arakasi rit de bon cœur, un son inattendu dans ce camp sans humour. « Maîtresse, assurément non. Keyoke est universellement admiré pour sa connaissance des sciences de la guerre. Il connaît les dangers de patrouilles régulières et immuables. Il est prudent et rusé, même quand son armée est petite. » Avec un regard de respect vers le commandant, il ajouta : « *Surtout* quand son armée est petite. Il est difficile pour un homme d'entrer en fraude sur les terres Acoma, ne parlons même pas d'une troupe nombreuse.

— Vous avez dit difficile, pas impossible, intervint Keyoke qui avait relevé immédiatement la nuance.

— C'est vrai, acquiesça Arakasi en inclinant la tête.

— Les guerriers gris de Lujan semblaient s'emparer de nos needra sans trop de difficulté, intervint Mara.

— C'est vrai aussi, mais il avait un avantage… Je lui avais dit quand et où frapper », fit Arakasi sans pouvoir s'empêcher de sourire.

Keyoke devint dangereusement calme. « Il semble que nous devrions avoir une petite conversation. » Il fit un geste, indiquant son désir de se retirer. « Ma Dame ? »

Mara refusa son consentement pour le moment. « Existe-t-il dans l'Empire un domaine si bien gardé qu'aucun étranger ou hors-la-loi ne puisse s'y glisser ?

— Un seul uniquement, répondit Arakasi, sans se soucier de la colère de Keyoke. Le domaine du seigneur des Dachindo, loin à l'est. »

Mara sourit, comme si elle avait remporté une petite victoire. « Bien. Maintenant, Keyoke, Arakasi, vous pouvez avoir votre petite conversation. » Elle regarda les deux hommes se lever et s'éloigner, discutant tranquillement dans l'aube grise et brumeuse. Même si Keyoke pouvait prendre ombrage de la suggestion de négligence dans sa défense du domaine, Mara savait que la sagesse prévaudrait. Il se délecterait de toutes les informations que le maître espion pourrait lui offrir pour améliorer la protection de sa maîtresse. Confiante dans le fait qu'au moment du mariage le domaine Dachindo ne serait plus le seul à être impénétrable aux étrangers, Mara envoya un esclave chercher son peigne. Profitant des dernières minutes avant que la compagnie ne reprît la route, elle s'appliqua à la tâche frustrante de tenter de démêler les nœuds de sa longue chevelure sans l'aide d'une servante.

La journée devint de plus en plus chaude. Les soldats marchaient sans se plaindre, dans un paysage qui changeait peu à peu. Les plaines des basses terres avec leurs rizières et leurs pâturages bigarrés cédèrent la place à des collines couvertes de forêts et couronnées de rochers. Les arbres devinrent plus vieux et noueux, et leurs formes fantasques étaient couvertes de plantes grimpantes en pleine floraison, et d'épineux. Mais plus le terrain devenait difficile, plus le moral des hommes s'améliorait. Ils avaient bien avancé, et lorsque la lumière du soleil commença à obliquer sur la piste, les voyageurs atteignirent enfin les frontières du domaine Inrodaka. Arakasi demanda une halte. Alors que les soldats changeaient de tenue et abandonnaient leur armure de campagne contre une armure de parade laquée et polie, il annonça : « Nous devons maintenant quitter la piste et franchir cette crête pour gagner la prochaine colline. » Il indiqua un défilé dans la forêt, à peine plus grand qu'un sentier, qui montait vers une forêt encore plus dense.

Keyoke s'arrêta dans son changement d'armure, son casque à plumet à moitié déballé. « Je croyais que les Cho-ja construisaient leurs fourmilières dans les prairies ou les vallées. »

Arakasi épongea la sueur qui coulait sur son front. La lumière disparaissait rapidement et il semblait anxieux à l'idée qu'ils n'atteindraient pas leur destination avant la tombée de la nuit. « C'est vrai dans la plupart des cas ; tout du moins, je n'ai jamais entendu parler d'une fourmilière qui n'était pas située sur un terrain découvert. » Il désigna la piste du doigt. « En montant, les bois s'éclaircissent. Il y a une vallée avec des prairies environ trois cents mètres plus haut. C'est l'endroit que nous cherchons. »

Mara entendit sa remarque. « Alors la vieille fourmilière ne se trouve pas sur les terres des Inrodaka ?

— Non, mais il existe tout de même une sorte de traité. » Arakasi fit un geste vers le nord, là où la forêt était sauvage et épaisse. « Cette terre appartenait autrefois à un domaine plus grand, datant d'une époque oubliée. Quand son dernier seigneur, quel qu'il fût, disparut, ses terres furent divisées entre ses vainqueurs, dont les Inrodaka. Personne ne réclama cette zone. Ce ne sont pas de très bonnes terres. Les forêts sont riches, mais l'exploitation du bois est trop difficile, et il n'y a que deux ou trois pâturages pour les troupeaux, sans aucune piste conduisant aux prés des basses terres. Mais les Cho-ja considèrent les Inrodaka comme propriétaires des terres et ne créent aucun problème. Qui peut connaître leur façon de penser ?… » Dirigeant les soldats de l'avant-garde vers la piste, il continua : « À partir de maintenant, nous devons nous montrer prudents et mesurés dans nos gestes. Nous risquons d'être arrêtés par des soldats cho-ja. Nous ne devons absolument pas combattre. Avec une nouvelle reine dans la fourmilière, même les soldats vétérans seront très nerveux et agressifs. Ils risquent de feindre une attaque. Personne ne doit tirer l'épée, sinon nous serons tous massacrés. »

Mara consulta Keyoke, puis approuva les ordres du maître espion. Revêtue du superbe vert Acoma, la petite troupe commença son escalade. La piste montait de façon abrupte, se frayant un chemin entre des affleurements rocheux escarpés. Le déplacement en palanquin devint impossible, et même à pied Keyoke dut aider Mara dans les passages les plus difficiles. Ce n'était pas une route en lacets taillée pour des hommes, mais de véritables sentiers faits pour les kumi, ces chèvres des montagnes à six pattes de Kelewan, et pour les agiles Cho-ja. Les porteurs éprouvaient beaucoup de difficultés, transpirant et grognant sous leur charge, pendant que d'autres s'efforçaient de traîner le palanquin vide.

Le soleil cuisait le dos des soldats. À leur approche, d'étranges oiseaux des montagnes prenaient leur essor des arbres. Les broussailles regorgeaient de gibier. Fascinée par ce spectacle complètement nouveau et étrange pour elle, Mara ne pensa jamais à se plaindre de ses pieds endoloris.

Juste après midi, un cri s'éleva en direction de l'avant-garde. Keyoke prit le bras de Mara et l'escorta rapidement en tête de la colonne. Une douzaine de soldats cho-ja les attendaient, la lance croisée devant leur torse, prêts à agir mais sans être menaçants. Leur corps semblable à celui d'un insecte était d'un noir luisant, et pourvu de six membres articulés. Ils se ressemblaient tous aux yeux de Mara, comme s'ils étaient sortis du même moule d'un artisan. Elle regarda ces êtres étranges et se sentit complètement désorientée.

« Ce sont de vieux guerriers de la fourmilière, remarqua Keyoke. Ils n'attaqueront pas à moins que nous ne les provoquions. »

Les paroles de Keyoke l'aidèrent à reprendre son aplomb. Elle attendit, aussi nerveuse que son escorte, tandis que son commandant avançait et saluait, le bras tendu et replié au niveau du coude, la paume en avant. « Honneur sur votre fourmilière.

— Honneur à votre maison, hommes des Acoma, répondit le Cho-ja le plus proche d'une voix étonnamment intelligible. Qui parle ? La fourmilière doit être informée de votre présence.

— Je suis Keyoke, le commandant de l'armée des Acoma. »

Le Cho-ja de tête lui rendit son salut. Alors qu'il se déplaçait, Mara vit que son corps était segmenté. Quatre pattes à triple articulation s'attachaient à un grand abdomen, tandis que deux bras presque humains prenaient naissance sur un thorax plus petit, d'une taille comparable au torse d'un homme. Une carapace chitineuse protégeait les muscles et chaque avant-bras possédait une arête saillante qui semblait aussi tranchante qu'une épée. Le soldat portait sur la tête un casque de fabrication tsurani. Son visage était ovale, avec deux grands yeux à facettes surmontant deux fentes qui se trouvaient à l'emplacement d'un nez humain. Étonnamment, sa mâchoire et sa bouche avaient une apparence très humaine, bien que sa voix fût chantante et aiguë. « Je suis Ixal't, chef de bataillon de la Seconde Armée de la fourmilière Kait'lk.

— Maintenant je me souviens. » Keyoke se détendit un peu, comme s'il se trouvait en présence d'une vieille connaissance. « Vous avez servi durant l'invasion des Hautes Terres de Thuril. » Cela expliquait pourquoi ce Cho-ja avait reconnu les couleurs Acoma. Keyoke fit signe à Mara de le rejoindre. « Voici notre Dame des Acoma. Elle est venue pour négocier avec votre nouvelle reine. »

Les yeux à facettes ressemblant à du métal clignèrent brièvement tandis que la créature observait la jeune fille. Puis le Cho-ja exécuta une imitation convenable d'une révérence humaine. « Soyez la bienvenue, Dame. Votre arrivée est opportune. Les nouveaux guerriers sont nerveux. Cette éclosion est abondante et nous sommes surpeuplés. Vous pouvez passer, et puissent les dieux bénir cette négociation. »

Les Cho-ja s'écartèrent avec agilité et permirent aux Tsurani de continuer à emprunter la piste. Mara s'étonna de l'expertise inattendue de son commandant. « Keyoke, je ne savais pas que tu comprenais les Cho-ja.

— Je connais leurs soldats, comme n'importe qui. J'avais servi avec eux, il y a de nombreuses années – quand votre grand-père a conduit de nombreuses maisons au combat contre la Confédération de l'Est. » Le vieux soldat n'accusait pas son âge : il escaladait la piste difficile sans le moindre signe de fatigue.

« Les Cho-ja semblent nous avoir accueillis de bonne grâce.

— Maîtresse, vous avez vu sur la crête de vieux soldats disciplinés, l'avertit Arakasi. Keyoke a eu raison de s'adresser à leur officier. À partir de maintenant, et jusqu'à ce que nous atteignions la fourmilière, nous devons être prudents. De nombreux jeunes guerriers ont éclos pour protéger la nouvelle reine quand elle voyagera. Ils seront indisciplinés et agressifs – prompts à répondre par la violence tant que la jeune reine ne sera pas en sécurité dans la terre de sa nouvelle fourmilière. »

Keyoke écarta une branche de ronces du chemin. « Vous parlez comme quelqu'un qui connaît les Cho-ja, Arakasi. »

Le maître espion évita la branche qui revenait vers lui. « Aucun homme ne connaît les Cho-ja. Mais une fois, j'ai échappé aux assassins Minwanabi en me cachant pendant une semaine dans une fourmilière cho-ja. J'ai appris deux ou trois choses sur eux. Il est dans ma nature de poser des questions sur les choses que je ne comprends pas, quand l'occasion se présente. »

Mara était intriguée. Même quand le sol redevint adapté au déplacement en palanquin, elle préféra continuer à pied. « Parle-moi des Cho-ja, Arakasi. À quoi ressemblent-ils ?

— Les plus vieux sont aussi ordonnés que les saisons, Dame. Les jeunes sont imprévisibles. Ils éclosent dans une crèche. Une douzaine de femelles inférieures, appelées des rirari, ne font rien d'autre que pondre des œufs. » C'était un terme tsurani archaïque, qui désignait une reine de rang inférieur ou une duchesse. « Mais les œufs ne sont pas fertiles. La reine les gobe et les fait passer dans une poche particulière de son corps pour les féconder, et plus encore.

— Plus encore ? demanda Mara.

— Par un moyen propre aux Cho-ja, quand la reine est fécondée par un mâle reproducteur, elle détermine le sexe et la fonction de chaque œuf, ou le laisse stérile. Tout du moins, c'est ce que l'on m'a dit.

— Ils peuvent choisir ces choses ? s'émerveilla Mara. Continue…

— Les mâles cho-ja se divisent approximativement en trois groupes : les reproducteurs, les ouvriers et les soldats. Les ouvriers sont soit intelligents, soit robustes. Ils deviennent des artisans ou des bêtes de somme, selon les besoins de la fourmilière. Les soldats sont à la fois robustes et intelligents. Les reproducteurs sont stupides, mais ils n'ont qu'une seule tâche à accomplir : féconder la reine. »

Arakasi regarda sur le côté et vit que Mara l'écoutait toujours, fascinée. Quelques-uns des soldats les plus proches écoutaient aussi avec attention le maître espion. « Une fois la reine installée dans la chambre royale, elle n'en sort plus jamais. Des ouvriers la nourrissent constamment, tandis que les rirari lui passent les œufs et que les mâles reproducteurs accomplissent leur fonction. Chacun d'eux s'accouple avec elle pendant des heures, jusqu'à l'épuisement, puis est remplacé par un autre. Vous verrez, quand nous serons présentés à la vieille reine.

— Fascinant. » Mara s'arrêta, un peu essoufflée, car la piste était redevenue très raide. « Et les jeunes ?

— J'ignore beaucoup de choses sur les femelles, admit Arakasi. Mais quand ils sont immatures, tous les mâles sont libres de jouer et de grandir, comme les enfants humains… Sauf qu'un jour, les jeunes Cho-ja qui s'amusaient la veille comme des chiots insouciants s'éveillent brusquement, et savent que leur temps de service a commencé. Ce n'est que lors de la naissance d'une nouvelle reine que les soldats éclosent et grandissent rapidement. Ce sont donc des guerriers agressifs et imprévisibles, j'en ai bien peur. Ils sont prompts à se mettre en colère, et seule la nouvelle reine peut obtenir d'eux une obéissance immédiate. »

Arakasi se tut, car la piste atteignait le sommet d'une petite crête. Elle coupait brusquement vers le bas, rejoignant une vallée nichée dans un repli de terrain entre les collines. À travers les frondaisons voûtées des ulo, ils virent une prairie chauffée par le soleil. L'herbe avait une couleur émeraude, et était trop méticuleusement coupée pour être naturelle.

Arakasi fit un signe de la main. « La fourmilière se trouve juste devant nous, derrière ces arbres. »

Keyoke ordonna aux soldats de reformer les rangs. La compagnie avança en ordre de bataille, protégeant leur Dame qui se tenait en son milieu.

Quand son escorte atteignit le bosquet d'ulo, le cœur de Mara battit la chamade. Entre les lances des guerriers, elle apercevait l'extrémité lointaine du pré où s'élevait un grand monticule, si ancien que de jeunes arbres avaient pris racine et s'épanouissaient à son sommet. On pouvait voir une entrée sur le côté, dont l'arche était soutenue par un ouvrage de pierres délicatement sculptées. Sur le sentier de terre battue qui conduisait à l'intérieur, des centaines de Cho-ja se pressaient pour entrer ou sortir de la fourmilière, occupés à des tâches qu'eux seuls connaissaient.

Mara s'arrêta et ordonna aux esclaves d'apporter le palanquin. Elle avait peut-être été trop énervée pour y prendre place sur la crête, mais elle rencontrerait les reines des Cho-ja comme la Dame d'une grande maison. Alors que les porteurs reposaient les perches sur leurs épaules, Keyoke et Arakasi se placèrent à ses côtés. Puis tous se tinrent prêts à reprendre la route. L'un des soldats porta un cor de bataille à ses lèvres et sonna un air de salutation. Le commandant de l'armée Acoma ordonna à l'escorte d'avancer hardiment et de quitter l'ombre des bois pour rejoindre la lumière du soleil.

Au début, rien ne changea. Les ouvriers cho-ja continuèrent à se bousculer en vaquant à leurs travaux jusqu'à ce que les hommes atteignent l'orée de la vallée. Soudain, une douzaine de silhouettes sortirent de derrière le flanc droit de la fourmilière. Ils s'élancèrent comme une horde de needra paniquée par l'orage, leurs pattes frappant violemment la terre. « Des guerriers, déclara Arakasi. Que les hommes restent calmes : cette charge est probablement une feinte. » Transpirant légèrement sous son armure, Keyoke fit un signe à ses hommes. Personne n'apprêta son arme, même si un grand nombre de soldats doutaient de la sagesse de l'ordre de leur officier, car les Cho-ja arrivaient à toute allure. Ces derniers se rapprochèrent, jusqu'à ce que les soldats Acoma puissent voir la lumière du soleil se refléter sur les arêtes tranchantes de leurs avant-bras. Puis, quand ils furent suffisamment près pour frapper, les Cho-ja virèrent à la dernière seconde. Avec un bruit ressemblant à un rire humain, ils coururent jusqu'à la fourmilière.

Mara les regarda partir avec un soupir et un frisson de soulagement. « Ils sont si rapides ! Mais comment avons-nous réussi à les soumettre ? »

Arakasi s'essuya le front et lui rendit un sourire indulgent. « Nous ne l'avons jamais fait, Dame. Les hommes se sont installés sur des terres dont les Cho-ja ne voulaient pas, jusqu'à ce que les reines se rendent compte que leurs fourmilières étaient cernées. À partir de ce moment, il fut plus facile pour les deux camps de conclure des traités que de combattre. Il faut posséder des guerriers très habiles pour affronter une troupe de Cho-ja et survivre. Quand ils sont provoqués, ce sont des tueurs extrêmement efficaces. »

Alors que la suite Acoma continuait tranquillement à avancer vers le monticule, des Cho-ja apparurent en nombre croissant. Bientôt, des centaines de créatures les côtoyaient, certains avec des paniers fixés par des courroies à leur thorax, d'autres portant des ceintures d'où pendaient des outils. Sa curiosité éveillée par une telle application, Mara regardait à travers les rideaux du palanquin. « Arakasi, est-ce que cette fourmilière est de taille normale ?

— Elle est un peu plus grande que la plupart, maîtresse, mais pas énormément.

— Combien de Cho-ja vivent à l'intérieur ?

— Vingt, vingt-cinq mille », répondit Arakasi sans la moindre hésitation.

Mara fut stupéfaite. Elle se trouvait devant une ville construite en pleine nature. « Combien partiront avec la nouvelle reine ?

— Je ne sais pas. Dans le passé, je pense que les fourmilières devaient se diviser quand la surpopulation devenait trop importante. » Arakasi haussa les épaules. « Maintenant, il semble ne plus y avoir de logique dans leur décision de donner naissance à une nouvelle reine. Car, en dépit de leur reproduction continue, les Cho-ja contrôlent la population de la fourmilière. Peut-être la vieille reine doit-elle se reproduire une fois par génération. Peut-être est-ce le hasard qui fait naître une nouvelle reine. Je ne sais pas. »

De plus près, le monticule ressemblait à une petite colline symétrique aux flancs abrupts. Les soldats resserrèrent les rangs, car la route devenait de plus en plus encombrée. L'herbe, usée par le passage continuel de pattes affairées, avait cédé la place à la poussière. Plusieurs fois, des bandes de jeunes Cho-ja s'approchèrent du groupe de Mara. Ils les désignaient et les regardaient avec leurs yeux métalliques, en gazouillant des phrases vives dans leur propre langage, mais les adultes ne prêtaient pas attention aux visiteurs. Une bande d'ouvriers les dépassa, portant d'immenses fagots de bois. Il aurait fallu cinq hommes pour soulever une telle charge, mais un seul Cho-ja suffisait à la tâche.

Puis une bande de jeunes guerriers galopa vers le groupe de Mara. Les ouvriers s'éparpillèrent sur leur passage, faisant vaciller leurs fagots et cliquetant un étrange signal de consternation. En quelques secondes, les Tsurani furent encerclés. Keyoke ordonna une halte. La poussière tourbillonna et les soldats Acoma frappèrent le sol du talon de leur lance dans la position traditionnelle des soldats au repos même si les Cho-ja semblaient prêts à se battre. Aucune des créatures n'était armée ou ne portait de casque, comme les gardes sur la crête. Mais avec leurs corps puissants et cuirassés et leurs avant-bras aux arêtes tranchantes, c'étaient déjà de terribles adversaires.

Arakasi resta à sa place près du palanquin tandis que Keyoke gagnait rapidement la tête de la colonne. Le commandant avait à peine rejoint l'avant-garde qu'un Cho-ja chargea. Avec la capacité mystérieuse de sa race de passer d'un mouvement frénétique à l'immobilité absolue, il s'arrêta à quelques centimètres devant Keyoke, puis il resta là, tremblant, comme s'il était impatient de se battre. Comme les Cho-ja ne faisaient pas d'autre geste de provocation, Keyoke s'inclina avec une courtoisie prudente. « Nous sommes des Acoma, annonça-t-il. Ma Dame des Acoma souhaite parler avec votre reine. »

Le guerrier cho-ja resta immobile alors que le trafic constant d'ouvriers passait de part et d'autre. Nerveux et silencieux, les soldats Acoma guettaient le moindre signe de menace envers leur maîtresse, tandis qu'Arakasi conseillait Keyoke. « Je ne crois pas que ces guerriers comprennent le tsurani. Celui-ci est à peine adulte. Nous risquons d'être obligés de nous défendre. » D'une voix contrôlée mais pressante, le maître espion baissa le ton. « Si celui de devant attaque, les autres risquent de venir à son aide. Mais si nous les provoquons, ils le feront assurément. Ne frappez que ceux qui vous attaquent d'abord, car d'autres Cho-ja viendront peut-être se porter à notre aide. »

Keyoke lui fit un léger signe d'assentiment. Mara vit que sa main saisissait doucement la poignée de son épée. Mais il ne fit aucun geste pour dégainer, même quand la créature inclina la tête pour mieux observer le guerrier dans sa brillante armure. De longues minutes pesantes s'écoulèrent ; puis un autre Cho-ja, plus grand, arriva. Mara attendait, aussi énervée que son escorte, alors que le nouveau venu se frayait un chemin dans la foule des jeunes guerriers. Il s'arrêta devant celui qui se tenait face à Keyoke et cria ce qui pouvait passer pour un ordre dans un langage constitué de cliquetis aigus. Plusieurs jeunes alentour baissèrent les bras et s'enfuirent précipitamment, mais la plupart d'entre eux restèrent, y compris celui qui bloquait le passage. Sans avertissement, le grand Cho-ja tendit les mains et saisit le jeune par le milieu de son thorax. Il verrouilla ses articulations pour l'enserrer dans une prise inamovible, et pendant un long moment les deux Cho-ja luttèrent l'un contre l'autre, grognant sous l'effort cependant que leurs carapaces chitineuses grinçaient l'une sur l'autre. Le premier Cho-ja chancela ; déséquilibré, il tomba à terre, où il battit des pattes dans un instant de panique. L'ancien plaça une patte sur lui, le plaquant au sol pendant un instant. Puis il recula, permettant au jeune de se remettre à genoux. Dès qu'il retrouva son assise, le vaincu virevolta et s'enfuit, et tous les autres jeunes guerriers partirent avec lui.

Le Cho-ja qui restait cliqueta une excuse et salua. « Honneur sur votre maison, hommes. » Keyoke lui rendit son salut tandis que le Cho-ja ajoutait : « Ce jeune soldat n'avait jamais vu d'êtres humains. Il se préparait à attaquer, et les autres l'auraient imité si je ne l'avais pas jeté à terre. »

Doucement, mais de façon que tous puissent entendre, Arakasi commenta : « Les Cho-ja sont très vulnérables quand ils sont à terre. Ils sont extraordinairement agiles et ils sont terrifiés quand ils perdent l'équilibre.

— C'est vrai, acquiesça le Cho-ja. Quand j'ai poussé le jeune et que je l'ai maintenu au sol, il a compris que j'étais plus fort que lui et qu'il ne devait pas s'opposer à moi. Je suis Ratark'l, un soldat des Kait'lk. » Il s'inclina d'une façon très humaine, puis leur fit signe de le suivre. « Je ne connais pas vos couleurs, hommes, mais je vois que vous n'êtes pas des Inrodaka. Ces hommes portent la couleur que l'on ne peut voir, que vous appelez le rouge.

— Nous sommes des Acoma. » Keyoke désigna le palanquin de Mara et ajouta : « Voici ma maîtresse, la Dame des Acoma. Elle a voyagé loin de sa demeure pour rencontrer votre reine. »

Le Cho-ja se retourna brusquement et sembla agité. « Ma connaissance de votre langage me semble maintenant inadéquate. Je connais vos seigneurs. Qu'est-ce qu'une Dame ? »

Keyoke répondit en imitant le geste de respect des Cho-ja. « C'est notre souveraine. »

Le Cho-ja faillit se cabrer de surprise. Ses yeux luirent tandis que, avec une déférence qu'il n'avait pas montrée auparavant, il inclinait la tête vers le palanquin où Mara restait cachée. « Votre souveraine ? Nous n'avions jamais vu l'une de vos reines, hommes. Je dois me rendre immédiatement auprès de ma reine et lui annoncer votre arrivée. »

Le Cho-ja fit soudain demi-tour et dépassa la foule d'ouvriers pour se diriger vers l'entrée de la fourmilière. Un peu désorienté par la brusquerie de ses manières, Keyoke se tourna vers Arakasi. « Qu'est-ce que vous en pensez ? »

Arakasi haussa les épaules et indiqua que le groupe devait reprendre sa marche et avancer vers la fourmilière. « Je suppose que les guerriers n'ont jamais vu jusqu'à maintenant une femme tsurani. Seuls les marchands et les émissaires du seigneur des Inrodaka viennent ici. Il est tout à fait possible que ce soit la première fois dans l'histoire des Cho-ja qu'une souveraine vienne négocier avec une reine. Cette nouveauté pourrait se révéler intéressante. »

Keyoke arrêta la colonne. « Est-ce dangereux ? »

Arakasi réfléchit un instant. « Probablement pas, bien qu'avec les jeunes guerriers anxieux de rejoindre une nouvelle fourmilière, je ne puisse rien affirmer. Mais je n'ai jamais entendu parler de Cho-ja qui faisaient du mal à leurs hôtes. Pour le moment, je pense que nous sommes en sécurité.

— Tant pis pour les risques, Keyoke, intervint Mara de l'intérieur du palanquin. Si nous ne concluons pas une alliance avec la nouvelle reine… »

Keyoke lança un regard vers sa maîtresse. Comme Nacoya, il savait que Mara préparait seule ses plans et ses projets et ne prenait conseil de personne. Mais, à la différence de la nourrice, il acceptait cet état de fait. Le commandant inclina la tête et reprit son approche de la fourmilière. Quand les soldats atteignirent l'entrée, une garde d'honneur sortit de l'entrée voûtée et se porta à leur rencontre. Deux guerriers portaient un casque à cimier et à plumet ressemblant à ceux des officiers tsurani. Bien qu'aucun ordre ne fût lancé, le flux d'ouvriers et de messagers se détourna immédiatement et partit vers des ouvertures plus petites, situées sur les deux côtés de l'entrée principale. La suite Acoma s'arrêta devant la garde d'honneur. Alors que la poussière tourbillonnait puis se déposait, le Cho-ja de tête s'inclina profondément. « Je suis Lax'l, commandant de l'armée de la fourmilière Kait'lk. »

Keyoke s'inclina lui aussi. « Je suis Keyoke, commandant de l'armée des Acoma. Honneur sur votre fourmilière.

— Honneur sur votre maison, Keyoke des Acoma. »

Keyoke désigna d'un geste le palanquin. « Voici Mara, la souveraine des Acoma.

— L'un de nos guerriers a annoncé qu'une reine humaine était venue nous rendre visite, répondit immédiatement Lax'l. Est-ce elle ?

— Elle est jeune, mais elle sera la mère des seigneurs Acoma », intervint Arakasi, avant que Keyoke ne pût répondre.

Tous les Cho-ja de la garde d'honneur firent alors entendre un cri mélodieux. Toute activité cessa autour de l'entrée. Pendant un long moment, personne ne bougea, homme ou Cho-ja. Puis le commandant cho-ja s'inclina très bas, comme un needra qui s'agenouillerait ; un instant plus tard, tous les autres Cho-ja en vue, même ceux qui portaient une charge, firent de même. Alors qu'ils se relevaient et reprenaient leurs tâches, Lax'l déclara : « Nous souhaitons à la reine humaine la bienvenue dans la fourmilière Kait'lk. Notre reine sera informée sans délai de votre arrivée. Nous aimerions aussi lui dire la raison de votre venue, si vous le permettez.

— Je le permets », répondit promptement Mara. Comme un délai semblait inévitable, elle autorisa ses porteurs à poser le palanquin sur le sol. Mais elle resta cachée derrière les rideaux de mousseline. « Informez votre reine que nous sommes venus demander l'honneur de négocier pour que la fourmilière de la nouvelle reine s'installe sur les terres Acoma. »

À cette réponse, le Cho-ja inclina la tête et leva un avant-bras en signe d'étonnement. « Les nouvelles voyagent vite dans l'Empire. La jeune reine vient à peine d'éclore et n'est pas encore prête à s'aventurer à la surface. »

Mara se mordit les lèvres. Le moment était critique, car la date du mariage était fixée et son domaine restait vulnérable durant son absence. Nacoya et Jican étaient compétents, mais ils ne pourraient empêcher les inévitables rapports des espions ennemis de révéler qu'elle était partie pour une mission secrète. Chaque jour d'absence augmentait le risque d'une attaque contre une garnison encore dangereusement à court de soldats. Poussée par une impulsion et une ambition intuitives, Mara écarta les rideaux. « Commandant des Cho-ja, dit-elle avant qu'Arakasi ou Keyoke ne pût lui conseiller autre chose, si la nouvelle reine ne peut me rencontrer à l'extérieur, je viendrai à elle, si votre souveraine le permet. »

Arakasi se raidit, étonné, et Keyoke se figea, la main à moitié levée pour se frotter le menton. La requête était présomptueuse ; personne ne pouvait deviner comment les Cho-ja réagiraient. Pendant un moment, chaque guerrier retint son souffle, tandis que l'officier cho-ja restait immobile, tremblant de la même manière que le jeune guerrier qui avait été prêt à attaquer quelques instants auparavant.

Mais Lax'l était plus hésitant qu'irrité. « Dame reine, aucun être humain n'a jamais demandé une telle chose, aussi loin que remonte notre mémoire. Attendez ici, je vais m'informer. » Il se retourna et rentra en hâte dans la fourmilière.

Lentement, Keyoke baissa le bras. « C'était une manœuvre risquée, maîtresse. Si votre requête déplaît à la reine, vos guerriers se retrouveront à deux cents contre un.

— Et cependant l'officier cho-ja ne semblait pas offensé, remarqua Arakasi, il était plutôt étonné. » Il secoua la tête avec un sentiment qui pouvait passer pour de l'admiration.

Néanmoins, Keyoke maintint ses soldats en état d'alerte. L'arme à portée de main, ils attendaient tous le retour du commandant cho-ja.

Lax'l sortit brusquement de l'obscurité de la fourmilière. Il s'inclina très bas, le dôme poli de son segment de tête frôlant presque le sol. « Notre reine est honorée que vous acceptiez de visiter le cœur de la fourmilière pour rencontrer sa fille. Elle vous permet d'entrer avec un officier, cinq soldats et autant d'ouvriers que vous en aurez besoin. Dame des Acoma, venez immédiatement, car ma reine vous attend pour vous souhaiter la bienvenue dans la grande chambre. »

Mara fit un geste à travers les rideaux et un Keyoke assez perplexe choisit Arakasi et quatre autres soldats pour suivre Lax'l. Puis le commandant ordonna aux gardes restants de se mettre à l'aise en l'absence de leur maîtresse. Quelques instants plus tard, Mara, les domestiques qu'elle avait choisis et les gardes entrèrent dans la colline, immédiatement engloutis par l'obscurité du tunnel.

La première impression de Mara fut une moiteur, une odeur d'humus mêlée à celle de noisette et d'épices, qui devait être l'odeur corporelle des Cho-ja. La grande arche sous laquelle ils passèrent était décorée de sculptures d'une beauté incomparable, et ornée d'incrustations de métal et de pierres précieuses. Mara imagina les exclamations de délice de Jican si le domaine Acoma gagnait des artisans capables d'effectuer un tel travail. Puis les ombres s'accentuèrent tandis que le tunnel descendait dans les profondeurs de la terre et s'éloignait de la lumière de l'entrée.

Derrière les rideaux de mousseline, Mara fut aveuglée pendant un certain temps jusqu'à ce que ses yeux s'habituent à l'obscurité. Le commandant cho-ja avançait rapidement, avec l'agilité caractéristique de sa race. Les hommes marchaient vivement pour ne pas être distancés ; le halètement des esclaves était étrangement amplifié alors qu'ils portaient le palanquin dans un labyrinthe de tunnels. Les galeries avaient été creusées dans la terre, puis étayées avec un étrange mélange qui avait durci jusqu'à avoir la dureté de la pierre. Les sons résonnaient facilement sur cette substance, ce qui donnait un écho mystérieux au grincement des armures et des armes. Le groupe s'enfonçait de plus en plus profondément sous terre, empruntant des galeries courbes qui se croisaient apparemment sans ordre. D'étranges globes luminescents étaient placés aux carrefours et transformaient les intersections en îlots de lumière, s'intercalant entre de longs tunnels obscurs. Mara observa les globes, étonnée de voir qu'ils ne contenaient ni huile ni flamme. Elle se demanda comment on pouvait façonner une telle lumière, sans prêter attention aux ouvriers cho-ja qui bousculaient constamment le palanquin en vaquant à leurs travaux. La plupart se retournaient un instant pour regarder les hommes, puis reprenaient leur route.

Alors que la troisième intersection disparaissait derrière eux, Mara réfléchit aux différents Cho-ja qu'elle avait vus. Tous les guerriers semblaient très forts ; ils avaient un immense abdomen, un thorax aux larges épaules et mesuraient une fois et demie la taille du plus grand des Tsurani. Les ouvriers étaient bien plus petits et plus trapus, et d'un comportement plus placide. Mais Mara en avait vu d'autres, plus agiles que les ouvriers, mais beaucoup moins impressionnants que les guerriers. Quand elle interrogea Arakasi à leur sujet, il lui répondit : « Ce sont des artisans, maîtresse. »

La galerie devenait de plus en plus pentue alors qu'ils descendaient dans la fourmilière. Les intersections furent plus fréquentes et l'odeur des Cho-ja épaississait l'air. Le temps passant, la galerie s'élargit, s'ouvrant dans une immense caverne où étaient suspendus un grand nombre de globes de lumière. De petits Cho-ja, approximativement de la taille d'un enfant de cinq ans, étaient suspendus au plafond de toutes les galeries qui donnaient dans la chambre. Leurs ailes transparentes battaient furieusement, avec un mouvement presque flou dans la faible lumière. Chaque créature semblait se reposer une minute ou deux, puis reprenait ses battements d'ailes pendant une période de temps égale. Ces changements constants faisaient bourdonner l'air et créaient des changements de rythme presque musicaux. Arakasi remarqua l'étonnement de Mara et lui expliqua : « Ce doivent être les femelles ouvrières.

— Je croyais… Tu m'avais dit que tu ne connaissais que les mâles, commenta Mara.

— Je ne les avais jamais vues auparavant, reconnut-il. Mais seules les femelles possèdent des ailes. »

Lax'l révéla que son ouïe était exceptionnellement fine, car il jeta un regard en arrière, vers Mara et son escorte. « Votre conseiller a raison, Dame reine. Celles que vous voyez au-dessus de nous sont des femelles stériles ; elles n'ont pratiquement aucune intelligence et ne servent qu'à déplacer l'air dans les galeries les plus profondes et dans les chambres. Il serait difficile de respirer ici sans leur travail continuel. » Il fit rapidement traverser la caverne au groupe Acoma, prit un virage et entra dans un passage étroit, qui devint une rampe abrupte. Les esclaves qui portaient le palanquin de Mara commencèrent à éprouver des difficultés à reprendre leur souffle. Mara se demanda s'il ne lui faudrait pas bientôt exiger un changement de porteurs ; mais la galerie s'ouvrit soudain dans ce qui ne pouvait être que la chambre de la reine.

La reine cho-ja était immense, et mesurait au moins dix mètres de long, de la tête à l'extrémité de l'abdomen. Sombre, d'un noir presque poli, elle gisait sur un monticule de terre et, à l'apparence rabougrie de ses pattes, Mara comprit qu'elle ne quittait jamais cet endroit. De superbes tentures masquaient certaines parties de son anatomie, et des ouvriers s'affairaient autour d'elle, nettoyant son énorme corps, veillant avec diligence à son confort et à ses besoins. Un mâle trapu, au corps ressemblant à celui d'un soldat surmonté par la petite tête d'un ouvrier, était perché sur son thorax. Il se balançait sur la reine dans un mouvement rythmique. Arakasi inclina la tête et chuchota : « Un mâle reproducteur, ma Dame. Il y en a toujours un auprès de la reine. » Une douzaine de mâles cho-ja étaient déployés devant la reine. Certains portaient un casque à cimier et d'autres une coiffure sans ornement ; tous attendaient l'arrivée de la délégation Acoma dans un silence poli. Sur les deux côtés de la chambre étaient allongées des versions plus petites de la reine, entourées de leurs propres serviteurs. Arakasi les désigna à Mara et murmura : « Des rirari, je suppose, les reines mineures qui pondent les œufs. »

Lax'l indiqua qu'ils devaient attendre, puis avança en produisant une série de cliquetis bruyants. Le silence régna dans la chambre, sans que les ouvriers se détournent de leurs tâches. Les porteurs déposèrent le palanquin de Mara à terre. La souveraine des Acoma en sortit, avec l'aide de Keyoke. Elle n'était plus désormais dissimulée par les rideaux de mousseline, et elle se sentait petite, presque perdue dans une chambre qui faisait au moins quatre fois la taille de la haute salle des Anasati. De près, la reine était imposante. Conservant son aplomb dans un suprême effort de volonté, Mara resta immobile tandis qu'un esclave de sa suite posait sur ses épaules une robe supérieure ornée de pierres précieuses. Elle s'efforçait de ne pas montrer de faiblesse devant la mystérieuse reine qui l'observait avec attention. Les sombres yeux à facettes ne reflétaient aucune expression. Mara soutint son regard avec une apparence de calme, mais ses genoux commencèrent à trembler quand son serviteur recula. Puis la reine cho-ja prit la parole d'une voix étonnamment ténue et délicate pour une forme aussi énorme. « Vous êtes la reine humaine ? »

Mara s'inclina légèrement, les joyaux de ses manches étincelant dans la faible lumière. « Je suis Mara, souveraine des Acoma. Nous n'avons pas de reine au sens où vous l'entendez, mais je dirige ma maison de la même manière que vous gouvernez votre fourmilière. »

Les traits chitineux de la reine restèrent immobiles, mais ses manières suggérèrent qu'elle éprouvait de l'amusement, car elle émit un bruit qui ressemblait à un rire humain.

« Je ne m'attendais pas à ce que votre espèce se reproduisît comme nous, Mara des Acoma. On m'a parlé de vos étranges accouplements. Je suis très vieille. Mais chez les hommes, je n'ai toujours entendu parler que de seigneurs. Comment se fait-il que vous gouverniez à la place des hommes qui vous accompagnent ? »

Mara expliqua qu'une femme ne parvenait au pouvoir que lorsqu'il ne restait aucun héritier mâle dans une famille noble. La reine écouta, et quand Mara eut fini, commenta : « Vous, les hommes, êtes si étranges. Nous nous demandons souvent ce qui vous motive. Mais je m'écarte du sujet. La nouvelle reine, ma fille, est très désireuse de rencontrer une reine humaine, particulièrement une reine qui s'aventure sous terre en signe de déférence pour les coutumes de notre espèce. »

À cet instant, la vieille reine émit un sifflement aigu et deux ouvriers cho-ja avancèrent. Entre eux se tenait un Cho-ja beaucoup plus petit que tous ceux que les Acoma avaient rencontrés jusqu'à maintenant. Mara regarda un long moment avant de comprendre. « C'est la nouvelle reine ?

— J'étais ainsi autrefois… il y a très longtemps. Elle grandira et dans quelques semaines sera assez grande pour gouverner. Dans quelques mois, elle commencera la reproduction. »

La jeune reine regarda Mara, tournant autour d'elle pour mieux l'observer. Elle semblait se déplacer avec une grâce inconnue des autres Cho-ja, la démarche fluide, même agile. Elle n'avait pas les mouvements rapides que Mara avait observés chez les ouvriers et les soldats. Alors qu'elle parlait dans la langue cliquetante de son espèce, ses yeux ne quittèrent jamais Mara. La matriarche cho-ja déclara : « Nos jeunes éclosent en connaissant notre langage, qu'ils apprennent durant leur développement dans l'œuf. Mais ils doivent apprendre votre langue après leur éclosion. Ma fille sera incapable de discuter avec vous pendant un certain temps encore. »

Mara, gênée par l'examen attentif de la jeune reine, avait l'impression que sa peau la picotait. Mais elle resta immobile et attendit. Finalement, la jeune Cho-ja finit son inspection et resta silencieuse. La vieille reine lui parla rapidement puis traduisit en tsurani. « Elle dit que votre apparence est très étrange... effrayante. » Elle ajouta à l'intention de Mara : « Bien que vous soyez moins effrayante que les mâles. »

Mara s'inclina légèrement vers la nouvelle reine. « Je vous en prie, dites-lui que je la trouve très belle. » Cette remarque n'était pas une vulgaire flatterie. Même si un jour la jeune reine atteindrait la taille monstrueuse de sa mère, elle était actuellement de constitution délicate et plaisante à regarder. À la différence des mâles aux teintes bleues, elle avait des reflets bruns et possédait une qualité que Mara ne pouvait définir que comme féminine.

La vieille reine traduisit la remarque et la nouvelle reine siffla un trille de plaisir. Mara continua : « Nous sommes venus pour conclure un traité. Nous voudrions accueillir la nouvelle reine et sa suite sur notre terre, pour qu'elle puisse y installer sa fourmilière. Nous aimerions commencer les négociations dès que possible.

— Je ne comprends pas votre demande, répondit la vieille reine. Les négociations ont déjà commencé. »

Mara sentit une vague d'inquiétude la submerger. L'événement tellement attendu venait trop soudainement. Elle n'avait pas eu le temps de s'y préparer et elle avait compté sur les conseils d'Arakasi. Elle tenta poliment de gagner du temps. « Je suis très fatiguée par de longs jours de voyage. Pourrai-je avoir la permission de me reposer un jour avant que nous commencions la discussion ? »

La vieille reine répéta sa requête et traduisit la réponse. « Ma fille la reine veut entendre maintenant ce que vous proposez. »

Mara regarda Arakasi, qui murmura : « Si vous partez, vous risquez de l'offenser et de perdre toute chance de lui parler. »

Soudain, Mara se sentit épuisée. Le désir d'atteindre la fourmilière l'avait soutenue durant la dernière heure, mais maintenant elle se sentait prête à s'effondrer. La tension de l'entrevue avec la jeune reine, combinée au voyage exténuant de la dernière semaine, semblait lui obscurcir l'esprit. Cependant, elle n'avait pas le choix et devait continuer. Mara fit un geste pour que l'on déposât sur le sol un coussin de son palanquin. Elle s'assit de façon aussi cérémonieuse que possible et ouvrit les négociations.

« Sur quel genre de terres votre fille souhaiterait-elle vivre sur le domaine Acoma ? »

La jeune reine s'assit à la manière des Cho-ja, en s'accroupissant sur ses quatre pattes et en gardant le torse bien droit, les bras croisés d'une façon très humaine. Elle fixa ses grands yeux sur Mara et parla. La vieille reine traduisit. « Ma fille souhaite savoir si la terre de votre domaine est humide ou sèche.

— Les deux, répondit Mara sans hésitation. Les terres Acoma sont grandes et fertiles, depuis des rizières de thyza inondées jusqu'à de hautes forêts. Nous avons des prairies qui s'élèvent pour former des collines et qui ressemblent beaucoup à celle où est bâtie cette fourmilière. »

La jeune reine écouta la traduction de sa mère, puis répondit. « Ma fille la reine voudrait établir sa demeure près d'une eau limpide, mais pas dans un endroit où la terre est trop humide. Elle demande aussi que le lieu soit éloigné de la forêt, car les vieilles racines rendent difficile le creusement des galeries supérieures. La première chambre doit être creusée rapidement, car elle ne voudrait pas rester en surface plus longtemps que nécessaire. »

Mara conféra avec Keyoke. « Nous pouvons lui donner le pâturage du bas, à l'ouest de la rivière. Des esclaves défricheront à l'est de nouvelles terres pour nos troupeaux. » Quand le commandant acquiesça d'un hochement de tête, Mara déclara : « Dites à votre fille que nous lui offrons une colline basse, entourée d'une prairie dégagée, à une petite distance de marche d'une eau limpide et fraîche. La terre est située au-dessus de la plus haute des deux rives de la rivière et reste sèche, même durant les fortes pluies. »

La vieille reine et la jeune s'engagèrent dans une discussion. Les cliquetis et les sifflements cho-ja semblaient plus concis que le langage humain. Ou alors les créatures échangeaient des informations d'une autre manière, complémentée par le langage. Mara patienta, dissimulant au mieux sa nervosité.

Soudain, un sifflement strident résonna dans la grande chambre de la fourmilière. La suite de Mara se redressa, alarmée, et la conversation entre la vieille reine et sa fille cessa brusquement. Craignant que le bruit n'annonçât une alerte, Keyoke saisit la poignée de son épée.

Mais Arakasi saisit le bras du commandant et lui chuchota d'une voix pressante : « Dégainez votre lame aussi près de deux reines et nous mourrons tous instantanément. » La vieille reine ne montrait pas le moindre signe d'inquiétude, mais les mâles s'étaient à moitié levés, dans une posture de combat qui annonçait une charge. Leurs avant-bras à demi levés tremblaient légèrement alors que des arêtes de chitine tranchantes comme un rasoir étaient dirigées vers Keyoke. Le vieux commandant avait déjà vu des Cho-ja au combat. Ils étaient sur le point d'attaquer. Il relâcha son épée et immédiatement les guerriers reprirent leur position assise. La vieille reine ne fit aucun commentaire. Arakasi reprit son souffle et rassura Keyoke. « Si un danger devait survenir, ces guerriers nous protégeraient en même temps que leur reine. » Keyoke hocha la tête devant cette logique, mais il se rapprocha néanmoins de sa Dame.

Sur le monticule de terre, la vieille reine cliqueta et fit un petit geste de l'avant-bras. Obéissant à son ordre, Lax'l se leva et partit précipitamment.

En le regardant, Mara se demanda si elle pourrait un jour s'habituer à la vitesse à laquelle les Cho-ja se déplaçaient. Ils feraient de superbes messagers ! Cela lui rappela une comptine de son enfance que lui récitait Nacoya, et qui se terminait par : « … les Cho-ja sont les premiers à entendre les nouvelles et à cueillir les fruits de l'automne. » Cette expression était dénuée de sens et était considérée comme un amusement d'enfant, mais Mara se demandait maintenant si la comptine ne contenait pas un élément de vérité.

Lax'l revint avant qu'elle pût continuer à approfondir cette idée. Il échangea de rapides sifflements et cliquètements avec sa matriarche. Les paroles que prononça alors la vieille reine bannirent dans l'esprit de Mara toute rêverie sur les vieilles histoires de nourrices.

« Dame reine des Acoma, déclara la souveraine des Cho-ja, on vient de me dire qu'un seigneur de votre espèce est venu jusqu'à la fourmilière pour négocier contre vous et obtenir la faveur de la nouvelle reine. »

CHAPITRE SIX

LA CÉRÉMONIE

Mara se raidit.

La consternation, le désappointement et la colère montèrent immédiatement en elle ; puis la peur prévalut sur le reste. D'une façon ou d'une autre, quelqu'un avait appris l'éclosion de la reine cho-ja.

Si la nouvelle s'était répandue dans toute la région, plusieurs familles avaient pu voyager jusqu'à la fourmilière de la colline. Le seigneur qui attendait à la surface ne serait que le premier d'une grande foule. Mais c'était une mauvaise nouvelle, même si la rumeur était restée confidentielle, car cela signifiait que le seigneur des Inrodaka avait invité l'un de ses meilleurs amis pour lui offrir la fourmilière de la nouvelle reine. Il serait certainement furieux de découvrir que des intrus s'étaient rendus sur ses terres pour voler à son allié la primeur de la négociation. Avec ou sans l'approbation de la jeune reine, Mara devrait maintenant rentrer chez elle en traversant les terres d'un seigneur hostile, averti de sa présence. Pis, un agent Minwanabi avait pu apprendre le voyage de Mara et envoyer le renseignement à son maître. Peut-être que Jingu lui-même attendait à la surface pour négocier avec la jeune Cho-ja.

Prenant soin de cacher sa détresse aux reines, Mara prit une profonde inspiration. Sa gorge était aussi sèche que du sable, mais elle se souvint d'une leçon de la mère enseignante du temple de Lashima : « La peur est la petite mort, ma fille. Elle tue petit à petit. »

Gardant toute l'apparence du calme, Mara regarda la vieille reine. « Honorée souveraine, dit-elle, je suis déterminée à gagner la loyauté de cette nouvelle fourmilière. Les terres Acoma sont fertiles et immenses, et il est peu probable qu'un autre seigneur de l'Empire puisse proposer de meilleurs termes que ce que je veux offrir. »

Sur l'estrade, la vieille reine souffla par les fentes de ses narines, l'équivalent cho-ja d'un rire. « La loyauté ? Dame souveraine des Acoma, c'est un concept que notre esprit ne connaît pas. Les ouvriers, les guerriers, les rirari, tous font ce qui est dans leur nature, car sans la fourmilière, il n'y a rien. La reine est le seul arbitre d'une fourmilière, et nous établissons nos contrats commerciaux selon les meilleurs termes que nous pouvons obtenir. Nous servons toujours le plus offrant. »

Mara resta muette de surprise devant cette révélation. Par hasard, la reine venait de révéler une chose qu'aucun Tsurani de l'Empire n'avait jamais devinée. La société tsurani croyait depuis toujours que les Cho-ja étaient au-dessus de certaines faiblesses humaines. Ce qui était perçu comme un indéfectible sens de l'honneur se révélait être une vision mercantile de la vie des plus terre-à-terre. Les Cho-ja n'étaient rien de plus qu'une race de marchands. Leur loyauté légendaire pouvait être vendue au plus offrant, et même sujette à une renégociation si les Cho-ja recevaient une meilleure offre d'un seigneur rival. L'une des fondations de la structure du pouvoir dans l'Empire était beaucoup plus vulnérable qu'on ne l'imaginait. Jusqu'à maintenant, personne n'avait pensé à mettre à l'épreuve la loyauté des Cho-ja en contactant une fourmilière sur les terres d'un autre seigneur. Malgré sa consternation, Mara discerna un avantage : tant qu'aucun autre dirigeant de l'Empire ne soupçonnerait la vérité, elle pourrait utiliser cette information à son bénéfice – si elle survivait à la prochaine heure.

« Keyoke. » Mara se pencha sur son coussin et fit signe au commandant de se rapprocher. « Les guerriers qui nous ont accompagnés sous terre doivent prêter serment de garder un silence absolu. » Gardant un visage impassible, elle ajouta : « Les esclaves ne doivent pas avoir l'occasion de révéler ce que nous venons d'apprendre. » Rien de plus ne serait dit, mais le vieux guerrier savait qu'elle venait juste de prononcer une sentence de mort pour huit hommes. Il murmura à son tour quelque chose à Arakasi et, le visage imperturbable, le maître espion inclina une fois la tête indiquant qu'il approuvait sa décision.

Mara se redressa. Elle déclara à la vieille reine : « Alors, commençons nos négociations. »

Excitée par cette perspective, la matriarche siffla un trille de plaisir. « Je vais informer l'autre seigneur humain qu'il y a une offre concurrente. »

La reine donna des ordres à des ouvriers qui appartenaient à la classe, plus petite et plus intelligente, des artisans. Mara attendait avec toute l'apparence de la patience quand ils partirent d'un pas précipité. D'autres ouvriers entrèrent dans la chambre, établissant clairement un relais de messagers, puisque le seigneur nouvellement arrivé préférait négocier de la surface, à la façon tsurani traditionnelle. Mara résolut de tirer avantage de cette circonstance.

Le premier message arriva de la surface, et après quelques échanges de cliquètements entre le messager et la jeune reine, la matriarche de la fourmilière inclina la tête vers Mara. « Votre rival possède aussi de belles prairies qui sont sèches tout au long de l'année, près d'une eau de bonne qualité, et sans racines d'arbres. Il ajoute que la terre est sablonneuse et facile à creuser. » Elle marqua une pause et conféra avec sa fille, puis ajouta : « Dame des Acoma, ma fille souhaite savoir si vous désirez améliorer votre offre. »

Mara résista à l'envie d'emmêler ses doigts dans les franges de ses coussins. « Auriez-vous la bonté d'expliquer à votre fille que la terre sablonneuse est peut-être facile à creuser, mais qu'elle est sujette aux infiltrations d'eau et qu'elle a tendance à s'effondrer facilement ? »

S'amusant beaucoup, la vieille reine répondit avec un rire étrange : « Nous le savons, Dame des Acoma. Nous trouvons très amusant qu'un être humain pense en savoir plus sur le percement de galeries qu'un Cho-ja. Cependant, la terre sablonneuse ne présente aucune difficulté pour nous. »

Mara réfléchit rapidement. « Vous êtes les meilleurs mineurs au monde, mais je vous fournirai des esclaves pour vous aider au creusement afin que l'attente de votre fille à la surface soit la plus courte possible. Une centaine de mes guerriers protégeront le site et mon propre pavillon l'abritera du soleil jusqu'à ce que les chambres souterraines soient prêtes. » Mara avala difficilement sa salive. « De plus, chaque jour où elle restera à la surface, elle recevra vingt paniers de fruits et de thyza récoltés dans mes champs, pour que ses ouvriers puissent continuer leur travail sans avoir besoin d'aller chercher de la nourriture. »

La vieille reine cliqueta la traduction et la jeune reine répondit. Un moment plus tard, un message s'élança vers la surface. Transpirant légèrement dans la chaleur épicée de la fourmilière, Mara réussit à se tenir tranquille. Les négociations risquaient peut-être d'être très longues, pensa-t-elle, mais les messagers étaient particulièrement rapides.

Quand les nouveaux termes furent relayés à sa fille, la vieille reine traduisit pour Mara. « Si des galeries devaient s'effondrer, votre rival offre une suite d'appartements dans son manoir pour la reine et sa suite, jusqu'à ce que ses propres quartiers puissent être reconstruits. »

Une nuance dans la voix de la reine donna un indice à Mara. En dépit de sa maîtrise de la langue tsurani, la reine était une créature étrange, avec des besoins étranges. Les deux espèces avaient peu de choses en commun ; en répétant l'offre du rival, la souveraine cho-ja n'indiquait peut-être pas sa préférence, mais incitait plutôt les souverains humains à faire des offres de plus en plus élevées. Mara s'efforça d'être aussi perspicace que possible. « C'est stupide. Pour quelle raison votre fille voudrait-elle résider dans une maison tsurani ? Mon pavillon sera beaucoup plus confortable.

— C'est vrai, répondit la vieille reine sans la moindre hésitation. Mais il offre aussi un quintal de jade et un poids égal de métaux précieux pour doter les artisans de ma fille. »

Mara frissonna légèrement sous sa robe légère. Les marchandises qui venaient d'être mentionnées représentaient une fortune. Son rival à la surface devait être très déterminé pour augmenter aussi rapidement la mise. L'habileté ne suffirait pas, et Mara s'imagina Jican en train de se tordre les mains si la reine choisissait l'offre concurrente.

Sa voix trembla quand elle reprit la parole. « Honorable reine, dites à votre fille qu'un manoir tsurani ne conviendra qu'aux artisans et aux ouvriers, et pas aux reines. Il vaut mieux des galeries qui ne s'effondrent jamais. Dites-lui aussi que les métaux et le jade sont inutiles sans outils pour les travailler. Que préfèrent les Cho-ja ? Des pierres précieuses et des métaux qu'ils peuvent trouver beaucoup plus facilement que les mineurs humains, ou des outils pour les ciseler et les transformer en objets de grande beauté, ayant beaucoup de valeur, et qu'ils pourront vendre aux hommes pour acheter ce dont ils ont réellement besoin ? J'offre le même prix que l'autre seigneur, mais en objets que les Cho-ja ne façonnent pas eux-mêmes : des outils, du cuir de needra et du bois imprégné de résine. » Elle fit une pause et ajouta : « Et aussi des armes et des armures pour ses guerriers.

— Une offre généreuse », remarqua la vieille reine. Ses yeux brillèrent et étincelèrent alors qu'elle traduisait, comme si elle appréciait la lutte entre les souverains humains. L'échange était ponctué de trilles excités.

Tendue et fatiguée, Mara ferma les yeux. Elle risquait d'épuiser les ressources des Acoma, et la promesse qu'elle venait de faire dépendait lourdement des artisans de Lujan, des armuriers et des fabricants d'armes dont le travail n'avait pas encore été évalué. Les Cho-ja seraient offensés par des marchandises de qualité inférieure, peut-être même courroucés.

Le messager revint rapidement. Il échangea de rapides cliquetis avec la matriarche et la jeune reine se lança dans une série de trilles bruyants.

Mara redoutait la traduction ; la volubilité de la jeune reine signifiait sûrement une concession royale du seigneur rival.

Le messager termina son rapport. Aussi immobile qu'une statue d'obsidienne, la vieille reine déclara : « Dame souveraine, le seigneur à la surface nous informe qu'il a reconnu les couleurs des Acoma sur les guerriers qui attendent près de l'entrée de la fourmilière. Il dit qu'il connaît vos ressources et déclare que vous ne pouvez pas remplir vos engagements. »

Les yeux de Mara s'étrécirent sous le regard luisant de la reine. « Ces paroles sont fausses. » Mara s'arrêta, et contenant une vive colère, se leva de son coussin. « Ce seigneur parle en toute ignorance. »

Indifférente à la colère de Mara, la reine répondit : « Je ne comprends pas. »

Mara lutta pour contrôler sa rage. « Est-ce que les Cho-ja connaissent les détails de chaque fourmilière, leur fonctionnement, leurs activités ? »

La reine fit de petits gestes de ses avant-bras, très perplexe. « Ce qui se passe dans les fourmilières est connu de toutes les reines. » Elle s'arrêta pendant une longue minute, puis bavarda doucement avec la jeune reine. Pour Mara, elle ajouta : « Clairement, vos façons humaines diffèrent des nôtres. »

Mara s'humecta les lèvres et sentit le goût de la transpiration. La fatigue ne devait pas la faire agir sans réfléchir. Dans les profondeurs de la terre, elle ne disposait que de six guerriers face aux défenses les plus formidables de la fourmilière. Un simple geste inopportun pouvait se montrer fatal. « Je suis la souveraine des Acoma, déclara-t-elle avec force. J'affirme qu'aucune maison de l'Empire ne peut oser prétendre connaître l'étendue de mes ressources ! Ce seigneur rival négocie sans honneur et son accusation est une insulte envers ma maison. » Elle avança, dissimulant sa peur, digne héritière de ses ancêtres, et se plaça juste devant la jeune reine. « Dame des Cho-ja, je négocie en toute sincérité. Sachez qu'en tant qu'Acoma, je considère que ma parole est plus importante que ma vie. »

Alors que l'on traduisait ses paroles, l'attente faillit briser Mara, mais elle tint bon, serrant les poings de toutes ses forces. La jeune reine étudiait la visiteuse humaine avec une grande curiosité, pendant que la reine donnait ses instructions aux messagers. Le défi de Mara au rival inconnu qui attendait à la surface concernait un problème d'honneur, et le sang risquait de couler, même à l'intérieur de la fourmilière. Luttant contre un accès de panique, Mara jura intérieurement. Ne pas connaître l'identité de son rival la plaçait dans une situation extrêmement désavantageuse.

Un léger grattement se fit entendre dans la galerie et le nouveau messager arriva. La vieille reine l'écouta, puis reprit la parole. « Dame souveraine, le seigneur à la surface reconnaît qu'il avait parlé sous l'emprise de la colère. Vous avez peut-être les armuriers nécessaires pour tenir vos promesses, mais il affirme que tout l'Empire sait que sa fortune est plus grande que celle des Acoma. Pour la jeune reine, il fera toujours une offre supérieure à celle que proposera la Dame Mara, si ma fille veut bien choisir ses terres pour construire sa nouvelle fourmilière. »

Les bracelets de jade de Mara tintèrent dans le silence alors qu'elle se redressait. « Qui ose se vanter d'avoir une fortune supérieure à la mienne ?

— Le seigneur des Ekamchi », répondit la reine.

Mara lança un regard interrogateur à Arakasi, car le nom ne lui était que très vaguement familier. Le maître espion quitta sa place parmi sa suite et lui murmura rapidement : « L'ami intime d'Inrodaka. Il possède une certaine fortune, je pense un peu supérieure à la vôtre. Son armée est petite, mais son escorte sera sûrement plus nombreuse que la nôtre. Je me souviens de lui comme d'un homme gras, sans aucune expérience personnelle de la guerre et probablement sans beaucoup de courage. »

Mara hocha la tête. La vitesse à laquelle le seigneur des Ekamchi avait rétracté sa revendication sur les ressources Acoma semblait indiquer l'hésitation d'un homme qui n'était pas sûr de lui. Utilisant le conseil implicite d'Arakasi, Mara murmura : « Plus nous attendons, plus nous perdons l'avantage. Je pense que je dois me montrer audacieuse. »

Le maître espion esquissa un sourire tout en s'inclinant et en reprenant sa place. Faisant résonner dans sa voix une confiance qu'elle ne ressentait pas, Mara s'adressa à la jeune reine. « Fille reine des Cho-ja, je déclare solennellement que les Acoma égaleront toutes les offres de cet arrogant vantard qui se trouve au-dessus de nous. J'offrirai à votre fourmilière tous les biens matériels qu'il proposera. Je promets aussi que je vous ferai apporter des fleurs odorantes chaque jour de printemps, pour que vous n'oubliiez pas les plaisirs de la vie à la surface quand vous prendrez soin de vos sujets. Je ferai confectionner des tentures aux vives couleurs par nos meilleurs tisserands, pour que votre chambre soit toujours plaisante, et ces tentures seront remplacées chaque saison pour que vous ne vous lassiez pas de votre environnement. Et je viendrai sous terre, je m'assiérai en votre compagnie et je discuterai avec vous des problèmes de l'Empire, pour que vous puissiez mieux comprendre les affaires humaines. Je vous supplie maintenant de choisir le domaine qui sera le foyer de votre nouvelle fourmilière. »

Le silence s'installa. Les ouvriers qui s'occupaient de la reine semblèrent se redresser légèrement alors que la matriarche commençait sa traduction, accentuant extrêmement chaque cliquètement et chaque sifflement. Mara écoutait, la gorge serrée ; à ses côtés Keyoke et Arakasi échangeaient de sinistres signaux pour indiquer qu'ils se tenaient prêts à tout. Leur maîtresse avait fait une requête audacieuse et personne ne pouvait savoir comment les mystérieux Cho-ja pouvaient réagir.

Les deux reines conférèrent un long moment. Angoissée, endolorie par la tension, Mara ressentait les minutes qui s'écoulaient comme si elle était une corde de gikoto trop tendue par un musicien nerveux. Elle fit appel à toutes les techniques de contrôle de soi qu'elle avait apprises au temple pour supporter ce cruel suspense. Elle regarda le visage de ses serviteurs, les traits familiers et ridés de Keyoke, l'expression énigmatique d'Arakasi, et chacun de ses soldats. Des frissons lui parcouraient la peau alors qu'elle se demandait quel serait son destin si la reine cho-ja ne choisissait pas en faveur des Acoma. Si le seigneur des Ekamchi remportait la négociation, des ennemis l'attendraient à la surface. Tout l'avantage qu'elle avait gagné en entrant dans la fourmilière serait réduit à néant. Son audace risquait finalement de provoquer sa mort, puisque personne ne savait quelles coutumes cette race étrangère observait envers ses hôtes.

Puis, sans avertissement, les yeux à facettes de la vieille reine se dirigèrent vers les hommes. Mara resta immobile tandis qu'elle annonçait la décision. « La reine, ma fille, a choisi. Elle déclare qu'elle bâtira sa fourmilière sur le domaine de Mara des Acoma. »

Lax'l fit un geste. Un messager se précipita dans la galerie pour la dernière fois, pour porter la nouvelle de sa défaite au seigneur des Ekamchi. Keyoke et Arakasi échangèrent de petits sourires de soulagement, alors que Mara couvrait brièvement son visage de ses mains pour étouffer un rire de triomphe. Son instinct ne l'avait pas trompée. Les Acoma avait gagné un atout rare et extraordinaire pour les années à venir.

La fatigue balayée par l'excitation et la curiosité, Mara demanda : « Puis-je me permettre de vous demander pourquoi votre fille a finalement choisi les terres Acoma, alors que les offres étaient si proches ? »

Les reines échangèrent des remarques, puis l'aînée répondit : « Ma fille vous aime bien. Vous avez dit qu'elle était belle.

— C'est une chose à laquelle la plupart des hommes n'auraient jamais pensé, murmura Arakasi. Même les reines cho-ja sont sensibles à la flatterie.

— C'est vrai », répondit Keyoke.

La vieille reine inclina le dôme poli de sa tête vers Mara. « Et nous considérons toutes deux que vous avez fait preuve d'une grande courtoisie en venant sous terre pour négocier plutôt que d'utiliser des messagers. Vous êtes la première de votre race à l'avoir fait. »

Arakasi étouffa un rire et murmura à Keyoke : « Tout cela parce que la plupart des seigneurs n'oseraient pas mettre le pied dans la demeure d'un autre noble sans avoir été préalablement *invités à entrer*. Il semble que la politesse tsurani soit de la grossièreté chez les Cho-ja. »

Le commandant semblait moins amusé. « Les épées peuvent encore déterminer le résultat de cette rencontre », rappela-t-il au maître espion, en indiquant d'un mouvement du pouce la surface, où les attendaient des troupes hostiles.

Mara ne commenta pas les remarques de ses serviteurs, mais regarda la vieille reine. « J'ai cru comprendre que la suite de la jeune reine serait réduite. »

La vieille reine fit un geste de l'avant-bras. « Cela est vrai, protectrice de la fourmilière de ma fille. J'ai donné naissance à trois cents guerriers, dont deux cents ont grandi à une vitesse accélérée pour l'accompagner. L'autre centaine la suivra quand elle aura atteint normalement sa maturité. Je lui permets d'emmener deux rirari, deux mâles reproducteurs et sept cents ouvriers. »

Mara réfléchit rapidement. La présence de Cho-ja sur le domaine Acoma serait une gêne pour tous ses ennemis, sauf les plus téméraires, car il était probable que personne ne savait que les guerriers cho-ja seraient jeunes et difficiles à contrôler. « Selon le cours normal des choses, en combien de temps une nouvelle fourmilière est-elle capable de commencer à commercer ? »

La vieille reine remua sa mâchoire, comme si elle devinait l'intention de Mara. « Selon le cours normal des choses, deux à trois ans. »

La fatigue revint en vagues d'épuisement. L'esprit de Mara ne parvenait plus à se fixer sur la conversation, mais elle se força à tirer parti d'une remarque précédente de la vieille reine. « J'aimerais négocier pour qu'un supplément d'ouvriers et de guerriers soit envoyé avec votre fille. » Prenant soin de dissimuler son épuisement, Mara marcha d'un pas assuré vers le palanquin. Elle entra et fit signe à un esclave d'ouvrir le rideau pour qu'elle pût voir clairement les deux reines. Installée dans ses coussins – et espérant qu'elle ne semblait pas trop lasse –, Mara reprit : « Je voudrais que nous parlions des termes de cet accord.

— Cela est sage, répondit la reine. Les jeunes guerriers sont irritables ; des soldats plus vieux, plus expérimentés, seront nécessaires pour maintenir l'ordre dans la nouvelle fourmilière. »

Le cœur de Mara s'enfla de plaisir : elle avait compris les commentaires de la vieille reine sur la nature des Cho-ja. Derrière elle, Keyoke murmura avec étonnement : « Ils vendent leurs congénères ! »

La vieille reine avait l'ouïe plus fine qu'il ne s'y attendait car elle répondit : « Seule compte la fourmilière, commandant. Et je suis la fourmilière. Ceux que je vends serviront votre Dame comme ils le feraient pour moi. Elle sera leur nouvelle reine.

— Je souhaite seulement que votre fille ait une fourmilière plus forte, le plus tôt possible, répondit Mara. J'achète des ouvriers et des guerriers pour les lui offrir.

— Cela est généreux, acquiesça la vieille reine. Je garderai ce fait à l'esprit en calculant mon prix. »

Mara prit un moment pour consulter ses conseillers. Puis, en redressant les épaules, elle commença : « J'ai besoin de vingt guerriers, majesté. Je vous demanderai aussi des artisans.

— Je croyais que nous étions venus pour des guerriers, ma Dame », s'exclama Keyoke, avec un sursaut de surprise.

Le regard de Mara se perdit dans le vague, comme cela lui arrivait souvent ces derniers temps. Alors que la position des Acoma se stabilisait, elle s'efforçait de faire des plans pour l'avenir et demandait de moins en moins l'avis d'autres personnes. Mais un ancien et valeureux conseiller méritait une explication. « Depuis mes fiançailles avec le fils Anasati, notre position est plus sûre. Cette jeune reine pourra engendrer de nouveaux guerriers, le temps venu. Mais je crois que leur compétence la plus précieuse n'est pas innée. Je veux des fabricants de soie. »

La matriarche se redressa aussi haut que son abdomen le lui permettait. « Des fabricants de soie vous coûteront extrêmement cher ! »

Mara lui fit une demi-révérence, pour que son audace ne fût pas interprétée comme une offense. « Quel est leur prix ? »

La reine agita ses avant-bras pendant un long moment. « Une centaine de sacs de thyza pour chaque ouvrier.

— D'accord, répondit Mara sans la moindre hésitation. J'ai besoin de cinq fabricants de soie. »

Mais la vieille reine cliqueta d'une façon désapprobatrice devant la hâte de Mara. « Vous devez aussi donner un millier d'épées, un millier de casques et un millier de boucliers, qui devront nous être envoyés dès votre retour. »

Mara fronça les sourcils. Jican était un régisseur compétent, elle avait l'argent pour acheter tout ce qui ne se trouverait pas dans ses entrepôts. « D'accord. » Le marché était dur, mais juste. Avec le temps, le commerce florissant de la soie rembourserait plusieurs fois cette dépense. Anxieuse maintenant de communiquer toutes ces nouvelles à Jican et à Nacoya, Mara demanda : « Quand la reine partira-t-elle ? »

La matriarche conféra avec sa fille, puis répondit : « Pas avant l'automne. »

Mara inclina la tête dans un geste de respect. « Alors je partirai à l'aube pour commencer à remplir nos obligations envers vous. Mes ouvriers veilleront à ce que les needra soient déplacés, la prairie tondue et apprêtée, pour que votre fille la reine soit bien accueillie dès son arrivée. »

La reine matriarche lui fit signe qu'elle pouvait se retirer. « Alors, partez, Mara des Acoma. Puissent les dieux vous accorder la prospérité et l'honneur, car vous avez négocié gracieusement avec notre espèce.

— Et puisse votre fourmilière continuer à croître en prospérité et en honneur », répondit Mara avec un profond sentiment de soulagement.

Lax'l s'avança pour guider les hommes vers la surface. Les yeux brillants de la reine se détournèrent, alors qu'elle se plongeait à nouveau dans les problèmes de la fourmilière et les décisions complexes de la reproduction. Enfin capable de s'abandonner à l'épuisement et tremblant légèrement après des heures de tension ininterrompue, Mara s'allongea dans les coussins du palanquin. Elle fit un geste et sa suite s'assembla pour le départ. Durant le voyage vers la surface, elle eut soudain envie d'éclater de rire, puis de pleurer. Les graines qu'elle venait de semer donneraient un jour de magnifiques fruits, car elle avait gagné le moyen d'étendre la base financière déjà impressionnante de Jican. Le commerce méridional de la soie n'était pas encore une industrie solide. La soie du Nord était de qualité variable et elle manquait parfois. Mara ne savait pas encore comment convaincre cette jeune reine de faire de la production de la soie une des grandes spécialités de sa fourmilière, mais elle s'efforcerait d'y parvenir. Produite près des plus grands centres de commerce du Sud, la soie Acoma pourrait peut-être un jour dominer complètement le marché.

Tandis que ses porteurs l'emportaient dans les galeries sombres à l'odeur richement épicée, l'euphorie de Mara décrut. Il ne lui restait plus que deux semaines pour les préparatifs complexes qu'occasionnait un mariage entre deux grandes familles. Les efforts de cette nuit augmenteraient la richesse des Acoma, mais cette fortune serait bientôt remise entre les mains du fils de l'un de ses ennemis les plus implacables. Mara rumina dans l'intimité du palanquin. De tous ses choix depuis la mort de son père et de son frère, son mariage avec Buntokapi était le plus risqué.

La dernière intersection disparut derrière eux, mais la galerie ne s'obscurcissait pas. À travers les fins rideaux du palanquin, Mara aperçut les arches de l'entrée de la fourmilière où brillait la lueur vive du jour. Les négociations avec les reines cho-ja avaient duré toute la nuit. Ses yeux lui firent mal alors qu'ils s'adaptaient à la lumière ambiante et la fatigue lui faisait tourner la tête. Satisfaite de pouvoir s'allonger et somnoler pendant que Keyoke ordonnait les rangs de son escorte et préparait les esclaves et les guerriers pour la longue marche du retour, elle ne comprit qu'ils avaient des ennuis que lorsque le palanquin frémit puis s'arrêta, et qu'elle entendit le sifflement des armes que l'on dégainait.

Effrayée, Mara s'assit brusquement. Elle tendit la main pour écarter les rideaux, quand une voix inconnue et courroucée retentit.

« Voleuse ! Prépare-toi à répondre de tes crimes ! »

Réveillée brusquement par la peur et la colère, Mara écarta vivement les rideaux. Keyoke et les guerriers Acoma attendaient, l'épée tirée, prêts à la défendre. Plus loin se tenait le seigneur des Inrodaka, les cheveux blancs, le visage écarlate, échevelé, furieux d'avoir passé la nuit en plein air. Mara évalua rapidement la force de son escorte. Elle compta une compagnie au grand complet, au moins deux cents soldats, mais tous ne portaient pas le rouge Inrodaka. La moitié arboraient la cuirasse pourpre et jaune des Ekamchi.

Le vieux seigneur relevait son menton avec arrogance et faisait de grands gestes avec son épée de famille ornementale. « Dame des Acoma ! Comment osez-vous violer les terres des Inrodaka ! Votre audace outrepasse votre force, pour le plus grand chagrin et la plus grande honte de votre nom. Vous avez volé la fourmilière de la fille de la reine et vous allez le payer très cher. »

Mara écouta l'accusation avec un froid regard de mépris. « Vos paroles sont insensées et totalement dépourvues d'honneur. » Elle jeta un coup d'œil à l'homme obèse qui se trouvait aux côtés d'Inrodaka, supposant qu'il s'agissait du seigneur des Ekamchi. « Les terres qui entourent cette fourmilière ne sont revendiquées par personne. Que votre hadonra vérifie donc les archives à Kentosani, si vous doutez de ma parole. Et les Cho-ja ne sont les esclaves d'aucun homme. Ils choisissent avec qui ils négocient. Traiter de voleur quelqu'un qui négocie en toute bonne foi est une insulte qui exige des excuses ! »

Les deux seigneurs regardèrent la souveraine des Acoma. Elle ressemblait peut-être à une jeune fille prise d'un accès de dépit, mais devant la compagnie armée et compétente qui n'attendait que son ordre pour leur arracher ces excuses, les deux hommes perdirent un peu de leur furie. Mais ils ne furent pas intimidés par le courage inattendu de Mara. Le seigneur des Inrodaka bredouillait d'indignation tandis que son compagnon levait un poing dodu. Ces démonstrations impolies auraient pu être comiques s'ils n'avaient eu derrière eux des rangs farouches de guerriers en armes.

« Vous m'avez fait un affront en me faisant rompre une promesse envers un allié de confiance », enrageait Inrodaka. Mais il semblait plus enclin à parler qu'à combattre. « J'avais promis aux Ekamchi les droits exclusifs de négociation avec la jeune reine et, par traîtrise, vous avez eu vent de mes secrets ! »

Maintenant Mara comprenait. L'homme soupçonnait les Acoma d'avoir un agent dans sa maison. Arakasi avait passé plusieurs semaines comme invité chez les Inrodaka. Si jamais quelqu'un le reconnaissait, un combat pouvait s'ensuivre. Mara lança à la dérobée un regard vers Arakasi, mais elle fut complètement déconcertée. Le maître espion avait disparu. Un autre regard inquisiteur, un peu plus attentif, lui révéla sa présence parmi les soldats, mais, même alors, elle eut beaucoup de difficulté à le reconnaître. En tous points semblable aux autres guerriers Acoma, il se tenait prêt à intervenir en cas de problème. Mais il avait légèrement baissé son casque sur l'arête de son nez et fait avancer son menton, ce qui rendait sa mâchoire plus carrée que d'habitude. Il resterait probablement inaperçu. Soulagée, Mara chercha à éviter le conflit.

« Mon Seigneur, je n'ai aucune responsabilité dans la rupture d'une promesse que vous n'étiez pas en droit de faire. Les Cho-ja sont maîtres de leurs projets. Quant à connaître vos secrets, les Cho-ja sont les premiers à entendre les nouvelles et à cueillir les fruits de l'automne. Si vous le leur aviez seulement demandé, ils vous auraient appris que les reines savent tout ce qui se passe dans toutes les autres fourmilières. Que vos ouvriers, vos serviteurs ou vos esclaves sortent ou non de votre domaine, la nouvelle était connue dans tout l'Empire. J'ai été simplement la première à réagir. Vous n'auriez pas pu m'en empêcher, mon Seigneur. Et enfin, depuis quand les Acoma doivent-ils veiller sur l'honneur des Inrodaka ? »

Le seigneur des Inrodaka se hérissa. Son allié, le seigneur des Ekamchi, avait l'attitude de quelqu'un qui souhaitait que toute cette affaire se terminât au plus vite, pour rentrer chez lui. Mais l'honneur l'empêchait de se retirer. « Pour cet affront, fille présomptueuse, tu ne quitteras pas mes terres en vie. »

Mara écouta sa menace dans un silence fier et glacial. Elle ne devait pas capituler, car une telle couardise couvrirait de honte les ossements de ses ancêtres. Bien que la peur fît palpiter son cœur, elle vit que ses hommes étaient prêts, ne montrant pas un signe de doute face à des forces supérieures en nombre. Elle hocha une fois la tête en direction de Keyoke.

Le commandant fit signe aux guerriers Acoma de lever leurs armes tandis que, comme des reflets imparfaits dans un miroir, les commandants des Inrodaka et des Ekamchi ordonnaient à leurs hommes de se préparer.

Dans le vacarme des lames et le grincement des armures, Mara sentit son pouls s'accélérer. Elle tenta une dernière fois de négocier. « Nous n'avons aucun désir de vous chercher querelle, d'autant que nous n'avons rien fait qui exige que nous nous défendions. »

La réponse d'Inrodaka retentit comme un couperet d'acier dans l'air matinal. « Vous ne partirez pas sans combattre. »

À un battement de cœur du massacre, Mara soutint le regard du vieil homme courroucé, pendant qu'elle murmurait précipitamment à Keyoke : « Pouvons-nous compter sur notre alliance avec la jeune reine ? »

Keyoke gardait ses yeux fixés sur les forces adverses. « Dame, la vieille reine dirige cette fourmilière et elle est alliée aux Inrodaka. Qui sait comment ses guerriers réagiront si l'alliée de la jeune reine est menacée ? » Serrant fortement son épée, il ajouta : « Je doute qu'il y ait jamais eu une telle confrontation dans la longue histoire de l'Empire. »

Alors qu'il parlait, une centaine de vieux guerriers cho-ja expérimentés sortirent de la fourmilière. Leurs carapaces noires et leurs avant-bras tranchants luisaient à la lumière du soleil tandis qu'ils s'interposaient entre les deux lignes de soldats humains. Des douzaines d'autres Cho-ja sortaient de terre, au moment même où Lax'l se plaçait à une demi-douzaine de pas des deux seigneurs enragés. Il déclara : « Les Acoma et leur souveraine sont les invités de notre reine et le seigneur des Inrodaka est son allié. Personne ne doit provoquer un combat devant sa fourmilière. Si les deux armées quittent les lieux, aucun sang ne sera versé. »

Enflammé par sa colère, le seigneur des Inrodaka redressa la tête. « Mais votre fourmilière est au service de ma maison depuis trois générations !

— Notre fourmilière est une alliée », répéta Lax'l. Ses yeux luisaient d'un sentiment que Mara apparentait à la colère, mais sa voix restait calme. « Comme la Dame des Acoma l'a dit, les Cho-ja ne sont les esclaves d'aucun homme. Partez immédiatement. » Comme pour souligner cette déclaration, une nouvelle compagnie de Cho-ja surgit de derrière la fourmilière et prit position derrière les troupes des Inrodaka et des Ekamchi. Une force similaire apparaissait derrière les soldats de Mara.

Inrodaka regarda de chaque côté et vit deux cents autres soldats Cho-ja, les pattes penchées vers l'avant, prêts à charger. Sa rage décrut avant même qu'il se tournât pour découvrir que le seigneur Ekamchi avait déjà signalé à ses troupes de se retirer. Mara remarqua qu'Inrodaka était presque soulagé qu'on l'obligeât à partir. Sa réputation était depuis longtemps celle d'un homme qui évitait les conflits et il avait sûrement fait cette petite démonstration pour le bénéfice de son allié, sans être véritablement outragé.

Une faiblesse subite submergea la Dame des Acoma alors que les nuits sans sommeil et la tension triomphaient de sa volonté inébranlable. Elle s'autorisa enfin à s'allonger dans ses coussins tandis que Lax'l se tournait vers Keyoke. « Commandant, ma compagnie vous escortera jusqu'à la limite des frontières Inrodaka avec une centaine de guerriers. »

Keyoke fit un signal et, pendant que ses hommes rengainaient leur épée, demanda : « Faites-vous partie des vingt vétérans qui rejoindront la nouvelle fourmilière ?

— Tout à fait, répondit Lax'l avec une bizarre expression faciale, peut-être l'équivalent cho-ja d'un sourire. Comme vous avez fait de grandes dépenses pour assurer la sécurité de sa fille, la vieille reine vous a donné ses meilleurs soldats. Un autre prendra mon poste ici, et je serai le commandant de l'armée de la nouvelle fourmilière. »

Puis, comme avec une arrière-pensée, il ajouta : « Je pense que la Dame des Acoma a gagné ce que vous, les Tsurani, appelleriez l'affection de la vieille reine. »

Épuisée jusqu'au plus profond de ses os, Mara réussit tout de même à esquisser un demi-sourire d'appréciation. « La jeune reine n'a pas besoin de vous ? »

Le commandant cho-ja fit un geste négatif des avant-bras. « La jeune reine est très vulnérable lorsqu'elle grandit, et même notre présence ne pourrait apaiser l'agressivité des jeunes guerriers – et elle ne doit pas le faire. Quand nous serons dans notre nouvelle fourmilière, nous leur apprendrons ce qu'ils doivent savoir pour devenir de bons guerriers. »

Pendant que les troupes des Inrodaka et des Ekamchi faisaient retraite et disparaissaient derrière la crête, Keyoke assemblait ses hommes pour la longue marche de retour. Quand le dernier soldat eut rejoint sa place, il regarda sa maîtresse. « Ma Dame ? »

Mara indiqua qu'il devait partir, mais demanda à Arakasi de marcher près du palanquin. Il arriva, fatigué et poussiéreux comme le reste des hommes, mais avec une lueur de victoire dans les yeux. Réconfortée par son sentiment de fierté, Mara lui parla doucement alors que la colonne avançait. « Tu as fait mieux que tenir ta parole, Arakasi. Non seulement tu as démontré la valeur de tes conseils, mais ta sagesse a permis aux Acoma d'accroître leur puissance. De combien de temps as-tu besoin pour réactiver ton réseau ? »

La satisfaction du maître espion s'épanouit sur son visage jusqu'à ce qu'il arborât un véritable sourire. Il s'inclina légèrement vers sa nouvelle maîtresse. « Un an, Dame, si je ne rencontre pas de difficultés.

— Et si tu rencontres des difficultés ?

— Un an, un an et demi. » Le maître espion marqua une pause significative, puis ajouta : « Plus, si vous le désirez. »

Mara regarda de chaque côté, s'assurant qu'aucun homme ne marchait suffisamment près pour entendre leur conversation. « Quand nous établirons notre camp ce soir, je veux que tu partes immédiatement et que tu commences à retrouver tes agents. Reviens au domaine dans un an. Si tu as besoin de me contacter, notre signal sera *les fabricants de soie de la jeune reine.* Comprends-tu ? »

Arakasi hocha imperceptiblement la tête, cachant son geste en réajustant la jugulaire de son casque. « Si je ne rentre pas avec vous et que je ne prête pas serment au natami des Acoma, je ne suis pas lié aux ordres de la Dame des Acoma avant d'être prêt à le faire. » Puis il ajouta d'une manière plus explicite : « Ou aux ordres du seigneur des Acoma.

— Tu as compris. » Mara ferma les yeux et contrôla les puissantes émotions qui la bouleversaient. Les dieux étaient généreux car cet homme était assez perspicace pour deviner ses intentions vis-à-vis de son futur époux.

Arakasi ajouta doucement : « Buntokapi risque de ne pas partager notre enthousiasme pour notre vœu, Dame. »

Mara hocha la tête, soulagée que cet homme fût un allié et non un ennemi. Si Jingu des Minwanabi s'assurait un jour les talents d'un espion comme Arakasi… Mais elle ne devait pas permettre à la fatigue de souffler sur les braises de peurs injustifiées. Avec un effort, la Dame se concentra sur l'instant présent. « Quand tu reviendras, nous verrons où en seront les choses. Si tout s'est déroulé comme je l'espère, nous pourrons alors progresser dans notre plan contre Jingu des Minwanabi. »

Arakasi inclina légèrement la tête vers le palanquin. « Dans mon cœur, je vous ai déjà prêté serment de loyauté, ma Dame. Je prie pour que les dieux m'accordent un jour l'occasion d'un acte plus officiel devant le jardin de méditation des Acoma. » Il regarda autour de lui, observant les épaisses frondaisons de la forêt. « Cela semble un endroit tout aussi bon qu'un autre pour partir. Puissent les dieux vous protéger, Dame des Acoma. »

Mara le remercia puis resta silencieuse alors qu'Arakasi changeait de direction et s'évanouissait dans les bois. Si le commandant s'étonna de ce départ soudain, il ne dit rien. Il dirigea simplement son attention sur ses guerriers et les dangers du voyage de retour. Mara s'allongea, passant et repassant les dernières paroles d'Arakasi dans son esprit. Elle ajouta une prière pour que son souhait se réalisât ; car s'il vivait et ne prêtait pas serment de fidélité devant le natami, cela signifiait qu'elle serait morte, ou que Buntokapi serait fermement en place comme seigneur des Acoma, et aurait échappé à son contrôle.

Les servantes s'occupaient de leur maîtresse. Assise sur les coussins de la chambre qu'elle considérait toujours comme celle de son père, Mara ouvrit les yeux et déclara : « Je suis prête. »

Mais au fond de son cœur, elle savait qu'elle n'était pas préparée à ce mariage avec le troisième fils des Anasati, et qu'elle ne le serait jamais. Les mains serrées nerveusement l'une contre l'autre, elle supportait les soins de ses servantes, qui commencèrent à tresser des fils et des rubans dans sa chevelure pour confectionner la coiffure traditionnelle, extrêmement complexe, de la mariée. Les mains des femmes travaillaient doucement, mais Mara ne parvenait pas à rester tranquille. Les torsions et les tractions sur chaque mèche lui donnaient envie de se tortiller comme une petite fille.

Comme toujours, Nacoya semblait lire dans ses pensées. « Maîtresse, les yeux de chaque invité seront fixés sur vous aujourd'hui, et vous devez incarner la fierté de votre héritage Acoma. »

Mara ferma les yeux comme pour se cacher. La confusion monta comme une véritable douleur au creux de son estomac. La fierté de l'héritage Acoma l'avait prise au piège de circonstances qui la plongeaient de plus en plus profondément dans un cauchemar. Chaque fois qu'elle contrait une menace, une autre prenait sa place. Elle se demanda une nouvelle fois si elle avait agi sagement en choisissant Buntokapi comme époux. Elle pourrait l'influencer plus facilement que son très estimé frère Jiro, mais il risquait de se montrer beaucoup plus têtu. Si elle ne parvenait pas à le contrôler, elle ne pourrait jamais achever ses projets pour le renouveau des Acoma. Une fois encore, Mara chassa ses vaines spéculations : le choix était fait. Buntokapi deviendrait le seigneur des Acoma. Puis, silencieusement, elle modifia sa pensée : pour un certain temps seulement.

« Ma Dame peut-elle tourner la tête ? » Mara obéit, surprise par la chaleur de la main de la servante sur sa joue. Ses propres doigts étaient glacés alors qu'elle réfléchissait à Buntokapi et à la façon dont elle s'occuperait de lui. L'homme qui prendrait la place de son père comme seigneur des Acoma n'avait pas la sagesse et l'intelligence du seigneur Sezu, ni la grâce, le charme et l'humour irrésistible de Lano. Dans les rares occasions officielles où Mara avait observé Buntokapi depuis son arrivée pour la cérémonie de mariage, il lui avait semblé que c'était une véritable brute, lent à comprendre les subtilités et exprimant ouvertement ses passions. La respiration de Mara se bloqua et elle réprima un frisson. Ce n'était qu'un homme, se souvint-elle ; et bien que son éducation au temple fît qu'elle en sût moins sur les hommes que la plupart des jeunes filles de son âge, elle devait se servir de son esprit et de son corps pour le contrôler. Dans le grand Jeu du Conseil, elle saurait jouer le rôle de l'épouse sans amour, comme l'avaient fait avant elle d'innombrables femmes de grandes maisons.

Tendue par sa propre résolution, Mara supporta les soins de ses coiffeuses. Le remue-ménage et les cris qu'elle entendait à travers les minces cloisons de papier indiquaient que des domestiques préparaient la haute salle pour la cérémonie. Dehors, des needra meuglaient et des chariots chargés d'oriflammes et de banderoles passaient. Les soldats de la garnison avaient revêtu leur armure complète, brillamment polie, leurs armes décorées de bandes de tissu blanc pour signifier leur joie devant l'union prochaine de leur maîtresse. Les invités et leur suite encombraient la route, leurs palanquins et leurs domestiques en livrée formant un océan de couleurs qui contrastait sur l'herbe desséchée des champs. Les esclaves et les ouvriers avaient eu un jour de congé en l'honneur des festivités ; leurs rires et leurs chants parvenaient à Mara, glacée et seule avec ses craintes.

Les servantes lissèrent le dernier ruban et tapotèrent les dernières tresses brillantes pour les faire tenir en place. Sous ses boucles de cheveux noirs, Mara ressemblait à une poupée de porcelaine, aux cils et sourcils aussi fins que le chef-d'œuvre d'un peintre de temple. « Fille de mon cœur, tu n'as jamais été aussi belle », remarqua Nacoya.

Mara sourit machinalement et se leva, alors que les habilleuses ôtaient sa simple robe blanche et couvraient son corps de poudre pour qu'il restât sec durant la longue cérémonie. D'autres préparaient la lourde robe de soie aux immenses broderies réservée aux mariées Acoma. Pendant que les vieilles mains ridées des femmes lissaient l'étoffe de la robe inférieure sur ses hanches et son ventre plat, Mara se mordit les lèvres. À la nuit tombée, les mains de Buntokapi toucheraient son corps là où il le voudrait. Involontairement, elle se mit à transpirer légèrement.

« Le jour devient plus chaud », murmura Nacoya. Une lueur entendue étincela dans son œil alors qu'elle ajoutait un petit peu de poudre là où Mara en aurait besoin. « Kasra, va chercher une coupe de vin de sâ frais pour ta maîtresse. Elle semble pâle, et l'excitation du mariage n'a même pas encore commencé. »

Irritée, Mara inspira profondément. « Nacoya, je suis parfaitement capable de me débrouiller sans vin. » Elle se tut, frustrée, quand les servantes serrèrent les cordons de la robe au niveau de sa taille et sous sa poitrine, bloquant temporairement sa respiration. « De plus, je suis certaine que Bunto boira suffisamment pour nous deux. »

Nacoya s'inclina avec une formalité agaçante. « Une légère rougeur au visage vous va bien, Dame. Mais les époux n'apprécient pas la transpiration. » Mara choisit d'ignorer la mauvaise humeur de Nacoya. Elle savait que la vieille nourrice se faisait du souci pour l'enfant qu'elle aimait par-dessus tout.

Dehors, les bruits affairés indiquaient à Mara que sa maisonnée se bousculait pour terminer les travaux de dernière minute. Les plus grands personnages de l'Empire et une liste impressionnante d'invités se rassembleraient dans la haute salle, placés selon leur rang. Comme les personnes de plus haut rang seraient conduites à leur coussin en dernier, la disposition des invités devenait une affaire complexe et très longue qui commençait bien avant l'aube. Les mariages tsurani étaient célébrés le matin, car si une union se terminait quand le jour commençait à décroître, cela portait malheur au couple. Les invités de rang modeste devaient donc se présenter au domaine Acoma avant l'aube, pour certains, même, près de quatre heures avant le lever du soleil. Des musiciens divertissaient ceux qui étaient installés les premiers, des domestiques proposaient des rafraîchissements, pendant que les prêtres de Chochocan sanctifiaient la demeure. Actuellement, ils devaient être en train de revêtir leurs robes de cérémonie, alors qu'à l'écart de tous, un prêtre rouge de Turakamu abattait un jeune needra.

Les servantes placèrent enfin la robe supérieure dont les manches étaient brodées de shatra avec des fils d'or, ce métal si rare. Mara leur tourna le dos avec reconnaissance. Tandis que les habilleuses arrangeaient les épaulettes, il lui fut épargné la vue de Nacoya qui vérifiait chaque détail du costume. La vieille nourrice était sur les nerfs depuis que Mara avait choisi d'accorder à Buntokapi le pouvoir sur les Acoma. Que Mara eût fait cela avec un projet à long terme ne réconfortait Nacoya en rien. Des soldats Anasati étaient campés dans les baraquements, et l'un des ennemis les plus puissants des Acoma s'était installé dans le luxe dans les meilleurs chambres d'invités de la demeure. Et avec sa voix tonitruante et ses manières crues, Buntokapi avait de quoi effrayer des serviteurs qui seraient bientôt sujets à tous ses caprices. Tout comme elle, se souvint Mara avec un profond malaise. Elle tenta de s'imaginer partageant sans frissonner le lit du jeune homme au cou de taureau, mais en vain.

Avertie par le geste d'une servante, Mara s'assit pendant que l'on laçait à ses pieds les sandales de cérémonie ornées de joyaux. D'autres servantes enfonçaient dans sa coiffure des peignes de coquillage incrustés d'émeraude. Aussi rétive que le jeune needra que l'on parfumait en ce moment même pour le sacrifice – pour que Turakamu détournât son attention des invités du mariage –, la jeune fille demanda qu'un ménestrel vînt jouer dans ses appartements. Si elle devait supporter l'ennui de l'habillage, au moins la musique l'empêcherait peut-être de s'épuiser par ses réflexions. Si son destin était d'avoir des problèmes à cause de son mariage avec Buntokapi, elle s'en rendrait compte bien assez tôt. Le musicien fut conduit dans la chambre les yeux bandés ; aucun homme ne pouvait regarder la mariée avant que commencât la procession du mariage. Il s'assit et joua une mélodie apaisante sur un gikoto, le luth à cinq cordes qui était l'instrument principal de la composition tsurani.

Quand les derniers lacets et boutons furent fixés et les derniers rangs de perles noués sur ses poignets, Mara se leva de ses coussins. Des esclaves aux yeux bandés portant la litière de cérémonie furent conduits dans la chambre, et Mara monta dans le palanquin ouvert destiné uniquement aux mariages Acoma. Le cadre était décoré de fleurs et de ramures de koï pour porter bonheur, et les porteurs avaient des couronnes de fleurs dans leurs cheveux. Alors qu'ils plaçaient le palanquin sur leurs épaules, Nacoya avança et déposa un léger baiser sur le front de Mara. « Vous êtes très belle, ma Dame – aussi belle que votre mère le matin où elle a épousé le seigneur Sezu. Je sais qu'elle aurait été fière de vous voir ainsi, si elle était vivante aujourd'hui. Puissiez-vous trouver la même joie qu'elle dans le mariage, et que votre union soit bénie par des enfants qui perpétueront le Nom des Acoma. »

Mara hocha la tête d'un air absent. Pendant que des servantes avançaient pour guider les porteurs entre les cloisons, le ménestrel qu'elle avait fait venir hésita dans son chant et se tut maladroitement. Avec un froncement de sourcils, la jeune fille se réprimanda pour sa négligence. Elle avait manqué de courtoisie envers le musicien en s'en allant sans le féliciter. Alors que le palanquin quittait ses appartements pour entrer dans la première salle vide, Mara envoya rapidement Nacoya donner à l'homme un petit présent pour restaurer sa fierté. Puis, croisant les doigts avec force pour dissimuler leur tremblement, elle résolut d'être plus vigilante. Une grande maison ne prospérait pas si sa maîtresse ne se préoccupait que des grandes affaires. Très souvent, s'occuper des petits détails de la vie quotidienne enseignait une attitude qui permettait de découvrir le chemin de la grandeur ; tout du moins, c'est ce que le seigneur Sezu avait dit en faisant des remontrances à Lano quand ce dernier avait négligé ses artisans pour s'entraîner plus longtemps avec les guerriers.

Mara ressentit un étrange détachement. L'agitation des préparatifs et l'arrivée des invités conféraient un aspect fantomatique aux couloirs vidés pour le passage du palanquin. Elle ne voyait personne partout où se posait son regard, mais la présence des gens emplissait l'air. Dans l'isolement, elle atteignit le couloir principal et sortit du manoir pour rejoindre le petit jardin isolé pour la méditation. En ce lieu Mara passerait une heure seule, dans la contemplation, alors qu'elle se préparait à quitter l'enfance et à accepter le rôle d'une femme et d'une épouse. Des soldats Acoma en grande armure de cérémonie montaient la garde autour du jardin, pour la protéger, et pour s'assurer que leur Dame ne serait pas dérangée. À la différence des porteurs, ils n'avaient pas de bandeau. Ils faisaient face aux murs, tendant l'oreille jusqu'à la limite de leurs capacités, vigilants, mais ne risquant pas de provoquer le malheur en regardant la mariée.

Mara détourna ses pensées de la cérémonie à venir, cherchant à trouver un instant de calme, un retour à la sérénité qu'elle avait connue au temple. Elle s'assit avec grâce sur le sol, ajustant ses robes en s'installant dans les coussins laissés à son intention. Baignée dans l'or pâle du soleil matinal, elle regarda l'eau jouer sur le bord de la fontaine. Des gouttelettes se formaient et retombaient, si belles quand elles étaient uniques, jusqu'à ce qu'elles se perdent avec un éclaboussement dans le bassin de la fontaine. Je suis comme ces gouttelettes, pensa la jeune fille. Les efforts de sa vie entière finiraient par se mêler à l'honneur éternel des Acoma. Qu'elle trouvât le bonheur ou le malheur comme épouse de Buntokapi n'aurait aucune importance à la fin de ses jours, tant que le natami sacré resterait dans le jardin de méditation. Et tant que les Acoma recevraient leur place légitime sous les rayons du soleil, sans être tenus dans l'ombre des autres maisons.

Penchant la tête dans l'immobilité étincelante de rosée, Mara pria Lashima avec ferveur, sans regretter les jours perdus de son enfance ni la paix qu'elle avait recherchée au service du temple. Elle lui demanda la force d'accepter l'ennemi de son père comme époux, pour que le Nom des Acoma pût s'élever à nouveau dans le Jeu du Conseil.

Chapitre sept

Le mariage

Nacoya s'inclina profondément.

« Ma Dame, il est temps. »

Mara ouvrit les yeux, éprouvant une sensation de trop grande chaleur malgré l'heure. La fraîcheur de la matinée avait à peine commencé à s'évanouir, et déjà ses robes lui comprimaient le corps. Elle regarda Nacoya, qui se tenait juste devant le palanquin décoré de fleurs. Encore un instant, la supplia mentalement Mara. Mais elle n'osait pas prendre de retard. Cette union serait suffisamment pénible sans prendre le risque d'un mauvais présage si la cérémonie n'était pas terminée à midi. Mara se leva sans demander d'aide et s'installa dans le palanquin. Elle indiqua d'un geste qu'elle était prête et Nacoya donna l'ordre de partir. Les esclaves retirèrent leur bandeau, car la procession nuptiale commençait à cet instant. Les gardes entourant le jardin se retournèrent simultanément et saluèrent leur maîtresse tandis que les porteurs épaulaient le palanquin et commençaient le trajet jusqu'à l'estrade de cérémonie.

Les pieds nus des esclaves ne faisaient pas le moindre bruit alors qu'ils portaient Mara dans le grand couloir d'entrée carrelé. Keyoke et Papéwaio attendaient à la porte et laissèrent passer le palanquin avant de se placer derrière lui, le suivant de près. Des domestiques apparurent aux portes du corridor, lançant des fleurs vers leur maîtresse pour lui apporter joie et santé dans la maternité. Ses guerriers étaient disposés entre les portes et le regard de chaque homme brillait d'une ferveur intense tandis qu'il la saluait sur son passage. Plusieurs d'entre eux ne purent retenir quelques larmes. Cette jeune femme était plus pour eux que leur Dame ; pour les anciens guerriers gris, elle était celle qui leur avait donné une nouvelle vie inespérée. Mara remettait peut-être leur loyauté entre les mains de Buntokapi, mais elle conserverait toujours leur amour.

Les porteurs s'arrêtèrent derrière les portes closes de la salle d'apparat tandis que deux jeunes moniales vouées à Chochocan épinglaient des voiles colorés sur la coiffe de Mara. Puis elles placèrent dans ses mains une couronne de rubans, de plumes de shatra et de roseaux de thyza, qui signifiaient l'interdépendance de l'esprit et de la chair, de la terre et du ciel, et de l'union sacrée de l'homme et de la femme. Mara retint la couronne d'une main légère, de peur que ses paumes moites n'abîment les rubans de soie. Les plumes de shatra brunes rayées de blanc trahissaient son tremblement, pendant que quatre jeunes filles élégamment vêtues se plaçaient de part et d'autre du palanquin. C'étaient toutes des filles de familles alliées aux Acoma, que Mara connaissait depuis l'enfance. Même si leurs pères gardaient leurs distances en matière de politique, en ce jour, elles étaient à nouveau ses chères amies. Mais leurs sourires chaleureux alors que la procession nuptiale se formait ne parvinrent pas à apaiser les craintes de Mara. Elle entrerait dans la haute salle comme souveraine des Acoma, mais elle en ressortirait en tant qu'épouse de Buntokapi, une femme comme toutes les autres, un ornement pour l'honneur et le confort de son seigneur. Après une courte cérémonie devant le natami du jardin sacré, elle n'aurait plus de rang que par la grâce de son époux.

Keyoke et Papéwaio saisirent les anneaux des portes de bois et firent glisser silencieusement les panneaux peints sur le côté. Un gong résonna. Les musiciens entonnèrent la mélodie nuptiale sur leurs flûtes et leurs chalumeaux de roseau, et les porteurs avancèrent. Mara cligna des yeux, refoulant ses larmes. Elle garda la tête haute sous les voiles, alors qu'elle passait devant les plus grands dignitaires et les plus puissantes familles de l'Empire. Maintenant, nul ne pouvait plus empêcher la célébration de la cérémonie qui unirait son destin à celui de Buntokapi des Anasati.

À travers les voiles colorés, les invités assemblés apparaissaient à Mara comme des ombres. Les murs et le plancher de bois embaumaient la cire fraîche et la résine, dont l'odeur se mêlait au parfum des fleurs. Les esclaves grimpèrent l'escalier de la double estrade ornée de franges. Ils déposèrent le palanquin sur le niveau le plus bas et se retirèrent, laissant Mara aux pieds du grand-prêtre de Chochocan et de ses trois acolytes, tandis que les demoiselles d'honneur s'asseyaient sur des coussins placés à côté de l'escalier. Étourdie par la chaleur accablante et la fumée de l'encensoir du prêtre, Mara avait du mal à respirer. Elle ne pouvait pas voir au-delà de l'estrade du prêtre, mais elle savait que, selon la tradition, Buntokapi était entré simultanément dans la salle par l'extrémité opposée, sur un palanquin orné de décorations de papier qui symbolisaient des armes et une armure. Il se trouvait maintenant au même niveau qu'elle, à la droite du prêtre. Ses robes devaient être aussi riches et complexes que les siennes, et son visage était dissimulé par l'immense masque de plumes réservé aux mariages, confectionné par un lointain ancêtre Anasati.

Le grand-prêtre leva les bras, les paumes tournées vers le ciel, et prononça la phrase d'ouverture de la cérémonie. « Au commencement, seul le pouvoir résidait dans l'esprit des dieux. Au commencement, ils formèrent grâce à leurs pouvoirs l'obscurité et la lumière, le feu et l'eau, la terre et la mer, et enfin l'homme et la femme. Au commencement, les corps séparés de l'homme et de la femme recréèrent l'unité de la pensée des dieux qui les avaient créés, et ils engendrèrent ainsi des enfants, pour glorifier le pouvoir des dieux. Ce jour, comme au commencement, nous sommes rassemblés pour affirmer l'unité de la volonté des dieux, par l'intermédiaire des corps terrestres de ce jeune homme et de cette jeune femme. »

Le prêtre baissa les bras. Un gong sonna et de jeunes chanteurs entonnèrent un psaume décrivant l'obscurité et la lumière de la Création. Puis, dans un crissement de sandales et un froissement de soie, de brocarts, de perles et de plumes ornées de pierres précieuses, les invités assemblés se levèrent.

Le prêtre reprit son incantation et Mara lutta contre l'envie de passer la main derrière son voile pour se gratter le nez. La pompe et la solennité de la cérémonie lui rappelaient un incident de sa petite enfance, quand Lano et elle étaient revenus chez eux après un mariage officiel similaire à celui-ci. Enfants, ils avaient joué aux mariés ; Mara s'était assise sur les planches baignées de soleil d'un chariot de thyza, la chevelure ornée de fleurs d'akasi. Lano avait porté un masque de mariage d'argile cuite et de plumes, et le rôle du « prêtre » avait été joué par un vieil esclave que les enfants avaient harcelé jusqu'à ce qu'il acceptât de se déguiser avec un drap. Tristement, Mara serra les doigts ; la couronne de cérémonie qu'elle tenait était maintenant réelle et non l'imitation d'herbes et de feuilles tressées d'une petite fille. Si Lanokota avait été présent en ce jour, il l'aurait taquinée et aurait porté un toast à son bonheur. Mais Mara savait qu'au fond de lui il aurait pleuré.

Le prêtre entonna un autre passage et le gong résonna. Les invités se rassirent sur leurs coussins, pendant que les acolytes sur l'estrade allumaient des bougies d'encens. Une senteur lourde envahit la salle tandis que le grand-prêtre récitait les vertus de la première épouse. À chaque fois qu'il détaillait l'une d'elles – la chasteté, l'obéissance, la courtoisie, la propreté et la fécondité –,

Mara s'inclinait et touchait le sol de son front. Quand elle se redressait, un acolyte vêtu d'une robe pourpre, les pieds et les mains teints, retirait ses voiles les uns après les autres, le blanc pour la chasteté, le bleu pour l'obéissance, le rose pour la courtoisie… jusqu'à ce qu'il ne restât plus qu'un mince voile vert, pour l'honneur des Acoma.

Le tissu vaporeux la grattait toujours, mais au moins Mara pouvait observer son environnement. Les Anasati étaient assis du côté du marié, tout comme la suite Acoma était placée derrière Mara. Devant l'estrade, les invités étaient assis selon leur rang. Dans un habit blanc et or resplendissant, le Seigneur de Guerre était placé le plus près possible de l'estrade, son épouse à ses côtés vêtue d'un brocart écarlate orné de plumes turquoise. Au milieu de la débauche de couleurs des tenues des invités, deux silhouettes en noir profond ressemblaient à des noctèles se reposant dans un jardin de fleurs. Deux Très-Puissants de l'Assemblée des Magiciens avaient accompagné Almecho au mariage du fils de son vieil ami.

D'après leur rang, les Minwanabi auraient dû se trouver juste derrière le Seigneur de Guerre, mais l'absence de Jingu n'insultait pas les Anasati, à cause de la guerre de sang qui l'opposait aux Acoma. Ce n'était que lors des cérémonies officielles, comme le couronnement de l'empereur ou l'anniversaire du Seigneur de Guerre, que les deux familles pouvaient se retrouver en présence l'une de l'autre sans conflit.

Derrière la suite du Seigneur de Guerre, Mara reconnut les seigneurs des Keda, des Tonmargu et des Xacatecas ; avec les Oaxatucan d'Almecho et les Minwanabi, ils constituaient les Cinq Grandes Familles, les plus puissantes dynasties de l'Empire. Au rang suivant était assis Kamatsu, le seigneur des Shinzawaï, accompagné de son second fils Hokanu dont le beau visage était tourné de profil. Comme les Acoma et les Anasati, les Shinzawaï ne le cédaient en rang qu'aux Cinq Grandes Familles.

Mara se mordit les lèvres, alors que les feuilles et les plumes de sa couronne de mariage tremblaient. Au-dessus d'elle, le grand-prêtre continuait sa litanie d'une voix monotone, décrivant maintenant les vertus du premier époux pendant que les acolytes drapaient des colliers de perles sur les épées de papier du palanquin de Bunto. Mara vit les plumes rouges et blanches de son masque de mariage s'abaisser tandis qu'il s'inclinait devant chaque qualité, l'honneur, la force, la sagesse, la virilité et la bonté.

Le gong résonna une nouvelle fois. Le prêtre et ses acolytes se lancèrent dans une prière de bénédiction. Plus rapidement que Mara ne l'aurait cru possible, ses demoiselles d'honneur se levèrent et l'aidèrent à sortir du palanquin. Bunto se leva aussi et, le prêtre et les officiants entre eux, les mariés descendirent de l'estrade et s'inclinèrent devant les invités rassemblés. Puis, formant une petite procession qui comprenait le père de Buntokapi, seigneur des Anasati, et Nacoya, en tant que premier conseiller des Acoma, le prêtre et ses acolytes escortèrent les mariés hors de la haute salle pour traverser la cour jusqu'à l'entrée du jardin sacré.

À ce moment, des domestiques s'agenouillèrent et retirèrent les sandales de Mara et de Buntokapi, pour que leurs pieds puissent fouler la terre et entrer en contact avec les ancêtres des Acoma quand la Dame céderait sa souveraineté à son époux. En cet instant, le soleil était assez haut pour avoir fait évaporer les dernières gouttes de rosée. La chaleur intense du sentier de pierre semblait irréelle sous les pieds de Mara, et le chant d'oiseau qui retentissait dans les branches du vieil ulo ressemblait à un détail d'un rêve d'enfant. Mais la main de Nacoya lui serrait fermement le bras, lui confirmant qu'il ne s'agissait pas d'un songe. Le prêtre chanta une autre prière, et soudain elle dut avancer avec Buntokapi, comme une poupée ornée de bijoux accompagnant le plumage très haut de son masque de mariage. Le prêtre s'inclina devant son dieu, et laissant derrière lui les acolytes, le seigneur et le premier conseiller Acoma, suivit le couple dans le jardin.

Tenant son rôle avec rigueur, Mara n'osa pas regarder en arrière. Mais si le rituel l'avait permis, elle aurait vu les larmes de Nacoya…

La procession dépassa l'ombre confortable du vieil ulo et, sous le soleil, s'achemina entre les buissons en fleurs, les portails bas et les ponts cintrés qui conduisaient au natami des Acoma. Le visage fermé, Mara retraça les pas qu'elle avait faits à peine quelques semaines plus tôt, quand elle avait pleuré son père et son frère. Elle refusa de penser à eux maintenant, de peur que leur ombre ne désapprouvât son mariage avec un ennemi, pour assurer son héritage. Elle ne regarda pas plus l'homme qui avançait à ses côtés, dont le pas traînant trahissait son manque de familiarité avec le sentier, et qui respirait péniblement sous le masque de mariage aux vives couleurs rouge et or. Les yeux peints sur le masque regardaient droit devant, dans une solennité figée, tandis que le regard de l'homme allait et venait, observant tous les détails de ce qui bientôt serait légitimement à lui en tant que seigneur des Acoma.

Un carillon tinta faiblement, signalant au couple qu'il devait méditer en silence. Mara et son époux s'inclinèrent devant le visage de la divinité peint sur le portique de prière, et s'arrêtèrent près de l'étang. Il ne restait aucune trace de la venue de l'assassin pour souiller la berge herbeuse, mais un dais érigé par les prêtres de Chochocan ombrait la face ancienne du natami. Après une séance de prière et de méditation, le carillon résonna à nouveau. Le prêtre s'avança et plaça ses mains sur les épaules des mariés. Il bénit le couple, l'aspergea légèrement avec de l'eau puisée dans l'étang, puis s'arrêta, silencieux, pendant que les jeunes gens échangeaient leurs vœux.

Mara se força à rester calme, mais jamais l'exercice enseigné par les sœurs de Lashima ne lui fut aussi difficile. D'une voix ferme et tranchante, elle prononça les paroles par lesquelles elle renonçait à son titre de souveraine des Acoma. En sueur mais calme, elle maîtrisa ses nerfs quand le prêtre arracha son voile vert et le brûla dans un brasero placé près de l'étang. L'officiant mouilla son doigt, toucha la cendre chaude et dessina des symboles sur les paumes et les pieds de Buntokapi. Puis Mara s'agenouilla et embrassa le natami. Elle resta le front appuyé sur la terre où reposaient les os de ses ancêtres, pendant que Buntokapi des Anasati vouait sa vie, son honneur et son âme éternelle au Nom des Acoma. Puis il s'agenouilla aux côtés de Mara, qui termina le rituel d'une voix qui lui semblait appartenir à une étrangère.

« Ici reposent les esprits de Lanokota, mon frère ; du seigneur Sezu, mon père naturel ; de Dame Oskiro, ma mère naturelle : qu'ils soient les témoins de mes paroles. Ici repose la poussière de mes grands-pères, Kasru et Bektomachan, et de mes grands-mères, Damaki et Chenio : qu'ils soient les témoins de mes actes. » Elle prit une profonde inspiration et n'eut pas la moindre hésitation alors qu'elle récitait la longue liste de ses ancêtres jusqu'au fondateur des Acoma, Anchindiro, un soldat ordinaire qui avait combattu en duel le seigneur Tiro des Keda pendant cinq jours pour gagner la main de sa fille et le titre de seigneur, plaçant ainsi sa lignée juste derrière les Cinq Grandes Familles de l'Empire. Même Buntokapi inclina la tête avec respect, car en dépit du formidable pouvoir de son propre père, la lignée Anasati ne remontait pas aussi loin dans l'histoire que celle des Acoma. De la sueur coula dans le col de Mara. Avec une main qui miraculeusement ne tremblait pas, elle arracha une fleur de sa couronne et la déposa devant le natami, symbolisant le retour de sa chair à la terre.

Le carillon résonna, d'une note mélancolique. Le prêtre entonna une nouvelle prière et Bunto prononça les phrases rituelles qui le liaient irrévocablement au nom et à l'honneur des Acoma. Puis Mara lui tendit le poignard de cérémonie et il entailla sa chair pour que le sang coulât, formant des perles poussiéreuses sur la terre. Par un lien d'honneur plus puissant que la chair et que son ancienne parenté, plus puissant que la mémoire même des dieux,

Buntokapi devint le souverain des Acoma. Le prêtre retira le masque de mariage rouge et or des Anasati ; et le troisième fils d'un ennemi des Acoma s'inclina et embrassa le natami. Mara regarda de côté et vit le coin des lèvres de son époux se relever dans un sourire arrogant. Puis ses traits furent éclipsés quand le grand-prêtre de Chochocan glissa le masque de mariage vert des Acoma sur les épaules du nouveau seigneur.

Mara ne se souvenait plus s'être relevée. La procession qui revint à l'entrée du jardin se déroula comme dans un brouillard, un rêve rythmé par des chants d'oiseaux. Des domestiques les attendaient pour laver leurs pieds souillés et y replacer les sandales ornées de joyaux. Elle attendit patiemment pendant que le seigneur des Anasati s'inclinait cérémonieusement devant son hôte, le nouveau seigneur des Acoma, et elle ne pleura pas quand Nacoya prit sa place, un pas derrière l'épaule de Buntokapi. Éblouie par un reflet de lumière sur la robe du prêtre, elle les suivit dans la haute salle, pour terminer la partie officielle de la cérémonie de mariage.

La salle s'était considérablement réchauffée. Les grandes dames agitaient leurs éventails de plumes peintes et les musiciens qui avaient diverti l'assistance essuyaient sur leurs instruments les traces de doigts dues à la transpiration. Des serviteurs aidèrent les jeunes mariés à monter dans leurs palanquins, puis les soulevèrent au niveau où présidaient le grand-prêtre et ses acolytes. Revêtu maintenant d'une robe cousue de précieux sequins d'argent, d'or et de cuivre, le grand-prêtre invoqua l'œil omniprésent de Chochocan, le Dieu Bon. Le gong résonna alors qu'il croisait les bras sur sa poitrine, et un petit garçon et une petite fille montèrent sur l'estrade, portant chacun une cage de roseaux. À l'intérieur étaient perchés un mâle et une femelle kiri, le bout de leurs ailes blanches rayées de noir teint au vert des Acoma.

Le prêtre bénit les oiseaux et les acolytes prirent les cages. Puis, sortant le sceptre d'ivoire de la poche cousue dans sa manche, le prêtre invoqua Chochocan pour qu'il bénît le mariage de Buntokapi et de Mara. Le silence se fit dans la haute salle et les éventails s'immobilisèrent dans les mains des dames. Du plus petit des seigneurs terriens au Seigneur de Guerre, tous tendirent le cou pour voir ce qui allait se passer alors que le prêtre frappait les cages de son sceptre.

Les roseaux s'écartèrent sous ses soins, laissant les oiseaux libres de s'envoler, ensemble et joyeux, ce qui était un bon présage, ou séparément, au grand chagrin du couple juché sur les palanquins. Car on accordait beaucoup d'importance à la faveur de Chochocan.

Nacoya ferma les yeux, ses vieilles mains serrant une amulette qu'elle tenait sous son menton. Bunto observait les oiseaux, l'expression de son visage cachée par le masque de mariage aux couleurs vives ; mais son épouse regardait ailleurs, les yeux vagues, dans le lointain, comme si le rituel dans le jardin l'avait vidée de toute son énergie.

Le gong tinta et les domestiques ouvrirent en grand les cloisons de papier qui fermaient la salle. « Que ce mariage soit béni sous le regard des cieux », chanta le prêtre.

Les acolytes renversèrent les cages, faisant tomber les oiseaux de leur perchoir. La femelle pépia avec colère et battit des ailes, tandis que le mâle s'élançait dans l'air et décrivait un cercle audessus de l'assemblée, puis plongeait vers sa femelle. Il tenta d'atterrir sur le perchoir à côté d'elle, mais celle-ci, furieuse, gonfla ses plumes et battit des ailes, le frappant sans pitié de son bec. Le mâle fit retraite, puis se rapprocha, mais la femelle prit brutalement son essor, le bout des ailes teinté formant un flou vert dans les ombres. Avec un cri perçant, elle s'élança vers la liberté et disparut, un éclair de plumes pâles dans le soleil. Le mâle restait fermement cramponné au perchoir abandonné. Il hérissa ses plumes et secoua le bec de contrariété. Alors que l'assistance s'immobilisait, silencieuse et attentive, il se lissa la queue et sautilla jusqu'au sommet de la cage, où il se soulagea. Après une minute pesante, le grand-prêtre fit un mouvement du doigt, un geste discret mais perceptible d'irritation. Un acolyte embarrassé chassa l'oiseau. Tous les yeux l'observèrent tandis qu'il décrivait dans l'air des cercles paresseux, puis atterrissait dans un massif de fleurs juste derrière les cloisons ouvertes et commençait à fouiller la terre à la recherche de vers.

Dans l'assistance, les robes de brocart et les plumes ondulèrent comme une vague. Le grand-prêtre s'éclaircit la gorge, le sceptre retombant avec sa main ridée. Finalement, avec un regard vers Bunto assis avec raideur, il déclara : « Louée soit la bonté de Chochocan, et entendez son conseil. Que, sous sa protection, ce couple puisse trouver la miséricorde, la compréhension et le pardon. »

Il s'éclaircit à nouveau la gorge. « L'augure nous montre que le mariage requiert de la diplomatie, car en tant qu'homme et femme, ce seigneur et cette Dame devront toujours s'efforcer de rester unis. Telle est la volonté des dieux. »

Une pause gênée s'ensuivit pendant que les acolytes et les invités attendaient que le prêtre continuât. Finalement, quand il devint évident qu'il n'ajouterait pas un mot, le gong résonna. Un serviteur retira le masque de mariage du visage du Buntokapi. Il fit face à Mara qui semblait hébétée, sauf que ses yeux étaient légèrement étrécis et qu'un léger froncement déparait la ligne de ses sourcils.

« Échangez les couronnes », souffla le prêtre, comme s'il craignait que le couple n'oubliât le cérémonial.

Bunto pencha la tête et Mara plaça la couronne de cérémonie un peu fanée sur ses cheveux sombres. Celle-ci glissa un peu sur le côté comme Buntokapi se redressait, et Mara sentit du vin dans son haleine pendant qu'il s'approchait pour la couronner à son tour.

Le froncement de sourcils de Mara s'accentua. Durant l'heure de méditation de la future épouse, la coutume exigeait que le jeune marié partageât une gorgée de vin rituelle avec ses amis célibataires, pour leur porter bonheur et leur permettre de trouver eux aussi une femme. Mais il semblait que Bunto et ses compagnons avaient vidé le flacon rituel, et peut-être même un ou deux autres. Ennuyée par cet écart de conduite, Mara entendit à peine le prêtre les déclarer mari et femme, jusqu'à la fin de leurs jours mortels. Elle ne comprit que la partie officielle de la cérémonie était terminée que lorsque les invités poussèrent des acclamations bruyantes et lancèrent sur les époux un véritable nuage de porte-bonheur de papier pliés d'une façon extrêmement élaborée.

Mara réussit à sourire d'une façon machinale. C'était maintenant le moment où chaque invité présentait ses louanges nuptiales, sous la forme d'une œuvre d'art, d'un poème ou d'une composition musicale. Certaines seraient des œuvres très complexes et très coûteuses, patronnées par les grands seigneurs et les puissances politiques de l'Empire. La rumeur disait que le Seigneur de Guerre avait fait venir une troupe de théâtre au grand complet, avec ses costumes et même sa scène. Mais la représentation n'aurait pas lieu avant plusieurs jours, car les personnes de rang inférieur présentaient leurs cadeaux en premier.

Ôtant d'une chiquenaude un papier porte-bonheur de sa tunique, Buntokapi s'épargna la fatigue des premières représentations, alléguant un besoin de se soulager et de revêtir des vêtements plus confortables. Selon la tradition, il ne pouvait dormir avec sa femme qu'une fois le dernier cadeau de noces offert ; et les lourdes robes de mariage dissimulaient suffisamment la jeune mariée pour que le spectacle de quelques jeunes esclaves lui offrît un meilleur passe-temps.

Mara inclina courtoisement la tête vers son seigneur. « Je resterai donc ici, mon époux, afin que chacun de nos invités puisse apprécier la gratitude des Acoma pour leur représentation. »

Buntokapi renifla bruyamment, croyant qu'elle l'évitait délibérément. Il s'occuperait d'elle plus tard ; pendant ce temps, un festin l'attendait, avec de l'excellente musique et des boissons, et l'occasion de voir ses frères s'incliner devant lui pour la première fois, maintenant qu'il était le seigneur des Acoma. Souriant sous sa couronne de mariage posée de travers, Buntokapi frappa dans ses mains pour ordonner à ses esclaves de le porter hors de la salle.

Mara resta, alors que la plupart des invités suivaient l'exemple de son seigneur. Le soleil approchait de son zénith et déjà une brume de chaleur miroitait au-dessus des étendues lointaines des pâturages. Les invités de plus haut rang se retirèrent dans leurs appartements et envoyèrent des domestiques chercher des boissons fraîches et de nouveaux vêtements. Puis, comme des oiseaux au plumage multicolore, ils sortirent pour se régaler de glaces parfumées, de fruits de jomach givrés, de vin de sâ, en attendant la fraîcheur plus confortable de la soirée.

Mais dans les confins privés d'air de la haute salle, les invités de rang inférieur restaient à leur place, pendant qu'un artiste de location ou qu'un membre talentueux de leur famille jouait, chantait ou récitait une louange au jeune couple Acoma. Dans les petits mariages, les mariés pouvaient regarder les premières présentations par courtoisie ; mais dans les grandes maisons, les événements vraiment spectaculaires ne commençaient que bien plus tard, et les couples offraient le plus souvent les œuvres du premier jour à l'amusement des domestiques qui n'étaient pas de service.

Cependant, Mara s'attarda durant toute la première série de représentations, un jongleur plus doué comme comédien, deux chanteurs, un magicien de scène – dont la magie n'était que de la prestidigitation – et un poète dont le mécène ronfla bruyamment durant toute sa déclamation. Elle applaudit poliment chaque spectacle, et si elle ne récompensa pas les artistes en leur lançant une fleur de son palanquin, elle resta poliment attentive jusqu'à l'entracte. Les interprètes qui devaient suivre attendaient, l'air gêné, certains qu'elle allait partir rejoindre le banquet. Mais au lieu d'appeler les porteurs de son palanquin, elle demanda à des servantes de lui apporter un plateau avec une collation et des boissons. Les invités murmurèrent entre eux, surpris.

Le marchand obèse de Sulan-Qu, placé au premier rang, rougit et se cacha derrière l'éventail de son épouse. Même dans ses rêves, il n'avait jamais osé penser que la Dame des Acoma serait présente pour écouter son fils jouer de la flûte. Le garçon jouait d'une façon atroce, mais sa mère rayonnait de fierté. Mara resta sur l'estrade, sirotant du jus de jomach glacé. Elle hocha gracieusement la tête quand le jeune flûtiste s'inclina et s'enfuit, trébuchant presque dans sa hâte de laisser la place au numéro suivant. Mara sourit au père embarrassé et à son épouse, et comprit qu'en dépit de l'ennui qu'elle avait enduré en écoutant cette musique, si jamais elle avait besoin un jour d'obtenir une faveur de ce marchand, elle n'aurait qu'à la demander.

Des mimes, un dresseur de chiens, un oiseau chanteur liendi et deux autres poètes se succédèrent et la grande Dame ne montra pas le moindre signe d'impatience. Elle récompensa le second poète d'une fleur, qu'elle lança adroitement dans son chapeau. Et le peintre qui suivit la fit rire avec ses dessins comiques de needra qui chargeaient un guerrier. Quand, durant le second entracte, elle appela ses servantes pour qu'elles lui retirent sa robe supérieure, afin d'être plus à son aise dans la chaleur de midi, les invités de rang inférieur murmurèrent que cette Dame était d'une disposition généreuse qui dépassait de loin tout ce qu'ils connaissaient dans l'Empire. Les artistes remarquèrent son intérêt et insufflèrent une nouvelle vie à leurs œuvres. Et alors que les domestiques envoyés par la Dame commençaient à distribuer des rafraîchissements, avec de petits cadeaux de remerciement pour les invités dont les louanges avaient été entendues, l'assistance se détendit un peu. Comme le vin faisait effet, les langues les plus téméraires chuchotèrent que la Dame était admirable et qu'elle méritait l'honneur de ses ancêtres.

Mara surprit ces remarques et sourit doucement. Au moment où le troisième entracte commençait, elle demanda à ses servantes de dénouer les bandeaux serrés de sa coiffe et de coiffer ses longs cheveux pour qu'ils descendent librement sur son dos. Cependant que la couronne de mariage se fanait à ses genoux, elle s'assit plus confortablement pour entendre la nouvelle série d'artistes, puis la suivante, à la grande joie de ceux qui jouaient pour son plaisir. Pendant que l'après-midi s'écoulait, la salle devint de plus en plus chaude ; et d'autres invités arrivèrent pour voir ce qui retenait la Dame des Acoma et la captivait ainsi.

Au coucher du soleil, le marié fit son apparition, la démarche légèrement chancelante et la voix trop forte. Buntokapi monta sur l'estrade, agitant un flacon de vin de sâ, et voulut savoir pourquoi son épouse s'attardait si longtemps dans la haute salle ; le Seigneur de Guerre et les autres invités des Acoma festoyaient, et ne l'évitait-elle pas en restant ici, assise bouche bée devant des ménestrels vulgaires et des fonctionnaires de rang inférieur ?

Mara inclina la tête dans un silence soumis, puis regarda son époux droit dans les yeux. Il sentait le vin et la sueur. Elle réussit tout de même à sourire. « Mon Seigneur, le poète Camichiro sera le prochain à lire ses louanges, et bien que ses œuvres soient trop récentes pour qu'il soit connu, son mécène le seigneur des Teshiro a la réputation de savoir reconnaître les nouveaux talents. Pourquoi ne pas rester et célébrer la représentation d'une future célébrité ? »

Bunto se redressa, les bras croisés, sans se soucier du vin qui gouttait du flacon et tachait sa manche gauche. Face à l'innocence sereine d'une épouse dont les vêtements l'empêchaient totalement de voir ce qui se trouvait en dessous, et déconcerté par l'expression de fierté qui rayonnait sur le visage de Camichiro et du seigneur Teshiro, il grogna. Contredire la louange de son épouse serait extrêmement discourtois. Suffisamment sobre pour ne pas compromettre ses devoirs d'hôte, Buntokapi s'inclina en retour et jeta d'un ton cassant : « J'aurai du temps pour la poésie plus tard. Certains de nos invités ont commencé une partie de chiro et j'ai placé des paris sur les gagnants. »

Le seigneur des Acoma sortit de la haute salle. La Dame appela des domestiques pour faire servir à nouveau du vin aux artistes ; et en restant ainsi contre les vœux de son époux, elle gagna l'admiration de ses invités les moins importants. Les plus démonstratifs dans leurs louanges étaient le marchand et son fils, le flûtiste maladroit, suivis de près par l'épouse exubérante et trop maquillée du poète Camichiro. Dans le petit peuple de Sulan-Qu, tout le monde savait qu'elle était la maîtresse du seigneur Teshiro et que seuls ses charmes avaient permis à son époux de gagner ce patronage.

Le crépuscule vint et les shatra s'envolèrent. La présentation des louanges nuptiales fut ajournée jusqu'au lendemain, et des cuisiniers présentèrent alors des plats exotiques décorés de porte-bonheur en papier. On alluma des lanternes, des musiciens jouèrent des airs divertissants, et à la tombée de la nuit des acrobates jonglèrent avec des torches enflammées. Mara s'assit aux côtés de son époux jusqu'à ce qu'il frappât dans ses mains pour faire venir des esclaves pour une danse des voiles. À ce moment, épuisée, la Dame des Acoma se retira dans un pavillon de cérémonie spécial, construit de papier décoré de peintures, où elle se déshabilla et se baigna. Elle resta allongée un long moment sans pouvoir s'endormir.

Le lendemain, l'aube était sèche et poussiéreuse, sans le moindre souffle d'air. Les domestiques avaient travaillé toute la nuit pour préparer les nouvelles festivités, et les fleurs d'akasi étincelaient, fraîchement arrosées par les jardiniers qui avaient maintenant revêtu des tabliers et épluchaient des légumes pour les cuisiniers. Mara se leva et, entendant les gémissements de son époux de l'autre côté de la mince cloison qui divisait le pavillon nuptial, supposa avec raison qu'il avait la gueule de bois. Elle envoya la plus belle de ses esclaves s'occuper de lui, puis elle demanda qu'on lui apportât du chocha. Alors que la fraîcheur de la matinée n'avait pas encore complètement disparu, elle fit une promenade dans les jardins. Bientôt, la reine cho-ja et sa suite arriveraient sur les terres Acoma. La défense du domaine ne poserait plus de problème. Cette pensée la rassura un peu ; Jican était assez compétent pour gérer les finances de la famille, le domaine était en sécurité, et elle pourrait consacrer toutes ses ressources à s'occuper du seigneur qu'elle avait épousé. Un souvenir lui revint : un rire trop aigu de femme et la voix de Bunto qui lançait des ordres d'un ton plaintif, avant de ronfler bruyamment à l'approche de l'aube. Fronçant les sourcils et serrant les lèvres, Mara pria Lashima pour qu'elle lui accordât de la force.

Elle sortit à temps de sa méditation pour voir un serviteur portant une bannière mener une petite procession vers la haute salle. Le second jour des louanges nuptiales allait commencer et, contre toutes les habitudes, Mara envoya des domestiques chercher son palanquin. Elle regarderait les artistes jusqu'au dernier ; et bien qu'aucun invité de rang important ne fût inscrit au programme avant la fin de l'après-midi, elle veillerait à ce qu'aucune représentation antérieure ne passât sans être récompensée. Avec Buntokapi comme souverain, les Acoma auraient besoin de toute la bonne volonté qu'elle pourrait inspirer.

Le vent se leva dans l'après-midi du jour suivant ; les ombres des nuages se poursuivaient dans les pâturages des needra et, à l'est, le ciel annonçait la pluie. Mais en dépit du risque de mouiller leurs précieux atours, les invités des Acoma étaient assis dehors, regardant le dernier spectacle.

À l'immense stupéfaction de l'assistance, le Seigneur de Guerre avait payé sur sa cassette personnelle une représentation de la troupe impériale de théâtre jojan. Le jojan était le théâtre traditionnel qu'appréciait la noblesse, alors que le peuple préférait les troupes de segumi, aux spectacles plus tapageurs et plus paillards, et qui faisaient des tournées dans les campagnes. Les meilleurs comédiens de l'Empire appartenaient à la troupe impériale de jojan, l'école où se formait la troupe impériale de Shalo-tobaku, qui ne jouait que pour l'empereur et ses proches. La pièce représentée était *Le seigneur Tedero et le Sagunjan*, l'un des dix classiques du sobatu, « le grand style solennel », l'opéra sous sa forme ancienne.

Se prélassant dans la fraîcheur de la brise, et appréciant chaque instant qui la séparait de son époux qu'elle devrait bientôt rejoindre dans le lit nuptial, Mara tenta de se concentrer sur le finale. Les comédiens étaient excellents, lançant leurs répliques avec aplomb, en dépit de la brise qui dérangeait les plumes de leurs costumes. Quel dommage que le style de la pièce fût si affecté, pensa la Dame des Acoma, qui n'appréciait pas vraiment le sobatu et lui préférait le grand dô. Et les décors de la scène de voyage étaient extrêmement outranciers, même pour des yeux tsurani.

Puis, au moment crucial de l'opéra, au moment où le seigneur Tedero pénétrait dans la caverne pour libérer la vieille Neshka des griffes du terrible sagunjan, deux silhouettes vêtues d'une robe noire entrèrent dans la salle. La présence des Très-Puissants suffisait à elle seule à marquer cet instant comme une occasion spéciale, mais les deux magiciens lancèrent alors des illusions. Au lieu du sagunjan traditionnel en papier à l'intérieur duquel se dissimulaient un chanteur et plusieurs machinistes, ils créèrent une illusion d'un réalisme impressionnant. Un sagunjan mesurant quatre mètres au garrot, couvert d'écailles dorées et crachant des flammes rouges, sortit de la porte peinte qui ressemblait à une caverne. Une merveilleuse voix de baryton surgit de la terrible gueule, et même si tous les spectateurs savaient que le chanteur était seul, personne ne le vit. Même Mara fut transportée de joie par ce spectacle, oubliant tous ses soucis. Puis l'épée de Tedero retomba et l'illusion du sagunjan s'évanouit dans un nuage de brume, puis dans le néant. Traditionnellement, le sobatu se terminait par une révérence des comédiens sous des applaudissements polis. Mais le finale de l'opéra se fit sous une immense acclamation et de furieux applaudissements, manifestations de joie que l'on remarquait surtout dans le théâtre de rue. Sous les yeux de toute l'assistance, l'expression du Seigneur de Guerre s'adoucit dans l'un de ses rares sourires, alors qu'il jouissait de la gloire que la troupe de théâtre et ses amis magiciens faisaient rejaillir sur lui. Mara soupira faiblement, attristée par le départ des artistes après leur dernier salut. Tandis que le rideau pailleté se fermait dans un bruissement d'étoffe, ou tout du moins s'efforçait d'y parvenir, car la brise s'était transformée en une véritable rafale de vent, elle se résigna à l'inévitable. « Maintenant, femme, lui chuchota Buntokapi dans l'oreille, il est temps de nous retirer. »

Mara se raidit par réflexe, un sourire de circonstance se figeant sur son visage comme s'il était dessiné au pinceau. « Si c'est votre volonté, mon époux. »

Même un aveugle aurait perçu son aversion. Buntokapi éclata de rire. Poussant un cri de triomphe d'ivrogne, il la saisit dans ses bras.

Les invités lancèrent des acclamations. Consciente de la force des bras qui la tenaient sans le moindre égard, Mara tenta de calmer son cœur qui battait la chamade. Elle le supporterait, *elle devait le supporter*, pour que survécût le Nom des Acoma. Elle enfouit son visage dans l'étoffe trempée de sueur du col de son mari, et le laissa l'emporter loin de l'estrade. L'assistance leur lança des amulettes de papier pour assurer la fertilité de leur mariage, pendant que Buntokapi l'emportait loin de la foule d'admirateurs et descendait le sentier qui conduisait au pavillon nuptial aux couleurs vives.

Keyoke et Papéwaio formaient la garde d'honneur à l'extrémité du sentier. Buntokapi les dépassa comme de vulgaires domestiques et franchit le seuil du pavillon, entrant dans la faible lumière argentée qui traversait les murs de lattes et de papier de roseau. Le domestique et la servante qui les attendaient à l'intérieur s'inclinèrent très bas quand leur maître et leur maîtresse apparurent. Buntokapi reposa Mara sur ses pieds. Il grogna un ordre à la servante qui se leva et referma la cloison de l'entrée. Le domestique s'assit, immobile, dans un coin, attendant le bon plaisir de son maître.

Le pavillon avait été transformé durant la journée. La cloison qui divisait les chambres des époux avait été retirée et l'on avait placé une grande natte de couchage recouverte de draps de soie contre le mur est, car l'aube symbolisait le commencement. Un assortiment de coussins était éparpillé au centre du plancher, près d'une table basse, vide. Mara fit un pas tremblant vers le centre de la pièce et s'assit sur les coussins, devant la table. Elle garda les yeux baissés pendant que Bunto s'asseyait en face d'elle.

« Qu'on fasse venir le prêtre de Chochocan », ordonna le seigneur des Acoma. Son regard, fiévreux et intense, se fixa sur Mara alors que le domestique bondissait de son coin pour lui obéir.

Le prêtre entra seul, portant un plateau sur lequel se trouvaient une carafe de vin de tura doré, deux coupes de cristal et une chandelle fixée dans un bougeoir de céramique orné de pierreries. Il leva le plateau vers le ciel, chantant une bénédiction, et le posa sur la table, entre le mari et la femme. Avec des yeux qui semblaient inquiets, il regarda le couple, la Dame dont les mains tremblaient d'une façon incontrôlable et le jeune seigneur dont l'impatience était tangible. Puis, résigné, il alluma la chandelle. « Que la sagesse de Chochocan vous illumine. » Il traça un symbole à la craie autour du bougeoir et éleva le vin pour le bénir. Il emplit les deux coupes et les déposa devant les mariés. « Puisse la bénédiction de Chochocan emplir vos cœurs. » Il inscrivit d'autres symboles à la craie autour de chaque coupe et du flacon à moitié vide.

« Buvez, enfants des dieux, et connaissez-vous l'un l'autre comme vos maîtres dans les cieux l'ont décrété. » Le prêtre s'inclina dans sa bénédiction et, avec un soulagement presque palpable, quitta le pavillon nuptial.

Buntokapi fit un geste de la main et les domestiques se retirèrent. La cloison de papier se referma, le laissant seul avec son épouse dans un abri qui frémissait sous les rafales de vent.

Il tourna un regard noir vers Mara. « Eh bien, ma femme, tu m'appartiens enfin. » Il leva sa coupe trop rapidement et le vin éclaboussa la table, effaçant l'un des symboles. « Regarde-moi, ma Dame. Le prêtre préférerait que nous buvions ensemble. »

Une bourrasque fit trembler les cloisons, faisant claquer le papier contre les lattes de roseau. Mara sursauta, puis sembla reprendre la maîtrise d'elle-même. Elle tendit la main et leva sa propre coupe. « À notre mariage, Buntokapi. »

Elle but une petite gorgée tandis que son seigneur vidait sa coupe d'un trait. Puis il versa dans sa coupe ce qui restait de la carafe et la termina aussi. La première goutte de pluie s'écrasa lourdement contre le plafond de tissu huilé du pavillon nuptial quand il reposa son verre.

« Femme, va me chercher du vin. »

Mara posa soigneusement sa coupe sur la table, à l'intérieur des marques de craie dessinées par le prêtre. Le tonnerre gronda dans le lointain et le vent faiblit, cédant la place à une pluie orageuse. « À vos ordres, mon époux », répondit-elle doucement, puis elle leva la tête pour appeler un domestique.

Bunto bondit brusquement vers elle. La table se retourna, renversant le vin dans un jaillissement de liquide et de verre. L'appel de Mara se transforma en cri quand le poing puissant de son époux s'écrasa contre son visage.

Elle tomba en arrière dans les coussins, étourdie, le sang tambourinant dans ses oreilles comme la pluie sur le toit du pavillon. La tête lui tournait et la douleur obscurcissait ses sens.

Choquée jusqu'à en devenir enragée, Mara conservait encore sa fierté Acoma. Elle resta allongée, haletante, alors que l'ombre de son mari tombait sur elle.

Buntokapi se pencha pour que sa silhouette masquât la lumière derrière lui et désigna Mara du doigt. « Je veux que tu le fasses. » Sa voix était basse et lourde de menace. « Comprends-moi bien, femme. Si je te demande du vin, *tu iras le chercher toi-même. Tu ne confieras jamais cette tâche, ou toute autre tâche, à un domestique sans ma permission.* Si je te demande *quoi que ce soit*, Dame, tu le feras. »

Il se rassit, ses traits grossiers soulignés par la pénombre. « Tu penses que je suis stupide. » Sa voix reflétait un ressentiment caché depuis longtemps. « Vous pensez tous que je suis stupide, mes frères, mon père, et maintenant toi. Eh bien, je ne le suis pas. Devant Halesko, et surtout Jiro, c'était facile de paraître stupide. » Avec un rire sombre et amer, il ajouta : « Mais je n'ai plus besoin de faire semblant d'être stupide, heh ! Tu m'as épousé et un nouvel ordre règne désormais dans cette maison. Je suis le seigneur des Acoma. N'oublie jamais cela, femme. Maintenant, va me chercher du vin ! »

Mara ferma les yeux. D'une voix au calme factice, elle répondit : « Oui, mon époux.

— Debout ! » Bunto la poussa de l'orteil.

Résistant à l'envie irrésistible de toucher sa joue gonflée et rougie, Mara obéit. Elle baissa la tête, image parfaite de la femme soumise, mais un sentiment très différent étincela dans ses yeux sombres alors qu'elle s'inclinait aux pieds de Buntokapi. Puis, encore plus contrôlée qu'elle ne l'avait été quand elle avait renoncé à ses droits de souveraine des Acoma, elle se leva et alla chercher du vin dans un coffre placé près de la porte.

Bunto la regarda relever la table, puis reprendre et remplir sa coupe. Jeune, et troublé par le désir tandis qu'il regardait la poitrine de Mara se soulever et s'abaisser sous l'étoffe légère de sa robe, il ne vit pas la haine qui brûlait dans les yeux de son épouse pendant qu'il buvait. Puis il finit rapidement son vin, jeta sa coupe au loin, et referma ses mains moites sur cet obstacle de soie qui le rendait fou. Il poussa sa nouvelle épouse dans les coussins, trop pris par la boisson et par son désir pour se soucier d'elle.

Mara supporta le contact de ses mains sur sa peau nue. Elle ne lutta pas contre lui et ne cria pas. Avec un courage égal à celui que son père et son frère avaient montré sur le champ de bataille barbare sur Midkemia, elle supporta sans larmes ce qui advint ensuite, bien que l'ardeur de Bunto la fît souffrir. Pendant de longues heures, elle resta étendue sur des draps froissés et trempés de sueur, écoutant la pluie et les ronflements rauques de son mari. Jeune, endolorie et meurtrie, elle pensa à sa mère et à sa nourrice, Nacoya. Et elle se demanda si leur première nuit avec un homme avait été différente de la sienne. Puis, roulant sur le côté pour s'éloigner de l'ennemi qu'elle avait épousé, elle ferma les yeux. Le sommeil se refusait à elle. Même si sa fierté avait grandement souffert, son honneur Acoma restait intact. Elle n'avait pas crié… pas une seule fois.

L'aube parut, étrangement silencieuse. Les invités étaient partis, le seigneur des Anasati et Nacoya leur souhaitant au revoir au nom des jeunes époux. Des domestiques entrouvrirent les cloisons du pavillon nuptial, et un air frais, lavé par la pluie, entra dans la pièce, apportant l'appel des bouviers qui conduisaient les bêtes dans les lointains pâturages. Mara respira l'odeur de la terre mouillée et des fleurs, et imagina l'éclat des jardins lavés de la poussière estivale. Elle avait l'habitude de se lever tôt, mais la tradition exigeait qu'elle ne sortît pas avant son époux, le matin qui suivait la consommation du mariage. Maintenant plus que jamais, l'inactivité l'irritait. Elle lui laissait trop de temps pour réfléchir, sans aucune diversion pour oublier les diverses douleurs de son corps. Elle s'agitait nerveusement, pendant que Bunto dormait profondément, sans se soucier de son environnement.

Le soleil se leva et le pavillon nuptial devint étouffant. Mara demanda à un domestique d'ouvrir complètement les cloisons, et quand la lumière de midi frappa les traits grossiers de son époux, celui-ci grogna. Le visage impassible, Mara le regarda se retourner dans les oreillers, marmonnant l'ordre de refermer les cloisons et les rideaux. Avant que l'ombre des tentures ne retombât, elle vit son teint devenir verdâtre et des gouttelettes de sueur perler sur son cou et ses poignets.

Avec douceur, sachant qu'il avait une impressionnante gueule de bois, elle demanda : « Mon époux, êtes-vous indisposé ? »

Bunto gémit et l'envoya chercher du chocha. Transpirant elle-même de peur au souvenir de ses mauvais traitements, Mara se leva et alla chercher un pot fumant. Elle plaça une tasse bouillante dans la main tremblante de son seigneur. Le chocha avait infusé toute la matinée et était probablement trop fort pour être buvable. Mais Buntokapi vida la tasse d'un trait. « Tu es une petite chose », remarqua-t-il, en comparant sa main aux larges phalanges à celle de Mara, toute menue. Puis, boudeur à cause de sa migraine, il tendit la main et lui pinça son mamelon encore enflé.

Mara réussit avec difficulté à ne pas tressaillir. Secouant la tête pour que sa chevelure retombât sur ses épaules et que sa masse chaude recouvrît sa poitrine, elle demanda : « Mon Seigneur désire ?

— Encore du chocha, femme. » Comme s'il était embarrassé par sa maladresse, il la regarda emplir la tasse. « Ah, j'ai l'impression qu'un troupeau de needra a déposé des bouses dans ma bouche toute la nuit. » Il fit la grimace et cracha. « Tu me serviras pendant que je m'habillerai et puis tu appelleras des domestiques pour qu'ils apportent du pain de thyza et du jomach.

— Oui, mon époux. Et ensuite ? » Elle pensa avec envie à la fraîcheur ombrée du cabinet de travail de son père, et à Nacoya.

« Ne m'ennuie pas, femme. » Bunto se leva, se tenant délicatement la tête. Il s'étira devant elle, nu, la protubérance de ses genoux distante de quelques centimètres seulement de son nez. « Tu veilleras au bon fonctionnement de la maison, mais seulement quand je n'aurai plus besoin de tes services. »

Les ombres des tentures cachèrent le frisson de Mara. Écœurée par le rôle qu'elle devait jouer, elle s'arma de courage pour supporter ses attentions. Mais le vin et les excès de table avaient émoussé le désir de son époux. Il abandonna sa tasse vide sur les draps et demanda sa robe.

Mara apporta le vêtement et l'aida à passer ses bras trapus et velus dans les manches de soie. Puis elle resta assise pendant un long et fastidieux moment, alors que des domestiques apportaient de l'eau pour le bain de leur seigneur. Quand elle eut frotté son large dos jusqu'à ce que l'eau eût refroidi dans le baquet, il permit enfin à sa Dame de s'habiller. Des domestiques leur apportèrent du pain et des fruits, mais elle seule dut le servir. En le regardant avaler goulûment des morceaux de jomach, dont le jus coulait sur son menton, elle se demanda comment le si subtil seigneur des Anasati avait pu engendrer un tel fils. Puis, oubliant ses manières frustes et remarquant ses yeux sournois, elle se rendit compte avec un frisson de terreur qu'il l'observait tout aussi attentivement ; comme un prédateur. Mara comprit que son insistance pour affirmer qu'il n'était pas stupide n'était peut-être pas une vantardise. Un sentiment de désastre la submergea. Si Buntokapi était simplement rusé, comme le seigneur des Minwanabi, elle pourrait peut-être faire quelque chose. Mais s'il était intelligent… Cette pensée la glaça.

« Tu es très maligne », déclara enfin Buntokapi. Il caressait son poignet d'un doigt collant, avec une jalousie presque ridicule.

« Mes qualités pâlissent devant celles de mon Seigneur », murmura Mara. Elle embrassa ses phalanges pour le distraire de ses pensées.

« Tu ne manges pas, observa-t-il. Tu ne fais que réfléchir. Je n'aime pas cela chez une femme. »

Mara découpa une tranche de pain de thyza et la plaça délicatement dans le creux de sa main. « Avec la permission de mon Seigneur ? »

Buntokapi sourit alors qu'elle grignotait une bouchée. Le pain semblait n'avoir aucun goût, mais elle le mâcha et l'avala pour ne pas le contrarier. S'ennuyant rapidement à observer sa gêne, le fils du seigneur des Anasati demanda que l'on fît venir des musiciens.

Mara ferma les yeux. Elle avait tellement besoin de Nacoya qu'elle en ressentait une douleur au plus profond d'elle-même. Mais en tant que maîtresse du souverain, elle ne pouvait rien faire si ce n'est attendre son bon plaisir alors qu'il demandait qu'on lui jouât des ballades et qu'il se disputait avec le chanteur sur les variations de la quatrième strophe. L'air se réchauffa et, avec les tentures fermées, le pavillon nuptial devint étouffant. Mara supporta la chaleur sans se plaindre et alla chercher du vin quand son époux se fatigua de la musique. Elle lui brossa les cheveux et lui laça ses sandales. Puis, sur son ordre, elle dansa jusqu'à ce que ses tempes luisent de transpiration et que son visage meurtri brûlât de fatigue. Juste au moment où il lui semblait que son seigneur allait passer toute la journée dans le pavillon nuptial, Buntokapi se leva et brailla pour que des domestiques préparent son palanquin. Il annonça qu'il resterait jusqu'au soir dans les baraquements pour passer en revue les soldats Acoma et vérifier leur entraînement.

Mara souhaita à Keyoke toute la patience de Lashima. Épuisée par la chaleur et la tension, elle sortit du pavillon sous le soleil éblouissant de l'après-midi en compagnie de son époux. Dans son malaise, elle avait oublié la garde d'honneur qui attendait dehors et n'avait pas songé à couvrir sa joue meurtrie avant de paraître devant Papéwaio et Keyoke. Des années du plus dur des entraînements leur permirent de rester impassibles en voyant une telle marque de honte sur le visage de leur maîtresse. Mais la main de Keyoke serra si fort la hampe de sa lance que ses phalanges blanchirent, et les orteils de Papéwaio se crispèrent sur les semelles de ses sandales. Si un autre homme que leur souverain avait osé lever la main sur leur Mara-anni, il serait mort avant d'avoir fait un autre pas. Mara avança sous un ciel aussi brillant et radieux que les dieux pouvaient le faire ; mais alors qu'elle dépassait ses serviteurs, elle sentit dans son dos leur colère, telle une ombre noire.

Le pavillon nuptial commança à brûler avant même qu'elle n'atteignît le seuil de la demeure. Selon la tradition, le bâtiment était livré aux flammes pour honorer le passage secret de la femme à l'épouse et de l'homme à l'époux. Après avoir lancé la torche rituelle à travers le seuil de la porte, Keyoke rejoignit silencieusement les quartiers des gardes pour y attendre les ordres de son seigneur. L'expression de Papéwaio semblait sculptée dans de la pierre ciselée. Avec une intensité féroce malgré son immobilité, il regardait le papier et les lattes de roseau, les coussins souillés et les draps emmêlés que les flammes engloutissaient. Jamais il n'avait été aussi heureux de voir brûler quelque chose ; car la violence du brasier pouvait presque lui faire oublier la blessure sur la joue de Mara.

Nacoya ne se trouvait pas dans le cabinet de travail. Avec un choc désagréable, Mara se souvint que, là aussi, le mariage avait changé l'ordre qu'elle connaissait. Le cabinet de travail du maître était maintenant le domaine de Buntokapi, le nouveau seigneur des Acoma. Dorénavant, aucun aspect de la maisonnée ne serait plus le même. Comme toujours, Jican ferait ses comptes dans l'aile réservée aux scribes, mais elle ne pourrait plus le recevoir. Se sentant vieille malgré ses dix-sept ans, Mara se retira à l'ombre du vieil ulo dans son jardin privé. Elle ne s'assit pas, mais s'appuya contre l'écorce lisse de l'arbre pendant qu'un messager se hâtait d'aller chercher Nacoya.

L'attente semblait durer indéfiniment et le bruit d'eau de la fontaine ne l'apaisait pas. Quand Nacoya apparut enfin, essoufflée, les cheveux coiffés de travers malgré ses épingles, Mara ne put que la regarder silencieusement, envahie par la détresse.

« Maîtresse ? » La nourrice fit un pas hésitant. Elle retint sa respiration quand elle vit la marque sur la joue de Mara. Sans un mot, la vieille femme ouvrit ses bras. L'instant suivant, la Dame des Acoma n'était plus qu'une jeune fille effrayée qui pleurait sur son épaule.

Nacoya caressa les épaules de Mara secouées par de violents sanglots. « Mara-anni, fille de mon cœur, murmura-t-elle. Je vois qu'il n'a pas été doux, ce seigneur que tu as épousé. »

Pendant un moment, le bruit mélancolique de la fontaine emplit le jardin. Puis, plus tôt que Nacoya ne s'y était attendue, Mara se redressa. D'une voix étonnamment calme, elle déclara : « Il est notre seigneur, cet homme que j'ai épousé. Mais le Nom des Acoma lui survivra. » Elle renifla, toucha la marque sur sa joue et lança un regard suppliant et douloureux à son ancienne nourrice. « Et, mère de mon cœur, jusqu'à ce que je sois enceinte, je dois trouver la force de supporter des choses qui auraient fait pleurer mon père et mon frère s'ils l'avaient appris. »

Nacoya tapota les coussins placés sous l'ulo pour encourager Mara à s'asseoir. Ses vieilles mains installèrent confortablement la jeune fille tandis qu'une servante apportait un bassin d'eau fraîche et des linges doux. Alors que Mara était étendue sur les coussins, Nacoya lui baigna le visage. Puis elle démêla les nœuds de sa brillante chevelure noire, comme elle le faisait quand la Dame n'était qu'une enfant. Et pendant qu'elle travaillait, elle parlait très doucement à l'oreille de sa maîtresse.

« Mara-anni, je sais bien que la nuit dernière ne t'a apporté aucune joie. Mais comprends au fond de ton cœur que l'homme que tu as épousé est jeune, aussi impétueux qu'un needra dans son troisième printemps. Ne juge pas tous les hommes sur l'expérience d'un seul. » Elle s'arrêta. Sans qu'elles en parlent, elles se rappelèrent toutes deux que Mara n'avait pas écouté les conseils de sa nourrice et avait refusé obstinément d'apprendre à connaître les hommes en rencontrant un courtisan de la Maison du Roseau, aux manières douces. Nacoya tamponna d'eau froide les meurtrissures de sa maîtresse. Elle avait cruellement payé le prix de sa fierté.

Mara soupira et ouvrit ses yeux gonflés. Elle lança vers sa nourrice un regard qui contenait une douloureuse incertitude mais aucun regret. Nacoya déposa le linge et la bassine sur le côté et hocha la tête dans un signe d'approbation. Cette femme était peut-être jeune, petite, meurtrie, mais elle possédait la force de caractère de son père, le seigneur Sezu, quand il s'agissait d'affaires de famille. Elle souffrirait en patience et le Nom des Acoma survivrait.

Mara tira sur sa robe et grimaça légèrement quand l'étoffe frotta sur ses mamelons douloureux. « Mère de mon cœur, les manières des hommes me sont étrangères. J'ai un grand besoin de conseils. »

Nacoya lui rendit un sourire qui exprimait plus la ruse que le plaisir. Elle pencha la tête sur le côté, puis après un moment de réflexion, ôta les épingles de sa chevelure pour se recoiffer. Regardant les mouvements ordinaires et même familiers des mains ridées de sa nourrice, Mara se détendit légèrement. Le jour venait toujours après la nuit, quelle que fût la noirceur des nuages qui recouvraient la lune. Elle écouta attentivement Nacoya quand celle-ci commença à lui parler, doucement, pour qu'elle seule pût entendre ses paroles.

« Petite, l'Empire est vaste, et nombreux sont les seigneurs et maîtres dont les ambitions durcissent le cœur et le rendent cruel. Des serviteurs malheureux souffrent souvent sous la férule de tels hommes. Mais devant une telle adversité jaillit la sagesse. Les serviteurs ont appris, comme tu devras le faire, que le code de l'honneur peut être une arme à double tranchant. Chaque mot a deux significations, et chaque action de multiples conséquences. Sans compromettre la loyauté ou l'honneur, un serviteur peut faire de la vie d'un seigneur cruel un véritable enfer. »

Mara regarda le feuillage de l'ulo, qui dessinait des motifs sombres et dentelés encadrant de petites trouées de ciel bleu. « Comme toi, Keyoke et Jican l'avez fait le jour où Papéwaio m'a sauvée du tong hamoï », murmura-t-elle rêveusement.

Répondre aurait frôlé la trahison. Silencieuse, le visage de marbre, Nacoya se contenta d'incliner la tête. Puis elle reprit : « Je ferai venir la sage-femme, Dame. Elle possède la sagesse de la terre et vous dira comment concevoir un enfant le plus rapidement possible. Alors la luxure du seigneur ne pourra plus troubler votre sommeil et un héritier préservera le Nom des Acoma.

— Merci, Nacoya », répondit Mara en se redressant sur les coussins. Elle tapota la main de la vieille femme et se leva. Mais avant qu'elle se retournât pour partir, la nourrice plongea profondément son regard dans les yeux de la jeune fille. Elle y vit la même souffrance, et une certaine peur ; mais elle y vit aussi la brillante étincelle de calcul qu'elle avait appris à reconnaître depuis la mort du seigneur Sezu. Elle s'inclina alors, rapidement, pour dissimuler une vive émotion. Et alors qu'elle regardait Mara partir d'un pas lent, le dos droit, vers ses appartements, Nacoya ferma les yeux et pleura.

Les cendres du pavillon nuptial refroidirent et se dispersèrent dans le vent. La poussière tourbillonna, car le temps était redevenu chaud et sec. Les jours s'allongèrent, jusqu'à ce que l'été atteignît son apogée.

On abattait des needra pour la grande fête de Chochocan, et les hommes libres avaient revêtu leurs plus beaux atours pour la bénédiction rituelle des champs, pendant laquelle les prêtres brûlaient des effigies de papier pour assurer des récoltes abondantes. Buntokapi resta sobre pendant la cérémonie, surtout parce que Mara avait demandé aux domestiques d'ajouter de l'eau dans son vin. Si la compagnie de son époux à la voix tonitruante l'épuisait, son attitude ne trahissait aucune tension. Seules, ses servantes personnelles savaient que du maquillage dissimulait les cernes autour de ses yeux, et que les vêtements qui couvraient son corps mince masquaient de temps en temps des traces de coups.

L'enseignement des sœurs de Lashima la soutenait. Les conseils de la sage-femme la réconfortaient et elle avait appris à s'épargner un peu d'inconfort quand son époux la faisait venir dans son lit. Puis, entre le festin de la fête de l'été et la pleine lune suivante, Kelesha, déesse des épouses, lui offrit enfin sa bénédiction, car elle tomba enceinte. L'ignorance que Buntokapi avait des femmes la servit, car il accepta sans sourciller la nouvelle qu'il ne pourrait plus s'unir à elle jusqu'à la naissance de l'enfant. Avec un minimum de récriminations, il la laissa déménager dans les appartements qui avaient été autrefois ceux de sa mère. Les pièces étaient calmes et entourées de jardins. La puissante voix de Buntokapi ne portait pas jusque-là, ce qui était bien, car elle était malade plusieurs heures tous les matins et elle dormait à des heures inhabituelles de la journée.

La sage-femme souriait largement en frictionnant d'huiles parfumées le ventre et la poitrine de Mara, pour assouplir la peau alors qu'elle grossissait pendant la croissance de l'enfant. « Vous portez un fils, ma Dame, je le jure par les ossements de ma mère. »

Mara ne lui rendit pas son sourire. Buntokapi refusait de lui laisser prendre la moindre part dans ses décisions, et elle était mortifiée par la façon dont il traitait certains serviteurs. La Dame de la maison semblait se retirer en elle-même. Mais sa résignation n'était qu'apparente. Elle discutait quotidiennement avec Nacoya, qui lui répétait tous les commérages des domestiques. Quand elle sortait en palanquin pour apprécier l'air frais de ce début d'automne, Mara questionnait sans cesse Papéwaio jusqu'à ce qu'il se plaignît gentiment de n'avoir plus le temps de respirer. Mais alors même qu'elle s'adaptait au rôle d'une épouse soumise, aucun détail des affaires Acoma ne lui échappait.

Fatiguée du massage, Mara se leva de la natte. Une servante lui tendit une robe légère qu'elle revêtit, l'attachant autour d'un ventre qui commençait à s'arrondir. Elle soupira en pensant au père de l'enfant et aux changements que son règne avait provoqués dans le domaine. Buntokapi avait gagné le respect des guerriers par des démonstrations de force brutale et quelques tours assez ingénieux qui les faisaient tous rester sur leurs gardes. En décidant soudainement de s'entraîner au combat, ou en choisissant les premiers soldats qui lui tombaient sous la main pour l'accompagner en ville sans se préoccuper de la mission qui leur avait été assignée, il semait régulièrement une pagaille noire dans l'organisation de la garde. Son habitude de changer les ordres et les services épuisait Keyoke qui devait compenser en permanence son imprévoyance. Jican passait de plus en plus de temps dans les pâturages les plus éloignés du manoir. Mara connaissait suffisamment bien le hadonra pour reconnaître son aversion croissante pour le nouveau seigneur. Clairement, Buntokapi n'avait pas la tête au commerce. Comme de nombreux fils de grands seigneurs, il pensait que la richesse était inépuisable, toujours disponible quand il en avait besoin.

À la mi-automne, les bouviers partirent sur les routes. Des nuages de poussière flottaient dans l'air alors que les needra nés l'année précédente étaient menés dans les prairies d'engraissage, puis aux abattoirs. Les jeunes du printemps étaient castrés ou réservés pour la reproduction, et conduits dans les hauts pâturages pour y grandir. Mara ressentait le passage du temps comme un enfant qui attend la fête qui marque son passage à l'âge adulte. Chaque jour s'écoulait interminablement.

L'inactivité cessa quand les Cho-ja arrivèrent. La fourmilière débarqua sans prévenir. Un jour, le pré qui leur était réservé était vide, et le lendemain, des ouvriers s'agitaient partout et travaillaient énergiquement. Des monceaux de terre s'empilèrent le long de la clôture. Buntokapi fut extrêmement vexé que le message de la reine fût adressé à Mara. Au beau milieu de sa tirade, il comprit que les Cho-ja venaient de la fourmilière du domaine des Inrodaka. Il devina alors que Mara avait négocié leur loyauté entre la demande de mariage et les noces, et ses yeux s'étrécirent d'une façon que sa Dame avait appris à craindre.

« Tu es encore plus rusée que mon père ne l'avait deviné, femme. » Puis, lançant un regard vers le ventre de Mara, il sourit sans humour. « Mais tes jours de voyage en hâte et en secret sont terminés. Je suis maintenant le souverain, et ce seront mes ordres que les Cho-ja recevront. »

Mais comme Mara avait été la première négociatrice pour les Acoma, la reine ne s'adressa qu'à elle jusqu'à ce que le nouveau seigneur prît le temps de renégocier pour lui. Mais l'entraînement avec les soldats semblait toujours prendre la préséance. Cependant, Buntokapi remarqua à peine que sa jeune femme passait de plus en plus de temps dans la chambre fraîchement creusée de la reine, à boire du chocha et à bavarder. Il était captivé par les paris des tournois de lutte de Sulan-Qu. Mara en était très reconnaissante, car ses discussions avec la jeune reine étaient un excellent remède à l'ennui de sa vie domestique. Peu à peu, elle apprenait les mœurs d'une espèce étrangère. En compensation des maladresses de Buntokapi, les relations qu'elle consolidait maintenant pourraient enrichir les Acoma dans les années à venir.

Revenant à la surface, sur des terres qui étaient maintenant celles de Buntokapi, Mara comprit qu'elle avait vraiment aimé gouverner. Réduite au rôle secondaire d'une femme et d'une épouse, elle rongeait son frein et comptait les jours jusqu'à l'hiver. Son enfant naîtrait après les pluies de printemps, et les Acoma auraient enfin un héritier. Jusque-là, elle devait attendre ; et l'attente était difficile.

Mara toucha son ventre, sentant la vie qui s'y développait. Si l'enfant était un mâle, et en bonne santé, alors son époux aurait des raisons de se méfier, car dans le Jeu du Conseil, même les plus puissants pouvaient devenir vulnérables. Mara avait fait une promesse aux esprits de son père et de son frère, et elle ne se reposerait pas jusqu'à ce que sa vengeance fût accomplie.

Chapitre huit

Un héritier

Le bébé lui donna un coup de pied.

Un instant, Mara écarquilla les yeux. Puis elle se détendit, reposa les parchemins qu'elle était en train de relire et tapota son ventre arrondi en souriant légèrement. L'enfant allait bientôt naître. Elle se sentait aussi lourde qu'une needra, même si Nacoya répétait sans cesse qu'elle n'avait pas pris assez de poids. Mara changea de place sur sa natte, tentant vainement de trouver une position plus confortable. Elle adressa une prière à la déesse de la fertilité pour que les efforts de la vieille sage-femme avant la conception aient assuré la naissance d'un fils. Il fallait que ce fût un garçon, car elle ne voulait pas être obligée d'encourager à nouveau les attentions de son époux pour avoir un héritier pour les Acoma.

Le bébé donna un nouveau coup de pied, vigoureux, et Mara en eut le souffle coupé. Elle éloigna d'un geste les servantes qui s'empressaient autour d'elle, et reprit un parchemin. L'enfant en elle semblait déjà remuant, comme s'il voulait se forcer un passage vers la vie avec ses pieds et ses poings minuscules. *Il,* pensa Mara, et un sourire effleura ses lèvres. Ce serait sûrement un fils, il donnait de si violents coups de pied dans son ventre ; et il conduirait sa maison à la grandeur. Il deviendrait le seigneur des Acoma.

Un cri à l'extérieur fit sortir Mara de sa rêverie. Elle inclina la tête et la servante ouvrit rapidement la cloison, laissant entrer un vent chaud, chargé de l'odeur lourde et sèche de la poussière des champs. Mara tendit la main, mais trop tard, et les parchemins décrivant la réussite de Jican dans la vente des premières marchandises cho-ja se répandirent sur le plancher. Elle murmura une légère imprécation, mais pas à cause des rapports que son messager ramassait prestement. Le long de la pelouse rase, de l'autre côté de la cloison, avançait un groupe de guerriers, un Buntokapi turbulent à leur tête. Ses cheveux étaient hérissés par la sueur et sa tunique était dans un état pitoyable, ce qui n'aurait pas dû la surprendre après les rigueurs d'une chasse d'une semaine. Et, comme d'habitude, il lui rendrait visite dans ses appartements après avoir nettoyé ses armes mais avant d'avoir pris le temps de prendre un bain. Mara soupira. Les jours avaient été tranquilles pendant l'absence de son seigneur. Maintenant, elle se préparait à la confusion.

Alors que les chasseurs se rapprochaient, Mara fit un geste. Deux servantes s'approchèrent et l'aidèrent à se remettre maladroitement sur ses pieds. Misa, la plus jolie des deux, avait déjà les mains moites ; Mara éprouva de la sympathie pour elle. La présence de son mari rendait souvent les filles nerveuses, car il pouvait emmener n'importe laquelle d'entre elles dans son lit, sur un coup de tête. Au moins, sa grossesse la libérait de cette odieuse responsabilité. Avec un éclair de malice, Mara prit mentalement note de demander à Jican d'acheter des esclaves laides la prochaine fois que Bunto l'enverrait à la vente aux enchères pour acquérir des servantes.

Les chasseurs atteignirent le sentier de graviers. Le cliquetis de leur équipement semblait plus bruyant car ils prenaient des manières et une voix plus soumises en présence de leur maîtresse. Mais leur excitation restait grande, d'autant plus que Buntokapi n'était pas du tout réservé. Il sentait la forêt. Mara vit du sang séché sur ses manches. Il fit un signe dans sa direction, puis désigna quelque chose au-dessus de son épaule, comme un artiste qui dévoile un chef-d'œuvre. Les esclaves qui le suivaient portaient une longue perche, où était suspendue une masse de fourrure emmêlée, tachetée d'orange et de gris. Mara recula et échappa aux mains de ses servantes en reconnaissant le masque, blanc autour des yeux, et la gueule garnie de crocs d'un sarcat. Ce prédateur nocturne extrêmement dangereux rôdait dans les forêts pluvieuses au sud-ouest du domaine. Terriblement rapide, cette créature était un tueur puissant, une terreur pour les gardiens de troupeau car les needra domestiques étaient des proies faciles et les sarcats n'avaient pas peur de l'homme. Puis Mara remarqua la flèche marquée des bandes vertes du seigneur qui perçait l'épaule de la créature, juste derrière les puissantes mâchoires. Par la position du trait, elle devina que Buntokapi s'était placé face à la charge de la bête, puis l'avait abattue d'une seule flèche. L'exploit était impressionnant. En dépit de ses autres défauts, Buntokapi avait fait preuve d'un grand courage et d'une formidable habileté à l'arc.

Passant son regard du gibier au visage fendu d'un grand sourire de son époux, Mara faillit presque oublier un instant que cet homme manquait totalement de sensibilité. Il n'aimait pas la poésie, à moins qu'elle ne fût paillarde. Ses goûts en matière de musique étaient très vulgaires – il appréciait les airs populaires et les ménestrels de village – et il ne montrait aucune patience pour l'élégance d'une pièce de théâtre du grand dô, ou pour un opéra. Son intérêt pour l'art était inexistant à moins que le sujet ne fût érotique. Mais il excellait à la chasse, et à nouveau Mara regretta que Tecuma eût été trop occupé avec Halesko et Jiro pour pouvoir éduquer correctement son troisième fils. Elle méprisait Buntokapi à l'occasion, mais il avait un immense potentiel brut. Si on lui avait enseigné les manières et la bienséance convenant à une personne portant le nom des Anasati, il aurait pu devenir un homme de qualité. Mais le regret de Mara ne dura que le temps que Buntokapi franchît le seuil du manoir.

Il entra d'un air conquérant, un peu ivre du vin de baies de tanlo qu'il avait bu sur le chemin du retour. Empestant le feu de camp, la sueur et ce qu'il avait mangé pour le déjeuner, il s'appuya sur le chambranle de la porte menant aux appartements de sa femme et fit signe à ses esclaves de déposer le cadavre du sarcat aux pieds de Mara. « Laissez-nous », ordonna-t-il à sa garde.

Pendant que les guerriers partaient, il appuya ses poings sur ses hanches et hurla : « Là, qu'est-ce que tu en penses, mon épouse ? C'est une sacrée bête, hein ? »

Mara inclina la tête, cachant poliment sa révulsion. Le gibier empestait autant que le chasseur, des insectes bourdonnants étaient collés sur les yeux et la langue pendante, et la carcasse et la perche salissaient le sol récemment ciré. Désireuse de se débarrasser du cadavre et de l'homme, elle tenta la flatterie. « Mon Seigneur a fait preuve d'un grand courage et d'une grande habileté en triomphant d'une telle bête. Les bouviers des pâturages sud chanteront vos louanges, Bunto. »

Son mari sourit comme un ivrogne. « Qu'ai-je à faire des louanges de gardiens de troupeau puants, heh ? Je dis que cette tête sera splendide quand elle sera montée au-dessus de ma table de travail, à la place de cette vieille bannière défraîchie. »

Mara ravala une protestation instinctive pour ne pas provoquer la rage de Buntokapi. Cette bannière était l'un des trophées de victoire les plus anciens des Acoma, et décorait le cabinet de travail du seigneur depuis des siècles. Mais Buntokapi ne se souciait pas de la tradition. Il changeait les choses comme il le voulait, le plus souvent par pure méchanceté, pour montrer à tous qu'il était bien le souverain. Mara ressentit une vague de tristesse inattendue… Si seulement le désespoir ne l'avait pas poussée à contracter un tel mariage !

« Femme ! » jeta Buntokapi d'un ton cassant, brisant les réflexions de Mara. Elle s'inclina docilement, bien que sa grossesse lui rendît ce mouvement maladroit.

« Je veux que cette tête de sarcat soit empaillée et placée au-dessus de ma table dans mon cabinet de travail. Occupe-t-en ! Je dois aller prendre un bain. » Puis, se redressant comme si une pensée venait juste de traverser son esprit, il scruta la pénombre de la pièce derrière elle et désigna du doigt la jeune Misa. « Toi, la servante, viens. J'ai besoin de quelqu'un pour me laver le dos, et mon valet est malade. »

La belle servante quitta la chambre de sa maîtresse. Tous savaient que son travail serait d'une nature plus personnelle et ne consisterait pas à laver simplement le dos de son maître. Elle partit, résignée, alors que Buntokapi faisait demi-tour et sortait, laissant son gibier suintant sur le seuil, mort depuis une journée et déjà en putréfaction. Mara combattit un moment de nausée. Puis, avec un maintien aussi fragile qu'une tasse de porcelaine, elle appela le jeune garçon qui lui servait de messager et qui attendait dans son coin en tremblant. Buntokapi avait tendance à le frapper dès qu'il se trouvait sur son chemin. « Kedo, va chercher deux esclaves aux cuisines pour qu'ils emportent cette chose dans l'appentis du boucher. Dis à l'adjoint qui prépare les trophées d'empailler la tête. Quand il aura terminé, il devra l'apporter dans le cabinet de travail de mon Seigneur et la suspendre là où il l'a indiqué. » Mara étouffa un autre de ces chagrins qui semblaient faire partie de sa vie quotidienne depuis son mariage. À la servante qui restait, elle ordonna : « Juna, va dans le cabinet de travail, plie soigneusement la bannière qui est au-dessus de la table et apporte-la-moi. Je m'assurerai qu'elle soit rangée en toute sécurité. »

Le messager partit dans un claquement de sandales et la servante le suivit. Mara repoussa une mèche de cheveux rebelle derrière une oreille et revint à la lecture de ses documents. Que Buntokapi s'amuse donc avec les servantes, chasse et joue au guerrier ; ses obsessions le gardaient occupé, et c'était bien mieux comme cela. Ajouté au confinement de sa grossesse, cela lui permettait d'étudier les documents commerciaux qui arrivaient chaque jour. Mara continuait à gérer les affaires des Acoma dans les limites que Buntokapi avait définies. Et elle apprenait. Tous les jours, elle comprenait un peu plus de choses sur ce qui conduisait vraiment une Maison à la grandeur. Réfléchissant à voix haute, elle s'interrogea : « Je me demande si nous avons des cartes récentes ?

— Maîtresse ? » demanda la servante qui restait.

Mara se contentait de fixer férocement du regard un point indéterminé, situé entre les parchemins et la tête ébouriffée du sarcat. La prochaine fois où son seigneur irait chasser ou partirait à Sulan-Qu pour rendre visite aux maisons de jeu ou aux femmes de la Maison du Roseau, elle fouillerait les placards de son père pour trouver des cartes. Puis, se reprenant soudain, elle se força à se rappeler que les placards n'étaient plus ceux de son père, mais appartenaient à un époux qui était son ennemi.

Le vin, rouge et poisseux, éclaboussa les tentures alors que la flasque de corne lancée par Buntokapi rebondissait avec un fracas épouvantable dans l'armurerie. Il cligna soudain des yeux, comme s'il était étonné par sa propre force, mais sa colère ne diminua pas. « Femme, cesse de m'énerver ! »

La puissance de sa voix faisait trembler les flammes des lampes. Mara s'assit tranquillement devant son époux qui, un instant auparavant, chantait maladroitement en compagnie de deux ménestrels. « Tu ne vois pas que je me plais à écouter cette musique ? N'es-tu pas toujours après moi pour que je lise de la poésie et que j'écoute de la musique ? Comment est-ce que je peux écouter si tu es toujours en train de me harceler ? »

Mara dissimula une grimace. Les louanges totalement dépourvues d'esprit critique de Buntokapi venaient du fait que les musiciens étaient des femmes, celle à la poitrine généreuse étant la fille de l'autre. L'étoffe tendue de sa robe et l'étendue de peau nue découverte par un ourlet court et un col ouvert ajoutaient sans le moindre doute de l'attrait à leurs chants très médiocres. Mais la gestion du domaine ne pouvait attendre. Mara écarta avec aigreur le parchemin qu'elle avait apporté, pour qu'il ne fût pas taché par le vin répandu sur la table.

« Mon Seigneur, ces décisions ne peuvent attendre…

— Elles attendront si je dis qu'elles doivent attendre ! » Entendant le hurlement de Buntokapi, les servantes qui étaient apparues avec des chiffons et une bassine pour nettoyer le vin répandu se hâtèrent d'accomplir leur travail et partirent précipitamment. Le visage écarlate, Buntokapi fit signe aux musiciennes de reprendre, et tenta furieusement de se concentrer sur la mélodie que chantait la jeune fille. Mais la présence gracieuse, douce et immobile de Mara l'énervait toujours au plus haut point. Après un moment, irrité, il demanda : « Oh, qu'est-ce qu'il y a ? »

Les musiciennes hésitèrent et reprirent avec hésitation la dernière strophe. Mara tendit silencieusement un parchemin à Buntokapi, et alors que sa robe glissait, il se rendit compte qu'elle en portait six autres. Il regarda le premier parchemin, le consulta rapidement et demanda : « C'est le budget et les comptes de la maisonnée. Pourquoi m'ennuyer avec cela ? » Il foudroya sa femme du regard, sans se soucier des musiciennes qui attendaient désespérément son autorisation pour se taire. Sans son aval, elles se lancèrent dans un refrain discordant.

« Il s'agit de votre domaine, mon époux, déclara froidement Mara. Personne ne peut dépenser un cinti de vos coffres sans votre permission. Certains marchands de Sulan-Qu ont envoyé des demandes de paiement polies, mais fermes. »

Buntokapi se gratta l'entrejambe en lisant les comptes d'un air renfrogné. « Femme ! » Les musiciennes cessèrent leur chant, et il se retrouva soudain en train de hurler dans le silence. « Nous avons des fonds pour payer tout cela ? » Il regarda autour de lui, surpris par ses propres hurlements.

« Bien sûr, mon époux.

— Alors paie-les », déclara-t-il en baissant la voix. Son expression s'assombrit. « Et pourquoi m'apportes-tu tout cela ? Où est Jican ? »

Mara fit un geste vers les parchemins. « Vous lui avez donné l'ordre de ne plus vous adresser ces rapports, mon époux. Il vous obéit, mais éviter ces problèmes ne permet pas de les résoudre. »

L'irritation de Buntokapi se mua en colère. « Et donc ma femme doit me harceler comme un vulgaire scribe ! Et je suppose que je devrais donner mon approbation à chaque fois qu'il faudra faire quelque chose, hein ?

— Il s'agit de votre domaine », répéta Mara. Elle attendait, extrêmement tendue, la moindre ouverture de sa part pour lui suggérer de lui confier la gestion de la maison.

Mais au lieu de cela, Bunto soupira avec une douceur qu'elle ne lui connaissait pas. « C'est vrai. Je dois m'accommoder de ces inconvénients, je suppose. » Ses yeux revinrent à la joueuse de vielle aux formes plantureuses, puis se livrèrent soudain sur le ventre arrondi de Mara. Le contraste l'inspira. « Bon, tu dois faire attention à ne pas trop te fatiguer, femme. Va te coucher. Si je dois étudier ces parchemins jusque tard dans la nuit, ces musiciens resteront à mes côtés pour me divertir.

— Mon époux, je... » Mara se figea, consciente qu'elle avait fait une erreur de jugement quand Buntokapi bondit brusquement sur ses pieds. Il la prit par les épaules et la releva brutalement. Ses mains descendirent instinctivement autour de son ventre pour protéger son enfant à naître. Ce geste arrêta la violence de son époux, mais ne calma pas sa rage.

Les musiciennes regardaient, paralysées par la gêne, alors que les doigts de Buntokapi se crispaient, enserrant douloureusement les muscles des épaules de son épouse. « Femme, je t'ai déjà prévenue. Je ne suis pas stupide ! Ces rapports seront lus, mais quand *je* le déciderai. » Sa rage sembla enfler, se nourrir d'elle-même, jusqu'à devenir une chose tangible qui assombrissait l'atmosphère de la pièce. La lumière de la lune parut s'obscurcir derrière les cloisons et les musiciennes déposèrent leurs instruments en tremblant. Mara se mordit les lèvres, paralysée par l'étreinte de son mari comme un gazen devant un relli. Il la secoua pour qu'elle prît la mesure de sa force. « Écoute-moi, femme. Tu vas aller te coucher. Et si tu contrecarres encore ma volonté, ne serait-ce qu'une seule fois, je te chasserai ! »

Il ouvrit les doigts et Mara tomba à genoux submergée par une vague de peur. Elle cacha son émotion derrière une révérence assez basse pour être celle d'une esclave, et posa son front sur un sol encore poisseux de vin. « Je prie mon époux de me pardonner. » Ses paroles étaient ferventes et sincères. Si Buntokapi voulait exercer ses droits de seigneur souverain sur une épouse gênante, il pouvait la renvoyer du domaine et la cloîtrer dans un appartement avec une pension et deux servantes. Les affaires des Acoma passeraient à jamais hors de son influence. La fière famille de son père deviendrait ce que cet homme fruste en ferait, et n'échapperait pas au vasselage des Anasati. Craignant de trembler, craignant même de respirer, Mara attendait, immobile, son visage changé en un masque impassible pour cacher la terreur qui emplissait son cœur. Elle avait espéré ennuyer à mourir Buntokapi avec des rapports financiers qu'il ne comprenait pas, pour l'encourager à lui donner le contrôle du budget de la famille et la liberté de lancer certains plans. Au lieu de cela, elle avait presque provoqué une catastrophe.

Buntokapi regarda avec dégoût son dos incliné, jusqu'à ce que la promesse des charmes à peine dissimulés de la joueuse de vielle le distraie. Maintenant véritablement fatigué et ennuyé par la pile de parchemins qu'il devait lire, il poussa son épouse du bout de l'orteil. « Au lit, maintenant, femme. »

Mara se leva maladroitement, son sentiment de soulagement s'évanouissant devant la colère qu'elle éprouvait envers elle-même. Elle avait harcelé son mari en partie par dépit, énervée que les affaires des Acoma et elle-même soient moins importantes que la poitrine tressautante d'une simple musicienne. Mais son manque de sang-froid avait presque placé l'avenir des Acoma dans les mains d'une brute et d'un ennemi. Il lui faudrait désormais faire preuve de prudence et d'une extrême habileté, et avoir beaucoup de chance. Avec un sentiment de panique, elle désira ardemment entendre les conseils de Nacoya. Mais la vieille femme dormait depuis longtemps, et maintenant Mara n'osait surtout pas désobéir aux ordres directs de son seigneur en envoyant une servante la réveiller. Frustrée, et n'ayant jamais été aussi peu sûre d'elle de toute sa vie, Mara lissa sa robe froissée aux épaules. Elle quitta la pièce avec la mine battue d'une épouse soumise et domptée. Mais alors que la musique tapageuse reprenait derrière elle et que les yeux de Buntokapi se fixaient une fois de plus sur le large décolleté de la joueuse de vielle, son esprit tournait et retournait le problème dans tous les sens. Elle serait patiente ; d'une façon ou d'une autre, elle trouverait le moyen d'exploiter les faiblesses de son mari, même ses appétits charnels dévorants. Si elle n'y parvenait pas, tout était perdu.

« Femme ? » Buntokapi se gratta, fronçant les sourcils en consultant le parchemin posé sur sa table de travail.

« Oui, Bunto ? » Mara se concentrait sur sa broderie, en partie parce que l'aiguille et le fil semblaient doués d'une vie propre entre ses mains – et étaient toujours en train de s'emmêler – mais surtout parce qu'elle devait être l'image parfaite de l'humilité et de l'obéissance. Depuis l'incident avec les musiciens et les comptes du domaine, Buntokapi la surveillait attentivement pour déceler le moindre signe de désobéissance. Et, alors que les jeunes esclaves chuchotaient dans les coins, il s'imaginait souvent des choses selon son humeur du moment. Mara piqua l'aiguille dans la robe qu'elle brodait pour son enfant à naître, bien que la qualité de son ouvrage fût, au mieux, médiocre. Aucun héritier Acoma ne porterait jamais une telle guenille. Mais si Buntokapi pensait que la broderie était un passe-temps convenable pour son épouse enceinte, elle devait jouer le jeu avec un minimum d'enthousiasme.

Sous la table de travail, le seigneur des Acoma changea ses genoux cagneux de position. « Je réponds à une lettre de mon père. Écoute cela : "Cher père : Est-ce que tu vas bien ? J'ai gagné tous mes combats de lutte aux bains des soldats de Sulan-Qu. Je vais bien. Mara va bien". » Il la regarda avec une rare expression de concentration sur le visage. « Tu vas bien, n'est-ce pas ? Qu'est-ce que je pourrais dire ensuite ?

— Pourquoi ne pas demander si vos frères vont bien ? » répondit Mara, masquant avec difficulté son irritation.

Sans se rendre compte du sarcasme, Buntokapi hocha la tête, son expression dénotant son approbation.

« Maître ! »

En entendant le cri venant de dehors, Mara faillit se piquer le doigt. Elle déposa la précieuse aiguille de métal dans un endroit sûr, alors que Buntokapi rejoignait à une vitesse hallucinante le seuil de la porte. La personne qui appelait répéta son cri avec insistance, et sans attendre l'intervention d'un domestique, Buntokapi fit coulisser la cloison pour découvrir un soldat ruisselant de sueur et couvert de poussière.

« Que se passe-t-il ? » demanda Buntokapi, soudain moins irrité, car les questions des armes et de la guerre étaient plus faciles pour lui que les problèmes de correspondance.

Le guerrier s'inclina en toute hâte et Mara remarqua que ses sandales étaient étroitement lacées ; il avait couru sur une longue distance pour apporter son message. Oubliant son rôle de femme soumise, elle écouta la conversation tandis que le soldat reprenait son souffle et racontait : « Le chef de troupe Lujan vous prévient qu'une grande bande de brigands avance sur la route de Holan-Qu. Il attend à la petite source en dessous du col, pour les harceler s'ils tentent de passer en force, mais il pense qu'ils se regroupent pour lancer un raid contre nous. »

Buntokapi prit l'affaire en main avec détermination. « Combien sont-ils ? » Et avec une présence d'esprit et une considération dont il n'avait jamais fait preuve envers les domestiques, il autorisa d'un geste le messager fatigué à s'asseoir.

Mara murmura à une servante de lui apporter de l'eau, et, se laissant tomber en position accroupie, le soldat reprit son récit : « C'est une très grande troupe, maître. Peut-être l'équivalent de six compagnies. Il est presque certain que ce sont des guerriers gris. »

Bunto secoua la tête. « Autant que cela ? Ils pourraient devenir dangereux. » Il se tourna vers Mara. « Je dois te quitter maintenant, mon épouse. N'aie crainte. Je reviendrai.

— Que Chochocan protège ton esprit », répondit rituellement Mara, et elle inclina convenablement la tête comme une épouse devait le faire devant son seigneur. Mais même les apparences ne pouvaient lui faire oublier le danger de la situation. Tandis que Buntokapi franchissait vivement le seuil de la porte, elle observa à travers ses paupières baissées le messager couvert de poussière, qui s'inclina à son tour devant son maître. Il était jeune mais portait des cicatrices et avait l'expérience du combat. Mara se souvint de son nom, Jigaï, autrefois un membre estimable de la bande de Lujan. Son regard était dur, impénétrable, tandis qu'il levait la tête pour accepter l'eau apportée par la servante. Mara cacha un fort sentiment d'incertitude. Comment ce guerrier et ses compagnons réagiraient-ils s'ils devaient affronter des hommes qui, ayant eu moins de chance qu'eux, auraient pu être leurs camarades plutôt que leurs ennemis ? Aucun des nouveaux venus n'avait encore affronté un ennemi des Acoma en combat ; que leur première rencontre les opposât à des guerriers gris faisait naître chez Mara une forte inquiétude.

Frustrée, elle observa les soldats Acoma qui se pressaient devant la grande demeure pour se mettre en formation, commandés par les chefs de patrouille qui prenaient leurs ordres des chefs de troupe, tous placés sous la direction assurée de Keyoke. À sa droite se trouvait Papéwaio, qui prendrait la direction de la bataille si le commandant tombait devant l'ennemi, en tant que premier chef de troupe. Mara ne put qu'admirer leur zèle… Les soldats Acoma se conduisaient en toutes choses comme de véritables guerriers tsurani. Les anciens hors-la-loi se confondaient d'une façon parfaite avec ceux qui étaient nés au service de la maison. Ses doutes s'apaisèrent légèrement. Grâce à la sécurité offerte par les guerriers de la reine cho-ja, la compagnie de Tasido suffisait pour garder la résidence. Distraitement, Mara se demanda si elle devait recruter rapidement de nouveaux cousins sous les couleurs Acoma. Si elle disposait de plus de guerriers, les troupes pourraient être divisées, avec Papéwaio et un autre officier promus au rang de chef de bataillon, ce qui donnerait deux garnisons aux Acoma… Un cri perçant dissipa ses réflexions. Buntokapi revenait, suivi des serviteurs qui bouclaient son armure sur son corps trapu. Alors que son seigneur prenait sa place en tête de la colonne, Mara se souvint qu'elle ne pouvait plus gérer son armée comme elle l'entendait. Plus maintenant. Ses pensées tournaient en rond.

Le dernier homme se mit en position, poussé par la voix de Buntokapi. En armure complète, un fourreau orné de glands contenant son épée de combat favorite à la ceinture, le seigneur des Acoma, habituellement lourdaud, devenait un guerrier tsurani typique : trapu, coriace, avec des jambes capables de le porter sur des lieues en une course régulière, et conservant assez d'endurance pour combattre un ennemi. Buntokapi était maussade et brutal en temps de paix, mais il était éduqué pour la guerre. Il donna ses ordres avec détermination.

Mara écoutait, de la porte ouverte de ses appartements, fière du spectacle dans la cour. Puis le bébé lui donna un coup de pied. Elle grimaça sous la force de son coup. Au moment où l'enfant terminait sa crise de colère, la garnison Acoma s'était élancée hors du domaine, quatre cents soldats à l'armure verte étincelant au soleil. Ils partaient vers le ravin même où Mara avait tendu le piège qui avait fait entrer à son service Lujan et ses hors-la-loi.

Elle pria silencieusement pour que cette confrontation près de la source calme et murmurante se terminât aussi favorablement que la première pour les Acoma.

Nacoya apparut spontanément pour veiller au confort de sa maîtresse. Ses vieilles oreilles n'avaient pas manqué d'entendre toute cette agitation et, comme à son habitude, elle lui rapportait les bavardages des soldats et les rumeurs qui circulaient dans les baraquements, des choses que la jeune épouse avait envie de connaître mais qu'elle n'avait plus le moyen d'obtenir. Nacoya envoya une servante chercher des fruits givrés et pressa Mara de se rasseoir dans ses coussins. Puis les deux femmes s'installèrent pour une longue attente. Le milieu de la matinée venait à peine de passer, pensa Mara en regardant l'horloge cho-ja placée sur la table où son époux écrivait moins d'un quart d'heure auparavant. Elle fit un rapide calcul mental. La patrouille du petit matin devait avoir découvert les éclaireurs des bandits et localisé la troupe principale au niveau du col. Calculant les délais et les emplacements d'après les quelques nouvelles rapportées par Nacoya, Mara sourit légèrement. La discussion qu'elle avait provoquée entre Arakasi et Keyoke lors du voyage vers la fourmilière des Cho-ja avait donné des résultats. Parmi d'autres choses, le maître espion avait mentionné le besoin d'une surveillance avant l'aube, dans la région ouest du domaine. Les bandits pouvaient facilement s'infiltrer dans les montagnes, éviter les patrouilles Acoma sous le couvert de l'obscurité, puis se dissimuler dans la nature durant le jour. Le départ vers minuit de la patrouille de Lujan permettait aux hommes d'être suffisamment haut dans les collines, à l'aube, pour que les signes d'activité de hors-la-loi fussent rapidement détectés. Et le rusé ex-bandit connaissait toutes les cachettes entre les frontières Acoma et Holan-Qu.

Fatiguée par sa grossesse difficile, Mara grignotait des tranches de fruits sucrés, écoutant le bruit des soldats Acoma qui partaient en hâte vers les collines. Les sons portaient loin dans l'air matinal. Le tic-tac de l'horloge cho-ja résonnait doucement, et le piétinement des soldats s'affaiblit de plus en plus au point qu'elle ne savait plus si elle l'entendait encore ou si elle l'imaginait.

À midi, Nacoya lui versa une tisane et ordonna que l'on apportât des pâtes de fruit et du pain grillé, ainsi que des fruits et du kaj sung – un bol fumant de thyza agrémenté de petits morceaux de poisson de rivière, de légumes et de noix. Anxieux de plaire, le chef cuisinier apporta lui-même les mets à sa maîtresse, mais Mara se contenta de picorer dans les plats de façon distraite.

Consciente maintenant que la préoccupation de Mara n'avait pas grand-chose à voir avec la lassitude, Nacoya la rassura : « Dame, ne craignez rien. Votre seigneur Buntokapi reviendra indemne.

— Il le faut », répondit Mara en fronçant les sourcils. Et Nacoya vit une lueur de colère et de détermination derrière le masque imperturbable de la jeune fille. « S'il meurt maintenant, j'aurai fait tout cela pour rien… » Son instinct alerté, Nacoya chercha à croiser le regard de Mara mais celle-ci détourna rapidement les yeux. Certaine maintenant que sa maîtresse réfléchissait à quelque chose qui dépassait sa compréhension, mais suffisamment perspicace pour deviner son inclination, la vieille femme s'assit sur ses talons. L'âge lui avait donné la patience. Si la jeune Dame des Acoma choisissait de comploter toute seule, qu'il en soit ainsi. Un plan aussi dangereux pouvait échouer avant même de porter ses fruits s'il était partagé, même avec une personne aimée et de confiance. Nacoya regardait sa maîtresse, mais ne révéla rien de la peur qui serrait son vieux cœur. Elle comprenait. Elle était tsurani. Et sous le toit du maître, la parole du maître faisait loi.

Buntokapi fit signe à sa compagnie de s'arrêter et plissa les yeux devant la lueur du soleil alors que deux soldats Acoma approchaient en courant, leur silhouette se découpant sur l'horizon. Essoufflés, poussiéreux, mais fiers en dépit de leur fatigue, les hommes saluèrent leur maître, et le plus proche fit son rapport. « Seigneur, les bandits campent dans le vallon bas, derrière la crête où attend le chef de troupe Lujan. Il pense qu'ils se déplaceront avant l'aube. »

Buntokapi se tourna sans hésitation vers Keyoke. « Nous nous reposerons ici. Envoyez deux hommes frais pour faire venir Lujan. »

Le commandant relaya les ordres du seigneur, puis permit à la colonne de se reposer. Les hommes rompirent les rangs, retirant leur casque et s'asseyant sur le rebord de la route, mais ils ne firent aucun feu pour ne pas révéler leur présence aux pillards.

Buntokapi déboucla son propre casque avec un long soupir. Il était fonctionnel, mais très lourd. On l'avait ornementé selon la mode tsurani, pour indiquer les exploits de son porteur. Une bande de fourrure de sarcat avait été ajoutée sur le rebord, pour compléter la crinière de zerbi qui pendait sur le cimier. De tels trophées avaient grande allure lors des parades mais, à son grand chagrin, le jeune seigneur découvrait que chaque gramme pesait lourd après une journée de marche. Il ôta la pièce d'armure de sa tête et d'une main hérissa ses cheveux noirs.

Puis il s'accroupit, s'appuyant contre un petit talus sur le côté du sentier où ses officiers l'attendaient. « Keyoke, quel est ce vallon dont parle cet homme ? »

Le commandant s'accroupit à son tour et dessina une carte grossière dans la poussière avec la pointe de son poignard. « Il est comme ceci, Seigneur. La route d'Holan-Qu se rétrécit au niveau d'une petite crête, entre dans une étroite clairière – le vallon – près d'une source, juste avant de s'élever vers une nouvelle crête, puis revient sur ce sentier à environ trois lieues d'ici. » Il expliqua la disposition des lieux sans mentionner l'embuscade que la Dame avait tendue à Lujan et ses hommes pour qu'ils entrent au service des Acoma.

« C'est un bon endroit pour un piège », marmonna Buntokapi. Il gratta une piqûre d'insecte.

Keyoke ne dit rien. Il attendait, avec une patience que seule Mara aurait pu comprendre, pendant que son maître desserrait son ceinturon et s'étirait. « Mais nous devons attendre le rapport de Lujan. Réveillez-moi quand il arrivera. » Buntokapi croisa les bras derrière sa tête et ferma les yeux.

Avec une expression d'exaspération voilée, Papéwaio se leva. Keyoke l'imita, en déclarant : « Je vais poster des sentinelles, Seigneur. »

Buntokapi grogna son agrément et les deux officiers laissèrent sommeiller leur seigneur. Moins d'une heure après, le cri d'une sentinelle annonça l'arrivée au camp du chef de troupe Lujan.

Buntokapi se réveilla sans qu'on l'appelât. Il s'assit, se grattant une nouvelle série de morsures d'insectes, alors qu'un Lujan poussiéreux arrivait devant lui et le saluait. L'ancien hors-la-loi avait parcouru plus de trois lieues et ne montrait pas le moindre signe de fatigue, à part un peu d'essoufflement. Keyoke et Papéwaio le rejoignirent tandis que Buntokapi saisissait son casque, l'enfonçait sur sa chevelure emmêlée et désignait énigmatiquement les lignes tracées dans la poussière. « Montre-moi. »

Lujan se pencha et, avec son propre poignard, ajouta des détails à la petite carte que Keyoke avait tracée. « Six compagnies de cinquante hommes sont venues de trois routes différentes et se sont rejointes dans ce vallon, mon Seigneur. Elles sont placées ici, ici et là. »

Buntokapi s'arrêta, la main levée juste au-dessus des traces rouges qui striaient sa jambe. « Ils ne sont pas venus par la vallée haute, celle avec le petit lac ?

— Non, Seigneur », hésita Lujan.

Buntokapi eut un geste d'impatience dans l'obscurité croissante. « Eh bien, quoi ? Parle.

— Il y a quelque chose qui… qui cloche. »

Buntokapi se gratta l'estomac, soulevant sa cuirasse avec le pouce. « Ils ne manœuvrent pas comme des bandits, hein ? »

Lujan sourit légèrement. « Non, plutôt comme des soldats bien entraînés, à mon avis.

— Des guerriers gris ? se demanda Buntokapi en se relevant lourdement.

— Peut-être, répondit Keyoke.

— Ha ! rétorqua Buntokapi d'une voix amère. Des Minwanabi, ou ma mère a donné naissance à un chiot à tête de pierre. » Il déclara aux officiers supérieurs qui l'accompagnaient : « Avant que je me marie, je connaissais l'existence de la guerre de sang entre Jingu et les Acoma. Et mon père m'a récemment averti que je devais m'attendre à une attaque surprise. » Buntokapi s'arrêta pendant un assez long moment, mais ne fit part à personne de ses réflexions. Sa voix prit un ton maussade. « Le seigneur Jingu pense que ses hommes sont les meilleurs de l'Empire et que votre seigneur est un taureau stupide. Et il semble qu'il soit devenu assez sûr de lui pour risquer la colère de mon père. Mais il n'est pas assez fort ni assez arrogant pour oser arborer ses vraies couleurs, hein ? Nous allons lui montrer qu'il a tort sur les deux premiers points. » Il éclata d'un rire vulgaire. « Et qu'il a raison sur le dernier point. » Il regarda Keyoke. « Je pense que vous avez déjà un plan, hein, commandant ? »

Le visage ridé de Keyoke restait impassible. Il plaça son poignard près des lignes qui représentaient l'endroit où la piste se resserrait sur ce côté du vallon. « Je pense que nous pourrions les retenir ici sans éprouver beaucoup de difficultés, mon Seigneur. »

Buntokapi joua avec les glands de son fourreau. « Il vaut mieux que nous les laissions entrer dans le vallon, puis que nous envoyions une compagnie derrière eux, pour les piéger. »

Dans la lumière qui déclinait rapidement, Keyoke étudia la carte, se rappelant tous les détails du terrain qu'il avait mémorisés depuis sa dernière visite. Calmement, il risqua une opinion. « Si nous glissions une compagnie le long de la crête, en passant au-dessus, elle pourrait être en place à l'aube. Les bandits ne pourront pas faire retraite, et une sortie rapide dans le vallon, partant de ce côté, pourrait les mettre en déroute.

— Bien, mais je pense que nous ne chargerons pas, ajouta Buntokapi en fronçant les sourcils et en réfléchissant intensément. Nous resterons tranquilles, comme de petits oiseaux effrayés, hein ? Ils nous dépasseront, s'enfonceront dans la petite clairière, et alors nous surgirons et nous ferons pleuvoir des flèches et des rochers sur eux, jusqu'à ce qu'ils se débandent. »

Lujan hocha la tête en signe d'appréciation. « Cependant, ils réussiront à s'enfuir. »

Buntokapi se frotta la mâchoire de son pouce boudiné tout en réfléchissant à ce qui venait d'être exposé. « Non, dit-il enfin, nous frapperons juste avant qu'ils n'atteignent la seconde crête. Ils penseront qu'ils sont attaqués par une patrouille avancée. Mais la plupart de nos hommes attendront à l'arrière. » Il sourit avec méchanceté en anticipant le résultat de son stratagème. « Les bandits penseront que la plupart des troupes Acoma se trouveront devant eux, défendant les frontières du domaine. Ils feront demi-tour pour partir dans la direction d'où ils sont venus, sous une averse de flèches, pour tomber sur nos épées et nos boucliers. » Il s'arrêta et ajouta : « Papéwaio, tu iras avec Lujan à l'autre extrémité du vallon, avec – il calcula rapidement – toutes nos troupes sauf cinquante de nos meilleurs archers. Keyoke prendra vingt archers et se positionnera sur le col de la haute crête, juste hors de vue. » Son impatience devint horrible à voir. « Keyoke, quand les bandits viendront, que les hommes poussent des cris de guerre et frappent sur leurs armures et dansent pour soulever de la poussière, pour que l'ennemi croie que vous êtes toute une armée. Si certains continuent à avancer, tuez-les. »

Le plan organisé, Buntokapi plaça son arc sur l'épaule. « Les archers s'abriteront sur la crête au-dessus des bandits, pour mieux faire pleuvoir la mort sur eux. Il est plus sage que je m'occupe de cette compagnie. » Keyoke hocha la tête pour signifier son approbation, se rappelant les séances d'entraînement dans la cour devant les baraquements. Buntokapi était peut-être lent avec une épée, mais c'était un véritable démon avec un arc entre les mains. Surexcité maintenant, Buntokapi donna ses derniers ordres à Papéwaio pour s'assurer qu'aucun bandit ne traverserait leurs lignes.

La mine sévère sous son casque, Keyoke admira la hardiesse du plan. Buntokapi espérait une victoire ; et avec les ruses audacieuses qu'il avait ajoutées, les bandits pourraient effectivement être anéantis.

Tapi derrière la crête, Buntokapi fit signe aux archers dissimulés de l'autre côté du vallon. Mais les hommes qui se déplaçaient plus bas ne virent pas son signal, car la brume du petit matin blanchissait le vallon comme une couverture, obscurcissant tout ce qui se trouvait à plus de douze mètres de distance. Le soleil rougeoyait à peine sur la frange rocheuse des cimes orientales et la brume ne se lèverait pas avant plusieurs heures. Les envahisseurs commençaient tout juste à bouger ; là, un homme cherchait un endroit tranquille pour se soulager, alors que d'autres se lavaient à la source, secouaient la poussière de leurs couvertures ou rassemblaient du bois pour faire du feu pour le chocha. Très peu portaient une armure. Si des éclaireurs avaient été postés, ils étaient indiscernables des guerriers qui frottaient leurs yeux ensommeillés. Amusé par ce manque général de préparation, Buntokapi rit doucement, choisit sa cible – l'homme qui cherchait un coin tranquille – et libéra la corde de son arc. La flèche s'enfonça avec un bruit mat dans la chair, et la bataille commença.

La première victime tomba en poussant un cri étranglé. Instantanément, tous les archers Acoma installés sur les crêtes lâchèrent leurs flèches. Trente pillards furent frappés avant même qu'un homme ne pût réagir. Puis la compagnie de bandits s'agita comme une ruche. Des couvertures volèrent, abandonnées, et des marmites roulèrent dans les feux de camp alors que les hommes attaqués cherchaient à se mettre à couvert. Buntokapi ricana méchamment et tira une nouvelle flèche. Il toucha sa cible à l'aine et celle-ci tomba, se tordant de douleur, faisant trébucher un de ses compagnons. Trop d'hommes étaient entassés dans une surface trop petite et leur panique rendit le massacre facile. Avant que leurs chefs puissent rétablir l'ordre, vingt autres hommes furent abattus. Des voix lancèrent des ordres dans la clairière. Les archers Acoma éprouvaient de plus en plus de difficulté à trouver des cibles, car les pillards s'abritaient derrière des arbres abattus, de grands rochers ou même de petites dépressions. Mais les flèches touchaient toujours leur but.

Un officier hurla des ordres et les bandits fuirent vers les frontières Acoma. L'exultation de Buntokapi devint sauvage. La canaille qui leur servait de chef pensait probablement qu'il avait rencontré une patrouille qui voulait repousser ses hommes dans les collines. Les bandits qui obéirent et réussirent à se regrouper atteignirent l'ombre de la seconde crête, pour être arrêtés par les cris et le bruit des armures de leurs adversaires. Les cinq hommes de l'avant-garde tombèrent, hérissés de flèches, quand les archers de Keyoke entrèrent dans la partie. Les soldats de tête se bousculèrent et s'arrêtèrent de façon complètement désorganisée. Une douzaine d'hommes tombèrent à nouveau avant que l'arrière-garde comprît leur mauvaise situation et qu'un officier ordonnât la retraite.

La lumière du soleil effleurait la brume, la teintant de rouge tandis que les trente premiers archers continuaient leur tir meurtrier, de la crête. Empêtrés, mourant les uns après les autres, les envahisseurs firent retraite dans l'étroit défilé. Buntokapi, transporté de joie, pensa que plus d'un tiers des bandits gisaient morts ou blessés. Il continua à tirer rapidement, et calcula qu'un autre tiers serait tombé avant que les fuyards rencontrent les soldats Acoma qui les attendaient sur leurs arrières. Mais bien avant de commençer à manquer de cibles, Buntokapi épuisa sa réserve de flèches. Frustré par son incapacité à tuer, il attrapa un large rocher et visa un homme qui se trouvait juste en dessous de lui, sous un affleurement de rochers. Il se cambra et lança la pierre, et ses efforts furent récompensés par un cri de douleur. Échauffé par sa soif de combat, il chercha d'autres pierres.

D'autres archers manquant de flèches l'imitèrent, et bientôt une grêle de pierres tomba sur les pillards. Puis, à l'est, de la poussière s'éleva sur le sentier tandis que retentissaient les cris de nombreux hommes ; Keyoke et sa bande donnaient l'impression que leur « armée » chargeait pour attaquer. Alarmés, plusieurs bandits bondirent sur leurs pieds, alors que les plus terrifiés s'élançaient dans une débandade généralisée vers l'ouest. Buntokapi lança sa dernière pierre. Enflammé par l'anticipation de la gloire et de la victoire, il tira son épée et hurla : « Acoma ! »

Les hommes de sa compagnie suivirent sa charge téméraire sur les pentes abruptes du vallon. Des pierres roulèrent sous leurs pieds, dévalèrent en s'entrechoquant. Une brume froide et moite les environna comme ils atteignaient le fond de la clairière, et que la déroute battait son plein. Près de deux cents pillards gisaient morts ou mourants sur le sol, tandis qu'à l'ouest, les survivants se précipitaient sur les lances, les boucliers et les épées des hommes commandés par Papéwaio et Lujan, et qui les attendaient.

Buntokapi se hâtait, ses jambes courtes s'agitant fiévreusement alors qu'il courait pour rejoindre la bataille avant que le dernier ennemi ne fût tombé. Il rencontra un homme au visage désespéré, vêtu d'une simple robe. L'épée et le bouclier rond très simple qu'il portait rappelèrent à Buntokapi son propre bouclier, abandonné dans l'excitation, quelque part sur les rochers de la crête. Il se maudit pour son étourderie, mais il continua à charger le pillard en criant : « Acoma ! Acoma ! » avec une joie presque enfantine.

Le pillard se prépara à combattre, mais Buntokapi se contenta d'écarter sa lame, se jetant sur le bouclier pour utiliser sa force brute et sa masse plutôt que de prendre le risque d'affronter un meilleur escrimeur que lui. L'homme trébucha et Buntokapi leva son épée, portant à deux mains un coup de haut en bas qui brisa le bouclier de son adversaire et lui fracassa le bras. Le pillard tomba en hurlant.

Buntokapi para facilement un faible coup d'estoc. Souriant comme un dément, il frappa de la pointe et son adversaire mourut avec un cri étranglé. Le seigneur des Acoma nettoya sa lame et se précipita après les archers Acoma qui avaient suivi sa charge impétueuse dans le vallon.

À l'ouest, la bataille faisait rage. Essoufflé, impatient et confiant dans sa force et ses prouesses, Buntokapi gravit le petit col qui traversait les rochers. La brume s'amincissait, tel un rideau d'or à travers lequel les armures et les épées ensanglantées étincelaient, se détachant sur la végétation ombreuse. La fuite des pillards s'était brisée sur la masse des soldats Acoma en embuscade. Papéwaio avait placé des porteurs de bouclier, agenouillés au premier rang, avec des archers derrière eux et des lanciers sur les côtés. Moins d'un pillard sur vingt atteignit leurs lignes, et alors que Buntokapi se précipitait pour les rejoindre, il vit les derniers ennemis tomber sous les pointes des longues lances. Les bois environnants devinrent soudain étrangement silencieux. Tandis qu'il se frayait un chemin entre les cadavres étendus dans des positions grotesques et qu'il entendait, pour la première fois, les gémissements des blessés et des agonisants, l'excitation de Buntokapi ne s'évanouit pas. Il regarda le carnage que son plan avait provoqué et aperçut le plumet d'un officier.

Papéwaio se tenait non loin de là, les bras croisés, supervisant le bandage des blessures d'un soldat.

Buntokapi bouscula les spectateurs. « Eh bien ?

— Mon Seigneur. » Détournant à peine le regard de l'homme blessé, Papéwaio salua de son épée. « Ils ont hésité quand ils ont vu nos lignes – ce fut leur dernière erreur. S'ils avaient continué leur charge, nos pertes auraient été bien pires. » L'homme étendu à terre gémissait alors que l'on resserrait le bandage sur sa blessure. « Pas si serré », aboya Papéwaio, qui semblait oublier la présence impatiente de son seigneur.

Mais Buntokapi était trop enthousiasmé par la victoire pour relever l'écart de conduite de Papé. Se penchant sur son épée ensanglantée, il demanda : « Combien de pertes ? »

Papéwaio releva les yeux, soudain attentif. « Je ne sais pas encore, mais très peu. Mais voici le commandant qui s'approche. » Il se tourna pour donner de rapides instructions pour soigner le guerrier blessé, puis emboîta le pas au seigneur des Acoma.

Lujan les rattrapa alors qu'ils rejoignaient Keyoke, couvert de poussière après ses efforts dans la clairière, son plumet perlé par la brume. Les officiers rassemblèrent leurs informations en quelques mots, et le cœur de Buntokapi s'enfla de fierté. Il donna une bourrade joyeuse à l'épaule de Keyoke. « Tu vois, ces chiens ont paniqué et nous les avons massacrés, comme je l'avais dit. Ha ! » Il fronça les sourcils, mais sans déplaisir. « Des prisonniers ?

— Une trentaine, je pense, mon Seigneur », répondit Lujan, sa voix étrangement dénuée d'expression contrastant avec le timbre joyeux de son maître. « Certains survivront et pourront être réduits en esclavage. Je ne peux pas dire qui étaient leurs officiers, car aucun d'eux ne portait de casque dénotant un grade. » Il marqua une pause pensive. « Ou de couleurs de maison.

— Bah ! cracha Buntokapi. Ce sont des chiens Minwanabi.

— C'est vrai au moins pour l'un d'eux, intervint Lujan en désignant un mort qui gisait à moins de six mètres de là. Je connaissais cet homme – il se rattrapa juste avant de révéler son étrange origine – avant que je ne prenne les couleurs d'une Maison. C'est le frère aîné d'un ami d'enfance, et il est entré au service des Kehotara.

— Le chien de compagnie du Minwanabi ! » Buntokapi agita son épée souillée comme si la présence d'un soldat d'un vassal de Jingu prouvait ses affirmations.

Lujan recula pour se mettre hors de portée de son geste, souriant légèrement. « C'était un mauvais homme. Il est peut-être devenu un hors-la-loi. »

Buntokapi agita sa lame devant le visage de Lujan, sans comprendre l'humour de la réponse. « Ce n'était pas un raid de hors-la-loi ! Ce chien de Jingu pense que les Acoma sont faibles, et dirigés par une femme. Et bien, il sait maintenant qu'il affronte un homme. » Il pivota rapidement, brandissant son arme au-dessus de sa tête. « Je vais envoyer un messager à Sulan-Qu pour offrir quelques tournées dans les tavernes du port. Jingu saura en moins d'un jour comment je lui ai tordu le nez. »

Buntokapi abaissa son épée en la faisant siffler. Il regarda le sang séché sur la lame, et après un moment de réflexion replaça l'arme dans le fourreau décoré de glands. Un esclave pourrait la polir plus tard. Avec un enthousiasme que ne partageaient pas ses officiers, il déclara : « Nous ferons le tri à la maison. Je suis sale et j'ai faim. Nous partons maintenant ! » Et il commença brusquement la marche, laissant Keyoke, Papéwaio et Lujan organiser les hommes, préparer des litières pour les blessés et reconduire les compagnies sur la route du domaine. Le seigneur des Acoma voulait être rentré chez lui avant le dîner, et sa compagnie de soldats fatigués par la bataille ne le concernait pas. Ils pourraient se reposer quand ils seraient rentrés dans leurs baraquements.

Alors que les hommes se hâtaient de reformer les rangs, Papéwaio regarda son commandant. Leurs regards se croisèrent un instant et les deux hommes partagèrent une pensée : cet homme brutal, à peine parvenu à l'âge adulte, était dangereux. Tandis qu'ils se séparaient pour s'occuper de leurs tâches respectives, tous deux prièrent silencieusement pour leur Dame Mara.

Les heures passèrent et les ombres raccourcirent. Le soleil montait au zénith alors que les bouviers revenaient des pâturages pour le repas de midi, et que les domestiques et les esclaves vaquaient à leurs travaux comme si aucun désastre ne les guettait. Mara se reposait, essayant de lire, mais son esprit refusait de se concentrer sur l'organisation complexe des terres et des biens d'une douzaine de seigneurs puissants et de centaines de seigneurs mineurs de l'Empire. Une nuit, un mois auparavant, elle avait cru reconnaître une constante dans la façon dont les possessions distantes d'un domaine étaient placées, puis après des heures d'étude, elle avait décidé que son impression n'avait été qu'une illusion. Mais ses recherches avaient fait naître une nouvelle pensée : l'endroit où se trouvaient les biens d'une famille, même ceux qui semblaient insignifiants, pouvait se révéler aussi important que n'importe quel autre fait dans les nuances du Jeu du Conseil.

Mara réfléchit à ce nouvel angle d'attaque dans la chaleur de l'après-midi. Le crépuscule tomba et, dans l'air plus frais du soir, elle s'assit devant un long repas silencieux. Les domestiques étaient très calmes, ce qui était inhabituel en l'absence de leur seigneur. Ressentant sa grossesse comme un poids, Mara se retira tôt pour dormir. Ses rêves furent troublés. Elle s'éveilla plusieurs fois durant la nuit, le cœur battant et les oreilles guettant le moindre bruit d'hommes qui revenaient. Mais au lieu des pas d'hommes en marche et du grincement des armures, le calme de la nuit n'était troublé que par le doux meuglement des needra et le chant des insectes nocturnes. Elle n'avait aucun indice sur la façon dont son époux et Keyoke combattaient les pillards dans la montagne, sauf que le domaine restait en paix. Juste avant l'aube, elle sombra dans un sommeil profond et épuisé.

Le soleil sur son visage l'éveilla, car elle avait ouvert la cloison durant sa nuit agitée. Sa servante du matin avait oublié de la refermer, et la chaleur la faisait déjà transpirer. Mara se souleva sur ses oreillers et sentit monter une soudaine nausée. Sans prendre le temps d'appeler une domestique, elle se hâta de rejoindre la chambre d'aisance et vomit tout ce que contenait son estomac. La servante du matin entendit sa détresse et se précipita pour l'aider et lui proposer des linges frais. Puis elle aida sa maîtresse à rejoindre sa natte et se dépêcha d'aller chercher Nacoya.

Mara l'arrêta à la porte. « Nacoya a suffisamment de soucis sans en ajouter d'autres », déclara-t-elle d'une voix sèche, puis elle désigna d'un air maussade la cloison ouverte. La servante la ferma rapidement, mais l'ombre ne soulagea pas Mara. Elle restait allongée, pâle et suante. Elle s'agita toute la journée, incapable de se concentrer sur les problèmes commerciaux qui n'avaient jamais manqué jusque-là de la passionner. Midi vint, et les hommes n'étaient pas revenus. Mara commença à s'inquiéter. Buntokapi était-il tombé sous l'épée d'un pillard ? La bataille avait-elle été gagnée ? L'attente l'épuisait, enveloppant son esprit dans un manteau de doute. Derrière la cloison, le soleil avançait lentement au zénith, et Nacoya arriva avec le repas de midi. Heureuse que son malaise fût passé, Mara réussit à manger un peu de fruits et quelques gâteaux sucrés.

Après son repas, la Dame des Acoma s'allongea pour se reposer durant la chaleur de l'après-midi. Le sommeil lui échappait. L'ombre des feuillages s'allongeait lentement sur les cloisons ; elle écoutait les bruits diminuer à l'extérieur tandis que les ouvriers libres se retiraient dans leurs cabanes. Les esclaves n'avaient pas droit à cette pause de midi, mais quand cela était possible, le travail effectué de midi à la quatrième heure de l'après-midi était le moins fatigant de la journée.

L'attente lui pesait comme un millier de pierres ; même les cuisiniers étaient de mauvaise humeur. Dans le lointain, Mara entendit un domestique réprimander un esclave dans l'arrière-cuisine pour un travail mal fait. Irritée par le calme, elle se leva, et quand Nacoya apparut pour s'enquérir de ses besoins, elle lui répondit d'une voix hargneuse. La pièce resta silencieuse. Elle refusa que l'on fît venir des musiciens ou des poètes pour la divertir. Nacoya se leva et partit chercher du travail ailleurs.

Puis, alors que les ombres s'inclinaient et empourpraient les collines, le bruit de soldats qui approchaient atteignit le manoir. Mara retint son souffle et reconnut des voix qui chantaient. Quelque chose se brisa en elle. Des larmes de soulagement mouillèrent son visage, car si les ennemis avaient triomphé, ils seraient venus en poussant des cris de guerre et en attaquant les soldats qui gardaient le domaine. Si Buntokapi avait été tué ou si les Acoma avaient été repoussés lors de l'attaque, les guerriers seraient revenus en silence. Mais les voix puissantes qui s'élevaient dans le ciel en cette fin d'après-midi annonçaient la victoire des Acoma.

Mara se leva et fit signe aux servantes d'ouvrir la porte vers la grande cour. Fatiguée mais beaucoup moins tendue, elle attendit, une main posée sur le chambranle de la porte, pendant que les compagnies Acoma arrivaient, leur brillante armure verte voilée par une couche de poussière. Les plumets des officiers étaient penchés par la fatigue, mais les hommes marchaient d'un pas régulier et leur chant emplissait l'air. Les paroles manquaient peut-être d'ensemble, car pour beaucoup d'entre eux les couplets étaient nouveaux ; mais c'était une victoire Acoma. Les vieux soldats et les anciens bandits chantaient ensemble pour célébrer leur joie, car la bataille les avait tous solidement soudés. La réussite était plaisante après le chagrin qui avait affligé cette maison à peine une année auparavant.

Buntokapi alla droit à sa femme et s'inclina légèrement, une formalité qui surprit Mara. « Ma femme, nous sommes victorieux.

— J'en suis très heureuse, mon époux. » Que sa réponse fût sincère la surprit, elle aussi. Sa grossesse semblait la mettre à l'épreuve, car elle n'avait pas bonne mine.

Étrangement décontenancé, Buntokapi précisa : « Des chiens Minwanabi et Kehotara vêtus comme des guerriers gris ont tenté de manœuvrer sur la route au-dessus de nos terres. Ils avaient l'intention de nous attaquer aux premières lueurs de l'aube pendant notre sommeil. »

Mara inclina la tête. C'était ainsi qu'elle aurait préparé une telle attaque. « Étaient-ils nombreux, mon Seigneur ? »

Buntokapi enleva son casque par sa jugulaire et le lança à un domestique qui attendait. Il gratta vigoureusement ses cheveux mouillés et emmêlés, les lèvres entrouvertes par la satisfaction. « Ah, cela fait du bien d'enlever cette chose. » Regardant sa femme dans l'encadrement de la porte, il demanda : « Quoi ? Nombreux ? » Son expression devint pensive. « Beaucoup plus que je ne m'y attendais… » Il cria par-dessus son épaule à Lujan, qui veillait à la dispersion des troupes avec Keyoke. « Chef de troupe, combien y avait-il d'attaquants en fin de compte ? »

La réponse leur parvint, joyeuse, au-dessus du tohu-bohu de la cour. « Trois cents, mon Seigneur. »

Mara réprima un frisson. Elle posa une main sur son ventre, là où le bébé bougeait.

« Trois cents tués ou capturés », répéta fièrement Buntokapi. Puis, comme s'il avait été frappé par une arrière-pensée, il cria une nouvelle fois à travers toute la cour : « Lujan, combien de pertes dans nos troupes ?

— Trois morts, trois agonisants et cinq autres gravement blessés. » La réponse était à peine moins exubérante, ce que Mara interpréta comme un signe que les recrues de Lujan s'étaient bien battues.

Buntokapi sourit à sa Dame. « Qu'est-ce que tu en dis, mon épouse ? Nous avons attendu, cachés au-dessus d'eux, nous avons fait pleuvoir des flèches et des pierres sur leurs têtes, puis nous les avons repoussés contre nos boucliers et nos épées. Ton père n'aurait pas fait mieux, hein ?

— Non, mon époux. » L'aveu était fait à contrecœur, mais il était sincère. Buntokapi n'avait pas gaspillé ses années d'apprentissage de soldat. Et pendant un instant, le mépris et la révulsion que Mara ressentait habituellement envers son époux furent remplacés par la fierté pour ses actes au Nom des Acoma.

Lujan traversa la cour, accompagné d'un soldat nommé Sheng. Les rigueurs de la journée n'avaient pas entamé la galanterie enjouée du chef de troupe, et il sourit pour saluer sa Dame avant de s'incliner et d'interrompre les vantardises de son maître. « Seigneur, cet homme a des choses importantes à révéler. »

Ayant reçu l'autorisation de parler, le soldat salua. « Maître, l'un des prisonniers est l'un de mes cousins, que je connais bien. C'est le fils de la sœur de l'épouse du frère de mon père. Ce n'est pas un guerrier gris. Il est entré au service des Minwanabi. »

Mara se raidit légèrement, son inspiration soudaine masquée par la réponse bruyante de Buntokapi. « Ha ! Je l'avais bien dit. Fais venir ce chien. »

Des mouvements animèrent un instant la cour, et un garde à la forte carrure s'approcha. Il poussait devant lui un homme dont les deux mains étaient attachées dans le dos, et le jeta aux pieds de Buntokapi.

« Tu appartiens aux Minwanabi ? »

Le prisonnier refusa de répondre. Oubliant la présence de son épouse, Buntokapi lui décocha un coup de pied dans la tête. En dépit de sa haine pour les Minwanabi, Mara grimaça. La sandale cloutée de Buntokapi frappa à nouveau l'homme au visage, et celui-ci roula sur le sol, crachant du sang. « Tu appartiens aux Minwanabi ? » répéta Buntokapi.

Mais l'homme n'admettrait rien. Il était loyal, pensa Mara dans son malaise ; elle n'en attendait pas moins de lui. Jingu n'aurait sûrement pas envoyé des hommes faibles dans une entreprise aussi risquée, car son statut et son honneur reposaient sur le fait que sa responsabilité ne pouvait pas être prouvée. Mais il était impossible de dissimuler totalement la vérité. Un autre soldat Acoma approcha avec un récit similaire au premier : plusieurs autres « guerriers gris » furent reconnus comme des Minwanabi, ou des membres de la maison d'une famille vassale de Jingu, les Kehotara. Buntokapi frappa plusieurs fois l'homme à terre, mais il n'y gagna qu'un profond regard de haine. Finalement lassé, le seigneur déclara : « Cet imbécile souille la terre des Acoma. Qu'on le pende ! »

Il leva des yeux brillants vers Keyoke. « Pendez-les tous ! Nous n'avons pas besoin d'esclaves, et les chiens sont de mauvais ouvriers. Suspendez-les le long de la route impériale et qu'une pancarte proclame le sort qui attend ceux qui violent les terres des Acoma. Que les chefs de patrouille se rendent ensuite en ville. Qu'ils achètent du vin dans les tavernes et qu'ils boivent en l'honneur des hommes des Acoma qui ont vaincu les Minwanabi. »

Le visage dur, Keyoke ne dit rien. Buntokapi infligeait une terrible insulte au seigneur des Minwanabi en pendant publiquement ses soldats. Les prisonniers de guerre étaient tués honorablement, par l'épée, ou gardés comme esclaves. Ce n'est que lorsque les guerres de sang devenaient anciennes et implacables qu'un homme offensait un ennemi de cette manière. Se vanter d'une telle action en public appellerait une réponse encore plus impitoyable, jusqu'à ce que l'alliance avec les Anasati devînt insuffisante pour les protéger. Mara comprit ce qui était en jeu. Si la colère de Jingu était suffisamment forte, le prochain raid ne serait pas lancé par trois cents soldats déguisés en guerriers gris. Trois mille soldats en armure orange et noir des Minwanabi s'abattraient comme une nuée d'insectes sur les terres

Acoma. Mara vit Keyoke se gratter la mâchoire avec son pouce et comprit qu'il était aussi inquiet qu'elle. Elle devait s'efforcer de dissuader son mari de son projet.

« Mon Seigneur. » Mara toucha la manche humide de Buntokapi. « Ce ne sont que des soldats qui ont fait leur devoir envers leur maître. »

Une lueur sauvage brilla dans les yeux de Buntokapi, étonnante d'intelligence. « Ces hommes-là ? » Le calme de sa voix était nouveau, encore plus glacial parce qu'il était sincère. « Pourquoi ? Ce ne sont que des guerriers gris, des bandits et des hors-la-loi, mon épouse. Tu m'as entendu demander à cet homme s'il était un Minwanabi, n'est-ce pas ? S'il avait répondu, je l'aurais tué honorablement, de ma propre épée. Mais ce n'est qu'un criminel, un gibier de potence, hein ? » Il sourit largement, et cria aux hommes dans la cour. « Exécutez mes ordres ! »

Les soldats Acoma se hâtèrent d'apporter des cordes et les prisonniers furent menés sur le sentier de graviers qui conduisait aux arbres bordant la route impériale. Un artisan fabriquerait la pancarte pour que leur honte fût publique, et au coucher du soleil, le dernier d'entre eux serait pendu.

Les soldats qui n'étaient pas de corvée se dispersèrent et regagnèrent leurs quartiers. Buntokapi entra dans la demeure sans retirer ses sandales, et ses semelles cloutées firent sauter des éclats sur le plancher de bois précieux alors qu'il se retournait pour appeler un domestique. Prenant mentalement note de demander à un esclave de poncer et de repolir le plancher, Mara regagna ses coussins. Son époux ne la congédia pas quand ses domestiques arrivèrent, et elle était donc obligée de rester pendant que les serviteurs lui retiraient son armure.

Étirant ses larges épaules pendant qu'on lui ôtait sa cuirasse, le seigneur des Acoma déclara : « Ce seigneur des Minwanabi est un imbécile. Il pense qu'il peut outrager mon père en me tuant, puis s'occuper ensuite de toi, mon épouse, une simple femme. Il ne savait pas à quel soldat il avait affaire, hein ? Quelle chance que tu m'aies choisi à la place de Jiro. Mon frère est intelligent, mais ce n'est pas un guerrier. » Une lueur sauvage étincela une nouvelle fois dans le regard de Buntokapi, et Mara y lut quelque chose qui dépassait la simple ruse. Elle fut forcée d'accepter la véracité de la remarque de Buntokapi lors de leur nuit de noces : l'homme qu'elle avait épousé n'était pas stupide.

Tranquillement, Mara tenta de tempérer son humeur optimiste. « Les Acoma ont, en effet, eu beaucoup de chance d'être menés par un soldat, aujourd'hui, mon Seigneur. »

Buntokapi se gonfla d'importance sous le compliment. Il se retourna, tendant la dernière pièce d'armure à son domestique. Il regarda ses phalanges souillées et ressentit soudain le contrecoup de toute la fatigue accumulée ces deux derniers jours. « Je vais prendre un long bain, ma femme, puis je te rejoindrai pour le repas du soir. Je n'irai pas en ville. Les dieux n'aiment pas que l'on éprouve trop de fierté, et peut-être vaut-il mieux ne pas se moquer plus de Jingu que je ne l'ai déjà fait. »

Il marcha jusqu'à la cloison ouverte, laissant la douce brise du soir sécher sa sueur. Mara le regarda, silencieuse. Son corps courtaud et ses jambes arquées dessinaient une silhouette comique sur le ciel mordoré, mais ce spectacle la glaçait de peur. Quand Buntokapi partit, elle contempla la pile de vêtements crottés et les sandales qu'il avait laissées en tas sur le plancher. Ses pensées s'assombrirent soudainement et elle n'entendit pas Nacoya entrer et s'incliner juste derrière elle. La vieille femme murmura, d'une voix ressemblant à un sifflement presque silencieux : « Si vous devez le tuer, Dame, faites-le rapidement. Il est bien plus intelligent que vous ne le croyiez. »

Mara se contenta de hocher la tête. Intérieurement, elle comptait les heures. Pas avant la naissance de son enfant. Pas avant.

« Mara ! »

Le cri résonna dans toute la maison. La Dame des Acoma se leva avec l'aide de ses servantes. Elle avait parcouru la moitié du chemin jusqu'à la porte de ses appartements quand la cloison coulissa et que Buntokapi entra, le visage empourpré par la colère.

Elle s'inclina immédiatement. « Oui, Bunto. »

Il leva une main charnue et agita une liasse de papiers dont chaque page était couverte de minuscules rangées de chiffres. « Qu'est-ce que cela ? Je les ai trouvés empilés sur mon bureau à mon réveil. » La dépassant d'un pas lourd, il était l'image même d'un needra enragé, et la ressemblance était accentuée par ses yeux injectés de sang, conséquence d'une nuit de divertissements passée en compagnie de quelques amis.

Plusieurs jeunes soldats, des deuxièmes et troisièmes fils de familles loyales aux Anasati, s'étaient arrêtés pour une visite de courtoisie alors qu'ils se rendaient à la Cité des Plaines. Ils avaient bavardé pendant de longues heures, car leurs maisons rassemblaient leurs armées pour une campagne de printemps contre les barbares du monde de Midkemia, de l'autre côté de la Faille magique. La guerre entrait maintenant dans sa troisième année, et le récit des richesses que l'on trouvait là-bas alléchait plusieurs maisons politiquement neutres, qui se décidaient à rejoindre l'Alliance pour la Guerre. De tels changements faisaient que le Parti de la Guerre et le très conservateur Parti Impérial s'opposaient pour la domination du Grand Conseil. Le seigneur des Minwanabi était un pilier du Parti de la Guerre, dirigé par le Seigneur de Guerre, et le seigneur des Anasati était la personne centrale du Parti Impérial, une position de grand prestige car elle était réservée aux personnes ayant des liens de sang avec l'empereur.

Sans faire preuve de la bienséance de ses cousins impériaux, Buntokapi lança les papiers épars sur sa femme. « Qu'est-ce que je suis supposé faire de toutes ces choses ?

— Époux, ce sont les comptes mensuels de la maison, le budget trimestriel, les rapports de vos agents commerciaux et les inventaires de vos possessions éloignées – elle baissa les yeux pour voir ce qu'il y avait d'autre dans les feuilles répandues à ses pieds – et une étude prospective sur la demande en cuir de needra pour l'année prochaine.

— Mais qu'est-ce que je suis supposé faire de tout cela ? » Buntokapi leva les bras au ciel, exaspéré. En tant que troisième fils, il avait été destiné à une carrière militaire comme celle de Keyoke ou Papéwaio, ou à un mariage avec la fille d'un riche marchand qui chercherait une alliance dans une puissante Maison. Mais il avait dépassé les plus grandes ambitions de son père, et il ne savait absolument pas diriger une grande Maison.

Mara s'accroupit, car sa grossesse lui interdisait de se pencher, et avec une patience parfaite commença à rassembler les parchemins éparpillés sur le sol. « Vous devez lire ces rapports. Les approuver, les rejeter ou les corriger, puis les renvoyer aux membres appropriés de votre maisonnée, Bunto.

— Et Jican ?

— Il vous conseillera, mon époux. » À nouveau, elle attendit qu'il lui proposât de le soulager du poids de certaines responsabilités, mais il se contenta de répondre : « Très bien. Que le hadonra vienne dans mon cabinet de travail, quand j'aurai mangé. » Sans ajouter un mot, il arracha les papiers des mains de sa femme et sortit.

Mara fit signe à son messager. « Va chercher Jican. »

Le hadonra arriva, essoufflé, à sa convocation. Il avait des taches d'encre sur les mains, et d'après ce que Mara savait, son messager l'avait trouvé dans l'aile des scribes, de l'autre côté de la maison. Quand il eut achevé sa révérence, Mara lui annonça : « Mon Seigneur demande tes conseils, Jican, sur les nombreuses affaires qui concernent les Acoma. Je te prie de te mettre à sa disposition quand il aura pris son bain et qu'il aura mangé. »

Le hadonra tapota une phalange tachetée d'encre, éprouvant une grande difficulté à dissimuler sa répugnance à travailler avec le laborieux Buntokapi. « Je vois, Dame. »

Mara le regarda avec un humour narquois. « Mon Seigneur apprend pour la première fois les problèmes de commerce, Jican. Peut-être serait-il préférable que vous étudiiez chaque affaire lentement, et en détail. »

L'expression de Jican ne changea pas, mais ses yeux brillèrent. « Oui, maîtresse. »

Mara lui rendit alors un sourire voilé. « Prends autant de temps que nécessaire. Je pense que tu trouveras suffisamment de sujets pour que vous discutiez toute la soirée, et peut-être même tard dans la nuit.

— Bien sûr, maîtresse, répondit Jican avec un bel enthousiasme. Je donnerai des ordres pour que nous ne soyons pas dérangés tant que le seigneur Buntokapi aura besoin de mon aide. »

Le hadonra avait toujours eu l'esprit vif. Mara se réjouit de ses qualités, mais ne montra aucune trace de ses sentiments. « C'est très bien, Jican. Comme mon Seigneur montre son intérêt pour les problèmes de la maison, emporte tous les documents que tu penses qu'il devra étudier.

— Oui, maîtresse, répondit Jican d'une voix qui tentait de masquer son ravissement.

— C'est tout. » Mara lui fit signe de se retirer puis, pensivement, chercha dans son esprit d'autres sujets qui devaient être portés à l'attention de son mari. Mais alors qu'elle combinait son plan, elle eut peur. La voie qu'elle avait choisie était périlleuse ; personne ne pourrait la protéger si elle faisait un faux pas, pas même la loi. Le soleil qui resplendissait sur le paravent peint lui semblait soudain très précieux. Mara ferma les yeux et récita les enseignements des sœurs de Lashima pendant ce qui lui sembla être un très long temps.

Mara se crispa en entendant le bruit de l'énorme main de Buntokapi qui frappait la chair. Un autre esclave arborerait une joue meurtrie ou un œil au beurre noir demain matin. S'armant de courage pour l'inévitable attaque qui allait suivre, elle ne fut pas surprise quand la cloison qui fermait la porte de ses appartements s'ouvrit sans que le moindre petit coup fût frappé en guise d'avertissement. Même quand il n'était pas en colère, Buntokapi lui témoignait rarement la courtoisie à laquelle son rang lui donnait normalement droit.

« Mara », commença-t-il, sur le point d'exploser ; et Mara le maudit intérieurement alors qu'il entrait avec ses sandales de combat qui creusaient le plancher une seconde fois cette semaine. Heureusement, les esclaves qui réparaient ses dégâts n'avaient pas le droit de se plaindre.

Buntokapi s'arrêta, transpirant sous sa lourde armure. « J'ai passé des journées entières plongé dans toutes ces histoires financières importantes, et dont je dois m'occuper personnellement, d'après Jican ! Je vais m'entraîner avec mes soldats pour la première fois depuis une semaine, et quand je suis fatigué par le soleil, la première chose que je trouve est encore plus… de ça ! » Il jeta une épaisse liasse de documents sur le sol. « Tout cela commence à m'ennuyer ! Qui s'en occupait avant que je vienne ici ?

— Je le faisais, mon époux », répondit modestement Mara en baissant les yeux.

La colère de Buntokapi se transforma en étonnement. « Toi ?

— Avant que je ne vous prenne comme époux, j'étais la souveraine des Acoma, répondit Mara avec une fausse insouciance, comme si le sujet n'avait aucune importance. Il était de mon devoir de gérer mon domaine, comme c'est maintenant le vôtre.

— Ah ! » La frustration de Buntokapi était palpable. « Est-ce que je dois superviser le moindre détail ? » Il arracha son casque et hurla pour qu'on vînt l'aider. Un domestique apparut à la porte. « Apporte-moi une robe, lui ordonna Buntokapi. Je ne resterai pas dans cette armure une seconde de plus. Mara, aide-moi. »

Mara se leva maladroitement et s'approcha de son époux qui attendait, les bras écartés. Le touchant le moins possible car il était sale, elle ouvrit les boucles qui assujettissaient le plastron et la dossière de sa cuirasse. « Vous pouvez, si vous le voulez, me déléguer une partie de ce travail. Jican est capable de s'occuper des affaires quotidiennes du domaine. Je peux lui donner le bénéfice de mon opinion si vous êtes trop occupé. »

Buntokapi leva les épaules pour faire passer les plaques laquées au-dessus de sa tête et soupira de soulagement. Inaccoutumée à lever un tel poids, Mara éprouva quelques difficultés, jusqu'à ce que son mari tendît une main et lançât la lourde armure sur le sol. Il fit passer le léger gambison au-dessus de ses épaules et répondit d'une voix étouffée par l'épaisseur du tissu : « Non. Je veux que tu t'occupes de notre fils.

— Ou de notre fille », rétorqua Mara, vexée qu'une épouse pût faire le travail d'un valet de chambre et ne pas s'occuper des comptes. Elle s'agenouilla et déboucla les guêtres de cuir vertes des mollets poilus de son mari.

« Bah, ce sera un garçon. Sinon, nous n'aurons plus qu'à recommencer, hein ? » Il la regarda d'un air paillard.

Mara ne montra pas le moindre signe de sa répugnance, mais délaça les sandales aux lacets croisés, qui étaient aussi incrustées de saleté que les larges pieds qu'elles protégeaient. « Comme mon Seigneur voudra. »

Buntokapi ôta sa courte robe. Nu à l'exception d'un pagne, il y glissa la main sans la moindre gêne pour se gratter l'aine. « Cependant, je permettrai à Jican de prendre les décisions sur les affaires commerciales dont il s'occupait avant la mort de ton père. » Le domestique arriva avec une robe propre, que le seigneur des Acoma revêtit rapidement sans prendre de bain. « Ce hadonra est compétent. Et il pourra toujours venir me voir pour les décisions importantes. Maintenant, j'ai l'intention de passer un peu de temps à Sulan-Qu. Plusieurs de mes amis sont… »

Il s'arrêta, intrigué, alors que Mara étreignait soudain l'étoffe de sa robe. Elle avait eu de légères contractions toute la matinée, mais celle-ci était plus forte, et son visage perdit toute couleur. Le moment était enfin venu. « Bunto ! »

Cet homme qui était si souvent d'humeur violente fut soudain ravi et alarmé. « C'est l'heure !

— Je le crois, répondit-elle en souriant calmement. Faites venir la sage-femme. »

Plein de sollicitude pour la première fois de sa vie, Buntokapi tapotait furieusement la main de Mara au point de lui faire des bleus quand la sage-femme arriva, suivie peu après par Nacoya. Les deux femmes le chassèrent avec une détermination à laquelle aucun mari de l'Empire ne pouvait résister. Buntokapi partit comme un chien battu, regardant par-dessus son épaule en disparaissant derrière la cloison.

Il passa l'heure suivante à arpenter son cabinet de travail, à attendre que son fils naquît. Alors que la deuxième heure allait à sa fin, il envoya chercher du vin et quelque chose à manger. La soirée fit place à la nuit, sans qu'aucune nouvelle de la chambre de l'accouchée ne lui parvînt. Impatient et sans exutoire pour tromper son inquiétude, il but et mangea, et but encore. Après le dîner, il fit venir ses musiciens, et quand leur musique cessa de calmer ses nerfs, réclama le bain chaud qu'il avait négligé de prendre dans l'après-midi.

Faisant preuve d'une rare marque de respect, il décida de renoncer à la compagnie d'une femme. Les jeux du lit lui semblaient inconvenants pendant que sa femme donnait naissance à son héritier. Mais on ne pouvait espérer qu'un homme comme lui restât assis à attendre sans le moindre réconfort. Buntokapi hurla pour qu'un domestique allât chercher une grande jarre de liqueur d'acamel. Il refusait de renoncer à ce plaisir, même quand les domestiques écartèrent les cloisons, remplirent un baquet d'eau bouillante et attendirent avec du savon et des serviettes. Buntokapi enleva ses robes et tapota son ventre, qui prenait de l'embonpoint. Tout en faisant glisser son corps massif dans l'eau, il grommela qu'il devait s'entraîner plus souvent à l'épée et au tir à l'arc, pour rester en forme. Un homme plus faible aurait grimacé, mais Buntokapi s'assit tout simplement. Il prit une tasse de liqueur de la main d'un serviteur et la but d'une seule longue gorgée.

Les domestiques étaient attentifs dans leurs soins, mais faisaient preuve d'une certaine hésitation. Aucun d'eux ne voulait être battu pour avoir laissé tomber par inadvertance quelques gouttes d'eau dans la tasse du maître, et gâché sa boisson.

Buntokapi clapotait dans son bain. Il chantonnait distraitement un air pendant que les domestiques lui savonnaient le corps. Alors que leurs mains massaient ses muscles tendus et que la chaleur le plongeait dans une humeur assoupie et amoureuse, il se prélassa dans son bain et se mit bientôt à somnoler.

Puis le silence fut brisé par un cri. Bunto se dressa d'un bond dans son bain, retournant sa tasse et éclaboussant les domestiques d'eau savonneuse. Le cœur battant, il chercha instinctivement une arme, s'attendant à moitié à voir les domestiques courir se mettre à l'abri tandis que des hommes en armure répondaient à l'alarme. Mais tout restait tranquille. Il regarda les musiciens, qui attendaient ses ordres pour jouer, mais quand il ouvrit la bouche pour parler, un autre cri déchira la tranquillité des lieux.

Il comprit alors : Mara, la mince et délicate Mara, donnait naissance à son fils. Un autre cri résonna, et la souffrance qu'il exprimait ne ressemblait à rien de ce que Buntokapi avait entendu dans sa courte vie. Les hommes frappés au combat poussaient des cris bruyants et coléreux, et les gémissements des blessés étaient faibles et pitoyables. Mais ce bruit… Il reflétait l'agonie d'une personne torturée par le Dieu Rouge en personne.

Buntokapi tendit la main pour reprendre sa tasse de liqueur. Une fureur noire se peignit sur son visage quand il ne la trouva pas. Un servant la récupéra rapidement sur le sol, la remplit et la plaça dans la main de son maître. Quand Buntokapi l'eut vidée, il déclara : « Va voir si tout va bien avec ma femme. »

Le domestique sortit en courant et Buntokapi fit un signe de tête à un autre serviteur pour qu'il remplît sa tasse. De longs moments passèrent pendant que les cris de souffrance de Mara emplissaient la nuit. Le domestique revint rapidement et annonça : « Maître, Nacoya dit que c'est une naissance difficile. »

Buntokapi hocha la tête et but à nouveau, sentant la chaleur de l'alcool monter dans son estomac et l'engourdir. Un nouveau cri retentit, suivi d'un sanglot étouffé. Exaspéré, le seigneur des Acoma cria pour couvrir le bruit : « Jouez quelque chose de vif et de fort. »

Les musiciens commencèrent une marche. Buntokapi vida sa tasse de liqueur. Irrité par les cris de Mara qui couvraient la musique, il jeta la tasse et fit signe qu'on lui donnât la jarre. Il la plaça contre ses lèvres et but une longue gorgée d'alcool.

Sa tête commençait à tourner. Les cris semblaient venir vers lui comme un ennemi qui chargeait, et qui refusait d'être arrêté par un bouclier. Buntokapi but jusqu'à ce que ses sens fussent brouillés. Une lueur béate apparut dans ses yeux et il resta assis avec un sourire stupide sur le visage jusqu'à ce que l'eau du bain commençât à refroidir. Comme le maître ne montrait aucun signe de vouloir se lever, les domestiques inquiets sortirent en hâte pour faire chauffer de l'eau.

On apporta encore de la liqueur et, après un certain temps, Buntokapi, seigneur des Acoma, n'entendait pratiquement plus la musique, et encore moins les cris terribles de sa fragile épouse qui luttait pour donner naissance à son enfant.

Le temps passa, l'aube blanchit les cloisons de ses appartements. Épuisée par une nuit blanche, Nacoya fit coulisser la porte du cabinet de travail et jeta un coup d'œil à l'intérieur. Son seigneur était vautré dans l'eau froide de son bain, sa grande bouche ouverte, et ronflant. Une jarre de liqueur vide avait roulé sur le sol en échappant à ses doigts flasques. Trois musiciens dormaient sur leurs instruments, et les domestiques du bain se tenaient comme des soldats vaincus au combat, les serviettes pendantes et froissées dans les mains. Nacoya referma la cloison d'un geste sec, le dégoût clairement inscrit sur son visage ridé. Comme elle était heureuse que le seigneur Sezu ne fût plus en vie pour voir dans quel état se trouvait le successeur de son titre, Buntokapi, seigneur des Acoma, alors que sa femme avait souffert si longtemps pour lui donner un fils en bonne santé et un héritier.

Chapitre neuf

Le piège

Un cri retentit.

« Mara ! »

La colère de Buntokapi brisait le calme de la matinée comme le meuglement de défi d'un étalon needra. Mara se raidit. Elle regarda instinctivement le berceau placé près d'elle. Le petit Ayaki dormait encore, sans être le moins du monde dérangé par le hurlement de son père. Ses yeux étaient étroitement fermés et il avait à moitié entortillé ses membres courtauds dans sa couverture. Après deux mois de rugissements de Buntokapi, l'enfant pouvait dormir au beau milieu d'un orage. Mara soupira. Le garçon était bien le fils de son père, avec un corps épais et une grosse tête qui avait fait souhaiter la mort à sa mère quand il était né. L'accouchement difficile avait épuisé Mara d'une façon qu'elle n'aurait pas cruc possible. Elle n'avait que dix-huit ans, mais elle se sentait comme une vieille femme, toujours fatiguée. Et le premier regard qu'elle avait posé sur son fils l'avait attristée. Elle avait secrètement espéré un bébé gracieux et mince, comme son frère Lano avait dû l'être quand il était nourrisson. Mais Buntokapi lui avait donné une petite brute à la tête ronde et au visage rouge, ridé comme un petit vieillard ; il était déjà renfrogné comme son père. Cependant, alors qu'Ayaki dormait, Mara ne ressentait que de l'amour pour lui. Il est aussi mon fils, pensa-t-elle, et le sang de son grand-père coule dans ses veines. Elle effacerait les traits de son héritage Anasati par son éducation et favoriserait les caractéristiques Acoma. Il ne ressemblerait pas à son père.

« Mara ! » Le cri irrité de Buntokapi semblait très proche, et l'instant suivant il repoussa violemment la cloison de la chambre d'enfant. « Tu es là, femme ! Je t'ai cherchée dans toute la maison. » Buntokapi entra, renfrogné comme à son habitude.

Mara s'inclina avec sérénité, trop heureuse de déposer son ouvrage de broderie. « J'étais avec notre fils, mon époux. »

L'expression de Buntokapi s'adoucit. Il alla jusqu'au berceau où reposait le garçon, agité par l'entrée tonitruante de son père. Buntokapi tendit la main, et un instant Mara craignit qu'il ébouriffât les cheveux noirs de l'enfant, comme il le faisait avec le poil de ses chiens. Mais sa main charnue se contenta de relever doucement la couverture qui s'était entortillée entre les minuscules jambes du bébé. Le geste fit naître instinctivement un sentiment d'affection de Mara envers Buntokapi, mais elle le bannit immédiatement. Même s'il portait le sceptre de sa famille, Buntokapi était le fils d'un Anasati, une maison qui ne le cédait qu'aux Minwanabi pour leur mépris de tout ce qui était Acoma. Mara le savait au plus profond de son cœur. Et bientôt viendrait le moment du changement.

Exagérant son murmure – Ayaki était un excellent dormeur – elle chuchota : « Que désirez-vous, mon époux ?

— Je dois aller à Sulan-Qu… hmmm, pour affaires. » Buntokapi se redressa du berceau avec un manque d'enthousiasme feint. « Je ne reviendrai pas cette nuit, et peut-être pas demain non plus. »

Mara s'inclina en signe d'acceptation, remarquant parfaitement le pas hâtif de son époux alors qu'il franchissait le seuil de la porte. Elle discernait clairement le prétexte et avait bien deviné que son mari ne partait pas pour affaires à Sulan-Qu. Durant les deux derniers mois, son intérêt pour le commerce avait décru au point qu'il frôlait la négligence.

Jican avait repris le contrôle de la gestion des Acoma, et il gardait sa Dame bien informée. Buntokapi continuait à semer le chaos dans l'affectation des guerriers de Keyoke qu'il changeait sans cesse, sans se soucier de savoir quels hommes étaient assignés, et à quel poste. Mara venait tout juste de parvenir à influencer un petit peu les affaires de la maison, mais ne pouvait rien faire pour cela, tout du moins rien pour le moment.

Elle regarda sa broderie avec dégoût, heureuse que l'absence de Buntokapi la dispensât de maintenir les apparences. Elle avait besoin de plus en plus de temps pour préparer ses plans d'avenir. La nature soupçonneuse de son époux avait partiellement servi ses projets. Conscient, à sa façon maladroite, que le talent pour le commerce de Mara surclassait le sien, Buntokapi s'était contenté de surveiller son épouse pour qu'elle ne contrôlât pas toute la maisonnée. Il n'avait jamais compris qu'elle avait géré les armées Acoma tout aussi adroitement que les finances, avant leur mariage. Il n'avait donc jamais songé à remettre en question certaines pratiques étranges qui avaient cours dans le domaine, comme le port d'un bandeau noir par Papéwaio. Et en dépit de son intérêt pour tout ce qui avait trait à la guerre, Buntokapi ne s'était jamais lié avec ses hommes. Leur origine ne l'intéressait pas ; sinon, il aurait découvert que des guerriers gris portaient maintenant le vert des Acoma. Il manquait certainement d'imagination pour accepter un tel changement des traditions, pensa Mara, puis elle se reprit vivement. Même en pensée, elle ne devait pas se montrer imprudente. Trop souvent, Buntokapi avait démontré qu'il n'était pas qu'un simple guerrier.

Cependant, l'homme n'avait aucune subtilité. En entendant son rire tonitruant dans la grande cour alors qu'il rassemblait des guerriers pour former son escorte, Mara se demanda ce qui motivait ses maladroits efforts de dissimulation. L'ennui pouvait le conduire à Sulan-Qu dans la chaleur de midi, pour se baigner avec d'autres soldats ou échanger des histoires, peut-être pour lutter ou pour jouer… ou pour s'amuser avec une femme de la Maison du Roseau.

Buntokapi était revenu dans le lit de son épouse peu de temps après la naissance d'Ayaki, mais maintenant que les Acoma avaient un héritier en bonne santé, Mara n'avait plus de raison de jouer l'épouse soumise. Les étreintes encombrantes et baveuses de Buntokapi la révoltaient, et elle était restée immobile, ne partageant en rien sa passion. La première nuit, il avait semblé ne rien remarquer, mais la seconde nuit il s'était mis en colère. La troisième nuit, il se plaignit amèrement de son manque d'enthousiasme et la quatrième nuit il la battit, puis alla dormir avec l'une de ses servantes. Depuis, elle n'avait répondu à aucune de ses avances, et il avait enfin fini par l'ignorer.

Mais, maintenant, Buntokapi partait en ville pour la troisième fois en dix jours, et Mara était intriguée par ses motivations. Elle demanda à Misa d'ouvrir la cloison, et au moment même où le palanquin de son mari et son escorte réduite de guerriers partaient au petit trot sur le sentier qui conduisait à la route impériale, elle envoya son messager chercher Nacoya.

La vieille femme répondit tardivement à son appel, mais sa révérence ne semblait comporter aucun manque de respect. « Ma maîtresse a besoin de moi ?

— Pourquoi notre seigneur Buntokapi se rend-il si souvent en ville ces derniers temps ? demanda Mara. Quels commérages racontent les domestiques ? »

Nacoya lança un regard appuyé vers Misa, qui attendait les souhaits de sa maîtresse près de la cloison. Avertie par le geste de la nourrice qu'il valait mieux que sa réponse ne fût pas entendue par une domestique, Mara l'envoya chercher le repas de midi. Alors que Misa partait précipitamment, Nacoya soupira. « Comme vous deviez vous y attendre, votre époux a pris un appartement en ville pour pouvoir rendre visite à une femme.

— Très bien, répondit Mara en s'asseyant plus confortablement. Nous devons l'encourager à rester en ville le plus longtemps possible. »

Nacoya brûlait de curiosité. « Fille de mon cœur, je sais que certaines choses se sont passées qui ne pourront jamais être guéries, mais je suis toujours la seule mère que tu aies connue. Ne me diras-tu pas ce que tu prépares ? »

Mara fut tentée. Mais son plan pour regagner le contrôle de sa maison frôlait la trahison envers son seigneur. Même si Nacoya avait sûrement déjà deviné que Mara avait l'intention de se débarrasser de Buntokapi, le stratagème était trop risqué pour qu'elle se confiât à quelqu'un. « C'est tout pour le moment, mère de mon cœur », répondit fermement Mara.

La nourrice hésita, puis hocha la tête, s'inclina et sortit, laissant Mara en train de regarder le bébé qui avait commencé à s'agiter dans son berceau. Mais le bien-être d'Ayaki était loin des pensées de la jeune mère. Que son seigneur eût une maîtresse en ville fournissait à Mara exactement l'occasion qu'elle attendait. Espérant que les dieux tournent enfin leurs regards de son côté, elle commençait à évaluer les possibilités qu'offrait cette nouvelle quand un hurlement vigoureux d'Ayaki vint troubler le fil de ses pensées. Mara souleva le bébé énervé, lui offrit le sein et se raidit quand le nourrisson la mordit durement. « Ow ! fit-elle, surprise. Tu es bien le fils de ton père, sans le moindre doute. » Le bébé se calma quand il commença à téter, et Misa revint avec un plateau. Mara mangea sans s'intéresser à la nourriture, l'esprit occupé par un plan plus risqué que tout ce que sa vieille nourrice aurait pu imaginer. L'enjeu était élevé. Un faux pas, et elle perdrait toute chance de regagner le titre de souveraine des Acoma. En fait, si elle échouait, l'honneur sacré de ses ancêtres pouvait être souillé au-delà de toute possibilité d'expiation.

Mara se versa une tasse de chocha et s'assit sur ses talons alors que Gijan, le fils du seigneur Detsu des Kamaiota, hochait poliment la tête. Son geste masquait une impatience glaciale, mais même sa nature critique ne pouvait mettre en faute l'hospitalité de la jeune épouse. Elle l'avait fait s'asseoir confortablement dans les plus beaux coussins, lui avait apporté des rafraîchissements et avait envoyé immédiatement un messager à son époux pour lui annoncer qu'un vieil ami était arrivé à l'improviste et l'attendait pour le saluer.

Gijan s'allongea dans les coussins, admirant les bagues à ses doigts. Ses ongles étaient propres au point de paraître précieux, ses bijoux étaient ostentatoires, mais le reste de sa vêture montrait une certaine retenue. « Et où peut bien se trouver le seigneur Buntokapi ?

— Il s'est rendu en ville pour s'occuper d'affaires de commerce, je suppose. » Mara ne montrait pas le ressentiment qu'une jeune et belle épouse pouvait éprouver devant l'absence de son mari. Consciente que l'invité de Buntokapi la surveillait attentivement, elle agita la main avec désinvolture. « Vous savez que ces choses me dépassent, Gijan, même si je suis obligée de reconnaître qu'il passe beaucoup de temps éloigné de la maison. »

Les yeux de Gijan s'étrécirent. La contemplation absorbée de ses bijoux de jade était de toute évidence une comédie. Mara sirota son chocha, certaine maintenant que son invité était venu espionner pour le compte des Anasati. Sans le moindre doute, le seigneur Tecuma souhaitait obtenir des informations sur la façon dont son troisième fils se débrouillait comme seigneur des Acoma. Il avait envoyé un messager de belle allure, espérant peut-être que le contraste avec Buntokapi pousserait une jeune épouse à parler plus librement. Après une pause infime, le jeune noble demanda : « Est-ce que ce vaurien négligerait ses affaires ?

— Oh non, Gijan. » Pour éviter de donner à son beau-père des excuses pour mettre le nez dans les affaires des Acoma, Mara se lança dans une description exubérante des qualités de son époux. « Au contraire, Buntokapi est bien trop rigoureux dans l'attention qu'il porte aux détails. Il passe de longues heures à sa table de travail. »

L'incrédulité se peignit sur le masque poli du seigneur Gijan. « Bunto ? » Conscient qu'il avait peut-être critiqué ouvertement le nouveau seigneur des Acoma, il referma la bouche et ajouta : « Bien sûr. Bunto a toujours été une personne appliquée. »

Mara dissimula un sourire. Tous deux mentaient outrageusement, et tous deux le savaient. Mais un invité ne pouvait pas mettre en doute les paroles d'un hôte sans soulever de délicates questions d'honneur.

Le sujet de la gestion de Buntokapi effectivement clos, la matinée s'écoula en conversations polies. Mara fit chercher du pain de thyza et du poisson, qui ralentirent les questions de Gijan jusqu'à ce que le messager rentrât de la ville. Vêtu uniquement d'un pagne et essoufflé par la route, il tomba à genoux devant Mara. « Maîtresse, j'apporte les paroles du seigneur des Acoma.

— Que souhaite mon époux ? » demanda Mara d'une voix mélodieuse.

L'esclave avait à peine lavé ses pieds de la poussière avant de se présenter. Haletant toujours après sa longue course, il répondit : « Mon Seigneur Buntokapi dit qu'il s'excuse profondément d'être absent quand son cher ami Gijan des Kamaiota vient lui rendre visite. Il est actuellement incapable de revenir au domaine et souhaite que Gijan le rejoigne à Sulan-Qu. »

Gijan hocha la tête et ordonna au jeune esclave épuisé de dire à ses serviteurs de préparer son palanquin. Puis il sourit à Mara. « Si ma Dame n'a aucune objection ? » Mara lui rendit son sourire, comme si l'arrogance d'avoir donné des ordres à son messager était un droit normal pour un homme en présence d'une simple épouse. Comme cela aurait été différent si elle avait été souveraine ! Et les choses seraient bientôt différentes. Bientôt… Elle en fit le vœu alors qu'elle ordonnait à sa servante de remporter le plateau de nourriture. Puis, pleine de légèreté et de grâce, elle reconduisit Gijan jusqu'à la porte du manoir.

Alors qu'elle attendait dans le grand corridor que l'escorte de son visiteur se rassemblât, elle renvoya son messager et poussa intérieurement un soupir de soulagement. Elle avait craint que Buntokapi ne revînt. Le trajet de la ville au domaine ne prenait que deux heures à pied, et un messager pouvait s'y rendre et en revenir en moins d'une heure. En palanquin, Gijan n'atteindrait sûrement pas Sulan-Qu avant le crépuscule. Gijan adorait sans nul doute lui aussi le jeu, et Buntokapi n'imposerait sûrement pas à son ami d'enfance un retour après la tombée de la nuit. Les dés, les cartes et les paris les garderaient tous deux en ville pour la nuit, ce qui était une petite bénédiction des dieux. Mara avait déjà commencé à chérir ces absences, mais elle n'osait pas trop aimer cette liberté de peur qu'une trop grande impatience ne provoquât sa perte.

Gijan s'inclina cérémonieusement en guise d'adieu. « Je ferai des compliments à votre époux sur votre hospitalité quand je le saluerai, Dame Mara. » Il lui sourit, soudain charmant, et Mara comprit que le jeune homme se demandait si elle n'était pas l'une de ces épouses négligées qui rêvaient d'une aventure amoureuse.

Solennelle et distante, elle le reconduisit rapidement jusqu'à la porte. Elle n'avait pas envie de perdre de temps à repousser les avances d'un fils cadet amoureux. Ce que Buntokapi lui avait montré de l'amour l'avait convaincue qu'elle n'avait vraiment pas besoin des hommes. Si jamais elle devait un jour désirer la compagnie d'un amant, il ne ressemblerait en rien à ce noble sot et vaniteux, qui lui disait au revoir avant d'aller rejoindre Bunto pour une nuit de jeu, d'ivresse et de débauche. Alors que le palanquin partait, Mara entendit un vagissement bruyant venant de la chambre d'enfant.

« Ah, les hommes », marmonna-t-elle, et elle se hâta d'aller rejoindre son fils. L'enfant avait besoin d'être changé. Préoccupée, Mara le confia à Nacoya qui n'avait pas perdu son tour de main pour s'occuper des bébés. Tandis que la vieille femme commençait un jeu avec l'enfant en le distrayant avec ses doigts et ses orteils, Mara réfléchit à la réaction de Buntokapi après la visite de Gijan.

L'après-midi suivant, il lui sembla qu'elle avait lu dans ses pensées. Portant son costume de lutteur et luisant encore d'huile et de sueur, Buntokapi grattait vigoureusement la toison qu'il avait sur la poitrine. « Quand quelqu'un vient me rendre visite et que je suis en ville, ne perds pas de temps à envoyer un messager, femme. Envoie-le directement à ma maison de ville. »

Mara fit rebondir une fois de plus Ayaki sur ses genoux et leva les sourcils en signe de surprise. « Votre maison de ville ? »

Comme si le sujet n'avait pas d'importance, Buntokapi répondit en couvrant le cri de plaisir de son fils : « Je me suis installé dans des appartements plus spacieux à Sulan-Qu. » Il ne donna aucune explication, mais Mara savait qu'il avait pris ces appartements pour y rencontrer sa maîtresse, une femme dénommée Teani. Aussi loin que Mara pouvait s'en souvenir, son père n'avait jamais éprouvé le besoin d'avoir des appartements en ville. C'était une pratique assez courante chez les autres seigneurs dont les domaines étaient éloignés. Mais quelle que fût l'heure tardive à laquelle le seigneur Sezu terminait ses affaires à Sulan-Qu, il était toujours rentré chez lui pour dormir sous le même toit que sa famille. Si Mara voulait se montrer généreuse dans son évaluation, Buntokapi était à peine sorti de l'adolescence. Il n'avait que deux ans de plus qu'elle et n'avait pas du tout sa maturité. Alors qu'elle avait passé son enfance et son adolescence assise près de son frère, à écouter les leçons de gouvernement que donnait son père, Bunto avait été négligé et avait mené une vie solitaire, passant son temps à broyer du noir ou dans la rude compagnie des soldats. La froideur de Mara ne le dérangeait pas, mais l'avait encouragé à reprendre ses anciennes habitudes et à chercher des plaisirs qu'il comprenait. Mais Mara n'avait pas choisi cet époux parce qu'elle voulait quelqu'un de résolu et de déterminé, comme son père. Son plan exigeait maintenant qu'elle encourageât sa complaisance envers lui-même et son mauvais caractère, même si cette voie était extrêmement dangereuse.

Ayaki lança un dernier cri perçant et attrapa son collier de perles. Ouvrant les petites mains qui se refermaient sur le bijou, Mara simula l'indifférence devant la complaisance de son mari. « Je ferai ce que mon Seigneur désire. »

Bunto lui rendit l'un de ses rares sourires. Esquivant le petit poing d'Ayaki, Mara se demanda brièvement qui était sa maîtresse, Teani. Quel genre de femme pouvait éveiller l'amour d'une brute comme son époux ? Mais l'expression de plaisir de Buntokapi s'évanouit sur son visage alors que Jican, ponctuel, apparaissait avec une douzaine de parchemins dans les mains. « Mon Seigneur, par la grâce des dieux, vous êtres rentré à l'improviste. J'ai quelques papiers qui concernent vos terres lointaines et qui ont besoin de votre approbation immédiate. »

Avec un cri de colère, Bunto rétorqua : « À l'improviste ! Je dois rentrer en ville ce soir. » Il quitta Mara sans même lui dire au revoir, mais son épouse ne semblait pas s'en soucier. Ses yeux étaient fixés sur le visage rose et baveux de son fils, qui tentait avec une immense concentration d'enfourner les perles d'ambre dans sa bouche. « Ton appétit pourrait un jour te tuer », l'avertit-elle avec douceur. Mais seuls les dieux savaient si elle pensait à son époux ou à son enfant. Après avoir sauvé son collier, Mara sourit. La maîtresse, Teani, avait ajouté un nouvel écheveau à la tapisserie d'idées qu'elle tissait depuis le jour où les guerriers gris avaient prêté serment pour entrer à son service. L'heure était venue de commencer l'éducation de Buntokapi sur ce qu'il fallait réellement être pour conduire les affaires des Acoma.

Seule dans l'ombre fraîche de la chambre d'enfant, Mara consultait la tablette de cire qu'elle avait commencé à rédiger en secret durant le dernier mois. Personne ne l'interromprait.

Nacoya était sortie avec Ayaki, et l'esclave qui changeait les couvertures du berceau ne savait pas lire. Mara mâchonnait pensivement l'extrémité de son stylet. Chaque jour où Buntokapi se rendait à sa maison de ville, elle avait envoyé un serviteur ou Jican avec un document mineur à signer. D'après leurs douzaines de rapports, elle avait patiemment reconstitué l'emploi du temps de son mari, qui menait une existence très réglée. Quand il se trouvait à Sulan-Qu, Buntokapi se levait en milieu de matinée, mais jamais plus tard que la troisième heure après l'aube. Il allait alors à pied jusqu'à une arène publique où les gardes mercenaires et les guerriers des seigneurs résidant en ville se rassemblaient pour s'exercer au maniement des armes. Buntokapi préférait la lutte et le tir à l'arc à l'escrime, mais avec une diligence qui avait surpris Gijan, il pratiquait maintenant les trois arts. Sa technique à l'épée s'améliorait constamment, mais il préférait toujours la compagnie des soldats ordinaires à celle des autres seigneurs qui profitaient occasionnellement de ces installations. À midi, il se baignait, se changeait puis revenait chez lui. Pendant deux heures environ, il restait réceptif au travail envoyé par Mara du domaine. Sa maîtresse, Teani, se levait rarement avant le milieu de l'après-midi, et sa tolérance pour le commerce s'envolait à l'instant même où elle s'éveillait. Avec un charme que même le plus vieux des messagers avait décrit avec admiration, elle attirait Buntokapi dans son lit où ils restaient jusqu'à ce qu'il leur restât à peine assez de temps pour s'habiller pour le dîner. Puis le couple se rendait au théâtre pour voir des comédies, dans les tavernes pour écouter les ménestrels ou dans les maisons de jeu, bien que Teani ne possédât aucune richesse, sauf ce qu'on lui offrait. Elle prenait un plaisir pervers à encourager son amant à parier, et s'il perdait, la rumeur disait que ses yeux étincelaient encore plus fort. Mara fronça les sourcils. Un grand nombre de serviteurs avaient été injuriés et avaient reçu des coups pour récolter ces informations – le dernier messager qui avait apporté un document au seigneur Buntokapi avait été sauvagement battu –, mais dans cette affaire, un jeune esclave n'avait pas beaucoup d'importance. Il pourrait arriver des choses bien pires si l'homme qu'elle avait épousé continuait à porter le sceptre des Acoma.

Un cri enragé d'Ayaki retentit dans le couloir derrière la cloison, suivi de la voix grondeuse de Nacoya. Si l'enfant s'était sali, la chambre serait bientôt le lieu d'une certaine agitation. Ayaki se débattait comme un jeune harulth à chaque fois que quelqu'un tentait de le changer. Soupirant avec une indulgence mêlée d'exaspération, Mara dissimula la tablette de cire sous une vieille carte parcheminée, et reprit son étude de l'Empire. Les frontières et les limites des domaines étaient légèrement périmées, car la carte avait été tracée quand elle n'était qu'une petite fille. Mais les couleurs étaient encore vives et la plupart des possessions des seigneurs les plus importants de l'Empire étaient clairement indiquées. Comme Buntokapi détestait tout ce qui avait à voir avec l'écriture, ce document ne lui manquerait jamais dans son cabinet de travail. Le seul usage qu'il trouvait aux cartes était de savoir quelles terres étaient ouvertes à la chasse.

Alors que les vagissements d'Ayaki se rapprochaient, Mara remarqua un fait intéressant : le seigneur des Zalteca, un voisin peu important qui avait un commerce de poterie très prospère, utilisait une bande de terrain entre son propre domaine et la voie impériale qui semblait être la propriété du seigneur des Kano, lequel vivait loin à l'est, près de la ville d'Ontoset. Mara trouva cela plutôt amusant. Si d'autres familles usurpaient ainsi les droits de propriété, ces informations pourraient plus tard se révéler très utiles. Elle en parlerait à Arakasi quand il reviendrait, et cette pensée l'éveilla soudain : il ne restait plus qu'une semaine avant que Buntokapi et elle ne fêtent leur premier anniversaire de mariage. Le maître espion risquait de revenir au domaine à n'importe quel moment.

L'appréhension saisit Mara, alors même que Nacoya entrait avec un Ayaki hurlant dans les bras. « Votre fils est un véritable guli miniature », déclara la vieille femme, en se référant à la créature poilue des contes de fées qui ressemblait à un troll, et qui faisait périr ses victimes de peur avec ses cris hideux.

Mara hocha la tête. Se demandant si sa maîtresse était devenue sourde, Nacoya appela l'esclave qui s'occupait du berceau pour qu'elle l'aidât à calmer l'héritier des Acoma, qui hurlait jusqu'à ce que son visage en devînt écarlate, et faisait souffrir les oreilles de tout le monde. Finalement, Mara se leva. Elle se pencha au-dessus du bébé et fit tinter ses perles pour l'amuser. Alors que les cris d'Ayaki se transformaient en rires, dans une autre de ses brusques sautes d'humeur, elle continua à réfléchir.

D'une façon ou d'une autre, elle devait empêcher Arakasi de passer sous le contrôle de Buntokapi. Son mari lourdaud ne ferait que gaspiller ce réseau d'informations ou, pis, en ferait profiter son père, ce qui placerait un pouvoir bien trop dangereux entre les mains du seigneur des Anasati. La nécessité rendit Mara téméraire. Elle devait se préparer à l'arrivée d'Arakasi dans les plus brefs délais, pour que sa loyauté lui restât acquise à elle seule. Revoyant intérieurement l'emploi du temps de son époux, Mara parla avec détermination à l'esclave qui peinait au-dessus des jambes nues et remuantes de son fils. « Fais venir Jican. »

Nacoya leva les sourcils. « Dans la chambre d'enfant ? » dit-cllc, étonnée, mais sa maîtresse ignora sa remarque déplacée.

« Le problème ne peut attendre. » Sans faire de façon, Mara prit les linges humides des mains de l'esclave et commença à nettoyer les fesses sales de son enfant.

Jican arriva, dissimulant avec habileté l'étonnement qu'il pouvait ressentir. Il s'inclina profondément alors que sa maîtresse nouait un lange propre sur son fils. « Avons-nous des documents qu'il faudrait que mon époux et seigneur examine ? »

À peine capable de retenir une expression de dégoût à la mention du seigneur des Acoma, Jican répondit : « Ma Dame, il y a toujours des documents qu'il faudrait que le seigneur de la maison examine. » Il s'inclina, honteux d'avoir frôlé l'insulte en suggérant que Buntokapi négligeait ses responsabilités. Mara sentit la gêne du hadonra alors qu'elle prenait Ayaki dans les bras.

D'un ton aussi onctueux que du miel d'abeille rouge, elle répondit : « Alors je pense qu'il serait bon d'envoyer un scribe à la maison de ville de mon époux trois heures après midi. »

Jican étouffa sa curiosité. « Si vous pensez que cela est sage, maîtresse, alors ce sera fait. »

Mara le renvoya et vit que Nacoya, elle aussi, la regardait avec une lueur rusée dans les yeux. « Tu es sourde, mère de mon cœur, dit doucement la Dame des Acoma. Et l'on ne parle jamais de commerce dans une chambre d'enfant. »

La nourrice s'inclina rapidement, devinant presque les intentions de sa maîtresse. Mais l'ampleur de son plan aurait terrifié la vieille femme si elle l'avait connu. Et je suis moi-même terrifiée, pensa Mara. Elle se demanda silencieusement si la déesse de la Sagesse entendrait les prières d'une épouse qui provoquait en toute connaissance de cause un mari réputé pour son mauvais caractère.

Buntokapi releva la tête d'entre les oreillers froissés et trempés de sueur. Les cloisons étaient fermées, mais même les décorations écarlates, marron et ocre ne parvenaient pas à arrêter entièrement le soleil de l'après-midi qui illuminait le jardin. Une lumière dorée inondait la chambre, donnant des tons chauds aux draps emmêlés et à la forme endormie de sa maîtresse, Teani. Le seigneur des Acoma regardait le galbe arrondi de ses cuisses, ses lèvres épaisses dessinant un sourire. Voilà une vraie femme, se dit-il. Nue, elle lui coupait le souffle, ce que ne faisait jamais la minceur de Mara. Il avait ressenti de la passion pour son épouse quand il s'était marié. Mais après avoir goûté avec délice aux charmes de Teani, il comprenait maintenant que son sentiment envers Mara venait du désir de dominer la fille d'une grande famille – et du besoin d'acquérir de l'expérience, lui qui savait si peu des femmes avant de devenir seigneur. Après la naissance de son fils, il avait tenté d'accomplir son devoir d'époux, mais Mara était restée froide comme un cadavre. Quel homme pouvait s'intéresser à une femme qui ne lui offrait aucun divertissement ?

Les étranges passions intellectuelles de Mara, son amour de la poésie et sa fascination pour la reine des Cho-ja et sa fourmilière lui donnaient généralement mal à la tête. Sa maîtresse était très différente. Appréciant silencieusement sa beauté, il étudia les longues jambes de Teani. Un pli des draps dissimulait ses hanches et son dos, mais une masse de cheveux d'or rouge, rares dans l'Empire, tombait en cascade sur ses épaules de porcelaine. Le visage de Teani était tourné de l'autre côté, mais Buntokapi imagina sans peine sa perfection : une bouche pleine et sensuelle qui pouvait l'exciter jusqu'à ce qu'il en devînt fou, un nez droit, des pommettes hautes, et des yeux d'une couleur presque ambrée qui provoquaient les regards admiratifs de tous les hommes quand elle se promenait à son bras. Son pouvoir de séduction renforçait la virilité de Buntokapi. La regarder simplement respirer l'excita. Avec un regard paillard, il passa une main sous les draps pour chercher sa poitrine ferme et ronde. Quelqu'un choisit cet instant pour frapper à la porte.

Les doigts inquisiteurs de Buntokapi se refermèrent en un poing rageur. « Qui est-ce ? » Son cri irrité réveilla Teani qui se tourna légèrement, se levant à demi dans un désordre ensommeillé.

« Hein ? » fit-elle, en clignant des yeux. Un mouvement brusque de la tête fit tomber une rivière de cheveux et la lumière illumina sa poitrine. Buntokapi passa sa langue sur ses lèvres.

La voix étouffée d'un domestique retentit derrière la cloison. « Maître, un messager de votre hadonra apporte des documents pour que vous les regardiez. »

Buntokapi songea un instant à se lever, mais Teani s'appuya sur ses coudes et ses mamelons arrivèrent juste dans son champ de vision. La douleur qui l'élançait au bas-ventre s'intensifia. Il roula alors sur le lit et plaça sa tête entre ces deux oreillers de chair si appétissants. Les draps s'écartèrent. Il fit passer ses doigts légers sur le ventre dénudé de Teani et elle se mit à rire. Cela décida Buntokapi. S'abandonnant à son désir, il cria : « Dis-lui de revenir demain ! »

Le domestique hésita, de l'autre côté de la porte. Timidement, il ajouta : « Maître, cela fait maintenant trois jours que vous lui demandez de revenir demain. »

Se glissant d'une façon experte sous les mains de Buntokapi, Teani lui mordilla le lobe de l'oreille et murmura : « Dis-lui de revenir demain matin ! » Puis il se souvint qu'il devait lutter avec le chef de troupe des Tuscalora dans la matinée. « Non, dis-lui de venir à midi et d'apporter ces documents. Maintenant, laisse-moi ! »

Buntokapi attendit, raidi par la contrariété, jusqu'à ce qu'il entendît le domestique s'éloigner. Soupirant sous les terribles responsabilités de sa charge, il décida qu'il avait bien droit à ses plaisirs. Sinon, il s'écroulerait sous le travail. Alors que son plaisir favori commençait à lui mordre l'épaule, il décida qu'il était temps de se divertir. Avec une exclamation qui tenait à la fois du rire et du grognement, le seigneur des Acoma prit sa concubine dans ses bras.

Tard le matin suivant, Buntokapi marchait dans les rues de Sulan-Qu, pénétré de sa propre importance. Il avait facilement vaincu le chef de troupe des Tuscalora et avait gagné une certaine somme d'argent, trente centins. Elle était assez insignifiante maintenant qu'il était souverain, mais c'était tout de même une somme assez rondelette à promener dans sa bourse. Suivi de son escorte, deux jeunes gardes Acoma qui partageaient sa passion pour la lutte, il quitta l'encombrement des rues principales et tourna le coin de sa maison de ville. Son humeur s'assombrit immédiatement, car son hadonra était assis sous le porche, en compagnie de deux domestiques chargés de sacoches de cuir bourrées de documents.

De la poussière s'éleva en petits nuages quand Buntokapi s'arrêta brusquement. « Quoi donc, Jican ? »

Le petit hadonra se leva précipitamment et s'inclina avec cette déférence qui, d'une façon ou d'une autre, l'énervait toujours. « Vous aviez donné l'ordre à mon messager de revenir à midi, seigneur. Comme j'avais d'autres affaires à régler en ville, j'ai pensé que je pouvais personnellement vous apporter les documents. »

Buntokapi inspira entre ses dents et se souvint assez tardivement des paroles qu'il avait prononcées à travers la porte au cours de ses ébats de la veille avec Teani. Il jeta un regard menaçant au patient hadonra, puis fit signe aux esclaves qui portaient les liasses de documents d'entrer. « Très bien, apportez tout cela à l'intérieur. »

Bientôt les tables de travail, deux plateaux et presque toute la surface disponible sur le sol furent jonchés de piles de parchemins. Buntokapi peinait page après page jusqu'à ce que ses yeux lui piquent d'avoir examiné de petites colonnes de chiffres, des listes et des inventaires. Il commençait à avoir des crampes dans les jambes et les massait de ses phalanges. Les coussins s'étaient tassés et étaient trempés de sueur, et ses pieds avaient fini par s'engourdir. Exaspéré, Buntokapi se leva avec effort et remarqua que la lumière du soleil avait traversé toute la longueur du jardin. L'après-midi s'était presque écoulé.

Infatigable, Jican lui tendit un nouveau document. Buntokapi força ses yeux embués de larmes à se focaliser. « Qu'est-ce que c'est ?

— Comme c'est indiqué, Seigneur, répondit Jican en indiquant du doigt le titre du manuscrit.

— Des estimations sur les excréments de needra ? aboya Buntokapi en secouant le papier, irrité. Par tous les dieux du ciel, qu'est-ce que c'est que cette folie ?

— Ce n'est pas une folie, maître, répondit Jican sans se laisser déconcerter par la colère de son seigneur. Chaque saison, nous devons estimer le poids des bouses de needra, pour voir si nous aurons assez d'engrais pour les rizières de thyza. Nous devons savoir si nous aurons besoin d'en acheter ou si nous disposerons d'un surplus pour le vendre aux courtiers agricoles. »

Buntokapi se gratta la tête. C'est alors que le panneau qui conduisait à la chambre à coucher s'ouvrit. Teani se tenait dans l'encadrement, très légèrement vêtue d'une robe brodée d'oiseaux de la passion écarlates. La pointe de ses seins était clairement visible à travers l'étoffe et ses cheveux tombaient sensuellement en cascade sur une épaule artistiquement dénudée. « Bunto, tu en as encore pour longtemps ? Ou dois-je m'habiller pour le théâtre ? »

La séduction manifeste de son sourire fit rougir jusqu'à la racine des cheveux un Jican au regard fixe. Teani lui envoya un baiser moqueur, plus par sarcasme que par amusement. Et la frustration plongea Buntokapi dans une rage jalouse. « J'ai fini ! rugit-il à son hadonra. Emporte cette liste de bouses de needra, et tes comptes de peaux abîmées par la moisissure et l'humidité, et les estimations sur la réparation de l'aqueduc allant vers les pâturages d'altitude, et les rapports sur les dégâts de l'incendie de l'entrepôt de Yankora, et donne-les tous à ma femme. À partir de maintenant, tu ne viendras plus ici à moins que je ne t'aie fait convoquer. Est-ce clair ? »

Le rougissement de Jican disparut pour laisser place à une pâleur jaunâtre et tremblante. « Oui, maître, mais…

— Il n'y a pas de mais ! hurla Buntokapi en tranchant l'air de sa main. Tu discuteras de ces affaires avec mon épouse. Quand je te le demanderai, tu me résumeras ce que vous aurez fait. À partir de maintenant, si un domestique Acoma vient ici avec un document sans que j'aie demandé à le lire, je ferai placer sa tête au-dessus de la porte ! Est-ce que c'est compris ? »

Pressant d'une manière protectrice contre sa poitrine les estimations de bouses de needra, Jican se prosterna très bas. « Oui, maître. Toutes les affaires des Acoma doivent être confiées à la Dame Mara et des rapports seront préparés à votre demande. Aucun domestique ne doit porter un document à votre intention à moins que vous ne l'ayez demandé. »

Buntokapi cligna des yeux, comme s'il n'était pas très sûr d'avoir exactement voulu dire cela. Tirant parti de sa confusion, Teani choisit ce moment pour entrouvrir sa robe et s'éventer le corps. Elle ne portait rien dessous. Troublé par le doux afflux de sang qui descendait vers son bas-ventre, Buntokapi perdit tout intérêt pour la question. D'un geste impatient de la main, il congédia Jican, puis se fraya un chemin entre les piles craquantes de parchemins pour prendre sa maîtresse dans ses bras.

Jican rassembla les comptes froissés avec une hâte presque frénétique. Alors que le couple se retirait dans les ombres de la chambre à coucher, il vérifia cependant que ses parchemins étaient correctement empilés et que leurs étuis étaient bien liés, avant de placer cette lourde charge dans les mains des domestiques. Tandis qu'il sortait par la porte principale de la maison, où une escorte de soldats Acoma l'attendait pour le raccompagner au manoir, il entendit rire Buntokapi. Pour les domestiques patients qui suivaient Jican, il était difficile de savoir qui, en ce moment, était le plus heureux des deux.

Le manoir s'installa dans la routine du plein été. Les servantes n'arboraient plus de bleus le matin ; les subordonnés de Keyoke perdirent leur air hagard ; et le sifflement heureux de Jican quand il revenait des pâturages pour reprendre sa plume et ses parchemins redevint une façon fiable d'évaluer l'heure. Consciente que tout ce calme n'était qu'une illusion, la conséquence temporaire des longues absences de son époux, Mara lutta contre l'envie de se satisfaire de cela. Bien que l'arrangement fût heureux, elle ne pouvait pas compter sur la courtisane Teani pour divertir indéfiniment Buntokapi. Il fallait qu'elle prît d'autres mesures, chacune plus dangereuse que la précédente. En se rendant à ses appartements, Mara entendit le rire aigu d'un bébé.

Elle sourit avec indulgence. Ayaki poussait comme un champignon, fort et toujours prêt à sourire maintenant qu'il pouvait s'asseoir. Il agitait ses petites jambes comme s'il était impatient de savoir marcher, et Mara se demandait si, ce moment venu, Nacoya arriverait encore à s'occuper de lui. Elle prit mentalement note de trouver une jeune assistante à la nourrice, pour que l'enfant exubérant ne mît pas trop à l'épreuve ses vieux os. Cette pensée à l'esprit, Mara franchit la porte de ses appartements puis s'immobilisa, le pied levé entre un pas et le suivant. Immobile dans les ombres, un homme était assis, sa tunique déchirée et poussiéreuse portant les symboles d'un prêtre mendiant de l'ordre de Sularmina, le Bouclier des Faibles. Mais comment avait-il échappé aux défenses de Keyoke, aux allées et venues des domestiques, pour entrer dans l'intimité de ses quartiers ? Cela était extrêmement déconcertant. Mara prit son souffle pour lancer un cri d'alarme.

Le prêtre l'en empêcha quand, d'une voix qui lui était indéniablement familière, il déclara : « Je vous salue, maîtresse. Je n'avais pas l'intention de troubler votre paix. Dois-je partir ?

— Arakasi ! » Les battements rapides du cœur de Mara se calmèrent et elle sourit. « Reste, je t'en prie, et sois le bienvenu.

Ton apparition, comme toujours, m'a surprise. Les dieux t'ont-ils souri dans tes efforts ? »

Le maître espion se détendit et prit la liberté de défaire les lacets qui fixaient sa coiffure sur sa tête. Alors que le tissu glissait sur ses genoux, il sourit à son tour. « J'ai réussi, Dame. Tout le réseau a été réactivé et j'ai beaucoup d'informations à donner à votre époux. »

Mara cligna des yeux. Sa joie s'évanouit, et ses mains se contractèrent. « Mon époux ? »

Apercevant les légers signes de tension de son attitude, Arakasi choisit précautionneusement ses mots. « Oui. Les nouvelles de votre mariage et la naissance de votre fils me sont parvenues durant mes voyages. Je prêterai serment de loyauté au natami des Acoma, si vous voulez toujours honorer notre accord. Puis j'irai ensuite tout révéler à mon seigneur des Acoma. »

Mara s'était attendue à cette réponse. En dépit de ses préparatifs, la réalité de la loyauté d'Arakasi fit naître en elle une profonde appréhension. Tous ses espoirs risquaient d'être vains. Si son mari ne se comportait pas comme un needra au beau milieu des subtilités du Jeu du Conseil, et ne provoquait pas une attaque contre les Acoma par des seigneurs assoiffés de puissance dont il utiliserait les secrets sans discrétion, il risquait de remettre entre les mains de son père le réseau du maître espion. Alors, ses ennemis les Anasati deviendraient assez puissants pour qu'aucune famille ne pût plus leur résister. Mara tenta désespérément de répondre comme si le problème n'avait que peu d'importance. Maintenant que le moment était venu, l'enjeu semblait terriblement élevé.

Elle consulta rapidement du regard l'horloge cho-ja posée sur la table de travail et vit qu'il était encore tôt, à peine trois heures après l'aube. Elle se sentit un peu étourdie alors qu'elle faisait de rapides calculs. « Je pense que tu devrais te reposer, dit-elle à Arakasi. Prends le temps jusqu'à midi de te relaxer et de te baigner, et après le repas je m'occuperai de la cérémonie pour que tu prêtes serment de fidélité au natami des Acoma. Puis tu te rendras à Sulan-Qu et tu te présenteras au seigneur Buntokapi. »

Arakasi la regarda avec perspicacité, les doigts froissant sans cesse l'étoffe de sa robe de prêtre rassemblée sur ses genoux.

« Tu pourras dîner ici en ma compagnie », ajouta Mara, et elle lui sourit de la façon si douce dont il se souvenait.

Le mariage n'avait donc rien changé à sa façon d'être. Arakasi se leva et s'inclina d'une façon très incongrue pour le costume qu'il portait. « À vos ordres, Dame. » Puis il partit silencieusement pour prendre un bain dans les baraquements.

Les événements se déroulèrent ensuite très rapidement. Assis sur des coussins, rafraîchi par la brise venant de derrière les panneaux coulissants, Arakasi sirotait une tasse de tisane, d'herbes odorantes et de fleurs d'arbres fruitiers. Appréciant la vivacité d'esprit de Mara, il lui parla de l'Empire. La guerre contre les Thuril qui s'était terminée des années auparavant avait fait perdre beaucoup de prestige au Seigneur de Guerre et à son Parti de la Guerre. Le Parti de la Roue Bleue et le Parti du Progrès s'étaient alliés et avaient pratiquement réussi à changer la politique impériale, jusqu'à la découverte de ce monde étrange de Midkemia, peuplé de barbares et riche de métaux dépassant les rêves des poètes les plus fous. Les éclaireurs avaient trouvé du métal traînant çà et là, façonné de toute évidence par des êtres intelligents, puis abandonné, une richesse suffisante pour faire vivre un domaine durant une année. Les rapports avaient ensuite été assez rares, car la campagne du Seigneur de Guerre contre les barbares empêchait l'arrivée de la moindre information. Depuis la mort de son père et de son frère, Mara avait perdu le fil de la guerre de l'autre côté de la Faille. Dernièrement, seuls ceux qui servaient la nouvelle Alliance pour la Guerre savaient ce qui se passait dans le monde barbare – ou en partageaient le butin.

Les agents bien placés d'Arakasi avaient accès à de tels secrets. La guerre avançait bien pour le Seigneur de Guerre, et même les membres les plus hésitants du Parti de la Roue Bleue avaient maintenant rejoint l'invasion de Midkemia. Animé comme il l'était rarement sous ses déguisements, Arakasi fit à Mara une description générale de la situation, mais il semblait hésiter à parler des détails avec une autre personne que le seigneur des Acoma.

Pour sa part, Mara se contenta de jouer le rôle de l'épouse loyale, jusqu'à ce qu'Arakasi eût bu sa tisane et que même son extraordinaire appétit fût satisfait. Elle lança un regard faussement insouciant vers l'horloge murale, puis déclara : « Le jour s'avance. Nous devrions te faire prêter serment, pour que tu puisses ensuite voir mon époux à Sulan-Qu. »

Arakasi s'inclina et se leva, ses yeux attentifs ne manquant pas de remarquer le léger tremblement dans la voix de Mara. Il étudia son regard, rassuré par la profonde détermination qu'il lut dans ses profondeurs. L'incident avec les reines cho-ja lui avait inspiré un profond respect pour cette jeune femme. Elle avait gagné sa confiance, et pour cela il la suivit pour engager sa loyauté et son honneur envers un seigneur qu'il ne connaissait même pas.

La cérémonie fut simple et brève, la seule bizarrerie étant qu'Arakasi prêtait aussi serment au nom de ses agents. Mara trouva étrange de considérer que les Acoma avaient de fidèles serviteurs dont les noms lui étaient inconnus, mais qui pouvaient donner leur vie pour l'honneur d'un maître et d'une maîtresse qu'ils n'avaient jamais rencontrés. La grandeur du présent d'Arakasi et la peur que son sacrifice et ses efforts puissent être gaspillés faillirent lui faire monter les larmes aux yeux. Avec détermination, Mara revint aux problèmes pratiques.

« Arakasi, quand tu iras voir mon époux... prends le déguisement d'un domestique. Dis-lui que tu viens pour discuter des expéditions de cuir de needra pour les fabricants de tentes de

Jamar. Il saura alors que vous pourrez discuter en toute sécurité. Certains domestiques de la maison de ville ne sont entrés que récemment à notre service, et mon Seigneur préfère être prudent. Il te donnera tes instructions. »

Arakasi s'inclina et sortit. Alors que la lumière devenait dorée sur le sentier qui menait à la route impériale, Mara se mordit les lèvres, n'osant espérer. Si elle avait bien minuté les choses, l'arrivée d'Arakasi devrait coïncider avec le comble de la passion de Buntokapi, perdu dans les bras de Teani. Il était très probable que le maître espion recevrait un accueil très différent de celui auquel il s'attendait – à moins que son époux ne fût dans une humeur exceptionnellement tolérante, ce qui ne lui ressemblait pas. Inquiète, énervée et effrayée par les faibles chances qui soutenaient ses espoirs, Mara renvoya le poète qu'elle avait fait venir. Elle passa l'après-midi dans la discipline de fer de la méditation, car la beauté des vers aurait été perdue dans l'état d'esprit où elle se trouvait.

Les heures s'écoulèrent. Les needra rentrèrent des pâturages et les shatra s'envolèrent, annonçant l'arrivée de la nuit. Alors que l'aide-jardinier en chef allumait les lampes dans la cour, Arakasi revint, encore plus couvert de poussière qu'il ne l'avait été le matin, et ayant visiblement mal aux pieds. Il se présenta devant Mara au moment où les servantes disposaient des coussins pour le confort de leur maîtresse. Même dans l'obscurité de la pièce, la grande marque rouge sur sa joue était clairement visible. Mara renvoya silencieusement ses servantes. Elle envoya son messager chercher un repas froid, une bassine et des linges pour qu'Arakasi pût faire une toilette sommaire. Puis elle pria le maître espion de s'asseoir.

Le claquement des sandales du messager s'amenuisait dans le couloir. Seul avec sa maîtresse, Arakasi s'inclina cérémonieusement. « Ma Dame, votre seigneur a écouté mon salut codé, puis il est entré dans une rage noire. Il m'a frappé et il m'a ordonné que toutes les affaires dont je m'occupe vous soient adressées, ainsi qu'à Jican. » Mara soutint son regard pénétrant sans trahir le moindre sentiment. Elle semblait tendue, dans l'expectative, et après une pause Arakasi continua. « Il y avait une femme là-bas, et votre époux semblait… préoccupé. En tout cas, c'est un superbe… comédien. Ou alors il ne jouait pas du tout la comédie. »

L'expression de Mara resta innocente. « Mon époux m'a confié un grand nombre de responsabilités dans cette maisonnée. Après tout, j'étais souveraine avant qu'il ne vînt ici. »

Arakasi ne fut pas dupe. « Quand le Jeu du Conseil entre dans une maison, le serviteur sage n'y joue pas, cita-t-il. En tout honneur, je dois faire exactement ce que mon Seigneur m'a ordonné, et je croirai que les choses sont ce qu'elles semblent être jusqu'à ce que j'aie la preuve du contraire. » Son regard se durcit alors, même dans l'obscurité voilée du crépuscule. « Mais je suis loyal aux Acoma. Mon cœur est avec vous, Mara des Acoma, parce que vous m'avez donné des couleurs à porter, mais mon devoir est d'obéir à mon Seigneur légitime. Je ne le trahirai pas.

— C'est exactement ce qu'un serviteur loyal et honorable doit dire, Arakasi. Je n'en attendais pas moins de toi », sourit Mara, heureuse de l'avertissement de son maître espion. « As-tu le moindre doute sur les désirs de mon époux ? »

L'esclave arriva avec le plateau de nourriture. Choisissant avec gratitude un beignet de jiga, Arakasi répondit : « En vérité, j'en aurais eu, si je n'avais pas vu la femme avec laquelle il… discutait quand je suis apparu.

— Qu'est-ce que tu veux dire ? » Mara attendit impatiemment qu'il terminât de mâcher et avalât sa bouchée.

« Teani. Je la connais, répondit Arakasi d'une voix égale. C'est un agent du seigneur des Minwanabi. »

Mara sentit un poignard de glace la frapper au cœur. Elle se tint suffisamment longtemps immobile pour qu'Arakasi remarquât sa détresse. Après un long moment, elle reprit la parole : « Ne dis rien de cela à personne.

— Je vous entends, maîtresse. » Arakasi profita de la pause pour attaquer sérieusement son repas. Ses voyages l'avaient amaigri, et il avait parcouru de nombreuses lieues depuis l'aube. Se sentant coupable parce qu'il arborait les marques douloureuses de la colère de Buntokapi, Mara lui permit d'achever son repas avant de lui demander son rapport complet.

Ensuite, son excitation lui fit oublier complètement la fatigue de l'espion. Elle écoutait avec des yeux brillants Arakasi déployer devant elle, en quelques mots, les intrigues et la complexité de la politique de l'Empire, saupoudrées d'anecdotes amusantes. C'était pour cela qu'elle était née ! Alors que la soirée s'avançait et que la lune s'élevait derrière les cloisons, des images et des recoupements commencèrent à se former dans son esprit. Elle interrompait de temps à autre le maître espion pour lui poser des questions, et la vivacité de ses déductions faisait visiblement oublier sa lassitude à Arakasi. Il avait enfin une maîtresse qui appréciait les nuances de son travail ; son enthousiasme aiguiserait à l'avenir ses compétences. Alors que les hommes de son réseau verraient grandir la puissance des Acoma, le rôle qu'ils y auraient joué engendrerait une fierté qu'ils n'avaient jamais connue quand ils servaient le seigneur des Tuscaï.

Des esclaves entrèrent pour allumer les lampes. Comme une nouvelle lumière éclairait les traits du visage du maître espion, Mara remarqua le changement dans les manières d'Arakasi. Cet homme était un véritable trésor, ses talents représentaient un honneur pour la maison Acoma. Mara écouta ses informations tard dans la nuit, déchirée intérieurement par une frustration que même sa faculté de perception aiguisée ne put discerner. Maintenant, elle disposait enfin des outils dont elle avait besoin pour entrer dans le jeu et trouver un moyen de venger son père et son frère de la trahison des Minwanabi. Mais elle ne pourrait rien faire, ni utiliser la moindre parcelle d'information, tant que Buntokapi serait le seigneur des Acoma. Quand enfin Arakasi sortit, Mara resta assise, les yeux fixant sans les voir les os de jiga rongés et éparpillés sur le plateau de nourriture. Elle réfléchissait profondément et ne s'endormit pas avant l'aube.

Les invités arrivèrent tard le matin suivant. Les yeux rougis par le manque de sommeil, Mara regarda les sept palanquins s'acheminer vers le manoir. Les couleurs des armures de l'escorte lui étaient connues et ne lui procurèrent aucune joie. Avec un soupir de résignation, Mara demanda à sa servante de lui apporter une robe convenable pour accueillir ses invités. Que leur intrusion gâchât une belle matinée n'avait aucune importance. L'honneur et l'hospitalité Acoma devaient être maintenus. Quand le premier palanquin atteignit la cour, Mara accompagnée de trois servantes attendait sur le seuil de la porte pour recevoir son occupant. Nacoya arriva par une autre porte et se joignit à sa Dame au moment où le premier invité s'extirpait de ses coussins.

Mara s'inclina cérémonieusement. « Mon Seigneur Chipaka, c'est un grand honneur. »

Le vieil homme ridé cligna ses yeux myopes et tenta d'identifier la personne qui lui parlait. Comme il était aussi dur d'oreille, les paroles de Mara lui avaient aussi échappé. Se rapprochant de la jeune fille qui se trouvait le plus près de lui, il plissa les yeux et hurla : « Je suis le seigneur Chipaka des Jandawaio. Mon épouse, ma mère et mes filles sont venues rendre visite à ton maître et à ta maîtresse, jeune fille. »

Il avait pris Mara pour une servante. À peine capable de contenir son amusement, la Dame des Acoma ignora l'affront. Parlant directement dans l'oreille du vieil homme, elle répondit : « Je suis Mara, épouse du sire Buntokapi, mon Seigneur. À quoi devons-nous cet honneur ? »

Mais le vieil homme avait reporté son attention sur une vieille femme frêle qui semblait avoir une centaine d'années, et que l'on aidait à sortir du palanquin le plus ostentatoire, aussi délicatement que si elle était un œuf de joaillerie. Mara envoya ses servantes à leur aide, pour témoigner son respect envers ses invités, car les porteurs étaient couverts de la poussière de la route. La vieille femme ne prononça aucun remerciement. Parcheminée et ressemblant à un oiseau sans plumes, elle se contenta de vaciller entre les deux servantes qui la soutenaient. Trois autres femmes sortirent des autres palanquins, trois répliques plus jeunes de la grand-mère, tout aussi aigries qu'elle dans cette calme matinée. Elles semblaient respecter les moindres caprices de la mode la plus ostentatoire. Se rassemblant autour de la vieille femme, elles commencèrent immédiatement à caqueter de façon agaçante. Mara mit un frein à son exaspération, car cette invasion de sa demeure était déjà une épreuve.

Le vieil homme se rapprocha en traînant le pas, souriant, et lui donna une légère tape sur les fesses. Mara bondit en avant, clignant des yeux sous le choc et le dégoût. Mais le vieil homme ne semblait pas prêter attention à sa gêne. « Je n'ai pas pu assister au mariage de ta maîtresse, jeune fille. Mon domaine près de Yankora est très loin, et mère était malade. » Il fit un geste vers la frêle vieillarde qui regardait maintenant le vide d'un œil vague, alors que ses petites-filles tançaient continuellement les servantes qui soutenaient la vieille sorcière, jugeant leur conduite inepte. Dans ce véritable poulailler de jiga, une femme sortit du dernier palanquin et clopina vers eux. Elle était vêtue d'une robe brodée en étoffe de sharsao, et derrière le battement affecté de son éventail, arborait un visage du même cru que celui du seigneur Chipaka. Mara décida qu'elle devait être la Dame des Jandawaio.

Le vieil homme tirait avec insistance sur la manche de la Dame des Acoma. « Comme nous allions au Nord pour nous rendre à la Cité Sainte, nous avons fait arrêter notre nef d'apparat à Sulan-Qu, pour rendre visite à ton seigneur… Ah oui, c'est bien cela son nom. Je suis un vieil ami de son père, tu sais. » Le vieil homme fit un clin d'œil complice à Mara. « Ma femme a le sommeil très lourd, sais-tu ? Viens me rejoindre cette nuit, jeune fille. » Il tenta de tapoter le bras de Mara d'une façon qu'il pensait séduisante, mais ses gestes étaient si peu assurés qu'il manqua son poignet.

Une lueur malicieuse étincela dans les yeux de Mara. Le vieil homme concupiscent n'avait pas le moindre tact et son haleine empestait les dents gâtées, mais elle étouffa avec peine un sentiment de délice. « Vous souhaitez voir le seigneur des Acoma ? Alors, mon Seigneur, j'ai bien peur que vous ne deviez retourner à Sulan-Qu, car le seigneur Buntokapi réside maintenant dans sa maison de ville. »

Le vieil homme cligna des yeux, le visage dénué de toute expression. Obligeamment, Mara lui répéta son message en hurlant.

« Oh ! Pourquoi pas ? Certainement. Sa maison de ville. » Le vieil homme lança un autre regard paillard à Mara. Puis il agita brusquement la tête et fit un geste à sa suite.

Les femmes, toujours caquetantes, ne comprirent rien à ce qui se passait quand leurs esclaves se rassemblèrent près des palanquins. Les porteurs qui soutenaient la vieille femme minuscule firent brusquement demi-tour et dirigèrent la Dame, confuse, vers ses coussins. Couvrant de sa voix ses marmonnements et ses plaintes, le vieil homme cria : « Allez. Allez, mère, nous devons retourner en ville. »

Les filles et leur mère protestèrent en chœur d'une voix bruyante et aigrie à l'idée de retourner dans leur palanquin. Elles minaudèrent et retardèrent le mouvement, espérant arracher à la Dame des Acoma une invitation à prendre des rafraîchissements, mais le seigneur Chipaka, sourd comme un pot, ne prêta pas attention à leur vacarme. Comme il semblait avoir hâte de faire irruption chez le seigneur Buntokapi, Mara décida de ne pas gêner son départ. Alors que la matriarche et son poulailler étaient reconduits dans la sécurité de leurs litières closes, elle offrit gracieusement les services d'un esclave messager pour les guider sur le chemin de la maison de ville, afin que la visite de courtoisie à son seigneur ne souffrît plus de délais inutiles.

Le seigneur des Jandawaio fit un geste vague et se traîna jusqu'au palanquin qu'il partageait avec sa mère. Une main sur les rideaux, il s'arrêta et déclara : « Et dis à ta maîtresse que je suis désolé de l'avoir manquée, jeune fille. »

Secouant légèrement la tête, Mara répondit : « Je le ferai, mon Seigneur. »

Les esclaves se penchèrent, puis levèrent les perches des palanquins, les muscles luisants de sueur. Alors que la procession se traînait sur le sentier, Nacoya hasarda un commentaire : « Ma Dame, le seigneur Bunto sera furieux. »

Mara regardait d'un air calculateur la suite qui s'éloignait. Si la vieille matriarche des Jandawaio détestait être bousculée et exigeait que les porteurs marchent lentement, les visiteurs de Buntokapi arriveraient une heure après son retour dans le lit de Teani. Avec ferveur, Mara murmura : « Je l'espère de tout mon cœur, Nacoya. »

Elle retourna dans ses appartements, pour étudier les cartes et les documents qui l'y attendaient. Nacoya la regarda avec étonnement, se demandant quel motif improbable poussait sa jeune maîtresse à provoquer la colère de la brute qu'elle avait épousée.

Trois jours plus tard, ignorant la présence de Nacoya et des autres serviteurs, Buntokapi fit irruption dans les appartements de Mara sans être annoncé. À la vue de ses sandales poussiéreuses, Mara se crispa par réflexe. Mais il portait des chaussures de marche, dépourvues des clous utilisés sur les champs de bataille ou sur les terrains d'entraînement. « Tu n'aurais jamais dû permettre à ce vieux fou et à son poulailler de venir à ma maison de ville », commença le seigneur des Acoma. Le ton de sa voix fit se réfugier les servantes dans les coins de la pièce.

Mara baissa les yeux, autant par repentir que pour cacher son amusement d'entendre Buntokapi traiter de volailles les femmes du seigneur des Jandawaio. « Mon époux est-il contrarié ? »

Buntokapi se laissa tomber sur la natte devant elle avec un soupir d'exaspération. « Femme, ce vieux fou était un ami de mon grand-père. Il est pratiquement sénile ! La moitié du temps, il pense que mon père est son vieil ami d'enfance, et que je suis Tecuma des Anasati. Et sa mère est pire ! C'est pratiquement un cadavre qu'il traîne partout où il se rend. Par les dieux, femme, elle doit avoir près d'une centaine d'années. Tout ce qu'elle fait, c'est regarder dans le vide, baver et salir les nattes sur lesquelles elle est assise. Et le seigneur Chipaka lui parle tout le temps ; tout le monde lui parle, l'épouse, les filles, même les domestiques ! Elle ne répond jamais, mais ils croient qu'elle le fait ! » Son ton monta alors que le récit de la visite attisait sa colère. « Maintenant, je veux savoir quelle est l'idiote de servante qui les a envoyés à ma maison de ville ! Tout ce dont Chipaka se souvenait, c'est qu'elle avait une forte poitrine ! »

Mara se retint avec difficulté de sourire. Le très myope seigneur Chipaka avait peut-être pensé que la poitrine de Mara était avantageuse, puisqu'il avait mis son nez à quelques centimètres de son décolleté quand il lui avait parlé. Intrigué par le rougissement de son épouse, et soupçonnant qu'elle se moquait peut-être de lui, Buntokapi hurla à en faire trembler le chambranle des portes. « Et il a peloté ma… servante. Juste sous mes yeux, il a tendu la main et il… l'a pincée ! »

Trop furieux pour se contenir, Buntokapi bondit sur ses pieds. Il leva les poings, fulminant au point d'être en sueur. « Et il est resté deux jours ! Pendant deux jours, j'ai dû céder mes appartements à ce vieux fou et à son épouse. Ma… servante, Teani, a dû s'installer dans une hôtellerie proche. Le vieux débauché n'arrêtait pas de poser la main sur elle. »

Mara s'assit alors et le provoqua délibérément. « Oh, Bunto, vous auriez dû lui laisser mettre la fille dans son lit. Ce n'était qu'une domestique, et si le vieux seigneur était encore capable de l'honorer après toutes ces années, au moins la diversion l'aurait occupé. »

La rougeur de Buntokapi s'accentua. « Pas dans ma demeure ! Si je trouve cette stupide vache qui a envoyé Jandawaio à Sulan-Qu, je lui arracherai personnellement la peau du dos. »

La réponse de Mara semblait douce en contraste avec les rugissements de son époux. « Bunto, vous aviez dit que si quelqu'un venait vous rendre visite, il fallait l'envoyer à votre maison de ville et ne pas le laisser attendre ici. Je suis certaine que Jican en a informé tous les domestiques, et que n'importe lequel d'entre eux aurait fait la même chose. »

Buntokapi s'arrêta d'aller et venir, le pied à moitié levé comme un shatra. La pose aurait été drôle s'il n'avait pas été si prêt à la violence. « Eh bien, j'ai fait une erreur. À partir de maintenant, n'envoie personne à ma maison de ville sans mon consentement préalable ! »

Son cri tonitruant éveilla Ayaki, qui s'agita dans ses oreillers. Apparemment préoccupée, Mara se tourna vers son enfant. « Personne ? »

L'interruption de son fils augmenta encore la rage de Buntokapi. Il tempêta dans la pièce, agitant le poing. « Personne ! Si un membre du Grand Conseil vient me rendre visite, il peut bien attendre ! »

Le bébé commença à pleurer. Mara fronça légèrement les sourcils en répondant : « Mais, bien sûr, ce n'est pas la même chose pour votre père ?

— Donne cet enfant à un domestique et fais-le sortir d'ici ! » hurla Buntokapi. Il fit un geste furieux à Misa, qui courut prendre l'enfant dans les bras de Mara. Buntokapi donna un violent coup de pied à un oreiller, l'envoya voler dans l'étang du jardin, derrière la cloison. Puis il reprit comme s'il n'avait pas été interrompu : « Mon père pense que je suis stupide et que je ferai tout ce qu'il me demandera. Il peut aller pisser dans le fleuve ! Les Acoma ne sont pas à ses ordres ! » Buntokapi s'arrêta, le visage empourpré par la colère. « Non, je ne veux pas qu'il souille mes poissons. Dis-lui d'aller en aval de mes terres et alors il pourra pisser dans le fleuve ! »

Mara cacha ses mains dans l'étoffe de sa robe. « Mais, sûrement, si le Seigneur de Guerre… »

Buntokapi l'interrompit. « Si le Seigneur de Guerre lui-même vient ici, ne l'envoie pas à ma maison de ville ! C'est compris ? » Mara regarda son mari avec stupéfaction. La rage de Bunto redoubla. Après avoir été contenu pendant deux jours avec le seigneur des Jandawaio, son accès de colère était impressionnant. « Même Almecho devra attendre mon bon plaisir. Et s'il ne veut pas m'attendre ici, qu'il aille donc s'asseoir dans l'enclos à needra. Et si je ne suis pas revenu au domaine le jour où il arrivera, qu'il dorme donc dans la merde des needra, cela m'est parfaitement égal. Et tu pourras lui répéter mes propres paroles. »

Mara se prosterna, le front posé sur le sol, prenant presque l'attitude d'une esclave. « Oui, mon Seigneur. »

L'acte d'obéissance devança le geste de son époux, qui avait envie de frapper quelque chose du poing maintenant que sa colère avait trouvé une cible. « Autre chose. Tous ces messagers que tu n'arrêtes pas d'envoyer. Je veux que tu arrêtes. Je reviens au manoir assez souvent pour surveiller la gestion de mes biens. Je n'ai pas besoin que des domestiques me dérangent toute la journée. Compris ? »

Il se pencha brusquement, soulevant sa femme par le col de sa robe. Elle répondit avec difficulté, la respiration gênée par son poing : « Vous ne souhaitez pas être dérangé, et aucun messager ne doit vous être envoyé.

— Oui ! lui hurla Buntokapi au visage. Quand je me repose en ville, je ne veux être dérangé pour aucune raison. Si tu m'envoies un domestique, je le tuerai avant même qu'il ne délivre son message ! Compris ? » Il la secoua légèrement.

« Oui, mon Seigneur. » Mara lutta faiblement, ses chaussons ne touchant presque plus le sol. « Mais il y a encore un sujet qui.. »

Buntokapi la poussa violemment en arrière et elle trébucha dans les coussins. « Assez ! Je ne veux rien entendre. »

Mara se releva vaillamment. « Mais, mon époux… »

Bunto lui décocha un coup de pied, attrapant l'ourlet de la robe de Mara. L'étoffe se déchira et la jeune femme se tapit au sol, se protégeant le visage des mains. Buntokapi hurla : « J'ai dit, assez ! Je n'écouterai pas un mot de plus ! Que Jican s'occupe du commerce. Je retourne immédiatement en ville. Ne me dérange sous aucun prétexte ! » Avec un dernier coup de pied en direction de Mara, il tourna sur ses talons et sortit à grands pas de ses appartements. Alors que le bruit de ses pas s'évanouissait, on pouvait entendre Ayaki qui pleurait dans une autre pièce.

Après un intervalle prudent, Nacoya se précipita vers sa maîtresse. L'aidant à se relever et tremblante de frayeur, elle chuchota : « Maîtresse, vous n'avez pas parlé à votre époux du message de son père. »

Mara se frotta la jambe, qui commençait à rougir. « Tu as bien vu, Nacoya. Mon époux et seigneur ne m'a laissé aucune chance de lui transmettre le message de son père. » Nacoya s'assit sur ses talons. D'un air sinistre, elle hocha la tête. « Oui, cela est vrai, ma Dame. Mon Seigneur Buntokapi ne vous a pas laissé la moindre possibilité de parler. »

Mara rajusta sa robe déchirée, les yeux fixés sur le parchemin ouvragé arrivé le matin même, qui annonçait la prochaine arrivée de son beau-père et du plus auguste de ses compagnons de voyage, Almecho, Seigneur de Guerre de Tsuranuanni. Puis, oubliant ses meurtrissures devant l'énormité des ordres de son époux, elle sourit.

Chapitre dix

Le Seigneur de Guerre

Les domestiques vaquaient avec empressement à leurs tâches.

Aussi anxieuse que le reste du personnel à cause de la visite prochaine du Seigneur de Guerre, Nacoya cherchait sa maîtresse dans les couloirs encombrés par des préparatifs de dernière minute. Des artistes essuyaient leurs pinceaux après avoir repeint les cloisons, de véritables armées d'esclaves entraient et sortaient des cuisines, apportant de la nourriture et des boissons spécialement importées pour flatter le palais des invités. Nacoya se fraya un chemin dans la confusion en grommelant. Ses os étaient trop vieux pour s'accommoder avec douceur de toute cette précipitation. Elle esquiva un domestique qui transportait une immense pile de coussins et trouva finalement sa maîtresse dans son jardin privé. Mara était assise sous les branches d'un jô, son fils endormi dans un couffin placé à l'ombre de l'arbre fruitier. Ses mains reposaient dans la couverture qu'elle était en train de broder d'animaux pour Ayaki. En voyant la quantité d'ouvrage qu'il restait encore à faire, Nacoya estima que la Dame ne s'était pas occupée à ses travaux d'aiguille pendant la majeure partie de l'après-midi. La vieille nourrice se demanda à nouveau ce que la jeune fille était en train de préparer ; et, comme elle en avait l'habitude depuis que Buntokapi avait pris le sceptre des Acoma, elle s'inclina sans poser de question.

« Tu apportes des nouvelles de nos invités ? demanda doucement Mara.

— Oui, maîtresse. » Nacoya la regarda attentivement, mais ne trouva aucun signe de nervosité chez la jeune fille adossée à des coussins. Ses cheveux avaient été brossés jusqu'à acquérir un lustre noir et brillant, puis noués en arrière et attachés par des joyaux. Les vêtements de Mara étaient riches mais pas ostentatoires, et les yeux qu'elle leva vers Nacoya ressemblaient à deux obsidiennes d'ombre, impossibles à lire.

La vieille nourrice résuma d'une voix sévère : « La suite Anasati vient d'atteindre les frontières des terres Acoma. Votre messager a dénombré quatre palanquins, deux douzaines de domestiques et deux compagnies entières de guerriers, l'une sous la bannière Anasati, l'autre composée de gardes blancs impériaux. Il y a six officiers méritant des appartements privés. »

Mara replia avec un soin méticuleux la couverture à moitié terminée et la posa sur le côté. « Je suppose que Jican a tout préparé ?

— C'est un excellent hadonra, affirma Nacoya. Il aime son travail et il n'est guère besoin de le contrôler, une chose que mon Seigneur ferait bien d'apprécier, puisqu'il est si souvent absorbé par ses affaires en ville. »

Mais Mara ne réagit pas à la provocation. Au lieu de partager ses pensées avec sa plus proche confidente, la Dame des Acoma la congédia. Puis elle frappa vivement dans ses mains pour appeler sa servante et demanda qu'Ayaki fût confié aux soins de sa nourrice de jour. Une autre servante apporta la robe supérieure ornée de pierres précieuses, qui constituait la tenue appropriée pour recevoir des invités siégeant au Grand Conseil. Mara se tint immobile, le visage impassible, pendant tout le temps qu'on plaçait et qu'on fixait la robe. Quand elle fut prête pour accueillir le Seigneur de Guerre, Almecho, et Tecuma, le seigneur des Anasati, elle ressemblait à une petite fille qui avait revêtu les habits d'apparat d'une grande Dame ; sauf que son regard était aussi dur que du silex.

Keyoke, Jican et Nacoya se tenaient non loin d'elle pour accueillir l'entourage des invités à leur arrivée. Keyoke portait son armure de cérémonie, décorée de cannelures et de volutes, totalement inadaptée sur le champ de bataille mais extrêmement belle. Son costume d'apparat était complété d'un casque à plumet et d'une épée ornée de glands. Papéwaio, son aide de camp, était revêtu d'une armure tout aussi splendide. Tous les hommes de la garnison qui n'étaient pas de garde étaient impeccablement alignés pour accueillir les invités, et la laque verte de leur armure brillait sous le soleil de cette fin d'après-midi. Ils se tenaient tous fièrement au garde-à-vous quand les premiers soldats de la garde impériale avancèrent entre les clôtures fraîchement repeintes et les jardins replantés pour l'occasion. Les palanquins au centre du cortège approchaient du manoir, et Mara se joignit aux chefs de sa maisonnée. Elle avait vu des visiteurs de haut rang arriver dans la maison de son père depuis qu'elle était toute petite et la routine lui était familière. Mais jamais auparavant ses paumes n'avaient été moites durant toutes ces formalités.

L'écho du piétinement de centaines de pas résonna dans la cour quand la première compagnie de guerriers entra. Les gardes blancs impériaux du Seigneur de Guerre menaient la marche, puisqu'ils étaient du rang le plus élevé. Keyoke avança et s'inclina devant l'officier commandant qui arborait un magnifique plumet. Puis, avec la permission de Mara, il dirigea les officiers invités vers leurs quartiers. Un groupe de gardes du corps d'élite resta près d'eux pour suivre leur maître. La bouche sèche, Mara remarqua que le seigneur Almecho gardait à ses côtés six soldats, le nombre total de gardes auquel son rang lui donnait droit. Plus clairement qu'avec des mots, le Seigneur de Guerre montrait ainsi que sa venue n'était pas un honneur pour les Acoma mais une faveur envers son allié Tecuma, le seigneur des Anasati. D'un léger mouvement de la main, Mara fit signe à Papéwaio de rester. Sa présence à ses côtés, en armure de cérémonie, signifiait qu'elle n'admettrait aucune faiblesse devant ses invités de rang supérieur ; les Acoma ne recevraient aucun affront.

« Maîtresse, murmura Nacoya de façon que personne d'autre ne pût l'entendre, je vous en supplie, soyez très prudente. L'audace est un choix dangereux pour une Dame en l'absence de son souverain.

— Je m'en souviendrai », murmura Mara, sans que son visage montrât le moindre signe qu'elle avait entendu l'avertissement.

Puis les autres palanquins arrivèrent, étincelants de métaux précieux. Les porteurs du Seigneur de Guerre arboraient des ceintures ornées de franges, et ils étaient noircis par la sueur et la poussière de la route. Les domestiques portaient une livrée perlée, et tous avaient la même taille et le même teint. Puis venait l'étendard Anasati, écarlate et jaune, derrière lequel marchait la garde d'honneur de Tecuma ; ses domestiques étaient aussi vêtus d'un habit coûteux, car comme de nombreux Tsurani, le seigneur des Anasati cherchait à surpasser ses supérieurs en étalant ses richesses.

Mara observa les ornements métalliques qui tintaient et brillaient sur le palanquin Anasati. Si ses esclaves glissaient et laissaient tomber la litière dans le fleuve, l'accoutrement tape-à-l'œil de son beau-père le ferait couler comme une pierre, pensa-t-elle avec un amusement sinistre. Mais son visage resta impassible pendant que ses invités pénétraient dans la cour et que l'ombre atténuait la splendeur des ornements précieux et des garnitures laquées de rouge et de jaune.

Les porteurs posèrent les palanquins et firent un élégant pas de côté, alors que les domestiques se précipitaient pour tirer les rideaux et aider leurs maîtres à se lever. Se tenant entre ses serviteurs, Mara observa le temps de pause approprié, laissant à ses invités la possibilité de reprendre leur équilibre, d'ajuster leurs vêtements et de retrouver leur dignité, avant de venir la saluer. Comme le Seigneur de Guerre était un homme corpulent et que son costume était composé de robes comportant de multiples ceintures avec de complexes décorations de batailles, ses domestiques s'affairèrent pendant une longue minute. Mara entraperçut le seigneur des Anasati qui tendait le cou pour voir ce qui se passait dans la confusion générale. Il constata l'absence de Buntokapi par un froncement de sourcils irrité, avant que le protocole n'adoucît son expression. Derrière l'éventail que Tecuma agitait devant son menton, Mara devina qu'il murmurait rapidement quelque chose à son premier conseiller, Chumaka. Le sentiment de vide dans le creux de son estomac s'intensifia.

« Maîtresse, faites attention ! » murmura sèchement Nacoya.

Mara détourna le regard de l'ennemi de son défunt père et vit que Kalesha, le premier conseiller du Seigneur de Guerre, s'était avancé pour s'incliner devant elle.

Elle s'inclina en retour. « Je vous souhaite la bienvenue dans la demeure des Acoma. » Le Seigneur de Guerre avançait derrière lui, entouré de ses soldats et de ses domestiques. D'une voix mécanique, Mara récita le salut traditionnel : « Allez-vous bien ? » Elle continua, souhaitant le bonheur et le confort de ses invités ; mais alors qu'elle échangeait des politesses avec le seigneur Almecho, elle sentit son étonnement. Lui aussi avait remarqué l'absence du seigneur des Acoma. D'un geste, Mara ordonna aux domestiques d'ouvrir les portes du manoir. Le Seigneur de Guerre échangea un regard avec le seigneur Anasati ; puis, comme pour faire écho à l'inquiétude de son maître, le premier conseiller Anasati, Chumaka, tira nerveusement sur ses vêtements.

Mara s'inclina à nouveau et recula, permettant à ses invités d'entrer dans le confort de sa maison. Elle garda une attitude humble tandis qu'ils la dépassaient, sauf quand le seigneur Tecuma lui murmura une question rageuse sur l'absence de Buntokapi. Avec un minutage parfait, elle leva le poignet pour rajuster la broche qui épinglait sa robe ; le tintement de ses bracelets de jade lui permit de faire semblant de ne pas entendre la question. Et alors que la voix tonitruante du Seigneur de Guerre demandait des boissons fraîches à un domestique, Tecuma n'eut pas le temps de reposer la question sans être remarqué. Comme il avait l'air d'avoir chaud, le seigneur des Anasati suivit son compagnon de voyage dans la haute salle. Là, Mara avait installé des musiciens pour qu'ils jouent pendant que des plateaux de fruits découpés en fines tranches étaient présentés à ses hôtes comme rafraîchissements.

Une fois à l'intérieur, Nacoya lança Kalesha et Chumaka dans une conversation embrouillée sur le mauvais état des routes de l'Empire, et surtout celles qui mettaient un frein au commerce des Acoma. Mara fit une grande démonstration de son sens de l'hospitalité en s'assurant que ses domestiques s'occupaient convenablement du confort du Seigneur de Guerre, et elle réussit astucieusement à flatter la vanité de l'homme en lui demandant d'expliquer l'origine de toutes les décorations qu'il portait à la ceinture. Comme un grand nombre d'entre elles avaient été remportées lors de batailles par ses ancêtres, et que les plus récentes avaient été arrachées à un seigneur barbare durant un raid de l'autre côté de la Faille, le récit prit un temps assez long.

La lumière qui éclairait les cloisons commençait à prendre une teinte rougeâtre. Ayant fini son premier gobelet de vin, Tecuma enrageait en silence. L'absence de son fils l'embarrassait visiblement, car le but de sa visite était la présentation de son petit-fils, un rituel qui selon la tradition devait être effectué par le seigneur de la maison. Tecuma savait aussi bien que Mara que la conversation du Seigneur de Guerre n'était qu'une façon courtoise de gagner du temps, reculant le moment de constater l'absence de Buntokapi, peut-être pour épargner à un allié puissant la honte de présenter des excuses. Almecho avait besoin du soutien du Parti Impérial pour son Alliance pour la Guerre, et il devrait soigneusement éviter tout ce qui provoquerait des difficultés politiques entre ses intérêts et ceux des Anasati. Chaque minute qui passait augmentait la dette des Anasati envers le Seigneur de Guerre pour avoir fait preuve d'une telle amabilité, comme Chumaka en était parfaitement conscient. Il dissimulait son irritation en mangeant, oubliant que les fruits avaient été trempés dans des alcools forts et que les domestiques avaient rempli trois fois depuis une heure le plateau de fruits posé près de lui.

Le récit du Seigneur de Guerre se ralentit vers le crépuscule. Souriante et faisant des compliments assez élogieux pour faire rougir un poisson, Mara frappa dans ses mains. Des domestiques se précipitèrent et ouvrirent les cloisons mobiles, juste à temps pour que les invités puissent admirer la splendeur du vol de shatra à la fin de la journée. Leurs cris puissants et flûtés empêchèrent temporairement toute conversation, et quand finalement le spectacle se termina, de nouveaux domestiques arrivèrent pour conduire les invités vers un grand banquet de cérémonie. À ce moment, il devint évident que l'hospitalité de Mara n'était qu'une diversion désespérée et un pis-aller.

« Mais où se trouve donc mon fils ? » demanda Tecuma, les dents serrées. Ses lèvres arboraient un sourire crispé alors que le Seigneur de Guerre regardait de son côté.

Mara lui fit un clin d'œil, comme à un conspirateur. « Le plat principal est l'un des mets favoris de Buntokapi, mais il s'aigrit s'il attend trop longtemps. Les cuisiniers ont travaillé toute la journée pour votre plaisir, et la viande de jiga et de needra a été épicée avec des sauces rares. Ma servante la plus gracieuse, Merali, va vous guider jusqu'à votre place. Elle vous apportera une vasque, si vous désirez vous laver les mains. »

Transpirant, et profondément irrité par ce qu'il considérait comme un bavardage enfantin, le seigneur des Anasati permit qu'on l'introduisît dans la salle du banquet. Il remarqua, les yeux plissés, que le Seigneur de Guerre montrait des signes d'agitation. À ce moment, il fut heureux que Mara eût pris la peine de faire venir des prêtres pour bénir le repas, et que ses musiciens fussent excellents, même s'ils jouaient un peu trop fort pour le protocole.

Il goûta à peine le plat que Mara lui avait présenté comme le mets favori de Buntokapi. Quand Chumaka lui vola un instant pour lui demander combien de temps il allait se laisser mener en bateau par de telles bêtises, il faillit s'étrangler sur sa bouchée de viande. Mara déposa son couteau et adressa un signe à Nacoya, qui fit à son tour un geste de la tête à un esclave qui attendait près de la porte. Les musiciens jouèrent une mélodie sauvage et arythmique, et des danseuses vêtues presque uniquement de perles et de mousseline virevoltèrent entre les tables.

Que leur numéro fût brillant et provocateur ne pouvait en rien dissimuler le fait que Buntokapi des Acoma n'était nulle part en vue, alors que son père et le plus puissant personnage du Grand Conseil prenaient leur mal en patience à sa table.

Le seigneur Tecuma saisit l'instant où les danseuses tournoyaient et terminaient leur finale. Il se leva péniblement, marchant presque sur l'ourlet de sa robe dans sa hâte, et rugit par-dessus les dernières notes de musique : « Ma Dame Mara, où se trouve votre époux, Buntokapi ? »

Les musiciens immobilisèrent immédiatement les cordes de leurs instruments, sauf un joueur de vielle distrait qui se lança dans un solo grinçant avant de poser précipitamment son archet. Le silence retomba et tous les regards se tournèrent vers Mara. Elle regarda à son tour les mets délicats que ses cuisiniers s'étaient donné tant de mal à préparer, mais qu'elle avait de toute évidence à peine goûtés. Elle ne dit rien ; et le Seigneur de Guerre reposa sa cuillère en la faisant tinter.

À deux doigts de se montrer impolie, elle regarda son beau-père droit dans les yeux. « Mon Seigneur, pardonnez-nous à tous les deux. Je vais tout vous expliquer, mais de telles paroles seront plus gracieuses quand les domestiques auront apporté du vin.

— Non ! » Almecho posa ses larges mains sur la table. « Dame, tout cela a suffisamment duré ! Votre dîner était exquis et vos danseuses sont talentueuses, mais nous qui visitons votre maison ne serons pas traités comme des bouffons. Faites chercher votre seigneur et laissez-le s'expliquer lui-même. »

Le visage de Mara resta de marbre, mais elle devint terriblement pâle. Nacoya semblait ouvertement émue, et le seigneur des Anasati sentit la sueur lui couler dans le dos. « Eh bien, jeune fille ? Faites donc venir mon fils, pour que mon petit-fils puisse être présenté ! »

Mara répondit avec une déférence parfaite. « Père de mon époux, pardonnez-moi, mais je ne puis faire ce que vous me demandez. Laissez mes domestiques vous apporter du vin et, le moment venu, mon époux vous expliquera tout lui-même. »

Le Seigneur de Guerre tourna un visage sombre vers Mara. Au début, il avait considéré le retard de Buntokapi comme une espèce de plaisanterie, et il avait montré de l'indulgence envers un vieil allié. Mais comme la journée s'écoulait, l'attente et la chaleur avaient usé sa patience. Maintenant, Tecuma des Anasati ne pouvait plus suivre la suggestion de la jeune fille sans perdre terriblement la face, car les efforts de Mara indiquaient clairement que quelque chose n'allait pas. Accepter ses excuses serait un signe de faiblesse, un sérieux recul devant le membre le plus éminent du Conseil Impérial. Si Buntokapi était ivre au point d'avoir sombré dans l'inconscience, la honte de l'aveu serait moindre que celle qu'il encourrait s'il offensait son père et son invité en laissant son épouse dissimuler son écart de conduite.

Tecuma déclara, d'une voix égale et dangereuse : « Nous attendons. »

Ouvertement nerveuse mais jouant toujours l'ingénue, Mara répondit : « Oui, père de mon époux, cela est vrai. »

Le silence qui suivit était accablant.

Les musiciens posèrent leurs instruments et les danseuses quittèrent la salle. Quand il devint douloureusement évident que la Dame des Acoma n'allait pas donner d'explication, le seigneur des Anasati fut à nouveau obligé d'intervenir.

Comme s'il devait se mordre pour contrôler son envie irrésistible de hurler, Tecuma demanda : « Qu'est-ce que cela signifie, cela est vrai ? »

La gêne de Mara s'accrut. Sans croiser le regard de son beau-père, elle répondit : « Mon époux souhaitait que vous l'attendiez. »

Le Seigneur de Guerre reposa le dessert sucré qu'il grignotait et sembla troublé. Peut-être était-ce le résultat de cet étrange dialogue et du vin qu'il avait bu. « Buntokapi souhaitait que nous l'attendions ? Alors il savait qu'il serait en retard pour nous accueillir ? » Almecho soupira, comme si on venait de soulever un grand poids de sa poitrine. « Il a donc envoyé un message pour prévenir qu'il serait en retard et que vous deviez nous divertir jusqu'à ce qu'il arrivât, n'est-ce pas ?

— Pas exactement, mon Seigneur, répondit Mara, rougissant visiblement.

— Qu'a-t-il donc dit exactement, alors, Mara ? » demanda Tecuma en se penchant en avant.

Comme un gazen fasciné par un serpent, Mara commença à trembler. « Ses paroles exactes, père de mon époux ? »

Tecuma frappa la table de ses deux mains, et toutes les assiettes tressautèrent et tintèrent. « Exactement ! »

Alerté tardivement par l'énervement de son maître, Chumaka se redressa comme un oiseau pris au nid dans une lumière aveuglante. Même enivré, il sentit que quelque chose n'allait pas. Ses instincts s'éveillèrent brusquement. Se soulevant et se penchant en avant, il tenta d'attraper la manche de son maître. Mais la manœuvre le déséquilibra et il se rattrapa de justesse pour ne pas tomber, en soufflant avec un manque certain de dignité : « Mon Seigneur... »

Les yeux de Tecuma restaient fixés sur sa belle-fille.

L'image même de l'innocence et de la nervosité, Mara déclara : « Mon Seigneur mon époux a dit : "Si le Seigneur de Guerre vient, il devra attendre mon bon plaisir". »

Chumaka plongea son poing dans les coussins brodés, figé dans le geste d'attraper la manche ballante de Tecuma. Incapable maintenant d'intervenir, il vit le visage de Tecuma perdre lentement ses couleurs. Chumaka regarda de l'autre côté de la pièce, où personne ne bougeait, et à travers la vapeur délicate s'élevant d'une douzaine de plats raffinés, il observa la réaction d'Almecho.

Le Seigneur de Guerre de Tsuranuanni restait immobile, ses traits figés prenant une teinte écarlate. Toute sa tolérance s'évanouit alors que ses yeux devenaient deux braises ardentes. Contenant difficilement sa rage, il répondit d'une voix qui trancha l'air comme un silex aiguisé : « Le seigneur des Acoma a-t-il dit autre chose à mon propos ? »

Mara fit un geste désespéré et envoya un regard douloureux à Nacoya. « Mes Seigneurs, je... je n'ose pas répondre. Je vous supplie d'attendre mon époux et de le laisser répondre par lui-même. » Le dos rigide, petite et pathétiquement fragile dans ses robes de cérémonie, la jeune fille semblait perdue dans ses coussins. Son image inspirait la pitié ; sauf que le Jeu du Conseil n'en permettait aucune. Tandis qu'une servante se précipitait vers elle avec un bassin pour lui éponger le front avec un linge humide, le Seigneur de Guerre foudroya du regard Tecuma des Anasati.

« Demandez-lui où se trouve votre fils, Seigneur, car j'exige que l'on envoie immédiatement un messager pour le faire venir ici. S'il voulait nous insulter, qu'il parle donc en ma présence. »

Mara renvoya sa servante. Elle rassembla son courage avec toute la raideur d'un guerrier tsurani affrontant une sentence de mort, bien qu'un tel contrôle la mît visiblement à l'épreuve. « Mon Seigneur, Buntokapi se trouve dans sa maison de ville à Sulan-Qu, mais selon ses ordres explicites, aucun messager ne peut se rendre là-bas. Il a juré qu'il tuerait le prochain serviteur envoyé pour le déranger. »

Le Seigneur de Guerre bondit sur ses pieds. « Le seigneur des Acoma se trouve à *Sulan-Qu* ? Pendant que nous attendons son bon plaisir ? Et qu'espère-t-il que nous ferons pendant ce temps, dites-le-nous ? Parlez, Dame, et n'oubliez rien ! »

Tecuma se leva aussi, comme un serpent prêt à frapper. « Que sont ces idioties ? Sûrement mon fils… même Bunto ne peut pas être aussi grossier. »

Le Seigneur de Guerre le fit taire d'un geste. « Laissez la Dame des Acoma parler pour son époux. »

Mara s'inclina. Ses yeux semblaient trop brillants et les ombrages délicats de son maquillage contrastaient avec sa pâleur. Avec raideur, elle forma un triangle avec ses pouces et ses index, un ancien geste de cérémonie signifiant que l'honneur devait être compromis pour obéir aux ordres d'un supérieur. Toutes les personnes présentes dans la pièce surent immédiatement que ses paroles provoqueraient la honte de sa famille. Les prêtres qui avaient béni le repas se levèrent silencieusement et sortirent. Les musiciens et les domestiques les suivirent, et bientôt la pièce n'abrita plus que les invités, leurs conseillers et la garde d'honneur du Seigneur de Guerre. Papéwaio se tenait aussi immobile qu'une statue de temple derrière l'épaule de la Dame des Acoma, et Nacoya, également figée, attendait à ses côtés. Tranquillement, Mara reprit : « Ma langue ne compromettra pas l'honneur de cette maison. Mon premier conseiller était présent quand Buntokapi a donné ses ordres. Elle répondra pour lui, et pour moi. » Elle fit faiblement signe à Nacoya.

La vieille femme se leva, puis s'inclina avec un respect extrême. Des domestiques l'avaient aidée à s'habiller pour l'occasion et, pour la première fois depuis que Mara la connaissait, les épingles qui retenaient ses cheveux blancs étaient posées bien droites. Mais l'humour incongru de cette observation s'évanouit quand la vieille nourrice prit la parole. « Mes seigneurs, par mon serment et mon honneur, ce que dit la Dame est vrai. Le seigneur des Acoma a bien prononcé les paroles qu'elle a répétées. »

À bout de patience, irrité par ces délais dus à la courtoisie, le Seigneur de Guerre de Tsuranuanni focalisa sa colère sur Nacoya. « Je le demande une dernière fois : qu'a dit d'autre le seigneur des Acoma ? »

Nacoya regarda dans le vide, droit devant elle, et répondit d'une voix basse et égale. « Mon Seigneur Buntokapi a dit : "s'il" en parlant de vous, Seigneur Almecho. "S'il ne veut pas m'attendre ici, qu'il aille donc s'asseoir dans l'enclos à needra. Et si je ne suis pas revenu au domaine le jour où il arrivera, qu'il dorme donc dans la merde des needra, cela m'est parfaitement égal". »

Le Seigneur de Guerre resta aussi immobile qu'une statue de pierre, la force brutale de sa fureur le rendant incapable d'exercer sa volonté. Une longue minute insoutenable s'écoula avant qu'il n'adressât la parole à Tecuma. « Votre fils a choisi une fin rapide. » La lumière tremblait sur les joyaux du col d'Almecho et la menace grondait dans sa voix. Il se mit à hurler alors que l'énormité de sa rage prenait son essor. Comme une mortèle aux ailes rayées d'écarlate prenant de l'altitude pour fondre sur sa proie, il se retourna vers le père de l'homme qui l'avait insulté. « Votre jeune parvenu désire des cendres pour tout héritage. J'en appelle à l'honneur du clan. Les Oaxatucan marcheront et réduiront en poussière les os des Acoma, sur leur sol même. Puis nous salerons la terre de leurs ancêtres pour que rien ne puisse pousser sur la terre Acoma tant que durera la mémoire des hommes ! »

Tecuma regardait sans mot dire les mets délicats en train de se figer dans leur sauce. Le blason au shatra répété sur toutes les assiettes semblait se moquer de lui. Car les paroles inconsidérées de Buntokapi, qu'il avait lui-même exigé que son épouse répétât, avaient balayé en un instant toute sa politique. Il s'agissait maintenant d'un problème d'honneur. Et entre toutes choses, ce code non écrit de la civilisation tsurani pouvait se révéler le plus dangereux.

Si Almecho faisait appel aux Oaxatucan, sa famille, pour combattre dans une affaire d'honneur, toutes les autres maisons du clan Omechan seraient obligées de soutenir son attaque. Tout comme les membres du clan Hadama étaient liés par l'honneur aux Acoma et devaient répondre à leur appel. Ce devoir sacré d'apporter son aide était la raison principale pour laquelle les déclarations de guerre ouverte étaient évitées. La plupart des conflits se déroulaient et se résolvaient au sein du Jeu du Conseil. Car une guerre ouverte entre deux clans semait toujours le chaos dans le pays – et la stabilité de l'Empire était le premier devoir des Très-Puissants. Déclencher une guerre de clan provoquerait la fureur de l'Assemblée des Magiciens. Tecuma ferma les yeux. L'odeur des viandes et des sauces lui donnait la nausée. Il repassa en vain dans son esprit la liste des réponses possibles, alors que Chumaka enrageait, impuissant, à ses côtés. Tous deux savaient que Tecuma n'avait plus aucune option. Almecho était l'un des rares seigneurs de l'Empire qui avait à la fois le tempérament violent et la puissance pour déclencher une guerre de clans ouverte. Et selon la tradition, Tecuma et les autres familles du clan Hospodar seraient obligés de rester à l'écart et d'observer avec impartialité la guerre meurtrière ; son fils et son petit-fils seraient exterminés et il était incapable de les aider.

Les sauces au vin dans les assiettes semblèrent soudainement symboliser les effusions de sang qui accableraient bientôt la maison des Acoma. Pour le bien de son fils et de son petit-fils,

Tecuma ne devait pas permettre à la guerre de se déclencher. Maîtrisant son envie de hurler, il parla calmement : « Mon Seigneur Almecho, souvenez-vous de l'alliance. Une guerre de clans ouverte signifie la fin de votre conquête du monde barbare. » Il marqua une pause pour laisser le temps à l'idée de faire son chemin dans l'esprit du Seigneur de Guerre, puis saisit le premier prétexte pour détourner sa colère : le plus ancien des commandants en second des forces d'invasion du monde barbare était le neveu du seigneur des Minwanabi ; s'il devenait nécessaire d'élire un nouveau Seigneur de Guerre au Grand Conseil, les prétentions de Jingu des Minwanabi pour la succession seraient renforcées, puisque l'armée d'invasion était déjà placée sous les ordres de sa famille. « Les Minwanabi seraient extrêmement heureux de voir une autre personne assise sur le trône de blanc et d'or », lui rappela-t-il.

Le visage d'Almecho resta empourpré, mais son regard perdit de sa folie. « Les Minwanabi ! cracha-t-il. Pour remettre à sa place ce mangeur de fumier, je supporterais beaucoup de choses. Mais je veux que votre fils se prosterne devant moi et implore mon pardon, Tecuma. Je veux qu'il se mette à plat ventre et qu'il rampe dans les excréments de needra pour venir à mes pieds implorer ma mansuétude. »

Tecuma ferma les yeux comme si une migraine le tourmentait. Buntokapi avait donné des instructions aussi destructrices par étourderie, et non pour provoquer ouvertement sa ruine et celle de sa famille. Endolori par la honte et la nervosité, Tecuma se tourna vers Mara, qui n'avait pas bougé dès l'instant où le seigneur Almecho avait menacé sa maison. « Mara, je me moque des ordres que Buntokapi a laissés concernant l'envoi de messagers. Faites venir votre palanquin et vos porteurs, et dites à votre époux que son père lui demande de venir au manoir. »

La nuit tombait derrière les cloisons, mais aucun domestique n'osait entrer pour allumer les lampes. Dans la demi-pénombre du crépuscule, Mara s'agita et lança un long regard de supplique à son beau-père. Puis, comme si ce geste l'avait épuisée, elle fit un signe de tête à Nacoya. La vieille femme reprit la parole : « Mon Seigneur Tecuma, mon maître Buntokapi s'est aussi exprimé sur cette possibilité. »

Tecuma sentit son cœur se serrer. « Qu'a-t-il dit ? »

Nacoya répondit très simplement : « Mon seigneur des Acoma a dit que si vous veniez et que vous souhaitiez le voir, nous devions vous dire d'aller pisser dans le fleuve, mais loin des terres Acoma pour ne pas souiller ses poissons. »

Il y eut un moment de silence absolu ; l'étonnement, la colère et un choc extrême se peignirent sur les traits fins de Tecuma. Puis le silence fut brisé par le rire explosif du Seigneur de Guerre. « Pour ne pas souiller ses poissons ! Ha ! J'adore cette réponse. » Regardant durement le seigneur des Anasati, Almecho déclara : « Tecuma, votre fils a insulté son propre père. Je pense que j'aurai maintenant satisfaction. Il n'y a qu'une seule expiation possible pour Buntokapi. »

Tecuma inclina la tête avec raideur, heureux que les ombres croissantes masquent sa douleur. En insultant son propre père en public, Buntokapi s'était à jamais déshonoré. Il devait expier sa honte en se suicidant, ou Tecuma devait renoncer à tous les liens du sang et prouver que sa loyauté était terminée en détruisant le fils déshérité, sa famille et ses serviteurs. Ce qui avait commencé comme une lutte politique entre Tecuma des Anasati et Sezu des Acoma, résolue par la mort de Sezu, pouvait maintenant devenir une guerre de sang qui durerait pendant des générations ; de même pour celle qui existait déjà entre les Minwanabi et les Acoma. Pour séparer l'honneur du père des transgressions du fils, le seigneur des Anasati serait obligé de tuer non seulement Buntokapi, mais aussi l'héritier Acoma nouveau-né, le petit-fils qu'il n'avait pas encore vu. Cette pensée lui fit perdre complètement l'usage de la parole.

Conscient du dilemme de Tecuma, Almecho parla rapidement dans l'obscurité qui s'épaississait. « De toute façon, vous perdez votre fils. Il vaut mieux qu'il choisisse la voie de l'honneur et qu'il meure de sa propre main. J'oublierai ses insultes s'il le fait, et je ne chercherai pas à me venger sur votre petit-fils Acoma. Je ne veux pas que notre alliance soit fragilisée, Tecuma. » Il ne restait plus rien à dire. Tournant le dos à Mara, à Nacoya et au seigneur des Anasati, le Seigneur de Guerre fit signe à sa garde d'honneur. Les six soldats vêtus de blanc se mirent au garde-à-vous, puis pivotèrent et escortèrent leur seigneur hors de la grande salle de banquet.

Trop stupéfait pour bouger, Tecuma ne réagit pas immédiatement. Il regardait sans le voir son repas à moitié terminé. Ce fut Chumaka qui prit vivement les choses en main, envoyant quelqu'un aux baraquements préparer les guerriers pour un départ en ville. Des esclaves allèrent chercher le palanquin Anasati, alors que les lanternes que l'on venait d'allumer dans la cour éclaboussaient de lumière les cloisons. Tecuma bougea enfin. Sa mâchoire était crispée et ses yeux restaient mornes pendant qu'il regardait la Dame des Acoma. « Je vais à Sulan-Qu, épouse de mon fils. Et pour l'avenir du petit-fils que je n'ai pas encore vu, puissent les dieux accorder à Buntokapi un courage en proportion de sa bêtise. »

Il sortit avec une fierté douloureuse à contempler. Alors qu'il disparaissait dans les ombres du couloir, la joie de Mara s'évanouit devant un immense frisson de peur. Elle avait tendu un piège subtil ; maintenant les mâchoires se refermeraient selon le décret des dieux. En pensant à Bunto, en ce moment à demi ivre, et se rendant avec Teani en riant à ses divertissements du soir et dans les salles de jeu, Mara frissonna. Elle appela des domestiques pour avoir de la lumière.

Le visage de Nacoya semblait très vieux à la lueur des lampes. « Vous placez des enjeux élevés quand vous pratiquez le Jeu du

Conseil, ma Dame. » Cette fois, elle ne sermonna pas la jeune fille pour avoir pris des risques insensés, car Buntokapi n'était pas aimé des serviteurs Acoma. La nourrice était suffisamment tsurani pour se réjouir de la défaite d'un ennemi, même si son propre sort risquait d'être terrible par la suite.

Mara elle-même ne ressentait aucun sentiment de triomphe. Choquée, épuisée par la tension de mois de manipulation, elle se reposa sur la présence impassible de Papéwaio pour apaiser son tourment intérieur. « Que les domestiques nettoient ce gâchis », dit-elle, comme si les plats et les assiettes de cérémonie avaient été apportés pour un repas ordinaire. Puis, comme si elle répondait à un instinct primitif, elle courut presque vers la chambre d'Ayaki pour voir si le garçon dormait bien. Assise dans l'obscurité près de son enfant, elle vit dans les traits ombrés de son fils le reflet de son père. En dépit de toutes les raisons que Buntokapi lui avait données pour le haïr, elle ne pouvait cependant pas échapper à un profond et noir sentiment de mélancolie.

Mara attendait dans les appartements de Buntokapi. Elle avait passé une nuit agitée dans la chambre qui avait été autrefois celle du seigneur Sezu, mais qui reflétait maintenant les goûts et les préférences de celui qui, en épousant sa fille, lui avait succédé. La continuation des Acoma reposait maintenant sur l'honneur de cet homme. Si Buntokapi respectait le serment qu'il avait prononcé devant le natami des Acoma, il choisirait la mort par l'épée et éviterait la ruine de sa maison. Mais si la loyauté de son cœur restait aux Anasati, si la lâcheté l'écartait de la voie de l'honneur ou s'il préférait exercer une vengeance cruelle, il pouvait choisir la guerre et provoquer la mort de Mara et de son enfant en même temps que la sienne. Alors, le natami tomberait entre les mains d'Almecho et le Nom des Acoma disparaîtrait dans la honte.

Mara se retourna sur le côté, agitée, et repoussa les draps emmêlés. Une lumière grise luisait derrière les panneaux, et bien que les bouviers n'aient pas encore conduit les troupeaux de needra dans les prés, l'aube n'était plus loin. Sans attendre l'aide de ses servantes, Mara se leva et enfila une robe. Elle sortit Ayaki de son berceau et, calmant son cri ensommeillé, sortit dans le couloir.

Une grande ombre se déplaça, presque à ses pieds. Mara recula, effrayée, les bras serrés autour de son enfant ; puis elle reconnut le cuir usé qui recouvrait la poignée de l'épée de Papéwaio. Il avait dû passer la nuit assis devant sa porte.

« Pourquoi n'es-tu pas dans les baraquements, avec Keyoke ? » demanda Mara, le soulagement lui faisant hausser la voix.

Papéwaio s'inclina sans être offensé. « Keyoke a suggéré que je reste près de votre porte, Dame. Des rumeurs sont venues jusqu'aux baraquements… Des domestiques avaient entendu les gardes d'honneur du Seigneur de Guerre parler entre eux. Il ne faut jamais prendre à la légère la colère des puissants, et j'ai accepté la sagesse d'un tel conseil. »

Mara commença une réplique acerbe, mais elle se rappela l'assassin et se tut immédiatement. En réfléchissant, elle comprit que Keyoke et Papéwaio avaient tenté de la prévenir sans compromettre leur loyauté. Ils avaient rapidement admis la possibilité que Buntokapi pût revenir chez lui durant la nuit, plongé dans une rage folle. La colère l'aurait peut-être poussé à la violence contre elle… Un acte honteux, mais qui n'était pas hors de propos pour un homme au tempérament vif, jeune, accoutumé à la lutte et exerçant quotidiennement sa force. Si cela était arrivé et que Papéwaio avait osé intervenir entre sa maîtresse et son seigneur, il l'aurait instantanément payé de sa vie, perdant irrémédiablement son honneur. Mais Papé était rapide à l'épée, et il n'avait pas oublié les événements du mariage. Au moindre mouvement contre Mara, le seigneur Buntokapi serait mort sans avoir eu le temps de reprendre sa respiration. Et même le déshonneur du serviteur qui aurait accompli ce geste ne pouvait libérer le seigneur de l'étreinte du Dieu Rouge.

Mara sourit malgré sa nervosité. « Tu as déjà mérité une fois de porter le bandeau noir, Papé. Si tu choisis de tenter la colère des dieux une seconde fois, je serai toute la journée dans le jardin de méditation. Envoie mon Seigneur me rejoindre là-bas s'il revient au manoir et qu'il n'arme pas la garnison Acoma pour la guerre. »

Papéwaio s'inclina, heureux que sa maîtresse acceptât tacitement sa protection. Il se mit en poste devant l'arche d'entrée du jardin de méditation, alors que l'aube cédait la place au matin et que le soleil éclairait les riches terres des Acoma.

La chaleur de midi s'installa dans une torpeur suffocante, puis s'amenuisa, comme toujours. L'étang sacré reflétait un carré de ciel bleu bordé de pierre et le feuillage des buissons alentour. Ayaki dormait dans son couffin, sous l'arbre planté près du natami des Acoma, inconscient des dangers qui menaçaient sa jeune vie. Incapable d'égaler sa tranquillité innocente, Mara méditait ou faisait les cent pas. Même la discipline du temple ne pouvait éloigner ses pensées de Buntokapi, entre les mains de qui reposait le destin de tout ce qui était Acoma. Il était né Anasati, mais il avait juré de soutenir l'honneur des ancêtres qui avaient été les ennemis de son père. Il était impossible de savoir où allait sa loyauté. À cause des machinations de Mara, il avait donné toute son affection à sa concubine, Teani ; et Keyoke, Nacoya et Jican le détestaient tous pour ses excès. Le manoir avait été son domaine et sa demeure, mais sa maison de ville à Sulan-Qu avait été son véritable foyer. Se mordant les lèvres, Mara s'arrêta près du natami où, moins de deux ans auparavant, elle avait renoncé à sa souveraineté sur la famille de son père. Elle avait ensuite préparé un piège complexe, dont les liens étaient ce serment et le concept tsurani de l'honneur. C'étaient des fondations fragiles sur lesquelles fonder ses espoirs ; car, en dépit de tous ses défauts, Buntokapi n'était pas stupide.

Les ombres grandirent puis s'allongèrent, et les oiseaux-li commencèrent à chanter dans l'air légèrement plus frais de l'après-midi. Mara était assise près de l'étang sacré, une fleur arrachée à un buisson proche dans les mains. Les pétales étaient pâles, délicats à l'extrême ; comme elle, ils pouvaient être meurtris et écrasés en serrant le poing. Les domestiques pouvaient croire qu'elle s'était retirée dans le jardin sacré pour demander aux dieux la rémission de la honte infligée à sa maison par son époux. En réalité, elle s'y était rendue pour échapper à la peur qu'elle lisait dans leurs yeux. Car si le seigneur des Acoma choisissait la guerre, leur destin était aussi en jeu. Certains risquaient de mourir lors des combats, et ce seraient les plus chanceux. D'autres pouvaient perdre tout leur honneur en étant pendus, et un grand nombre deviendraient des esclaves ; quelques-uns pourraient s'enfuir dans les collines pour devenir des hors-la-loi et des guerriers gris. Si le natami était volé, tous connaîtraient la défaveur des dieux.

Les ombres s'allongèrent et la fleur se fana dans les mains de Mara, empoisonnée par le sel de sa transpiration. Ayaki s'éveilla dans son couffin. Tout d'abord heureux de tendre ses mains potelées vers les insectes qui voletaient au-dessus de sa tête pour se nourrir des fleurs, il devint ensuite désagréable. L'heure de son repas de midi était passée depuis longtemps. Mara jeta la fleur morte et se leva. Elle cueillit un fruit mûr sur l'un des jomach ornementaux et le pela pour son enfant. Le nourrisson se calma en mâchant les fibres sucrées. C'est alors que Mara entendit un bruit de pas qui approchait derrière elle.

Elle ne se retourna pas. Avec Papéwaio à la porte du jardin, ce ne pouvait pas être un assassin. Les prêtres de Chochocan n'entraient jamais sans avoir été invités ; les jardiniers ne travaillaient pas quand le maître ou la maîtresse se trouvaient dans le jardin ; et personne d'autre ne pouvait entrer sous peine de mort. La seule personne vivante qui pouvait emprunter ce sentier à cette heure et en toute impunité était le seigneur des Acoma. Le fait qu'il était rentré de Sulan-Qu sans fanfare ne révélait qu'une seule chose à Mara : il avait vu son père, il connaissait sa disgrâce aux yeux du Seigneur de Guerre et son insulte envers la maison de sa naissance.

Mara plaça le dernier morceau de jomach dans la bouche impatiente d'Ayaki. Consciente que ses mains tremblaient, elle prit le temps d'essuyer ses doigts collants alors que Buntokapi atteignait la rive opposée de l'étang.

Il s'arrêta sur le sentier, ses sandales envoyant une fine pluie de graviers dans l'étang. Les reflets se brisèrent en milliers de vaguelettes fuyantes et les oiseaux-li se turent dans les branchages. « Mon épouse, tu es comme la vipère pusk des jungles, dont la robe est si belle qu'on la prend pour une fleur quand elle se repose. Mais son attaque est rapide et sa morsure fatale. »

Mara se leva lentement. Elle se retourna à contrecœur, les doigts tachés de rouge par le jus de jomach ; et elle regarda son époux.

Il était revenu immédiatement de Sulan-Qu, sans son palanquin d'apparat, car son visage large était blanchi par une mince couche de poussière. Il portait une simple robe de jour, probablement celle qu'il avait revêtue quand son père avait frappé à sa porte et l'avait éveillé. Le vêtement était lui aussi couvert de poussière, qui cachait les taches de vin abîmant les broderies de l'une des manches. Le regard de Mara suivit les cordes nouées de sa ceinture, le cuir usé de son épée et la poitrine musclée révélée par le col ouvert de sa robe. Elle remarqua les marques de la passion de Teani encore visibles au niveau de la clavicule, et ses lèvres serrées. Finalement elle regarda ses yeux, où se reflétait un sentiment de colère frustrée, de confusion enfantine et un ardent désir.

Sans se rendre compte qu'aux yeux de son époux, elle était très belle et, d'une étrange façon, intouchable, Mara s'inclina. Les seules paroles qui lui venaient à l'esprit lui semblaient inappropriées.

Buntokapi la contempla avec une intensité douloureuse. « Et comme la vipère des jungles, mon épouse, ton venin arrête les battements du cœur. Tu pratiques le Jeu du Conseil avec une précision magistrale. Comment pouvais-tu savoir quel visage je porterais : celui des Anasati, celui de mon sang et de ma naissance, ou celui des Acoma, dont j'ai juré de préserver l'honneur par un serment ? »

Mara s'obligea à se relaxer et à abandonner sa posture rigide. Mais sa voix tremblait légèrement quand elle répondit : « La famille Acoma est ancienne dans l'honneur. Aucun seigneur portant ce nom n'a vécu dans la honte. »

Buntokapi avança rapidement, ses jambes parcourant facilement le périmètre de l'étang sacré. Dominant de toute sa hauteur la frêle silhouette de sa femme, il se pencha vers elle et lui saisit les poignets. « Je pourrais changer cela, femme fière. D'un seul geste, je peux faire de l'honneur de tes ancêtres de la poussière dans le vent. »

Obligée de regarder ses yeux courroucés, de sentir la force d'un homme qu'elle n'avait jamais aimé, Mara dut rassembler toute sa volonté pour résister. Une minute s'écoula, lourde de menace. Puis le vol des insectes qui s'élançaient sur les fleurs fit spontanément rire Ayaki. Buntokapi baissa les yeux et remarqua les marques que ses doigts avaient laissées sur la peau de son épouse. Il cligna des yeux, embarrassé, et la lâcha. Mara eut alors l'impression de voir quelque chose de vital s'échapper de lui. Puis il se redressa et une expression qu'elle n'avait jamais vue passa sur son visage.

« Peut-être que j'avais tort, le jour où nous nous sommes mariés, soupira Buntokapi. Peut-être que je suis aussi stupide que toi et mon père et mes frères le pensiez. Pour l'avenir de mon fils, je mourrai bravement, comme un Acoma. »

Mara inclina la tête. Soudain, elle dut lutter pour retenir ses larmes. Pendant un bref instant, elle avait entrevu l'homme que son mari aurait pu devenir s'il avait été élevé avec le même amour et le même soin que ses frères aînés. Le seigneur des Anasati n'avait peut-être pas fait grand-chose pour encourager le développement de son troisième fils. Mais elle avait exploité les défauts de Buntokapi jusqu'à ce qu'elle obtînt le résultat désiré. Mara ressentit une grande souffrance intérieure ; alors qu'elle devait éprouver un sentiment de triomphe, elle ne connaissait que le chagrin. Car, en cet instant, elle devinait, comme un éclair de soleil derrière les nuages, le potentiel de grandeur de Buntokapi, qui devait bientôt être gaspillé dans la mort.

Mais le caractère poignant de l'instant ne dura qu'une seconde. Buntokapi lui prit le bras dans sa poigne écrasante de guerrier et la tira brutalement à lui. « Viens, femme. Prends notre fils dans son couffin. Avant que le soleil ne soit couché, vous verrez tous deux ce que c'est de mourir comme un seigneur des Acoma.

— Pas l'enfant ! Mon Seigneur, il est trop jeune pour comprendre, protesta Mara sans réfléchir.

— Silence ! » Buntokapi la repoussa brutalement ; effrayé par son cri, Ayaki commença à pleurer. Couvrant les pleurs de l'enfant, le seigneur des Acoma déclara : « Je meurs pour l'honneur de mon fils. Il est juste qu'il s'en souvienne. Et toi aussi. » Il s'arrêta, les lèvres retroussées par la méchanceté. « Tu dois assister à ce pour quoi tu as œuvré. Si tu dois t'engager dans le Jeu du Conseil, femme, tu dois apprendre que les pièces que tu manipules sont de chair et de sang. Pour l'avenir, si tu continues, il est juste que tu t'en souviennes. »

Mara prit Ayaki dans ses bras, cachant sa détresse dans son inquiétude pour son enfant. Alors que les pas de Buntokapi s'évanouissaient du jardin, elle s'arrêta, combattant une violente envie de sangloter. Elle avait cru comprendre les enjeux de sa position quand elle avait pleuré le meurtre de son père et de son frère. Mais maintenant Buntokapi lui montrait l'étendue de son ignorance. Se sentant humiliée et inexplicablement souillée, elle serra fortement Ayaki dans ses bras. Elle devait obéir aux ordres de son époux. D'une façon ou d'une autre, elle devait trouver la force de supporter la chose et de cueillir les fruits amers de sa victoire. Si elle n'y parvenait pas, les Minwanabi prépareraient sa ruine avec patience, tout aussi impitoyablement qu'elle avait comploté la chute de Buntokapi tout en s'assurant l'immunité face à la vengeance Anasati.

Les soldats des Acoma se tenaient au garde-à-vous dans la cour, les plumets des casques de cérémonie des officiers agités par la brise qui soufflait parfois avant le coucher du soleil. Keyoke, Papéwaio et un autre guerrier envoyé par les Anasati pour témoigner attendaient en formation. Entre eux, revêtu de la robe rouge traditionnelle, serrée à la taille par une ceinture de cuir vert Acoma, Buntokapi levait une épée, rouge elle aussi, au tranchant aussi effilé que les armuriers tsurani pouvaient l'obtenir.

Hors de la cour, mais ayant une vue dégagée grâce à une légère élévation de terrain, Mara passait Ayaki d'une épaule à l'autre. Elle souhaitait que tout cela fût terminé. Ayaki était parfaitement réveillé et joueur, emmêlant ses petits poings dans ses cheveux et dans sa robe, et poussant de vives exclamations en voyant les guerriers dans leur armure laquée aux vives couleurs. Comme tout ce qui était tsurani, même la mort comportait un élément de cérémonie. Buntokapi se tenait immobile comme une statue de pierre au centre de la cour, la lame entre les mains, pendant que Keyoke récitait la liste des honneurs qu'il avait gagnés comme seigneur des Acoma. L'exposé fut bref: une bataille et une douzaine de combats de lutte. Mara avala difficilement sa salive, consciente pour la première fois de la jeunesse de son époux. Les visages tsurani vieillissaient lentement, ce qui lui avait permis d'oublier facilement que Buntokapi avait à peine vingt ans, juste deux ans de plus qu'elle.

Droit, immobile, guerrier parfait en dépit de ses jambes arquées, il ne montrait aucune faiblesse, mais quelque chose dans ses yeux reflétait la détermination désespérée de voir la fin de cette cérémonie. Mara ouvrit doucement les doigts d'Ayaki qui s'étaient refermés sur le lobe de son oreille. Il hurla de rire, prêt à recommencer ce petit jeu.

« Chut », le gronda Mara.

Sur la place, Keyoke achevait son discours. Il s'inclina profondément et déclara : « Partez dans l'honneur, seigneur des Acoma. Tous les hommes se souviendront sans honte de votre nom. »

Alors qu'il se redressait, tous les guerriers ôtèrent simultanément leur casque. La brise écarta les mèches trempées de leurs visages luisants de transpiration ; des yeux sans émotion regardèrent l'épée que Buntokapi élevait au-dessus de sa tête.

Mara avala une nouvelle fois sa salive, des larmes salées lui brûlant les yeux. Elle tenta de penser à Lano, ensanglanté et piétiné par les sabots des chevaux des barbares ; mais l'image de Buntokapi, debout sous la lumière déclinante du soleil, l'épée levée comme un dernier tribut aux dieux de la vie, était bien trop réelle pour qu'elle pût la chasser. À part sa grossièreté au lit et son tempérament explosif, il n'avait pas été un mari tyrannique – si Mara avait utilisé ses dons de manipulation pour le façonner plutôt que pour le détruire… Non, s'ordonna-t-elle, je ne dois pas avoir de regret. Elle fit appel à la discipline qu'elle avait apprise au temple de Lashima et bannit ces pensées de son esprit. Sans expression, elle regarda Buntokapi retourner l'épée et placer la pointe de la lame contre son estomac.

Il ne prononça pas de dernières paroles. Mais les yeux qui croisèrent le regard de Mara étaient noirs d'ironie et d'une étrange admiration, mais aussi du triomphe de savoir qu'elle devrait vivre avec cet instant jusqu'à la fin de ses jours.

« *Avant que le soleil ne soit couché, vous verrez tous deux ce que c'est de mourir comme un seigneur des Acoma* », lui avait-il dit dans le jardin. Les mains de Mara se crispèrent par réflexe dans les plis du vêtement d'Ayaki, alors que Buntokapi inclinait la tête. Ses grandes mains, malhabiles sur le corps d'une femme mais compétentes dans la lutte ou la guerre, se refermèrent sur la poignée de cuir rouge lacé de l'épée. La lumière rasante du soleil faisait luire la transpiration sur ses poignets. Puis ses phalanges se raidirent. Il prit une course d'élan rapide et plongea vers le sol. Le pommeau de l'épée percuta violemment la terre et la lame traversa son corps. Ses mains et la garde de l'arme heurtèrent son sternum, et il grogna, le corps raidi par l'agonie.

Il ne cria pas. Il eut un soupir tandis que la vie et le sang s'écoulaient rapidement entre ses lèvres et ses doigts. Alors que les spasmes musculaires ralentissaient puis cessaient, il tourna la tête. Les lèvres recouvertes de poussière et de sang formèrent un mot qu'aucun homme n'entendit, et les yeux morts se fixèrent sur la silhouette de la femme et de l'enfant qui se tenaient sur la petite colline.

Ayaki commença à pleurer. Mara desserra les mains qui agrippaient trop fort son jeune corps ; à la sensation d'oppression dans sa poitrine, elle comprit qu'elle avait cessé de respirer. Elle prit une inspiration douloureuse. Maintenant, miséricordieusement, elle pouvait fermer les yeux. Mais l'image du corps agonisant de son mari semblait inscrite à l'intérieur de ses paupières. Elle n'entendit pas Keyoke annoncer que le seigneur des Acoma était mort dans l'honneur. Les paroles que Buntokapi avait prononcées dans le jardin revinrent la hanter. « *Si tu dois t'engager dans le Jeu du Conseil, femme, tu dois apprendre que les pièces que tu manipules sont de chair et de sang. Pour l'avenir, si tu continues, il est juste que tu t'en souviennes.* » Plongée dans ses pensées et réfléchissant aux conséquences de ses actes, Mara ne remarqua pas que les hommes replaçaient leur casque sur leur tête et s'inclinaient devant le corps de leur seigneur. Le temps semblait s'être arrêté pour elle à l'instant de la mort de Buntokapi, jusqu'à ce que la main vigoureuse de Nacoya la saisît par le coude et la reconduisît avec détermination vers le manoir. La vieille nourrice ne parla pas, ce qui était une bénédiction, et Ayaki pleura pendant ce qui lui sembla une éternité.

Quand elle eut revêtu des robes de deuil, Mara se retira, non pas dans sa chambre, comme Nacoya l'aurait préféré, mais dans la pièce orientée à l'ouest qui avait été le cabinet de travail de son père. Elle regarda les shatra traverser le ciel brillant et le coucher du soleil. Mais les couleurs écarlates lui rappelaient la robe de Buntokapi et l'épée ensanglantée qui avait pris sa vie. Alors que le crépuscule tombait, les domestiques allumèrent les lampes protégées par un globe de verre, et fermèrent les cloisons pour éviter la rosée. Mara contempla la pièce que, durant son enfance, elle avait considérée comme le cœur de l'empire financier de son père ; ce sanctuaire n'était plus le même. La table de travail était jonchée de documents décrivant les exploits de Buntokapi au jeu et à la lutte : la plupart étaient des reconnaissances de dettes, comme Mara le savait d'après l'air abattu de Jican, ces dernières semaines. Les cloisons arboraient de nouvelles peintures, des images que le défunt seigneur avait préférées aux scènes de chasse que l'arrière-grand-père de Mara avait commandées. Celles-ci montraient des lutteurs et des scènes de guerre, et l'une d'elles, près de la table, représentait une femme à la longue chevelure rousse.

Mara se mordit les lèvres de dégoût. Au début, elle avait pensé replacer le décor qu'elle connaissait quand son père et Lano étaient encore en vie. Maintenant, la poussière des baraquements sur les pieds, le suicide de Buntokapi encore présent dans son esprit, elle en décida autrement. Son enfance était derrière elle. Si le Nom des Acoma devait survivre, elle devait accepter le changement. Le Jeu du Conseil élevait les forts, alors que les faibles périssaient et tombaient dans une obscurité ignominieuse.

Quelqu'un frappa d'une façon hésitante contre le panneau. Mara sursauta, se retourna, et dit : « Entrez. »

Jican se hâta de franchir le seuil de la porte. Pour la première fois depuis des semaines, il ne portait ni document ni ardoise. Ses mains étaient vides et, dans son agitation, il se prosterna aux pieds de la Dame des Acoma jusqu'à toucher le sol de son front. Étonnée, Mara déclara : « Hadonra, lève-toi, je t'en prie. Je ne suis pas mécontente de toi ou de la façon dont tu t'es acquitté de tes devoirs sous le règne de mon défunt époux. »

Mais Jican se contenta de trembler et se prosterner encore plus bas, une silhouette de détresse servile recroquevillée sur les fins carreaux du sol. « Maîtresse, je vous supplie de me pardonner.

— De quoi ? » Étonnée et tentant de mettre son serviteur à l'aise, Mara recula et s'assit sur les coussins où son hadonra et elle avaient eu dans le passé de longues discussions sur les finances du domaine. « Jican, je t'en prie, lève-toi et parle franchement. »

Le hadonra leva la tête, mais resta à genoux. Il faisait de son mieux pour garder l'attitude réservée tsurani, mais il ne parvint qu'à avoir l'air contrit. « Maîtresse, je suis une cause de honte pour les Acoma. Je m'y efforce de mon mieux, mais je ne peux pas… » Il s'interrompit et avala difficilement sa salive. « Dame, ayez pitié de moi, car je ne ressens pas de chagrin comme je le devrais pour la mort de mon Seigneur. Il est parti avec honneur et courage, et il mérite d'être pleuré. Mais, en toute honnêteté, je ne ressens rien d'autre que du soulagement. »

Mara baissa les yeux, gênée par la détresse de son hadonra. Elle ramassa un pompon qui s'était détaché de l'angle d'un coussin, et réfléchit. Elle non plus ne ressentait pas véritablement de chagrin pour la mort de Buntokapi. Mais la taille des enjeux qu'elle avait manipulés l'avait secouée, déséquilibrée et troublée. Sa conscience pouvait peut-être lui faire des reproches, mais, à la différence de l'homme qui se trouvait devant elle, déchiré entre deux loyautés, elle ne ressentait aucun malaise. Songeuse, elle se demandait si elle devait en avoir honte.

Le hadonra s'agita nerveusement et Mara comprit qu'elle devait réagir, ne serait-ce que pour prononcer quelques paroles de réconfort auxquelles elle ne pouvait sincèrement pas croire. « Jican, tout le monde sait que tu as beaucoup souffert sous les ordres de mon défunt époux. Il ne savait pas apprécier tes qualités et il n'écoutait pas la sagesse de tes conseils. Tu as servi loyalement Buntokapi quand il était en vie. Maintenant, il n'est plus ton souverain et je te propose de porter les bracelets rouges du deuil. Agis de façon convenable, car il faut honorer les traditions, mais garde confiance en ton cœur. Si tu ne peux pas pleurer, alors tu peux tout du moins honorer la mémoire de Buntokapi. »

Jican se prosterna, ses gestes nerveux reflétant un profond soulagement. Il était parfaitement conscient qu'une maîtresse plus dure aurait pu exiger qu'il se suicidât. Mais avec le temps, il avait appris à apprécier la clairvoyance de Mara. Elle était plus tolérante que la plupart des dirigeants quand à l'interprétation des mœurs et de leur culture. Et même ses adversaires les plus acharnés devaient admirer l'audace avec laquelle elle s'était débarrassée de la menace Anasati.

Mara resta assise seule, pendant de longues heures, après le départ du hadonra. Les sentiments de son cœur étaient bien plus difficiles à analyser que ceux de son serviteur. Elle regarda les lampes brûler et réfléchit, s'assoupissant de temps en temps. Des rêves lui vinrent : Lanokota portant du rouge, ou son père embroché sur la pointe des armes barbares. Quelquefois le corps changeait, devenait celui de Buntokapi, et quelquefois Lano gisait dans la poussière pendant que Keyoke le déclarait mort dans l'honneur. À d'autres moments, son esprit était angoissé par les pleurs d'Ayaki, qui semblaient continuer sans cesse et ne jamais s'arrêter. Elle s'éveilla peu avant l'aube, trempée de sueur et glacée. Les chandelles s'étaient consumées et la lumière de la lune frappait les cloisons, dessinant des motifs gris et argent sur le carrelage. Mara resta immobile et, dans le tourbillon de ses émotions, reconnut le seul fait qui importait : elle était désolée pour Buntokapi, mais elle ne regrettait pas ses choix. Son service au temple de Lashima avait peut-être autrefois préservé la paix et la pureté de son esprit, comme lorsqu'elle était enfant. Mais ayant goûté au pouvoir et connu le frisson du Jeu du Conseil, elle savait maintenant qu'elle ne pourrait jamais y renoncer.

La brise agita les buissons d'akasi, apportant la douce senteur des fleurs qui se mêla aux odeurs d'encre et de parchemin. Mara s'allongea dans les coussins, les yeux mi-clos. Dans la solitude, elle accorda à son époux le seul tribut sincère qu'elle pouvait lui accorder : il avait montré un moment de grandeur, cet après-midi, dans le jardin. Son père avait gaspillé ce potentiel, et elle avait flatté ses défauts pour ses propres buts égoïstes. Cela ne pouvait être changé. Mais l'avenir était un parchemin vierge. Mara élèverait Ayaki différemment, et s'assurerait que le courage et la force qu'il aurait hérités de son père ne s'aigriraient jamais pour devenir de l'entêtement. Autrefois, elle s'était juré d'éduquer Ayaki pour qu'il ne lui restât rien de Bunto, et de nourrir ce qui en lui était Acoma. Maintenant, elle savait qu'Ayaki avait hérité de Buntokapi des dons qu'il serait insensé de gaspiller. En l'aimant et en le laissant développer ses dons, elle pourrait élever un fils des Acoma dont même les Anasati seraient fiers ; et elle se jura qu'il en serait ainsi.

Chapitre onze

Renaissance

Mara écoutait le bruit de l'eau.

La minuscule rivière qui surgissait de l'étang du jardin de méditation des Acoma éclaboussait doucement l'herbe alors qu'elle bondissait par-dessus les rochers qui égayaient son cours. Le vent s'engouffrait dans les branches de l'arbre, produisant un bruissement agité qui correspondait bien à l'humeur difficile d'Ayaki. L'enfant regardait sa mère sans sourire pendant qu'elle élevait l'urne contenant les restes de son père. La cérémonie de deuil était impossible à comprendre pour son jeune esprit ; il savait seulement que le vent le glaçait, et que sa mère ne le laissait pas se promener pour jouer.

Mara ne ressentit ni tristesse ni regret tandis qu'elle versait les cendres de Buntokapi dans le trou creusé devant le natami des Acoma. Son époux était mort, et le seigneur des Anasati pleurait un fils, même si c'était un troisième fils mal aimé. L'amertume de Tecuma serait doublée, car la fin de Buntokapi avait été provoquée par une personne qu'il ne pouvait atteindre ; en tant que mère du seul petit-fils Anasati, Mara était à l'abri de ses représailles. Mais la jeune fille elle-même n'éprouvait aucun sentiment de victoire. Une rafale de vent s'engouffra dans sa robe et elle frissonna. Mara ne devait jamais se permettre de regretter ses actes. Ce qu'elle avait fait appartenait désormais au passé, et avait été nécessaire. Si elle pensait autrement, elle serait troublée par pire que l'âme furieuse de son époux. Si elle laissait le doute, ou ne fût-ce qu'une incertitude, grandir en elle, cela risquait de paralyser sa capacité à prendre des décisions. Les Acoma seraient alors sûrement anéantis par leurs ennemis, car le Jeu du Conseil continuerait. En dépit de sa tristesse actuelle, elle devait chasser ses regrets et bannir à jamais l'indécision.

Pour la seconde fois en moins de deux ans, Mara accomplit le rituel de deuil. Cette fois, elle n'était pas tourmentée par une souffrance profondément enfouie en elle, et elle ne ressentait que de la tristesse. Sezu lui avait appris que la mort faisait partie de la politique, mais elle comprenait maintenant que le Jeu du Conseil n'était qu'une justification du meurtre. Cette prise de conscience la mettait mal à l'aise.

Mara chercha le réconfort dans une prière silencieuse, qu'elle adressa à l'âme de son époux. Buntokapi, pensait-elle, si cela peut apporter le repos à ton esprit, sache que tu es mort dans la dignité. Pendant un instant, aussi bref soit-il, tu as été digne du nom de seigneur des Acoma. Pour cela, je t'honore. Puisse ton voyage sur la Roue t'apporter une meilleure récompense dans ta prochaine vie.

Mara déchira alors ses vêtements, s'entailla le bras et se frotta la poitrine de cendres. Énervé, Ayaki s'agitait à ses côtés ; il avait jeté rageusement le collier de perles que Nacoya lui avait prêté pour le tenir occupé. Mara déchira les langes du bébé et écrasa des cendres sur sa minuscule poitrine. Il baissa les yeux et fit la grimace. Aussi dur que son père, Ayaki ne cria même pas quand Mara le pinça ; il se contenta de faire la moue et de froncer les sourcils d'une manière belliqueuse. Avec le poignard de cérémonie, Mara piqua l'avant-bras du nourrisson, s'attirant un hurlement de protestation alors qu'elle achevait le rituel. Elle tint le bras d'Ayaki au-dessus de l'étang, laissant son sang se mélanger au sien dans l'eau.

Alors les larmes lui vinrent facilement. Seule et libérée du regard attentif et omniprésent de ses conseillers et de ses serviteurs, Mara s'avoua sa peur intérieure : elle n'était peut-être pas à la hauteur pour la prochaine étape du Jeu du Conseil. L'humiliation et la souffrance qu'elle avait subies des mains de Buntokapi, les doutes et l'angoisse qu'elle avait ressentis pendant qu'elle complotait sa chute, et chaque danger enduré pour survivre au meurtre de son père et de son frère – tout cela n'aurait servi à rien, soufflé par les vents des circonstances et des hasards politiques. Les Minwanabi n'oublieraient jamais leur haine des Acoma. De temps en temps, Mara se sentait impuissante et désespérée.

Cherchant à se rassurer en accomplissant un geste ordinaire, elle habilla Ayaki avec la minuscule robe de cérémonie préparée à son intention. Puis elle revêtit sa propre robe blanche, fit taire son fils qui pleurait, et le porta dans l'après-midi venteux jusqu'à l'entrée du jardin.

Le bruit l'avertit d'abord que des visiteurs étaient arrivés. Des armures grinçaient dans la cour, et la voix excitée d'un domestique couvrait le soupir du vent dans les feuillages. Mara resserra ses doigts autour du petit corps chaud d'Ayaki, s'attirant un tortillement de protestation. Tendue par l'appréhension, elle franchit les haies qui abritaient le jardin et faillit heurter Keyoke qui avait revêtu son armure. Le vieux commandant s'était placé au milieu de l'entrée, et en voyant que les boucles de sa cuirasse n'avaient pas été refermées, Mara comprit qu'il avait passé son armure de cérémonie en toute hâte. Les visiteurs devaient donc être importants.

« Les Anasati ? » demanda-t-elle doucement.

Keyoke hocha brièvement la tête. « Papéwaio et Nacoya vous attendent, Dame. Et Lujan surveille l'armement de deux compagnies aux baraquements. »

Mara fronça les sourcils. Keyoke n'aurait pas mentionné de telles précautions si Tecuma était venu avec des intentions pacifiques ; ses peurs furent confirmées quand le commandant leva la main d'un geste délibéré et se gratta le menton du pouce.

Mara prit une profonde inspiration, esquivant le poing joueur d'Ayaki. « Que Lashima récompense ta prévoyance, Keyoke », murmura-t-elle. Et son pouls s'accéléra alors qu'elle franchissait le seuil du jardin, maintenant visible de tous.

La cour était encombrée de courtisans, de guerriers et de domestiques, couverts de poussière par leur voyage et portant des armures pratiques et simples. Ce n'était pas le modèle laqué et fantaisiste des visites d'apparat. Arborant les couleurs vives de sa maison et des plumes de deuil, le seigneur des Anasati était patiemment assis dans son palanquin, son conseiller Chumaka placé à sa droite. Le silence retomba comme Mara approchait, Nacoya et Papéwaio la suivant un pas en retrait. Les soldats Anasati se mirent en formation et au garde-à-vous pendant que la Dame des Acoma s'inclinait, aussi légèrement que possible, mais sans offenser quelqu'un du rang de Tecuma.

« Soyez le bienvenu, père de mon époux.

— Je vous salue, *ma fille*, répondit-il d'une voix acide. Je vois le fils de mon fils dans vos bras. Puis-je le prendre ? »

Mara éprouva un bref sentiment de culpabilité. La présentation d'un petit-fils aurait dû être l'occasion de réjouissance. Dans une atmosphère de tension où régnait un antagonisme que nul n'osait exprimer, Ayaki passa dans les bras de son grand-père. Englouti dans les plis d'une étoffe parfumée décorée de pierres précieuses, l'enfant se tortilla, mais ne pleura pas. Tecuma regarda son petit visage impassible et déclara : « Il ressemble à Bunto. »

Mara acquiesça d'un hochement de tête.

Après avoir serré l'enfant dans ses bras un long moment, Tecuma le lui rendit dans un silence glacial. Mara le remit immédiatement à Nacoya, qui le calma comme elle l'avait fait pour la mère du nourrisson, après un rituel de deuil qui s'était déroulé de nombreuses années auparavant.

« Emporte mon fils dans la chambre d'enfant », ordonna la Dame des Acoma. Alors que la vieille nourrice partait, Mara regarda le visage hostile de son beau-père. « Je vous offre l'hospitalité de ma demeure.

— Non, ma fille », répondit Tecuma en atténuant le sens du mot, toute tendresse disparue avec Ayaki. « Je ne mettrai pas le pied dans la demeure de la meurtrière de mon fils. »

Mara faillit tressaillir. Avec difficulté, elle réussit à répondre d'une voix impassible : « Votre fils s'est suicidé, mon Seigneur, pour satisfaire aux exigences de l'honneur. »

Tecuma inclina la tête une fois, rapidement, comme pour saluer. « Je sais, Mara. Mais je connais aussi mon fils. En dépit de son inaptitude à gouverner, il n'aurait jamais songé à insulter ainsi le Seigneur de Guerre et son propre père. Vous seule avez pu provoquer une telle chose. » Quelque chose ressemblant à du respect transparut dans ses manières un bref instant. « Je salue votre habileté au Jeu du Conseil, Mara des Acoma – puis sa voix devint aussi dure que le silex – mais pour cette victoire sanglante, je vous ferai payer le prix fort. »

Mara mesura Tecuma du regard et comprit que le chagrin et la colère lui en faisaient dire plus qu'il ne l'aurait fait dans des circonstances normales. Intérieurement, elle se mit en garde. « Mon Seigneur, je n'ai fait qu'obéir à mon époux et seigneur, et je vous ai répété les ordres qu'il m'avait donnés devant témoins. »

Tecuma balaya l'objection d'un geste. « Assez. Cela n'a aucune importance. Mon petit-fils hérite du sceptre des Acoma, et assurera un lien de loyauté entre ma maison et la sienne. » C'est alors qu'un homme sortit de la suite Anasati, un personnage mince à l'allure de prédateur, avec des yeux perspicaces et portant une ceinture de peau de caro émaillée. Le seigneur déclara : « Voici Nagara, qui parlera en mon nom jusqu'à la majorité d'Ayaki. »

Mara ne fut pas surprise. « Non, mon Seigneur. »

Les yeux de Tecuma s'étrécirent. « Je ne vous ai pas entendue me dire non. »

Mara refusa de montrer de la faiblesse en se justifiant. « Vous emmènerez cet homme avec vous quand vous partirez. »

Les armures des guerriers Anasati grincèrent quand ils posèrent leurs mains sur les armes, et le bras de Tecuma trembla, prêt à lancer le signal de l'attaque. « Femme, tu oses ? »

Espérant que Lujan avait eu le temps d'armer ses propres compagnies, Mara tint bon. « Non, mon Seigneur. Je l'exige. »

Tecuma abandonna toute politesse feinte. « C'est à moi de décider comment gérer l'héritage d'Ayaki. Je suis le seigneur des Anasati.

— Mais ce sont les terres des Acoma, l'interrompit Mara, la colère transparaissant aussi dans sa voix. Mon seigneur des Anasati semble oublier que son fils était le seigneur des Acoma. *Et les Acoma n'ont jamais été, ne sont pas et ne seront jamais les vassaux des Anasati*. Votre petit-fils est maintenant l'héritier du titre de seigneur. Moi, sa mère, suis de nouveau la souveraine des Acoma jusqu'au jour de sa majorité. »

Tecuma grimaça sous l'effet d'une rage contenue. « Femme, ne cherche pas à provoquer ma colère.

— Il semble que mon Seigneur soit déjà en colère, alors mes paroles n'auront que peu de conséquence. » Cherchant à gagner du temps, Mara espérait entrevoir du vert entre les gardes Anasati. Mais les rangs de la suite étaient trop serrés pour lui permettre de voir les hommes de Lujan. Elle n'avait pas le choix et devait continuer. « Quand Bunto est devenu souverain des Acoma, il a cessé d'avoir des obligations envers vous, sauf pour celles qu'il choisissait librement. Vous devez le savoir, Tecuma, *puisque votre fils n'aurait pas pu prêter serment devant le natami des Acoma si vous ne l'aviez pas dégagé de tout lien de vasselage*. Montrez-moi un document, n'importe lequel, qui vous nomme tuteur d'Ayaki en cas de mort de Bunto et me dénie mon droit d'héritage. Alors je m'écarterai. Mais, sans la moindre preuve légale, vous n'êtes pas le souverain des Acoma ! »

Une très légère crispation des lèvres de Tecuma révéla une frustration qu'il n'osait exprimer.

Mara se hâta de lui faire comprendre la situation, avant que la confrontation ne sombrât dans la violence. « Nous ne sommes pas du même clan, donc vous n'avez aucune demande à faire aux Acoma. Vous n'avez même pas la moindre revendication politique sur notre loyauté. Bunto n'a jamais pensé à changer nos alliances, et les Acoma sont toujours membres du Parti de l'Œil de Jade. Ils n'appartiennent pas au Parti Impérial. Vous n'avez aucune autorité ici, Tecuma. » Elle fit alors un geste de la main, plein d'espoir, et à son immense soulagement Lujan et trois douzaines de soldats Acoma avancèrent, prêts à défendre leur maîtresse. Derrière le groupe de Tecuma, cinquante guerriers en armure de combat s'étaient regroupés, prêts à se lancer immédiatement dans l'action si nécessaire. Mara termina avec un sourire ironique. « Je suis à nouveau la souveraine des Acoma, jusqu'à ce qu'Ayaki atteigne l'âge de vingt-cinq ans. »

Le seigneur des Anasati se préparait à répondre quand son conseiller, Chumaka, intervint. « Mon Seigneur, elle a raison. Telle est la loi. »

Sa ruse déjouée, Tecuma marqua une longue pause d'une minute, les yeux fixés dans le lointain alors qu'il réfléchissait. « Quel sera l'avenir de l'enfant si vous mourez ?

— Alors Ayaki sera, comme je le suis aujourd'hui, souverain des Acoma avant d'atteindre l'âge de vingt-cinq ans, qu'il soit prêt ou non », répondit Mara d'un ton égal.

Tecuma fit un geste subtil, signifiant que Mara était à nouveau une femme seule face à ses ennemis. « Le garçon mourra sûrement. »

Mais la menace ne réussit pas à émouvoir la jeune Dame, qui se tenait droite dans une attitude de défi. « Des mains du seigneur des Minwanabi, ou d'un autre qui cherche à s'élever sur les corps des Acoma, peut-être. »

Tecuma admit sa défaite. « Très bien, *ma fille*. Vos arguments sont convaincants. Je m'efforcerai de vous garder en vie, tout du moins jusqu'à la majorité d'Ayaki. Mais si vous tentez la moindre manœuvre que je juge être une menace pour les Anasati…

— Ne me menacez pas dans ma propre demeure, père de mon époux, l'avertit Mara. Je pourrais mettre fin à tout cela, ici et maintenant. » Elle désigna Lujan et les soldats qui attendaient, prêts à répondre aux ordres de leur maîtresse. Les forces de Tecuma étaient nettement inférieures : une vingtaine de soldats qui devraient protéger leur seigneur contre l'attaque de deux compagnies. Si Tecuma voulait insister, il risquait de mourir très rapidement.

Mara fixa les traits rigides de son beau-père. « Je n'ai aucun désir de me brouiller avec vous, Tecuma. Vos différends avec mon père étaient strictement politiques. » Avec un soupir plus éloquent que des paroles, elle secoua la tête. « Nous savons tous deux que ce que j'ai fait était aussi une affaire de politique.

« Si vous deviez mourir ici… Jingu des Minwanabi n'aurait plus aucun véritable rival dans le Jeu du Conseil. Non, je ne vous demande pas de devenir mon allié. Je souhaite simplement que vous ne soyez pas mon ennemi. »

Le poing que Tecuma avait levé pour faire signe à ses soldats se détendit et s'abaissa. Le seigneur des Anasati regarda Mara intensément. « Les Minwanabi… oui. Il pense déjà être assez puissant pour agir contre moi. » Le seigneur des Anasati soupira, reconnaissant enfin la force tranquille de l'attitude de Mara. « Peut-être pourrez-vous peser dans la balance. » Il secoua la tête. « Je vous ai sous-estimée. Peut-être Jingu fera-t-il de même. »

Après une longue minute silencieuse, il s'inclina pour prendre congé. « Très bien, Mara. Vous avez ma parole : tant qu'Ayaki vivra, je ne m'opposerai pas à vous si vous cherchez à gêner les Minwanabi. Mais cette promesse ne tient plus si les intérêts Anasati sont menacés. Nous avons encore de nombreux différends. Mais quand mon petit-fils aura hérité du sceptre des Acoma, Dame, vous vous rendrez compte que j'ai une excellente mémoire. Si le moindre malheur devait lui arriver avant cette date, votre durée de vie serait mesurée en minutes. »

Brusquement, Tecuma fit signe à sa suite de se regrouper pour rentrer à Sulan-Qu. Le vent agitait les plumets des officiers et faisait flotter les cheveux sombres de Mara, alors qu'elle regardait le seigneur des Anasati et sa suite se rassembler et sortir de la cour. La première partie de son plan avait réussi. Pour un certain temps, le second des plus puissants ennemis de son père était neutralisé ; mieux, il était devenu un allié – même si c'était à contrecœur. Rares étaient ceux qui, dans l'Empire, oseraient s'attirer la colère de Tecuma en s'attaquant à son petit-fils ; les seigneurs des Keda, des Xacatecas et des Minwanabi, et peut-être un ou deux autres. La plupart s'abstiendraient d'agir, peut-être pour s'assurer que le seigneur des Minwanabi ne devenait pas trop puissant. En tant qu'ennemi de Jingu, Mara servait à quelque chose, ne serait-ce que pour l'occuper. En dépit de la protection qu'elle venait d'arracher à Tecuma, Mara savait que la guerre de sang continuerait. Elle avait seulement forcé le plus grand ennemi de sa famille à manœuvrer plus prudemment. Il n'y aurait plus de tentative d'assassinat maladroite, cela, elle en était certaine. L'attaque viendrait, mais pour la première fois depuis que Keyoke était venu la chercher au temple, la Dame des Acoma avait l'impression qu'elle avait gagné un peu de temps. Elle devait être attentive à la façon dont elle allait l'utiliser.

Tournant son esprit vers les tâches qui l'attendaient, Mara renvoya Lujan et ses guerriers. Avec Keyoke et Papéwaio à ses côtés, elle revint dans la fraîcheur et le confort de sa chambre. La première chose qu'elle avait prévue était un voyage à Sulan-Qu dès le lendemain matin. Car si les informations d'Arakasi étaient correctes, une espionne Minwanabi résidait dans la maison de ville des Acoma. Elle devait s'occuper le plus tôt possible de la concubine de Buntokapi, Teani.

L'ancien seigneur des Acoma avait évité les quartiers à la mode de la ville pour y choisir sa demeure. La rue isolée où elle se trouvait était propre et tranquille, éloignée des quartiers commerciaux bruyants, mais il était facile de s'y rendre à pied depuis les arènes publiques de lutte. Mara sortit de son palanquin, ses sandales écrasant doucement quelques feuilles d'ulo, qui tombaient régulièrement durant la saison sèche. Accompagnée par une suite où figuraient Papéwaio et Arakasi, elle avança jusqu'à une large porte dont les montants avaient été sculptés en forme de guerriers en armure. Un domestique étranger ouvrit le panneau coulissant.

Il s'inclina profondément. « Je souhaite la bienvenue à la Dame des Acoma. »

Mara accepta le salut d'un très léger hochement de tête et franchit le seuil pour entrer dans une ombre teintée d'écarlate par la lumière du soleil qui filtrait à travers les tentures. Des effluves d'épices douces emplissaient l'air, mélangés à l'encaustique et à un parfum de femme. Le personnel de la maison, qui comptait quatre personnes, tomba à genoux, attendant les ordres de Mara alors qu'elle examinait les tapis de prix, un râtelier d'armes incrusté de nacre et des coffres émaillés et incrustés de pierres précieuses incarnates. La maison de ville de son époux était un nid assez douillet, décida-t-elle. Mais la décoration et le choix du mobilier avaient été influencés par un esprit qui n'était pas celui de son défunt époux. Buntokapi n'aurait jamais placé des statues de marbre de nymphes près de la porte, et les peintures sur les cloisons représentaient des fleurs et des oiseaux gracieux, et non pas les scènes de bataille qu'il choisissait invariablement.

Mara attendit que Papéwaio et Arakasi se placent à ses côtés. L'épée que portait le premier chef de troupe n'était pas là pour l'apparat, et le maître espion arborait le plumet d'un officier pour déguiser sa véritable identité. Mais finalement Mara n'eut pas besoin de son aide pour découvrir la femme qui avait gagné le cœur de son mari, dans le dessein d'espionner pour le compte des Minwanabi. Bien que Teani s'inclinât avec soumission comme les autres serviteurs, on ne pouvait la prendre pour autre chose que la maîtresse de Buntokapi.

Mara étudia son profil et comprit l'obsession de son époux. La concubine était une femme véritablement belle, avec une peau immaculée et une chevelure teintée d'or et de rouge, comme si elle reflétait les rayons du soleil – bien que Mara soupçonnât que cet effet venait plutôt d'un artifice que de la nature. Alors même qu'elle était agenouillée, la soie légère des robes de la concubine drapait une silhouette souple et généreuse, à la poitrine haute et bien formée en dépit de son opulence, une taille étroite et des jambes fuselées. Le corps de Mara ressemblait à celui d'une adolescente en comparaison, et cela la contrariait sans qu'elle sût pourquoi. Pour chaque minute que Buntokapi passait loin du domaine, son épouse avait remercié les dieux ; mais, maintenant, la beauté stupéfiante de la femme qu'il lui avait préférée perturbait Mara. Une voix qu'elle se rappelait depuis l'époque du temple l'avertit : « Prends garde à la vanité et à la fausse fierté. » Mara faillit rire. Oui, sa vanité était blessée et sa fierté froissée. Et cependant, le destin avait été bienveillant d'une façon étrange et inattendue.

Jingu des Minwanabi avait envoyé cette femme pour avancer son projet de destruction des Acoma. Mais Teani n'avait réussi qu'à distraire Buntokapi, permettant à Mara de concrétiser ses plans bien plus rapidement. Et le but ultime de ses plans était le renforcement de la maison Acoma… et la destruction des Minwanabi. Mara savoura en silence l'ironie de la situation. Teani devait retourner auprès de son maître sans savoir que son véritable rôle avait été découvert. Que Jingu pense donc que la concubine avait été bannie par une épouse jalouse.

Prudemment, Mara fit signe à deux soldats de monter la garde près de la porte. Puis, marchant devant ses gardes du corps mais restant soigneusement hors de portée d'un coup de poignard, elle s'adressa à la concubine agenouillée : « Quel est ton nom ?

— Teani, maîtresse. » La femme gardait les yeux baissés vers le sol.

Mara se méfia de sa servilité. « Regarde-moi. »

Teani leva la tête, et Mara entendit le léger mouvement des guerriers qui l'observaient. Le visage doré de la concubine, en forme de cœur, encadrait des yeux magnifiques, d'une couleur presque ambrée. Ses traits étaient parfaits, et aussi doux que le miel des ruches des abeilles rouges. Mais derrière cette beauté, Mara vit quelque chose qui la fit hésiter. Cette femme était dangereuse et représentait une menace autant que n'importe quel praticquant du Grand Jeu. Cependant, la Dame des Acoma ne laissa percer dans sa voix aucune trace de ses conclusions. « Quel est ton travail ?

— Je servais de femme de chambre à votre époux, maîtresse », répondit Teani, toujours à genoux.

La Dame des Acoma faillit rire devant la réponse effrontée de la femme. Se prétendre une femme de chambre alors qu'elle était vêtue d'une robe plus coûteuse que toute la garde-robe de Mara, sauf pour son costume de cérémonie, était une insulte à l'intelligence humaine. Mara rétorqua brusquement : « Je ne crois pas. »

Les yeux de Teani s'étrécirent légèrement, mais elle ne dit rien. Puis Mara comprit : pendant un bref instant, la concubine s'était demandé si son rôle d'espionne avait été découvert. Pour désarmer ce soupçon, Mara posa des questions aux autres domestiques : « Quel est ton travail ? »

Le personnel s'identifia comme un cuisinier, un jardinier et une femme de chambre, ce que Mara savait déjà grâce aux renseignements de Jican. Elle ordonna aux trois domestiques de partir au domaine et de demander au hadonra de leur confier un nouveau travail. Ils sortirent rapidement, heureux d'éviter la confrontation entre l'épouse et la maîtresse de leur défunt seigneur.

Quand la pièce fut vide sauf pour Mara, Teani et les soldats, Mara reprit : « Je pense que nous n'aurons pas besoin de tes services au domaine. »

Teani maintint une attitude admirablement sereine. « Ai-je déplu à ma maîtresse ? »

Mara réprima une envie de sourire. « Non, bien au contraire. Tu m'as épargné beaucoup de souffrance, d'inconvénients et d'irritation au cours de ces derniers mois. Mais je ne suis pas aussi aventureuse dans mes goûts que certaines dames de grande maison ; mes appétits ne se tournent pas vers les membres de mon propre sexe. » Elle observa le bleu qui marquait la peau de Teani au-dessus de sa clavicule. « Tu sembles avoir partagé le goût de mon époux pour les… divertissements brutaux. Tes talents seraient gaspillés sur mon domaine – à moins que tu penses être en mesure de divertir mes soldats ? »

Teani redressa vivement la tête, mais d'un geste très léger. Elle réussit même à ne pas siffler de colère, et Mara fut forcée d'admirer ses talents de comédienne. L'insulte était grande ; en tant que courtisane ou maîtresse, Teani disposait d'une certaine légitimité dans la société. Dans les temps anciens de la culture tsurani, il y avait eu peu de différence entre la courtisane et l'épouse d'un seigneur. Si Mara était morte avant son époux, la courtisane de Buntokapi aurait pu s'installer de façon permanente dans le manoir des Acoma. Et si Teani avait survécu à la fois à l'épouse et au maître, en tant que maîtresse résidente d'un souverain elle aurait disposé de certains droits légaux et d'un privilège d'héritage. Une femme de la Maison du Roseau était considérée comme une artisane ou même une artiste dans le domaine du plaisir. Mais une fille à soldats appartenait à la plus basse des castes. Sauf dans les camps de guerre, les femmes qui suivaient les armées de l'Empire étaient universellement évitées et méprisées. Et elles n'avaient pas d'honneur. Mara venait de traiter Teani de prostituée, et si cette femme avait été un guerrier, elle serait maintenant en train de combattre pour sa vie.

La concubine se contenta de lancer un regard furieux à Mara. Luttant pour garder son sang-froid, juste assez pour être convaincante, elle posa son front sur le sol, ses cheveux d'or rouge effleurant le bord des sandales de sa maîtresse. « Ma Dame, je pense que vous me jugez mal. Je suis une musicienne accomplie et je suis habile dans les arts du massage et de la conversation. Je connais les sept façons de débarrasser le corps de la douleur et de la souffrance : par la pression, la caresse, la friction, les herbes, la fumée, les aiguilles et par le réalignement des articulations. Je peux citer de mémoire de longs passages des grandes sagas et je sais danser. »

Sans le moindre doute, cette femme était compétente dans tous les domaines qu'elle avait nommés, bien que Buntokapi n'eût sûrement profité que d'un massage occasionnel ou d'un chant, avant de s'adonner au sexe. Mais Teani était aussi un agent secret et, très probablement, un assassin expérimenté. Depuis la mort de Buntokapi, elle n'attendait qu'une occasion pour débarrasser d'un coup son maître Minwanabi de Mara et d'Ayaki, anéantissant ainsi les Acoma.

Par peur des complots de Jingu, Mara répondit d'une voix cassante. Sans avoir la courtoisie de permettre à Teani de se relever, elle annonça : « Tu n'auras pas de difficulté à trouver une nouvelle place. Une femme de chambre avec des talents comme les tiens devrait facilement attirer le regard d'un grand seigneur, d'un seigneur qui sera impatient de t'avoir à ses côtés. Dans moins d'une heure, un courtier viendra fermer cette maison pour qu'elle soit vendue avec tout son mobilier. Prends tous les cadeaux que mon époux t'a offerts et pars, car rien de ce qui est Acoma ne doit rester ici. » Elle s'arrêta et regarda les formes généreuses de Teani avec mépris. « Et, bien sûr, il ne faut laisser traîner aucun détritus par égard pour le nouveau propriétaire. »

Mara se détourna et franchit la porte, comme si la concubine qu'elle avait renvoyée n'était plus digne de son attention. Seuls les yeux observateurs d'Arakasi virent Teani relâcher le contrôle de fer qu'elle avait maintenu pour tromper sa maîtresse. Une expression de haine pure se peignit sur le visage de la jeune femme; sa beauté devint une chose cruelle, noire, tortueuse et meurtrière, terrible à contempler. Et à cet instant, Arakasi comprit qu'elle n'oublierait jamais les insultes de Mara des Acoma, et qu'elle chercherait à tirer vengeance de chacune d'elles.

Profitant de l'autorité conférée par son plumet d'officier, le maître espion prit l'initiative et ordonna à deux guerriers de rester sur les lieux afin de vérifier que les ordres de leur maîtresse étaient bien exécutés. Puis, avant que Teani eût maîtrisé suffisamment sa rage pour se souvenir de son visage, il sortit rapidement par la porte.

Dehors, alors qu'il se hâtait de rejoindre sa place aux côtés de sa maîtresse, Mara lui demanda: « C'est bien elle? »

Arakasi déboucla la jugulaire de son casque pour pouvoir parler en toute discrétion. « Tout à fait, ma Dame. Teani est bien l'espionne. Avant qu'elle n'arrivât en ville, elle était l'une des favorites du seigneur des Minwanabi et partageait régulièrement sa couche. La raison pour laquelle elle a été choisie pour espionner le seigneur Buntokapi n'est pas claire, mais elle a dû convaincre son maître qu'elle pourrait au mieux servir ses intérêts. » Ils rejoignirent le palanquin, le bruit des feuilles mortes sous leurs pas cachant leur conversation à tous ceux qui risquaient de les entendre. Même dans la rue isolée la plus tranquille, Arakasi gardait sa prudence habituelle. Alors qu'il aidait Mara à s'installer dans ses coussins, il murmura: « Notre agent chez les Minwanabi n'a pas pu me dire ce que faisait Teani avant d'entrer au service de Jingu. » Il lança un regard significatif vers la maison de ville. « Je serai plus tranquille quand mes hommes auront l'occasion d'en apprendre plus à son sujet. Je pense que vous vous êtes fait une ennemie, Dame. Je suis le seul à avoir vu l'expression dans son regard quand vous êtes sortie. Le meurtre y était inscrit. »

Mara posa sa tête sur les coussins, les yeux mi-clos. Sagement ou non, elle oublia le problème, car la prochaine phase de ses plans requérait toute son attention. « Qu'elle me tue par devoir, ou qu'elle me tue pour des raisons personnelles, le risque n'est pas plus grand. »

Son corps mince se raidit pour résister aux mouvements brusques du palanquin quand les esclaves le soulevèrent. Arakasi leur emboîta le pas, Papéwaio se plaçant de l'autre côté. Par-dessus le piétinement des hommes en marche, il murmura : « Vous avez tort, maîtresse. La résolution de certaines personnes peut faillir si elles ne sont motivées que par leur devoir. Mais pour venger un affront personnel, nombreux sont ceux qui ne se soucieront pas de périr si leur ennemi meurt avec eux. »

Mara ouvrit des yeux emplis de colère. « Tu es en train de me dire que je me suis conduite comme une idiote ? »

Arakasi ne tressaillit pas sous son regard. « Je suggère qu'à l'avenir, ma Dame pèse ses mots avec plus de prudence.

— Je prendrai à cœur ton conseil, soupira Mara. Si Keyoke avait été là, il se serait probablement gratté frénétiquement le menton avec son pouce.

— C'est une habitude de Papéwaio, observa Arakasi, de toute évidence intrigué.

— Ton sens de l'observation est excellent, sourit Mara. Un jour, il faudra que je t'explique ce signe d'avertissement. Rentrons maintenant à la maison, officier, car la chaleur monte pendant que nous discutons, et il nous reste beaucoup de problèmes à traiter. »

Arakasi la salua avec élégance. Jouant effrontément le rôle d'un chef de troupe Acoma, car toutes les personnes présentes savaient qu'il était totalement incapable de manier une épée, il ordonna aux gardes de se placer autour du palanquin qui reconduisait la Dame des Acoma dans son domaine.

Alors que la fin d'après-midi teintait de pourpre les ombres sur les pavés, un autre palanquin sortait par la porte nord de Sulan-Qu. Après avoir rejoint la route impériale, les hommes arborant l'insigne de la Guilde des Porteurs se dirigèrent vers la Cité Sainte. Ils avançaient d'un pas tranquille, comme si la cliente assise derrière les rideaux avait loué leurs services pour visiter la région et respirer l'air frais de la campagne. Deux heures plus tard, quand celle-ci ordonna un arrêt pour qu'ils puissent se reposer, les porteurs se rassemblèrent près d'un puits creusé au bord de la route, à une certaine distance du palanquin. C'étaient tous des hommes libres, appartenant à la guilde commerciale des porteurs, engagés par des personnes qui avaient besoin de voyager mais qui ne disposaient pas d'un équipage d'esclaves. Comme on leur avait accordé leur repos une heure plus tôt que celle stipulée sur leur contrat, ils grignotaient en souriant le léger repas qu'ils emportaient dans leur havresac, et parlaient avec admiration de la femme qui les avait engagés pour ce voyage. Non seulement elle était d'une beauté stupéfiante, mais elle les avait payés en métaux précieux pour ce qui jusqu'à maintenant avait été un travail extrêmement facile.

C'est alors qu'un vendeur de poterie sortit du flot de la circulation, ses marchandises suspendues par des lanières à une longue perche posée en équilibre sur son épaule. Il s'arrêta près du palanquin, apparemment pour reprendre son souffle. Son visage anguleux était rouge de fatigue et ses yeux semblaient alertes et vifs. Alertée par le bruit de sa vaisselle, la femme derrière les rideaux lui fit signe de s'approcher. Prétendant examiner un pot, elle murmura : « Je suis contente que vous ne soyez pas encore arrivé à Sulan-Qu. Cela aurait compliqué les choses. »

Le colporteur s'essuya le front avec un chiffon de soie. « Que s'est-il passé ? »

La superbe jeune femme fit la moue et laissa tomber le pot avec un bruit mat. « Comme je le soupçonnais, la chienne Acoma ne m'a pas permis d'entrer dans sa maisonnée. Jingu était fou de penser qu'elle aurait pu le faire. »

Le vendeur de pots, qui n'était pas vraiment un marchand, poussa une exclamation ennuyée et examina son article pour voir si la chute l'avait abîmé. Comme il ne trouva aucun éclat, ses manières semblèrent s'adoucir. « Le seigneur des Minwanabi n'écoute que lui-même. »

La femme suivit l'ornementation émaillée d'une jarre de toilette d'un doigt manucuré d'une manière exquise. « Je vais retourner auprès de Jingu. Il regrettera que je n'aie pas réussi à m'introduire dans la maison Acoma, mais je sais que je lui ai manqué. » Un sourire rêveur se dessina sur ses lèvres. « Je sais qu'il y a des choses en moi qui lui manquent. Aucune de ses autres filles n'a mes… compétences. »

Sèchement, le vendeur de pots lui répondit : « Ou peut-être n'ont-elles simplement pas ta tolérance pour les coups, Teani.

— Assez. » La concubine rejeta sa chevelure fauve en arrière, et sa robe s'ouvrit. Entrapercevant ce que dissimulait l'étoffe, le vendeur de pots sourit devant la contradiction entre la beauté stupéfiante de cette femme et sa cruauté surprenante. Prenant, à tort, son expression pour du désir et amusée par ce sentiment, Teani reprit la parole, captant toute l'attention de l'homme. « Buntokapi n'a jamais eu aucune utilité pour Jingu. Mara contrôlait tout, en fait, bien qu'elle fût suffisamment intelligente pour que son seigneur ne l'ait découvert que trop tard. Informez notre véritable maître que je retourne au manoir Minwanabi, et que je lui enverrai toutes les informations que je pourrai glaner. »

Le marchand hocha la tête, frottant une main sans callosité sur le bois de sa perche. « C'est bien. J'ai porté ces maudits pots de céramique depuis que j'ai quitté la nef fluviale de notre seigneur ce matin, et je suis content d'arrêter cette mascarade. »

Teani concentra son regard sur lui, comme si elle appréciait sa gêne. « Donnez-moi la jarre, murmura-t-elle. Les porteurs doivent croire que j'avais une raison de parler avec vous. »

L'homme décrocha l'objet. L'émail brilla vivement au soleil alors qu'il la tendait à la femme. Il dissimulait mal son ironie. « Ce sera toujours une de moins à portei

— Pourquoi êtes-vous venu vous-même ? »

Le marchand fit la grimace, car la perche lui entaillait cruellement l'épaule, et il ne pouvait pas atteindre un point dans son dos qui le démangeait. « Je n'ai pas osé confier cette mission à quelqu'un d'autre. Quand la nef de notre seigneur a quitté la ville, la nuit dernière, nous avons simplement remonté le fleuve à la perche sur quelques lieues et nous nous sommes amarrés. Il supposait que tu serais toujours à la maison de ville ; d'où mon déguisement. Aucun de nous n'avait deviné que la Dame Mara serait si rapide à se débarrasser de la maison de Bunto. Elle n'a quitté le jardin de méditation qu'hier. »

Teani jeta un coup d'œil vers le puits où les porteurs étaient assis en train de bavarder. Elle inclina la tête dans leur direction. « Je pense que vous feriez mieux de donner l'ordre de tous les tuer. L'un d'eux pourrait mentionner cette rencontre. »

Le marchand considéra les huit hommes installés près du puits. « Ce sera sale, mais ce serait pire si nous étions découverts. Après tout, si tu es attaquée en chemin par des brigands, comment la guilde commerciale des porteurs pourrait-elle te le reprocher ? Je prendrai des dispositions pour que cela se passe juste avant que tu n'atteignes le domaine des Minwanabi. Tu pourras alors te précipiter dans les bras protecteurs de Jingu. Maintenant, voici les instructions de notre maître : en dépit de tout ce qui s'est passé, il faut laisser la Dame Mara tranquille. »

Teani se raidit de surprise. « Après le meurtre de Buntokapi ?

— Ce sont les ordres de notre maître. Il faut maintenant nous séparer. » Avec une grimace de dégoût sincère, le marchand passa la perche et ses marchandises sur son autre épaule.

Teani resta assise, silencieuse, alors qu'il partait, son détachement professionnel disparu. Mara des Acoma lui inspirait une rage intense et une haine plus profonde que tout ce qu'elle avait connu auparavant. La concubine ne se donna pas la peine d'en chercher la raison. Née d'une femme de la Maison du Roseau, et jetée dans les rues à l'âge de six ans, elle avait survécu uniquement grâce à son intelligence. Sa beauté inhabituelle l'avait rapidement fait remarquer des hommes. En plusieurs occasions, elle avait échappé à grand-peine à des esclavagistes, alors qu'elle n'avait commis aucun crime pour lui valoir une telle condamnation. Dans les ruelles les plus sombres de l'Empire, les subtilités de la loi pouvaient de temps en temps être oubliées s'il y avait suffisamment d'argent en jeu. Teani avait découvert très tôt que chez certains hommes, l'honneur était négociable. Elle apprit les mauvais traitements avant l'amour, et à l'âge de douze ans se vendit elle-même, pour la première fois, à un homme qui la garda dans sa demeure pendant deux ans. Il avait une âme perverse et prenait plaisir à faire souffrir la beauté. Teani avait d'abord lutté, jusqu'à ce qu'elle apprît à ignorer la douleur. Un peu plus tard, elle avait tué son tortionnaire, mais le souvenir de la souffrance était resté en elle. C'était une chose familière qu'elle comprenait. Après cela, elle avait utilisé sa beauté et son intelligence innée pour s'élever sur l'échelle sociale, choisissant un protecteur après l'autre, chacun plus riche et plus puissant que le précédent. Elle servait depuis sept ans son présent employeur, mais jamais au lit comme chez ses anciens maîtres. Derrière sa douce beauté et ses passions cruelles, ce seigneur avait reconnu la haine glaciale qui motivait Teani. Il avait choisi d'utiliser ces qualités contre son ennemi, le seigneur des Minwanabi, et ne fut jamais tenté d'établir des relations autres que professionnelles avec elle. Pour cela, elle lui offrait sa loyauté, car ce maître était unique parmi tous ceux qu'elle avait rencontrés au cours de son existence.

Mais seul Buntokapi l'avait émue en tant que personne. Avant lui, Teani n'avait témoigné que peu d'intérêt personnel pour les hommes avec lesquels elle couchait… ou qu'elle assassinait. Le seigneur des Acoma ressemblait à un sanglier porina dans sa bauge, au point même qu'il puait comme l'un d'eux, se précipitant pour la prendre avec, sur le corps, la sueur rance de ses combats de lutte. Mais il l'avait comprise. Buntokapi lui avait donné la souffrance dont elle avait besoin pour survivre, et l'amour qu'elle n'avait jamais connu au cours des vingt-huit années de sa vie. Teani frissonna légèrement au souvenir des mains du seigneur des Acoma déchirant sa douce peau à l'apogée de leurs passions. Elle avait enfoncé ses ongles dans son dos, et lui avait même appris à apprécier la douleur. Mais Mara des Acoma avait mis fin à tout cela.

Les doigts de Teani se crispèrent sur le brillant émail de la jarre, alors que la colère montait en son cœur. Buntokapi avait été mené à la mort par duperie, détruit par sa tendance instinctive à considérer l'honneur comme supérieur à la vie. Teani ne comprenait rien à l'honneur… Mais la rivalité, voilà une chose qu'elle connaissait parfaitement. Cette espèce de chienne – cette épouse innocente comme une enfant, pensa Teani, écœurée. Comme les mauvais traitements pourraient facilement fissurer la froide façade de la Dame ! Quel plaisir la concubine ressentirait en humiliant Mara pendant des heures, des jours peut-être, avant de l'offrir à Turakamu. Teani passa sa langue sur ses lèvres, transpirant légèrement à cause de la chaleur. Dominer la Dame des Acoma lui promettait plus de plaisir qu'elle ne pouvait imaginer, bien plus que les relations sexuelles qu'elle avait eues avec tous les hommes qu'elle avait connus. Mais la façon ignoble dont Mara l'avait chassée de la maison de Sulan-Qu interdisait toute vengeance immédiate. Teani n'avait plus d'autre recours que de reprendre son rôle d'espionne dans la maison de Jingu. L'obèse seigneur des Minwanabi la révoltait et ses attentions seraient difficiles à supporter; mais il était l'ennemi juré des Acoma. Grâce à lui, Teani pourrait arranger les choses à sa convenance. Mara mourrait, lentement et dans la souffrance, ou dans la honte s'il n'y avait pas d'autre choix. Que le véritable maître de la concubine souhaitât que les choses en soient autrement ne changeait rien. Teani avait maintes fois changé d'employeur dans le passé.

Sur cette pensée, elle jeta violemment la jarre dans les coussins et fit signe à ses porteurs de revenir. Alors qu'ils traversaient la route, le corps puissant et fruste de l'un d'eux attira son regard. Il avait de beaux muscles et une démarche assez dominatrice. Excitée par la perspective de la violence et de la vengeance, Teani décida de s'arrêter dans une clairière retirée, un peu plus loin sur la route. Elle s'amuserait un peu; l'homme et ses compagnons allaient mourir de toute façon, et ne pas les utiliser pour son plaisir serait un véritable gâchis. De plus, quelques marques supplémentaires sur son visage et son corps l'aideraient à convaincre Jingu que des bandits l'avaient en effet molestée, et l'empêcheraient de devenir soupçonneux. Teani frissonna d'avance alors que les porteurs soulevaient le palanquin et reprenaient leur voyage vers la Cité Sainte.

Le long de la route de Sulan-Qu, le vendeur de pots s'arrêta, comme s'il devait compter l'argent que la belle Dame lui avait donné. Sous son chapeau à larges bords, il regarda s'éloigner le palanquin, se demandant silencieusement pourquoi la femme avait tant tardé avant d'appeler ses porteurs. Les rêveries d'une créature comme Teani n'étaient pas plaisantes à imaginer. Avec un grognement de dégoût, il déplaça la perche sur son épaule. C'est lui qui avait convaincu leur seigneur que ses talents dépassaient de loin les plaisirs de la chambre à coucher. Une douzaine de fois dans le passé, son travail avait été à la hauteur de son jugement. Mais, dernièrement, elle avait montré des signes d'indépendance, une tendance à interpréter les ordres selon ce qui l'arrangeait. Seul sur la route poussiéreuse, perdu dans le bruit de la circulation, le faux marchand se demandait si ce trait signalait une instabilité croissante. Il calma ses hésitations de sa façon habituelle et économe : de toute façon, Teani ne pouvait que provoquer des ennuis aux Minwanabi. Si elle décidait de changer de maître, Jingu gagnerait au mieux un serviteur à la fiabilité douteuse. Et l'on pourrait toujours l'éliminer si elle commençait à poser des problèmes.

Irrité par le poids de la perche qui entaillait son épaule, Chumaka, premier conseiller du seigneur des Anasati, se dirigea vers Sulan-Qu. Il tirerait bien un bénéfice du retour de Teani dans le manoir Minwanabi. Bien que Mara les eût tous surpris en apparaissant dans la maison de ville de Buntokapi, Chumaka considéra que les choses s'étaient arrangées pour le mieux. Son maître ne serait pas d'accord, mais il venait tout juste de perdre un fils. Chumaka comptait cela pour presque rien. Il ne s'était jamais beaucoup soucié de Bunto, et bien que la fille Acoma fût plus talentueuse qu'il ne s'y était attendu, les Minwanabi représentaient la seule vraie menace. Les choses commençaient à s'agiter dans le Grand Conseil, et le jeu gagnait en intensité alors que la campagne du Seigneur de Guerre sur Midkemia continuait. Les tenants et les aboutissants des intrigues faisaient toujours battre le sang de Chumaka. Dieux, que j'aime la politique, pensait-il alors qu'il avançait sur la route. Se sentant presque joyeux, il commença à siffler pour couvrir le bruit de sa vaisselle.

Après son retour de Sulan-Qu, Mara convoqua ses conseillers les plus proches. Ils se rassemblèrent dans sa chambre au moment où le frais crépuscule voilait les champs et les rizières de thyza du domaine. Nacoya était assise à sa droite, un foulard rouge noué dans les cheveux par déférence envers Turakamu, dont son défunt maître avait rejoint le domaine. Des paniers de roseaux rouges avaient été placés devant toutes les portes du manoir, en signe de deuil, pour que le Dieu Rouge détournât les yeux de ceux qui pleuraient.

Mara portait les robes traditionnelles de même couleur, mais ses manières n'étaient pas du tout empreintes de tristesse. Elle était assise, droite et fière, alors que Jican, Keyoke, Papéwaio, Lujan et Arakasi s'inclinaient et choisissaient une place dans les coussins disposés en cercle sur le sol.

Quand le dernier d'entre eux se fut installé, la Dame des Acoma croisa à tour de rôle leur regard. « Nous savons ce qui s'est passé. Personne n'aura plus jamais besoin d'en reparler. Mais avant que nous laissions la mémoire de Buntokapi reposer à jamais, je souhaite dire ceci. La responsabilité de ce qui s'est passé, et les conséquences qui en découleront, reposent uniquement sur ma tête. Aucun serviteur des Acoma ne doit penser un seul instant qu'il a agi sans honneur. Si dans l'Empire certaines personnes parlent en chuchotant de déshonneur, la honte doit être mienne. » Avec ces paroles, Mara referma le dossier de son défunt époux. Plus personne ne se demanderait s'il avait trahi son seigneur légitime.

Presque trop vivement, Mara aborda d'autres sujets. Bien que la couleur rouge la flattât, des rides creusèrent son front alors qu'elle s'adressait à Keyoke. « Nous devons accélérer le recrutement des soldats. Les Minwanabi ont été temporairement mis en échec, et nous devons utiliser le peu de temps à notre disposition pour consolider notre position. »

Le commandant hocha la tête, de sa façon mesurée habituelle. « C'est possible, si nous appelons à notre service tous les jeunes fils disponibles, et si tous répondent. Certains répondront à l'appel d'autres maisons. Les seigneurs des Minwanabi et des Kehotara tentent toujours de remplacer les trois cents soldats qu'ils ont envoyés contre nous il y a quelques mois. Je pense que nous pouvons ajouter deux cents autres soldats en toute sécurité au cours des deux prochains mois – mais ce seront tous de jeunes hommes sans expérience. Il faudra sans doute compter près d'un an pour recruter les autres trois cents hommes que vous demandez. »

Mara dut se satisfaire de cette réponse. Buntokapi avait laissé quelques dettes importantes, et Jican avait mentionné qu'il faudrait du temps pour reconstituer le capital du domaine. Quand le recrutement serait terminé, les finances seraient suffisamment remises d'aplomb pour couvrir les dépenses de l'entraînement des nouveaux guerriers. Et avec l'alliance à contrecœur des Anasati, rares seraient ceux qui oseraient l'attaquer, et aucun ne le ferait ouvertement.

Comme toujours, Nacoya intervint dans la conversation en lançant un avertissement. « Maîtresse, si les Acoma gagnent des alliés et renforcent leur armée, vous devrez vous méfier particulièrement des attaques indirectes. »

Arakasi acquiesça. « Maîtresse, le jour où votre deuil officiel se terminera, vous recevrez sûrement la visite de courtiers de mariage, qui vous apporteront des demandes d'invitations au nom d'un soupirant ou d'un autre. Une grande partie de ces jeunes hommes seront d'estimables fils de noble maison venus vous rendre visite, mais des agents des Minwanabi seront très certainement dissimulés dans leurs suites. »

Mara considéra cette possibilité avec une expression dure sur le visage. « Alors, nous devrons nous assurer que ces agents ne trouvent rien de notable à rapporter à leurs maîtres. »

La réunion se poursuivit, Mara reprenant avec assurance son ancien rôle de souveraine des Acoma. Alors que l'obscurité grandissait et que des esclaves silencieux allumaient les lampes, des décisions étaient prises et de nouvelles informations discutées. Entre le crépuscule et minuit, ils traitèrent plus d'affaires que durant tout le règne de Buntokapi en tant que seigneur des Acoma. À la fin, Jican se leva avec un soupir de satisfaction. La culpabilité ou le soulagement intime que les autres pouvaient ressentir après la mort de Buntokapi n'éaient pas perceptibles pendant qu'ils se levaient pour partir. Il y avait trop de nouveaux problèmes à gérer.

Tandis que Nacoya, qui était la plus lente, commençait à se lever avec difficulté de ses coussins, Mara lui fit impulsivement signe de rester. Les autres avaient déjà presque atteint la porte, mais ils s'arrêtèrent avec déférence quand Mara leur posa une question de plus.

Une lueur malicieuse brilla dans les yeux de la Dame alors qu'elle étudiait les visages étonnés de ses principaux conseillers. « Que penseriez-vous si je nommais Nacoya officiellement, et de façon permanente, premier conseiller des Acoma ? »

La vieille nourrice eut un hoquet de surprise et Keyoke esquissa l'un de ses rares sourires.

« Le poste est vacant depuis la mort de Jajoran », continua Mara. Son amusement grandit pendant que Nacoya, qui ne manquait jamais une occasion de parler, ouvrait et fermait la bouche comme un poisson, sans produire le moindre son.

Arakasi fut le premier à répondre, faisant une révérence galante à la vieille femme. « La promotion et l'honneur conviennent bien à vos années, petite mère. »

Lujan fit un commentaire désinvolte, mais Papéwaio connaissait Nacoya depuis son enfance et se souvenait parfaitement de sa grande bonté. Abandonnant tout décorum, il prit la vieille femme dans ses bras et lui fit décrire un cercle dans les airs.

« Allez célébrer cet événement, ajouta Mara par-dessus le cri de joie et de surprise de son ancienne nourrice. Car jamais un serviteur des Acoma n'a autant mérité une telle promotion.

— Il faudra d'abord que je survive à l'expérience », répondit une Nacoya essoufflée. Papéwaio la déposa délicatement, comme si elle était faite de verre soufflé par les Cho-ja. Et alors que Keyoke, Arakasi, Jican et un Lujan rieur entouraient le nouveau premier conseiller pour l'embrasser, Mara se dit qu'elle n'avait jamais vu une telle joie dans sa demeure depuis la mort de son père. Que Lashima m'accorde la sagesse de la faire durer, pria-t-elle. Car la menace Minwanabi n'est pas vaincue, et n'a été repoussée que par une alliance des plus instables.

La période traditionnelle de deuil se termina enfin et les prêtres de Turakamu vinrent brûler les roseaux rouges qui étaient restés près des portes depuis trois semaines. La fumée flottait encore sur les champs Acoma quand les premières demandes de mariage arrivèrent. Un jour plus tard, trois pétitions scellées de cire et à la calligraphie ornementée étaient empilées dans le cabinet de travail. Heureuse de porter une autre couleur que le rouge, Mara fit venir Nacoya et Arakasi et examina le premier parchemin. Une expression pensive passa sur son visage. « Il semble que le chien de compagnie favori de notre ami Minwanabi ait un fils célibataire. Que savez-vous de lui ? »

Assis près de ses genoux, Arakasi prit le document qu'elle lui tendait. Le parchemin avait été parfumé et l'odeur formait un contraste désagréable avec celle des fleurs d'akasi de l'autre côté de la cloison. « Bruli des Kehotara. Son père, Mekasi, a déjà essayé deux fois de le marier et les deux tentatives ont échoué. Actuellement, le jeune homme est chef de patrouille dans l'armée de son père, bien qu'il ne semble pas être un brillant tacticien. Sa compagnie est toujours restée en garnison au manoir familial depuis qu'il en a pris le commandement. » Le maître espion tapota le parchemin, un léger sourire se dessinant sur son visage. « Cependant, je ne le considère pas comme un idiot. Nous pouvons nous attendre à ce qu'il dissimule un agent Minwanabi dans sa suite, ou qu'il soit lui-même un assassin. »

Mara reprit le parchemin à Arakasi, pinçant légèrement une lèvre entre ses dents. Refuser de répondre à la pétition de Bruli des Kehotara serait un aveu public de faiblesse. « Ils ont l'intention de nous couvrir de honte ou de me tuer », dit-elle, sans que sa voix trahît le terrible sentiment de peur qui étreignait son cœur. « Bien, nous allons avaler l'appât et le digérer. »

Encore un peu timide dans son nouveau rôle de premier conseiller, Nacoya ne fit aucun commentaire ; mais Arakasi restait totalement immobile. « Cela pourrait être périlleux, maîtresse. Le père de Bruli, Mekasi, est un joueur, et pas l'un des meilleurs. Il a suffisamment perdu pour que son domaine soit grevé de lourdes hypothèques. Son fils est un garçon vaniteux qui insiste pour que tout ce qu'il porte ou utilise soit des plus coûteux. Ses deux sœurs et son frère aîné voient leurs caprices satisfaits de la même manière. Leurs dépenses, en plus des dettes existantes, ont pratiquement ruiné leur père. Minwanabi a effacé l'ardoise, mais ce n'était pas un acte de charité. Ce qui rend Mekasi des Kehotara vraiment dangereux est que sa famille est vouée à la tradition de l'ancien Code du Tan-jin-qu. »

Les mains de Mara se crispèrent sur le parchemin, car elle n'avait pas été consciente de ce détail. Le Code du Tan-jin-qu – c'était du tsurani ancien qui voulait dire « pour toute la vie » ou « jusqu'à la mort » – signifiait que Mekasi avait lié les Kehotara aux Minwanabi selon une forme ancienne de vasselage, presque oubliée, sauf comme une curiosité historique. Selon ses termes, les serments des Kehotara étaient impossibles à révoquer, amender ou modifier. Si Mekasi des Kehotara avait juré obéissance au seigneur des Minwanabi, il assassinerait ses propres enfants sans l'ombre d'une hésitation si Jingu lui en donnait l'ordre. Comme la trahison des alliances était monnaie courante dans le Jeu du Conseil, le Tan-jin-qu rendait les Kehotara aussi fiables que s'ils appartenaient à la maisonnée Minwanabi, plus fiables même que des familles du même clan. Ce n'est qu'à la mort de Mekasi, quand son premier fils prendrait le titre de seigneur, que la famille pourrait négocier un nouveau départ. Jusque-là, il était impossible de menacer, intimider, acheter ou corrompre les Kehotara pour qu'ils trahissent les Minwanabi.

« Très bien, reprit Mara, redressant les épaules d'un air déterminé, nous devons nous assurer que ce Bruli soit diverti d'une manière qui convient à son rang. » Arakasi lança un regard brûlant à sa maîtresse.

Tentant de garder une voix neutre, car la suggestion de Mara n'était pas dénuée de danger, Nacoya demanda : « Je suppose que vous avez l'intention d'entendre sa pétition ?

— Bien sûr, répondit Mara, l'air distant. Nous ne devrions pas repousser trop hâtivement une telle ouverture. Souhaitons-nous insulter le seigneur des Kehotara, un si grand personnage ?

— Alors vous avez un plan, intervint Arakasi, en souriant lentement.

— Non, répondit Mara sans la moindre trace d'humour. Mais j'en aurai un, le jour où le laquais de Jingu se présentera – c'est-à-dire si tes agents peuvent rassembler toutes les informations qu'ils connaissent sur Bruli et sa famille, avant que sa suite n'arrive. »

Forcé d'admirer son audace, Arakasi se pencha vers sa maîtresse. « Cela coûtera cher. Vous devrez couvrir les dépenses des messagers les plus rapides de la Guilde des Porteurs, et ils devront avoir prêté serment et garanti leur silence par contrat, pour que leurs messages ne puissent pas être interceptés ou arrachés par la torture.

— Bien sûr », répondit Mara, sachant que Jican allait hurler. Les services d'hommes prêts à mourir pour assurer l'intégrité de leur message ne pouvaient être loués qu'en payant avec du métal. « Occupe-t'en immédiatement, Arakasi. »

Le maître espion se leva rapidement, la démarche joyeuse et pleine d'entrain. C'était pour cela qu'il avait bâti son réseau ! Pour un pratiquant audacieux du Jeu du Conseil, qui n'aurait pas peur de creuser pour trouver un avantage ; en plus, la cible de Mara était un allié des Minwanabi ! Soudain, la journée lui sembla parfaite.

L'obscurité se transforma en lumière comme l'on ouvrait les cloisons pour laisser entrer le pétitionnaire dans la haute salle des Acoma. Bruli des Kehotara était magnifique dans son armure rouge bordée de noir ; et de l'estrade placée au bout de la salle, bien droite malgré le poids de son immense costume de cérémonie, Mara se rendit compte immédiatement que les agents d'Arakasi ne s'étaient pas trompés. L'homme était aussi vaniteux qu'un calley au plumage multicolore. Et il avait de bonnes raisons pour cela. Il était mince et musclé – quand la majorité des hommes des trois nations centrales de l'Empire étaient plutôt trapus – et se déplaçait avec la grâce d'un danseur. Ses yeux bleus formaient un contraste rare et stupéfiant avec ses cheveux presque noirs, et il avait un sourire chaleureux. En considérant d'un air songeur et triste que Bruli était très différent de Bunto, Mara n'oublia pas un seul instant qu'il était tout aussi prêt à assassiner qu'à épouser la femme qui l'attendait sur l'estrade.

Comme si elle lisait son esprit, Nacoya se pencha vers elle et murmura : « Il a passé plus de temps à s'observer dans le miroir qu'à vous regarder, ma fille. »

Mara réprima un sourire. Son attitude restait extérieurement très solennelle alors qu'elle souhaitait la bienvenue dans sa demeure au second fils des Kehotara.

Deux guerriers Kehotara à l'apparence repoussante accompagnaient le palanquin de Bruli ; les six autres étaient hébergés avec les soldats Acoma. Tandis qu'ils avançaient vers la Dame des Acoma, Mara était prête à parier que les gardes d'honneur avaient été choisis pour leur laideur, pour accentuer le contraste avec les traits superbes de leur maître.

L'un des soldats avança, tenant le rôle du premier conseiller de Bruli. « Dame Mara, j'ai l'honneur de vous présenter Bruli des Kehotara. »

Nacoya lui fit la réponse rituelle. « La Dame Mara accueille en sa présence son hôte très honorable, Bruli des Kehotara. »

À ce moment, la petite silhouette d'un esclave messager apparut dans l'encadrement d'une porte latérale. Il portait un bâton entouré de rubans blancs, signalant ainsi l'arrivée d'une lettre. Mara fit semblant de lutter pour dissimuler son soulagement. « Bruli, déclara-t-elle rapidement, vous êtes le bienvenu dans notre demeure. Je vous en prie, demandez ce que vous voudrez à nos serviteurs. Ils veilleront à ce que vous soyez confortablement installé. Maintenant, si vous voulez bien m'excuser, la Dame des Acoma ne peut longtemps ignorer la pression des affaires. Je vous reverrai à nouveau, peut-être demain ? »

Elle se leva, révélant une sveltesse dissimulée jusqu'alors par la lourde robe de cérémonie. Sa révérence était impérieuse et elle sortit précipitamment par une cloison latérale, abandonnant Bruli des Kehotara, une expression de confusion peinte sur le visage et l'esprit encombré par les vers qu'il avait mémorisés et qu'il ne pourrait pas prononcer.

Nacoya reprit la suite des événements en douceur, selon le plan. Sachant que la vanité était la grande faiblesse de ce jeune noble, elle avança jusqu'à Bruli et se plaça à ses côtés, prenant son bras et le tapotant d'une façon très maternelle.

Le regard de Bruli se durcit, toujours fixé sur la porte par laquelle Mara était sortie. « Mère de sagesse, l'attitude de la Dame frôle l'insulte. Quelle est donc cette affaire qui ne peut pas attendre mes humbles paroles de louange ? » Bruli s'arrêta et porta sa main à ses cheveux pour s'assurer qu'il ne les avait pas dérangés en ôtant son casque pour faire sa révérence. « Sûrement, quelque chose d'autre a poussé la Dame Mara à me repousser d'une façon aussi brutale. Dites-moi, qu'est-ce qui ne va pas ? »

Nacoya réprima un sourire alors qu'elle dirigeait le beau Bruli vers une pièce latérale où l'attendaient des tables couvertes de vins et de fruits. « Jeune homme, prenez donc quelques rafraîchissements. Puis je vous expliquerai ce que je n'ai raconté à personne d'autre, car je pense que vous êtes beau et bien élevé.

Dame Mara est une toute jeune fille, malgré son veuvage. Son père, son frère et son époux étaient tous des soldats, de grands guerriers, mais c'est tout ce qu'elle a toujours connu. Elle est lasse des hommes en armure. Si vous souhaitez la courtiser et obtenir ses faveurs, retournez immédiatement à Sulan-Qu et cherchez les meilleurs tailleurs. Qu'ils vous fassent des robes ravissantes, à la dernière mode, dans de douces étoffes aux couleurs vives. Je pense que si vous revenez demain avec l'allure d'un érudit ou d'un poète, et non d'un guerrier, vous ferez probablement beaucoup de progrès et ma Dame accueillera vos avances d'un œil moins froid. »

Le front de Bruli se plissa sous l'effort de la réflexion. Devenir un guerrier était la plus haute ambition de tout homme tsurani, mais les femmes avaient toutes sortes d'idées bizarres. Ses yeux bleus brillèrent. « Merci à vous, petite mère. Votre conseil est bon. » Il soupira en se faisant des reproches et accepta le vin que Nacoya lui offrit. « Si j'avais eu plus d'esprit, j'aurais dû anticiper cette réaction. Bien sûr, c'est évident maintenant. Je reviendrai demain et Mara verra comme je peux être doux, raffiné et gracieux, sans avoir besoin de porter une armure et des armes pour proclamer ma virilité. Merci. »

Nacoya tapota la manche de Bruli, le front plissé par une fausse ingénuité. « Et venez peut-être avec de la musique. Ma Dame sera impressionnée par un homme qui témoigne de l'intérêt pour l'art. » Bruli hocha la tête et tendit son verre vide à un domestique. « Merci, petite mère. Maintenant, vous comprendrez que je ne puis m'attarder. Si je dois commander de nouvelles robes aux tailleurs, je dois partir pour Sulan-Qu sur l'heure.

— Vous êtes un soupirant digne de l'attention de ma Dame. » Nacoya frappa dans ses mains pour faire venir le palanquin de Bruli et ses gardes. Il s'ensuivit un remue-ménage comique alors que Bruli réarrangeait ses gardes d'honneur selon leur taille, pour que l'image qu'ils donneraient en marchant fût à la fois audacieuse et harmonieuse. Quand il eut quitté le domaine, pour la première fois dans la mémoire des habitants du manoir, Nacoya ne put contenir son hilarité. Pliée en deux, elle traversa le couloir pour rejoindre la porte menant aux appartements de Mara. Mais elle ne put étouffer son rire plus longtemps. Plaçant une main ridée devant sa bouche dans une tentative désespérée pour dissimuler son hilarité, elle se hâta de rejoindre sa maîtresse. Qui, sinon une souveraine, aurait tiré parti de la vanité de Bruli et utilisé cette faiblesse ? Les seigneurs Jingu des Minwanabi et Mekasi des Kehotara apprendraient bientôt que les questions d'honneur ne se résolvaient pas toujours par les armes.

Toujours riant, Nacoya entra dans les appartements de Mara, où Jican et Arakasi étaient déjà en réunion avec la Dame des Acoma. Mara releva les yeux d'un parchemin et remarqua la main que son premier conseiller pressait sur sa bouche. « Tu sembles amusée. »

Nacoya s'assit lentement, ses épingles plantées de travers glissant encore un peu plus sur le côté. « Si l'on peut vaincre un adversaire sans verser le sang, quel mal y a-t-il à s'amuser un peu tout en tendant notre piège ? »

L'intérêt de Mara s'éveilla. « Alors notre plan fonctionne, mère de mon cœur ? »

Nacoya lui répondit par un hochement de tête enjoué. « Je pense que je peux occuper Bruli pendant une semaine environ, et vous épargner le risque d'insulter les Kehotara. L'idée dont nous avons discuté semble prometteuse. »

Mara hocha la tête en signe d'acquiescement, reprenant sa conversation interrompue avec Jican. « Tu dis qu'Hokanu des Shinzawaï demande la permission de rendre visite aux Acoma ? »

Le hadonra consulta le parchemin qu'il tenait à la main, rédigé dans une écriture de qualité, mais sans être une pétition de mariage extrêmement calligraphiée. « Le seigneur des Shinzawaï vous écrit que son fils passera près d'ici pour rejoindre leur domaine principal dans le nord de sa ville natale de Jamar. Il vous prie d'accorder la permission à Hokanu de vous rendre visite. »

Mara se souvint d'Hokanu, qui était venu pour son mariage. C'était un homme à la beauté sombre et saisissante, qui avait à peu près son âge. Elle n'avait pas besoin de l'aide de Nacoya pour se rappeler qu'il avait été l'un des meilleurs choix de consort avant qu'elle ne lui préférât Buntokapi.

Consciente de l'expression absorbée d'Arakasi, elle demanda son opinion au maître espion.

« Il serait peut-être intéressant de cultiver l'intérêt d'Hokanu. Les Shinzawaï font partie des familles les plus anciennes et les plus influentes du Grand Conseil. Son grand-père était le chef de guerre du clan Kanazawaï jusqu'à ce qu'il abdiquât son titre, puis il fut remplacé par Kamatsu. Avoir deux chefs de guerre qui se succèdent dans la même famille dénote une rare habileté dans la politique de clan. Et ils ne pratiquent pas le Jeu du Conseil de façon cruelle. Ils ont gagné leur position grâce à leur adresse et à leur intelligence, sans aucune guerre de sang, et sans contracter de dettes. Et c'est la seule famille importante à part les Xacatecas qui n'ait pas d'alliance avec le Seigneur de Guerre, les Minwanabi ou les Anasati. Mais ils sont impliqués dans une sorte de complot avec le Parti de la Roue Bleue. »

Ainsi Arakasi pensait lui aussi qu'une alliance matrimoniale serait bénéfique aux Acoma. Mais l'intérêt de Mara n'était que politique. « Quel complot ?

— Je ne sais pas, répondit Arakasi avec un geste de frustration. Mes agents ne sont pas assez bien placés pour obtenir des informations sur la politique interne de la Roue Bleue. Je déduis qu'une manœuvre est en cours, qui vise à émousser l'influence du Seigneur de Guerre, puisque le sentiment de la Roue Bleue au conseil est qu'Almecho détient trop de pouvoir. Cependant, depuis l'invasion du monde barbare, ce mouvement a pratiquement cessé d'exister. Même les Shinzawaï apportent leur soutien à Almecho. Le fils aîné de Kamatsu, Kasumi, est l'un des chefs de bataillon des troupes Kanazawaï sur Midkemia. » Le maître espion fronça les sourcils en prononçant les mots étrangers. « Elles affrontent les armées de Crydee dans la province la plus occidentale de ce que les barbares appellent le Royaume des Isles. »

Mara était toujours étonnée par la quantité d'informations qu'Arakasi pouvait mémoriser, même pour ce qui semblait être des détails triviaux. Il ne prenait jamais de notes et ne gardait pas de listes. À part les messages codés déguisés en documents commerciaux banals, il ne permettait jamais à ses agents d'écrire leurs rapports. De plus, ses intuitions et ses hypothèses étaient toujours étonnantes.

« Penses-tu que le Parti de la Roue Bleue a changé d'alliance ? demanda-t-elle.

— Non, répondit Arakasi avec assurance. Le monde de Midkemia contient trop de richesses pour le gain d'un seul homme, et Kamatsu pratique le Jeu de façon trop astucieuse. Je m'attends à ce que la Roue Bleue retire son soutien à l'Alliance pour la Guerre à un moment critique, laissant le Seigneur de Guerre avec des troupes dangereusement déployées. Si c'est le cas, le résultat risque d'être intéressant. »

Mara reconsidéra la lettre du seigneur des Shinzawaï à la lumière de ces informations et décida à contrecœur de refuser l'invitation. Ses plans pour Bruli et les difficultés financières des Acoma l'empêchaient d'honorer Hokanu comme il convenait et de lui offrir l'hospitalité qu'il méritait. Plus tard, peut-être, elle lui enverrait une invitation pour compenser la déception qu'elle devait maintenant lui infliger. « Jican, ordonne aux scribes de rédiger une lettre polie informant le fils cadet du seigneur des Shinzawaï que nous serons dans l'impossibilité de lui offrir notre hospitalité pour le moment… Le décès de mon Seigneur a laissé beaucoup de confusion dans le domaine, et nous le prions humblement d'être compréhensif. Je signerai personnellement le parchemin, car je ne souhaite sincèrement pas offenser Hokanu. »

Jican prit une note sur son ardoise. Puis une nouvelle ride de souci creusa son front. « Il y a aussi le problème des dettes de jeu du défunt seigneur Bunto, Dame. »

Fatiguée d'être assise, Mara se leva et avança d'un pas nonchalant vers la cloison qui ouvrait sur le jardin. Contemplant les fleurs, elle demanda : « Combien a-t-il perdu ? »

Le hadonra répondit sans la moindre hésitation, comme si les chiffres hantaient son sommeil depuis plusieurs nuits. « Sept mille centins de métal, vingt-sept dimis et soixante-cinq cintis… et quatre dizins. »

Mara se retourna pour le regarder. « Nous pouvons payer ?

— Certainement, mais cela limitera notre apport de capital jusqu'à ce que la prochaine récolte soit vendue. » Comme si le sujet le peinait, Jican ajouta : « Nous devrons tout de même demander quelques crédits. »

Mais les artisans cho-ja commençaient à produire du jade commercialisable ; le temps de la dette serait court. Mara ordonna : « Paye-les maintenant. »

Jican prit une autre note. « Il y a aussi le problème de la dette du seigneur des Tuscalora.

— Quelle dette ? » Le domaine des Tuscalora se trouvait à la frontière sud des terres Acoma et, à la connaissance de Mara il n'y avait pas eu de liens commerciaux entre leurs familles depuis plusieurs générations.

Jican soupira. « Votre époux était un piètre joueur, mais il excellait à la lutte. Il a vaincu le champion des Tuscalora en quatre occasions, et le seigneur Jidu a perdu gros à chaque fois. Il avait parié trente centins lors du premier affrontement, et avait payé en pierres précieuses. Il a engagé ensuite cinq cents centins dans un second combat, qu'il a inscrits sur un papier-contrat mais qu'il a choisi de ne pas honorer, car les deux paris suivants furent un quitte ou double. Son champion a été vaincu à chaque fois ; cela a été le sujet de toutes les conversations de Sulan-Qu pendant une semaine. À présent, le seigneur des Tuscalora doit une somme de deux mille centins aux Acoma.

— Deux mille centins ! Voilà qui aiderait grandement nos finances. »

Jican haussa les épaules. « S'il avait des liquidités pour payer – j'ai envoyé deux rappels polis et je n'ai reçu aucune réponse, probablement parce que le seigneur s'est offert un crédit jusqu'à ce que les récoltes de cette saison soient moissonnées pour être commercialisées.

— Envoie une demande très ferme, avec mon sceau personnel. » Mara détourna le regard un instant, pensive, puis ajouta : « Nous perdrons beaucoup si l'on croit que l'on peut tirer un avantage du fait qu'une femme dirige à nouveau la maison Acoma. Fais savoir au seigneur des Tuscalora que j'exige une réponse immédiate. »

Jican hocha la tête. Mara lui permit de se retirer et, seule, considéra le sentiment de malaise qui était monté en elle quand elle avait appris l'existence de la dette des Tuscalora. Son voisin au sud n'avait aucune importance, comme allié ou comme ennemi. Mais son armée était suffisamment grande pour menacer la sécurité des Acoma si la dette devenait un point de contentieux entre les deux maisons. Cependant, ne pas exiger son dû légitime proclamerait la faiblesse des Acoma sur tous les marchés de l'Empire. Mara soupira. Le seigneur des Tuscalora était célèbre pour son tempérament susceptible et belliqueux. Il détestait avouer qu'il était dans son tort, et c'était sans doute pourquoi Buntokapi l'avait laissé s'endetter aussi loin. Mara espérait que, cette fois, Jidu des Tuscalora serait un voisin raisonnable.

Mara lut le parchemin, la gorge serrée par la colère et une certaine peur. Arakasi, Keyoke, Papéwaio et Nacoya attendaient tous silencieusement qu'elle eût fini de relire la réponse du seigneur des Tuscalora. Elle resta assise, silencieuse, pendant un long moment, tapotant le parchemin contre ses doigts. Puis elle prit enfin la parole : « Nous ne pouvons pas ignorer cette insulte. Keyoke, comment mon père aurait-il réagi devant un message comme celui-ci ?

— Les hommes seraient déjà en train de s'armer », répondit le commandant. Il observa la fille de Sezu et ajouta : « Je peux marcher dès que vous en donnerez l'ordre, maîtresse. »

Mara soupira, sans prendre la peine de cacher son angoisse à ses quatre conseillers les plus proches. « Je ne peux pas considérer ce geste de défi et cette insulte comme une déclaration de guerre, Keyoke. Nous engager dans un conflit avec les Tuscalora signifierait notre destruction. »

Keyoke la regarda d'un air égal. « Nous pouvons le tester. »

Les yeux bruns de Mara restèrent résolus alors qu'elle croisait le regard du commandant. « À quel prix ? Les forces des Tuscalora ne sont pas si faibles que nous puissions marcher contre elles sans souffrir. » Elle secoua la tête. « Devrions-nous retomber dans l'état où nous étions après la mort de père et de Lano ? Cette fois, nos ennemis ne seront pas si lents à frapper. » La frustration épaissit sa voix. « Tout ce que j'ai construit, tout ce que j'ai enduré, serait réduit à néant. »

La vieille main de Nacoya la coupa avec emphase : « Alors ne faites rien, Dame. La somme n'est pas si grande qu'elle vaille la peine que vous vous mettiez en danger, ainsi qu'Ayaki. Occupez-vous plus tard de ce petit homme injurieux, quand vous en serez capable. »

Mara s'immobilisa soudain. « Non, je dois faire quelque chose. Ignorer le refus de notre demande serait annoncer à toutes les maisons de l'Empire que nous sommes incapables de répondre à une insulte faite à notre honneur. » Elle laissa tomber le parchemin sur une petite table, comme s'il était empoisonné. « Nous devons relever l'offense. Keyoke, que toute la garnison se prépare à marcher dès les premières lueurs de l'aube. Je souhaite que les hommes soient rassemblés aussi près que possible de la frontière du domaine Tuscalora sans alerter leurs sentinelles. »

Keyoke hocha la tête. « Le terrain ne sera pas favorable à une charge. Nous aurons besoin de vingt minutes pour atteindre le manoir s'il y a un problème. »

Mara regarda d'un air sinistre les massifs de fleurs de l'autre côté de la cloison. « Cela ne changera rien, que l'assaut prenne cinq minutes ou cinq heures. Au moment où vous nous rejoindrez, je serai déjà morte. Non, nous devons gagner l'avantage par un autre moyen que la force des armes. »

Il s'ensuivit une discussion tactique qui se prolongea bien après le crépuscule. Des domestiques apportèrent un repas auquel personne ne toucha. Même Arakasi n'avait plus d'appétit. À la fin, quand Keyoke et Papéwaio eurent épuisé leurs connaissances militaires, Mara suggéra un autre plan, qui offrait un dangereux espoir.

Nacoya se tut, pâle comme un linceul. Papéwaio restait assis, se grattant le menton du pouce, encore et encore, tandis que Keyoke gardait une mine sévère. Mais seul Arakasi comprit véritablement l'amertume de Mara alors qu'elle prenait congé de ses conseillers, en disant : « Je prendrai demain la route et j'irai affronter le seigneur Jidu. Et si les dieux ne sont pas favorablement disposés envers les Acoma, alors notre ruine ne sera pas due aux complots des Anasati ou à la trahison des Minwanabi, mais à un homme sans honneur qui refuse d'honorer une dette de jeu. »

Chapitre douze

Prise de risque

Mara fronça les sourcils.

Elle dissimula son inquiétude derrière un éventail de dentelle et exprima son désir de faire une pause. Papéwaio fit signe à l'autre officier et aux cinquante hommes de son escorte, et les porteurs déposèrent le palanquin dans la cour du manoir des Tuscalora.

Mara écarta les rideaux pour mieux voir son hôte involontaire. Jidu des Tuscalora était un homme grassouillet, avec un visage et des bajoues ronds comme la lune, et des cils aussi longs que ceux d'une femme. Ses deux poignets potelés étaient couverts de bracelets de jade, et l'étoffe enflée de ses robes était décorée de disques de coquillage. Il tintait comme un rétameur ambulant quand il se déplaçait, et le parfum qui l'environnait formait un nuagc prcsquc visiblc.

Grâce à Jican, Mara avait appris que les ressources de Jidu provenaient uniquement de ses buissons de chocha-la. La variété rare de chocha qui poussait sur ses terres produisait les fèves les plus chères et les plus recherchées de tout l'Empire. Grâce à une concentration inhabituelle de certains minéraux dans leur sol, les Tuscalora possédaient la plantation la plus exceptionnelle de l'Empire. Si Jidu avait eu l'intelligence de la gérer d'une façon organisée, il aurait été un homme riche. Au lieu de cela, il était seulement aisé.

Mais la mauvaise gestion de son domaine n'était pas une raison pour croire que le souverain des Tuscalora était velléitaire. La réputation querelleuse du seigneur Jidu avait plus d'une fois provoqué des effusions de sang avec ses voisins dans le Sud. Seule la force des Acoma, avant la mort du seigneur Sezu, avait calmé la nature agressive de l'homme. Mara était venue en s'attendant à des ennuis et espérait éviter le conflit. Alors même qu'elle saluait le seigneur Jidu, sa garnison entière, à l'exception de quelques gardes restant sur le périmètre extérieur de sa propriété, se plaçait non loin de la frontière des Tuscalora. S'il fallait en venir au combat, Tasido et Lujan mèneraient un assaut combiné sur les Tuscalora, pendant que Keyoke gardait des troupes en réserve pour protéger le manoir. Si le plan de secours de Mara échouait – si le sort de la bataille ne lui était pas favorable et que les Acoma devaient battre en retraite pour minimiser leurs pertes –, il resterait assez de troupes pour garder Ayaki en vie jusqu'à ce que son grand-père Anasati pût le secourir. Mara chassa de telles pensées. Dans ce cas, elle serait morte et tout reposerait entre les mains des dieux – ou de Tecuma des Anasati.

Averti de sa visite par un messager envoyé par ses gardes à la frontière, le seigneur Jidu s'inclina sans quitter l'ombre de son hall d'entrée. Que la garde d'honneur de Mara fût armée pour le combat ne semblait pas le troubler car il s'appuya négligemment contre le chambranle de la porte et déclara : « Dame Mara, votre arrivée est un plaisir inattendu. À quoi dois-je cet honneur ? » Son visage reprit instantanément son impassibilité alors que sa visiteuse ordonnait à ses guerriers de se placer autour de son palanquin, au repos. La Dame avait clairement l'intention de rester, même si le seigneur des Tuscalora manquait ouvertement de courtoisie en ne l'invitant pas à l'intérieur pour lui offrir des rafraîchissements.

Glacée par les yeux calculateurs de l'homme, Mara s'efforça d'entamer la conversation. « Seigneur Jidu, j'ai une note signée de vous promettant la somme de deux mille centins de métal à mon défunt époux. Mon hadonra a écrit à ce sujet à votre hadonra, plusieurs fois au cours des dernières semaines. Quand une autre requête, *que j'ai faite personnellement*, vous a été envoyée, vous avez choisi de répondre en m'insultant. Je suis venue pour en discuter.

— Je ne suis pas certain de vous comprendre », répondit le seigneur des Tuscalora. Il jeta une pelure de fruit d'un geste ostentatoire et, avec un léger hochement de la tête, envoya l'un de ses domestiques dans la maison. L'instant suivant, le messager passait rapidement par une porte latérale, courant vers ce qui devait être sûrement les baraquements des soldats.

« Voici ce que je veux dire, rétorqua Mara avec toute l'énergie qu'elle put rassembler. Quand vous dites que vous ne vous sentez pas obligé de répondre à mon message et que vous apprécieriez que je cesse de vous "harceler", vous insultez mon honneur, seigneur Jidu. » Pointant un doigt accusateur, elle ressemblait beaucoup plus à son père qu'elle ne le croyait. « Comment osez-vous parler de moi comme d'une poissonnière des rives du fleuve ! Je suis la Dame des Acoma ! Je ne supporterai de telles remarques d'aucun homme ! J'exige le respect qui m'est dû. »

Le seigneur s'écarta du chambranle de la porte, et ses manières n'étaient plus du tout alanguies. Parlant comme s'il s'adressait à un enfant, il déclara : « Dame Mara, les dettes de jeu ne sont généralement pas réglées de façon aussi directe. Votre défunt mari l'avait bien compris. »

Mara referma son éventail, certaine que l'homme cherchait à gagner du temps. À l'instant où sa garnison recevrait l'appel aux armes, sa sollicitude paternelle et moqueuse cesserait immédiatement. Elle avala sa salive, amère et résolue, et répondit avec toute la fierté de ses ancêtres : « Mon défunt époux ne gouverne plus, mais je vous assure que si le seigneur Buntokapi avait reçu une demande aussi impolie, exigeant qu'il "cesse de vous harceler", il serait en ce moment en train de vous défier à la pointe de l'épée. Pensiez-vous que je n'en ferais pas autant, si vous ne vous excusez pas immédiatement et ne remboursez pas votre dette ? »

Le seigneur Jidu caressa son ample bedaine comme un homme qui vient de se lever d'une table de banquet. Il regarda attentivement Mara, et sa brusque confiance en lui avertit la jeune fille, avant même qu'elle n'entendît le bruit des armes et des armures, qu'une compagnie de soldats Tuscalora venait d'arriver. Papéwaio se tendit à ses côtés. Ce n'étaient pas des gardes d'intérieur amollis, mais des soldats aguerris par un long service aux frontières. Ils se placèrent de chaque côté de la porte, dans une position avantageuse : en cas d'attaque, les archers Acoma seraient obligés de tirer vers le haut, avec le soleil dans les yeux.

Se haussant du mieux possible sur son corps trapu, le seigneur Jidu arrêta de caresser son estomac. « Et si je décidais que votre exigence de paiement est un affront, que feriez-vous, Dame Mara ? M'importuner pour une dette laisse entendre que je ne vous paierai pas. Je pense que vous avez peut-être insulté l'honneur des Tuscalora. »

L'accusation provoqua une réaction immédiate de tous les soldats, qui mirent la main sur la poignée de leur épée. Leur discipline était impeccable ; ils étaient prêts à charger, ce qui créait une tension palpable dans l'air. Papéwaio fit un signe à l'escorte Acoma et, tout aussi harmonieusement, les gardes vêtus de vert de la Dame se rapprochèrent du palanquin pour mieux le protéger, orientant leurs boucliers vers l'extérieur. Environnée par des hommes qui transpiraient de nervosité et de détermination, Mara résista à l'envie d'essuyer ses propres paumes moites. Son père avait-il ressenti la même peur quand il avait chargé ses ennemis dans le monde barbare, en sachant que la mort l'attendait ? Luttant pour maintenir une apparence de calme, Mara regarda entre les boucliers de ses gardes du corps et foudroya le seigneur des Tuscalora du regard. « Nous sommes bien d'accord, nous avons un problème à régler. »

De la sueur perlait sur la lèvre supérieure de Jidu, mais son regard ne trahissait aucune peur. Il claqua des doigts et, instantanément, ses soldats se préparèrent à charger. De façon presque inaudible, Papéwaio murmura à ses propres hommes de rester calmes. Mais ses talons s'écartèrent sur le gravier et Mara entendit un faible bruissement derrière le palanquin. L'archer accroupi à l'arrière, invisible du manoir, avait vu le signal. Subrepticement, il tendit son arc et Mara sentit la peur qui lui traversait le cœur comme une lame de poignard. Papéwaio se préparait à combattre, et ses instincts en matière de guerre étaient extraordinaires.

La réponse du seigneur Jidu ne fit qu'ajouter à sa nervosité. « Vous parlez de façon téméraire pour quelqu'un qui se trouve au cœur des terres Tuscalora. »

Mara se leva de son palanquin et se tint immobile sous les rayons du soleil. « Si l'honneur Acoma n'est pas satisfait, le sang coulera. »

Les deux souverains se mesurèrent du regard ; puis le seigneur Jidu lança un coup d'œil vers les cinquante gardes de Mara. Sa propre compagnie comptait trois fois plus d'hommes et ses réserves devaient être actuellement en train de s'armer, attendant les ordres de leurs chefs de troupe pour se précipiter vers les frontières du domaine où des éclaireurs avaient déjà rapporté la présence de soldats vêtus du vert Acoma. Le seigneur des Tuscalora fronça les sourcils d'une façon si coléreuse que les domestiques s'esquivèrent rapidement dans le manoir. « Le sang versé sera celui des Acoma, Dame ! » Et la main potelée de l'homme se leva pour donner le signal de la charge.

Les épées surgirent du fourreau et les archers Tuscalora lancèrent une volée de flèches, alors que leurs premiers rangs avançaient. Mara entendit des cris de guerre sortir de la gorge de ses soldats ; puis Papéwaio la poussa vers le sol, sur le côté, hors de la ligne de tir. Mais il ne réagit pas assez rapidement. Mara sentit contre son bras un choc qui la fit à moitié se retourner. Elle tomba en arrière, à travers les rideaux de mousseline, dans les coussins du palanquin, une flèche Tuscalora empennée de bleu pâle fichée dans sa chair. Sa vision se troubla, mais elle ne poussa pas un seul cri.

Elle fut prise d'un vertige et le ciel sembla tourner autour d'elle alors que les boucliers de ses défenseurs se resserraient, moins d'une seconde avant que la charge de l'ennemi ne les atteignît.

Les armes se heurtèrent et les boucliers résonnèrent. Le gravier s'éparpilla sous les pieds nerveux. Dans une brume de douleur, Mara se concentra sur le fait que le seul archer Acoma qui importait n'avait pas encore décoché sa flèche. « Papé, le signal », dit-elle entre ses dents serrées. Sa voix semblait faible à ses propres oreilles.

Son puissant chef de troupe ne répondit pas. Essuyant la sueur qui lui coulait dans les yeux, Mara plissa les paupières face au soleil et aux lames tournoyantes, jusqu'à ce qu'elle repérât le casque à plumet. Mais Papéwaio ne pouvait pas la rejoindre, car il était assailli de toutes parts par l'ennemi. Alors même qu'il se débarrassait d'un adversaire d'un coup d'estoc au cou, deux autres Tuscalora vêtus de bleu sautèrent par-dessus le corps de leur camarade agonisant pour engager le combat avec lui. De toute évidence, Jidu avait donné l'ordre d'abattre le seul officier Acoma, dans l'espoir que sa mort provoquerait le désarroi chez les gardes de Mara.

Malgré sa souffrance, Mara admira le mérite d'une telle tactique. Avec le grand nombre de nouveaux venus dans la garnison Acoma, et pratiquement aucune rencontre sur un champ de bataille, presque tous ses hommes combattaient auprès de camarades qui leur étaient étrangers. Et face à l'attaque implacable et acharnée des meilleurs guerriers de Jidu, même Papéwaio éprouvait des difficultés. Il ne restait plus que quelques minutes avant que l'ennemi n'anéantît sa garde, et le plan qu'elle avait conçu pour éviter le massacre n'était pas encore entré en action.

Elle s'agrippa au rebord du palanquin, mais même ce léger mouvement fit frotter la pointe de la flèche contre l'os du bras. Une onde de souffrance terrible traversa son corps ; elle gémit entre ses dents serrées et lutta pour ne pas s'évanouir.

Les lames semblaient se croiser en faisceau au-dessus de sa tête. Puis un garde Acoma s'effondra et tomba en arrière, le sang giclant par une déchirure de son armure. Il frissonna, ses yeux ouverts reflétant le ciel. Ses lèvres formèrent une dernière prière à Chochocan, et ses mains lâchèrent la poignée de son épée. Mara sentit des larmes lui monter aux yeux. C'était ainsi que son père et Lano étaient morts. La pensée du petit Ayaki embroché sur une lance ennemie la rendit folle de fureur.

Elle tendit la main et saisit la poignée trempée de sueur de l'épée du soldat tombé. Utilisant la lame comme une béquille, elle se mit à genoux. Le soleil était chaud sur sa tête et ses yeux s'embuèrent sous l'effet de la souffrance. Combattant des vagues d'étourdissement, elle vit qu'une flèche malencontreuse avait abattu son précieux archer. Il gisait, gémissant, ses mains étreignant son ventre. Et la flèche de signal qui devait ordonner à Lujan et Tasido d'entrer en action crépitait inutilement à ses pieds.

Mara gémit. Des cris assaillaient ses oreilles et le fracas des lames lui semblait être le roulement des tambours de Turakamu. Papéwaio lança un ordre, et les Acoma toujours en état de combattre resserrèrent leurs rangs, piétinant par nécessité les corps encore chauds de leurs camarades. Mara adressa une prière à Lashima pour avoir de la force et tendit des mains tremblantes vers l'arc de l'homme abattu.

L'arc de corne était lourd et difficile à manier, et la flèche glissait dans ses mains moites. Mara encocha la flèche avec détermination. Sa main trembla sur la corde et la flèche s'inclina et ripa. Elle réussit à la récupérer, mais l'afflux de sang à sa tête obscurcit momentanément sa vision.

Elle s'obligea à continuer en se guidant par le sens du toucher. Sa vue s'éclaircissait par instants ; un autre homme s'était écrasé contre le palanquin, son sang dessinant de larges éclaboussures sur la mousseline blanche. Mara saisit l'arc et lutta contre la faiblesse et la souffrance pour le bander.

Ses efforts furent vains. Une souffrance terrible lui déchira l'épaule, et ses lèvres s'entrouvrirent dans un cri qu'elle ne put réprimer. Pleurant des larmes de honte, elle ferma les yeux et essaya de nouveau. L'arc lui résistait comme une racine-de-fer. Des spasmes la saisirent et la faiblesse étouffait sa conscience comme une cagoule noire. Alors que les cris des hommes et le fracas des armes diminuaient dans ses oreilles, elle luttait encore pour tendre l'arc, un exploit qui aurait été probablement au-dessus de ses forces même si elle n'avait pas été blessée.

Soudain des bras la soutinrent. Des mains assurées se placèrent derrière ses épaules et se refermèrent fermement sur ses doigts serrés sur la poignée de cuir, et sur la corde. Et comme par miracle, la force d'un homme vint s'ajouter à la sienne, l'arc se tendit et libéra la flèche.

Avec un hurlement audible qui couvrit le bruit du combat, la flèche de signal s'élança dans le ciel ; et la souveraine des Acoma s'évanouit dans les bras d'un homme blessé à la jambe qui, sans la grâce obtenue par ruse, serait mort comme un criminel dans les collines sauvages. Il allongea la forme mince de sa maîtresse sur les coussins tachés de sang du palanquin. Il pressa la bande de tissu qu'il aurait dû utiliser pour panser sa propre blessure sur l'épaule de Mara, pour étancher le sang que faisait couler la flèche. Autour de lui, les Tuscalora se rapprochaient pour remporter la victoire.

Le seigneur Jidu ignora le fruit glacé posé près de lui et se pencha en avant sur son coussin pour mieux observer la fin de la bataille. Il fit un geste à un esclave pour qu'on l'éventât. L'excitation faisait perler des gouttelettes de sueur sur son front pendant qu'il observait sa victoire imminente – bien qu'elle semblât plus longue à venir qu'il ne s'y était attendu. Un grand nombre de ses meilleurs guerriers gisaient sur le sentier de graviers, dont une bonne partie était tombée sous les coups de l'officier Acoma aux cheveux noirs, qui combattait avec les mains couvertes de sang jusqu'aux poignets. Il semblait invincible, sa lame s'élevant et tombant avec une régularité meurtrière. Mais la victoire reviendrait aux Tuscalora, en dépit de l'habileté de l'officier. Un par un, ses hommes tombaient, vaincus par l'ennemi en nombre supérieur. Un instant, Jidu se demanda s'il allait donner l'ordre de le capturer, car il aurait une grande valeur dans l'arène, qui compenserait le coût de cette bataille. Puis le seigneur des Tuscalora chassa cette pensée. Il valait mieux en terminer rapidement. Il y avait toujours le problème des troupes Acoma massées sur sa frontière, qui attaquaient maintenant, sans aucun doute, après le départ de la flèche de signal. Au moins, l'un des archers Tuscalora avait touché la Dame. Peut-être était-elle en train de mourir d'une hémorragie en ce moment même.

Le seigneur Jidu prit une boisson sur le plateau. Il but une longue gorgée et soupira d'aise. La question de cette dette de jeu qu'il avait contractée avec le seigneur Buntokapi arrivait à une meilleure conclusion qu'il ne l'aurait espéré. Peut-être pourrait-il s'emparer du natami des Acoma, pour l'enterrer à l'envers près des ossements de ses ancêtres Tuscalora. Puis le seigneur Jidu pensa à Tecuma des Anasati, qui ignorait tout de cette bataille. Un rire secoua sa gorge grasse. S'il capturait le mioche Acoma, il forcerait Tecuma à lui obéir ! Le garçon en échange du retrait du soutien des Anasati à l'Alliance pour la Guerre ! Jidu sourit à cette pensée. Le Grand Jeu frappait aussi bien les puissants que les faibles ; et il devait contrecarrer tous les alliés du Seigneur de Guerre, car la guerre détournait toujours l'argent du commerce du chocha pour le placer dans les coffres des armuriers et des maîtres d'armes.

Mais tout dépendrait de cette victoire, et les soldats Acoma faisaient preuve d'une mauvaise volonté alarmante à mourir. Peut-être, pensa Jidu, qu'il avait lancé trop de forces sur les troupes massées aux frontières. Déjà les deux camps avaient été réduits, et les Tuscalora n'étaient plus qu'à deux contre un. Le plumet vert de l'officier des Acoma recula à nouveau, et le premier chef de troupe des Tuscalora hurla à ses hommes de se rapprocher. Il ne restait plus maintenant qu'une poignée de soldats regroupés contre le palanquin de Mara, levant leur épée dans leurs mains fatiguées. Leur fin était certaine maintenant.

Puis un messager essoufflé arriva en courant au manoir. L'homme se prosterna aux pieds de son maître. « Seigneur, les troupes Acoma sont entrées dans les vergers et ont mis le feu aux buissons de chocha-la. »

Furieux, Jidu hurla à son hadonra de le rejoindre ; mais des nouvelles bien pires suivirent. Le messager reprit difficilement son souffle et termina son rapport. « Deux chefs de troupe Acoma avec une troupe de trois cents guerriers ont pris position entre les récoltes incendiées et le fleuve. Aucun de nos ouvriers ne peut passer à travers leurs rangs pour combattre l'incendie. »

Le seigneur des Tuscalora bondit sur ses pieds. La situation était critique ; les buissons de chocha-la arrivaient à maturité avec une extrême lenteur, et de nouveaux champs ne mûriraient pas assez vite pour donner des récoltes suffisant à compenser cette perte avant la fin de sa vie. Si les buissons brûlaient, il ne pourrait pas rembourser ses créanciers avec la vente de la récolte de cette année. La maison de Jidu connaîtrait la ruine et la richesse des Tuscalora serait réduite en cendres.

Faisant signe au messager épuisé de s'écarter de son chemin, le seigneur des Tuscalora appela son coursier. « Fais sortir des baraquements les compagnies auxiliaires ! Envoie-les libérer un chemin pour les ouvriers ! »

Le garçon courut ; et savoir que l'escorte de Mara était pratiquement vaincue perdit soudain toute saveur. De la fumée obscurcissait le ciel matinal, un panache de suie noir et maléfique. De toute évidence, les incendies avaient été allumés par une main experte. Le seigneur Jidu faillit frapper le second messager, qui arriva haletant pour rapporter que l'incendie s'était tellement étendu qu'il serait bientôt impossible de sauver la récolte – à moins que les forces Acoma ne fussent neutralisées, afin de permettre aux ouvriers de faire une chaîne pour utiliser l'eau du fleuve.

Jidu hésita, puis fit un geste à un porteur de trompe. « Sonne la retraite ! » ordonna-t-il avec rage. Mara l'avait placé devant un choix amer et difficile : perdre la face et admettre comme un déshonneur son retard à payer sa dette, ou la tuer au prix de la destruction de sa propre maison.

Le héraut sonna une série de notes et le chef de troupe des Tuscalora se retourna, stupéfait. L'obéissance tsurani prit la relève, et il fit reculer instantanément ses hommes, arrêtant le combat contre les gardes de Mara.

Des cinquante soldats venus au domaine des Tuscalora, moins de vingt survivants se tenaient maintenant devant le palanquin ensanglanté de leur Dame.

Jidu cria : « Je propose une trêve.

— Offrez à la Dame des Acoma vos excuses sincères, cria l'officier au plumet vert, l'épée prête à frapper si le combat reprenait. Rendez-lui honneur, seigneur Jidu, et les guerriers Acoma déposeront les armes et aideront vos hommes à sauver la récolte. »

Le seigneur des Tuscalora dansa d'un pied sur l'autre, furieux de comprendre qu'il avait été dupé. La jeune fille dans le palanquin avait préparé cette stratégie depuis le début. La situation était complètement inversée. Si Jidu réfléchissait, ou prenait même le temps d'envoyer des coursiers pour se rendre compte de l'étendue des dommages et déterminer si ses troupes avaient un espoir de percer les lignes Acoma, il risquait de tout perdre. Il ne lui restait plus qu'à capituler.

« Je concède l'honneur des Acoma », cria le seigneur Jidu, avec une grimace de honte sur le visage, comme s'il avait mangé des raisins verts. Son premier chef de troupe donna à contrecœur l'ordre aux guerriers de déposer les armes.

Les soldats Acoma survivants déverrouillèrent leur mur de boucliers, fatigués mais fiers. La victoire étincelait dans les yeux de Papéwaio, mais alors qu'il se retournait vers le palanquin pour partager la victoire avec sa Dame, son visage inondé de sueur se figea. Il se pencha en hâte, oubliant l'épée ensanglantée qu'il tenait à la main ; et pendant un dernier et cruel instant, le seigneur des Tuscalora pria pour que la fortune le favorisât. Si la Dame Mara gisait morte dans son palanquin, les Tuscalora étaient ruinés.

Mara s'éveilla, la tête douloureuse et le bras en feu. Un soldat Acoma pansait sa blessure avec un morceau de tissu arraché au rideau du palanquin. « Que… » commença-t-elle faiblement.

Le visage de Papéwaio se pencha soudainement au-dessus d'elle. « Ma Dame ?

— Que s'est-il passé ? demanda-t-elle, d'une toute petite voix.

— Comme vous l'aviez espéré, Jidu a ordonné la retraite quand ses vergers ont été menacés. » Il jeta un coup d'œil par-dessus son épaule, vit que son escouade meurtrie et fatiguée se tenait prête à intervenir, et ajouta : « Nous sommes toujours en danger, mais je pense que vous détenez pour le moment la meilleure position. Il faut que vous parliez avec Jidu maintenant, avant que les choses n'empirent. »

Mara secoua la tête et permit à Papéwaio et à un autre soldat de la soulever du palanquin. Ses pieds semblaient la trahir. Elle fut obligée de s'accrocher au bras du chef de troupe alors qu'elle s'avançait lentement sur le gravier couvert de sang, vers la ligne où ses soldats survivants attendaient. La vision de Mara était troublée. Elle cligna plusieurs fois des yeux et sentit une odeur âcre dans l'air. La fumée des vergers incendiés dérivait comme un manteau noir, recouvrant le ciel au-dessus du manoir.

« Mara ! » Le cri de Jidu était frénétique. « Je vous propose une trêve. Ordonnez à vos hommes de s'écarter de mes vergers et j'admettrai que j'avais tort de ne pas honorer mes dettes. »

Mara regarda l'homme grassouillet et anxieux, et répondit froidement, retournant la situation à l'avantage des Acoma : « Vous m'avez attaquée sans provocation. Pensez-vous, après avoir admis que vous aviez tort, que je pardonnerai le massacre d'hommes de valeur pour le règlement d'une somme que vous me deviez de toute façon ?

— Nous pourrons résoudre nos différends plus tard, cria Jidu, dont le visage s'empourprait de plus en plus. Mes vergers brûlent. »

Mara hocha la tête. Papéwaio fit un signe de la pointe de son épée et un soldat envoya dans le ciel une autre flèche de signal. Mara tenta de parler, mais la faiblesse la vainquit. Elle murmura quelque chose à Papéwaio, qui cria : « Ma maîtresse dit que nos ouvriers éteindront le feu. Mais nos hommes garderont leurs positions avec des torches enflammées. Si quelque chose n'allait pas, les vergers de chocha-la seraient réduits en cendres. »

Une lueur de folie brilla dans le regard de Jidu alors qu'il cherchait désespérément une façon de regagner l'avantage. Un messager en haillons, couvert de suie, se précipita dans la cour. « Maître, les soldats Acoma repoussent nos hommes. Les auxiliaires n'ont pas réussi à ouvrir une route vers le fleuve. »

Le seigneur des Tuscalora perdit toute détermination. Douloureusement résigné, il se laissa tomber dans ses coussins et frotta ses mains sur ses genoux potelés. « Très bien, Mara. J'accepte l'inévitable. Nous agirons selon vos désirs. » Il ordonna à son premier chef de troupe : « Déposez les armes. »

Le seigneur de Tuscalora considérait Mara d'un air gêné tandis qu'elle changeait de position pour soulager son bras blessé. La Dame des Acoma avait refusé l'offre de Jidu de laisser son médecin s'occuper d'elle ; elle avait préféré un bandage de fortune mis en place par Papéwaio. Les soldats Acoma gardaient leur position dans les vergers de chocha-la, et le commandant des armées Tuscalora avait confirmé le pire : les Acoma pourraient à nouveau incendier les vergers avant qu'on pût les repousser.

Jidu transpirait et luttait désespérément pour présenter toute l'affaire comme un quiproquo. « C'était un accord entre hommes, ma Dame. J'ai pris de nombreux paris avec votre défunt époux. De temps en temps, il gagnait ; de temps en temps, je gagnais. Nous laissions les sommes s'accumuler, et quand je remportais un pari, le montant était déduit de la dette. Si plus tard j'avais la chance de prendre l'avantage, je laissais à mon tour courir la somme. C'est… un accord entre gens de qualité.

— Eh bien, je ne parie jamais, seigneur Jidu. » Mara tourna un regard noir et irrité sur son hôte involontaire. « Je pense que nous devrions simplement fixer un paiement… et une indemnité pour le dommage infligé à mon honneur. Des soldats Acoma sont morts aujourd'hui.

— Vous demandez l'impossible ! » Le seigneur des Tuscalora leva au ciel ses mains dodues, dans une manifestation de détresse rare chez les Tsurani.

Mara leva les sourcils. « Vous préférez encore ne pas honorer cette dette ? » Elle lança un regard appuyé vers les soldats Acoma qui s'étaient regroupés à proximité, un archer au milieu d'eux prêt à lancer une autre flèche de signal. Jidu regarda les cercles de coquillages qui ornaient ses sandales. « Ah, ma Dame… Je suis désolé de vous infliger des désagréments. Mais les menaces ne peuvent pas changer le fait que je suis incapable d'honorer cette dette à l'heure actuelle. Bien sûr, je satisferai totalement à mes obligations dès que les circonstances le permettront. Pour cela, vous avez ma parole. »

Mara restait totalement immobile. Sa voix prit une note dure et amère. « Je ne suis pas encline actuellement à la patience, seigneur Jidu. À quelle date puis-je espérer un paiement ? »

Jidu semblait confondu alors qu'il admettait : « J'ai récemment subi quelques revers de fortune, Dame Mara. Mais je peux raisonnablement promettre une compensation quand la récolte de cette année sera vendue. »

Si elle est vendue un jour, pensa ironiquement Mara. Elle se redressa. « La récolte de chocha-la ne se fera pas avant trois mois, seigneur Jidu. Vous espérez que j'attendrai jusque-là pour recevoir les deux mille centins de métal – et mon indemnité ?

— Mais vous le devez », s'exclama misérablement le seigneur des Tuscalora. Il fit un geste de détresse vers le petit homme mince assis à ses côtés. Sijana, le hadonra des Tuscalora, fouilla dans ses parchemins et passa hâtivement en revue les finances du domaine. Il murmura quelques mots à une vitesse folle dans l'oreille de son maître et attendit sa réaction. Le seigneur Jidu tapota son estomac avec une confiance renouvelée. « En fait, Dame, je peux vous payer immédiatement deux mille centins – plus cinq cents autres pour compenser les dommages que vous avez subis. Mais un paiement de cette envergure m'empêcherait d'étendre les plantations pour l'année prochaine. Le seigneur Buntokapi l'avait compris et m'avait promis un calendrier de remboursement favorable, cinq cents centins par an pendant les quatre prochaines années – cinq ans, donc, avec l'indemnité. » Le hochement de tête satisfait du hadonra se transforma en consternation ; une rougeur intense envahit le col de Jidu quand il se rendit compte qu'il venait de se contredire. Quelques minutes auparavant, il avait affirmé que la dette était laissée en suspens en attendant le résultat de futurs paris. Comme il était certain que

Mara allait sauter sur ce petit mensonge pour le couvrir de honte, il ajouta très vite : « Je paierai des intérêts, bien sûr. »

Un silence lourd tomba, ponctué par la respiration pesante de Jidu et le grincement presque imperceptible de l'armure de Papéwaio qui transférait son poids sur la pointe de ses pieds. Mara utilisa sa bonne main pour ouvrir son éventail, d'un geste calme et venimeux. « Vous chicanez comme un usurier alors que des soldats Acoma gisent morts à votre porte ? Mais si mon défunt seigneur avait choisi de vous offrir des termes avantageux pour votre dette, qu'il en soit ainsi ! Montrez-moi le document et nous nous arrangerons selon ses termes. »

Jidu cligna des yeux. « Mais notre accord était verbal, Dame Mara, une promesse entre gentilshommes. »

L'éventail vibra dans l'air tandis que Mara retenait difficilement sa colère. « Vous n'avez aucune preuve ? Et cependant vous osez marchander ? »

Avec ses vergers tenus en otage, Jidu renâcla à remettre sur le tapis des questions d'honneur. « Vous avez ma parole, ma Dame. »

Mara grimaça. Le seigneur des Tuscalora avait créé une situation où elle ne pouvait que le traiter de parjure, une insulte qu'aucun souverain ne pouvait ignorer. L'étiquette demandait que la Dame des Acoma acceptât l'accord, consentant à ne rien gagner pendant les trois prochains mois puis seulement un cinquième de ce qui lui était dû. Ou elle devait reprendre un massacre inutile.

L'éventail restait immobile dans sa main. « Mais cette dette a déjà largement dépassé son échéance, seigneur Jidu. Le refus de votre hadonra de répondre en temps et en heure aux précédentes demandes a provoqué cette impasse. Je n'accepterai aucun délai supplémentaire, ou vos vergers seront réduits en cendres.

— Que proposez-vous ? » demanda Jidu faiblement.

Mara reposa son superbe éventail sur son genou. Bien que sa blessure la fatiguât visiblement, elle jugea avec perfection le moment où proposer son offre, avant que Jidu ne pût reprendre ses esprits. « Mon Seigneur, vous possédez une petite bande de terrain entre mes pâturages septentrionaux et méridionaux, coupée en son milieu par le lit d'une rivière asséchée.

— Je vois de quelle terre vous parlez », acquiesça Jidu. Il avait autrefois proposé de vendre ce terrain au père de Mara ; Sezu avait refusé parce que la terre était stérile. Les berges de la rivière asséchée étaient rocheuses et érodées, et beaucoup trop escarpées pour être cultivables. Une expression rusée traversa le visage du seigneur des Tuscalora. « Auriez-vous besoin de cette terre, ma Dame ? »

Mara tapota son éventail, pensive. « Nous avons récemment abandonné l'usage des pâturages d'altitude aux Cho-ja. Actuellement, Jican aimerait relier les pâturages de la vallée, et peut-être construire un pont de planches pour que les jeunes needra puissent traverser le lit de la rivière sans se blesser les pattes. » Se rappelant la note que Sezu avait inscrite dans le coin d'une carte très abîmée, Mara réprima un sourire. Comme si elle concédait une faveur, elle ajouta : « Seigneur Jidu, je suis prête à effacer votre dette en échange de cette terre et de tous les privilèges qui lui sont afférents. De plus, vous ferez le serment de ne plus vous opposer aux Acoma jusqu'à la fin de votre vie. »

L'hadonra ridé se raidit dans un mouvement de peur mal dissimulé ; il murmura quelque chose à l'oreille de son maître. Le seigneur des Tuscalora l'écouta, puis sourit onctueusement à Mara. « Si les Tuscalora gardent un droit d'accès à la route impériale pour leurs chariots, je suis d'accord. »

La Dame des Acoma lui répondit avec un mouvement gracieux de son éventail : « Mais bien sûr. Vos ouvriers pourront conduire vos chariots dans le ravin quand ils le voudront, seigneur Jidu.

— Accordé ! » Les joues du seigneur Jidu s'arrondirent pour former un sourire. « Vous avez ma parole ! Avec un grand plaisir. » Puis, pour tenter de réduire la tension, il s'inclina très bas. « Je salue votre courage et votre sagesse, Dame, car cette malheureuse confrontation a créé un lien plus étroit entre nos deux familles. »

Mara fit un geste à Papéwaio, qui l'aida à se relever. « J'attends maintenant votre serment, Jidu. Apportez votre épée de famille. »

Un instant, il y eut de nouveau une tension dans l'air, car Mara demandait publiquement le plus sacré des serments, au lieu d'une simple promesse. Cependant, jusqu'à ce que les vergers des Tuscalora fussent libres de tout guerrier Acoma, le seigneur Jidu n'osait pas protester. Il envoya un domestique chercher l'épée de ses ancêtres, aussi ancienne que toutes ses pareilles dans l'Empire, une arme en acier précieux rangée dans un simple fourreau de bambou. Sous le regard de Mara et de son officier, le seigneur des Tuscalora saisit la poignée de l'épée et jura sur le nom de ses ancêtres de respecter sa promesse.

Enfin satisfaite, Mara fit un geste à ses soldats. Ils l'aidèrent à rejoindre le palanquin taché de sang. Son visage pâlit tandis qu'elle s'allongeait dans les coussins. Doucement, les porteurs placèrent la litière sur leurs épaules. Alors qu'ils se préparaient à reconduire leur maîtresse blessée dans sa demeure, Mara fit un geste de la tête au seigneur des Tuscalora. « La dette est remboursée équitablement, Jidu. Je dirai avec plaisir à tous ceux qui me le demanderont que le seigneur des Tuscalora est un homme d'honneur, qui respecte ses obligations sans se dérober. » Puis elle ajouta avec insistance : « Et qui tient ses promesses. Tout le monde saura que votre parole est votre caution. »

Le seigneur des Tuscalora resta impassible devant l'acidité de son sarcasme. Il l'avait sous-estimée et avait perdu beaucoup de prestige à cause de cette erreur. Mais, au moins, son manquement à l'honneur ne deviendrait pas public, et pour cette petite faveur, il remercia les cieux.

Quand l'escorte Acoma se fut prudemment éloignée du manoir Tuscalora, Mara ferma les yeux et se cacha le visage dans les mains. Alarmé, Papéwaio se rapprocha du palanquin. « Vous avez pris de grands risques, ma Dame. Mais vous avez triomphé. »

La réponse de Mara lui parvint, étouffée par ses mains. « Beaucoup de braves hommes ont été tués.

— Mais ils sont morts comme des guerriers, maîtresse, approuva Papéwaio. Ceux qui ont gagné de l'honneur sous votre commandement chanteront vos louanges devant les dieux. » Il se tut alors, car le palanquin semblait trembler. « Ma Dame ? »

Papéwaio lança un regard dans le palanquin pour voir ce qui affligeait sa maîtresse. Derrière l'écran de ses paumes, Mara pleurait de rage. Papéwaio la laissa se purger de ses émotions pendant un moment, puis déclara : « Si le ravin formé par le lit de la rivière est inondé, le seigneur des Tuscalora ne disposera plus d'une route facile pour emporter ses récoltes jusqu'aux marchés. »

Les mains de Mara se baissèrent. En dépit de ses yeux rouges et d'un visage livide, une expression de triomphe rusé se peignit sur ses traits. « Si Jidu est obligé d'utiliser le long défilé qui contourne la gorge pour atteindre la voie impériale, son chochala sera gâté par la moisissure avant qu'il n'atteigne Sulan-Qu. Mon seigneur des Tuscalora éprouvera alors de grandes difficultés, car je doute qu'il soit capable d'acquitter le péage que j'imposerai pour l'utilisation de mon pont à needra. » Quand Papéwaio tourna un regard curieux vers sa maîtresse, elle ajouta : « Tu as entendu Jidu prêter serment de ne plus s'opposer aux Acoma ? Eh bien, c'est un début. Ce chien adipeux sera mon premier vassal. Il le sera avant la fin de la saison, Papé, avant la fin de la saison. »

Le chef de troupe Acoma continua à marcher, considérant ce que cette jeune femme avait accompli depuis qu'il avait accompagné Keyoke jusqu'au temple pour la reconduire chez elle. Il hocha la tête. Oui, Jidu des Tuscalora devrait plier le genou devant Mara ou perdre sa récolte. Telles étaient les règles du jeu, et Mara avait gagné. Sans le moindre doute.

Le palanquin aux couleurs vives posé dans la cour du manoir confirmait que Bruli des Kehotara attendait la Dame des Acoma. Mara réprima son irritation. Revenant de la fourmilière des Choja, où la reine, qui grandissait, lui avait offert de merveilleux baumes pour la guérison de son épaule, la jeune femme renvoya ses porteurs et son escorte. Elle devait au moins saluer personnellement Bruli avant de lui donner une excuse pour le quitter, et ne pas insulter les Kehotara. C'était peut-être, réfléchit Mara, l'une des raisons pour laquelle le seigneur des Minwanabi avait envoyé l'élégant fils de son vassal au domaine des Acoma.

Misa, la plus belle de ses femmes de chambre, attendait juste derrière la porte. Elle tenait un peigne et une brosse, et elle avait drapé sur son bras la robe supérieure richement brodée dont les couleurs mettaient en valeur les yeux sombres de sa maîtresse. Reconnaissant la main de Nacoya dans le choix du comité d'accueil, Mara se soumit à ses soins sans faire de commentaires. Avec un léger froncement de sourcils, elle resta immobile pendant que les mains de Misa arrangeaient d'une façon experte sa chevelure en un chignon retenu par des épingles précieuses. La robe supérieure s'attachait sur le devant par une rangée de fragiles rubans et dissimulait le bandage blanc qui protégeait sa blessure en haut du bras. S'interrogeant sur les goûts de Nacoya, Mara fit un geste de la tête pour ordonner à Misa de se retirer, puis elle se rendit à la haute salle où Nacoya recevait son hôte en son absence.

Le fils cadet des Kehotara se leva et s'inclina cérémonieusement à son entrée. Il portait une robe coûteuse fermée par des boutons de saphir, avec un ourlet assez haut et des manches ouvertes montrant ses membres à leur avantage.

« Bruli, comme je suis heureuse de vous revoir. » Mara s'assit sur les coussins placés devant le jeune homme, intriguée par son changement d'apparence. C'était *vraiment* un bel homme. Intérieurement, elle se dit que la plupart des jeunes dames se sentiraient flattées, et même anxieuses, d'être le centre des attentions de ce soupirant. Son sourire rayonnait presque et son charme était indéniable. D'une certaine façon, c'était dommage qu'il fût né dans une grande maison, car il aurait pu facilement devenir un expert de la Maison du Roseau et prendre une riche retraite après avoir offert ses charmes à de puissants clients.

« Ma Dame, je suis très heureux de vous revoir. » Bruli se rassit, plaçant soigneusement ses sandales sous ses mollets. « Je suppose que vos affaires avec votre voisin se sont bien déroulées ? »

Mara hocha la tête d'un air distrait. « Une simple petite dette entre Jidu et mon défunt seigneur Buntokapi, qui avait besoin d'être réglée. Le problème a été résolu. »

Une lueur d'intérêt étincela dans le regard du jeune homme, contrastant avec son attitude alanguie. Se souvenant que Bruli pouvait lui-même être un agent des Minwanabi, Mara détourna la conversation de sa querelle avec le seigneur Jidu. « Ma sortie de ce matin m'a fatiguée et j'ai très chaud. Si vous voulez bien vous joindre à moi, je vais demander à ma servante d'apporter du vin et des gâteaux dans le jardin. » Pour laisser à sa tactique le temps d'agir, elle saisit l'excuse la plus simple. « Je vous y retrouverai quand j'aurai passé une robe plus confortable. »

Nacoya hocha la tête presque imperceptiblement, révélant à Mara que ce délai était le bienvenu. Le jeune soupirant s'inclina. Alors qu'une servante lui montrait le chemin, le premier conseiller des Acoma se hâta de rejoindre sa maîtresse, ses manières généralement grincheuses pour une fois pleines de sollicitude. « Est-ce que les Cho-ja ont pu soulager votre douleur ?

— Oui. » Mara tripota les rubans de la robe supérieure. « Maintenant, mère de mon cœur, pourrais-tu m'expliquer ce que ces vêtements ridicules ont à voir avec notre plan pour le jeune Bruli ? »

Les yeux de Nacoya s'ouvrirent sur un sourire malicieux. « Ah, Mara-anni, tu as beaucoup à apprendre sur les hommes ! » Prenant fermement sa maîtresse par la main, elle l'entraîna vers ses appartements privés. « Cet après-midi, vous devrez faire de votre mieux pour devenir une tentatrice, ma Dame. J'ai choisi des vêtements appropriés, que vous porterez après le bain. »

En franchissant le seuil de la porte, Nacoya était aussi surexcitée qu'une conspiratrice. Mara entendit les domestiques qui versaient de l'eau dans un baquet derrière une cloison mobile, et vit que plusieurs pièces de vêtements avaient été soigneusement disposées sur la natte de couchage. Mara lança un regard sceptique à la tenue choisie par son conseiller. « Nacoya, j'ai l'impression qu'il manque plusieurs pièces. »

Nacoya sourit. Elle prit dans ses mains la robe courte que portaient ordinairement les dames dans l'intimité de leurs appartements. La nudité, en soi, n'était pas un tabou social. Les adultes et les enfants des deux sexes se baignaient ensemble et le port d'un pagne pour la natation restait un choix personnel. Mais comme la plupart des choses, dans une cour menée par un soupirant, la provocation était avant tout un état d'esprit. Portée dans le jardin en présence d'un étranger, cette robe légère serait beaucoup plus séduisante que si Mara avait invité Bruli à nager nu avec elle.

Nacoya passa ses vieux doigts sur l'étoffe légère, ses manières soudainement sérieuses. « Pour que mon petit plan fonctionne, Bruli doit être motivé par autre chose que l'envie de plaire à son père. S'il vous désire, il fera des choses auxquelles il n'aurait jamais songé. Vous devez être aussi enjôleuse que possible. »

Mara fit presque la grimace. « Est-ce que je dois minauder ? » Elle se tourna de côté, remettant son éventail de dentelle à l'une des servantes venue l'aider à retirer ses robes de voyage.

« Cela ne serait pas inutile. » Nacoya alla jusqu'à un coffre d'où elle sortit une petite fiole. Puis elle chantonna doucement par-dessus les bruits d'éclaboussure du bain ; c'était un vieux chant d'amour datant de l'époque de sa jeunesse. Mara sortit alors de derrière le paravent, enveloppée dans de douces serviettes. La vieille femme écarta d'un geste les domestiques et déposa l'essence exotique sur les épaules et les poignets de la jeune femme, et entre ses seins. Puis elle enleva les serviettes ; regardant la silhouette dénudée de sa maîtresse, elle résista à l'envie de rire. « Tu as un très beau corps, en bonne santé, Mara-anni. Si tu pouvais mettre un peu plus de grâce et d'élégance dans tes mouvements, tu pourrais lui tourner la tête en moins d'une minute. »

Pas du tout convaincue, Mara se tourna vers le panneau de verre poli, un cadeau coûteux d'un chef de clan à son mariage. La patine noire lui renvoya l'image d'une silhouette pâle. L'accouchement avait laissé très peu de vergetures, grâce à l'application constante d'onguents spéciaux durant sa grossesse. Sa poitrine était légèrement plus forte qu'avant la conception d'Ayaki, mais son ventre était toujours aussi plat. Après la naissance de son fils, elle avait commencé à pratiquer le tan-che, une ancienne danse de cérémonie qui fortifiait le corps tout en l'assouplissant. Mais Mara ne trouvait que peu de séduction à sa mince silhouette, particulièrement après avoir contemplé les charmes de Teani.

« J'ai l'impression que je vais me sentir terriblement sotte », confia-t-elle à son reflet dans le miroir. Néanmoins, elle permit aux servantes de la vêtir de la robe légère et de lui passer plusieurs bijoux voyants et un ruban à la cheville droite. Des manches flottantes dissimulaient le bandage de son bras. Chantonnant à voix haute maintenant, Nacoya se plaça derrière sa maîtresse et rassembla ses cheveux au sommet de sa tête. Les retenant par des épingles de jade et d'ivoire, elle les arrangea un peu et permit artistiquement à quelques mèches de s'échapper autour du visage de Mara. « Là… Les hommes aiment les cheveux légèrement décoiffés. Cela leur remet à l'esprit à quoi ressemblent les dames le matin.

— Elles ont les yeux troubles et le visage bouffi, faillit rire Mara.

— Bah ! fit Nacoya en agitant le doigt, extrêmement sérieuse. Tu dois encore apprendre tout ce que la plupart des femmes devinent par instinct, Mara-anni. La beauté est autant une attitude qu'un visage et une silhouette. Si tu entres dans le jardin comme une impératrice, lentement, en te déplaçant comme si tu considérais tous les hommes comme tes esclaves, Bruli ignorera une douzaine de superbes danseuses pour t'emmener dans son lit. Cette compétence est nécessaire à une souveraine autant que de savoir gérer son domaine. N'oublie pas : déplace-toi lentement. Quand tu t'assieds, ou quand tu bois une gorgée de vin, sois aussi élégante que possible, comme une femme de la Maison du Roseau quand elle se pavane sur son balcon, au-dessus des rues. Souris et écoute Bruli comme si tout ce qu'il disait était extraordinairement brillant, et s'il fait de l'humour, pour l'amour des dieux, ris, même si la plaisanterie est faible. Et si tes robes se déplacent et s'entrouvrent un peu, laisse-le regarder un petit peu avant de les rajuster. J'aimerais que ce fils des Kehotara soupire après toi et souffle par les naseaux comme un needra en rut.

— Ton plan a intérêt à en valoir la peine », répondit Mara avec dégoût. Elle passa ses doigts dans les rangs de perles de ses colliers. « Je me sens comme un mannequin dans la vitrine d'un marchand. Mais j'essaierai d'agir comme la petite prostituée de Bunto, Teani, si tu penses que nous pouvons en tirer un avantage. » Puis sa voix se durcit. « Écoute-moi bien, cependant, mère de mon cœur. Je n'emmènerai pas ce jeune calley dans mon lit. »

Nacoya sourit devant la référence à l'oiseau au superbe plumage que de nombreux nobles gardaient en cage pour sa beauté. « C'est effectivement un calley, maîtresse, et mon plan exige qu'il nous montre son plus beau plumage. »

Mara leva les yeux au ciel, puis hocha la tête. Elle partit de sa démarche déterminée habituelle, puis se souvint en franchissant la porte qu'elle devait se déplacer en imitant une femme de la Maison du Roseau. Essayant d'adopter une allure alanguie en s'approchant du jeune soupirant, Mara rougit d'embarras. Elle pensa que son entrée était exagérée jusqu'à la bêtise, mais Bruli se redressa instantanément sur ses coussins. Il lui adressa un large sourire et sauta sur ses pieds, s'inclinant avec déférence devant la Dame des Acoma ; pendant tout ce temps, ses yeux avaient littéralement bu son image.

Une fois Mara installée dans ses coussins, le jeune homme faillit lui verser lui-même un verre de vin, mais le domestique, qui était en réalité Arakasi, la servit avant lui. Ses manières ne montraient aucune trace de méfiance, mais Mara savait qu'il ne laisserait jamais sa maîtresse accepter une coupe touchée par un vassal des Minwanabi. Consciente, soudain, que Bruli avait cessé de parler, Mara lui décocha un sourire radieux. Puis, presque timidement, elle baissa les yeux et prétendit s'intéresser à sa conversation. Celle-ci lui semblait triviale, concernant des gens et des événements de peu de conséquence. Mais elle écoutait les commérages de la cour et des villes comme si ces sujets la fascinaient, et elle rit devant les tentatives d'humour de Bruli. Arakasi dirigeait les domestiques, qui allaient et venaient avec des plateaux de fruits trempés dans du vin. Alors que l'haleine de Bruli sentait de plus en plus fort l'alcool, sa langue se libéra et son rire retentit dans tout le jardin. Une ou deux fois, il posa légèrement ses doigts sur le poignet de Mara, et bien qu'elle ne fût pas le moins du monde enivrée, la douceur de sa main fit frémir le corps de la jeune fille. Elle se demanda si Nacoya n'avait pas raison et s'il n'y avait pas autre chose dans l'amour entre un homme et une femme que ce que le traitement brutal de Buntokapi lui avait montré.

Mais ses barrières intérieures restaient fermées. Pour Mara, la comédie était risible tant elle se sentait maladroite dans son rôle de séductrice, mais l'observateur détaché en elle remarquait que Bruli semblait plongé dans l'extase. Son regard ne la quittait jamais. Une fois, alors qu'elle faisait signe discrètement à Arakasi de resservir du vin, le devant de sa robe s'écarta légèrement. Comme Nacoya le lui avait conseillé, elle hésita avant de refermer le vêtement. Les beaux yeux de Bruli s'écarquillèrent, rivés à la courbe du sein ainsi révélé. Comme cela est bizarre, pensa-t-elle, qu'un homme aussi beau soit ému par une telle chose. Il avait dû mettre de nombreuses femmes dans son lit ; pourquoi sa compagnie ne l'ennuyait-elle pas ? Mais la sagesse de Nacoya était ancienne. Mara suivit les avis de son conseiller et, un peu plus tard, permit à l'ourlet de sa robe de remonter un peu.

Bruli se mit à balbutier. Souriant et sirotant du vin pour masquer sa maladresse, il ne put s'empêcher de regarder la cuisse légèrement découverte.

Nacoya avait raison. Continuant ses tests, Mara déclara : « Bruli, je vous prie de m'excuser, mais je dois me retirer. J'espère que vous aurez l'occasion de revenir nous voir dans… – elle fit la moue, comme si cette pensée lui était douloureux, puis sourit – … disons, deux jours. » Elle se leva avec toute la grâce qu'elle put rassembler, s'arrangeant habilement pour que sa robe s'entrouve un peu plus. Le visage de Bruli s'assombrit. À la grande satisfaction de Mara, il lui répondit par une promesse énergique qu'il reviendrait selon son bon plaisir. Puis il soupira, comme si deux jours semblaient une éternité.

Mara quitta le jardin, consciente qu'il la regardait jusqu'à ce qu'elle disparût dans les ombres de la maison. Nacoya attendait près de la première porte, une lueur dans le regard révélant qu'elle avait observé l'heure entière de conversation.

« Est-ce que tous les hommes ont leur cerveau entre leurs jambes ? » s'enquit Mara. Fronçant les sourcils, elle compara la conduite de Bruli avec le souvenir qu'elle gardait des manières sévères de son père et du charme désinvolte de son frère.

Nacoya écarta vivement sa maîtresse des cloisons. « La plupart, que les dieux en soient remerciés. » S'arrêtant devant la porte des appartements de Mara, elle ajouta : « Maîtresse, les femmes ne disposent que de peu de moyens pour diriger leur vie. Vous avez la chance rare d'être une souveraine. Nous autres, femmes, vivons selon les volontés de nos seigneurs, époux ou pères, et ce que vous venez de pratiquer est l'arme la plus puissante dont nous disposons. Craignez l'homme qui ne désire pas une femme, car il ne verra en vous qu'un outil ou une ennemie. » Exultant presque, elle tapota l'épaule de Mara. « Mais je pense que notre jeune calley est complètement sous le charme, même s'il travaille pour le compte de son père. Maintenant, je vais me dépêcher de le rejoindre dans la cour avant qu'il ne parte. J'ai quelques suggestions à lui faire sur la façon dont il peut vous conquérir. »

Mara regarda la vieille femme qui sortait d'un pas vif et énergique, ses épingles à cheveux penchées de façon précaire sur la gauche. Secouant la tête devant les folies de la vie, elle se demanda ce que Nacoya allait conseiller à ce ridicule soupirant des Kehotara. Puis elle se dit qu'elle réfléchirait à tout cela dans un bain chaud. Cet étalage de charmes féminins dans le but d'enflammer le cœur de Bruli lui avait laissé le sentiment d'être souillée.

CHAPITRE TREIZE

SÉDUCTION

Les yeux du jeune garçon s'écarquillèrent.

Assis sur sa natte devant la cloison extérieure, le messager se tourna vers sa maîtresse, l'étonnement peint sur son visage. Le garçon était nouveau à son poste, et Mara devina à son expression qu'une procession imposante arrivait dans la cour. Elle renvoya les deux nouveaux guerriers, qui venaient d'être recrutés ce matin. Ils prirent leur arc, et alors qu'un domestique arrivait pour les conduire aux baraquements, Mara demanda à son messager : « Est-ce Bruli des Kehotara ? »

Jeune et encore facilement impressionnable, l'esclave acquiesça de la tête. Mara s'étira brièvement et abandonna la pile de parchemins et de rapports qui jonchaient le sol autour d'elle. Puis elle fixa le nouvel arrivant, abasourdie elle aussi. Bruli approchait du manoir dans un palanquin très ornementé, de toute évidence flambant neuf. Il était décoré de cordons de perles et d'incrustations de coquillage, qui brillaient à la lumière du soleil matinal. Bruli était vêtu de robes de soie, aux ourlets brodés de motifs complexes, et sa coiffe était ornée de petits saphirs qui rehaussaient l'éclat de ses yeux. La vanité du Kehotara ne s'arrêtait pas là. Comme si elle regardait le spectacle chamarré d'un conte de fées, Mara remarqua que les porteurs du palanquin avaient tous la même taille et la même perfection physique. Ces hommes n'avaient pas du tout l'allure déguenillée et le regard de chien battu des esclaves astreints à des travaux pénibles, mais ressemblaient à de jeunes dieux, grands et musclés, avec un corps huilé comme celui d'un athlète. Une douzaine de musiciens accompagnaient la garde d'honneur du Kehotara. Ils jouaient haut et fort de trompes et de vielles, alors que Bruli faisait son entrée.

Perplexe, Mara fit signe à un serviteur de ranger les parchemins, pendant que Misa l'aidait à remettre de l'ordre dans son apparence. Nacoya s'était encore surpassée dans ses machinations. Lors des trois dernières visites de Bruli, le premier conseiller des Acoma avait détourné l'attention du jeune homme, et l'avait averti que sa maîtresse se montrait particulièrement impatiente envers les soupirants qui ne faisaient pas étalage de leur richesse pour montrer leur ardeur. Bruli avait dîné deux fois dans le jardin, et Mara s'était à nouveau sentie comme un morceau de viande sur l'étal d'un boucher. Mais à chaque fois qu'elle riait à une plaisanterie stupide ou feignait la surprise devant une révélation sur un seigneur du Grand Conseil, Bruli était sincèrement ravi. Il semblait complètement entiché d'elle. Lors de leur dernière rencontre, Mara lui avait brièvement permis d'exprimer sa passion par un baiser d'adieu, se dérobant habilement de son étreinte quand ses mains s'étaient refermées autour de ses épaules. Il l'avait suppliée de rester, mais elle s'était esquivée, le laissant excité et confus, sous la lumière de la lune qui se reflétait dans le jardin. Nacoya l'avait raccompagné jusqu'à sa litière, puis était revenue avec la certitude que la frustration du jeune homme ne servait qu'à attiser son désir.

Parfumée et portant de minuscules clochettes aux poignets, Mara se glissa dans une robe à la coupe effrontée et qui ne dissimulait pas grand-chose – elle se demandait où Nacoya pouvait bien les trouver. Misa arrangea les cheveux de sa maîtresse et les maintint en place avec des épingles d'émeraude et de jade. Puis, son habillage achevé, Mara sortit à tout petits pas pour accueillir son soupirant.

Quand elle apparut enfin, les yeux de Bruli exprimèrent une admiration ardente. Il descendit assez maladroitement de son palanquin, le dos raide et le corps soigneusement centré au-dessus de ses sandales. Mara dut réprimer un rire : ses robes coûteuses et sa haute coiffe étaient de toute évidence lourdes et inconfortables. Les lacets des manches semblaient le pincer fortement, et la large ceinture aux broderies multicolores devait sûrement le serrer atrocement et lui tenir très chaud. Mais Bruli se tenait comme s'il appréciait beaucoup cette tenue. Il adressa un sourire charmeur à Mara et lui permit de le conduire dans les ombres fraîches du manoir.

Quand ils furent assis dans une pièce surplombant la fontaine du jardin, Mara demanda du vin, des fruits et des pâtisseries. Comme toujours, la conversation de Bruli l'ennuyait ; mais, assis à son poste habituel près du plateau de vin, Arakasi récoltait toujours quelques parcelles utiles d'informations. Le maître espion avait relié plusieurs remarques de Bruli à des faits qu'il avait déjà appris de ses agents. Mara ne cessait jamais d'être étonnée par les informations que son maître espion était capable de deviner à partir de commérages apparemment triviaux. Dans les conversations privées qui suivaient les visites de Bruli, Arakasi avait élaboré quelques théories intéressantes sur les activités du Grand Conseil. Si ses spéculations étaient correctes, très bientôt le Parti de la Roue Bleue se retirerait unilatéralement de la guerre dans le monde barbare. La campagne grandiose du Seigneur de Guerre serait gravement entravée. Dans ce cas, les Anasati, les Minwanabi et les autres alliés d'Almecho seraient certainement mis à contribution pour envoyer des renforts. Mara se demandait si Jingu accélérerait ses tentatives pour l'éliminer avant que les Minwanabi fussent forcés de diriger leur énergie ailleurs.

Le bavardage de Bruli s'arrêta et Mara comprit un peu tard qu'elle avait perdu le fil de la conversation. Elle se rattrapa par un sourire tendre, sans avoir conscience que cette expression la rendait particulièrement belle. Le regard de Bruli s'échauffa en conséquence. Ses émotions étaient entièrement sincères et, un instant, Mara, pensant aux désagréments qu'elle avait endurés dans les bras de Buntokapi, se demanda ce qu'elle ressentirait dans ceux de Bruli. Puis Arakasi se pencha pour écraser un insecte et ses vêtements firent tinter le plateau de vin. Le mouvement inattendu fit sursauter Bruli, qui plongea la main vers sa ceinture où était dissimulé un poignard. En l'espace d'un instant, le soupirant rempli de sollicitude s'était transformé en un guerrier tsurani, aux muscles tendus et au regard froid. Le sentiment d'intérêt de Mara mourut. Cet homme était peut-être plus civilisé dans ses manières, plus charmant dans son langage, plus beau de corps et de visage que la brute qu'elle avait autrefois épousée, mais son cœur était aussi sévère et exigeant. Comme Buntokapi, il pouvait tuer ou infliger de la souffrance de façon impulsive, sur l'instant, sans même prendre le temps de réfléchir.

Cette prise de conscience irrita Mara, comme si pendant un instant elle avait désiré ardemment obtenir quelque chose de cet homme ; de n'importe quel homme. Que ce désir fût un vain espoir éveillait en elle une envie irrationnelle de contre-attaquer. Feignant l'inconfort dû à la chaleur, Mara s'éventa, puis ouvrit son corsage et exposa presque toute sa poitrine au regard de Bruli. L'effet fut immédiat. Les instincts de combat du jeune homme se détendirent, comme un sarcat qui rentre ses griffes pour faire patte de velours. Un autre type de nervosité s'empara de lui et il se rapprocha doucement d'elle.

Mara sourit, une lueur impitoyable dans le regard. Les petites clochettes à ses poignets sonnaient selon un intervalle de septième parfait, alors qu'elle effleurait le bras du jeune homme dans un geste apparemment accidentel. « Je ne sais pas ce qui m'arrive,

Bruli, mais je trouve cette chaleur oppressante. Auriez-vous envie de prendre un bain ? »

Le jeune homme faillit déchirer ses précieux vêtements dans sa hâte à se lever. Il tendit la main à Mara, et elle lui permit de l'aider à se lever des coussins, sans réarranger sa tenue. Sa robe s'entrouvrit encore plus, et Bruli eut une vision fugitive d'une poitrine petite mais très belle, et devina un exquis ventre plat. Mara sourit en remarquant le centre de son attention. Avec des mouvements lents et provocateurs, elle renoua sa ceinture, tandis que des gouttelettes de transpiration perlaient sous la coiffe de Bruli. « Vous semblez avoir très chaud », observa-t-elle.

Le jeune homme la regarda avec une adoration sincère. « Je brûle toujours de passion pour vous, ma Dame. »

Cette fois, Mara encouragea son audace. « Attendez ici un moment », dit-elle et, avec un sourire d'invite, elle sortit retrouver Nacoya.

La vieille femme était assise hors de vue, juste derrière la cloison, un ouvrage de broderie dans les mains. Mara remarqua au passage que les points étaient remarquablement maladroits. Heureuse de ne pas avoir à expliquer à son premier conseiller ce qui s'était passé dans la pièce près du jardin, elle lui transmit rapidement ses instructions.

« Je pense que notre jeune jiga est prêt à pousser son cocorico. Fais préparer un bain. Quand je renverrai les domestiques, laisse-nous seuls quinze minutes. Puis envoie mon coursier avec un message codé urgent, et veille à ce que Misa soit prête. » Mara s'arrêta, un éclair d'incertitude passant sur son visage. « Tu m'as bien dit qu'elle admirait cet homme ? »

Nacoya lui répondit par un hochement de tête plein de regret. « Ah, ma fille, ne t'inquiète pas pour Misa. Elle aime les hommes. »

Mara hocha la tête et se prépara à sortir pour rejoindre son soupirant. Mais Nacoya lui toucha le poignet, étouffant le tintement des minuscules clochettes dans sa paume ridée. « Dame, soyez prudente. Vos gardes du corps veilleront à votre sécurité, mais vous jouez un jeu dangereux. Vous devez juger soigneusement jusqu'où vous pousserez Bruli. Il peut devenir trop passionné et ne pas s'arrêter. Si Papéwaio devait le tuer pour avoir tenté de vous violer, cela ferait un grand tort aux Acoma. »

Mara considéra sa maigre expérience des hommes et choisit la prudence. « Envoie le messager dix minutes après notre entrée.

— Allez, maintenant. » Nacoya relâcha sa maîtresse en lui tapotant la main. La vieille nourrice lui sourit dans les ombres. Dieu merci, elle n'avait pas eu besoin de mentir : Misa était la plus belle des servantes de Mara, et son appétit pour les hommes de belle allure était un sujet de commérage éhonté parmi les domestiques. Elle jouerait son rôle avec une joie tout à fait sincère.

Les domestiques vidèrent les derniers seaux d'eau fraîche dans le bain, s'inclinèrent et se retirèrent, fermant les cloisons derrière eux. Mara relâcha la main de Bruli. Les clochettes à ses poignets tintèrent tandis qu'avec des mouvements ressemblant à une danse, elle ouvrait sa ceinture et laissait sa robe glisser sur ses épaules. Des bracelets de perles dissimulaient la cicatrice de sa blessure, et la soie soupira sur sa peau d'ivoire, glissant sur sa taille et la courbe de ses hanches. La robe tomba doucement sur le plancher autour de ses chevilles ; Mara souleva un pied nu, puis l'autre, et se libéra enfin des plis de l'étoffe. Elle monta les marches pour atteindre le sommet du bassin de bois, attentive à garder le ventre plat et le menton relevé. Du coin de l'œil, elle vit Bruli retirer frénétiquement ses coûteux vêtements ; son jeu avec la robe lui avait fait perdre tout sens du décorum. Quand il arracha son pagne, elle vit la preuve de l'effet qu'elle lui faisait. Seul un immense effort de volonté permit à Mara de retenir son rire. Comme les hommes semblaient stupides quand ils étaient excités !

Bruli s'étira. Conscient que son corps était digne d'admiration, il bondit vers le bassin et glissa ses hanches minces dans l'eau avec un soupir de satisfaction, comme s'il souhaitait simplement se rafraîchir. Mais Mara savait ce qu'il en était. Bruli espérait ce moment depuis longtemps, inquiet. Il avait éprouvé une impatience croissante depuis le début de la semaine. Il ouvrit ses bras, invitant Mara à le rejoindre. Elle se contenta de lui sourire et prit une fiole et un pain de savon parfumé. Les coûteuses clochettes de métal fixées à ses poignets tintèrent en accompagnant ses mouvements alors qu'elle versait des huiles odorantes à la surface de l'eau. Des arcs-en-ciel miroitèrent autour de la forme athlétique de Bruli. Il ferma les yeux de contentement, tandis que les clochettes se déplaçaient derrière lui et que de petites mains commençaient à lui savonner le dos.

« C'est très agréable », murmura Bruli.

Ses mains s'évanouirent comme des fantômes. Les clochettes sonnèrent dans une cascade de tintements puis se turent, et l'eau fit doucement des vagues. Bruli ouvrit les yeux et trouva Mara dans l'eau, devant lui, baignant son corps mince avec un abandon sensuel. Il passa sa langue sur ses lèvres, sans voir le calcul qui luisait dans les beaux yeux de la jeune fille. Devant son large sourire, Mara devina qu'elle avait joué de façon assez convaincante le rôle de la séductrice.

Le souffle de l'homme devint presque aussi rauque que celui de Buntokapi. Elle ne fut pas surprise quand Bruli se saisit d'un autre pain de savon et vint vers elle pour la laver. Mara se détourna gracieusement et plongea dans l'eau jusqu'au cou. Des bulles et des arcs-en-ciel d'huile voilèrent sa silhouette, pendant que Bruli tendait ses mains puissantes vers elle. La Dame l'arrêta d'un sourire. « Non, laissez-moi faire. » Les huiles de bain frôlèrent le bord du bassin au moment où elle le rejoignait et lui enfonçait gaiement la tête sous l'eau. Le jeune homme refit surface en crachant et en riant, et tenta de l'attraper. Mais Mara s'était glissée derrière lui. D'une façon provocante, elle commença lentement à lui laver les cheveux. Bruli frissonna de plaisir alors qu'il imaginait la sensation de ses mains sur d'autres parties de son corps. Le lavage des cheveux se continua plus bas et devint un doux massage de son cou et de son dos. Bruli se pressa en arrière, sentant les pointes jumelles des seins de Mara contre ses épaules. Il tendit la main par-dessus sa tête pour la saisir, mais les doigts presque intangibles de Mara se faufilèrent en avant, caressant ses clavicules et sa poitrine. Consciente des frissons de sa chair, Mara espéra que son messager arriverait rapidement. Elle commençait à être à court de ruses, et d'une étrange façon qu'elle n'avait pas anticipée, ses propres reins avaient commencé à se contracter. Cette sensation l'effrayait, car les attentions de Buntokapi ne lui avaient jamais fait ressentir de telles choses. Le savon parfumé emplissait l'air d'une senteur florale, et la lumière de l'après-midi à travers les cloisons colorées faisait de la salle de bains un endroit doux et serein pour des amants. Mais Mara savait que les lieux pouvaient être tout aussi propices au meurtre, avec Papé qui attendait juste derrière la cloison, la main sur l'épée. Bruli était un vassal des Minwanabi, un ennemi, et elle ne devait pas perdre le contrôle de la situation.

Avec hésitation, elle fit descendre sa main et caressa le ventre de Bruli. Il frissonna et lui sourit, juste au moment où la cloison coulissait pour laisser passer la silhouette essoufflée d'un coursier Acoma.

« Maîtresse, je vous supplie de me pardonner, mais votre hadonra signale qu'un message de la plus haute importance vient d'arriver. »

Mara feignit le désappointement et quitta le bassin. Des servantes la frottèrent avec des serviettes et Bruli, tourmenté par le désir, regardait sans rien dire les dernières étendues de peau nue et étincelante qui disparaissaient dans les linges. Mara écouta le message imaginaire et se tourna vers lui, le visage plein de regrets. « Bruli, je suis terriblement désolée, mais je dois partir et m'occuper d'un problème inattendu. »

Elle se mordit les lèvres, prête à fournir une excuse s'il lui demandait ce qui se passait, mais il était si préoccupé par sa déception qu'il se contenta de répondre : « Cela ne peut pas attendre ?

— Non, fit Mara avec un geste d'impuissance. J'ai bien peur que non. »

L'eau clapota tandis que Bruli se levait pour protester. Mara le rejoignit avec sollicitude et le repoussa gentiment dans le bain. « Il est inutile que votre plaisir soit gâché. » Elle sourit, comme une hôtesse généreuse, fit venir l'une de ses servantes. « Misa, Bruli n'a pas terminé son bain. Je pense que tu devrais rester et t'occuper de lui. »

La plus jolie des porteuses de serviette avança et, sans la moindre hésitation, se défit de sa robe et de ses sous-vêtements. Sa silhouette était voluptueuse, même ravissante, mais Bruli l'ignora, ne regardant que Mara alors qu'elle revêtait des robes propres et quittait la pièce. La porte se referma doucement derrière elle. Le fils du seigneur des Kehotara frappa du poing l'eau du bain, éclaboussant la pièce. Puis, à contrecœur, il remarqua la servante. Sa frustration s'évanouit, remplacée par un sourire affamé.

Il plongea entre les bulles et les reflets d'huile de bain et l'attrapa par les épaules. Cachée derrière la porte, Mara n'attendit pas de voir l'acte final et referma silencieusement la légère ouverture dans la cloison. Nacoya et Papéwaio la suivirent dans le couloir sur une courte distance. « Tu avais raison, Nacoya. J'ai agi comme une impératrice, et il a à peine remarqué Misa jusqu'à ce que je parte. »

Un faible bruit d'éclaboussures retentit dans la salle de bains, ponctué par un petit cri féminin.

« Il semble qu'il l'ait remarquée maintenant », hasarda Papéwaio.

Nacoya balaya la remarque d'un revers de main. « Misa ne fera qu'aiguiser son appétit. Il brûlera maintenant de te posséder, ma fille. Je pense que tu en as appris bien plus sur les hommes que ce que je croyais. Cependant, il est bon que Bruli soit resté calme en ta présence. Si Papé avait dû le tuer… » Elle n'acheva pas sa phrase.

« Eh bien, cela n'a pas été le cas. » Irritable et étrangement écœurée, Mara changea de sujet. « Je vais maintenant m'enfermer dans mon cabinet de travail. Dis-moi quand Bruli aura fini avec Misa et sera parti. » Elle congédia son premier chef de troupe et son premier conseiller d'un geste de la main. Seul le messager resta, allongeant ses jambes de jeune garçon pour imiter le long pas d'un guerrier. Pour une fois, les bouffonneries du jeune esclave ne l'amusèrent pas. « Envoie Jican au cabinet de travail, lui ordonna Mara d'une voix sèche. Il faut que je discute avec lui de la terre que nous avons acquise auprès du seigneur des Tuscalora. »

Mara avançait rapidement, d'un pas déterminé, quand un hurlement de rire enfantin fit fondre sa contrariété. Ayaki s'était réveillé de sa sieste de l'après-midi. Avec un sourire indulgent, Mara changea de direction et se dirigea vers la chambre d'enfant. L'intrigue et le Jeu du Conseil attendraient qu'elle eût rendu visite à son fils.

Quand il revint courtiser Mara, Bruli des Kehotara était accompagné d'une douzaine de danseurs, tous experts dans leur art, qui virevoltaient et sautaient avec une grâce athlétique étonnante sur une musique jouée par une vingtaine de musiciens. Le palanquin qui suivait la procession – c'en était encore un nouveau – était orné de métal et bordé de gemmes en rangs de perles. Mara cligna des yeux, éblouie par la lumière du soleil qui s'y réfléchissait, et jugea que son soupirant commençait à égaler la pompe si appréciée du seigneur des Anasati.

Elle murmura à Nacoya : « Pourquoi est-ce que chacune de ses entrées ressemble de plus en plus à une parade de cirque ? »

La vieille femme se frotta les mains. « J'ai dit à notr
soupirant que vous appréciez les hommes qui peuvent étal
ment leur fortune devant le monde, bien que je n'aie jamais
très claire dans mes propos. »

Mara lui rendit un regard sceptique. « Comment savais-tu qu'il t'écouterait ? »

Nacoya désigna d'un geste désinvolte le jeune homme qui se penchait avec espoir pour entrapercevoir la Dame qu'il venait courtiser. « Ma fille, n'as-tu pas encore appris, même maintenant ? L'amour peut rendre fou même le meilleur des hommes. »

Mara hocha la tête, comprenant enfin pourquoi son ancienne nourrice avait insisté pour qu'elle se comportât de manière si impudique. Personne n'aurait jamais pu forcer Bruli à dépenser une telle fortune simplement pour exécuter les ordres de son père. Ce matin, Arakasi avait reçu un rapport expliquant que le jeune homme avait placé les Kehotara pratiquement au bord de la banqueroute, alors qu'ils étaient déjà dans une situation financière précaire. Son père, Mekasi, serait dans l'embarras s'il devait faire à nouveau appel aux bonnes grâces de Jingu pour sauver son honneur.

« Pour s'installer entre vos jambes, ce garçon dépensera jusqu'au dernier cinti de son père. » En secouant la tête, Nacoya continua : « On pourrait presque le prendre en pitié. En lui offrant Misa à votre place vous avez obtenu ce que vous désiriez : cela n'a fait qu'augmenter son appétit pour vos charmes. Ce fou est tombé passionnément amoureux de vous. »

Le commentaire du premier conseiller fut pratiquement noyé par une fanfare de trompes. Les joueurs de vielle firent retentir de splendides arpèges pour le finale, à l'instant où la troupe de Bruli montait les marches du manoir et entrait dans le jardin. Les danseurs tournèrent simultanément et se laissèrent tomber en demi-cercle en faisant leur révérence à Mara, alors que Bruli sortait du palanquin. Ses cheveux noirs étaient frisés en longues boucles et ses bras arboraient de lourds bracelets d'émail ciselé. Alors qu'il rejoignait Mara, il tituba un instant. Au lieu de la robe légère à laquelle il s'attendait, la Dame des Acoma portait une robe de cérémonie blanche, avec de longues manches et un ourlet qui tombait loin au-dessous des genoux.

Bien qu'il pressentît certaines difficultés, il réussit à s'incliner avec grâce. « Ma Dame ? » dit-il alors que, d'un geste, il plaçait son escorte sur le côté.

Mara fit signe à ses serviteurs de s'écarter. Fronçant un peu les sourcils, comme si elle luttait pour dissimuler une immense déception, elle déclara : « Bruli, j'ai fini par comprendre quelque chose. » Elle baissa les yeux. « J'ai été seule trop longtemps… et vous êtes un très bel homme. Je… je me suis mal conduite. » Elle finit le reste de sa phrase dans la précipitation. « J'ai laissé le désir obscurcir mon jugement, et maintenant je me rends compte que vous me considérez comme n'importe laquelle de ces femmes stupides que vous ajoutez sur la liste de vos conquêtes.

— Mais non ! l'interrompit Bruli, immédiatement préoccupé. Je pense que vous êtes un modèle entre toutes les femmes, Mara. » Sa voix s'adoucit presque jusqu'à devenir révérencieuse. « C'est bien plus que cela… Je vous aime, Mara. Je n'aurais jamais pensé à me contenter de séduire une femme que je désire épouser. »

Sa sincérité fit hésiter Mara… Une seconde seulement. En dépit de sa beauté, Bruli n'était qu'un guerrier vaniteux comme tous les autres, peu doué pour la réflexion ou la sagesse.

Mara recula tandis qu'il tendait les bras vers elle. « J'aimerais vous croire, Bruli, mais vos propres actions démentent vos propos. Il y a deux nuits à peine, vous avez trouvé que ma servante était un substitut facile pour… » Comme le mensonge lui venait facilement ! pensait-elle. « J'étais prête à me donner à vous, mon cher Bruli. Mais je me suis rendu compte que vous n'êtes qu'un aventurier du cœur comme les autres, et moi une pauvre et simple veuve. »

Bruli tomba immédiatement sur un genou, un geste de serviteur, choquant dans sa sincérité. Il commença à lui avouer son amour, mais Mara se détourna brusquement. « Je ne peux le supporter. Cela me brise le cœur. » Feignant une blessure trop grande à supporter, elle s'enfuit du jardin.

Alors que le claquement de ses sandales s'évanouissait dans la maison, Bruli se releva lentement. Trouvant Nacoya derrière lui, il eut un geste de confusion et d'embarras. « Petite mère, si elle refuse de m'écouter, comment puis-je lui prouver mon amour ? »

Compréhensive, Nacoya fit claquer sa langue, tout en tapotant le bras du jeune homme et en le reconduisant habilement, entre les musiciens et les danseurs, vers son magnifique palanquin. « Les jeunes filles n'ont pas beaucoup de force, Bruli. Vous devez être doux et patient. Je pense qu'un petit présent, envoyé avec une lettre ou, mieux, un poème, pourrait changer son cœur. Peut-être un par jour, jusqu'à ce qu'elle vous rappelle. » Effleurant les franges du palanquin avec des mains admiratives, Nacoya reprit : « Vous l'aviez gagnée, vous savez. Si vous aviez montré assez de retenue pour laisser cette servante tranquille, elle serait sûrement devenue votre épouse. »

La frustration devint trop forte pour Bruli. « Mais je pensais qu'elle voulait que je prenne la fille ! » Ses bagues cliquetèrent tandis qu'il croisait les bras, vexé. « La servante était assez audacieuse, dans le bain, et… ce n'était pas la première fois qu'un hôte m'offrait une domestique pour mon divertissement. »

Nacoya joua le rôle de la grand-mère attentive jusqu'à la limite de ses capacités de comédienne. « Ah, pauvre garçon. Comme vous connaissez mal le cœur des femmes ! Je parie qu'aucune femme que vous avez courtisée n'a jamais envoyé l'une de ses servantes réchauffer votre lit. » Elle lui agita le doigt sous son nez. « C'est un homme qui l'a fait, hein ? »

Bruli contemplait le fin gravier du sentier, forcé d'admettre qu'elle avait raison. Nacoya hocha la tête avec vivacité. « Voyez-vous, c'était, d'une certaine façon, une épreuve. » Alors que les yeux du jeune Kehotara commençaient à s'étrécir, elle ajouta : « Oh, ce n'était pas à dessein, je vous l'assure. Mais pour parler simplement, si vous vous étiez habillé et étiez parti sur l'heure, ma maîtresse aurait sans doute été votre épouse, si vous l'aviez demandé. Maintenant…

— Mais qu'est-ce que je peux faire ? gémit Bruli en rejetant en arrière ses mèches bouclées.

— Comme je vous l'ai dit, lui offrir des cadeaux, répondit Nacoya d'un ton de réprimande. Et je pense que vous devriez prouver que l'on ne peut répondre à votre passion que par un grand amour. Renvoyez ces filles que vous gardez chez vous, dans votre hôtel en ville. »

Bruli se raidit, immédiatement soupçonneux. « Vous m'espionnez ! Comment sauriez-vous, sinon, que j'ai deux femmes de la Maison du Roseau dans mes appartements à Sulan-Qu ? »

C'étaient effectivement les agents d'Arakasi qui lui avaient rapporté ce fait, mais Nacoya se contenta de hocher la tête, comme une vieille femme très sage. « Vous voyez, je l'avais deviné ! Et si une vieille et simple femme comme moi peut le deviner, alors il doit en être de même pour ma Dame. » Petite et toute ridée près du fier guerrier, elle le conduisit vers la porte où le palanquin attendait. « Vous devriez partir, jeune maître Bruli. Si votre cœur doit gagner sa récompense, on ne doit pas vous voir discuter trop longtemps avec moi ! Ma Dame pourrait me soupçonner de vous conseiller et cela ne lui plairait sûrement pas. Partez vite, et ne ménagez pas vos efforts pour prouver votre amour. »

Le fils de Mekasi s'assit à contrecœur sur ses coussins. Ses esclaves placèrent sur leurs épaules les perches de son palanquin tapageur et, comme des automates, les musiciens commencèrent à jouer l'air choisi pour la procession de départ. Les danseurs firent de joyeuses pirouettes, jusqu'à ce qu'un cri irrité de leur maître mît fin à leur démonstration. Les vielles grincèrent et se turent, et un joueur de trompe étourdi fit meugler les needra dans les pâturages. Comme il était approprié que les bêtes lui disent au revoir ! pensa Nacoya alors que, formant une ligne sombre, le cortège partait pour Sulan-Qu. Le chaud soleil de midi fanait les guirlandes de fleurs sur les têtes des danseurs et des esclaves, et le premier conseiller des Acoma se sentit presque désolée pour le jeune homme. Presque…

Les cadeaux arrivèrent dès le lendemain. Ce fut d'abord un oiseau exotique qui sifflait un chant obsédant, accompagné d'un message rédigé dans une assez mauvaise poésie. Nacoya le lut après que Mara l'eut posé sur la table, et commenta : « La calligraphie est très habile. Il doit avoir dépensé quelques dimis pour louer les services d'un poète.

— Alors il a gâché son argent. C'est affreux. » Mara fit signe à un domestique d'emporter l'enveloppe de papier coloré qui avait recouvert la cage de l'oiseau. L'oiseau lui-même sautait d'un perchoir d'osier à l'autre, chantant de tout son petit cœur.

C'est alors qu'Arakasi s'inclina à la porte du cabinet de travail. « Ma Dame, j'ai découvert l'identité de l'agent des Kehotara. »

D'un air distrait, Mara ordonna aux esclaves d'emporter l'oiseau dans une autre pièce. Alors que son gazouillis s'évanouissait dans le couloir, elle demanda : « Qui ? »

Arakasi accepta son invitation à entrer. « L'un des domestiques de Bruli s'est dépêché d'envoyer un message à son père, pour l'avertir de ses excès, je pense. Mais il y a une chose plus bizarre : un autre esclave, un porteur, a aussi quitté la maison de son maître pour rencontrer un marchand de légumes. Ils n'ont pas parlé de marchandises durant leur conversation, et je pense qu'il est probablement un agent des Minwanabi. »

Mara entortillait un morceau de ruban entre ses doigts. « Tu as pris les mesures appropriées ? »

Arakasi la comprit parfaitement. « Le premier homme a eu un malheureux accident. Son message est tombé entre les mains d'un autre marchand de légumes qui, par chance, déteste Jingu. » Le maître espion retira des plis de sa robe un document qu'il offrit d'un air grave à Mara.

« Tu sens encore les tubercules de seshi », l'accusa gentiment la Dame des Acoma, puis elle se lança dans la lecture du message « Oui, cela prouve tes suppositions. Il suggère aussi que Bruli ne sait pas qu'il y a un deuxième agent dans sa suite. »

Arakasi fronça les sourcils, comme il le faisait toujours quand il lisait à l'envers. « Si ce chiffre est exact, Bruli a placé son père dans un grand péril financier. » Le maître espion s'arrêta pour se caresser le menton. « Avec l'aide de Jican, j'ai convaincu plusieurs artisans et marchands de retarder l'envoi de leurs factures, jusqu'à ce que nous souhaitions qu'ils le fassent. En cette circonstance, les Acoma ont bénéficié de votre habitude à payer rapidement vos dépenses.

— Quel délai de grâce cela laisse-t-il aux Kehotara ? s'enquit Mara.

— Très peu. Pendant combien de temps un marchand peut-il se permettre de financer la cour de Bruli ? Bientôt, ils enverront leur note au hadonra du seigneur des Kehotara. J'aimerais être un petit insecte sur le mur quand il recevra la pile de factures. »

Mara regarda intensément son maître espion. « Tu as encore quelque chose à m'apprendre. »

Arakasi haussa les sourcils de surprise. « Vous commencez à très bien me connaître. » Mais son ton impliquait une question.

Silencieusement, Mara lui désigna le pied agité qui tapotait doucement le tapis. « Quand tu as fini, tu t'arrêtes toujours de bouger. »

Le maître espion faillit laisser échapper un sourire. « Sorcière, dit-il avec admiration, puis sa voix reprit un ton sérieux. Le Parti de la Roue Bleue vient juste d'ordonner à tous ses commandants d'armée de revenir de Midkemia, comme nous l'avions soupçonné. »

Les yeux de Mara s'étrécirent. « Alors il nous reste très peu de temps pour nous occuper de ce jeune homme vaniteux et insensé. Dans quelques jours, son père le rappellera, même s'il n'a pas encore découvert l'état périlleux de ses finances. » Elle tapota d'un air distrait le parchemin tout en réfléchissant à sa prochaine manœuvre. « Arakasi, surveille le courrier de Bruli. Il ne doit recevoir aucun message jusqu'à ce que Nacoya l'ait convaincu de m'offrir ce palanquin. Et, petite mère, au moment où il le fera, invite-le à venir me voir. » Le regard de Mara s'attarda longuement sur ses deux conseillers. « Et espérons que nous pourrons nous occuper de lui avant que son père lui ordonne de me tuer. »

Bruli envoya un nouveau présent chacun des quatre jours suivants. Les domestiques les empilaient dans un coin du cabinet de travail de Mara et Nacoya fit remarquer que la pièce ressemblait à une vitrine de marchand. L'accumulation était impressionnante – des robes coûteuses taillées dans les soies les plus fines ; des vins et des fruits exotiques, importés à grands frais du centre de l'Empire ; des pierres précieuses et même des bijoux en métal. Finalement, le cinquième jour suivant l'après-midi où elle avait chassé le jeune homme, le fabuleux palanquin arriva. Mara ordonna alors à Arakasi d'envoyer à Bruli le second message, qui avait été intercepté la veille. Le seigneur des Kehotara avait enfin été prévenu des excès de son fils et ordonnait sévèrement au jeune homme de rentrer immédiatement chez lui. Dans ses instructions, le vieux patriarche furieux avait expliqué en détail ce qu'il pensait de la conduite irresponsable de son fils.

Mara aurait été amusée si Arakasi n'avait pas été aussi agité. Le maître espion se demandait comment la nouvelle de l'incident était parvenue au seigneur des Kehotara sans que son agent l'apprît. Il avait sa fierté et était très susceptible, et il considérait chaque échec, même très léger, comme une trahison personnelle de son devoir. De même, sa découverte de l'agent des Minwanabi dans l'escorte de Bruli l'avait préoccupé. S'il y avait deux espions, pourquoi pas trois ?

Mais les événements s'enchaînaient trop rapidement pour qu'il pût intervenir. Bruli des Kehotara revint au manoir des Acoma, et Mara passa à nouveau une robe confortable et étudia son maquillage pour troubler encore plus son soupirant inopportun. Alors que celui-ci s'inclinait et entrait dans la demeure, elle remarqua que les musiciens étaient absents, tout comme les robes précieuses, les bijoux et les cheveux bouclés. Le visage empourpré et mal à l'aise, le jeune homme bâcla la cérémonie de salutation. Sans s'excuser pour sa grossièreté, Bruli balbutia : « Dame Mara, je remercie les dieux que vous m'ayez accordé une audience. »

Mara l'arrêta, apparemment inconsciente du fait que son ardeur n'était plus entièrement motivée par la passion. « Je pense que je vous ai peut-être mal jugé, mon cher ami. » Elle contempla timidement le plancher. « Peut-être étiez-vous sincère… » Puis, rayonnante de séduction, elle ajouta : « Si vous vouliez rester pour le dîner, nous pourrions reprendre nos charmantes conversations. »

Une expression de soulagement se peignit immédiatement sur le visage de Bruli. Une conversation difficile s'annonçait pour lui, et l'affaire serait plus simple s'il avait regagné la sympathie de Mara. Et s'il pouvait lui arracher une promesse de fiançailles, la rage de son père diminuerait peut-être. La richesse des Acoma était connue, et il pourrait sûrement liquider quelques dettes avec un minimum de problèmes. Certain que tout se terminerait bien,

Bruli attendit pendant que Mara donnait l'ordre à Jican d'assigner des quartiers à sa suite. Quand le fils du seigneur des Kehotara fut conduit dans ses appartements, Mara se rendit à son cabinet de travail où Arakasi l'attendait, déguisé à nouveau en marchand de légumes.

Quand elle fut certaine que personne ne les entendait, Mara demanda · « Quand as-tu l'intention de partir ? »

Arakasi arrêta de faire les cent pas, sa silhouette n'étant qu'une ombre parmi les ombres, dans le coin de la pièce encombré par les cadeaux de Bruli. L'oiseau chanteur sifflait incongrûment ses notes mélodieuses par-dessus ses paroles. « Cette nuit, maîtresse. »

Mara jeta une étoffe sur la cage, réduisant la mélodie à une série de pépiements ensommeillés. « Ne peux-tu pas attendre encore un jour ou deux ?

— Pas plus tard que la première lueur de l'aube demain matin, répondit-il en secouant la tête. Si je n'apparais pas à une certaine auberge à Sulan-Qu à midi, et en plusieurs autres endroits au cours de la semaine prochaine, mon remplaçant deviendra actif. Ce serait gênant si vous vous retrouviez avec deux maîtres espions. » Il sourit. « Et je perdrais les services d'un homme très difficile à remplacer. Si le problème est vital, je pourrais lui trouver un autre travail et rester.

— Non, soupira Mara. Nous aurons terminé d'ici là toute cette histoire stupide avec le jeune Kehotara. Je veux que tu signales à Keyoke l'agent des Minwanabi dissimulé dans sa suite. Et dis-lui que je dormirai ce soir dans la chambre de Nacoya. » L'oiseau termina ses pépiements alors qu'elle s'interrompait. « Que penserais-tu de laisser Papé et Lujan de garde cette nuit dans mes appartements ? »

Arakasi marqua un temps de pause. « Vous pensez que le jeune Bruli a l'intention de vous rendre une visite tardive dans votre lit.

— Un assassin de sa suite pourrait plus probablement s'y essayer, répondit Mara en haussant les épaules. J'ai conduit Bruli là où je voulais qu'il fût, mais un peu plus d'inconfort de sa part nous servirait. Si quelqu'un rôdait dans les couloirs cette nuit, je pense que nous devrions l'aider à atteindre mes appartements.

— Comme toujours, vous me stupéfiez, maîtresse, dit Arakasi en s'inclinant avec admiration et un zeste d'ironie. Je veillerai à ce que vos instructions soient transmises à Keyoke. »

D'un geste souple, le maître espion se fondit dans les ombres et partit sans le moindre bruit. Il passa dans le couloir, invisible même à la servante qui venait prévenir Mara que ses robes et son bain l'attendaient, si elle voulait se rafraîchir avant le dîner. Mais il restait encore un problème. Mara envoya son messager à Nacoya et informa la vieille femme que Bruli devait maintenant recevoir les lettres longtemps retardées de son père. Dans les ombres grandissantes du crépuscule, elle ajouta : « Assure-toi qu'il croie qu'elles viennent juste d'arriver. »

Une lueur de malice étincela dans les yeux de Nacoya. « Puis-je les porter moi-même, maîtresse ? J'aimerais voir son visage quand il les lira.

— Espèce de vieille terreur, rit Mara. Donne-lui les messages, avec ma bénédiction. Et ne mens pas avec trop d'extravagance. Les lettres ont été retardées en ville, ce qui est plus ou moins la vérité. » Elle marqua une pause, cachant sa peur derrière l'humour. « Penses-tu que cela m'épargnera ses minauderies pendant le dîner ? »

Mais Nacoya était déjà partie pour accomplir sa tâche, et la seule réponse que reçut Mara était le gazouillis endormi de l'oiseau. Elle frissonna, soudain, et eut envie de mettre un bain chaud entre elle et les pensées de la partie qu'elle devait achever contre le seigneur des Kehotara.

Les lampes à huile brûlaient doucement, diffusant une lumière dorée sur les couverts et la table. Des mets soigneusement préparés fumaient autour d'un plat central de fleurs et de poisson gelé, qui brillait sur un lit de fruits verts et de légumes. Clairement, les cuisiniers Acoma s'étaient donné beaucoup de mal pour préparer un repas romantique à l'intention des deux amoureux, mais Bruli semblait mal à l'aise sur ses coussins. Il poussait çà et là la nourriture exquise, la retournant dans son assiette, pensant de toute évidence à autre chose. Même le profond décolleté de la robe de Mara n'arrivait pas à lui changer les idées.

Feignant la confusion, la Dame des Acoma reposa sa serviette. « Qu'avez-vous, Bruli ? Vous semblez si ému. Est-ce que quelque chose ne va pas ?

— Ma Dame ? » Le jeune homme releva les yeux, ses pupilles bleues voilées par la détresse. « J'hésite à… vous troubler avec mes propres difficultés, mais… » Il rougit et baissa le regard dans son embarras. « Pour parler franchement, dans ma passion à gagner votre cœur, j'ai trop endetté ma maison. » Une pause pénible suivit. « Vous penserez sûrement beaucoup moins de bien de moi, et je risque de perdre du statut à vos yeux, mais mon devoir envers mon père exige que je vous supplie de m'accorder une faveur. »

Soudain un peu écœurée par l'inconfort de Bruli, Mara répondit plus brusquement qu'elle ne le voulait. « Quelle faveur ? » Elle adoucit sa réponse en reposant sa fourchette et essayant de sembler soucieuse. « Bien sûr, je vous aiderai si je le puis. »

Bruli soupira, son malheur loin d'être dissipé. « Si vous pouviez trouver dans votre cœur la grâce de m'aider, j'aurais besoin de certains des présents… Ceux que j'ai envoyés… Pourriez-vous me les rendre ? » Le ton de sa voix baissa et il déglutit. « Pas tous, mais peut-être les plus coûteux. »

Les yeux de Mara étaient des océans de sympathie quand elle répondit : « Je pense que je saurai trouver dans mon cœur comment aider un ami, Bruli. Mais la nuit est jeune, et les cuisiniers se sont donné beaucoup de mal pour nous plaire. Pourquoi ne pas oublier ces problèmes désagréables et apprécier notre festin ? Au petit déjeuner, demain matin, nous résoudrons toutes ces difficultés. »

Bien qu'il eût espéré une autre réponse, Bruli rassembla ce qui restait de sa fierté et endura le reste du dîner sans se plaindre. Sa conversation manquait d'enthousiasme, et son humour était de toute évidence absent, mais Mara fit semblant de ne rien remarquer. Elle fit venir un poète pour qu'il lût quelques textes pendant que les domestiques apportaient des desserts et des liqueurs. Finalement les boissons détendirent l'atmosphère, car le malheureux fils des Kehotara finit par prendre congé pour rejoindre son lit. Il partit sans faire d'avances romantiques afin de pouvoir dormir cette nuit sans trop réfléchir.

La brume recouvrait les pâturages des needra, s'accrochant à la vallée comme un foulard de soie sous la lumière de la lune. Des oiseaux de nuit chantaient, en contrepoint du bruit des pas d'une sentinelle ; mais dans la chambre de la Dame, un autre bruit retentit soudain. Papéwaio donna un petit coup de pied dans les côtes de Lujan.

« Quoi ? lui répondit une voix ensommeillée.

— Notre Dame ne ronfle pas, murmura Papéwaio.

— Je ne ronfle pas, répondit Lujan, en bâillant et en se drapant dans sa dignité offensée.

— Alors tu en fais une magnifique imitation. » Le premier chef de troupe s'appuya sur sa lance, sa silhouette se découpant contre la cloison éclairée par la lune. Il dissimula son amusement, car il avait fini par aimer l'ancien guerrier gris. Le taciturne Papéwaio appréciait Lujan parce qu'il était un excellent officier, bien meilleur que ce à quoi l'on aurait pu s'attendre, et parce que son caractère était si différent du sien.

Soudain Papéwaio se raidit, alarmé par un bruissement furtif dans le couloir. Lujan l'entendit aussi, car il resta coi sans plus protester. Les deux officiers Acoma échangèrent des signaux de main et se mirent immédiatement d'accord. Quelqu'un qui souhaitait que ses mouvements ne fussent pas entendus approchait, venant du couloir extérieur. L'étranger marchait maintenant à moins de six pas de la cloison. Dans la soirée, Papéwaio avait placé une natte neuve à chaque intersection du couloir qui conduisait à la chambre de Mara. Quelqu'un qui approcherait de sa porte la ferait bruire en marchant sur le tissage.

Ce bruit devint leur allié. Sans parler, Lujan tira son épée et prit position près de la porte. Papéwaio appuya sa lance contre le linteau du jardin et dégaina son épée et un poignard. La lumière de la lune brilla sur la laque de son armure alors qu'il s'allongeait sur la natte de Mara, tenant ses armes près de son corps, sous les draps.

De longues minutes s'écoulèrent. Puis la cloison du couloir du jardin glissa et s'ouvrit sans le moindre bruit. L'intrus ne montra aucune hésitation et bondit par l'ouverture, le poignard prêt à frapper. Il se pencha rapidement sur ce qu'il pensait être la forme endormie de la Dame des Acoma.

Papéwaio roula sur la droite, se relevant en posture de garde, l'épée et le poignard levés en position de parade. La lame tinta sur la lame, tandis que Lujan se plaçait derrière l'assassin, pour l'empêcher de s'enfuir.

La faible lueur de la lune le trahit, car son ombre se projeta sur le sol devant lui. La lame de l'assassin frappa les oreillers, et des plumes de jiga s'envolèrent comme des graines dispersées par le vent. L'intrus roula sur le côté et pivota sur ses pieds pour découvrir qu'il était piégé. Il était vêtu comme un porteur, mais il réagit avec une vivacité toute professionnelle et lança son poignard sur Papéwaio. Le chef de troupe l'esquiva sans difficulté. Sans faire le moindre bruit, l'assassin s'élança derrière sa lame, esquivant l'épée qui tentait de le frapper dans le dos. Il s'écrasa contre la cloison de papier et atterrit sur le sentier en pleine course.

Immédiatement sur ses talons, Lujan hurla : « Il est dans le jardin ! »

Instantanément, des gardes Acoma s'élancèrent dans les couloirs. Des cloisons s'ouvrirent de tous côtés, et Keyoke avança dans le tumulte, donnant des ordres qui étaient immédiatement obéis. Les guerriers se déployèrent, battant les buissons avec leurs lances.

Papéwaio se remit sur pied et se joignit aux recherches, mais Keyoke lui toucha légèrement l'épaule. « Il s'est enfui ? »

Le premier chef de troupe marmonna un juron et, répondant par avance à la question qui allait suivre, il déclara : « Il se cache quelque part dans le domaine, mais vous devriez demander sa description à Lujan. La lumière de la lune jouait en sa faveur, et je n'ai vu qu'une ombre. » Il s'arrêta pendant que Keyoke envoyait chercher l'ancien bandit ; un instant plus tard, Papéwaio ajouta pensivement : « Il est de taille moyenne, et gaucher. Et son haleine sentait fortement le jomach au vinaigre. »

Lujan termina la description. « Il porte la tunique et la ceinture de corde d'un porteur, mais ses sandales ont une semelle de cuir souple. Ce n'est pas du cuir de needra durci. »

Keyoke fit un geste aux deux soldats les plus proches et leur donna des ordres brefs. « Fouillez les quartiers attribués aux porteurs Kehotara. Trouvez celui qui manque. C'est notre homme. »

Une minute plus tard, deux autres guerriers arrivèrent avec un corps qui pendait mollement entre eux. Lujan et Papéwaio identifièrent l'assassin, et tous deux regrettèrent qu'il ait eu le temps de plonger son second poignard, plus petit, dans ses organes vitaux.

Keyoke cracha sur le corps. « Quelle pitié qu'il soit mort dans l'honneur par la lame. Il avait reçu sans nul doute la permission de son maître, avant d'entreprendre sa mission. » Le commandant envoya un homme rappeler les chercheurs, puis ajouta : « Au moins, le chien Minwanabi avait admis la possibilité d'un échec. »

Mara devait être avertie sans le moindre retard de la tentative d'assassinat. Brusquement, Keyoke fit un signe vers le cadavre. « Débarrassez-moi de cette charogne, mais gardez-moi un morceau grâce auquel on pourra l'identifier. » Il termina en faisant un signe de tête à ses chefs de troupe. « Bien joué. Vous pouvez aller dormir pour le reste de la nuit. »

Les deux hommes échangèrent un regard alors que le commandant suprême des forces Acoma s'éloignait dans la nuit. Il était rare que Keyoke fît des compliments. Puis Lujan sourit, et Papéwaio hocha la tête. Dans une compréhension muette et totale, les deux hommes se dirigèrent vers les baraquements des soldats pour partager une boisson bien méritée avant d'aller se reposer.

Bruli des Kehotara arriva au petit déjeuner avec un air misérable. Il était visiblement mal dans son assiette. Son beau visage était bouffi et ses yeux rougis, comme si son sommeil avait été troublé par des cauchemars. Il s'était sûrement angoissé toute la nuit à propos des cadeaux et de l'inconfort de sa situation. Il ne semblait pas savoir qu'il avait introduit un assassin dans le manoir Acoma. Après son manque de sang-froid au dîner, Mara doutait qu'il fût assez doué pour feindre d'ignorer la tentative de meurtre de la nuit précédente.

Elle sourit, à moitié poussée par un sentiment de pitié. « Mon ami, vous ne semblez pas en forme. Est-ce quc votre chambre vous a déplu ? »

Bruli arbora avec difficulté son sourire le plus charmeur. « Non, ma Dame. Les appartements que vous m'avez donnés étaient des plus satisfaisants, mais… » Il soupira et son sourire s'évanouit. « Je suis simplement très nerveux. À propos du sujet que j'ai mentionné la nuit dernière, puis-je implorer votre indulgence et votre patience ?… Si vous voyiez une solution pour… »

L'expression de cordialité de Mara disparut. « Je ne pense pas que cela serait prudent, Bruli. »

L'air sentait, de façon incongrue, le pain de thyza frais. Vaguement conscient que le petit déjeuner refroidissait sur la table, Bruli fixa son regard sur celui de son hôtesse. Ses joues se colorèrent d'une façon qui n'était pas du tout tsurani. « Ma Dame, commença-t-il, vous semblez ne pas vous rendre compte de la détresse que vous provoquez en me refusant cette pétition. »

Mara ne dit rien, mais fit un signe à quelqu'un qui attendait derrière une cloison, sur sa gauche. Une armure grinça et Keyoke avança, portant la tête ensanglantée de l'assassin. Il déposa le trophée sans la moindre cérémonie sur l'assiette du jeune soupirant.

« Vous connaissez cet homme, Bruli. » Ce n'était pas une question.

Choqué par le ton de voix qu'il n'avait jamais entendu chez la Dame des Acoma, et non par la chose barbare posée sur son assiette, Bruli pâlit. « C'était l'un de mes porteurs, Dame. Que s'est-il passé ? »

L'ombre de l'officier tomba sur lui, et la chambre ensoleillée lui sembla soudain très froide. Les paroles de Mara étaient aussi dures que du métal. « Un assassin, pas un porteur, Bruli. »

Le jeune homme cligna des yeux, le visage dénué de toute expression pendant un instant. Puis il s'affaissa, une mèche de cheveux noirs voilant son regard. L'aveu vint à contrecœur. « Le maître de mon père », dit-il, nommant ainsi Jingu des Minwanabi.

Mara lui accorda un instant de répit, pendant qu'elle faisait signe à son commandant de s'asseoir à ses côtés. Quand Bruli rassembla assez de courage pour croiser son regard, elle hocha la tête.

« Cet homme était sans l'ombre d'un doute un agent Minwanabi. Comme vous l'étiez pour votre père. »

Bruli réussit à ne pas protester par une dénégation qu'il savait futile. Ses yeux perdirent leur air désespéré et il demanda : « Je réclame la mort d'un guerrier, Mara. »

Mara frappa la nappe de ses deux poings serrés. « La mort d'un guerrier, Bruli ? » Elle rit avec une colère amère. « Mon père et mon frère étaient des guerriers, Bruli. Keyoke est un guerrier. J'ai affronté la mort et je suis plus un guerrier que vous ne l'êtes. »

Sentant quelque chose qu'il n'avait jamais rencontré chez une femme, le jeune homme se remit sur ses pieds sans la moindre grâce. Les tasses vacillèrent sur la table. Avec l'implication des Minwanabi, les restes sinistres du porteur prirent une tout autre signification. Bruli sortit un poignard de sa tunique. « Vous ne me capturerez pas pour me pendre comme un criminel, Dame. » La main de Keyoke plongea vers la poignée de son épée pour défendre sa Dame, mais quand Bruli retourna l'arme pour la pointer sur sa propre poitrine, le commandant comprit que le fils des Kehotara n'avait pas l'intention d'attaquer.

Mara se leva d'un bond, sa voix claquant comme un fouet. « Reposez ce poignard, Bruli. » Il hésita, mais elle ajouta : « Personne ne va vous pendre. Vous êtes un imbécile, pas un meurtrier. Vous serez renvoyé chez vous pour expliquer à votre père comment son alliance avec Jingu a mis sa maison en grand péril. »

Honteux, silencieux, le beau soupirant recula d'un pas sous le choc de ces paroles. Lentement, il comprit toutes leurs implications, jusqu'à ce qu'il en arrivât à l'inévitable conclusion : il avait été utilisé, impitoyablement, jusque dans ses sentiments les plus intimes. Mortellement sérieux, sans l'ombre d'un sentiment, il s'inclina. « Je vous salue, Dame. Vous avez réussi à me faire trahir mon père. »

Si on laissait sa nature impulsive prendre le dessus et gouverner ses actes, il restaurerait probablement son honneur blessé en tombant sur son épée à l'instant même où il franchirait la frontière du domaine Acoma. Mara réfléchit rapidement ; elle devait l'en empêcher, car son suicide ne ferait que pousser les Kehotara à soutenir encore plus ardemment le seigneur des Minwanabi dans son souhait d'anéantir tout ce qui était Acoma. Elle avait intrigué, mais pas pour obtenir la mort de ce jeune homme. « Bruli ?

— Ma Dame ? » Il retarda son départ plus par résignation que par espoir.

Mara lui fit signe de s'asseoir et il obtempéra avec raideur. L'odeur de la nourriture l'écœurait légèrement, et la honte pesait lourdement sur ses épaules.

Mara ne pouvait adoucir le goût amer de la défaite ; mais Buntokapi lui avait appris à ne pas exulter quand le Jeu lui apportait la victoire. Doucement, elle reprit : « Bruli, j'accomplis sans regret ce qui est nécessaire pour défendre ce qui est placé sous ma protection. Mais je n'ai aucun désir de vous infliger des difficultés imméritées. Que votre père serve mon plus grand ennemi n'est qu'un accident de naissance pour nous deux. Ne nous querellons pas inutilement. Je vous rendrai la plupart de vos cadeaux exotiques en échange de deux promesses. »

Malgré ses difficultés, Bruli semblait enfin se retrouver. « Je ne trahirai pas l'honneur des Kehotara.

— Ce n'est pas ce que je vous demande, répondit Mara en se penchant vers lui avec détermination. Si un jour vous succédiez à votre père et à votre frère comme seigneur des Kehotara, je vous demande de ne pas embrasser la tradition du Tan-jin-qu. Accepteriez-vous de garder votre maison libre du vasselage des Minwanabi ? »

Bruli fit un geste de fatalisme. « Les chances que cela arrive sont minces, Dame Mara. » Son frère aîné était l'héritier, et son père jouissait d'une excellente santé.

Mara se désigna du doigt, comme si cela répondait à sa remarque ; qui, parmi les mortels, pouvait savoir ce que le destin lui réservait ?

Honteux de l'espoir qui accélérait sa respiration, Bruli demanda : « Et la seconde condition ?

— Que si vous deveniez un jour souverain, vous me devriez une faveur. » Mara continua avec toute l'habileté d'un diplomate. « Si je devais mourir, ou si je ne devais plus porter le sceptre des Acoma, mon successeur n'héritera pas de votre promesse. Mais si je vis et que vous prenez le siège du seigneur des Kehotara, alors une fois, et une fois seulement, vous devrez agir comme je vous le demanderai. Je pourrai vous demander de soutenir l'une de mes actions, dans le domaine du commerce ou des armes, ou au Jeu du Conseil. Accordez-moi cela et vous serez libéré de toute obligation future. »

Bruli contemplait la nappe sans réagir, mais la rigidité de son attitude montrait qu'il était en train de méditer sa réponse. Mara attendait, immobile dans la lumière du soleil qui traversait la cloison. Elle avait ajouté la seconde condition sans réfléchir, pour distraire le jeune homme de ses pensées de suicide ; mais alors qu'il restait assis à étudier son offre, son propre esprit continuait à réfléchir. Et elle vit qu'elle venait de s'ouvrir une autre possibilité de victoire au Jeu du Conseil.

Ayant le choix entre la mort et la honte financière de sa famille, ou un répit pour sa folie et une promesse qu'il ne serait peut-être jamais obligé de tenir, Bruli se décida rapidement. « Dame, j'ai parlé trop vite. Votre marché est dur, mais je préfère choisir la vie. Si les dieux m'accordent le sceptre de la souveraineté des Kehotara, je ferai comme vous le demandez. » Il se leva lentement, et ses manières se teintèrent soudain de mépris. « Mais comme la possibilité que j'hérite à la place de mon frère est très faible, c'est vous qui vous êtes comportée comme une imbécile. »

Haïssant cet instant pour sa cruauté, Mara fit silencieusement signe à un domestique qui attendait près de la cloison. Il s'inclina et déposa un message avec un sceau brisé dans sa main. « Ceci vient de nous parvenir, Bruli. Cette lettre vous était destinée, mais comme votre père avait jugé bon d'envoyer des assassins dans votre suite, pour les besoins de ma sécurité personnelle mon hadonra a choisi de la lire. »

Le message était entouré de rubans rouges, la couleur de Turakamu. Glacé soudain, comme il n'aurait jamais cru l'être un jour, Bruli leva la main à contrecœur. Le papier semblait trop léger pour porter les nouvelles qu'il lisait, écrites de la main du chef des scribes de son père. Frappé au cœur par ce nouveau chagrin, Bruli écrasa le parchemin entre des poings tremblants. Il réussit cependant à garder son sang-froid. « Femme, vous êtes un poison, aussi mortel et invisible que le petit scorpion keti qui se dissimule sous les pétales des fleurs. » Elle avait su, quand elle avait marchandé, que le fils aîné de Mekasi avait été tué sur le monde des barbares, une autre victime de la campagne du Seigneur de Guerre. Elle avait soigneusement préparé son piège à l'intention de Bruli, en sachant qu'il était déjà devenu l'héritier des Kehotara. Maintenant, l'honneur lui interdisait de revenir sur sa parole.

Tremblant maintenant de rage, Bruli regarda la femme qu'il avait autrefois été assez fou pour aimer. « Mon père est un homme robuste qui a encore de nombreuses années à vivre, chienne Acoma ! Je vous ai donné ma promesse, mais vous ne vivrez pas assez longtemps pour que je doive l'honorer. »

Keyoke se raidit, prêt à se saisir de son épée, mais Mara répondit avec un sentiment de regret venant des profondeurs de son âme fatiguée. « Ne doutez jamais que je survivrai pour vous demander mon prix. Pensez à cela quand vous reprendrez les cadeaux que vous avez envoyés. Mais laissez-moi l'oiseau, car il me rappellera un jeune homme qui m'aima trop fort pour rester sage. »

Sa sincérité raviva des souvenirs maintenant aigris et douloureux. Les joues brûlantes sous l'intensité d'émotions contradictoires, Bruli déclara : « Je prends congé de vous. La prochaine fois que nous nous rencontrerons, que le Dieu Rouge m'accorde de contempler votre cadavre. »

Il tourna sur ses talons, conscient que tous les soldats Acoma à portée d'ouïe se tenaient prêts à répondre à son insulte. Mais Mara plaça sa main sur le bras de Keyoke pour le retenir, restant silencieuse alors que le jeune homme sortait. De longues minutes s'écoulèrent et bientôt le bruit des pas de la suite Kehotara s'évanouit dans la cour. Nacoya entra, l'air ébouriffé, les lèvres serrées par la contrariété. « Quel jeune imbécile ! » marmonna-t-elle puis, voyant la rigidité de Mara, elle changea de registre sans reprendre son souffle. « C'est une autre leçon, petite ; les hommes sont facilement blessés par les affaires de cœur. Le plus souvent, ces blessures sont très longues à guérir. Tu as peut-être gagné cette partie, mais tu t'es aussi fait un ennemi mortel. Rien n'est plus dangereux que l'homme dont l'amour s'est changé en haine. »

Mara désigna très précisément la tête du porteur. « Quelqu'un doit payer le prix des complots Minwanabi. Que Bruli trouve ou non d'autres passions pour occuper son esprit, nous avons gagné. Il a suffisamment gaspillé la fortune de son père pour placer les Kehotara dans une position vulnérable. Jingu sera à nouveau mis à contribution pour les aider financièrement, et tout ce qui peut indisposer ce jaguna est à notre bénéfice.

— Fille de mon cœur, le destin œuvre rarement avec une telle simplicité. » Nacoya se rapprocha et, pour la première fois, Mara leva les yeux et vit le parchemin que serraient ses vieilles mains. Les rubans et le sceau étaient orange et noir, des couleurs qu'elle n'aurait jamais pensé voir sous son toit durant sa vie. « Cela vient juste d'arriver », souffla son premier conseiller. Avec une mine écœurée et sévère, Nacoya remit le parchemin dans les mains de sa maîtresse.

Mara brisa le sceau et dénoua les rubans avec des mains dont elle ne pouvait contrôler le tremblement. Le parchemin se déroula en craquant, dans le silence qui régnait sur toute la pièce. Mara lut, le visage aussi inexpressif qu'une statue de cire.

Nacoya retint son souffle ; Keyoke se réconforta comme il put en gardant une attitude militaire aussi rigide que celle d'une statue ; et Mara leva enfin les yeux.

Elle se leva, soudain fragile dans l'éclat du soleil. « Comme vous l'avez deviné, dit-elle à ses deux plus vieux serviteurs, le seigneur des Minwanabi m'invite à la célébration officielle de l'anniversaire de notre auguste Seigneur de Guerre. »

La couleur quitta lentement le visage ridé de Nacoya. « Vous devez refuser », répondit-elle immédiatement. Depuis un nombre incalculable de générations, aucun Acoma n'avait foulé le territoire des Minwanabi sans être accompagné de soldats armés pour la guerre. Que Mara entrât dans la demeure même de Jingu et se mêlât socialement à ses alliés était une véritable promesse de mort. Nacoya termina faiblement : « Vos ancêtres vous pardonneront cette honte.

— Non ! répondit la Dame des Acoma, en se mordant assez fort la lèvre pour que la chair blanchît. Je risque d'insulter grièvement Almecho si je refuse, et après la trahison du Parti de la Roue Bleue, son mauvais caractère légendaire sera exacerbé. » Sa voix se brisa, sans qu'il fût clair si c'était parce qu'elle regrettait de devoir affronter Jingu avant d'être prête, ou par peur pour sa propre sécurité. La tension plaçait un masque impénétrable sur son visage. « Les Acoma ne doivent pas céder devant les menaces. Je me rendrai dans la forteresse de l'ennemi qui souhaite le plus ma mort. »

Nacoya laissa échapper un petit cri de protestation, puis se détourna, désespérée. Attristée en voyant les épaules affaissées de son conseiller, Mara tenta contre tout espoir de la réconforter. « Mère de mon cœur, reprends courage. Souviens-toi que si Turakamu tend ses mains vers mon esprit, le seigneur des Minwanabi ne peut pas triompher, à moins qu'il n'assassine aussi Ayaki. Penses-tu qu'il défierait la puissance combinée des Acoma et des Anasati pour prendre la vie de mon fils ? »

Nacoya ne savait que répondre ; finalement, elle secoua la tête. Mais son cœur lui disait que Jingu oserait même cela pour détruire ses anciens ennemis. On avait fait bien pis, et pour des raisons moins bonnes qu'une guerre de sang, dans l'histoire du Jeu du Conseil.

Chapitre quatorze

L'accueil

Le messager sortit.

Mara pressa ses poings serrés sur le rebord de la table d'écriture et souhaita désespérément le rappeler. La dépêche qu'il emportait à la Guilde des Porteurs pouvait très facilement provoquer sa mort et la ruine finale des Acoma. Mais l'alternative était de vivre sans honneur, de couvrir de honte ses ancêtres et de profaner l'ancien code de sa maison. Mara s'étira rapidement pour soulager les contractures de son dos, puis appela Nacoya pour dire à la vieille femme qu'elle avait envoyé son acceptation officielle à l'invitation des Minwanabi.

Nacoya entra avec une lenteur sinistre, signe certain qu'elle avait vu le messager quitter le domaine. L'âge n'avait pas émoussé sa perspicacité ; elle avait déjà deviné que le cylindre de bois scellé qu'il emportait ne contenait pas les instructions de Jican aux courtiers.

« Vous avez de nombreuses choses à préparer, souveraine. » L'ancienne nourrice se conduisait comme un parfait premier conseiller ; mais son changement de fonction ne parvenait pas à lui faire oublier de longues années d'intimité. Mara discerna une certaine aigreur dans la voix de la vieille femme et comprit qu'elle ressentait surtout de la peur ; de la peur pour sa maîtresse, et pour tous ceux qui vivaient sur le domaine Acoma et dont la vie était engagée sur le natami. Entrer dans la maison du seigneur des Minwanabi revenait à défier un monstre en marchant entre ses crocs. Seuls les plus puissants avaient une chance de survivre. Et depuis la mort du seigneur Sezu et de son héritier, les Acoma n'avait pas retrouvé leur influence au conseil.

Mais Mara ne laissa pas au chef de ses conseillers l'occasion de se lancer dans des récriminations. Elle n'était plus la jeune fille inexpérimentée qui avait quitté le temple de Lashima, et elle était déterminée à ne pas se laisser intimider par les menaces des Minwanabi. Paniquer n'aurait servi qu'à donner la victoire à Jingu ; et la nature impulsive de son ennemi lui permettrait peut-être d'arracher un avantage inespéré pour sa maison. « Veille aux nécessités du voyage, Nacoya, et que mes servantes assemblent une garde-robe. Demande à Papéwaio de choisir les guerriers de ma garde d'honneur, des hommes de confiance qui ont prouvé leur valeur, mais dont Keyoke n'aura pas besoin pour la protection des positions clés du domaine, pendant mon absence. » Faisant les cent pas sur le plancher ciré, devant une étagère encombrée de parchemins, Mara s'arrêta un instant pour compter les jours. « Est-ce qu'Arakasi est revenu ? »

Une semaine s'était écoulée depuis que Bruli et Arakasi avaient quitté le domaine Acoma, l'un pour affronter la colère de son père, l'autre pour veiller au bon fonctionnement du réseau d'espionnage de sa maîtresse. Nacoya redressa une épingle à cheveux qui était en train de tomber. « Il est rentré il y a moins d'une heure, maîtresse. »

Mara se retourna, fronçant les sourcils sous l'effet d'une intense concentration. « Je discuterai avec lui quand il se sera baigné et rafraîchi. En attendant, fais venir Jican. Il nous reste beaucoup de choses à discuter avant de partir pour la fête d'anniversaire du Seigneur de Guerre. »

Nacoya s'inclina, de toute évidence à contrecœur. « À vos ordres, Dame. » Elle se leva silencieusement et sortit. Dans une pièce vide à l'exception de quelques domestiques, Mara regardait la lumière de l'après-midi qui éclairait les superbes cloisons du cabinet de travail. L'artiste avait dessiné des scènes de chasse d'un réalisme saisissant, dépeignant la grâce terrible d'une mortèle fondant sur des hirondelles. Mara frissonna. Se sentant elle-même aussi fragile qu'un oiseau, elle se demanda si elle aurait un jour l'occasion de commander de telles œuvres d'art.

Puis Jican arriva, les bras chargés de parchemins et d'ardoises, avec une longue liste de décisions à prendre avant son départ. Mara oublia un instant son inquiétude et se concentra sur les problèmes financiers. Une note particulièrement irritante, où elle reconnaissait l'écriture soigneuse de Jican, s'élevait contre sa décision d'acheter des esclaves midkemians pour défricher de nouveaux pâturages en remplacement de ceux donnés à la fourmilière cho-ja. Mara soupira et se lissa le front de la main pour faire disparaître les rides de souci.

Trop lasse pour vouloir imposer sa décision, elle reporta cet achat à plus tard, après l'anniversaire du Seigneur de Guerre. Si elle survivait à la réunion chez les Minwanabi, elle aurait largement le temps de s'occuper de la répugnance de Jican. Mais si Jingu des Minwanabi réalisait ses ambitions, toute cette question deviendrait purement académique. Ayaki aurait un régent Anasati ou serait tué, et les Acoma seraient absorbés ou anéantis. Agitée et irritable, Mara passa au problème suivant. Pour une fois, le départ de Jican la soulagerait.

L'après-midi s'était enfui quand Jican souhaita le bonsoir à sa maîtresse. Abattue par la chaleur, perdue dans les ombres du soir, Mara demanda qu'on lui apportât des fruits givrés et des boissons. Puis elle envoya son messager chercher Arakasi, et un domestique rapporter l'exposé décrivant le personnel Minwanabi, depuis le nombre de marmitons dans les cuisines jusqu'au passé de ses concubines.

Arakasi entra et Mara lui demanda : « Tout va bien ?

— Maîtresse, vos agents vont bien. Je n'ai pas grand-chose d'important à ajouter à ce rapport, car je l'ai corrigé avant de prendre mon bain. » Il pencha légèrement la tête, attendant le bon plaisir de sa maîtresse. Remarquant que les rigueurs du voyage l'avaient amaigri et fatigué, Mara lui fit signe de s'asseoir sur les coussins disposés devant le plateau de fruits.

Tandis qu'Arakasi s'installait, elle l'informa de la célébration de l'anniversaire du Seigneur de Guerre au domaine des Minwanabi. « Il ne faudra pas que nous commettions le moindre faux pas », conclut-elle, alors que le maître espion choisissait une grappe de baies de sâ.

Plus calme que d'habitude, et libre de tout déguisement, Arakasi détachait les grains un par un de leur tige. Puis il soupira. « Donnez-moi une place dans votre garde d'honneur, ma Dame. »

Mara retint sa respiration. « C'est dangereux. » Elle regarda attentivement le maître espion, consciente que la soif de vengeance de l'homme égalait la sienne. S'il n'abandonnait pas toute prudence, il chercherait une façon de renverser la situation et de transformer ce piège en victoire.

« Le danger sera effectivement présent, Dame. Tout comme la mort. » Arakasi écrasa une baie entre ses doigts et le jus rouge coula sur sa paume. « Néanmoins, je vous supplie de me laisser venir. »

Lentement, soigneusement, Mara bannit toute incertitude de son cœur. Elle inclina la tête en signe d'acquiescement. Aucun d'eux ne mentionna le fait qu'il était fort probable qu'Arakasi se fît tuer pour protéger la vie de sa maîtresse. Bien qu'il pût porter de façon très convaincante l'équipement d'un guerrier, le maître espion n'était pas très doué pour le maniement des armes. Qu'il eût demandé à l'accompagner témoignait de la ruse extrême et des trahisons auxquelles elle pouvait s'attendre de la part du seigneur des Minwanabi. Elle savait aussi que, si elle échouait, Arakasi pouvait souhaiter saisir une dernière chance de réaliser son désir de vengeance alors que Jingu était à sa portée. Pour la venue des Cho-ja et pour tout ce qu'il avait ajouté à la sécurité des défenses Acoma, elle lui devait au moins cela.

« J'avais l'intention d'emmener Lujan… Mais il sera peut-être nécessaire ici. » Keyoke avait finalement admis à contrecœur que, malgré ses manières fantasques, Lujan était un excellent officier. Et si Keyoke était obligé de défendre Ayaki… Mara détourna ses pensées de cette possibilité et déclara : « Va voir Papé. S'il te fait confiance et te prête un plumet d'officier, tu pourras l'aider à choisir ma suite. » Mara réussit à esquisser un sourire avant que la peur ne revînt la hanter. Arakasi s'inclina. À l'instant où il sortit, Mara frappa dans ses mains. Elle appelait un domestique pour qu'il ôtât immédiatement le plateau où les baies massacrées baignaient dans un jus écarlate.

Dans la lumière déclinante, Mara regarda une dernière fois la peinture sur la cloison. L'attente était enfin terminée et la mortèle s'élançait sur sa proie. Le seigneur des Minwanabi était fier, sûr de lui et puissant, et elle devait maintenant trouver le moyen de le vaincre sur son propre territoire.

En cette fin d'été, les routes étaient sèches, envahies par la poussière soulevée par les caravanes, et pénibles à emprunter. Après la courte marche jusqu'à Sulan-Qu, Mara et sa suite de cinquante gardes d'honneur continuèrent leur voyage vers le domaine Minwanabi à bord de la nef d'apparat. L'animation de la ville et des quais ne fatigua pas Mara ; la nudité des esclaves lui fit à peine tourner la tête, tant elle était préoccupée par les rets des intrigues ennemies. Alors qu'elle s'installait avec Nacoya sur les coussins de l'auvent, elle se fit la réflexion qu'il ne lui était plus bizarre de gouverner la maison de son père. Les années écoulées depuis le temple de Lashima avaient provoqué de grands bouleversements et elle avait changé. Elle avait gagné suffisamment de détermination pour savoir dissimuler ses craintes. Keyoke disposa les soldats à bord du navire d'une manière qui faisait écho à son sentiment de fierté. Puis le capitaine de la nef entonna son chant, les esclaves larguèrent les amarres et appuyèrent sur leurs perches. La proue décorée du navire Acoma fit jaillir des éclaboussures et s'éloigna des côtes familières.

Remonter le fleuve leur prit six jours. Mara passa la majorité de ce temps en méditation, tandis que les esclaves poussaient la nef le long de plaines boueuses, dans l'odeur âcre des rizières de thyza asséchées. Nacoya dormait durant l'après-midi ; le soir, elle quittait l'abri des rideaux de mousseline et dispensait des conseils maternels aux soldats, pendant qu'ils écrasaient les insectes piqueurs qui venaient des rives en véritables nuées. Mara écoutait, grignotant des fruits achetés à un vendeur sur une péniche ; elle savait que la vieille femme pensait qu'elle ne reviendrait pas en vie au manoir Acoma. Chaque crépuscule lui semblait précieux, quand les nuages ruisselaient de reflets d'or, comme la surface calme du fleuve, et que le ciel s'obscurcissait rapidement pour céder la place à la nuit.

Le domaine des Minwanabi s'étendait sur un petit affluent du grand fleuve. Couverts de sueur dans la chaleur de la matinée, les esclaves poussaient la nef dans un chaos d'embarcations marchandes plus lentes. Sous la direction habile du capitaine, ils manœuvrèrent et dépassèrent un village misérable de maisons sur pilotis, habité par des familles de ramasseurs de coquillages. Plus loin, le fleuve se rétrécissait, les hauts-fonds et les bancs de sable laissant place à des eaux plus profondes. Mara contemplait les collines basses et les rives qui se couvraient d'arbres soigneusement taillés. Puis la nef de sa famille entra dans des eaux sur lesquelles aucun de ses ancêtres Acoma, à l'exception des plus anciens, n'avait jamais navigué. Car la guerre de sang avec la dynastie de Jingu remontait si loin dans le passé que personne ne se souvenait de son origine. Dans l'affluent, le courant prenait de la vitesse alors que le passage se rétrécissait. Les esclaves devaient travailler avec acharnement pour maintenir leur vitesse, et la nef ralentit au point d'être pratiquement immobile. Mara luttait pour garder un visage impassible tandis que son embarcation avançait vers un imposant portique de prière peint qui enjambait toute la largeur de la rivière. Il marquait la frontière des terres Minwanabi.

Un soldat s'inclina près des coussins de Mara et désigna d'une main bronzée les étages qui couronnaient le portique de prière. « Avez-vous remarqué ? Sous la peinture et les décorations, ce monument est un pont. »

Mara sursauta légèrement car la voix lui était familière. Elle regarda attentivement l'homme et sourit à demi devant l'habileté de son maître espion. Arakasi s'était fondu de façon si parfaite dans les rangs de sa garde d'honneur qu'elle avait complètement oublié qu'il était à bord.

Ramenant son attention au portique de prière, Arakasi continua : « On dit que les Minwanabi y postent des archers en temps de guerre, avec des flèches entourées de chiffons huilés, pour incendier toutes les embarcations qui remontent la rivière. C'est une excellente défense.

— À la vitesse à laquelle nous nous traînons, je pense que personne ne peut entrer sur le lac des Minwanabi par cette route et espérer survivre. » Mara lança un regard vers l'arrière et contempla le courant écumant. « Mais nous pourrions certainement nous enfuir très rapidement. »

Arakasi secoua la tête. « Regardez sous l'eau, maîtresse. »

Mara se pencha sur le rebord du navire et vit un câble gigantesque suspendu entre les piliers du portique, à quelques centimètres sous la haute quille de la nef. En cas de trouble, un mécanisme placé dans les piliers du portique pouvait lever le câble, formant une barrière infranchissable pour les embarcations qui chercheraient à sortir. Arakasi ajouta : « Cette défense est tout aussi meurtrière pour les navires qui s'enfuient que pour une flotte d'attaque.

— Et il serait bon que je garde cela à l'esprit ? » Mara dénoua ses doigts moites de l'étoffe de sa robe. Tentant de garder son sang-froid et de ne pas se laisser envahir par son sentiment de malaise, elle congédia le maître espion d'un geste poli. « J'ai bien compris ton avertissement, Arakasi. Mais ne dis rien à Nacoya, sinon elle poussera un cri si perçant qu'elle troublera la paix des dieux ! »

Le maître espion se leva avec un grognement qui dissimulait un rire. « Je n'ai pas besoin de dire quoi que ce soit. La petite mère voit des poignards sous sa natte toutes les nuits. » Il baissa la voix. « Je l'ai vue retourner ses oreillers et ses couvertures six fois, même après l'inspection de sa literie par Papéwaio. »

Mara le congédia d'un geste, incapable de partager son humour. Nacoya n'était pas la seule à avoir des cauchemars. Alors que la nef continuait d'avancer et que l'ombre du « portique de prière » passait sur elle, un frisson lui donna la chair de poule comme si le souffle de Turakamu l'avait touchée.

Le bruit de leur passage fit résonner les fondations de pierre. Puis la lumière du soleil fendit l'air, aveuglante et intense après l'obscurité. Derrière l'auvent aux rideaux de mousseline, Mara contempla alors un panorama complètement inattendu.

Le spectacle, de l'autre côté du portique, était d'une beauté stupéfiante. Au fond d'une large vallée, à la pointe d'un grand lac, le manoir bâti sur l'autre rive ressemblait à un palais magique sorti tout droit d'un conte de fées. Chaque bâtiment était parfait dans sa conception et ses couleurs. La construction centrale, en pierre, était un ancien palais imposant, placé en hauteur sur une colline qui surplombait le lac. Des murs bas suivaient la pente de la colline, serpentant au milieu de jardins en terrasse et de bâtiments annexes, dont un grand nombre comportaient un ou deux étages. Le manoir des Minwanabi était en réalité un véritable village, abritant une communauté de serviteurs et de domestiques loyaux à Jingu. Mais quelle ville magnifique ! pensa Mara. Et elle ressentit un bref pincement d'envie de voir un ennemi aussi haï vivre dans une telle splendeur. La brise venue du lac devait rafraîchir la demeure même lors des mois les plus chauds, et une petite flotte de barques orange et noir pêchait le koa, pour que le seigneur des Minwanabi pût dîner de poisson frais. Alors que les esclaves échangeaient leurs perches contre des rames pour faire avancer la nef sur le lac, une pensée plus austère traversa l'esprit de Mara : la vallée était un goulet d'étranglement, facilement défendable et encore plus facile à sceller. Comme les plantes vénéneuses en forme de flacon qui dévoraient les insectes en les attirant par leur odeur sucrée, la disposition de cette vallée hypothéquait toute chance de fuite rapide et discrète.

Papéwaio s'en rendit compte lui aussi, car il ordonna à ses guerriers de présenter les armes tandis qu'une grande barque s'avançait. Approchant rapidement, l'embarcation contenait une douzaine d'archers Minwanabi, un chef de patrouille à leur tête. Il salua et leur fit signe de relever les avirons. « Qui vient sur les terres des Minwanabi ? » demanda-t-il d'une voix forte, pendant que les navires se heurtaient doucement.

Papéwaio répondit d'une voix puissante : « La Dame des Acoma. »

L'officier des Minwanabi salua. « Passez, Dame des Acoma. » Puis il fit signe à son contingent de rameurs et la barque Minwanabi reprit sa patrouille.

Arakasi désigna trois autres barques identiques. « Ils ont des compagnies d'archers sur tout le lac. »

Clairement, il était impossible de s'échapper de la demeure du seigneur des Minwanabi. Il ne restait donc comme choix que la victoire ou la mort. Sentant ses paumes devenir moites, Mara résista à l'envie de les essuyer sur sa robe. « Gagnons rapidement le manoir, Papé. »

Papéwaio lança un geste au capitaine de la nef et les esclaves reprirent leurs rames.

La nef se dirigeait vers les quais, et le domaine des Minwanabi se révéla aussi beau de près que de l'autre rive. Chaque bâtiment était délicatement peint de couleurs pastel qui tranchaient sur le blanc habituel. Des banderoles de couleurs vives et des lanternes multicolores étaient suspendues aux poutres des toits, se balançant dans la brise. Le doux tintement de carillons éoliens emplissait l'air. Même les sentiers de graviers serpentant entre les bâtiments étaient bordés d'arbustes et de massifs de fleurs. Mara s'attendait à ce que les jardins des cours intérieures du manoir fussent encore plus somptueux.

Les rameurs Acoma rentrèrent leurs avirons et l'un d'eux lança une amarre à un ouvrier des quais, où attendait un comité d'accueil. À leur tête se trouvait Desio, le fils aîné des Minwanabi, couronné d'une coiffe orange et noir indiquant son rang d'héritier.

Des domestiques en livrée attrapèrent d'autres cordages alors que la nef heurtait doucement les piliers du quai. Les soldats Minwanabi se mirent au garde-à-vous, et Desio s'avança pour se porter à la rencontre du palanquin de Mara, que des esclaves faisaient descendre sur le quai.

L'héritier des Minwanabi inclina la tête avec raideur, un semblant de révérence qui frisait l'insulte. « Au nom de mon père, je vous souhaite la bienvenue à la fête que nous donnons en l'honneur du Seigneur de Guerre, Dame des Acoma. »

Mara ne se donna pas la peine de relever les rideaux de mousseline du palanquin. Étudiant les traits gras et bouffis de Desio, et ne trouvant que peu d'intelligence dans ses yeux ardoise, elle lui répondit par un hochement de tête strictement identique. Pendant un long moment, personne ne dit plus rien, puis Desio fut obligé de reconnaître le rang social supérieur de Mara. « Allez-vous bien, Dame Mara ? »

Mara inclina légèrement la tête. « Je vais bien, Desio. Les Acoma sont heureux d'honorer le seigneur Almecho. Dites à votre père que je le remercie de son accueil. »

Desio releva le menton, vexé d'avoir été obligé d'admettre qu'il était d'un rang inférieur. Trop fier pour accepter la riposte d'une jeune fille qui semblait, à travers le rideau de mousseline, à peine plus âgée qu'une enfant, il continua : « La première réception et le banquet d'accueil commenceront une heure après midi. Des domestiques vous indiqueront vos appartements.

— Des domestiques veillent donc sur l'honneur des Minwanabi ? demanda Mara d'une voix mielleuse. Voilà une chose dont je me souviendrai quand je saluerai le seigneur votre père. »

Desio rougit. Pour mettre fin à l'embarras qui se prolongeait, un chef de patrouille Minwanabi s'avança. « Ma Dame, si vous le permettez, je conduirai vos soldats à l'endroit qui leur a été réservé.

— Je ne le permettrai pas ! rétorqua Mara. Selon la tradition, j'ai droit à cinquante gardes pour veiller à ma sécurité. Si votre père souhaite me l'interdire, je partirai immédiatement et je lui laisserai le soin d'expliquer mon absence au Seigneur de Guerre. Dans de telles circonstances, je suppose que la maison des Acoma ne sera pas la seule grande famille à rentrer sur ses terres.

— Un trop grand nombre de maisons sont venues honorer Almecho », expliqua Desio en marquant une pause pour réprimer un sourire cruel. « Si nous logions la garde d'honneur de tous les seigneurs et de toutes les dames dans les baraquements du manoir, le domaine deviendrait un véritable camp de guerre. Vous devez nous comprendre. Almecho apprécie la tranquillité. Pour lui rendre hommage, tous les soldats restent à l'entrée de la vallée, là où est cantonnée notre garnison principale. » À cet instant, Desio eut un haussement d'épaules plein de mollesse. « Il n'y aura pas de passe-droit. Tout le monde sera traité de la même manière.

— Alors votre père offre son honneur en gage de sécurité ? demanda Nacoya, sans la moindre hésitation.

— Bien entendu », répondit Desio en inclinant la tête. Pour obtenir une telle concession, l'hôte devait offrir en garantie son honneur personnel et veiller à la sécurité de ses invités. Selon cet arrangement, si un visiteur était victime d'une quelconque violence, le seigneur Jingu des Minwanabi ne pourrait expier sa honte qu'en se suicidant. L'héritier du sceptre des Minwanabi ordonna à un domestique : « Montrez à la Dame, son premier conseiller, deux servantes et son garde du corps la suite qui a été préparée pour les Acoma. »

Il claqua des doigts pour attirer l'attention de l'officier au plumet orange. « Le chef de troupe Shimizu et un comité d'accueil de guerriers veilleront à ce que vos soldats soient confortablement installés dans les baraquements de la garnison principale. »

Choquée, irritée, mais pas entièrement surprise que le Minwanabi eût jugé bon de la séparer de sa garde d'honneur, Mara lança un regard de réconfort à Arakasi. Elle ne briserait pas la paix en faisant un scandale, surtout après avoir remarqué qu'un grand nombre de domestiques présents arboraient les cicatrices de vieilles campagnes sous les manches flottantes de leur livrée. Non, les Acoma ne triompheraient pas par la force, mais par la ruse… si elle parvenait à survivre. Résignée, Mara choisit Papéwaio comme garde personnel. Puis, en compagnie de Nacoya et du plus compétent de ses guerriers, elle suivit docilement le domestique pour rejoindre la suite attribuée aux Acoma.

Le manoir des Minwanabi était une demeure ancienne, ayant échappé aux incendies et aux ravages de la guerre grâce à sa position sur les hauteurs de la vallée. La vieille maison avait été construite autour d'une cour intérieure, comme la plupart des demeures tsurani, mais elle avait été modifiée, reconstruite, agrandie et subdivisée de nombreuses fois. Alors que l'on ajoutait de nouvelles annexes, le cœur du domaine Minwanabi avait grandi au cours des siècles, jusqu'à devenir un labyrinthe de couloirs, de cours fermées et de bâtiments reliés les uns aux autres, descendant la colline dans le désordre le plus complet. Tandis que Papéwaio l'aidait à descendre du palanquin, Mara se rendit compte à sa grande consternation qu'elle aurait besoin de domestiques pour la conduire à ses appartements ou en sortir. Il était impossible de se souvenir en un seul passage du plan d'une structure aussi complexe.

Les couloirs tournaient dans un sens puis dans l'autre, chaque cour ressemblait à la précédente. Mara entendit des voix murmurer à travers des cloisons à demi ouvertes ; certaines, appartenant à des notables de l'Empire, lui étaient familières, mais la plupart lui étaient parfaitement étrangères. Puis les voix s'évanouirent et un silence pesant comme celui qui règne avant l'attaque d'un fauve tomba sur l'élégant couloir. Au moment où le domestique faisait coulisser la cloison qui ouvrait sur sa suite, Mara sut que Jingu projetait de l'assassiner. Sinon pourquoi l'aurait-il installée dans un coin obscur de sa demeure, dans un isolement presque total ?

Le domestique s'inclina, sourit et mentionna que des servantes attendaient leur bon plaisir si la Dame des Acoma ou son premier conseiller avaient besoin d'aide pour prendre un bain ou s'habiller.

« Mes propres servantes suffiront », répondit Mara d'un ton acerbe. Ici encore plus qu'ailleurs, elle ne souhaitait pas que des étrangers s'approchent d'elle. À l'instant où les porteurs déposèrent les derniers bagages, elle referma rapidement la cloison. Papéwaio commença spontanément une inspection rapide et consciencieuse de ses appartements ; Nacoya, cependant, semblait plongée dans un profond état de choc. Puis Mara se souvint. À part un bref voyage, quand elle avait présenté la demande pour les fiançailles de Mara avec le fils Anasati, la vieille nourrice n'avait probablement jamais quitté le domaine des Acoma de toute sa longue vie.

Le souvenir de Lano donna à Mara la force d'accepter la situation. Dès que Papéwaio eut déterminé que les pièces étaient sûres, elle le plaça de garde près de la porte. Nacoya regarda sa maîtresse, une lueur de soulagement dans le regard. « Si Jingu se porte garant de la sécurité de ses invités, tout se passera bien. Ce sera une réunion tranquille, comme toutes les autres réceptions officielles. »

Mara secoua la tête. « J'ai peur que tes désirs n'obscurcissent ta perspicacité, petite mère. Jingu se porte garant sur sa vie de la violence perpétrée par ses propres gens ou ceux d'autres invités. C'est tout. Il ne donne aucune garantie contre les "accidents". » Puis, avant que la peur ne la paralysât, elle ordonna à Nacoya de préparer un bain et de l'habiller pour le banquet et sa première confrontation personnelle avec le seigneur des Minwanabi.

À la différence de la haute salle des Anasati, sombre, étouffante et qui sentait la vieille cire, la salle de réunion des Minwanabi n'était qu'espace et lumière. Mara s'arrêta à l'entrée, une grande galerie surélevée, pour admirer les lieux avant de rejoindre les invités rassemblés en contrebas comme autant d'oiseaux au plumage coloré. Bâtie dans une cavité naturelle au sommet même de la colline, avec une entrée et une estrade placées aux extrémités opposées, la pièce elle-même était immense. Le haut plafond à poutres apparentes s'interrompait de temps à autre pour laisser la place à des panneaux mobiles ouverts sur le ciel, surplombant la salle profondément creusée dans le sol. Dispersées autour de la pièce, plusieurs petites galeries d'observation permettaient de regarder en contrebas. Des portes ouvraient sur des balcons extérieurs donnant sur la campagne environnante. Des piliers de pierre soutenaient un immense arbre central et, sous l'estrade, un mince ruisseau serpentait entre des arbustes en fleur et des mosaïques, avant de se jeter dans un petit bassin aux eaux miroitantes. À une époque, les Minwanabi avaient eu à leur service un architecte et un artiste de génie. Les deux artisans avaient dû travailler pour une génération plus ancienne de Minwanabi, car le seigneur et la

Dame sur l'estrade portaient les vêtements les plus criards de toute l'assemblée. Mara fit la grimace, moins impressionnée que la plupart des Tsurani par la robe vert et orange de l'épouse de Jingu. Mara faillit pleurer à la pensée de toutes ces splendeurs gaspillées pour un ennemi tel que Jingu.

« Les dieux ont peut-être accumulé les richesses sur cette maison, marmonna Nacoya, mais si je puis me permettre, ils ont laissé peu de place au bon sens. Pensez au nombre d'insectes que ces baies ouvertes sur le ciel doivent laisser entrer, sans parler de la poussière, de la saleté et de la pluie. »

Mara sourit avec indulgence à sa vieille nourrice. « Voudrais-tu materner même ce nid de serpents ? De plus, je suis sûre que les Minwanabi couvrent leur toit quand le temps est mauvais. L'épouse de Jingu porte trop de maquillage pour accepter d'être mouillée à l'improviste. »

Nacoya se tut après avoir protesté que ses yeux n'étaient plus aussi bons qu'avant. D'ailleurs, même dans sa jeunesse, elle avait une mauvaise vue. Mara tapota la main de son conseiller pour la rassurer. Puis, resplendissante dans une robe brodée de milliers de perles minuscules, les cheveux retenus par des rubans verts, elle commença à descendre l'escalier pour rejoindre le niveau inférieur. Papéwaio la suivait en armure de parade ; il escortait sa maîtresse et son premier conseiller à une réception, mais il se déplaçait avec une telle vigilance qu'on l'aurait cru sur un champ de bataille. Mais très souvent, les réunions officielles des Tsurani étaient bien plus dangereuses qu'une bataille. Dissimulée sous les bonnes manières et les vêtements superbes, l'ambition faisait rage ; les alliances du Jeu du Conseil changeaient, et n'importe quel seigneur présent pouvait devenir un ennemi en l'espace de quelques instants. Beaucoup de souverains n'hésiteraient pas à s'attaquer aux Acoma, si cela pouvait les aider à s'élever au sein du conseil. Et sur le territoire des Minwanabi, d'autres qui ne s'opposaient normalement pas à la maison de Mara risquaient de suivre les vents dominants de la politique.

Ayant des goûts simples, Mara n'était pas impressionnée par l'étalage de richesses de certains invités. Ses vêtements sobres renforçaient l'impression que les seigneurs et les dames de la salle s'étaient déjà faite à son sujet. La plupart la prenaient pour une jeune fille inexpérimentée qui avait placé sa maison sous la protection des puissants Anasati grâce à son mariage. Mais, depuis la mort de Buntokapi, elle était redevenue une proie tentante. Mara était heureuse de cette méprise et espérait qu'elle durerait ; cela augmentait ses chances de surprendre la moindre parcelle d'information, d'entendre un commentaire, une remarque qui pourraient s'avérer utiles. Alors qu'elle atteignait les dernières marches de l'escalier et se frayait un chemin vers l'estrade pour saluer le seigneur des Minwanabi, elle surveillait les expressions de ses pairs et observait qui commérait avec qui. L'assurance qu'elle avait apprise au temple la servait bien. Elle répondait poliment aux gens qui la saluaient, mais n'était pas dupe des sourires sympathiques et des remarques chaleureuses.

Jingu des Minwanabi observa son approche avec tout l'intérêt d'un jaguna affamé. Mara le vit arrêter sa conversation avec son conseiller alors qu'elle montait les marches pour accepter sa bienvenue. Elle s'arrêta elle aussi à ce moment ; pour la première fois de sa vie, elle contemplait le visage du plus vieil ennemi de sa famille. Le seigneur des Minwanabi était un homme corpulent. De toute évidence, il ne portait plus d'armure depuis sa jeunesse, mais la ruse et la cruauté luisaient toujours dans ses yeux. Des bracelets de perles encerclaient ses poignets et des décorations de coquillages se balançaient sur son col luisant de sueur. Son salut était légèrement inférieur à ce qu'exigeait l'étiquette envers une souveraine. « Ma Dame des Acoma, déclara-t-il d'une voix aussi épaisse et onctueuse que son apparence, nous sommes si heureux de voir que vous avez choisi de vous joindre à nous pour honorer le Seigneur de Guerre. »

Consciente que tous les regards de la pièce étaient tournés vers elle pour voir comment elle réagirait devant l'insulte, Mara lui répondit de façon similaire, par une révérence légère et très brève. « Nous remercions le seigneur des Minwanabi de son aimable invitation. »

Irrité par l'aplomb de Mara, Jingu fit signe à quelqu'un de venir vers l'estrade. « Voici une personne que vous connaissez, je pense. » Puis les coins de ses lèvres se relevèrent pour dessiner un sourire cruel et féroce.

La Dame des Acoma ne montra aucune réaction devant la femme qui montait sur l'estrade. Arakasi l'avait avertie de la présence de Teani dans la demeure des Minwanabi. Elle savait depuis longtemps que la concubine était un agent de Jingu. Mais que l'ancienne maîtresse de Buntokapi se fût glissée dans le cercle des intimes du seigneur lui fit marquer une pause. Cette femme était peut-être plus intelligente qu'elle ne l'avait cru. Elle était de toute évidence une favorite, vêtue de soies rares et parée de bijoux, une chaîne du métal le plus rare encerclant son cou mince. Mais ses ornements et sa beauté ne pouvaient dissimuler entièrement la laideur de sa personnalité. Sa haine de Mara brûlait dans ses superbes yeux, avec une intensité presque glaciale.

Remarquer le regard haineux d'une femme de ce statut était une courtoisie inutile et pouvait trop facilement s'interpréter comme un aveu de faiblesse. Mara n'adressa ses paroles qu'au seigneur des Minwanabi, qui avait fait asseoir Teani à sa gauche. « Mon conseiller et moi-même venons juste d'arriver après un long et pénible voyage. Mon Seigneur pourrait-il nous indiquer nos places, afin que nous puissions prendre quelques rafraîchissements avant que le banquet et les festivités ne commencent ? »

Jingu réarrangea les franges de son costume d'une chiquenaude de ses doigts potelés. Puis il demanda une boisson fraîche ;

alors qu'il attendait que les domestiques satisfassent ses besoins, il caressait distraitement le bras de Teani, un geste que son épouse ignora. Quand tout le monde eut bien compris qu'il faisait patienter ses invités Acoma jusqu'à ce que ses propres plaisirs fussent satisfaits, il adressa un geste mielleux à un domestique. « Escortez la Dame Mara et ses serviteurs vers la troisième table à partir de la fin, la plus proche des cuisines. Sa suite sera ainsi servie plus rapidement. » Son ventre gras trembla légèrement pendant qu'il riait ouvertement de l'ingéniosité de son insulte.

Pour une Dame de haut rang, cette place était dégradante. Mais l'injure ne suffisait pas à Teani. Terriblement vexée que Mara l'eût ignorée, elle interrompit son maître. « Vous auriez dû asseoir cette femme parmi les esclaves, mon Seigneur. Tout le monde sait que la grandeur des Acoma repose uniquement sur la bonne volonté des Anasati. Et la protection du seigneur Tecuma a beaucoup diminué depuis la mort de son fils. »

L'affront était trop grand pour pouvoir être ignoré. Refusant toujours de répondre directement à Teani, Mara saisit de façon délibérée l'appât que Jingu agitait devant elle. Elle dirigea un regard dur comme du silex vers son visage gras et rieur. « Mon seigneur des Minwanabi, tout le monde connaît votre… générosité, mais sûrement, même vous devez trouver peu d'intérêt à vous contenter des restes d'un autre homme. »

Jingu posa un bras autour des épaules de Teani et attira son corps mince contre le sien. « Mais vous vous trompez, Dame Mara. Cette femme n'a pas été rejetée, elle n'est que la maîtresse qui a survécu à son défunt maître. Je ne vous rappellerai ce fait qu'une seule fois : Teani est un membre précieux et estimé de ma maisonnée.

— Bien sûr. » Mara esquissa un geste infime d'excuse. « Tout le monde connaît vos goûts, et elle vous servira bien, Jingu. En fait, mon défunt époux ne s'était jamais plaint de ses services –

Mara jeta un bref regard à Teani – de toute façon, les appétits de Bunto étaient assez vulgaires. »

Les yeux de Teani lancèrent des flammes. Le fait que Mara n'avait fait aucun effort pour répondre directement à ses insultes mettait la courtisane en rage. De son côté, le seigneur des Minwanabi n'était pas du tout amusé. Cette gamine, cette presque vierge sortie du temple de Lashima, ne semblait pas du tout intimidée par son traitement avilissant. En fait, elle n'avait pas cédé un pouce de terrain durant ce premier échange. Et comme le domestique attendait déjà à ses côtés pour escorter sa suite vers leurs places désignées, Jingu n'avait pas d'autre recours élégant que de lui signifier son congé.

Le banquet parut interminable à Mara. La nourriture était des plus raffinées, les musiciens et les danseurs paraissaient très habiles, mais la table près des cuisines était extrêmement bruyante. L'atmosphère était étouffante et ils étaient constamment dérangés par le passage des domestiques. La chaleur et les odeurs de cuisine donnèrent la nausée à Nacoya, et bien avant la fin du premier service, Papéwaio avait l'air épuisé. Le mouvement incessant des étrangers qui entraient et sortaient des cuisines mettait ses nerfs à vif, surtout parce que chaque plateau contenait des objets pouvant devenir une arme dans une main experte. Il avait entendu la remarque de Mara à propos des « accidents ». Et bien qu'il fût improbable que le seigneur des Minwanabi tentât de mettre en scène un meurtre lors de cette réunion publique, le regard venimeux de Teani ne quitta jamais Mara. La prudence du premier chef de troupe des Acoma était éveillée au plus haut point. Alors que l'on débarrassait les glaces exotiques servies pour le dessert, Papéwaio effleura l'épaule de sa maîtresse. « Dame, je vous suggère de vous retirer dans vos appartements avant la tombée de la nuit. Les couloirs nous sont étrangers, et si vous attendez le bon plaisir du Minwanabi, le domestique qu'il désignera pour vous guider aura peut-être reçu d'autres instructions. »

Mara sortit de ce qui ressemblait à une longue période de méditation. Sa chevelure était parfaitement coiffée et ses manières semblaient alertes, mais des cernes noirs soulignaient ses yeux. « Nous devons trouver le moyen de communiquer avec les baraquements, pour qu'Arakasi sache dans quelle suite laisser des messages si le besoin s'en fait sentir. »

Papéwaio lui répondit d'une voix sinistre. « Nous ne pouvons rien faire sans risquer d'être découverts, Dame. Faites confiance à Arakasi. Ses agents peuvent le joindre sans le moindre danger, et il vous trouvera lui-même en cas de besoin. »

Incapable de se faire entendre par-dessus le bruit des tables que les domestiques enlevaient pour faire de la place pour un numéro d'acrobates, Mara se contenta de hocher la tête. Elle tapota le bras de Nacoya, puis se leva pour aller s'excuser auprès du seigneur des Minwanabi. La migraine qui l'affligeait n'était pas un prétexte, et comme le Seigneur de Guerre ne ferait pas son apparition avant le lendemain, son départ n'offenserait personne. Elle souhaitait surtout donner l'impression d'une souveraine jeune, inexpérimentée et qui manquait de subtilité. Un départ avancé renforcerait cette opinion auprès des invités, ce qui lui laisserait peut-être le temps de concevoir une défense. Le Minwanabi éprouverait sans doute des difficultés à mener son projet à terme si les yeux de tous ses rivaux cherchaient à exploiter une ouverture avant lui.

Mara envoya le domestique qui débarrassait les plats informer le seigneur de son départ. Au moment où la nouvelle atteignait l'estrade, et qu'un sourire arrogant creusait les bajoues du grand seigneur, les places des Acoma étaient déjà vides. Satisfait de ce petit triomphe, Jingu ne remarqua pas que Teani avait elle aussi disparu. Lassée de houspiller son maître pour avoir le droit de tourmenter la Dame des Acoma avant la fin, elle était sortie pour trouver le moyen de réaliser seule son objectif. Elle savait que la boisson et les plaisirs de la fête satisferaient les appétits de son seigneur.

Le foulard de soie bleue qui couvrait la chevelure de Teani flottait derrière elle alors qu'elle se hâtait de parcourir un couloir isolé du manoir. Elle ne prit pas la peine de le replacer, pas plus qu'elle ne s'arrêta pour rattacher la longue chevelure fauve qui tombait en cascade sur ses épaules. Les quartiers du chef de troupe Shimizu se trouvaient de l'autre côté de la cour, et il n'était plus nécessaire qu'elle se montrât discrète. La seule personne qui risquait de la voir à cette heure était l'esclave chargé d'allumer les lampes à huile. Teani se glissa derrière la dernière cloison avec un sourire secret. Cette nuit, l'esclave serait en retard, occupé à satisfaire les besoins des invités de Jingu. Le vieux jaguna pouvait se montrer pingre à l'égard de son personnel. La politique venait toujours en premier dans l'esprit du grand seigneur, ce que ses officiers supérieurs commençaient à ne plus du tout apprécier.

Caressée par la lumière dorée de la lune qui inondait la cour, Teani s'arrêta quelques secondes pour dégrafer le col de sa robe. Elle entrouvrit suffisamment l'étoffe pour découvrir sa poitrine d'une façon provocante, et ses dents blanches esquissèrent un sourire. Cette nuit, si elle se montrait habile, cette petite garce maigrichonne d'Acoma mourrait. Comme il serait doux d'entendre ses cris !

De l'autre côté de la cour, la cloison qui menait aux quartiers de Shimizu était entrouverte. Une lampe brûlait à l'intérieur, projetant la silhouette déformée d'un homme allongé sur des coussins, une bouteille à la main. Il est encore en train de boire, pensa Teani avec dégoût, et tout cela parce qu'elle avait perdu du temps dans la haute salle, s'efforçant sans succès d'obtenir de Jingu un nouvel arrangement pour l'exécution de Mara. La concubine voulait se réserver ce plaisir. Comme son seigneur ne voulait pas lui déléguer cette tâche, elle était donc obligée de se montrer plus maligne que lui.

Rejetant ses cheveux sur des épaules presque dénudées, la concubine reprit sa marche vers la cloison ouverte. Elle entra si silencieusement que, l'espace d'un instant, l'homme aux cheveux noirs ne la remarqua pas. Teani en profita pour mieux l'étudier.

Shimizu, le premier chef de troupe des Minwanabi, était connu de ses camarades comme un homme à la loyauté féroce, aux élans passionnés et à la personnalité directe. La rapidité de ses réflexes et son jugement presque infaillible sur un champ de bataille lui avaient valu une promotion rapide. Il était jeune pour son poste, avec un visage lisse marqué seulement par quelques cicatrices. Son seul défaut était une susceptibilité à fleur de peau, qui pouvait le faire exploser de colère sans le moindre avertissement. Ses yeux étaient voilés et son humeur difficile à lire, sauf quand il buvait. Teani lut de la frustration dans sa moue irritée – ce sentiment boudeur et explosif qu'éprouvent les hommes contrariés par leur amante. Teani se félicita ; elle avait parfaitement réussi à le manipuler. Cet homme était un imbécile, fou de désir pour son corps, une espèce d'adolescent émotif qui confondait le sexe avec l'amour. Et en voyant la sueur qui luisait sur son torse musclé, Teani sut que Shimizu était à elle, un outil parfaitement adapté à ses besoins, dont elle pouvait user à volonté ; comme elle l'avait fait pour tant d'autres, hommes ou femmes.

Sauf Mara. La Dame des Acoma lui avait échappé. Teani se composa son sourire le plus séducteur et, arrivant derrière Shimizu, leva une main pour toucher son épaule couverte de sueur.

Il sursauta violemment et ses mains tirèrent l'épée posée près de ses genoux. La lame chanta en sortant du fourreau, et Shimizu ne reconnut sa maîtresse qu'à l'instant où il se retournait pour la tuer. Le fil de la lame arrêta sa course sur la soie du foulard, à deux doigts de verser le sang.

« Femme ! » Shimizu pâlit, puis rougit de colère, tant à cause de l'arrivée tardive de Teani que de la discrétion de son entrée. Alors qu'il retrouvait son sang-froid, il remarqua une étrange lueur dans les yeux de la jeune femme. Ses lèvres étaient légèrement entrouvertes, comme si l'épée était un amant. La pointe de ses seins s'était durcie et elle respirait plus profondément, excitée par le frôlement de la lame acérée sur sa chair. La manifestation de ses passions perverses aigrit légèrement l'accueil de Shimizu ; il rengaina son arme sans dissimuler son dégoût. « Tu es folle, femme, et ton esprit est malade. J'aurais pu te décapiter. »

Mais la colère et le dégoût ne duraient jamais. Quand Teani renversa la tête, pressant fermement sa poitrine contre la tunique de Shimizu, celui-ci se pencha vers elle comme un homme affamé. Il savoura le baiser brûlant de la femme qui venait de frôler la mort. Elle lisait en lui comme dans un livre ouvert. Chaque caresse semblait le faire fondre et lui ôter toute force. Incapable de lui résister, heureux malgré lui, Shimizu emmêla ses doigts dans les lacets de sa robe. « Peux-tu rester, mon amour ? Dis-moi que Jingu s'occupe de ses invités et que tu ne devras pas retourner dans son lit cette nuit. »

Teani titilla le lobe de son oreille de sa langue et répondit, le souffle court : « Jingu ne m'attend pas dans ses appartements », mentit-elle. Puis, quand les doigts du soldat agrippèrent ses vêtements de façon plus insistante, elle le repoussa. « Mais je ne peux rester cette nuit. »

Shimizu se renfrogna et son regard se durcit. « Et pourquoi non ? Tu offres ton affection à un autre ? »

Teani rit, le laissant un moment dans l'expectative, puis fit glisser sa robe de ses épaules et dénuda sa superbe poitrine. Shimizu tenta de conserver une mine sévère, mais son attention était clairement fixée ailleurs. « Je n'aime personne d'autre que toi, mon beau guerrier. » Laissant transparaître juste ce qu'il fallait de sarcasme pour lui laisser l'ombre d'un doute, elle répondit : « C'est une affaire d'État qui m'empêche de rester avec toi cette nuit. Maintenant, veux-tu gaspiller le temps dont nous disposons, ou préfères-tu ?... » Il la fit taire d'un baiser ; elle gémit et le mordilla légèrement.

Mais cette fois, elle se retint délibérément pour qu'il ne perdît pas le fil de ses pensées.

Ses mains se firent plus exigeantes sur la soie de sa peau nue. « Alors pourquoi as-tu attendu si longtemps avant de me rejoindre ? »

Teani rejeta violemment ses cheveux en arrière, feignant d'être blessée. « Comme tu es soupçonneux ! Craindrais-tu que ton épée ne suffise pas à combler une femme ? » Elle s'écarta de lui pour le tourmenter et lui offrir une meilleure vue de son corps à demi nu.

Shimizu fronça les sourcils et la saisit par les épaules. Mais Teani fondit comme de la cire dans ses bras. Elle glissa habilement ses doigts dans l'ouverture de sa tunique. Il se raidit, saisi par une délicieuse appréhension alors que ses ongles griffaient l'intérieur de sa cuisse.

« Et tu as une épée si puissante », murmura-t-elle, fermant les yeux tandis que ses lèvres dessinaient un sourire boudeur. « Mon seigneur des Minwanabi m'a retenue pour me donner de longues et ennuyeuses instructions. Il semble qu'il veuille tuer la chienne Acoma, et il m'a choisie pour accomplir la sale besogne. »

Mais alors même que ses mains trouvaient leur cible et la caressaient de la manière qu'il préférait, Shimizu s'écarta. Teani sut immédiatement qu'elle était allée trop vite ; ou peut-être qu'elle ne lui avait pas présenté la chose de la bonne manière. Elle se pencha vers lui, sa chevelure caressant ses cuisses, et le taquina de la langue.

Shimizu mit un certain temps à répondre ; puis ses mains se crispèrent sur son dos, et il lui murmura d'une voix rêveuse : « C'est très étrange, mon amour, que mon Seigneur ait donné de telles instructions. »

L'intérêt de Teani augmenta. Elle se redressa et commença à délacer les sandales de son amant. « Par les dieux, faut-il toujours que tu portes des semelles cloutées dans tes appartements ? »

Impatient, Shimizu changea de position, mais la concubine continua à le déchausser. La pointe durcie de ses seins frôla l'intérieur de son genou, le rendant complètement fou. Il perdit toute prudence et répondit à ses questions sans réfléchir.

« Pourquoi ? Oh, mon Seigneur m'a dit hier que la garce Acoma devait mourir, mais qu'il avait d'abord l'intention de la briser. De la terrifier, a-t-il dit, en tuant ses domestiques et ses serviteurs les uns après les autres pour qu'elle soit complètement seule quand il frappera. » Shimizu s'arrêta et rougit, conscient qu'il avait eu la langue trop longue. Il passa la main dans la chevelure d'or rouge de Teani, l'écartant de ses sandales. « Je crois que tu mens, femme. Tu ne me quittes pas cette nuit pour aller tuer Mara, mais pour aller t'accoupler avec un autre. »

Les yeux de Teani brillèrent, car la violence l'excitait ; et parce que les hommes étaient si ridiculement prévisibles. Elle ne réfuta pas l'accusation, mais continua à le provoquer : « Qu'est-ce qui te fait croire que je mens ? »

Shimizu lui saisit les poignets, l'attirant violemment à lui. « Je sais que tu mens parce que mes ordres pour la nuit de demain sont d'organiser une fausse attaque de voleur et de tuer Papéwaio, le chef de troupe des Acoma, sur le seuil de la porte de Mara. Pourquoi mon seigneur des Minwanabi t'aurait-il ordonné d'offrir la fille à Turakamu cette nuit, sans annuler mes ordres ? »

Excitée par sa brutalité, et détendue par la facilité ridicule avec laquelle elle avait flatté son ego et obtenu des confidences, Teani releva le menton d'un geste de défi. « Comment pourrais-je connaître les motivations des grands seigneurs ? » Elle croisa le regard de Shimizu pour s'assurer que son désir était toujours éveillé. « Mon amour, tu es trop jaloux et tu n'es plus rationnel. Veux-tu que nous concluions un marché pour épargner tes sentiments ? Je dormirai cette nuit avec toi, et je dirai au Minwanabi que j'ai essayé de frapper Mara de mon poignard et que j'ai échoué. Mais en échange, tu devras me rendre mon honneur en tuant demain la fille en même temps que Papéwaio. »

Shimizu ne répondit pas, mais serra fortement Teani contre sa poitrine. Ses mains ôtèrent avec impatience la robe de son corps. Elle ne portait aucun sous-vêtement, et en voyant la façon fiévreuse dont il retira sa propre robe et sa tunique, la concubine sut qu'elle l'avait à sa merci. Sa préoccupation était une réponse suffisante. Il ferait ce qu'elle voudrait demain, pour s'assurer que cette nuit elle n'appartiendrait qu'à lui. Shimizu prit son frisson de délice pour de la passion. Alors qu'il s'emparait d'elle, il ne pensait qu'à l'amour ; mais la magnifique courtisane qui lui offrait son corps répondait à sa passion avec une habileté calculatrice. Son but était de s'assurer que Mara, la Dame des Acoma, mourrait d'une lame plongée dans le cœur.

Après une longue nuit agitée, Mara s'éveilla sans être reposée. Ses servantes sentirent sa nervosité. Elles allèrent chercher ses robes et tressèrent des rubans dans ses cheveux sans prononcer une parole, pendant que Nacoya grommelait comme elle le faisait toujours aux premières heures de la matinée. Trop nerveuse pour attendre le repas apporté par un domestique Minwanabi, Mara pressa Papéwaio d'achever au plus vite l'aiguisage rituel et quotidien de son épée, et suggéra une promenade au bord du lac. En entendant sa proposition, son premier conseiller se mura dans un silence aigri.

Mais jusqu'à ce que Mara connût l'ampleur du danger qui la menaçait, elle préférait éviter la routine. Tant qu'elle n'aurait pas eu l'occasion de se mêler aux invités et d'évaluer la force des différentes alliances, elle ne pouvait espérer estimer la puissance du seigneur des Minwanabi.

Mara respira profondément, essayant de profiter de l'air frais et de l'éclat du soleil sur l'eau. La brise chassait des vaguelettes sur les hauts-fonds, et les bateaux de pêche dansaient sur leurs amarres, attendant que des mains saisissent leurs avirons. Mais le calme du lac ne lui apporta aucun réconfort. Consciente que les pas de Nacoya n'étaient plus aussi vifs qu'autrefois, Mara proposa enfin de rentrer au manoir.

« Cela est sage, maîtresse », marmonna Nacoya d'un ton qui suggérait que la Dame n'aurait pas dû marcher là où le sable et la rosée risquaient de salir les lacets de soie de ses sandales. Mais le reproche de la vieille femme manquait d'énergie. Ses yeux étaient tristes et son cœur lui semblait vide si loin du domaine Acoma. Alors qu'ils retournaient vers la demeure palatiale du seigneur des Minwanabi, avec ses jardins, ses bannières et cette dangereuse assemblée d'invités, Papéwaio prit son bras et la soutint sans lui demander sa permission.

La réception de bienvenue pour le Seigneur de Guerre Almecho commença en milieu de matinée, bien que le dignitaire qu'elle honorait ne dût probablement pas arriver avant l'après-midi. Mara se joignit aux festivités où s'étaient rassemblés la plupart des nobles de l'Empire, ornés de plumes et de joyaux et dévorés d'ambition. Le Jeu du Conseil imprégnait tous les aspects de la vie tsurani, mais jamais autant que lors de ces extravagantes réunions d'État. Les invités semblaient se promener dans les jardins, manger des mets exquis, échanger des commérages et les récits des exploits de leurs ancêtres, ou même s'engager dans un pari ou une affaire commerciale. Mais tous les seigneurs observaient attentivement leurs pairs, cherchant à savoir qui s'insinuait dans les bonnes grâces de qui, qui se retirait et restait silencieux ou, de façon encore plus révélatrice, qui était absent. Comme tout le monde, Mara étudia les visages et les couleurs des Maisons, consciente qu'elle aussi était observée. Le seigneur des Techtalt et son fils hochèrent à peine la tête pour la saluer, ce qui indiquait déjà qu'un grand nombre de nobles éviteraient d'être vus en sa compagnie, jusqu'à ce que le statut des Acoma se fût stabilisé.

Mara résolut adroitement le problème en conduisant Nacoya jusqu'à une table et en envoyant un domestique chercher des rafraîchissements. Elle prit soin de ne demander que des plats qu'elle avait déjà vus dans les assiettes d'autres invités, et quand le repas arriva, on put voir qu'elle et son conseiller mangeaient de bon appétit, et sans montrer la moindre nervosité. Papéwaio s'en rendit compte et aurait souri si le protocole n'avait pas exigé une impassibilité totale de la part des gardes d'honneur. Mara faisait même preuve d'une grande subtilité, car ce n'est qu'après avoir sauté le petit déjeuner qu'elle avait réussi à pousser Nacoya à prendre des rafraîchissements malgré toute cette pression. Les invités qui les observaient ne manquèrent pas de remarquer leur sérénité. Quelques-uns hochèrent la tête en signe discret d'admiration, et d'autres murmurèrent dans les coins. Mais certains ne faisaient absolument pas attention aux Acoma, et préféraient s'engager dans leurs propres complots.

Mara entendit le rire grave et rauque du seigneur des Xacatecas ; il avait dit quelque chose qui avait fait grimacer et pâlir le troisième fils de la famille Ling. Les fils et les cousins des Xosai semblaient se trouver partout, et l'épouse, originaire du Nord, du seigneur des Kaschatecas flirtait sans la moindre vergogne avec le premier conseiller des Chilapaningo. Ce dignitaire semblait aussi raide qu'une peau de needra tannée ; il était probablement extrêmement mortifié par les attentions de la Dame, mais celle-ci parlait trop rapidement et agrippait trop fermement sa manche pour qu'il pût s'excuser et la quitter.

Mara observa la foule, remarquant la grande diversité de mode et de couleurs des Maisons. Elle rangea les invités en deux catégories : les alliés ou ceux qui n'étaient pas assez forts pour la défier ; et ceux qui représentaient une menace ou qui souhaitaient se venger d'elle. Comme les Minwanabi comptaient parmi les Cinq Grandes Familles de Tsuranuanni, toutes les Maisons puissantes de l'Empire avaient envoyé un représentant. Mara remarqua que les Keda, les Tonmargu et les Oaxatucan avaient tous leur cercle de courtisans. Les seigneurs moins importants gardaient leurs distances et cherchaient à soutirer des faveurs. La coiffe pourpre du seigneur des Ekamchi se rapprocha de son premier conseiller, alors que les robes rouges des Inrodaka juraient avec la vêture de deux domestiques dont Mara ne reconnut pas la livrée. Ayant étudié les invités présents, elle fut soudain parcourue d'un frisson glacial : elle ne voyait nulle part une tunique d'écarlate et de jaune.

Comme si elle avait perçu son malaise, Nacoya poussa sur le côté de son assiette les reliefs de son repas. « Je ne vois pas le seigneur des Anasati, fit-elle remarquer explicitement. Ma fille, à moins que les dieux ne l'aient retardé, votre jeune fils et vous courez le plus grave des dangers. »

Nacoya n'expliqua pas l'évidence : l'absence d'une famille aussi éminente avait une grande signification politique. D'autant plus que la promesse de Tecuma d'aider les Acoma à cause d'Ayaki ne la protégerait pas, à moins que lui ou son fils aîné ne fût présent. Sans la protection des Anasati, Mara ne disposait que de cinquante guerriers, casernés loin d'elle dans des baraquements. La froideur du salut des Techtalt prenait un sens nouveau ; il semblait que l'affront de Buntokapi envers le Seigneur de Guerre eût beaucoup plus nui à la réputation des Anasati que Mara ne l'avait anticipé. Le danger croissait en proportion. Le seigneur des Minwanabi pouvait se croire assez fort pour anéantir les Acoma, puis gagner la guerre qui l'opposerait à Tecuma quand celui-ci enverrait ses armées défendre le titre d'Ayaki.

« Vous n'auriez pas dû accepter cette invitation », murmura Nacoya.

Mara fit un geste brusque de dénégation. Même le fait que deux Maisons étaient en péril ne pouvait changer sa résolution. Elle survivrait, transformerait la défaite en triomphe si la chance lui procurait les armes appropriées. Mais l'absence d'un allié sur lequel elle avait compté la préoccupait suffisamment pour qu'elle ne remarquât pas l'arrivée tardive de Teani à la réception. La concubine arborait une mine secrète et très satisfaite d'elle-même, à chaque fois qu'elle regardait Mara. La Dame des Acoma ne réussit pas non plus à se lever assez tôt de table pour éviter le seigneur des Ekamchi, arrivant devant elle avec un sourire paillard.

« Bonne journée, Dame des Acoma. Vous n'avez pas amené l'un de vos nouveaux guerriers cho-ja pour veiller sur votre santé ? Quelle surprise ! »

Mara s'inclina avec raideur, lisant une témérité inhabituelle dans les manières du petit homme grassouillet. « Ma santé est florissante, seigneur des Ekamchi. Et je ne manque pas de protection, avec Papéwaio à mes côtés. »

Le seigneur des Ekamchi fit la grimace, ayant de bonnes raisons de se souvenir du courage et des prouesses du premier chef de troupe des Acoma. Cependant, il ne partait pas, révélant ainsi à Mara qu'il avait appris avant elle la conclusion de nouvelles alliances. Imitant son père sans le savoir, la jeune fille choisit de se montrer audacieuse et aborda le problème avant de se trouver dans des circonstances moins favorables. « Peut-être avez-vous récemment parlé à Tecuma des Anasati ?

— Ah ! » Le seigneur des Ekamchi fut pris de court. Cependant, une lueur de triomphe étincela brièvement dans ses yeux alors qu'il retrouvait son aplomb. « J'ai le regret de vous apprendre que notre hôte, le seigneur des Minwanabi, n'a pas invité Tecuma des Anasati à cette fête. Il ne souhaitait pas rappeler au Seigneur de Guerre un événement déplaisant, l'affront qui lui fut infligé par un fils marié dans la maison des Acoma.

— Buntokapi est mort dans l'honneur, répondit Mara avec aigreur. Vous vous avilissez en médisant d'un mort. » Ses paroles étaient un avertissement, un défi à l'honneur des Ekamchi si le sujet n'était pas immédiatement abandonné.

Le seigneur qui l'avait insultée se retira avec une dernière pique. « Cependant, je sais que Tecuma n'aurait pas pu venir, même si les circonstances l'avaient permis. J'ai entendu dire qu'il était très occupé, depuis une attaque lancée sur la plus riche de ses caravanes. Il a perdu toutes ses marchandises, ainsi que deux cents guerriers, à cause d'une bande de voleurs des plus malfaisants. » Le seigneur des Ekamchi sourit, car il savait, tout comme Mara, que des hors-la-loi ne pouvaient pas avoir perpétré un tel massacre. Une grande Maison avait lancé une manœuvre audacieuse contre les Anasati ; et une seule d'entre elles était engagée dans une guerre de sang contre les Acoma, qui disposaient de l'alliance forcée de Tecuma.

« Priez les dieux pour que votre fils reste en bonne santé », ricana le seigneur des Ekamchi.

Il s'éloigna alors et la Dame des Acoma n'eut pas l'occasion de lui répondre. Le fait qu'un seigneur aussi mineur osait venir l'insulter fut un véritable choc pour Mara. Elle comprit alors que, même aux yeux de ses ennemis les plus insignifiants, sa mort était considérée comme certaine.

Chapitre quinze

L'arrivée

Le Seigneur de Guerre apparut.

Il entra dans un concert de flûtes, sa robe blanche galonnée d'or éblouissante dans la lumière du soleil. Austères par contraste, deux silhouettes vêtues de noir marchaient à ses côtés. En les voyant, les invités se turent instantanément. Même le seigneur des Minwanabi hésita avant d'aller saluer l'homme qui ne le cédait en puissance qu'à l'empereur lui-même. Quand Jingu s'avança pour s'incliner, ses manières habituellement tapageuses devinrent sobres et déférentes. La présence des Très-Puissants vêtus de noir avait souvent cet effet sur les gens. L'esprit des magiciens était insaisissable et leurs décisions s'affirmaient incontestables. Ils existaient en dehors de la loi, leur seule tâche étant de servir l'Empire. Qu'Almecho se fût fait accompagner de deux d'entre eux pour la célébration de son anniversaire aurait des conséquences pour tous les invités ; aucun complot ne pourrait être sûr, aucune alliance totalement fiable, si la magie, cette chose imprévisible, était présente. Certaines personnes murmuraient qu'Almecho avait gagné plusieurs Robes Noires à sa cause ; d'autres affirmaient que presque toute la politique du Seigneur de Guerre était décidée dans la Cité des Magiciens.

Mara observa le déroulement de l'accueil officiel d'un endroit discret. Elle était presque soulagée de voir les Très-Puissants aux côtés d'Almecho, car l'attention des invités serait distraite et les seigneurs penseraient à autre chose qu'à sa situation critique… Tout du moins pendant un moment. Elle était lasse des remarques mordantes des invités, et écœurée d'entendre le seigneur des Ekamchi souligner à plusieurs reprises l'absence de Tecuma. L'ombre des Très-Puissants planerait sur les alliances et les intrigues ; ils pouvaient faire entrer en jeu les arts magiques et rendre sur-le-champ un jugement sans appel – leurs paroles avaient force de loi. Ils pouvaient anéantir Jingu dans sa propre maison s'ils pensaient qu'il menaçait l'Empire, et Desio ne pourrait que s'incliner et prononcer la phrase rituelle : « À vos ordres, Très-Puissant. »

Mais les Très-Puissants restaient traditionnellement à l'écart du Jeu du Conseil ; les deux magiciens étaient sûrement venus pour un autre motif. Mara sourit intérieurement. Quelle que fût la raison de leur arrivée, le résultat était à double tranchant : ses ennemis avaient maintenant d'autres soucis, mais pendant que les invités concentraient leur attention ailleurs, les Minwanabi auraient les mains plus libres pour comploter sa mort.

Tandis que Mara réfléchissait aux conséquences de l'arrivée des Très-Puissants, les invités commencèrent à s'assembler, chaque famille selon son rang, pour présenter leurs respects au Seigneur de Guerre. Mara et Nacoya devraient bientôt quitter l'obscurité de leur recoin, car le Nom des Acoma était l'un des plus anciens de l'Empire, l'un des premiers derrière les Cinq Grandes Familles originelles. Mais la Dame attendait, au moment où les Keda et les Tonmargu s'assemblaient devant elle. Quand le seigneur des Xacatecas avança à son tour, elle se fraya un chemin dans la foule.

« Avance lentement », ordonna-t-elle à Nacoya. Alors que d'autres familles s'approchaient en rangs serrés pour présenter leurs fils, filles, beaux-parents et cousins, tous accompagnés d'un garde d'honneur, sa propre suite ne consistait qu'en un premier conseiller et Papéwaio. Certains seigneurs et conseillers ne remarquaient sa présence que lorsqu'elle les dépassait, car la grandeur et la puissance avançaient rarement sans fanfare. Mara entendait assez souvent des bribes de leurs conversations et saisissait la teneur de leurs préoccupations avant même qu'ils ne prennent conscience de sa proximité. Plusieurs groupes de seigneurs avaient identifié les Très-Puissants comme les deux magiciens qui avaient obtenu le soutien de l'Assemblée des Magiciens pour la campagne d'Almecho sur le monde barbare. Plusieurs autres magiciens étaient vus régulièrement en compagnie d'Almecho, ce qui leur avait valu le surnom de « toutous du Seigneur de Guerre ». Des capuchons ombraient leurs visages et il était difficile de reconnaître les deux sorciers. Mais s'il s'agissait d'Ergoran et de son frère Elgahar, plus d'un seigneur risquait de voir ses complots compromis.

Alors que les Xacatecas commençaient leurs premières révérences, Mara céda à l'insistance maternelle de Nacoya et s'avança vers l'estrade. Kamatsu des Shinzawaï et son fils se placèrent juste derrière elle tandis qu'elle montait les escaliers. Puis les Xacatecas prirent congé et elle se retrouva devant Almecho et son hôte, Jingu des Minwanabi.

Les Très-Puissants restaient sur le côté, leur rang social unique les dispensant de tout rôle officiel dans la cérémonie d'accueil. Mais pendant qu'elle faisait sa révérence, Mara réussit à les regarder subrepticement. Elle put voir clairement l'un d'cux et reconnut sous la capuche noire le nez crochu et les lèvres minces d'Ergoran. Le Seigneur de Guerre lui prit la main alors qu'elle se redressait, une légère pointe de sarcasme gâtant son sourire tandis qu'il lui rendait le salut rituel. Il était évident qu'il n'avait pas oublié leur dernière rencontre, quand elle avait répété sur son ordre les paroles de Buntokapi sur les enclos à needra. L'étiquette l'empêchait d'aborder le sujet, puisque le suicide rituel de Bunto avait lavé l'honneur des Acoma. Mais rien n'empêchait le Seigneur de Guerre d'entamer une conversation qui mettrait Mara en porte-à-faux devant ses pairs.

« Dame Mara, quel plaisir inattendu ! Je suis heureux de voir que vous avez autant de courage que votre père – pour venir dans ce nid de relli. » Lui tenant toujours la main et la caressant dans une démonstration d'affection méprisante, il se tourna vers Jingu des Minwanabi. Son hôte retenait difficilement sa colère, aussi angoissé par cette dernière remarque que l'était Mara. « Jingu, vous n'avez pas l'intention de gâcher ma fête d'anniversaire par des effusions de sang, n'est-ce pas ? »

Le seigneur des Minwanabi rougit encore plus fort et bredouilla un démenti, mais Almecho l'interrompit. Il conseilla à Mara : « Que votre garde du corps dorme d'un seul œil sur le seuil de votre porte, Dame. Jingu sait que s'il n'observe pas les formes en vous tuant, il me mettra très en colère. » Il lança un regard acéré à son hôte. « Sans mentionner le fait qu'il a garanti sur sa vie la sécurité de ses invités et qu'il ne serait pas du tout profitable de vous éliminer s'il devait ensuite se suicider. N'est-ce pas ? »

Le Seigneur de Guerre rit. À cet instant, Mara sut que le Grand Jeu n'était véritablement qu'un jeu pour cet homme. Si Jingu parvenait à assassiner la Dame des Acoma en se dégageant publiquement de toute responsabilité, non seulement le Seigneur de Guerre n'en prendrait pas ombrage, mais il applaudirait silencieusement l'ingéniosité de Jingu. Et même si le seigneur des Minwanabi échouait, toute l'histoire ne serait pour Almecho qu'un amusant divertissement. Mara sentit des gouttes de sueur lui couler dans le dos. En dépit de tous ses efforts pour se maîtriser, elle se mit à trembler. Mais soudain, elle entendit derrière elle le second fils des Shinzawaï murmurer quelque chose à son père. Les yeux d'Almecho s'étrécirent ; le visage de Mara avait dû prendre un teint de cendre, car le Seigneur de Guerre lui serra doucement la main.

« Ne soyez pas bouleversée, petit oiseau ; Jingu pourra peut-être tous nous surprendre et bien se conduire. » Avec un large sourire, Almecho ajouta : « Actuellement, à en croire les paris, vous avez encore une légère chance de quitter cette fête en vie. »

Il n'avait toujours pas lâché sa main, mais avant qu'il pût encore se divertir à ses dépens, une voix polie fit intrusion.

« Mon Seigneur Almecho... » Kamatsu des Shinzawaï s'insinua dans la conversation. Avec l'expérience de toute une vie passée dans les intrigues de cour, l'ancien chef de guerre du clan Kanazawaï changea de sujet avec un charme que peu de gens présents auraient pu égaler. « Il y a quelques minutes à peine, la Dame Mara me faisait remarquer que, lors de son mariage, je n'avais pas eu l'occasion de vous présenter mon plus jeune fils. »

L'attention d'Almecho fut suffisamment distraite pour que Mara pût libérer sa main. Elle fit un pas sur la gauche et, sans briser son élan, Kamatsu fit de même. Almecho n'eut d'autre choix que de saluer le seigneur des Shinzawaï qui se trouvait devant lui. Un très beau jeune homme accompagnait son père. Kamatsu sourit : « Puis-je vous présenter mon second fils, Hokanu ? »

Le Seigneur de Guerre se renfrogna, momentanément désarçonné. Il inclina la tête vers Hokanu, mais avant que son célèbre mauvais caractère ne lui soufflât une remarque désobligeante, Kamatsu reprit : « Vous avez déjà rencontré son frère aîné, Kasumi. Je suis sûr que vous vous souvenez de lui, Almecho – il est chef de bataillon dans la seconde armée du clan Kanazawaï, dans votre campagne. »

À nouveau, les remarques mielleuses de Kamatsu empêchèrent le Seigneur de Guerre de répondre. Il dut se contenter d'un balbutiement poli. Les deux Shinzawaï avancèrent sur l'estrade, suivis des personnes qui se tenaient derrière eux. Alors qu'Almecho lançait un dernier regard à Mara, Kamatsu ajouta : « Nous ne prendrons pas plus de votre précieux temps, Seigneur, car un grand nombre de personnes attendent pour vous saluer. Puissent les dieux sourire sur cette célébration de votre anniversaire. »

Le Seigneur de Guerre n'eut pas d'autre choix que de se tourner vers les invités suivants. Mara avait alors retrouvé un peu de sang-froid. Elle remercia silencieusement les dieux de lui avoir rendu ses esprits et inclina la tête vers le seigneur des Shinzawaï pour lui exprimer sa reconnaissance. Kamatsu s'éloignait de la file d'invités et lui répondit par un léger hochement de tête. Ses manières reflétaient un sentiment qu'elle n'avait pas vu depuis qu'elle avait franchi les frontières du domaine Minwanabi : de la sympathie. Le seigneur des Shinzawaï n'était peut-être pas un allié, mais il venait de montrer qu'il n'était pas non plus un ennemi. Il avait pris beaucoup de risques en mettant fin au divertissement d'Almecho et était intervenu avec beaucoup d'audace. Tandis que son père s'éloignait, Mara vit que le jeune Shinzawaï s'attardait et la suivait de ses yeux sombres. Elle lui adressa un sourire subtil, mais n'osa pas formuler ses remerciements à voix haute, de peur que le seigneur des Minwanabi ne pensât que les Acoma et les Shinzawaï avaient conclu un pacte contre lui. Nacoya lui tira la manche avec insistance, pour qu'elle se hâtât de rejoindre l'obscurité relative d'un recoin.

« Il faut quitter immédiatement cet endroit, Mara-anni », la pressa son premier conseiller dès qu'elles disposèrent d'un moment de tranquillité. Alors que Papéwaio se plaçait entre sa maîtresse et le reste des invités, elle ajouta : « Vous n'avez plus aucun allié ici, puisque le Seigneur de Guerre se divertit aux dépens des Acoma. Si vous restez, vous mourrez, et Keyoke devra faire la guerre pour protéger Ayaki. Il vaut mieux fuir dans la honte que de risquer de perdre le natami. »

Mara s'assit sur un coussin brodé et combattit la lassitude qui lui pesait sur les épaules. « Nous ne pouvons pas partir maintenant.

— Ma fille, il le faut ! » Plus proche qu'elle ne l'avait jamais été d'exprimer publiquement sa peur, la vieille femme s'effondra aux genoux de sa maîtresse. « La survie du Nom des Acoma est en jeu. »

Mara tapota doucement la main de son premier conseiller. « Mère de mon cœur, nous ne pouvons pas fuir cette confrontation. Notre position dans le Jeu du Conseil tomberait tellement bas que nous mériterions alors d'être la cible de l'humour d'Almecho. Et je doute que nous puissions nous enfuir en restant en vie. Et même si nous réussissions à franchir les frontières du domaine Minwanabi, nous serions vulnérables à une attaque de "bandits". Jingu pourrait nous tuer sans prendre le moindre risque. Ici, grâce à sa garantie, nous avons une chance de sauver nos vies.

— N'y comptez pas, maîtresse, répondit Nacoya d'une voix aigre. Jingu des Minwanabi n'aurait jamais fait venir chez lui la fille de Sezu s'il pensait la laisser s'échapper. Cet endroit est un nid d'épines empoisonnées, truffé d'une centaine de pièges mortels. Même avec la faveur des dieux, vous ne pourrez les éviter tous. »

Mara se redressa, piquée, une étincelle de colère dans le regard. « Tu penses que je suis encore une fillette, petite mère. C'est une erreur. Les menaces de Jingu et même les moqueries du Seigneur de Guerre ne me feront pas couvrir mes ancêtres de honte. D'une façon ou d'une autre, par la ruse ou la politique, nous échapperons à ce piège et nous triompherons. »

Bien qu'intérieurement elle fût aussi effrayée que Nacoya, Mara réussit à parler avec conviction. La vieille femme l'écouta et se laissa réconforter, pendant que, de l'autre côté de la pièce, Hokanu des Shinzawaï observait la fière attitude de Mara des Acoma. Elle faisait preuve d'un courage admirable pour quelqu'un d'aussi jeune. Si Minwanabi souhaitait sa mort, il devrait tisser ses intrigues avec soin, car cette jeune Dame était la digne fille de son père.

L'après-midi s'écoula dans l'ennui. Jingu des Minwanabi avait fait venir des musiciens et des acrobates, puis une troupe de comédiens avait joué une farce en un acte dans le style segumi. Mais malgré la présence des Très-Puissants accompagnant le Seigneur de Guerre, l'amour des arts des Tsurani ne pouvait complètement éclipser l'attrait de la politique. Plusieurs souverains espéraient exploiter les erreurs tactiques d'Almecho sur le monde barbare, car le Seigneur de Guerre avait trop étendu ses lignes. Mais avec deux des magiciens qui contrôlaient tous les passages entre Kelewan et Midkemia assis parmi eux comme des ombres sinistres, même les seigneurs les plus téméraires n'osaient plus chercher des soutiens. Mara entendit de nombreuses personnes se plaindre qu'Almecho se crût obligé d'étaler son intimité avec les Très-Puissants, dans ce qui aurait dû être une fête en son honneur.

Alors que le rideau tombait sur le dernier salut des comédiens, Desio des Minwanabi monta sur la scène de bois dressée pour le spectacle. Ses pas résonnèrent sur les planches comme il avançait au centre de la scène, levant les bras pour réclamer le silence.

Les têtes se tournèrent vers lui et les conversations cessèrent. Desio baissa les bras dans un froissement de manches ornées de plumes et fit son annonce. « Des éclaireurs Minwanabi nous ont signalé des troubles sur la rivière. Une bande de pirates du fleuve sont descendus du nord, et deux nefs ont été pillées et brûlées près des frontières du domaine. » Un murmure parcourut la salle, puis cessa quand l'héritier des Minwanabi ajouta : « Le seigneur Jingu a entendu la requête du Seigneur de Guerre demandant que sa fête d'anniversaire ne fût pas gâchée par des effusions de sang. Il a donc ordonné que la chaîne du portique de prière soit levée, pour couper l'entrée du lac. Les embarcations qui remonteront la rivière seront brûlées à vue. Les invités qui voudront quitter la fête plus tôt que prévu devront nous informer de leur intention, pour que la garde puisse les laisser sortir. » Desio acheva son discours par une révérence respectueuse et adressa un sourire marqué à la Dame des Acoma. Puis des acrobates le remplacèrent sur scène et la fête en l'honneur du Seigneur de Guerre reprit son cours.

Mara réussit à cacher son ressentiment devant cette dernière ruse des Minwanabi. Non seulement il avait réussi à faire de toute tentative de départ un aveu public de lâcheté, mais il s'était donné une excuse élégante pour le cas où un invité serait massacré sur la rivière au-delà de ses frontières. Elle ne pourrait même pas envoyer un messager au domaine Acoma sans que Jingu l'apprît. Mara lança un regard à Papéwaio et sut en voyant ses yeux fatigués qu'il avait compris : ils ne pourraient pas avertir Keyoke. L'enjeu était maintenant encore plus élevé que ses conseillers ne l'avaient envisagé. Si elle mourait, une attaque serait probablement lancée contre Ayaki avant même que la nouvelle de son décès n'atteignît ses terres.

Un vieil ami de son père, Pataki des Sidaï, passa près de sa table et s'inclina poliment devant elle. D'une voix que seules Mara et Nacoya entendirent, il murmura : « Il serait sage que vous renvoyiez votre garde du corps, pour qu'il puisse se reposer.

— Votre conseil est excellent, mon Seigneur. » Elle sourit et tenta de paraître moins fatiguée. « Je lui ai déjà suggéré de le faire, mais Papéwaio a répondu qu'il préférait ne pas dormir. »

Le vieux seigneur hocha la tête, conscient lui aussi que le dévouement du guerrier n'était pas vain. « Soyez prudente, fille de Sezu, reprit Pataki. Almecho n'aime pas beaucoup Jingu. Il aimerait voir l'ambition des Minwanabi émoussée, mais il a besoin de leur soutien dans sa petite guerre sur le monde barbare. Si Jingu réussissait à vous tuer sans honte, Almecho ne ferait rien contre lui. » Pendant un moment, le seigneur des Sidaï regarda l'estrade où les invités d'honneur prenaient leur repas. Presque pensivement, il ajouta : « Cependant, si Jingu était pris en flagrant délit et rompait sa promesse de garantie, Almecho serait très heureux d'assister à son suicide rituel. » Comme s'ils venaient d'échanger des civilités, Pataki sourit. « L'avenir des Acoma est un enjeu important pour un grand nombre de personnes présentes, ma Dame. Mais nul n'agira contre vous à l'exception des Minwanabi. Au moins, vous connaissez votre ennemi. »

Éprouvant une soudaine sympathie pour le vieil homme, Mara lui répondit par une inclinaison de tête teintée de respect. « Je pense que je connais aussi mes amis, seigneur Pataki. »

Le vieil homme rit, comme s'il venait d'entendre une remarque spirituelle. « Les Sidaï et les Acoma entretiennent des relations honorables depuis des générations. » Il regarda vers sa propre table où étaient assis ses deux petits-fils. « Votre père et moi avions même parlé, à l'occasion, d'une éventuelle alliance. » Une certaine finesse étincela dans son regard. « J'aimerais penser que nous pourrions nous entretenir un jour de tels projets. Maintenant, je dois rejoindre ma famille. Puissent les dieux vous protéger, ma Dame.

— Et puissent les dieux protéger les Sidaï », lui répondit Mara.

Nacoya se pencha vers Mara et murmura : « Il y a au moins une personne ici qui ressemble à votre père. »

Mara hocha la tête. « Mais il ne m'aidera pas quand Jingu passera à l'attaque. » Il arrivait que les faibles meurent en public sans que personne réagît, si les formes étaient respectées. Minwanabi frapperait. La seule question était de savoir quand.

Derrière les cloisons ouvertes du manoir, le crépuscule ombrait les rives et le lac luisait dans les derniers reflets du soleil couchant comme une feuille d'argent martelée. Les étoiles apparaissaient dans le ciel les unes après les autres, et des esclaves portant des mèches et des jarres d'huile commençaient à allumer les lampes. Bientôt l'obscurité complète tomberait, et alors le danger augmenterait. Mara suivit les autres invités vers la salle du banquet, faisant de son mieux pour imiter leur gaieté et leur liesse. Mais elle souhaitait de tout son cœur pouvoir devenir un guerrier, pour combattre en armure, l'épée à la main, jusqu'à sa mort ou celle de ses ennemis. Marcher la peur au ventre au milieu d'une foule rieuse lui donnait le sentiment d'être détruite fibre par fibre, jusqu'à ce que la dignité ne fût plus qu'un masque pour dissimuler la folie.

Le repas qu'offrait Jingu des Minwanabi pour honorer le Seigneur de Guerre avait été préparé par les meilleurs cuisiniers de l'Empire. Mais Mara mangea dans des assiettes bordées de métal rare sans savourer les plats. Elle s'efforça pendant tout le banquet de calmer les nerfs à vif de Nacoya, consciente pendant tout ce temps que Papéwaio luttait pour ne pas s'endormir. De son propre chef, il était resté de garde toute la nuit précédente sans se reposer. C'était un homme robuste, vif d'esprit et déterminé, mais il ne pourrait pas maintenir beaucoup plus longtemps sa façade de vigilance. Mara s'excusa et prit congé à la première occasion.

L'expression des Très-Puissants était dissimulée par les ombres noires que projetaient leurs profonds capuchons, mais leurs yeux suivirent Mara alors qu'elle se levait. À leur droite, Almecho sourit largement et donna un coup de coude dans les côtes du seigneur des Minwanabi. De tous les coins de la salle, des yeux contemplèrent avec mépris la Dame des Acoma qui aidait à se lever son premier conseiller atteint par l'âge.

« Je vous souhaite de beaux rêves », murmura Desio des Minwanabi tandis que le petit groupe se dirigeait vers les couloirs.

Mara était trop fatiguée pour répondre. Un instant plus tard, quand le seigneur des Ekamchi la retint au seuil de la porte pour lui lancer une dernière remarque acerbe, Papéwaio vit ses épaules se raidir. L'idée que sa maîtresse fût à nouveau insultée par ce petit homme gras plongea le grand guerrier dans une colère noire. Avant que Mara pût parler, et avant même que d'autres invités se rendent compte de la situation, Papéwaio saisit le seigneur des

Ekamchi par les épaules et l'écarta de force de l'encadrement de la porte, hors de vue des dîneurs.

Le seigneur des Ekamchi eut un hoquet de surprise. Puis ses joues dodues tremblèrent d'indignation. « Par la fureur des dieux ! » jura-t-il alors que le grand guerrier le dominait de toute sa taille. « Espèce de rustre ignorant, penses-tu pouvoir me toucher sans être puni ? »

Derrière lui, ses propres gardes du corps saisirent leurs armes, mais ils ne pouvaient atteindre Papéwaio, qui était protégé par la masse imposante de leur maître.

Le chef de troupe des Acoma répondit avec une indifférence narquoise. « Si vous troublez encore ma Dame, je ferai plus que vous toucher, l'avertit-il. Je vous toucherai avec *violence* ! »

Ekamchi bredouilla. Ses gardes tirèrent à demi leur épée, retenus uniquement par le fait que Papéwaio pouvait frapper leur maître bien avant qu'ils ne puissent intervenir.

« Reculez, ordonna Mara d'une voix claire au seigneur qui bloquait le passage. Vous n'oseriez pas gâcher la fête d'anniversaire du Seigneur de Guerre par une effusion de sang, Techachi des Ekamchi. »

Le seigneur obèse rougit encore plus fort. « Un serviteur qui pose la main sur un homme de mon rang encourt une sentence de mort, protesta-t-il.

— Je sais », répondit gravement Mara.

Papéwaio ôta son casque, dévoilant le bandeau noir de la honte déjà attaché sur son front. Il sourit.

Le seigneur des Ekamchi pâlit et fit un pas de côté, marmonnant une rapide excuse. Il ne pouvait pas exiger l'exécution d'un homme déjà condamné ; et s'il ordonnait à ses gardes d'attaquer, il ne faisait qu'accorder au misérable une mort honorable par la lame. Empêtré dans une situation embarrassante, et haïssant encore plus Mara pour cela, il retourna dans la salle de banquet.

« Dépêche-toi, petite mère, murmura Mara à Nacoya. Les couloirs ne sont pas sûrs.

— Mais notre suite est tout autant un piège », rétorqua la vieille femme. Elle pressa cependant le pas pour obéir à sa maîtresse.

Mais comme Mara l'avait deviné, l'intimité et le calme des appartements aidèrent beaucoup Nacoya à reprendre ses esprits. Ayant passé une robe d'intérieur plus confortable, et s'asseyant sur les coussins, la vieille femme commença à instruire sa maîtresse d'un ton sec sur la façon de survivre dans une cour hostile.

« Vous devez placer des lampes à l'extérieur, derrière chaque cloison, insista-t-elle. Comme cela, un assassin qui tenterait d'entrer projettera une ombre sur le papier, et vous le verrez venir. Les lumières intérieures doivent être placées entre les cloisons et vous, pour que votre silhouette reste invisible à toutes les personnes qui rôdent à l'extérieur. »

Mara hocha la tête, laissant sagement Nacoya continuer à parler pour ne rien dire. Lano lui avait appris le truc des lampes, et dès qu'elle était entrée dans la suite, elle avait ordonné à l'une de ses servantes de les arranger de cette manière. Bientôt les deux femmes baignèrent dans un îlot de lumière, alors que Papéwaio restait de garde près de l'entrée.

Sans rien d'autre pour la distraire, Mara sentit douloureusement le poids de ses propres soucis. Elle les confia à son premier conseiller. « Nacoya, que deviennent les cinquante guerriers confinés dans les baraquements ? La garantie de sécurité des Minwanabi ne s'étend pas à notre suite et je crains que leur vie ne soit menacée.

— Je ne le crois pas. » La confiance de la vieille femme était surprenante après cette terrible journée.

Mara réprima difficilement un sentiment de colère. « Mais les tuer serait si facile ! Il suffirait d'annoncer qu'une fièvre d'été s'est déclarée dans les baraquements et le simple soupçon de la maladie permettrait de brûler les corps. Personne ne pourrait prouver comment nos soldats seraient morts… »

Nacoya saisit les poignets de Mara. « Tu t'inquiètes à mauvais escient, Mara-anni. Minwanabi ne se soucie pas de la vie de tes guerriers. Maîtresse, il lui suffit de te frapper, ainsi qu'Ayaki, et tous les hommes qui portent le vert Acoma deviendront des guerriers gris, sans maître, maudits des dieux. Je pense que ce destin convient mieux aux goûts de Jingu. »

Le premier conseiller interrompit sa tirade. Elle chercha à croiser le regard de sa maîtresse, mais celle-ci gardait les yeux fermés. « Mara, écoute-moi. D'autres dangers nous guettent, comme le relli lové dans les ténèbres. Méfie-toi de Teani. » Nacoya se redressa, sans montrer l'intention de se retirer. « Je l'ai observée toute la journée, et elle te regardait sans cesse tant que tu avais le dos tourné. »

Mais Mara était trop lasse pour rester éveillée. Un coude plongé dans les coussins, elle laissait son esprit vagabonder. Nacoya la regarda avec les yeux de l'expérience et comprit que la jeune femme avait atteint les limites de son endurance. Elle n'avait pas le droit de dormir, car si un assassin attaquait, elle devait immédiatement éteindre la lampe et se cacher rapidement dans le coin que Papéwaio avait choisi en cas d'urgence. Le guerrier ne voulait pas frapper par erreur la mauvaise cible.

« M'écoutes-tu ? demanda Nacoya d'un ton brusque.

— Oui, mère de mon cœur. » Mais si le Seigneur de Guerre lui-même s'amusait de la situation difficile des Acoma, Teani était le dernier de ses soucis. C'était tout du moins ce qu'elle pensait, alors que la lumière lançait des ombres sinistres sur les coffres contenant ses robes et ses bijoux. Comment Lano, ou son père le seigneur Sezu, auraient-ils protégé l'honneur des Acoma dans cette situation ? Mara fronça les sourcils, tentant d'imaginer les conseils que lui auraient donnés ses parents assassinés par les mains traîtresses des Minwanabi. Mais aucune voix ne lui répondit. Elle ne disposait que de sa seule intelligence.

Cette conclusion la hanta tandis qu'elle sombrait dans un sommeil agité. Son instinct l'avertissait de lutter contre l'assoupissement, mais elle ressemblait trop à une enfant maigre et fatiguée. Nacoya, qui l'avait élevée depuis sa prime enfance, renonça rapidement à la houspiller. Elle se leva et commença à fouiller parmi les vêtements rangés dans les coffres.

Mara était profondément endormie quand la vieille femme revint, les mains pleines de foulards de soie. Elle les disposa près de la lampe, à côté des nattes de couchage, un dernier préparatif avant de succomber elle-même à la fatigue. Arriverait ce qui devrait arriver. Deux femmes, deux servantes et un guerrier épuisé ne pourraient pas s'opposer à la maisonnée entière des Minwanabi. Nacoya espérait seulement que l'attaque aurait lieu rapidement, pour que Papéwaio fût suffisamment conscient pour combattre.

Pour l'instant, la nuit s'écoulait sans incident. La vieille nourrice inclina la tête et s'endormit, alors que le guerrier qui veillait derrière la cloison luttait contre la brume d'épuisement qui l'engourdissait. Ses nerfs surmenés lui faisaient imaginer des mouvements dans le jardin, des silhouettes étranges et des dangers illusoires. Il clignait sans cesse des yeux, jusqu'à ce que les formes bizarres redeviennent un buisson ou un arbre, ou simplement une ombre provoquée par les déplacements des nuages sur le visage cuivré de la lune. Quelquefois, Papéwaio s'assoupissait puis s'éveillait en sursaut à la plus infime suggestion de bruit. Mais quand l'attaque survint, elle le surprit tandis qu'il somnolait.

Mara s'éveilla brutalement, en sueur, confuse, et ne reconnaissant plus son environnement. « Cala ? » murmura-t-elle, appelant la domestique qui la servait habituellement chez elle.

Puis un terrible bruit de papier déchiré et de bois brisé l'éveilla complètement. Des corps tombèrent sur les dalles non loin des coussins et un grognement de douleur retentit.

Mara roula hors des coussins, heurtant Nacoya dans son mouvement. La vieille femme s'éveilla avec un cri de terreur strident. Pendant que Mara cherchait à tâtons le refuge que Papéwaio avait préparé, Nacoya prenait le temps d'attraper les foulards et de les jeter sur la lampe. Le feu s'épanouit comme une fleur ardente, bannissant l'obscurité. Mara s'arrêta, après s'être meurtri les tibias contre une desserte oubliée dans un coin. Des halètements rauques et terribles résonnaient dans l'obscurité, derrière la cloison déchirée.

Les flammes montèrent, projetant une lumière dorée sur les traits grimaçants d'un étranger. Il roulait sur le seuil de la porte, engagé dans une lutte à mort contre Papéwaio. Puis le premier chef de troupe des Acoma parvint à s'asseoir sur le ventre de l'homme et à agripper sa gorge. Les combattants semblaient de taille et de force égales, mais rares étaient ceux qui pouvaient rivaliser avec Papéwaio dans la fureur d'un combat. Les hommes tentaient mutuellement de s'étrangler. Le visage de Papéwaio devint un masque de souffrance écarlate, comme celui de son adversaire. Puis Mara eut un sursaut de terreur. Horrifiée, elle vit le poignard planté sous l'aisselle de Papéwaio, dans le défaut de l'armure.

Mais même blessé, Papéwaio était doué d'une immense force. Les doigts qui agrippaient sa gorge s'affaiblirent et relâchèrent leur étreinte. D'une dernière secousse, le soldat releva la tête de son adversaire, puis lui brisa la nuque avec un claquement audible. Des bras inertes glissèrent le long de sa gorge puis le corps de l'assassin fut saisi de convulsions. Papéwaio desserra les mains et le cadavre tomba sur le sol, le cou dessinant un angle effrayant. En contrebas, des ombres indistinctes se déplaçaient dans la cour. Nacoya ne chercha même pas à les identifier, mais hurla à pleins poumons.

« Au feu ! Réveillez-vous ! Il y a le feu dans la maison ! »

Mara comprit son idée et l'imita. Dans la chaleur de l'été, une simple lampe renversée pouvait faire brûler un manoir tsurani jusqu'à ses fondations. Les flammes que Nacoya avaient allumées commençaient déjà à lécher avidement la charpente qui supportait le toit de tuiles. Minwanabi, ses serviteurs et ses invités devaient tous respecter le danger du feu. Ils viendraient, mais sûrement trop tard pour que cela eût de l'importance.

Alors que la lumière augmentait, Mara vit que Papéwaio cherchait son épée. Il regarda par-dessus son épaule et sortit de la pièce pour atteindre quelque chose. Les bruits qui suivirent glacèrent Mara jusqu'au cœur : le son mat d'une lame qui tranchait la chair et un grognement de douleur. Elle se précipita dehors, appelant Papéwaio. Guidée par le reflet vert de son armure, elle vit son garde d'honneur tournoyer sur lui-même et tomber lourdement. Derrière lui, le plumet orange d'un officier Minwanabi brillait à la lueur des flammes. Le chef de troupe Shimizu se redressa, une épée ensanglantée à la main, et dans ses yeux Mara lut son arrêt de mort.

Mais elle ne s'enfuit pas. Plus loin, des lumières s'allumaient derrière les fenêtres. Des cloisons glissaient sur le côté et des silhouettes vêtues de robes accoururent, celles des gens qu'avait éveillés le cri de Nacoya signalant l'incendie.

Sauvée par la présence de témoins, Mara affronta l'assassin de Papéwaio. « Allez-vous m'assassiner sous les yeux de tous les invités et condamner à mort votre seigneur légitime ? »

Shimizu regarda rapidement de chaque côté et vit les silhouettes qui couraient dans la cour et convergeaient rapidement vers eux. Les flammes montaient déjà jusqu'au toit et les cris de Nacoya furent bientôt repris en chœur. L'alarme se répandait rapidement dans tout le manoir. Bientôt, tous les hommes valides seraient sur les lieux avec des seaux.

L'occasion de tuer Mara était passée. Shimizu aimait Teani, mais le code du guerrier ne plaçait jamais une courtisane au-dessus de l'honneur. Il s'inclina et rengaina sa lame tachée de sang. « Dame, je viens juste d'aider votre garde d'honneur à vous débarrasser d'un voleur. Il est mort en accomplissant son devoir, car telle est la volonté des dieux. Maintenant, vous devez fuir l'incendie !

— Un voleur ? » faillit s'étrangler Mara. Papéwaio gisait à ses pieds, un poignard au manche noir planté dans l'épaule. Ce coup n'aurait jamais pu le tuer… La blessure béante au niveau du cœur était clairement la cause de sa mort.

Les premiers invités arrivaient en criant sur les lieux de l'incendie. Sans prêter attention à Mara, le chef de troupe Minwanabi donna l'ordre de dégager les couloirs. Les flammes léchaient déjà les poutres d'angle et une fumée blanche emplissait l'air d'une odeur âcre de vernis brûlé.

Nacoya se frayait un chemin à travers les rangs serrés des invités, tenant quelques objets contre sa poitrine, tandis que les deux servantes tiraient le plus grand coffre loin des flammes, tout en sanglotant. « Viens, petite. » Nacoya saisit la manche de sa maîtresse, tentant de l'attirer vers le couloir et la sécurité.

Les larmes et la fumée embuaient les yeux de Mara. Elle résista à Nacoya, dirigeant d'un geste les domestiques Minwanabi venus à leur aide. Nacoya jura, mais sa maîtresse refusa de bouger. Deux domestiques prirent le coffre des mains des deux servantes épuisées. D'autres coururent rassembler le reste des affaires de Mara pour les sauver des flammes qui s'étendaient rapidement. Deux robustes ouvriers saisirent Nacoya par les bras et l'emportèrent loin du danger.

Shimizu attrapa la robe de Mara. « Vous devez sortir, Dame. Les murs vont bientôt s'effondrer. » Déjà la chaleur de l'incendie était devenue insupportable.

Les porteurs de seaux commencèrent leur travail. L'eau siffla sur les poutres enflammées, mais sur le mur opposé de l'endroit où gisait le corps du voleur. Ses vêtements avaient déjà commencé à prendre feu, détruisant toutes les preuves de traîtrise que l'on aurait pu trouver sur lui. Mara réagit devant l'urgence. « Je ne partirai pas avant que le corps de mon chef de troupe soit sorti de cet endroit. »

Shimizu hocha la tête. Sans manifester la moindre émotion, il se pencha et plaça sur son épaule le corps du guerrier qu'il venait juste de transpercer de son épée.

Dans les couloirs envahis par une fumée étouffante, Mara suivit le meurtrier qui emportait dans la fraîcheur de la nuit le corps du courageux Papéwaio. Elle trébucha en passant devant les domestiques qui apportaient des seaux d'eau, pour que le manoir de leur maître ne fût pas totalement englouti par les flammes. Mara supplia les dieux de laisser le palais brûler de fond en comble, pour que Jingu ressentît un dixième de la perte qu'elle éprouvait devant la mort de Papé.

Elle aurait voulu pleurer la perte d'un ami loyal ; mais parmi les invités aux yeux bouffis de sommeil, Jingu des Minwanabi attendait, la joie de la victoire brillant dans son regard.

Shimizu déposa le corps de Papéwaio sur l'herbe fraîche et annonça : « Maître, un voleur – l'un de vos domestiques – a cherché à profiter de la confusion de la fête pour couvrir sa fuite. Je l'ai trouvé mort, tué par le garde d'honneur de la Dame des Acoma, mais ce courageux guerrier est mort à son tour. J'ai trouvé ceci sur le cadavre de l'homme. » Shimizu lui tendit un collier assez quelconque, mais façonné en métal coûteux.

Jingu hocha la tête. « Ce bijou appartient à mon épouse. Le coupable devait être un domestique qui a cambriolé nos appartements pendant le dîner. » Avec un sourire malveillant, il se tourna vers Mara. « C'est bien dommage qu'un guerrier de grande valeur ait dû donner sa vie pour protéger cette babiole. »

Aucune preuve, aucun témoin ne permettait de réfuter un tel mensonge. Mara reprit brutalement ses esprits, comme si une rafale de vent glacial venait de la frapper. Elle s'inclina avec un sang-froid parfait devant Jingu des Minwanabi. « Mon Seigneur, il est vrai que mon chef de troupe Papéwaio est mort héroïquement, pour défendre d'un voleur les biens de votre épouse. »

Prenant son accord pour une capitulation et une reconnaissance de sa supériorité au Jeu du Conseil, le Seigneur des Minwanabi feignit la sympathie. « Dame, le courage dont votre chef de troupe a fait preuve pour le bénéfice de ma maison ne sera pas oublié. Que tous ceux ici présents sachent qu'il a fait preuve du plus grand honneur. »

Mara lui rendit un regard glacial. « Alors, honorez l'esprit de Papéwaio comme il le mérite. Accordez à sa mémoire la cérémonie qui lui est due et faites-lui des funérailles à la hauteur de son sacrifice. »

Les cris des domestiques qui apportaient les seaux résonnaient dans la cour, pendant que Jingu se demandait s'il allait refuser la requête de Mara. Puis il remarqua le Seigneur de Guerre qui lui souriait derrière une cloison ouverte, de l'autre côté de la cour.

Almecho savait parfaitement que la mort de Papéwaio était un meurtre ; mais l'excuse n'enfreignait pas le protocole, et de telles nuances l'amusaient énormément. Comme Mara n'avait pas demandé grâce et n'avait pas sourcillé devant la brutalité inhérente au Grand Jeu, elle avait droit à cette récompense de son ennemi. Almecho héla Jingu, dans une grande démonstration de camaraderie. « Seigneur mon hôte, le bijou de votre épouse vaut plusieurs fois le prix d'une telle cérémonie. Pour l'amour des dieux, Jingu, offrez donc les funérailles de cet Acoma. Sa mort vous laisse avec une dette d'honneur. Et comme il a perdu la vie lors de ma fête d'anniversaire, vingt de mes propres gardes blancs impériaux formeront une haie d'honneur autour du bûcher. »

Jingu s'inclina avec déférence devant Almecho, mais son regard exprimait une profonde contrariété, tandis que les flammes engloutissaient l'une de ses plus belles suites. « Gloire à Papéwaio, concéda-t-il à Mara. Demain, j'honorerai son esprit par des funérailles. »

Mara s'inclina et se retira avec Nacoya. Soutenue par ses servantes, elle regarda Shimizu reprendre le corps inerte de Papéwaio et le jeter avec indifférence aux étrangers qui le prépareraient pour la cérémonie. Les larmes menaçaient de lui faire perdre son sang-froid. La survie lui semblait impossible sans Papé. Les mains sans vie que l'on traînait sur l'herbe humide avaient gardé son berceau lors de sa naissance ; elles l'avaient soutenue quand elle avait fait ses premiers pas et l'avaient sauvée lors de la tentative de meurtre dans le jardin sacré. Avoir obligé le seigneur des Minwanabi à payer les frais d'une cérémonie ruineuse pour honorer le guerrier d'une maison ennemie semblait une victoire creuse et vide de sens. Sa flamboyante chemise rouge ornée de franges et de broderies n'offenserait plus jamais les regards durant les fêtes ; et à cet instant, sa mort semblait plus importante que toute la puissance gagnée au Jeu du Conseil.

Chapitre seize

Les funérailles

Les tambours grondèrent.

Les invités de Jingu des Minwanabi s'étaient rassemblés dans la salle principale du manoir pour les funérailles de Papéwaio. Au premier rang, voilée de rouge par respect pour le dieu de la Mort, Mara des Acoma attendait près de son garde d'honneur temporaire, l'un des gardes blancs impériaux du Seigneur de Guerre. Le rythme du tambour s'accéléra, signe que la procession pouvait commencer. Mara tenait un roseau ké dans les mains, qu'elle devrait bientôt lever pour donner aux marcheurs le signal du départ. L'heure était venue. Mais elle hésita et ferma les yeux.

La fatigue et le chagrin lui infligeaient une douleur intérieure qu'aucune cérémonie ne pouvait apaiser. Les Acoma étaient des guerriers et Papéwaio avait donné sa vie pour servir sa maîtresse, gagnant une mort honorablc, mais Mara lc plcurait toujours.

Les tambours se firent insistants. Mara leva le roseau écarlate. Se sentant plus seule qu'elle ne l'avait jamais été de toute sa vie, elle fit franchir à la procession l'immense porte du manoir, pour honorer l'esprit de Papéwaio, premier chef de troupe des Acoma. Jingu des Minwanabi et le Seigneur de Guerre venaient derrière elle, suivis des plus puissantes familles de l'Empire. Ils avançaient silencieusement, sous un ciel chargé de nuages. Mara avançait à contrecœur, le pas lourd, mais à chaque fois que le tambour résonnait, elle parvenait à faire un autre pas. La nuit précédente, elle avait dormi en toute sécurité dans la suite du Seigneur de Guerre. Mais son épuisement était tel qu'elle n'avait pu vraiment se reposer et qu'elle s'était réveillée fatiguée.

Une tempête inhabituelle avait soufflé du nord, apportant une bruine glaciale. Des écharpes de brume s'élevaient en spirale à la surface du lac, dont les eaux prenaient une teinte de pierre dans le demi-jour. L'humidité refroidissait l'air après des semaines de chaleur aride, et Mara frissonna. La terre sous ses sandales semblait aussi humide et froide que la mort elle-même. Elle remercia la déesse de la Sagesse que Nacoya n'eût pas insisté pour assister à la cérémonie de funérailles. Avec l'accord de sa maîtresse, la vieille femme avait prétexté un malaise dû à la fumée et au chagrin des événements de la nuit précédente. Pour le moment, elle était en sécurité, allongée sur sa natte dans la suite du Seigneur de Guerre Almecho.

Mara mena la procession le long de la pente douce qui conduisait aux rives du lac, reconnaissante de n'avoir à se soucier que de sa propre sécurité ; car les invités qui la suivaient deux par deux étaient nerveux, aussi imprévisibles que des fauves en cage. Aucun d'eux ne croyait à l'histoire du domestique qui avait volé le bijou de la Dame des Minwanabi. Personne ne s'était montré assez impoli pour faire remarquer que Shimizu avait le prétendu butin en sa possession alors que le cadavre du voleur avait été consumé par les flammes avant que quiconque ne pût l'atteindre. Mais sans preuve, on ne pouvait soulever la possibilité que Jingu eût violé son serment de protéger ses invités. Désormais, Mara et sa suite risquaient de ne plus être les seules cibles d'un complot ; aucun seigneur présent n'oserait relâcher son attention pendant le reste de la réunion. Dans cette atmosphère d'incertitude, quelques-uns risquaient même de réagir violemment et d'attaquer leurs propres ennemis.

Seul le Seigneur de Guerre semblait s'amuser. Comme il était la voix de l'empereur, les conspirations et les manigances des factions rivales le divertissaient autant que les fêtes données en l'honneur de son anniversaire – que les funérailles de Papéwaio retardaient jusqu'au lendemain. Tant que son hôte, le seigneur des Minwanabi, fixait son attention sur Mara des Acoma, Almecho savait que Jingu ne complotait pas pour porter le blanc et l'or – du moins pas cette semaine.

Alors que la plupart des invités marchaient en silence comme la bienséance l'exigeait, Almecho murmurait des plaisanteries à l'oreille de Jingu. Cela plongeait le seigneur des Minwanabi dans un grand embarras : soit il restait sérieux, comme il convenait à un seigneur qui assistait aux funérailles d'un homme mort en défendant ses biens ; soit il respectait l'humeur badine de son invité d'honneur et souriait à ses plaisanteries, conçues précisément pour provoquer ce dilemme.

Mais Mara ne tirait aucune satisfaction de l'inconfort de Jingu. Le bûcher cérémoniel du premier chef de troupe des Acoma s'élevait devant elle, sur une langue de terre longeant les quais. Il était revêtu de son armure de cérémonie et de son casque à plumet, l'épée posée sur la poitrine. On avait lié ses poignets en travers de la lame avec une corde écarlate, pour signifier le triomphe de la mort sur la chair. Derrière lui, les cinquante guerriers de la suite Acoma se tenaient au garde-à-vous. On les avait autorisés à assister à la cérémonie pour honorer leur officier défunt ; et Mara devait choisir parmi eux le successeur de Papéwaio, le soldat qui resterait à ses côtés comme garde d'honneur pendant tout le reste de la fête du Seigneur de Guerre. Mara faillit trébucher sur le sentier. Penser qu'un autre homme prendrait la place de Papé lui infligeait une souffrance insoutenable ; mais son esprit restait toujours pragmatique. Son pas suivant fut plus assuré, car elle avait déjà fait son choix. Arakasi porterait les insignes du garde d'honneur, car elle aurait besoin de toutes ses informations pour affronter les complots des Minwanabi.

Mara avança jusqu'au corps. Elle baissa le roseau écarlate et les invités se déployèrent, formant un cercle autour de Papéwaio, laissant un espace libre à l'est et à l'ouest. Les rangs impeccables des guerriers Acoma se trouvaient derrière la tête du chef de troupe. Ils avaient tous placé la pointe de leur épée vers le sol, pour indiquer qu'un guerrier était tombé.

Les tambours résonnèrent une dernière fois puis se turent. Mara éleva la voix pour ouvrir la cérémonie. « Nous sommes rassemblés ici pour commémorer les hauts faits de Papéwaio, fils de Papendaio, petit-fils de Kelsai. Que toutes les personnes présentes sachent qu'il avait atteint le grade de premier chef de troupe des Acoma, et que les honneurs qui lui permirent d'atteindre ce rang furent nombreux. »

Mara s'arrêta et se plaça face à l'est. Un prêtre de Chochocan en robe blanche occupait maintenant l'espace libre ménagé dans le cercle. Il portait des brassards tissés de feuilles de thyza, et sa présence symbolisait la vie. La Dame des Acoma s'inclina par respect envers le dieu, puis commença à réciter les exploits de Papéwaio, depuis le jour où il avait prêté serment devant le natami et était entré au service des Acoma. Alors qu'elle parlait, le prêtre ôtait ses vêtements. Ne portant plus que ses symboles religieux, il dansa pour célébrer la vie du puissant et courageux guerrier qui gisait sur le bûcher.

La liste des honneurs de Papéwaio était très longue. Bien avant la fin de la récitation, Mara dut lutter pour garder son sang-froid. Mais quand son récit devenait hésitant, les invités restaient calmes et ne montraient aucun signe d'ennui. La vie et la mort, la gloire gagnée selon le code de l'honneur, étaient le cœur de la civilisation tsurani. Et les exploits de ce serviteur Acoma étaient impressionnants. La rivalité, la haine et même la guerre de sang ne franchissaient pas les frontières de la mort, et tant que le prêtre danserait pour célébrer la mémoire de Papéwaio, le seigneur des Minwanabi et tous ses distingués invités reconnaîtraient le renom du défunt.

Mais les prouesses d'un guerrier ne lui accordaient pas l'immortalité. Le récit de Mara atteignit enfin la nuit où la lame d'un voleur avait mis fin à sa brillante carrière. Le danseur s'inclina vers la terre, devant le bûcher, et la Dame des Acoma se tourna à l'ouest. Un prêtre en robe rouge se tenait maintenant dans l'espace qui lui était réservé dans le cercle. Elle s'inclina respectueusement devant le représentant du Dieu Rouge ; et le prêtre du dieu de la Mort rejeta sa cape.

Il portait un masque écarlate représentant un crâne, car aucun mortel ne pouvait contempler le visage de la mort avant que vînt son tour de saluer le Dieu Rouge, Turakamu. La peau du prêtre était teintée d'écarlate, et ses brassards étaient tressés en peau de serpent. Mara reprit la parole. Elle réussit à prononcer les dernières phrases avec un sang-froid admirable, car sa vie reposait maintenant sur sa capacité à pratiquer le Grand Jeu. D'une voix sonore, elle décrivit la mort du guerrier. Et avec un sens véritablement tsurani du théâtre et de la pompe, elle fit de son récit la consécration suprême de l'honneur de Papéwaio.

Le prêtre de Turakamu dansa la mort d'un guerrier, exprimant le courage, la gloire et l'honneur qui continueraient à vivre dans les mémoires. Quand il eut fini, il dégaina un poignard noir et trancha la corde écarlate qui retenait les poignets de Papéwaio. Le temps de la chair était terminé, et la mort devait libérer l'esprit de ses liens.

Mara avala péniblement sa salive, les yeux secs et le regard dur. Le prêtre de Turakamu lui tendit la torche enflammée qui brûlait au pied du bûcher. Elle l'éleva vers le ciel, adressant une prière silencieuse à Lashima. Elle devait maintenant nommer le successeur de Papéwaio, l'homme qui prendrait sa place, pour que l'esprit fût libéré de ses obligations mortelles. Attristée, Mara avança jusqu'à la tête du cadavre. Les doigts tremblants, elle fixa le roseau rouge sur le casque du guerrier. Puis elle ôta le plumet d'officier et se tourna vers les soldats Acoma, immobiles, qui fermaient le côté nord du cercle.

« Arakasi », annonça-t-elle ; et bien que sa voix ne fût qu'un murmure, le maître espion entendit.

Il avança et s'inclina.

« Je prie les dieux d'avoir fait le bon choix », chuchota Mara alors qu'elle lui remettait le plumet et la torche.

Arakasi se redressa et la regarda de ses yeux sombres et énigmatiques. Puis, sans faire le moindre commentaire, il se retourna et pleura son compagnon d'armes, Papéwaio. Le prêtre de Chochocan entra à nouveau dans le cercle, portant la cage d'osier qui contenait un tirik au plumage blanc, symbole de la renaissance de l'esprit. Quand la torche enflamma le petit bois placé sous le corps musclé de Papéwaio, le prêtre trancha les liens de la cage d'osier avec un couteau. Et, les yeux pleins de larmes, Mara regarda l'oiseau blanc s'élever dans le ciel et s'évanouir sous la pluie.

Le feu siffla et craqua, dégageant une épaisse fumée à cause de l'humidité. Les invités marquèrent une pause respectueuse, avant de partir lentement en file indienne vers le manoir. Mara resta seule avec ses cinquante guerriers et le garde d'honneur qu'elle venait de choisir, attendant que le feu finisse de se consumer et que les prêtres de Chochocan et de Turakamu rassemblent les cendres de Papéwaio. Celles-ci seraient placées dans une urne et enterrées sous le mur du jardin de méditation des Acoma, pour honorer la mort du loyal Papéwaio. Pendant un moment, Mara fut seule avec Arakasi, loin du regard des invités.

« Vous n'avez pas emmené Nacoya avec vous, murmura le maître espion, ses paroles à peine audibles au-dessus du rugissement des flammes. C'était très ingénieux, maîtresse. »

Le choix de ses mots dissipa la léthargie provoquée par le chagrin. Mara tourna légèrement la tête, étudiant Arakasi pour comprendre la note de sarcasme qu'elle avait remarquée dans sa voix. « Nacoya est restée au manoir, malade. » Mara marqua une pause, attendant une réponse. Comme Arakasi restait silencieux, elle continua : « Nous devrions la rejoindre dans moins d'une heure. Penses-tu pouvoir nous garder en vie jusqu'au soir ? » Le reste de la journée devait être consacré à la méditation et au souvenir de Papéwaio. Mais elle savait que, loin du bûcher, les invités reprendraient leurs machinations ; et Arakasi, bien qu'il fût compétent, n'était pas son meilleur escrimeur.

Le maître espion répondit à sa question par le plus léger des sourires. « C'était effectivement très sage, ma Dame. »

Et par le soulagement qui perçait dans sa voix, Mara comprit : il avait cru qu'elle avait l'intention de s'enfuir pour regagner son domaine, en profitant de la présence de ses guerriers. Il pensait que Nacoya était restée au manoir, acceptant de se sacrifier, pour cacher aux Minwanabi les intentions de sa maîtresse. Mara avala sa salive, profondément attristée. La vieille nourrice aurait sans le moindre doute accepté immédiatement une telle ruse et pris le risque d'être abandonnée dans une maison ennemie pour assurer la survie des Acoma.

« Papéwaio suffit comme sacrifice », répondit sèchement Mara, pour qu'Arakasi comprît que la fuite était le dernier de ses soucis.

Le maître espion fit un très léger hochement de tête. « Bien. Vous n'auriez pas survécu, de toute façon. Minwanabi a entouré son domaine d'armées, soi-disant pour protéger ses invités. Mais pris par la boisson et leurs parties de dés, ses soldats avouent qu'un grand nombre de leurs camarades attendent près des frontières du domaine, sans couleurs, se faisant passer pour des pirates ou des bandes errantes de brigands, afin de piéger la Dame des Acoma. »

Les yeux de Mara s'écarquillèrent. « Comment as-tu appris cela ? En empruntant une tunique orange et en te mêlant à l'ennemi ? »

Arakasi eut un petit rire de gorge. « Pas vraiment, ma Dame. J'ai mes informateurs. » Il regarda sa maîtresse et vit un visage pâle, légèrement rougi par la chaleur des flammes. Sa silhouette mince était droite, ses yeux semblaient effrayés mais déterminés. « Puisque nous restons et que nous affrontons le seigneur des Minwanabi, il y a certaines choses que vous devriez savoir. »

Mara laissa alors transparaître un très léger sentiment de triomphe. « Loyal Arakasi. Je t'ai choisi parce que je sais que tu hais tout autant que moi le seigneur des Minwanabi. Nous nous comprenons très bien. Maintenant, dis-moi tout ce que tu sais, tout ce qui pourrait m'aider à humilier l'homme qui a assassiné ma famille et un guerrier très cher à mon cœur.

— Il a un maillon faible dans sa maisonnée, répondit Arakasi sans préambule. Un relli dans son nid dont il ne soupçonne pas l'existence. J'ai découvert que Teani était une espionne des Anasati. »

Mara eut un hoquet de surprise. « Teani ? » Elle réévalua la situation et fut soudain glacée par la pluie. Depuis le début, Nacoya avait insisté sur le fait que la concubine était bien plus dangereuse que ce que croyait Mara. Et la jeune Dame des Acoma ne l'avait pas écoutée. C'était une erreur qui aurait pu lui coûter très cher, car Teani était un serviteur Minwanabi qui se moquait complètement du fait que la mort de Mara pouvait détruire la vie et l'honneur de Jingu. En fait, provoquer une telle situation ferait sans le moindre doute plaisir à Tecuma. Il vengerait la mort de Buntokapi et éliminerait l'homme qui risquait le plus de nuire au petit Ayaki. Mara ne perdit pas de temps en récriminations, mais commença immédiatement à chercher comment utiliser cette information à son avantage. « Que sais-tu d'autre sur Teani ?

— Mes informations sont très récentes. Je n'ai eu ces nouvelles que la nuit dernière. » Arakasi leva le plumet et, en penchant la tête pour le fixer à son casque, réussit à parler directement dans l'oreille de Mara. « Je sais que la concubine accorde ses faveurs à l'un des officiers supérieurs, ce que le seigneur soupçonne, mais qu'il n'a pas encore pu prouver. Jingu a de nombreuses femmes à sa disposition, mais elle est sa favorite. Il n'aime pas se passer longtemps de ses… talents. »

Mara réfléchit à tout cela, regardant les flammes du bûcher de Papéwaio. Un souvenir lui revint… Les flammes et l'obscurité, et Papé gisant encore chaud dans la cour, à ses pieds. Teani avait accompagné le seigneur des Minwanabi. Alors que Jingu avait fait semblant d'être surpris, Teani avait semblé sincèrement étonnée par la présence de Mara. Quand Jingu avait parlé brièvement à Shimizu, les yeux de Teani avaient suivi le chef de troupe Minwanabi et exprimé un mépris d'une intensité stupéfiante. Mara avait été préoccupée par Papéwaio à ce moment-là, et les haines perverses de la concubine ne lui avaient pas semblé importantes. Mais ce souvenir prenait maintenant de l'importance, particulièrement parce que la réaction de Teani avait provoqué un certain malaise chez Shimizu. « Quel est le nom de l'amant de Teani ? s'enquit Mara.

— Je ne sais pas, maîtresse, répondit Arakasi en secouant la tête. Mais quand nous atteindrons le manoir, j'enverrai mon agent le vérifier. »

Mara détourna la tête des flammes qui consumaient le corps de Papéwaio. Le regarder était trop douloureux, et ce geste lui permettait de parler à Arakasi par-dessus le ronflement bruyant des flammes. « Je parierais une année entière de récolte qu'il s'agit de Shimizu. »

Arakasi hocha la tête, peignant sur son visage une expression de sympathie comme si sa Dame avait loué devant lui les qualités du défunt. « Je ne relève pas le pari, maîtresse ; c'est le candidat le plus probable. »

Le bois imprégné d'huile prit enfin feu et les flammes s'élancèrent vers le ciel, assez chaudes pour brûler même les os et l'armure en cuir bouilli. Il ne resterait que des cendres quand le bûcher refroidirait.

« Papé, murmura Mara. Tu seras vengé en même temps que mon père et mon frère. » Alors que le ciel pleurait une bruine froide, les flammes consumaient la chair mortelle du plus dévoué des guerriers que Mara eût connu. Elle attendit, n'ayant plus froid maintenant, l'esprit préoccupé par l'esquisse d'un plan.

Mara revint dans la suite du Seigneur de Guerre après les funérailles de Papéwaio. Trempée jusqu'aux os, accompagnée d'un garde d'honneur qui dégouttait d'eau sur le plancher de bois ciré, elle trouva Nacoya réveillée et levée. D'une humeur massacrante, la vieille femme ordonna aux deux servantes de Mara de cesser de se préoccuper des coffres pour le déménagement dans de nouveaux appartements, et de prendre soin immédiatement de leur maîtresse…

La Dame des Acoma refusa leurs attentions, les renvoyant à leurs bagages. Elle savait Nacoya épuisée, mais elle préférait prendre tout son temps pour se changer et se rafraîchir après les funérailles. Pour le moment, elle avait besoin de la sécurité de la suite du Seigneur de Guerre.

Mara prit néanmoins le temps de libérer ses cheveux trempés de leur chignon. Puis elle fit un signe de tête à Arakasi, qui plaça l'urne contenant les restes de Papéwaio près des coffres et avança.

« Va chercher Desio », ordonna Mara à l'homme qui jouait maintenant le rôle d'un guerrier. « Dis-lui que j'ai besoin de domestiques pour nous conduire vers la nouvelle suite que le seigneur des Minwanabi a jugé bon de nous attribuer. »

Arakasi s'inclina, comme s'il allait exécuter ses ordres de façon littérale. Il partit en silence, sachant que Mara comprendrait qu'il trouverait Desio, mais pas par la route la plus directe. Le maître espion chercherait ses contacts et, avec de la chance, reviendrait avec les informations dont Mara avait besoin sur Teani.

Au crépuscule, le temps s'éclaircit. Après le passage de la pluie, les invités du seigneur des Minwanabi commencèrent à s'agiter, pleins d'énergie après l'inactivité de la méditation. Quelques-uns se rassemblèrent dans les grandes cours pour jouer au mo-jo-go, un jeu de cartes où l'on prenait des paris. D'autres organisèrent des simulacres de combats entre les guerriers les plus habiles de leurs gardes d'honneur, misant de fortes sommes. À cause de la mort récente de Papéwaio, il était compréhensible que Mara ne participât pas à ces activités. Mais les déplacements incessants du personnel des Minwanabi et l'absence de cérémonie entre les seigneurs présents offraient une chance idéale à Arakasi de rassembler des informations. L'observant par une porte cloisonnée légèrement entrouverte, Mara ne pouvait deviner si le maître espion avait des contacts dans les suites de tous les principaux seigneurs, ou si ses qualités de comédien lui permettaient d'entraîner des serviteurs loyaux dans des conversations imprudentes. Mais il parvint à rassembler ses informations, et quand il revint au coucher du soleil pour faire son second rapport, il avait appris des choses surprenantes sur Teani.

« Vous aviez raison, Dame. Shimizu est certainement l'amant de Teani. » Arakasi accepta le pain de thyza et les viandes délicatement fumées que lui offrait Nacoya sur un plateau. Mara avait choisi de prendre son dîner dans ses appartements et avait invité le maître espion à partager son repas.

La Dame des Acoma gardait un visage impassible tandis qu'Arakasi choisissait quelques tranches de needra. Ses doigts agiles les roulèrent sur une galette de thyza, pour former un rouleau qu'il mangea avec toute la distinction d'un gentilhomme. « Mais j'ai encore appris d'autres choses, résuma-t-il, sachant que Mara le comprendrait à demi-mot. Teani a accroché le chef de troupe Minwanabi comme un poisson à son hameçon. Il la suit quand elle tire, bien que ses instincts le poussent à faire autrement. »

Le maître espion s'arrêta de manger. « La nuit dernière, les deux amants se sont querellés. » Il sourit. « Le domestique qui allume les lampes les a entendus et est resté dans les environs pour nettoyer des mèches – il trouvait leur conversation fascinante. L'homme n'a pas voulu en dire plus à mon agent, car le nom de son seigneur avait été mentionné, mais quelle que fût la fin de leur discussion, Teani est depuis aussi hargneuse qu'une panthère. Shimizu fera sûrement n'importe quoi pour regagner ses faveurs.

— N'importe quoi ? » Ennuyée par le repas, Mara fit signe à Nacoya, qui apporta des linges humides pour qu'elle pût s'essuyer le visage et les mains. « Cela nous offre plusieurs possibilités, n'est-ce pas ? » Alors qu'Arakasi mangeait de bon appétit, Mara réfléchit : Shimizu avait tué Papéwaio par traîtrise ; Teani pouvait le manipuler pour lui faire admettre que son seigneur avait ordonné la mort de l'officier Acoma. En tant qu'espionne Anasati, elle n'avait aucune loyauté envers Jingu. Elle était le seul serviteur dans cette demeure qui n'était pas prêt à mourir pour l'honneur des Minwanabi. Mara prit une décision. « Je voudrais que tu fasses envoyer un message à Teani. Est-ce que tu peux le faire secrètement ? »

Ce fut au tour du maître espion de perdre son appétit. « Je crois deviner le plan que vous avez à l'esprit. Il est risqué. Non, il est même extrêmement dangereux. Selon mon estimation, la concubine ne cherchera même pas à protéger son véritable maître, le seigneur des Anasati. Elle a déjà trahi un maître, peut-être même plusieurs, et je la soupçonne d'en avoir assassiné un autre. »

Mara avait elle aussi étudié le passé de Teani, une prostituée battue qui en était venue à aimer sa profession et qui était dévorée par une ambition perverse. Cette femme avait vendu ses amants et ses amis, et même assassiné des hommes venus dans son lit. Au début, cela avait été une question de survie ; mais, plus tard, elle avait continué par avidité et par goût du pouvoir. Que Mara partageât l'opinion d'Arakasi sur la fiabilité de la concubine n'avait plus beaucoup d'importance à ce point. « Arakasi, si tu as un meilleur plan, je serai heureuse de l'écouter. »

Le maître espion fit un geste de dénégation. Et, dans les profondeurs de ses yeux, Mara lut son approbation alors qu'elle concluait : « Très bien. Va me chercher du parchemin et une plume, et veille à ce que mon message parvienne à cette femme à la tombée de la nuit. »

Arakasi s'inclina et obéit. Intérieurement, il admirait l'audace du plan de Mara ; mais ses yeux perspicaces ne manquèrent pas de remarquer le léger tremblement de sa main tandis qu'elle écrivait sa lettre. Cette lettre qui serait la première pierre pour combattre la rapacité et la volonté de puissance du seigneur des Minwanabi.

La flamme de la lampe vacillait dans le courant d'air pendant que Teani faisait les cent pas dans ses appartements. Sa cape soulevait un léger vent qui venait caresser les joues du chef de troupe Shimizu. « Tu n'aurais pas dû me faire venir à cette heure », soupira-t-il, écœuré par sa propre faiblesse car il sentait que sa contrariété commençait déjà à disparaître. « Tu sais que je ne peux pas abandonner mon tour de garde pour toi, et que je suis de service dans une heure. »

La lumière de la lampe lançait des reflets d'or dans la chevelure lacée de rubans de Teani. Sa beauté lui coupait le souffle Sous sa robe légère, la courbe de sa poitrine rendait son devoir irréel. « Eh bien, va donc monter la garde, soldat », cracha la concubine.

Shimizu baissa les yeux, le front luisant de sueur. S'il partait maintenant, son esprit ne serait pas à son travail et le seigneur des Minwanabi pourrait aussi bien ne pas avoir de garde à sa porte. Piégé entre son honneur et les flammes de son désir, le chef de troupe répondit : « Tu peux tout de même me dire pourquoi tu m'as demandé de venir. »

Teani s'assit brutalement, comme si toutes ses forces l'avaient soudain abandonnée. Elle tourna vers lui le regard affolé d'une jeune fille vers son amant ; alors qu'elle se penchait vers lui, elle laissa sa robe s'entrouvrir, dévoilant à dessein son corps superbe. « Shimizu, je ne sais pas vers qui me tourner. Mara des Acoma veut me faire assassiner. »

Elle semblait assez vulnérable pour qu'on pût lui arracher le cœur. La main de Shimizu saisit instinctivement son épée. Comme toujours, la beauté de Teani triomphait de ses scrupules et il oubliait que ses paroles pouvaient être trompeuses. « Comment sais-tu cela, mon amour ? »

Teani baissa les paupières comme si elle luttait contre le désespoir.

Shimizu retira son casque, le posa hâtivement sur une petite table, puis se pencha vers elle. Prenant ses épaules dans ses bras, il parla dans ses cheveux parfumés. « Dis-moi tout. »

Teani frissonna. Elle enfouit son visage contre sa poitrine et laissa ses mains la caresser, comme pour chasser la peur qui l'empêchait de parler. « Mara m'a envoyé un message, parvint finalement à dire la concubine. Elle m'annonce que son défunt mari m'a légué quelques bijoux. Pour éviter de signaler mon indiscrétion à mon seigneur, elle me demande de me rendre cette nuit dans ses appartements, quand tout le monde sera endormi, pour me les remettre. Mais je sais que Buntokapi ne m'a laissé aucun cadeau. La nuit où il a quitté Sulan-Qu, il savait qu'il retournait au manoir pour y mourir, et il s'était préoccupé de mon confort avant de partir. »

Shimizu la secoua gentiment, comme pour sortir un enfant d'une crise de bouderie. « Tu n'es pas en danger, mon trésor. La Dame des Acoma ne peut pas te forcer à lui rendre visite. »

Teani leva la tête, pressant sa poitrine contre le flanc du chef de troupe. « Tu ne la connais pas, murmura-t-elle, toujours effrayée, et suppliante au point qu'il en ressentait de la souffrance. Mara est ingénieuse, et assez cruelle pour manigancer la mort du père de son propre fils. Si je refuse cette invitation, combien de temps aurai-je avant qu'un assassin ne me rende visite sur ma natte de couchage et ne plonge un poignard dans mon cœur ? Shimizu, je vivrai chaque jour dans la terreur. Ce n'est que dans tes bras que je me sens en sécurité, loin des complots infâmes de cette femme. »

Shimizu sentit un très léger souffle froid toucher sa chair. Il se raidit, comme si la femme dans ses bras avait touché un nerf. « Que souhaites-tu de moi ? » Le sentiment d'insécurité de la concubine éveillait son désir de guerrier de la protéger. Mais il ne pouvait pas frapper Mara sans rompre la promesse des Minwanabi de garantir la sécurité de tous leurs invités sous leur toit. Comme pour se justifier, Shimizu ajouta : « Même pour toi, je ne pourrai pas trahir mon Seigneur. »

Sans se laisser désarçonner, Teani glissa ses mains sous la tunique de Shimizu et caressa les muscles de ses cuisses. « Je ne te demanderai jamais de t'abaisser à faire le travail d'un assassin, mon amour. Mais tu es celui que j'aime. Permettrais-tu à ta femme d'entrer dans la tanière d'une bête dangereuse sans protection ? Si je me rends à ce rendez-vous après ton tour de garde, accepteras-tu de m'escorter là-bas ? Si Mara a l'intention de me blesser et que tu me défends, alors notre seigneur n'aura qu'à louer ton dévouement. Tu auras tué un ennemi haï, sans risquer la honte. Et si tu as raison – elle haussa les épaules, comme si cette possibilité était infime – et que le message de cette femme ne soit pas un mensonge, quel mal y aurait-il à ce que j'amène une escorte ? »

Shimizu se relaxa complètement ; les caresses de Teani faisaient rougir sa peau comme s'il avait bu un bon vin. Qu'un membre de la maisonnée des Minwanabi se rendît à un rendez-vous accompagné d'un garde d'honneur était parfaitement légitime, et même normal. Si sa vie était menacée, il pourrait intervenir en toute légalité. Profondément soulagé, il l'embrassa. Sentant la passion de sa réponse, Teani comprit que la résolution du guerrier qu'elle manipulait fléchissait comme un roseau dans la tempête. Si elle lui avait demandé la mort de Mara, Shimizu n'aurait pas su où allait sa loyauté : vers son obligation envers son seigneur ou sa dévotion pour la femme qu'il tenait dans ses bras.

Teani repoussa Shimizu aussi prudemment que si elle avait rengainé une arme mortelle. Aucune trace de satisfaction ne se lisait dans ses yeux, seulement la résignation et le courage alors qu'elle prenait le casque à plumet sur la petite table et le déposait dans les mains de Shimizu. « Honore notre seigneur, mon amour. Puis viens me retrouver quand ton tour de garde sera terminé, et nous irons ensemble voir Mara des Acoma. »

Shimizu plaça le casque sur sa tête. La jugulaire encore dénouée, il se pencha et embrassa Teani férocement. « Si Mara ose essayer de te blesser, elle mourra », murmura-t-il. Puis il se sépara d'elle et franchit rapidement le seuil de la porte.

Alors que Shimizu disparaissait dans le crépuscule, Teani frotta les marques rouges que son armure avait imprimées sur sa chair. Une joie sauvage luisait dans son regard ; elle souffla la lampe pour que personne ne pût remarquer ce moment de triomphe. Il lui suffisait maintenant de provoquer une attaque de Mara, ou d'en feindre une si la garce ne réagissait pas à ses insultes. Selon le code du guerrier, Shimizu devrait la frapper de son épée pour défendre Teani ; et si les maîtres du Grand Jeu jugeaient la mort de Mara comme un acte honteux, l'honneur des Minwanabi n'avait après tout aucune importance pour une concubine dont la loyauté appartenait à Tecuma des Anasati… La meurtrière de Buntokapi deviendrait de la chair à jaguna, et pour Teani cette victoire dépasserait toute autre considération.

Derrière la rambarde du balcon, la lumière de la lune teintait d'or les eaux du lac battues par le vent. Mais Mara ne s'avança pas jusqu'aux cloisons pour admirer la vue. Arakasi l'avait avertie quand elle était entrée pour la première fois dans sa nouvelle suite. La balustrade du balcon ainsi que les corniches et certaines planches placées près du bord étaient faites dans un bois vieux, presque antique. Mais les chevilles qui les maintenaient étaient flambant neuves, sans la patine que le bois de chican acquérait au fil des ans. Quelqu'un avait sans doute préparé un « accident ». Trois étages plus bas, un sentier de dalles émaillées longeait le jardin. Une personne tombant du balcon ne survivrait pas à une telle chute. Personne ne poserait de questions si on retrouvait son corps brisé au petit matin. La vieille balustrade se serait de toute évidence effondrée alors qu'elle s'appuyait dessus.

La nuit assombrissait les couloirs et les appartements du manoir Minwanabi, et peu d'invités restaient éveillés. Assise sur les coussins près de Nacoya, Mara était agitée. Papéwaio lui manquait et elle brûlait de retrouver le sommeil et la tranquillité de son domaine.

Vêtue de robes très simples et parée de bracelets de coquillages émaillés confectionnés par les Cho-ja, la Dame des Acoma appuya sa tête sur la paume de ses mains. « La concubine ne devrait pas tarder à venir. »

Nacoya restait silencieuse ; mais de son poste d'observation derrière le panneau d'entrée, Arakasi lui répondit par un haussement d'épaule dubitatif. Son geste indiquait qu'il jugeait Teani extrêmement imprévisible ; mais le message de la concubine avait dit qu'elle viendrait après le changement de garde de minuit. Mara eut soudain froid, alors que la nuit était chaude. Elle souhaitait la présence de Papéwaio, dont l'habileté au combat était légendaire. Arakasi pouvait porter l'armure d'un garde d'honneur, mais il n'avait aucune raison de se vanter de ses talents d'escrimeur. Mais sans le réseau du maître espion, elle n'aurait jamais pu concevoir son plan. Tentant de retrouver son sang-froid grâce à la discipline du temple, Mara attendit patiemment… et entendit enfin des pas résonner dans le couloir.

Elle adressa un sourire satisfait à Arakasi, puis bannit brutalement cette expression de son visage. Les bruits de pas se rapprochaient, et par-dessus le tintement de coûteux bijoux, Mara entendit le grincement d'une armure et le cliquetis d'une arme ; Teani était venue accompagnée d'un guerrier.

Ensommeillée, Nacoya cligna des yeux, assez dure d'oreille pour ne pas entendre le groupe qui approchait dans le couloir. Mais elle se redressa tandis que Mara regardait la porte, avertie par la révérence d'Arakasi. On pouvait toujours compter sur lui pour adopter les manières convenant à son rôle. Analysant le degré de sa révérence, Nacoya murmura : « La concubine est venue avec un garde d'honneur, comme elle en a le droit. » Elle se tut. Il était trop tard pour prévenir Mara que le moindre geste vaguement agressif envers Teani risquait d'être interprété comme une attaque contre un serviteur des Minwanabi. Le garde d'honneur se sentirait autorisé à prendre la défense de la concubine de Jingu, et jugerait même qu'il était de son devoir d'intervenir.

Mara prit son attitude la plus majestueuse et fit appel à toute sa maîtrise de soi, mais elle ne put réprimer un petit sursaut de peur quand elle vit le guerrier qui escortait Teani franchir le seuil de la porte. Il portait le plumet orange d'un chef de troupe Minwanabi, et ses traits étaient ceux de l'officier qui avait rengainé son épée ensanglantée au-dessus du corps de Papéwaio.

La concubine marchait derrière lui, drapée dans une robe de soie sombre. De coûteux ornements de métal retenaient sa chevelure fauve et des bracelets étincelaient à ses poignets. Alors qu'elle franchissait la cloison mobile, Arakasi se glissa prestement devant son escorte. « Nous attendrons dehors tous les deux… si on a besoin de nous. »

Qu'aucun guerrier armé n'approchât sa Dame sans sa permission faisait partie du protocole. Arakasi fit signe à Teani de franchir le seuil de la porte et les flammes des lampes vacillèrent, poussées par un courant d'air venu du lac.

Mara regarda Teani faire sa révérence avec des yeux durs comme la pierre. En dépit de l'opulence de ses formes, Teani se déplaçait avec la grâce d'un prédateur. Et ses yeux reflétaient la ruse et la maîtrise de soi. Mara étudia la silhouette de sa visiteuse d'un œil expert, mais les replis de soie astucieusement placés ne révélaient que des triangles séduisants de peau dénudée. Toutes les armes que Teani pouvait porter étaient bien cachées.

Consciente, soudain, que la concubine l'observait de la même manière, Mara la salua sèchement d'une inclinaison de tête. « Nous devons discuter de certaines choses. » Elle désigna d'un geste les coussins placés devant elle.

Teani accepta l'invitation et s'assit. « C'est effectivement le cas. » D'une chiquenaude d'un ongle aux bords tranchants, elle fit sauter de sa manche un grain de poussière, puis ajouta : « Mais cela n'a rien à voir avec un cadeau de votre défunt époux, Dame. Je sais pourquoi vous m'avez demandé de venir ici.

— Tiens donc ? » Un pesant silence s'installa, que Mara prolongea en envoyant Nacoya faire chauffer un pot de tisane de pétales d'aub. Possédant assez de maîtrise pour ne pas parler la première, Teani garda le silence. Mara affronta avec calme la haine qui luisait dans ses yeux. « Je doute que vous sachiez tout ce que j'ai à vous dire. »

Pendant que Nacoya s'affairait et revenait avec le pot de tisane, l'officier qui avait accompagné Teani surveillait tous leurs mouvements. Depuis qu'Arakasi avait confirmé son soupçon que Shimizu était l'amant de la concubine, Mara était capable d'interpréter cette expression fanatique. Il la guettait comme un relli prêt à mordre.

Nacoya déposa les tasses et des bandes d'écorce épicée devant les coussins. Alors qu'elle commençait à verser la tisane, Teani susurra : « Vous ne croyez tout de même pas que je vais boire quelque chose dans vos appartements, Dame des Acoma. »

Mara sourit, comme si l'accusation d'empoisonnement n'était pas une insulte. « Il y a quelques mois, vous acceptiez cependant assez facilement l'hospitalité des Acoma. » Tandis que Teani redressait vivement la tête, elle but tranquillement une gorgée de sa propre tasse et entama sa première manœuvre. « Je remarque que vous avez choisi le chef de troupe Shimizu comme garde d'honneur. Cela est bien, car ce que j'ai à dire le concerne. »

Teani ne répondit pas, mais sur le seuil de la porte, Shimizu fit passer son poids sur ses orteils. Arakasi posa légèrement sa main sur la poignée de son épée, même s'il n'était absolument pas l'égal du guerrier.

Mara concentrait son attention sur la magnifique courtisane assise devant elle. D'une voix assez basse pour que les soldats à la porte ne puissent pas entendre, elle murmura : « Mon garde d'honneur Papéwaio a été assassiné la nuit dernière, mais le voleur n'était pas coupable. Je sais que votre propre garde d'honneur, Shimizu, lui a transpercé le cœur de son épée, rompant ainsi la garantie de sécurité des Minwanabi. »

Une brise venue du lac diminua l'éclairage de la lampe. Teani sourit dans l'ombre et fit brusquement signe à Nacoya de lui verser une tasse de tisane. « Vous n'êtes pas une menace pour les Minwanabi, Dame Mara. » Avec mépris, comme si elle était une invitée de marque, elle écrasa un peu d'écorce épicée dans la tasse, la porta à ses lèvres et but. « Papéwaio ne peut pas revenir à la vie pour en témoigner. » Teani ne s'était pas souciée de baisser la voix et les yeux de Shimizu étaient maintenant fixés sur la Dame des Acoma.

Des gouttes de transpiration coulaient dans le dos de Mara. Pour son père, pour son frère et pour Papé, elle se força à continuer. « Cela est vrai. Mais j'affirme que votre maître est coupable et que votre compagnon était son instrument. Vous allez tous les deux le déclarer sous serment... Ou alors Jingu verra sa belle maîtresse mourir par la corde. »

Teani se raidit. Elle déposa sa tasse sans renverser la tisane. « Cette menace ne ferait pas peur à un enfant. Pourquoi mon maître me condamnerait-il à une mort honteuse alors que je n'ai fait que lui plaire ? »

Mara fit résonner sa réponse dans toute la pièce. « Parce que je sais que vous êtes une espionne de Tecuma des Anasati. »

L'espace d'un instant, la surprise, le choc et le calcul luttèrent sur le visage de la concubine. Mais avant que Teani ne pût retrouver son sang-froid, Mara porta le coup de grâce en espérant que les dieux de la chance soutiendraient son mensonge. « Je possède des documents prouvant que vous avez prêté serment de fidélité à Tecuma. Si vous ne faites pas ce que je vous demande, je les ferai parvenir au seigneur des Minwanabi. »

Arakasi regardait Shimizu avec l'intensité obstinée d'une mortèle. Au début, le grand officier avait été abasourdi par l'annonce de la trahison. Puis, alors que Teani cherchait visiblement un moyen de réfuter l'accusation, Shimizu s'agita au seuil de la porte et dégaina lentement son épée.

La concubine s'efforça de retrouver la confiance du soldat. « Shimizu ! Mara ment. Elle m'accuse à tort pour te pousser à trahir notre maître. »

Shimizu hésita. Les reflets de la lampe étincelaient sur le tranchant effilé de sa lame laquée. Torturé par le doute, il s'interrogeait sur la conduite à tenir.

« Attaque-la, l'aiguillonna Teani. Tue Mara pour moi. Tue-la maintenant ! »

Mais sa voix était devenue trop aiguë. Shimizu redressa les épaules. La peur, le regret et une résolution douloureuse se peignirent sur ses traits pendant qu'il secouait lentement la tête. « Je dois informer mon Seigneur Jingu. Il jugera.

— Non ! » Teani bondit sur ses pieds. « Il nous pendra tous les deux, espèce d'imbécile ! »

Mais sa protestation ne servit qu'à sceller sa culpabilité aux yeux du guerrier qui l'avait aimée. Il se détourna de la porte. Arakasi voulut l'intercepter et un bruit de lutte résonna dans le couloir. De toute évidence, le maître espion Acoma tentait de bloquer la route de Shimizu pour accorder à Mara le temps d'obtenir la preuve de la trahison des Minwanabi contre Papéwaio.

Teani tourna sur elle-même, les yeux à demi fermés par la fureur. « Tu n'auras jamais ce que tu veux de moi, chienne asexuée. » Elle sortit un poignard de sa ceinture et jaillit des coussins, le meurtre dans les yeux.

Mara avait remarqué le changement de position de la concubine. Elle roulait déjà sur le côté quand Teani se jeta sur elle, et effaça son épaule devant le coup. Le poignard frappa les coussins sans la blesser

Alors que la concubine libérait son arme, Mara reprit son souffle. « Shimizu ! À l'aide ! Pour l'honneur de votre maître ! » Elle roula encore sur le côté, l'éclair de la lame passant à un cheveu de son aine.

Furieuse, Teani jura et tenta de frapper son ennemie à la gorge.

Mara l'arrêta avec une prise de lutte, mais ne parvint à la retenir qu'un instant. La concubine était plus grande qu'elle, et la colère lui donnait de la force. Glissant, se débattant, luttant pour sauver sa vie, Mara cria à Nacoya d'une voix désespérée : « Va chercher de l'aide ! Si je meurs devant témoin, Jingu est perdu et Ayaki vivra ! »

La vieille nourrice s'enfuit tandis que Teani hurlait des mots incohérents. Complètement possédée par la haine, elle écrasa Mara contre le plancher. Le poignard descendait lentement. La prise de Mara commençait à faiblir et la lame tremblante s'approchait de plus en plus de sa gorge exposée.

Soudain, une ombre se découpa au-dessus d'elles. Une armure étincela à la lumière de la lune et des mains saisirent Teani parderrière. Mara dut relâcher sa prise alors que la concubine était attirée en arrière, le poignard toujours à la main.

Shimizu tirait sa maîtresse par les cheveux, comme un chasseur tenant une proie. « Tu dois être une espionne Anasati, dit-il avec amertume. Sinon, pourquoi voudrais-tu blesser cette femme et couvrir mon maître de honte sans espoir de rédemption ? »

Teani répondit à l'accusation de son amant par un regard de défi et un geste sensuel. Puis elle se débattit comme un serpent et tenta de le poignarder au cœur.

Shimizu pivota et para le coup de son bracelet. La lame dévia et lui entailla légèrement le bras. Fou de rage, il jeta loin de lui la concubine qui l'avait trahi. Elle tituba sans grâce et son talon heurta le rail de la cloison mobile. Le balcon se trouvait juste derrière elle, l'ombre de la balustrade se découpant sur la surface du lac éclairée par la lune. Déséquilibrée, Teani battit des bras et tomba contre les supports déjà affaiblis par une main meurtrière. La balustrade craqua et céda dans le plus doux des murmures. La concubine se retourna, horrifiée, et tenta désespérément de s'agripper au balcon. Mara retint son souffle, alors même que les planches sabotées s'écartaient sous les pieds de Teani. Le bruit du bois qui se rompait résonna comme un glas. Tandis qu'elle vacillait, Teani vit les dalles émaillées de la cour qui l'attendaient en contrebas. Au petit matin, le corps brisé que l'on retrouverait serait le sien, et non celui de son ennemie.

« Non ! » Son cri retentit sur le lac au moment où la dernière planche s'effondrait sous son poids. Elle ne hurla même pas. Pendant qu'elle plongeait dans l'obscurité, elle cria : « Sois maudite ! » puis son corps frappa les dalles avec un bruit mat. Mara ferma les yeux. Étreignant toujours son épée nue, Shimizu était étourdi et confus. La femme qu'il avait passionnément aimée gisait, morte, sous le balcon.

La lumière de la lune luisait sur la balustrade et les supports brisés. Mara frissonna puis leva des yeux étonnés vers le guerrier, qui ressemblait à une statue de la douleur. « Qu'est-il arrivé à mon garde d'honneur ? » demanda-t-elle.

Shimizu ne semblait pas l'entendre. Il se détourna, à moitié hébété, du balcon et lança un regard haineux à Mara. « Vous allez me donner la preuve que Teani était une espionne Anasati, ma Dame. »

Mara écarta une mèche de cheveux trempée de sueur de son visage, trop secouée pour réagir à la menace transparaissant dans la voix du guerrier. Son but – venger son père, son frère et même Papéwaio – était à portée de main. Si seulement elle pouvait arracher un aveu à Shimizu – le chef de troupe ne pouvait pas cacher le fait qu'il avait été obligé de tuer Teani pour protéger l'invitée de son maître. Comme la concubine avait attaqué la première, Jingu risquait d'être accusé de trahison ; lors de l'arrivée de Mara, la moitié des invités l'avaient entendu annoncer que Teani était un membre privilégié de sa maisonnée.

Shimizu fit un pas en avant, menaçant. « Où se trouve votre preuve ? »

Mara leva les yeux, tellement soulagée d'avoir survécu qu'elle répondit sans réfléchir : « Mais je n'ai pas de preuve. Teani était bien une espionne Anasati, mais je n'ai aucune preuve écrite. Ce n'était qu'une ruse. »

Shimizu regarda rapidement de chaque côté et, avec un sursaut de terreur, Mara se souvint que Nacoya était partie chercher de l'aide. Personne n'allait être témoin de ce qui allait se passer dans cette pièce.

« Où est Arakasi ? » répéta-t-elle, incapable de dissimuler sa peur.

Shimizu avança. L'horreur et l'hébétude avaient fait place à la résolution et ses doigts se resserrèrent sur son arme. « Vous n'avez plus besoin d'un garde d'honneur, Dame des Acoma. »

Mara recula, se prenant les pieds dans les coussins. « Soldat, après tout ce qui s'est passé cette nuit, vous oseriez compromettre irrémédiablement l'honneur de votre maître ? »

Shimizu resta de marbre en levant son épée. « Qui le saura ? Je dirai que vous avez tué Teani et que mon honneur m'obligeait à la défendre. Il n'y aura pas de témoin pour me contredire. »

Mara s'écarta vivement des coussins. Shimizu fit un autre pas, la repoussant impitoyablement vers les coffres. Terrifiée par sa logique implacable, et glacée par l'idée que son plan insensé et ingénieux risquait de créer assez de confusion pour épargner l'honneur de Jingu, elle tenta de le retenir par la parole. « Alors, vous avez tué Arakasi ? »

Shimizu sauta par-dessus les coussins éparpillés. « Dame, il voulait m'empêcher d'accomplir mon devoir. »

Sa lame étincela à la lumière de la lune. À bout de ressource, et sans aucun espoir de s'échapper, Mara dégaina le petit poignard qu'elle avait caché dans sa manche.

Elle leva la main pour le lancer, mais Shimizu bondit vers elle. Il la frappa du plat de son épée ; sa lame heurta le poignard avec violence et le lui arracha des mains. L'arme glissa sur le sol et s'arrêta hors de portée, près de la porte du balcon.

Il leva à nouveau son épée. Mara se jeta au sol. Aveuglée par l'ombre de son attaquant, elle hurla : « Nacoya ! » en implorant silencieusement la protection de Lashima pour Ayaki et la lignée des Acoma.

Mais la vieille nourrice ne répondait pas. L'épée de Shimizu siffla en descendant vers elle. Mara roula désespérément sur le côté, se meurtrissant l'épaule contre un coffre alors que la lame tranchait la natte de couchage. Elle se débattit, complètement vulnérable, coincée contre les coffres massifs. Le prochain coup d'épée de Shimizu mettrait fin à ses jours.

Mais soudain une autre épée s'éleva au-dessus de la tête de Shimizu. Cette arme lui était familière. Brandie maladroitement, elle décrivit un arc brillant à la lumière de la lune et s'écrasa contre le cou de son agresseur. Les mains de Shimizu s'ouvrirent. Il laissa échapper son épée, qui se planta dans la paroi de cuir d'un coffre.

Mara hurla tandis que l'énorme guerrier tombait, son plumet lui meurtrissant le flanc à l'instant où il s'écrasait sur le sol. Un pas derrière, titubant, Arakasi utilisait en guise de béquille l'épée dont il venait de se servir comme d'une massue. Il esquissa une révérence digne d'un ivrogne. « Ma Dame. »

Du sang lui coulait d'une blessure au cuir chevelu, maculant un côté du visage, le résultat du coup qui aurait dû le plonger dans l'inconscience dans le couloir. Mara reprit son souffle et poussa un léger cri, à moitié de soulagement, à moitié de terreur. « Tu fais peur à voir. »

Le maître espion essuya son visage et sa main se teinta d'écarlate. Il réussit à esquisser l'ombre d'un sourire. « J'oserai dire que c'est le cas. »

Mara s'efforçait de retrouver son sang-froid. La réaction lui donnait le vertige. « Tu dois être le premier homme à porter un plumet d'officier Acoma qui ne sait pas faire la différence entre le dos d'une lame et son tranchant. J'ai bien peur que demain matin Shimizu n'arbore une ecchymose aussi belle que celle qu'il t'a donnée. »

Arakasi haussa les épaules, partagé entre le triomphe et un profond chagrin. « S'il avait vécu, Papéwaio avait l'intention d'améliorer ma technique. Son esprit devra se satisfaire de la ruine des Minwanabi. » Puis, comme s'il avait avoué un chagrin qu'il aurait préféré garder pour lui, le maître espion aida silencieusement sa maîtresse à se relever.

Du bruit résonna dans le couloir. Les voix indignées et aiguës de Jingu et de son fils Desio étaient nettement audibles au-dessus du brouhaha des invités. Mara remit de l'ordre dans ses vêtements. Elle se pencha, délogea du coffre l'épée de Shimizu, et se porta à la rencontre des nobles et des domestiques comme une vraie fille des Acoma.

Furieux, Jingu entra d'un pas lourd par la cloison ouverte. « Que s'est-il passé ici ? » Il s'arrêta, bouche bée, devant le spectacle de son chef de troupe assommé, puis lança un regard de colère vers la Dame des Acoma. « Vous avez apporté la trahison dans ma maison ! »

Les curieux se rapprochèrent, les vêtements en désordre et le visage bouffi de sommeil. Mara les ignora. Elle s'inclina avec grâce et plaça cérémonieusement l'épée de Shimizu aux pieds du seigneur des Minwanabi. « Je jure par ma vie et par le nom de mes ancêtres que la trahison accomplie ici n'était pas mienne. Votre concubine Teani a tenté de me tuer, et pour l'amour d'elle, votre chef de troupe Shimizu a perdu la raison. Mon garde d'honneur, Arakasi, a été obligé d'intervenir. Il a réussi avec difficulté à me sauver la vie. Est-ce ainsi que les Minwanabi assurent la sécurité de leurs invités ? »

Un murmure s'éleva parmi les spectateurs, la voix du seigneur des Ekamchi se détachant parmi elles. « Le guerrier n'est pas mort ! Quand il se réveillera, il pourra dire que l'Acoma a menti sous serment. »

Jingu réclama le silence d'un geste irrité. Il foudroya Mara du regard de ses yeux pâles et froids. « Comme ma servante Teani gît morte sous le balcon, j'aimerais entendre la version de mon officier Shimizu. »

Mara ne releva pas la très grave insulte que venait de lui faire Jingu, en laissant entendre qu'elle avait menti sous serment. Elle ne gagnerait aucun honneur à se justifier devant un homme condamné. Toutes les personnes présentes savaient que si les accusations de Mara étaient prouvées, le seigneur des Minwanabi ne représenterait plus rien. Son honneur serait comme de la poussière, et son influence au Jeu du Conseil nulle.

« Mon premier conseiller, Nacoya, a été témoin de l'attaque de la concubine. » Mara fit appel à la moindre parcelle de maîtrise de soi que les sœurs lui avaient apprise au temple. « Votre propre chef de troupe a dû me défendre pour protéger votre honneur. Si Teani n'avait pas trouvé la mort en tombant sur les dalles, j'aurais dû la tuer de mes propres mains pour sauver ma vie. »

Près de la porte, quelqu'un murmura un commentaire en sa faveur. Outré, Desio s'avança mais fut repoussé sur le côté par la main de son père. Jingu osa sourire, comme un chien qui avait volé un morceau de viande sans se faire prendre. « Dame Mara, si vous n'avez pas d'autre témoin, vous ne pouvez porter aucune accusation. Car si Shimizu affirme que vous avez attaqué Teani et qu'il a pris sa défense, alors que vous dites que Teani vous a attaquée et qu'Arakasi est venu à votre secours, l'affaire repose sur la parole de votre premier conseiller contre celle de mon chef de troupe. Ils sont de rang égal et, selon la loi, leur parole a la même valeur. Qui parmi nous pourra déterminer lequel d'entre eux ment ? »

Mara n'avait pas de réponse. Frustrée, malheureuse et furieuse de découvrir qu'elle était incapable de prouver la vérité, elle regarda l'ennemi qui avait détruit son père et son frère, et dont les ancêtres avaient tourmenté sa famille depuis des générations. Elle déclara, le visage impassible : « Vous placez l'honneur des Minwanabi en équilibre sur un fil très mince, seigneur Jingu. Un jour prochain, il cassera. »

Jingu rit à pleine gorge, ce qui éclipsa une rumeur qui enflait près de l'entrée. Mara regarda derrière lui et ressentit un moment de triomphe si intense qu'il ressemblait à la douleur d'une épée que l'on retire d'un corps. Nacoya arrivait, se frayant un chemin entre les corps pressés des assistants. Derrière elle avançaient Almecho et deux silhouettes vêtues de noir.

Le Seigneur de Guerre observa la pièce, regardant le chaos qui régnait dans la suite attribuée à Mara. « Par les dieux, s'exclama-t-il avec un rire, que s'est-il passé ? Une tempête dans la maison, à ce que l'on dirait. »

Jingu lui adressa un sourire amer. « Une attaque, mon Seigneur, mais il semble qu'il y ait désaccord sur qui a porté le premier coup. » Il ajouta, avec un haussement d'épaules théâtral : « J'ai bien peur que nous ne sachions jamais le fin mot de cette histoire, car le premier conseiller de Dame Mara – avec une loyauté admirable mais peut-être mal placée – mentira pour soutenir les allégations de sa Dame. Ce sera sa parole contre celle de Shimizu. Je pense que nous serons obligés d'oublier toute cette affaire. »

Les sourcils d'Almecho se levèrent, un reproche amusé se lisant sur ses traits. « Oh, vraiment ? Je ne pense pas que nous ayons besoin d'oublier la moindre infraction à l'honneur, Jingu. Pour qu'il n'y ait pas l'ombre d'une tache sur votre nom – et pour que ma fête d'anniversaire ne soit pas gâchée par la moindre honte –, je vais demander à mes compagnons de nous aider. » Il se tourna vers les deux silhouettes vêtues de noir qui se tenaient près de lui, et interrogea la première. « Elgahar, pourriez-vous nous aider à résoudre ce problème ? »

Une voix impassible répondit : « Bien sûr, mon Seigneur. » Jingu pâlit et le magicien continua : « Nous pouvons prouver sans le moindre doute qui ment et qui dit la vérité. »

Les yeux d'Almecho passèrent du visage de Dame Mara à celui de Jingu avec un amusement vénéneux. « Bien, susurra-t-il, alors séparons les coupables des innocents. »

Chapitre dix-sept

Vengeance

Elgahar réclama le silence.

Les conversations diminuèrent pour n'être plus qu'un murmure. Le silence total s'établit alors que les invités du seigneur des Minwanabi s'entassaient dans la pièce où Teani avait rencontré la mort. Shimizu avait repris conscience. Assis aux pieds de son seigneur, il regardait le Très-Puissant, impassible.

Mara était assise en face de lui, Nacoya et Arakasi à ses côtés. Son garde d'honneur avait essuyé le sang de son visage, mais il n'avait rien fait d'autre pour se rafraîchir. Quelques invités avaient envoyé des esclaves chercher des robes pour couvrir leurs vêtements de nuit, mais la plupart ne s'étaient pas donné cette peine. Rongés par la curiosité, tous attendaient avec impatience la démonstration de magie du Très-Puissant.

La lune brillait au-dessus de la balustrade brisée du balcon. Baigné de sa lumière cuivrée, le Très-Puissant baissa les bras. « J'ai besoin d'un espace dégagé autour de la zone où l'action s'est déroulée, et personne ne doit se tenir sur le seuil de la porte. »

Des sandales glissèrent sur le plancher ciré tandis que les invités obéissaient à Elgahar. Almecho se plaça derrière le seigneur des Minwanabi et Mara le vit se pencher vers lui et chuchoter à son oreille. Jingu lui répondit par un sourire qu'il voulait désinvolte, mais son visage était tendu. Aucun seigneur de l'Empire ne comprenait vraiment les pouvoirs des membres de l'Assemblée des Magiciens ; que le Très-Puissant lançât un sortilège pour faire éclater la vérité ne semblait pas réconforter le seigneur des Minwanabi. La magie pouvait facilement prouver que Mara mentait, et alors les Acoma seraient ruinés, mais Jingu envisageait d'autres possibilités. La nature imprévisible de Teani faisait partie des choses qui l'attiraient chez elle ; et nul n'ignorait la haine qu'elle vouait à Mara.

Le Très-Puissant se plaça près de la porte. Sa robe d'un noir d'encre se fondit dans l'ombre. Seuls son visage et ses mains restaient visibles, des formes confuses et pâles. Ses paroles semblaient venir d'au-delà des frontières de la compréhension humaine. Les innocents, les coupables et tous les spectateurs eurent un mouvement de recul. « Nous nous trouvons sur un lieu marqué par la violence, déclara Elgahar devant l'assistance. La résonance des passions intenses crée des échos dans l'outremonde, cet état d'énergie parallèle à la réalité. Mon sortilège donnera à ces échos une forme visible, et tous les yeux verront ce qui s'est passé entre les serviteurs des Minwanabi et son invitée, Mara des Acoma. »

Il se tut. Le capuchon masquant ses traits, il se tint un instant dans une immobilité absolue, puis il renversa la tête vers le plafond. D'une main, il fit un geste dans l'air, et commença une incantation d'une voix si basse que même les personnes se trouvant près de lui ne purent en saisir les mots. Mara était assise, comme changée en statue, entendant à peine la voix du magicien qui s'enflait et diminuait. Le sortilège qu'il élaborait la touchait d'une étrange façon, comme si une force effleurait son moi intérieur et le séparait d'une partie de son esprit. À ses côtés, Arakasi semblait très ému, lui aussi, comme s'il percevait les flux magiques.

Une faible lueur s'éleva au centre de la pièce, au-dessus des coussins crevés. Émerveillée, Mara contempla une image transparente et floue d'elle-même, assise comme elle l'avait été au moment de l'arrivée de Teani. Un spectre pâle comme la glace la servait, et tout le monde reconnut la silhouette voûtée de Nacoya.

Les invités murmurèrent, stupéfaits. Nacoya, se voyant elle-même, détourna le visage et fit un signe pour chasser le mauvais œil. Le Très-Puissant n'eut aucune réaction. Son incantation se termina brusquement et il leva les mains ; baignant dans la lumière de la lune, les silhouettes brillantes commencèrent à bouger.

La scène se déroula dans une clarté fantomatique, sans le moindre son, aussi fragile que la lumière de l'astre de la nuit se reflétant sur les flots. Mara se vit parler, et une ombre de mouvement apparut dans l'encadrement de la porte. Le Très-Puissant restait immobile, alors même que la silhouette de Teani entrait, traversant nettement son corps comme s'il était fait de brume.

Les invités les plus proches s'écartèrent, alarmés, et plusieurs d'entre eux poussèrent une exclamation de surprise. Mais le spectre de la concubine ne leur prêta pas attention. D'une beauté fantomatique, elle refit le trajet de l'heure précédente et avança jusqu'aux coussins posés devant Mara. Les images des deux femmes s'assirent et entamèrent une conversation. Mara regarda sa propre silhouette, étonnée de se voir si calme devant Teani. Même maintenant, la scène lui faisait battre le cœur et ses paumes devinrent moites. Même maintenant, elle se sentait écrasée par le souvenir de ses terribles doutes. Mais elle n'avait rien laissé paraître devant Teani. Et les invités qui observaient le fruit de la magie du Très-Puissant eurent l'impression d'une jeune femme très confiante, accueillant une personne de rang inférieur. Pour Mara, il était maintenant facile de comprendre pourquoi la concubine avait cru à son bluff et pensé qu'elle possédait des preuves de sa trahison en faveur des Anasati.

Puis tout le monde dans la pièce vit Teani appeler Shimizu, qui se tenait de l'autre côté de la porte. Bien que son image ne produisît aucun son, il était facile de lire sur ses lèvres, et un instant plus tard le chef de troupe apparaissait. Personne ne put deviner les paroles qu'ils échangèrent, mais l'expression de Teani se transforma, devenant si bestiale et féroce que plusieurs invités eurent un hoquet de surprise. Shimizu disparut du cadre du sortilège, et tous les invités virent Teani tirer un poignard de sa ceinture. Sans aucune provocation, elle s'élança et bondit vers la silhouette de Mara. Quelle que fût la défense invoquée par Jingu, il ne faisait maintenant plus l'ombre d'un doute qu'un serviteur des Minwanabi avait attaqué la Dame des Acoma. La garantie de sécurité de Jingu était rompue.

Pour la première fois dans la mémoire des seigneurs de l'Empire, le seigneur des Minwanabi pâlit en public. Des gouttelettes de sueur perlèrent sur sa lèvre, pendant que le drame de l'heure précédente continuait à se dérouler sous ses yeux. Le chef de troupe Shimizu revenait dans la pièce et, après une lutte brève et violente, recevait un coup de poignard de Teani. Tous le regardèrent avec fascination lancer la concubine à travers la porte. La balustrade de bois se brisa dans un choc silencieux ; et Teani tomba vers la mort, ne laissant qu'une impression spectrale d'un visage déformé par la haine, l'horreur et une peur désespérée, qui s'imprima dans la mémoire des invités. Puis, croyant le drame terminé, quelques invités murmurèrent des remarques consternées. Mara profita de ce moment pour jeter un regard au seigneur des Minwanabi.

Il avait un air calculateur, et un faible espoir brillait dans ses yeux. Si Teani était une renégate, Shimizu avait sauvé son honneur en la tuant ; si le sortilège s'arrêtait là, il était tiré d'affaire. Mais le visage du Très-Puissant n'exprimait aucune sévérité ou sympathie sous l'ombre sombre de son capuchon. Le sortilège continuait à se dérouler… Au milieu de la chambre, le chef de troupe Minwanabi se mettait en position de combat et avançait sur la Dame des Acoma.

Jingu se raidit comme si un exécuteur le touchait de la pointe de l'épée. Le large dos de Shimizu empêchait quiconque de voir ce que la Dame Mara lui disait. Mais, après un court échange de paroles, la lame du guerrier se leva et tomba brusquement. On put voir Mara rouler dans un coin. Et prudemment, subrepticement, les invités qui se trouvaient près de leur hôte commencèrent à s'écarter, comme si sa honte risquait de les contaminer. L'intervention courageuse d'Arakasi conclut la scène, pendant que dans la pièce tous les invités tournaient un regard méprisant et accusateur vers le seigneur des Minwanabi.

L'image était assez révélatrice. L'atmosphère était devenue suffocante quand Elgahar marmonna quelques phrases pour éteindre l'étrange lueur bleue et blanche. Mara prit une profonde inspiration, encore tremblante. Le danger n'était pas encore passé.

Almecho se trouvait à côté du seigneur des Minwanabi, une expression de joie cruelle sur le visage. Les broderies de sa robe étincelèrent lorsqu'il haussa les épaules dans un geste théâtral. « Eh bien, Jingu. Cela ressemble assez clairement à une attaque contre votre invitée. D'abord la femme, puis le guerrier. Vous avez des serviteurs enthousiastes, vous ne trouvez pas ? »

Jingu ne montrait pas le moindre signe de trouble. Hanté par des émotions qu'il était seul à connaître, il regarda d'abord Mara, puis la silhouette musclée et ensanglantée de son chef de troupe. Les personnes les plus proches de lui l'entendirent murmurer : « Pourquoi ? Shimizu, tu étais le guerrier auquel je faisais le plus confiance. Qu'est-ce qui t'a poussé à commettre cet acte ? »

Les lèvres de Shimizu se contractèrent dans une grimace de souffrance. Quelles que fussent les explications qu'il pût donner sur les machinations de Teani, ses actions avaient déjà condamné son maître. Celui-ci devait mourir pour expier la honte qui souillait son honneur. « La sorcière nous a trahis », répondit-il simplement, et personne ne sut s'il parlait de Mara ou de Teani.

« Espèce de fou ! cria Jingu, et sa véhémence fit sursauter tout le monde. Stupide bâtard d'une chienne malade, tu m'as tué ! » Sans réfléchir, il sortit un poignard de sa manche et bondit vers le soldat. Avant que quiconque pût réagir, il frappa d'un geste rageur le cou exposé de Shimizu. L'artère sectionnée envoya gicler une fontaine de sang, éclaboussant les robes de prix et faisant hurler une Dame aux nerfs fragiles. Shimizu vacilla, troublé, sans comprendre. Ses mains s'agitèrent futilement alors que sa vie s'enfuyait entre ses doigts, et ses larges épaules s'affaissèrent quand il comprit que la mort arrivait. Les problèmes de trahisons et de mensonges, les désirs pervers et les amours impossibles, tout perdit son sens. Il s'effondra. Il accueillit sereinement la main de Turakamu et murmura à son maître ses dernières paroles : « Je remercie mon Seigneur de m'avoir accordé la mort par la lame. »

Shimizu hocha finalement la tête vers Mara, saluant silencieusement sa victoire. Puis ses yeux se révulsèrent, et les mains qui avaient tenté de la tuer retombèrent. Étendu mort aux pieds des invités vêtus de somptueux atours, il semblait symboliser la défaite de Jingu. Au Jeu du Conseil, le seigneur des Minwanabi était anéanti.

Almecho brisa le silence. « C'était un geste trop impulsif, Jingu. Le guerrier aurait pu nous dire bien d'autres choses. Quel dommage ! »

Le seigneur des Minwanabi se retourna brusquement. Un instant, on crut qu'il allait frapper le Seigneur de Guerre, mais sa rage l'abandonna et il laissa retomber son poignard. Almecho soupira. Les silhouettes encapuchonnées des Très-Puissants revinrent se placer à ses côtés alors qu'il concentrait le feu de son regard sur Desio, le fils et l'héritier des Minwanabi. « L'aube étant considérée comme le meilleur moment pour une telle cérémonie, je pense que vous consacrerez les prochaines heures à préparer l'expiation rituelle de votre père. Je retourne me coucher.

Quand je me lèverai, j'espère que vous aurez su redonner un peu de gaieté à cette fête désastreuse… seigneur Desio. »

Desio inclina la tête. Incapable de parler, il conduisit son père à l'écart. Jingu semblait en transe. Abattu, sa voix habituellement arrogante et confiante complètement éteinte, il tourna son esprit vers la tâche qui l'attendait. Il n'avait jamais été courageux, mais il devait tout de même se comporter comme un seigneur tsurani. Le destin avait décrété sa mort et, d'une façon ou d'une autre, il devait trouver la force d'accomplir ce que l'on attendait de lui. Mais tandis que son père franchissait le seuil de la porte, Desio lança un dernier regard à la Dame Mara. C'était un avertissement très clair. D'autres pouvaient applaudir son habileté au Jeu du Conseil, mais elle n'avait pas gagné ; la guerre du sang était simplement passée à une nouvelle génération. Mara lut la haine dans son regard et dissimula un frisson de terreur. Elle n'avait nul besoin qu'on lui rappelât qu'elle se trouvait encore au cœur de la puissance Minwanabi.

Elle réfléchit rapidement et, avant que le nouveau seigneur ne pût échapper au regard du public, elle l'appela. « Mon Seigneur Desio. J'ai été violemment agressée par des serviteurs Minwanabi. J'exige que vous me fournissiez une escorte quand je partirai demain pour ma demeure. Il serait dommage de ternir la purification du nom de votre famille par une attaque mal avisée de vos soldats… ou par des bandits inconnus ou des pirates du fleuve. »

Accablé et plongé malgré lui dans les responsabilités du gouvernement, Desio n'eut pas l'intelligence de refuser la requête avec grâce. Conscient seulement de l'angoisse de son père, et de sa haine envers son ennemie, il observait toujours les coutumes tsurani. La guerre continuerait entre les Minwanabi et les Acoma, mais, en public, l'insulte envers Mara et la tache sur le nom de sa famille exigeaient au moins un geste de compensation. Desio acquiesça brièvement de la tête et partit tristement s'occuper du suicide rituel de son père.

Les spectateurs reprenaient peu à peu leurs esprits. Des invités s'agitèrent et échangèrent quelques commentaires, pendant qu'un Arakasi meurtri aidait la Dame Mara à se relever. Almecho et les autres souverains regardèrent la Dame des Acoma avec respect. Aucun invité ne pensait que le seigneur des Minwanabi avait envoyé ses serviteurs assassiner ouvertement la Dame des Acoma. Personne ne doutait que la magie du Très-Puissant avait révélé le dernier acte d'une machination extrêmement complexe de Mara, le Grand Jeu du Conseil au faîte de sa subtilité et de sa finesse meurtrière. La Dame des Acoma avait pris des risques insensés pour venger un coup qui avait failli détruire sa maison. Maintenant, tous la félicitaient silencieusement pour avoir réussi à vaincre son ennemi dans sa propre demeure.

Mais Mara avait parfaitement compris qu'elle devait se garder doublement de la trahison quand les Minwanabi étaient concernés. Après un discret entretien avec Arakasi, elle avança vers Almecho. Faisant une révérence respectueuse au Seigneur de Guerre, elle sourit d'une manière qui la rendait vraiment magnifique. « Mon Seigneur, je suis désolée que mon rôle involontaire dans cette tragédie ait jeté une ombre sur votre fête d'anniversaire. »

Plus amusé qu'irrité, Almecho la regarda avec attention. « Je ne place aucune responsabilité sur vos épaules, Dame Mara. Jingu va bientôt effacer toutes les dettes restantes. Cependant, je pense que cette affaire n'est pas encore terminée. Même si notre jeune seigneur vous fournit une escorte pour votre voyage de retour – à propos, je salue cette dernière touche –, vous risquez encore d'éprouver quelques difficultés. »

Mara oublia le danger qu'elle courait. Rassemblant tout le charme dont elle disposait, elle mit dans sa voix de la sympathie pour l'empereur de Tsuranuanni. « Mon Seigneur, il y a trop de tristesse en ces lieux pour que votre fête d'anniversaire puisse continuer avec grâce. Même si Desio le souhaitait vraiment, le chagrin ne lui laisserait pas beaucoup d'énergie pour organiser les festivités en votre honneur. Bien que d'autres domaines soient plus proches, mes terres se trouvent sur la route la plus rapide, en passant par la rivière. En guise de réparation, laissez-moi vous offrir ma demeure comme un humble remplacement pour la fête finale de votre anniversaire. Si vous acceptez mon hospitalité, mes domestiques et mes artisans feront de leur mieux pour vous divertir. » La tête pleine de plans secrets, Mara repensa aux artistes doués mais inconnus qu'elle avait écoutés durant son mariage. Pour la remercier de sa courtoisie passée, ils accepteraient sans doute de venir se produire sans délai. Elle montrerait qu'elle avait su découvrir de nouveaux talents pour le plaisir du Seigneur de Guerre, et son statut social en sortirait grandi. Plusieurs artistes et musiciens de valeur pourraient gagner un protecteur puissant, ce qui augmenterait leur dette envers elle.

Almecho rit de bon cœur. « Vous avez l'esprit vif, n'est-ce pas, petit oiseau ? » Ses yeux s'étrécirent. « Il vaudrait mieux que je garde un œil sur vous. Aucune femme n'a encore porté le blanc et l'or, mais vous… » Il perdit son sérieux. « Non, j'aime l'audace de votre offre. » Il éleva la voix pour se faire entendre des invités qui étaient restés pour observer la fin des événements. « Nous partirons à l'aube, et nous nous rendrons sur les terres des Acoma. »

Il s'inclina légèrement et, flanqué de ses deux magiciens, gagna rapidement la porte. À l'instant où il disparut, Mara se retrouva le centre de l'attention générale. Dans la pièce même où elle avait échappé à un meurtre, elle cessait soudain d'être une paria, une femme promise à une mort prochaine. Les plus grandes familles de l'Empire lui offrirent leurs félicitations, l'honneur et l'accolade dus à un vainqueur du Jeu du Conseil.

Les guerriers de Mara furent rappelés des baraquements Minwanabi bien avant le lever du jour ; ils rejoignirent leur maîtresse à bord de la nef d'apparat des Acoma. Alors que l'obscurité recouvrait encore la terre et l'eau, les marins poussèrent sur leurs perches et écartèrent le navire du quai. Trop excitée par les événements de la nuit pour tenter de se reposer, Mara se tenait près de la lisse, entourée de son premier conseiller et de son maître espion. Éprouvant un vif chagrin à cause de l'absence de Papéwaio, ils regardèrent les fenêtres éclairées du manoir des Minwanabi s'évanouir peu à peu. La terreur de la nuit et son triomphe inattendu avaient laissé Mara dans un état de faiblesse et d'exultation. Mais, comme toujours, elle pensait à l'avenir. Les préparatifs habituels feraient défaut, puisque le Seigneur de Guerre et tous les invités arriveraient sur le domaine Acoma sans être annoncés. Malgré elle, Mara sourit. Jican allait sûrement s'arracher les cheveux quand il découvrirait qu'il aurait la responsabilité d'organiser la fête d'anniversaire d'Almecho.

La nef se balançait doucement tandis que les esclaves échangeaient leurs perches contre des avirons et commençaient à ramer régulièrement. Ici et là, des soldats murmuraient ; puis toutes les conversations cessèrent quand le ciel s'éclaircit au-dessus du lac. Derrière eux, la flottille multicolore des nefs des invités prenait congé de l'hospitalité des Minwanabi. La rivière étant couverte de témoins de noble naissance, Mara n'avait plus à craindre une attaque de guerriers ennemis déguisés en bandits. De toute façon, Desio pouvait difficilement surmonter son chagrin pour organiser une attaque durant la cérémonie de suicide de son père.

Quand le disque doré du soleil se leva au-dessus de la vallée, Mara et tous les voyageurs nobles remarquèrent le petit groupe de soldats qui se tenaient sur le tertre près du jardin de méditation des Minwanabi. C'était la garde d'honneur du seigneur Jingu, qui l'entourait alors qu'il rassemblait son courage pour tomber sur sa propre épée. Quand les hommes vêtus d'orange reformèrent leurs rangs et avancèrent d'un pas solennel vers le manoir, Mara murmura une prière de remerciement aux dieux. L'ennemi qui avait organisé le meurtre de son père et de son frère et pratiquement le sien était enfin mort.

Avec la disparition de Jingu, les Minwanabi perdaient leur rôle politique prépondérant. Ils n'étaient plus la seconde puissance après le Seigneur de Guerre, car Desio était un jeune homme aux grâces sociales limitées. Rares étaient ceux qui le considéraient comme un successeur digne de son père. Les seigneurs qui voyageaient vers le sud pour se rendre sur les terres Acoma pensaient généralement que le successeur du vieux Jingu aurait beaucoup de mal à maintenir les alliances de son père, et encore plus à augmenter la puissance des Minwanabi. Maintenant, Desio allait être étroitement surveillé. Pendant qu'il dirigerait le déclin de sa famille, tous ceux qui avaient craint autrefois la puissance des Minwanabi ajouteraient leurs forces à celles de ses ennemis. À moins que l'un des cousins plus doués de Desio ne vînt au pouvoir, le destin des Minwanabi était scellé. Le statut d'une grande Maison était tombé très bas dans le Jeu du Conseil.

Mara réfléchit à tout cela durant le voyage sur la rivière et le fleuve, quand son palanquin l'emporta dans les rues encombrées de Sulan-Qu, puis dans la campagne plus tranquille entourant les terres des Acoma. La domination Minwanabi sur le Grand Conseil étant terminée, Almecho n'avait maintenant plus d'opposition, sauf peut-être la coalition du Parti de la Roue Bleue et de l'Alliance pour le Progrès. Mara contemplait les palanquins somptueux qui suivaient son escorte, l'esprit absorbé par les futurs réajustements politiques. Esquissant un sourire, elle prit mentalement note de demander à Nacoya de placer au moins une fois Hokanu des Shinzawaï à ses côtés durant les banquets. Puis elle rit intérieurement. Juste au moment où elle devait à nouveau penser au mariage, l'Empire évoluait et le jeu entrait dans une nouvelle phase ; mais ce serait toujours le Jeu du Conseil.

Mara se tourna vers Nacoya pour lui confier ses réflexions, et trouva la vieille femme en train de somnoler. Depuis leur retour sur des routes familières, le premier conseiller avait enfin commencé à se détendre et à oublier la tension qui l'avait mue durant leur séjour dans la demeure des Minwanabi.

Arakasi prit alors la parole : « Maîtresse, il se passe quelque chose de bizarre devant nous. »

Nacoya s'éveilla, mais ses plaintes moururent sur ses lèvres quand elle vit sa maîtresse se pencher brusquement en avant. Sur la crête de la colline, à la frontière des terres Acoma, se tenaient deux guerriers, un de chaque côté de la route. Sur la gauche, sur la terre Acoma, un soldat portait le vert familier de sa propre garnison. Sur la droite, sur les terres de l'Empire, le second soldat portait l'armure rouge et jaune des Anasati. Alors que l'escorte et le palanquin de Mara devenaient pleinement visibles, les deux hommes se retournèrent et crièrent presque à l'unisson : « Acoma ! Acoma ! »

Surprise par un écart sur la gauche de son palanquin, Mara regarda en arrière. Elle vit que ses porteurs se mettaient sur le côté pour faire place à la litière du Seigneur de Guerre, qui venait se ranger à son niveau. Almecho cria par-dessus le bruit des pas des esclaves : « Dame, vous nous avez préparé un bien étrange accueil. »

Très étonnée, Mara répondit : « Mon Seigneur, j'ignore ce que cela signifie. »

Le Seigneur de Guerre fit un geste à ses gardes blancs impériaux et les deux escortes arrivèrent côte à côte au sommet de la colline. Une autre paire de guerriers attendait à une certaine distance, et, plus loin, deux autres encore. Au sommet de la dernière colline, juste avant le portique de prière, on pouvait apercevoir une quatrième paire de soldats. Et grâce au signal qui passait des uns aux autres, le cri « Acoma » avait clairement précédé les palanquins.

Mara inclina la tête vers Almecho. « Avec la permission de mon Seigneur… ? »

Quand Almecho lui signifia son accord d'un hochement de tête, la Dame des Acoma donna l'ordre à ses porteurs d'accélérer le pas. Elle saisit la poignée garnie de perles pour mieux se tenir quand les esclaves partirent au pas de course. Son escorte courait avec elle, dépassant les champs familiers, les pâturages où paissaient des needra au cuir fauve. Mara sentit la nervosité lui oppresser la poitrine. Aussi loin que l'œil portait, les champs étaient vides de manouvriers et de pâtres, de porteurs ou de conducteurs de charrettes. Même les esclaves étaient absents. Là où les ouvriers Acoma auraient dû travailler durement, les récoltes et les troupeaux étaient abandonnés au soleil.

Souhaitant retrouver la présence dévouée de Keyoke, Mara cria au premier soldat Acoma qu'ils dépassèrent : « Que se passe-t-il ? Avons-nous été attaqués ? »

Le guerrier suivit immédiatement les porteurs et fit son rapport en courant. « Des soldats Anasati sont arrivés hier, maîtresse. Ils ont établi leur camp près du portique de prière. Le commandant Keyoke a ordonné à tous les soldats de se tenir prêts. Il a posté des sentinelles sur la route pour prévenir de votre retour ou de l'arrivée de soldats Minwanabi.

— Tu dois te montrer prudente, ma fille. » Secouée et essoufflée par le mouvement du palanquin, Nacoya faillit ajouter quelque chose, mais Mara n'avait pas besoin de son avertissement pour se faire du souci. Elle envoya la sentinelle de Keyoke rejoindre sa garde d'honneur et appela le soldat Anasati qui courait aussi au niveau du palanquin, de l'autre côté de la route.

Toute réponse serait une courtoisie de sa part, puisque aucun guerrier Anasati n'était obligé de répondre à la Dame des Acoma. Celui-ci devait avoir reçu l'ordre de se taire, car il courait en silence, le visage résolument tourné vers l'avant. Quand le palanquin dépassa la crête de la dernière colline, Mara vit que la vallée était couverte d'armures colorées. Elle en eut le souffle coupé.

Plus de mille guerriers Anasati se tenaient devant sa porte, en formation de bataille. En face d'eux, de l'autre côté du petit muret délimitant la frontière, Keyoke commandait un nombre identique de soldats Acoma. Çà et là, les rangs de soldats vêtus de vert étaient interrompus par des triangles d'un noir luisant, des guerriers cho-ja honorant le traité avec leur reine, qui entrait en jeu si quelqu'un menaçait les terres Acoma.

Des cris résonnèrent dans la vallée à l'instant où le palanquin fut visible. Les troupes Acoma explosèrent de joie et poussèrent des acclamations enthousiastes. Au grand étonnement de Mara, l'armée Anasati fit de même. Puis un événement survint dont même la vieille Nacoya n'avait jamais entendu parler dans les annales du Grand Jeu du Conseil : les deux armées rompirent les rangs ! Jetant leurs armes et débouclant leurs casques, les soldats approchèrent du palanquin en une foule joyeuse.

Mara les regarda, stupéfaite. La poussière volait dans une brise assez fraîche, obscurcissant la plaine alors que deux mille soldats en train de crier entouraient le palanquin et sa garde d'honneur. Keyoke se fraya un chemin avec difficulté dans les rangs des soldats Acoma. Un couloir s'élargit sur le côté Anasati, et une Mara confondue se retrouva nez à nez avec Tecuma. Le seigneur des Anasati portait l'armure de ses ancêtres, d'un rouge brillant avec des bordures jaunes. Le commandant de ses armées marchait à ses côtés avec un superbe casque à plumes.

La multitude de guerriers s'immobilisa, tandis que les porteurs s'arrêtaient brusquement. Leur respiration haletante et bruyante résonnait fortement dans le silence. Keyoke s'inclina devant sa maîtresse : « Ma Dame. »

Tecuma avança et fit la première révérence polie qu'un souverain Acoma recevait d'un Anasati depuis des générations.

« Mon Seigneur », le salua Mara, avec une légère raideur due à l'inconfort du siège de son palanquin. Avec un froncement de sourcils et une confusion sincère, elle ordonna à son commandant de faire son rapport.

Keyoke se redressa et parla d'une voix forte pour que tous puissent entendre. « Hier, à l'aube, des sentinelles m'ont averti de l'approche d'une armée, ma Dame. J'ai rassemblé la garnison et me suis moi-même porté à la rencontre des intrus.

— Nous ne sommes pas encore entrés sur les terres Acoma, commandant », l'interrompit Tecuma.

Keyoke lui concéda ce point avec un regard glacial. « Cela est vrai, mon Seigneur. » Il se tourna à nouveau vers Mara et reprit : « Le seigneur des Anasati s'est porté à ma rencontre et a demandé à voir son petit-fils. En votre absence, j'ai refusé courtoisement de lui permettre d'avancer avec sa "garde d'honneur". »

Mara regarda le grand-père d'Ayaki avec un visage impassible. « Seigneur Tecuma, vous avez amené la moitié de votre garnison comme "garde d'honneur" ?

— Un tiers, Dame Mara, lui répondit Tecuma en soupirant. Halesko et Jiro commandent les deux autres tiers. » Le vieil homme sembla hésiter, mais il cacha cet instant de trouble avec sa finesse habituelle, en débouclant et en retirant son casque. « Certaines de mes sources m'avaient révélé que vous ne survivriez pas à la fête d'anniversaire du Seigneur de Guerre et… – il soupira comme s'il détestait faire cet aveu – j'ai eu peur que ce soit le cas. Pour empêcher Jingu de s'en prendre à mon petit-fils et de terminer une fois pour toutes la guerre de sang entre les Acoma et les Minwanabi, j'ai décidé de venir lui rendre visite. »

Mara leva les sourcils comprenant enfin la raison de la présence des Anasati. « Et comme mon commandant a poliment refusé que vous vous occupiez de mon fils, vous avez décidé de rester et de voir qui arriverait le premier, l'armée de Jingu ou moi.

— C'est vrai, répondit Tecuma en serrant le poing sur son casque. Si des soldats Minwanabi étaient descendus de la colline, mes troupes auraient avancé pour protéger mon petit-fils.

— Et je l'en aurais empêché », intervint Keyoke d'un ton égal.

Mara échangea un regard acéré avec son commandant et son beau-père. « Alors vous auriez fait le travail de Jingu à sa place. » Elle secoua la tête avec irritation. « C'est de ma faute. J'aurais dû penser que l'anxiété d'un grand-père Anasati pouvait déclencher une guerre. Bien, vous n'avez plus de raison de vous inquiéter, Tecuma. Votre petit-fils est sauf. »

La Dame des Acoma marqua une pause, revivant une nouvelle fois le miracle du soulagement. « Jingu est mort, de sa propre main. »

Décontenancé, Tecuma enfonça son casque sur ses cheveux gris de fer. « Mais…

— Je sais, vous n'avez reçu aucune nouvelle, l'interrompit Mara. Malheureusement pour les Anasati, votre “source” est morte, elle aussi. » Les yeux de Tecuma s'étrécirent. De toute évidence, il avait une envie folle de savoir comment Mara avait appris que Teani était à son service, mais il garda le silence. Immobile, il attendit que Mara lui apprît les dernières nouvelles. « Nous avons déplacé sur mes terres la fête d'anniversaire du Seigneur de Guerre, Tecuma. Comme vous étiez le seul souverain absent, peut-être souhaiteriez-vous corriger cet affront et vous joindre à nous pour les deux prochains jours ? Mais, je vous en prie, je dois insister pour que vous restreigniez votre garde d'honneur à cinquante hommes, comme tout le monde. »

Le vieux seigneur hocha la tête, cédant enfin au soulagement et à l'amusement. Alors que Mara ordonnait à sa propre garde d'honneur de reprendre la marche vers le domaine, il regarda sa mince silhouette avec un sentiment qui ressemblait à de l'admiration. « Il valait mieux que des soldats Minwanabi ne franchissent pas cette colline, Mara. » Il considéra le guerrier résolu qui accompagnait Mara et ajouta : « Votre commandant aurait été forcé de se rendre rapidement, pendant que mes troupes retenaient les forces de Jingu. Je n'aurais pas souhaité cela. »

Keyoke resta silencieux. Il se contenta de se retourner et fit un signe à Lujan, qui se tenait derrière la première ligne de soldats Acoma. Celui-ci fit signe à son tour à un autre soldat éloigné. Quand Mara regarda Keyoke avec une expression de curiosité, il expliqua : « Je viens d'indiquer à la centaine de guerriers cho-ja qui attendaient en embuscade qu'ils étaient libres de retourner à la fourmilière, maîtresse. Maintenant, si vous jugez que c'est convenable, je vais ordonner aux hommes de se disperser. »

N'osant pas rire, Mara se contenta de sourire devant l'expression stupéfaite de Tecuma. Il venait d'entendre qu'une centaine de guerriers cho-ja auraient attaqué son avant-garde si elle avait réussi à franchir les lignes Acoma. « Laisse une garde d'honneur pour accueillir nos invités, Keyoke. » Le commandant salua et se tourna pour donner ses ordres. Mara déclara à Tecuma : « Grand-père de mon fils, quand vous vous serez occupé de la dispersion de vos troupes, je vous propose de nous rejoindre et d'être mon invité. » Elle ordonna ensuite à ses porteurs de la conduire jusqu'à sa demeure.

Tecuma la regarda s'éloigner. Même sa haine brûlante après la mort de Bunto fut remplacée un moment par de l'émerveillement. Il observa la route et la colonne d'invités qui avançaient, et fut heureux de ne pas avoir à gérer les problèmes de nourriture, de logement et de divertissements. Le petit hadonra – Jican, d'après ses souvenirs – allait sûrement s'arracher les cheveux.

Mais Jican garda son calme. Il avait appris la nouvelle du retour de Mara avant les soldats, grâce à un messager de la guilde qui avait apporté la dépêche urgente d'un marchand. L'homme avait annoncé que de nombreuses nefs d'apparat arrivaient à Sulan-Qu, et l'on pouvait voir l'or et le blanc du Seigneur de Guerre parmi elles. Dans la panique qui s'ensuivit, le hadonra avait oublié de faire passer l'information à Keyoke et aux guerriers. Mais il avait réquisitionné tous les hommes libres, les esclaves et les artisans rassemblés au manoir pour défendre Ayaki si l'armée des Anasati était passée. Puis il leur avait distribué de nouvelles tâches, comme rafraîchir les draps ou peler des fruits aux cuisines. Mara et sa garde d'honneur arrivèrent dans une véritable ruche d'activités.

« C'est donc là que sont tous mes ouvriers », s'exclama la Dame des Acoma, au moment où ses porteurs déposaient le palanquin dans la cour. Mais elle ne put contenir son amusement quand elle vit son petit hadonra, essoufflé, venir faire son rapport en portant encore les morceaux d'armure trouvés dans les greniers. Une marmite qu'il avait empruntée aux cuisiniers lui servait de casque. Les domestiques qui s'affairaient près des enclos d'abattage et des cuisines étaient équipés de la même manière. Partout, les houes, les râteaux et les faux qu'ils auraient utilisés comme armes étaient appuyés contre les meubles. Le rire de Mara fut interrompu par une plainte amère de Nacoya, qui était fatiguée des palanquins et des bateaux et qui souhaitait prendre un vrai bain chaud.

« Tu peux avoir tout ce que tu veux, mère de mon cœur. Nous sommes rentrées chez nous. »

Et comme un poids immense se soulevait de ses épaules, la Dame des Acoma comprit que c'était vrai pour la première fois. depuis qu'elle avait quitté la Cité Sainte de Kentosani.

Après avoir revêtu à la hâte sa livrée officielle, Jican quitta le manoir et courut à toutes jambes vers les pelouses où d'immenses pavillons avaient été érigés pour abriter plusieurs centaines de seigneurs, de dames et d'enfants nobles, de premiers conseillers, de gardes d'honneur et leurs innombrables serviteurs. Il n'y avait plus de place pour les loger au manoir, les appartements des invités étant déjà envahis par les parents immédiats d'Almecho et les gardes blancs impériaux. Des domestiques triés sur le volet seraient logés dans les baraquements avec les soldats, et le reste dormirait dans les huttes des esclaves. Les esclaves, et les hommes libres qui n'avaient pas eu de chance au tirage au sort, dormiraient à la belle étoile pendant trois jours. Mara sentit son cœur se réchauffer devant la loyauté de ses domestiques et de ses soldats ; car, dans tout le chaos et le bouleversement de son retour, personne ne s'était plaint. Même les domestiques s'étaient préparés à défendre Ayaki, alors qu'ils n'auraient eu aucune chance avec leurs outils agricoles et leurs couteaux de cuisine contre des soldats entraînés. Mais leur bravoure n'en était pas diminuée ; et leur loyauté dépassait les bornes du devoir.

Touchée par leur dévotion, et après s'être rapidement changée pour revêtir des robes propres, Mara revint dans la cour à l'instant où le cortège du Seigneur de Guerre arrivait en grande pompe. Les gardes blancs impériaux manœuvrèrent avec la précision d'une machine de guerre quand ils aidèrent leur maître à sortir de son palanquin. Des trompettes et des tambours retentirent et Almecho, dont la puissance n'était surpassée que par celle de l'empereur Ichindar, fit son arrivée officielle devant la Dame des Acoma.

Mara s'inclina gracieusement. « Mon Seigneur, je vous souhaite la bienvenue dans ma demeure. Puisse votre visite vous apporter le repos, la paix et le rafraîchissement. »

Le Seigneur de Guerre de Tsuranuanni s'inclina légèrement. « Merci. Maintenant, voudriez-vous faire les choses de façon un peu moins cérémonieuse que notre... précédent hôte ? Une célébration durant toute une journée peut devenir fatigante, et j'aimerais avoir l'occasion de discuter avec vous en privé. »

Mara hocha poliment la tête et fit signe à son premier conseiller d'accueillir les deux magiciens vêtus de noir et de leur montrer leurs appartements. La fierté avait redressé les épaules de la vieille femme. Avec ses manières maternelles coutumières, elle prit les deux envoyés de l'Assemblée des Magiciens sous son aile, comme si elle s'était occupée toute sa vie de gens de leur qualité. Mara secoua la tête, émerveillée par la résistance de Nacoya. Puis elle laissa le Seigneur de Guerre lui prendre le bras et ils rejoignirent le jardin tranquille et paisible où elle aimait méditer.

Quatre guerriers montaient la garde à l'entrée, deux vêtus de vert et deux du blanc de la garde impériale. S'arrêtant près du rebord de la fontaine, le Seigneur de Guerre retira son casque. Il aspergea de gouttelettes d'eau ses cheveux grisonnants trempés de sueur, puis se tourna vers la Dame des Acoma. Loin des autres invités et des domestiques, il déclara : « Je dois vous féliciter, jeune fille. Vous avez prouvé votre habileté au Jeu du Conseil au cours de ces deux dernières années. »

Mara cligna des yeux, n'étant pas très sûre de bien comprendre son intention. « Seigneur, je n'ai fait que ce qui était nécessaire pour venger mon père et mon frère et assurer la survie de ma maison. »

Almecho rit avec amertume et fit s'envoler de petits oiseaux des branches des arbres. « Dame, que pensez-vous qu'est le Jeu, si ce n'est rester en vie tout en se débarrassant de ses ennemis ? Alors que d'autres ne cessaient de s'agiter au Grand Conseil, discutant les uns et les autres de telle ou telle alliance, vous avez neutralisé votre second rival le plus puissant – le transformant presque en un allié à contrecœur – et détruit votre plus grand ennemi. Si cela n'est pas une victoire magistrale, alors je n'ai jamais vu quelqu'un pratiquer le Jeu du Conseil. » Il hésita un moment. « Ce chien de Jingu devenait un peu trop ambitieux. Je pense qu'il complotait pour se débarrasser de trois adversaires : vous, le seigneur des Anasati, puis moi. Je pense que Tecuma et moi-même avons une sorte de dette envers vous, même si vous n'avez certainement pas agi pour nous plaire. » Il laissa traîner pensivement ses doigts dans l'eau ; de petits courants s'élevèrent et surgirent à la surface, comme les courants des intrigues qui couraient sous les affaires de l'Empire. Le Seigneur de Guerre la regarda attentivement. « Avant de vous quitter, je veux que vous sachiez ceci : j'aurais laissé Jingu vous tuer, si tel avait été votre destin. Mais maintenant, je suis heureux que vous ayez survécu, et non lui. Cependant, ma faveur est rare. Ce n'est pas parce qu'une femme n'a jamais porté le blanc et l'or que je ne considère pas vos ambitions comme dangereuses, Mara des Acoma. »

Un peu écrasée par toutes ces louanges, Mara répondit : « Vous me flattez trop, Seigneur. Je n'ai pas d'autre ambition que de voir mon fils grandir en paix. »

Almecho replaça son casque sur la tête et fit signe à ses gardes de le rejoindre. « Je ne sais pas, alors, réfléchit-il, à moitié pour lui-même, qui est le plus à craindre, celui qui agit par ambition ou celui qui agit par nécessité, pour survivre ! J'aimerais croire que nous pourrions devenir des amis, Dame des Acoma, mais mon instinct me dit que vous êtes dangereuse. Disons simplement que pour le moment nous n'avons aucune raison de nous quereller.

— J'en suis très heureuse, mon Seigneur », répondit Mara en s'inclinant.

Almecho lui rendit son salut, puis partit demander à ses domestiques de lui préparer un bain. Alors que Mara sortait du jardin à sa suite, Keyoke l'aperçut et la rejoignit immédiatement. « Papé… ? » demanda-t-il.

Mara inclina la tête en signe de sympathie. « Il est mort comme un guerrier, Keyoke. »

Le visage du commandant resta impassible. « Un homme ne peut rien demander de plus. »

Certaine que Nacoya était en pleine gloire, en train de s'occuper des invités, Mara proposa au vieux guerrier de l'accompagner : « Marche avec moi jusqu'au jardin de mes ancêtres, Keyoke. »

Le commandant des armées Acoma raccourcit son pas pour le calquer sur celui de sa maîtresse et ouvrit silencieusement une porte latérale. Alors qu'ils quittaient le bâtiment principal et que les chants d'oiseaux remplaçaient les bavardages des invités et des domestiques, Mara soupira. « Nous avons besoin d'un nouveau premier chef de troupe.

— Je ferai selon votre volonté, maîtresse », répondit Keyoke.

Mais Mara garda son opinion pour elle-même. « Qui est l'officier le mieux à même d'occuper cette position ? »

Keyoke fut étrangement expressif alors qu'il répondait : « Cela m'ennuie un peu de l'avouer, mais en dépit de son attitude assez inconvenante, aucun homme n'est aussi compétent que Lujan. Tasido est avec nous depuis plus longtemps et est un meilleur escrimeur… mais Lujan est l'un des meilleurs officiers que j'aie vus en tactique, en stratégie et pour conduire les hommes depuis… – il hésita – eh bien, depuis votre père.

— Il est si bon que cela ? » répondit Mara en levant les sourcils.

Keyoke sourit et son humour fut si inattendu que Mara s'arrêta. Elle écouta son commandant qui ajoutait : « Oui, aussi bon que cela. C'est un chef naturel. C'est la raison pour laquelle Papéwaio s'est mis à apprécier ce vaurien aussi rapidement. Et si votre premier chef de troupe avait survécu, il vous dirait la même chose. Si le seigneur des Kotaï n'avait pas été tué, Lujan serait probablement déjà commandant. » En entendant la douleur qui transparaissait dans la voix de Keyoke, Mara comprit combien Papéwaio avait été un fils pour le vieux soldat. Mais la discipline tsurani reprit le dessus et Keyoke redevint celui qu'elle avait toujours connu.

Heureuse de son choix, Mara ordonna : « Alors, nomme Lujan premier chef de troupe et donne son poste à un chef de patrouille. » Ils passèrent sous les arbres, là où Papéwaio s'était autrefois agenouillé et l'avait suppliée de le laisser se jeter sur son épée. Avec un profond sentiment de souffrance pour sa mort, Mara se demanda ce qui serait advenu si elle n'avait pas changé la tradition à propos du bandeau noir des condamnés. Un frisson lui parcourut l'échine. Comme le fil des événements qui lui avaient permis de survivre était délicat !

Étrangement brusque, Keyoke arrêta sa marche. Il se trouvait devant les haies qui protégeaient l'entrée du jardin de méditation. Selon la tradition, le commandant ne pouvait l'accompagner plus loin. Puis Mara vit qu'un homme l'attendait devant le jardin de méditation de ses ancêtres. Le casque rouge et jaune qu'il avait à la main, aux reflets cuivrés en cette fin d'après-midi, lui était familier ; et le fourreau à son côté ne contenait aucune arme.

Mara renvoya doucement son commandant et avança à la rencontre du seigneur des Anasati.

Tecuma n'était pas accompagné d'un garde d'honneur. L'armure écarlate et jaune de sa famille grinça dans le silence alors qu'il la saluait. « Ma Dame.

— Mon Seigneur. » Mara lui rendit son léger salut, consciente que les oiseaux s'étaient tus dans les arbres à l'approche du crépuscule.

« J'espérais vous trouver ici. Depuis la dernière fois où nous avons échangé des paroles en cet endroit, les choses ont changé. Je pense qu'il est approprié que nous prenions un nouveau départ sur cette même terre. » Il regarda la foule d'invités qui encombraient la grande cour, et l'empressement des domestiques qui les servaient. « Je pensais que lorsque je marcherais à nouveau sur vos terres, elles seraient envahies par des guerriers vêtus d'orange, et non pas par de joyeux convives venus vous honorer.

— Ils viennent honorer le Seigneur de Guerre », le corrigea Mara.

Tecuma étudia le visage de sa belle-fille, comme s'il la voyait vraiment pour la première fois. « Non, Dame. Ils célèbrent l'anniversaire d'Almecho, mais c'est vous qu'ils honorent. Il n'y aura jamais d'amour entre nous, Mara, mais nous avons Ayaki en commun. Et j'ose penser que nous partageons un sentiment de respect l'un pour l'autre. »

Mara s'inclina, plus bas qu'elle ne l'avait jamais fait. En toute sincérité, elle répondit : « Nous avons cela, Tecuma. Je n'ai pas de regrets, sauf que des hommes bons ont souffert… » Son esprit se tourna vers son père, son frère, Papéwaio, et même vers Buntokapi, et elle ajouta : « … et sont morts. Ce que j'ai fait, c'était pour les Acoma, et pour tout ce qui un jour appartiendra à Ayaki. J'espère que vous le comprenez.

— Je vous comprends. » Tecuma se prépara à partir, puis secoua sa tête grise, un humour involontaire perçant derrière son calme apparent. « Je vous comprends vraiment. Peut-être que lorsque Ayaki atteindra sa majorité et gouvernera, je trouverai dans mon cœur la force de vous pardonner. »

Mara s'étonna de l'étrange façon dont les événements pouvaient tourner dans le Jeu du Conseil. « Je suis heureuse que, pour l'instant, nous n'ayons aucune raison de nous quereller.

— Pour l'instant. » Tecuma soupira avec un sentiment qui ressemblait à du regret. « Si vous aviez été ma fille, et Bunto le fils du seigneur Sezu… Qui sait ce qui aurait été possible ? » Puis, comme s'il ne devait plus jamais aborder le sujet, il replaça le casque sur sa tête. Ses cheveux formaient des épis bizarres derrière ses oreilles et la jugulaire ornementée se balançait sur son cou, mais il n'avait pas le moins du monde l'air ridicule. Il ressemblait plutôt à un souverain, avec des années de vie derrière lui et encore plus à venir, âgé, sage, expérimenté et cultivé, un maître dans son domaine. « Vous êtes une vraie fille de l'Empire, Mara des Acoma. »

Ne sachant comment répondre à ce compliment, Mara s'inclina profondément et accepta ses félicitations. Écrasée par l'émotion, elle regarda Tecuma s'éloigner et rejoindre sa suite. Seule, elle entra dans le jardin de méditation de ses ancêtres.

Le sentier qui menait au natami semblait aussi immuable que le temps. S'asseyant sur la terre fraîche où tant de ses ancêtres s'étaient agenouillés avant elle, Mara passa la main sur le shatra gravé dans la pierre. Tranquillement, d'une voix qui tremblait de joie, elle déclara : « Reposez en paix, mon père, et toi aussi, mon frère. Celui qui a pris vos vies n'est plus que cendres, et votre sang versé est vengé. L'honneur des Acoma est intact et votre lignée préservée. »

Ses yeux s'embuèrent de larmes. Des années de peur et de souffrance quittèrent l'esprit de Mara.

Au-dessus d'elle, l'appel flûté d'un shatra convia ses congénères à prendre leur envol pour célébrer le crépuscule. Mara pleura sans retenue, jusqu'à ce que la lumière des lanternes luisît à travers les haies et que le son lointain de la fête entrât dans le jardin. Toutes ses luttes avaient porté leurs fruits. Elle connaissait la paix pour la première fois depuis que Keyoke était venu la chercher au temple ; et quelque part sur la Grande Roue, les ombres de son père et de son frère reposaient en paix, leur fierté et leur honneur retrouvés.

Emplie d'un profond sentiment de satisfaction et de victoire, Mara se leva. Elle devait s'occuper d'une maisonnée pleine d'invités… Et le Jeu du Conseil continuerait.

Achevé d'imprimer en novembre 2000 sur les presses de
Bussière Camedan Imprimeries à Saint-Amand-Montrond.
Dépôt légal : 4e trimestre 2000 — N° d'impression : 004952/1.

Imprimé en France